新 世 紀 愛 情 故 事

찬쉐 장편소설
심지연 옮김

신세기 사랑 이야기

新世紀愛情故事

차
례

1장

뉴추이란과
웨이보

과부 뉴추이란은 날이 밝기도 전에 일어나 머리를 빗고 세수를 한 뒤 화장을 했다. 오늘은 애인 웨이보가 올지도 몰라서였다. 서른다섯의 추이란은 지금이 여자 인생에서 가장 꽃다운 시기라고 여겼다. 추이란의 남편은 8년 전에 죽었다. 마흔여덟의 웨이보는 비누공장에 다니는 평사원이지만 지식인이었다.

　　추이란과 웨이보가 만난 건 1년 전쯤 '성性 서비스'를 제공하는 온천여관에서였다. 온천욕을 마치고 나른한 기운으로 탕에서 나온 추이란은 탈의실에서 옷을 갈아입고 집에 가려던 참이었다. 아직 이른 시간이었다. 흐릿한 수증기 사이로 온천 손님들이 망령처럼 나타났다 사라지기를 반복했다. 일부러 추이란의 팔꿈치를 툭 치고 지나가는 이들도 있었다. 짜증이 치밀어 오른 추이란은 그런 사람들에게 침을 뱉었다. 그러다 초라한 장미색 운동복을 입은, 수상쩍은 모양새의 웨이보를 흘깃 쳐다봤다. 뭐하러 온 건지 단번에 알아차린 추이란은 저도 모르게 차가운 웃음을 지으며 생각했다.

'저런 옷을 입고 이런 데 올 생각을 하다니.'

좁은 복도를 지나가다가 (웨이보가 '특별 서비스'를 받으러 가고 있을 때) 두 사람의 어깨가 스쳤다. 추이란은 경멸하듯이 웨이보를 팔꿈치로 툭 쳤다. 웨이보가 '아이고' 소리를 내며 벽에 부딪혔다.

추이란은 이런 난봉꾼이 자기 애인이 될 줄은 생각도 못 했다. 웨이보가 나중에 그날 있었던 일을 말해주었다. 온천여관에서 성 서비스를 받고 나오는데 전에 없이 마음이 공허했다는 것이다. 제 얼굴이 얼떨떨한 표정이 되었다는 걸 문득 깨달았는데 이는 웨이 보에게 대단한 사건이었다. 이내 원인을 알아차리고는 곧장 데스 크로 달려가 추이란에 대한 정보를 캐내며 이것저것 알아보다가 추이란의 집까지 찾아가게 되었다. 그렇게 만난 연애 고수 둘은 바 로 침대로 들어가 온몸에 땀이 흥건해질 때까지 한바탕 소란을 피 웠다.

웨이보는 가정이 있는 남자였다. 하지만 암암리에 들어오는 '회 색 수입'으로 사나흘에 한 번은 온천여관 같은 곳을 다녔다. 웨이 보는 그쪽 방면으로는 강한 면모를 보였고 솜씨도 뛰어났다. 추이 란은 웨이보를 만나며 새로 시작된 삶이 마음에 들었다. 전에 만나 던 남자들을 싹 다 정리하고 새로운 열정을 만끽할 정도였다. 웨이 보에게 집착하는 건 아니지만 이런 애인 하나만으로도 충분하다고 생각했다. 추이란은 성생활의 질을 꽤나 중시하는 여자였다. 웨이 보는 한 달에 두세 번 추이란의 집을 찾는 남자였다.

오랫동안 추이란은 웨이보를 '비밀 남편'으로 삼았다. 혼자 사는 여자에게 비밀 남편이 하나쯤은 있는 게 괜찮을 듯싶었다. 사는 게 원래 그런 거 아니겠는가? 즐거우면 그만이었다. 웨이보의 본명은 웨이쓰창이었다. 노련하고 신중한 웨이보에게는 다소 촌스러운 이름이어서인지 서른이 넘어가면서부터는 다들 웨이보라고 불렀다. 추이란도 웨이보라고 부르는 게 좋았다.

추이란은 아침을 대충 때우고, 방 두 개에 거실 하나인 집을 깨끗이 치웠다. 거울을 보며 아이라인도 그렸다. 오늘은 어째서인지 신경이 예민했다. 문밖에서 발소리만 나도 애인이 왔나 싶어 움찔했다. 이웃집 사람이 지나다니는 소리였다. 추이란은 이런 자기 모습에 울컥했다. 원래 순종적인 여자가 아니었고 남자 하나에 연연하는 여자도 아니었으니 말이다. 여기까지 생각이 미치자 추이란은 냉장고 문을 열어 망고를 몇 개 꺼내 씻은 다음 껍질을 벗겼다. 그러곤 망고를 손에 들고 얼굴 여기저기 묻혀가며 지저분하게 먹어치웠다. 화장이 지워질 정도였지만 심사가 뒤틀린 탓에 화장은 고치지 않았다. 웨이보에게 민낯을 보여주리라는 심산이었다.

정오가 되어갈 즈음, 그제야 조심스레 현관문을 네 번 두드리는 소리가 났다. 웨이보였다. 발소리가 들리지 않은 게 의아했다. 무슨 수작인 거지? 웨이보의 얼굴을 보자마자 오전 내내 마음 졸이며 지옥을 겪었던 제 모습이 떠올라 순간 정이 뚝 떨어졌다.

"추이란, 집에 중요한 일이 있어서 바로 가봐야 돼. 이 말 하려고 왔어."

웨이보는 사뭇 진지한 얼굴로 말했다.

"그럴 거면 전화로 하지."

추이란이 언짢은 투로 말했다.

"전화?"

웨이보는 놀란 표정이었다.

"어떻게 그래? 자기를 무시하는 것도 아니고. 우리 사이에 그게 말이나 돼? 사랑해."

웨이보는 말을 끝내자마자 가버렸다.

추이란은 꿈이라도 꾸는 양 반나절을 꼼짝도 않고 테이블에 앞에 앉아 있었다. 이른 아침부터 극도의 긴장감에 시달려서인지 스스로도 이해할 수 없는 행동이 자꾸 나왔다. 거울을 보며 머리 모양을 두 번이나 바꿨고 얼굴에 남아 있던 화장기까지 지워버렸다. 그런 기다림 끝에 찾아온 것이 고작 2분 동안 머물다 떠난 남자라니. 웨이보는 몹시 초조해 보였다. 추이란의 얼굴을 제대로 쳐다보지도 않았다. 집에 뭔가 일이 생겼으리라. 하지만 무슨 일인지 굳이 짐작해보고 싶지는 않았다. 추이란은 긁어 부스럼 만드는 여자가 아니었다. 오늘은 정말 운이 안 좋은 날이었다. 괜히 일만 하루 쉰 꼴이 되었다. 내일은 다시 계량기 공장으로 출근해야 할 터였다. 추이란은 계량기 공장의 창고 관리인이었다.

이튿날, 추이란은 야근을 하는 바람에 퇴근이 늦어졌다. 저녁은 대충 '사람 천국'이라는 국숫집에서 해결하기로 했다. 국숫집은 집에서 멀지 않은 곳에 있었다. 시간이 많이 늦어서인지 국숫집에는 손님이 두세 명밖에 없었는데 그마저 곧 일어나 가버렸다. 혼자 한쪽 귀퉁이에 앉아 있다보니 어쩐지 기분이 좋아졌지만 그런 기분은 오래가지 않았다.

국숫집의 유리문이 '펑' 하고 발로 차는 소리와 함께 열렸다. 기생오라비처럼 생긴 남자가 들어왔다. 동네 골동품 감정사였다. 추이란도 안면이 있었지만 그토록 경박한 사람인 줄은 오늘 처음 알았다. 성이 유씨인 그 남자가 알은체를 하더니 맞은편에 앉았다. 추이란은 유리창 너머 큰길을 내다보고 있었다. 기분도 안 좋고 피곤하기도 해서 별로 말을 섞고 싶지 않았다.

"요즘 온천여관에 가봤어요? '물고기 온천'이라는 새로운 서비스가 생겼던데. 조그만 물고기가 사람 각질을 뜯어먹는 거죠. 여가를 보내는 참신한 방법이더군요."

미스터 유는 말할 때마다 새하얀 치아가 드러났다. 추이란은 그 모습이 꼭 셰퍼드 같다고 생각하며, 괜히 자기한테 시비를 건다는 느낌에 대꾸는커녕 흥 하고 콧방귀만 뀌었다.

"어제 그쪽이랑 잘 아는 사람하고 같이 온천에 있었는데."

그때 추이란이 시킨 버섯국수가 나왔다. 추이란은 고개를 푹 숙인 채 먹기만 했다.

"지금 그쪽 얘기하는데 관심 없어요?"

미스터 유가 추이란을 가만히 지켜보며 말했다.

"네. 그게 뭐요?"

곧장 일어난 추이란은 데스크로 가 계산을 했다. 등 뒤로 미스터 유의 한숨 쉬는 소리가 들렸다. 호기심에 뒤를 돌아보고 싶었지만 그러지 않으려고 애썼다. 미스터 유는 추이란의 뒷모습을 뚫어져라 쳐다보고 있을 터였다. 등을 바늘로 콕콕 찌르는 듯한 통증이 느껴졌다.

추이란은 다시 일상의 궤도로 돌아가리라 마음먹었다. 일상의 궤도란 애인이 없을 때 누렸던 안정적인 생활을 의미했다. 그동안 몇몇 남자를 만나기도 했지만 다들 얼마 못 가 헤어졌다. 추이란은 본인이 남자에게 질척대는 여자는 아니라고 여겼다. 웨이보는 괜찮은 남자였지만 남자가 밥 먹여주는 건 아니었다. 인간은 우선 밥을 먹어야 사는 존재이고, 모름지기 다른 즐거움도 누리며 살아야 했다. 게다가 웨이보와는 어떤 약속도 한 적이 없고, 둘 사이에 특별한 일이 있었던 것도 아니었다. 스쳐 지나가는 관계는 잠깐 만나기만 하면 될 뿐이었다. 그런 식이 편하기도 했다. 그날 이후 두 달이 흘렀는데도 웨이보는 나타나지 않았다. 그래도 추이란은 스스로 놀랄 정도로 아무렇지도 않았다.

계량기 공장에서 하는 일은 단조로운 만큼 수월했다. 추이란에게는 더할 나위 없이 좋은 직장이었고, 동료들과의 관계도 나쁘지 않았다. 온천욕이 그나마 유일한 취미였는데 동네에 하나밖에 없는 온천여관은 성매매 업소였다. 추이란은 그런 곳을 별로 좋아하지 않았지만 그렇다고 반감이 있는 것도 아니어서 이번 주에도 가볼 요량이었다. 온천여관에서 미스터 유만 마주치지 않는다면 좋을 듯싶었다.

토요일 밤, 추이란은 꿈을 꿨다. 온천탕에서 평영을 하다가 누군가의 발을 꽉 잡는 꿈이었다. 순간 겁이 나 벌떡 일어나 주위를 둘러봤다. 뿌연 수증기밖에 보이지 않았다. 그때 저쪽 대나무 숲에서 추이란을 부르는 소리가 들렸다.

"뉴추이란! 뉴추이란!"

탈의실로 뛰어간 추이란은 옷을 갈아입고 얼핏 시계를 봤다. 벌써 새벽 2시였다. 어쩌다 이 시간에 온 건지 기억이 잘 나지 않았다. 데스크를 지나 온천 입구로 갔지만 문은 굳게 잠겨 있었다. 놀란 마음에 식은땀이 주르륵 흘렀다. 그때 웬 남자의 형체가 나타났는데 놀랍게도 웨이보였다. 추이란이 웃을 듯 말 듯 묘한 표정으로 물었다.

"볼 일 보러 온 거지? 잘 했네. 근데 누가 문 좀 열어줄 수 없나?"

웨이보가 사람을 불러오겠다며 안으로 들어갔다. 추이란은 의자에 앉아 한참을 기다렸지만 아무도 나타나지 않았다. 그러는 사이 깜빡 잠이 들 뻔했다. 그때 누가 뒤에서 허리를 껴안았다. 눈앞에서 장밋빛 티셔츠가 흔들거렸다. 추이란은 있는 힘껏 발버둥 치며 소리 질렀다.

"사람 살려."

그 순간 꿈이 깼다.

이상한 꿈을 꿔 온천 갈 마음이 싹 가신 탓에 뭉그적거리다가 오전 9시가 되어서야 가보기로 했다.

여자 온천탕에는 사람이 많지 않았다. 중년 여성 세 명이 전부였다. 셋 다 배영 자세로 시체처럼 물 위에 떠 있었다. 순간 추이란은 그중 하나를 보며 진짜 시체가 아닐까 하는 미심쩍은 생각이 들었다. 배가 부풀어올라 있고 눈동자는 튀어나온 채 미동도 하지 않았기 때문이다. 화들짝 놀란 추이란은 터져나오려는 비명을 가까스로 참았다. 얼마 지나지 않아 세 여자의 수다 떠는 소리가 들렸다. 그러고 보니 아는 여자들이었다. 마음이 놓였다. 자연스레 한쪽에 앉아 눈을 감고 온천욕을 즐겼다. 온천탕의 위생 상태는 제법 괜찮았다. 흐르는 물에다 바닥에는 가는 모래까지 두텁게 깔려 있었다. 한쪽에는 아름다운 홰나무가 자리하고 있었다.

추이란은 편안하게 여자들의 수다를 엿들었다. 처음에는 무슨 말인지 몰랐지만 듣다보니 서서히 갈피가 잡혔다. 여관 아가씨가 접대부에서 벗어나 결혼한 이야기였다. 방직공장에서 고된 일을 하는 세 여자는 그 아가씨를 부러워했다. 원래는 방직공장 직원이 었는데 온천여관의 접대부가 된 지 4년 만에 결혼을 했다는 것이 다. 남자 여럿이 아파트 단지에 집을 사주었다고도 했다.

추이란은 그런 얘기를 들으며 꾸벅꾸벅 졸다가 화들짝 잠이 깼다. '웨이보'라는 세 음절이 들린 순간이었다. 고개를 드니 여자들이 탕에서 나와 탈의실로 가고 있었다. 설마 그 웨이보를 말하는 걸까? 웨이보가 방직공장 아가씨한테 집을 사주었다고? 그 정도로 능력 있는 남자였던가? 웨이보가 '회색 수입'이 들어온다고 했던 기억이 어렴풋이 났다. 요즘에는 그렇게 부수입을 올리는 사람이 꽤 많기는 했지만 그때는 웨이보가 괜한 허세를 부리는 걸로 생각했다. 웨이보의 돈이 필요하지 않았던 추이란은 웨이보와 돈으로 엮이지 않았다.

우울감이 밀려왔다. 괜히 쉬러 왔다가 뜬금없이 웨이보 소식을 듣게 된 꼴이었다. 어젯밤 이상한 꿈도 이런 식이었다. 온천여관을 웨이보가 운영하고 있는 듯한 꿈이었다. 탕 속에 홀로 남겨진 추이란은 축 처진 마음을 이끌고 탕 밖으로 나왔다.

입구 쪽으로 걸어가 출입문을 자세히 살펴보며 어젯밤 꿈속 상황을 떠올리려고 애썼다. 그런데 아무리 들여다봐도 꿈속에서 봤던 문이 아닌 듯했다. 그때 등 뒤에서 누군가의 목소리가 들렸다.

"그런 게 진짜 사랑이지. 다른 여자들은 안 믿겠지만."

방직공장 여직공이었다. 불뚝 튀어나온 배를 내밀고 물 위에 떠 있던 여자였다.

추이란이 쳐다보며 웃자 금세 아는 사이가 되었다.

"안녕하세요, 룽쓰샹이에요. 여기서 몇 번 본 적 있는데, 뉴추이란 맞죠? 우리처럼 쉬러 온 거 같던데. 나랑 저 친구들은 요새 여기자주 와요. 우리도 여기서 특별 서비스를 제공하는 일을 하고 싶은데 나이가 많다고 안 된다네. 우리도 다 웨이보랑 아는 사이예요. 인기 많은 남자죠. 웨이보한테 그쪽 얘기도 들었어요."

"그 사람이 뭐래요?"

"조신한 여자라던데. 사실 나랑 저 친구들도 조신한 스타일이긴 하지만 우린 그런 말이 별로 달갑지 않더라고. 아무렇게나 막 살고 싶은 마음이 있어서. 우리가 늦게 깨달은 거긴 하지만요. 이제는 나이가 들어서 오라는 데도 없고."

"나도 아무렇게나 막 살고 싶은데,"

추이란은 입에서 나오는 대로 말해버렸다.

"나이를 너무 많이 먹어버린 게 아쉽네요."

"그쪽이 무슨 생각 하는지 알아요. 웨이보가 빠져드는 여자는 죄다 조신한 스타일이라는 거. 웨이보는 그쪽이 조신하다는 말을 굳이 하더라고요. 근데 난 그 말 안 믿어. 조신한 여자가 무슨 허구한 날 이런 데를 다니느냔 말이지."

룽쓰샹이 끊임없이 곁눈질하며 말했다. 뭔가 떠올리기 싫은 기억을 억누르려는 것처럼. 추이란은 룽쓰샹이 참 못 생겼다는 생각이 들었다. 하지만 이 말 많은 여자는 입만 열면 묘한 매력이 뿜어져 나왔다.

"그쪽이랑 웨이보도 그렇고 그런 사이인가요?"

추이란이 농담조로 물었다.

"아니에요."

룽쓰샹은 풀이 죽은 듯 고개를 저으며 말을 이었다.

"그러면 좋겠는데 그 사람 마음이 온통 미스 쓰絲에게 가 있더라니까요. 나이 있는 남자니까 어린 여자가 좋겠지. 그 여자 때문에 여기저기 빚도 졌다더라고요."

두 사람은 같이 걸어 나가다가 제 갈 길로 흩어졌다. 추이란은 룽쓰샹이 꽤나 마음에 들었다. 나중에라도 기회가 되면 친해질 작정이었다.

집으로 돌아오던 추이란은 점점 괴로워졌다. 요즘 들어 왜 자꾸 웨이보의 환영이 나타나 괴롭히는 걸까, 웨이보와의 관계는 이제 신경 쓰지 않기로 한 거 아니었나 하는 생각에서였다. 비누공장 직원과 한동안 함께하다가 이제는 연이 다해 각자 즐거움을 찾아나선 것뿐이었다. 이날 온천에 오기 전까지만 해도 웨이보 생각은 전혀 나지 않았다. 그저 골동품을 다루는 미스터 유를 온천에서 마주치지 않을까 하는 걱정밖에 없었다. 그런 걸 보면 추이란 마음에 웨이보가 더 이상 자리하고 있지 않은 건 분명했다. 문제는 웨이보가 추이란을 놓아주지 않는다는 것이었다. 낮잠을 자면서 꾸는 꿈에서까지도. 룽쓰샹이 웨이보는 여복이 많은 남자라고, 여자를 너무 잘 안다고 했던 말이 기억났다.

추이란도 막 혼자가 되었을 때는 쫓아다니던 남자가 여럿 있었다. 본인이 이기적인 여자라고 생각했다. 남자 때문에 무언가를 희생하고 싶지 않았기에 혼자 지내는 게 좋았다. 그렇게 몇 년을 살다보니, 자유롭다고 말할 순 없어도 혼자 산다고 억울한 일을 당한 적은 없었다. 물론 웨이보는 다른 남자들보다 괜찮았지만 추이란이 목맬 정도로 좋은 건 아니었다. 추이란은 누군가에게 기댈 필요가 없는 여자였다. 그런데 방직공장 여직공들은 어떻게 된 일일까? 접대부가 되고 싶어하면서도 하나같이 웨이보를 좋아하다니. 웨이보라는 남자가 보통내기는 아닌 듯싶었다. 이런저런 생각이 머릿속을 맴돌다가도 끝내는 또 웨이보 생각이었다.

추이란은 여러 걱정을 하며 혼자 저녁을 먹었다. 그릇을 치우고 밖을 내다보니 날이 그새 어둑해져 있었다. 아이들이 창가 앞을 뛰어다니고 있었고, 만둣국 장사꾼은 시장에서 목청껏 소리를 지르고 있었다. 숙소 앞에 있던 가로등이 켜지자 어스름한 곳에 무리 지어 앉아 있던 사람들이 눈에 들어왔다. 매일 거기 앉아 마작도 두지 않고 수다를 떨지도 않았다. 몇 년 동안 지켜본 결과 집에만 있으면 외로우니 그냥 밖에 나와 앉아 있는 것이었다. 무리는 추이란 방 창문 쪽을 바라보며 앉아 있었다. 예전에는 그래도 별로 개의치 않았다. 그저 말뚝 같은 게 있나보구나 하고 넘어갔다. 하지만 오늘따라 왠지 저 무리가 이쪽을 쳐다보는 게 싫었다. 창문을 닫고 뒤쪽에 있는 침실로 들어갔다.

침실에서 지갑을 들여다보고 나니 아무것도 할 게 없었다. 잠자리에 들기에는 아직 시간이 일렀다. 순간 벽에 걸려 있는 미인 사진이 시선을 끌었다. 추이란이 좋아하는 영화배우의 얼굴을 클로즈업한 사진이었다. 벽에 걸린 미인이 자신을 바라보고 있는 듯한 느낌이 들었다. 얼굴을 돌려 이쪽으로 다가오는 것 같았지만 아무리 살펴봐도 그런 일은 일어나지 않았다.

추이란은 잠들면서도 생각했다.

'미스터 유가 내 속사정을 알고 있는 건 아닐까?'

추이란 집에 몰래 들르던 웨이보는 한참 동안 나타나지 않았다. 웨이보는 예전에 어떤 모임에서 추이란의 전 남자친구를 우연히 마주친 적이 있었다. 무슨 이유에서인지 웨이보의 비밀을 알고 있는 남자였다. 남자는 입을 열자마자 추이란 얘기를 꺼냈다. '악랄' 한 데다 돈만 밝히는 여자라고 말했다. 웨이보더러 그런 여자랑 더 이상 만나지 말라며, 안 그러면 위험해질 거라고도 했다. 그 말을 들은 웨이보는 짐짓 놀라기는 했어도 남자의 말을 믿지는 않았다. 그때 남자가 꾸깃꾸깃해진 편지를 보여주었다. 추이란의 필체였다. 웨이보 눈앞에 있는 이 남자더러 '청춘 손해 배상금' 2만 위안을 추이란 계좌로 부치라는 내용이었다. 협박성 비속어가 뒤따라 적혀 있었다.

웨이보는 편지를 다 읽고 봉투를 자세히 들여다봤다. 영락없이 추이란 글씨였다. 심장이 쪼그라들고 식은땀이 흘렀다.

"이거 때문에 헤어진 겁니까?"

웨이보가 물었다.

"설마 그랬겠습니까? 난 정말 헤어지고 싶지 않았습니다. 돈을 주고라도 계속 만나고 싶었지. 근데 그 여자가 어떻게 했는지 아십니까? 조폭을 시켜서 날 죽여버리겠다고 협박까지 하더군요."

남자는 점점 곤혹스러운 표정을 지었다. 이따금 달콤한 미소를 짓기도 했다. 신기하게도 그런 남자의 모습이 전혀 이상해 보이지 않았다. 웨이보는 정신이 어떻게 된 남자가 아닐까 하는 생각이 들었다. 그 순간 남자가 느닷없이 웨이보의 두 손을 꽉 쥐고 간절하게 부탁했다.

"추이란과 다시 만날 수 있을까요? 그쪽 판단이 가장 객관적일 것 같은데. 제발 말해주십시오. 조금이라도 희망이 있다면 2만 위안을 마련해서라도 부쳐주고 싶습니다."

얼음장처럼 차가운 남자 손은 이상하게 미끌거렸다. 웨이보는 손을 빼고 싶었지만 뜻대로 되지 않았다. 이내 신경이 예민해져 애매모호하게 대꾸했다.

"잘 모르겠습니다. 그걸 내가 어떻게 알겠어요? 그쪽이 제일 잘 알겠지. 먼 친척 중에 조카뻘 아이가 하나 있는데 연애 때문에 사람을 죽였다더군요. 정말 어이없는 얘기 아닙니까? 연애가 얼마나 아름다운 건데, 살면서 몇 번이나 그런 낭만적인 일을 만나겠느냐 말이에요. 그렇지 않습니까?"

웨이보의 대답에 실망한 남자가 화를 내며 손을 홱 내쳤다.

모임 장소는 한 동료의 집이었다. 다들 떠들썩하게 모임을 즐기느라 추이란의 전 남자친구와 웨이보의 대화에 신경 쓰는 이는 아무도 없었다. 자리를 옮기고 싶던 웨이보가 화장실에 가려고 일어섰다. 다녀오니 남자가 보이지 않았다. 안도의 숨을 내쉬고 자리에 앉았다. 고개를 들자 웬 불청객이 문을 열고 들어오는 모습이 보였다. 골동품점 미스터 유였다. 아는 사이이긴 해도 별로 친하지는 않았다. 미스터 유는 곧장 웨이보가 있는 쪽으로 걸어와 옆에 앉았다. 미스터 유가 입을 열자마자 웨이보는 흠칫 놀랐다. 말투가 친한 친구와 몹시 닮아서였다.

"요즘 애정 사업이 잘 안 되니까 꼭 세상이 끝난 기분이 들어. 자네가 그쪽 일은 잘 알지? 여자 말이야. 여자가 있어서 살맛 나는 세상 아니겠어?"

미스터 유 몸에서 나는 향수 냄새에 웨이보는 머리가 어지러웠다.

"근데 여자들은 다 어디 있지? 죄다 어디로 가버린 거냐고. 여기만 해도 아주 매력적인 여자가 많은데 모임이 끝나면 다들 종적을 감추니, 원. 밤에 잠이 안 오면 창가에 서서 밖을 내다볼 때가 있어. 난 3층에 살거든. 사람이랑 자동차가 이쪽으로 오는 것도 보이고 서쪽에서 동쪽으로 가는 것도 보이는 곳이야. 여자들은 하나같이 걸음걸이가 멋들어지더라고. 뉴추이란도 그중 하나지."

야수처럼 하얀 치아를 드러내며 웃는 미스터 유에게 혐오감이 든 웨이보는 인상을 찌푸렸다.

기생오라비처럼 생긴 괴물 같은 남자를 더 이상 참을 수 없어 집주인에게 이제 가보겠다는 인사를 했다. 자리에서 일어나 나오면서 보니 미스터 유가 고개를 수그리고 있었다. 기가 한풀 꺾인 모양이었다.

그날 모임이 있고 나서 웨이보는 추이란과 헤어졌다. 가끔은 자신이 택한 이별 방식이 꽤나 무난한 편이라고 생각하면서도 또 어떤 때는 그런 자신이 너무 비열하다는 생각이 들었다. 추이란과 정말 헤어진 게 맞는지도 확신할 수 없었다. 웨이보는 추이란과 헤어지는 게 그리 간단한 일은 아니라는 걸 어렴풋이 알고 있었다. 추이란은 웨이보가 헤어지고 싶다고 해서 바로 헤어질 수 있는 그런 여자가 아니었다. 추이란을 처음 만났을 때부터 그런 느낌을 받았다. 웨이보가 이별을 택한 이유이기도 했다. 웨이보는 자기 마음이 과연 어떤 건지 스스로를 고문해서라도 알아내고 싶었다. 그런 자신을 괴상한 남자라고 생각하면서도 걸핏하면 고문을 즐겼다.

웨이보와 아내는 서로에게 무심한 편이었고 각자만의 비밀이 따로 있었다. 서로의 삶에 간섭하지 않는 성인군자 사이의 교류라 할 만했다. 그러면서도 둘 다 가정은 잘 지켜왔다. 따로 사는 두 아들은 쉬는 날이면 아내를 데려와 놀다 가곤 했다. 웨이보 눈에는 아내도 고문이 필요한 사람이었다. 물론 아내를 고문하는 것이 아니라, 아내를 어떻게 생각하는지 웨이보 자신을 고문하는 것이었다. 중학교 교사인 아내는 교양도 있고, 말도 부드럽게 돌려서 하는 여자였다. 아내와는 젊을 때 첫눈에 반해 부부의 연을 맺었다. 열정적인 사랑은 7~8년 정도 유지되었다. 그러다 점차 감정이 식으면서 사이가 소원해졌다. 서로를 너무 잘 알게 되어서인 듯했다.

언제부터인지는 모르겠지만 웨이보는 자기가 '여복'이 상당하다는 걸 알게 되었다. 여자들이 모인 자리면 젊은 여자부터 중늙은이까지 웨이보에게 호감을 갖는 여자가 늘 몇 명은 있었다. 다정다감하고 재치 있는 남자였던 웨이보는 그러다 차츰 밀회를 즐겼다. 늘 은밀하게 즐겼기에 이제껏 들킨 적은 한 번도 없었다.

뉴추이란은 아마 웨이보의 네 번째 애인일 터였다. 웨이보에게 추이란은 무척 매력적인 여자였다. 하지만 가만히 생각해보면 추이란의 장점이 뭔지 딱히 잘 떠오르지는 않았다. 전에 어린 애인을 만나러 온천여관에 갔다가 웨이보는 뜻밖에 새로운 사냥감을 발견했다. 추이란을 보자마자 마음이 출렁거리고 머리가 어질했다. 새로운 연애가 범상치 않으리라는 것이 분명했다. 한 달 내내 어린 애인이 생각나지 않을 정도였다. 웨이보는 추이란과 사귀는 동안 늘 스스로 되물었다.

"웨이보, 너 혹시 실성한 건 아니지? 사는 게 엉망진창이 됐잖아."

왠지 모르게 추이란에게서 벗어나 이전 생활로 돌아가고 싶었다.

집에 앉아 장부를 기록하고 있던 어느 날이었다(웨이보는 두 가지 회계 업무를 병행했다). 일을 하다가도 멍하니 앉아 있길 반복했다. 추이란과의 관계를 되짚어보며 치욕스러웠던 결말을 떠올렸다. 수치스러운 행동을 한 건 웨이보였다. 기발할 정도로 비열한 행동이었다. 사실 추이란의 전 남자친구가 웨이보를 난처하게 만들긴 했지만 이별의 결정적인 이유는 아니었다. 믿을 만한 남자가 아니었기 때문이다. 웨이보가 그 남자와 추이란의 관계를 단번에 파악하기는 힘들었다. 그럼 (아내와의 관계처럼) 서로 너무 익숙해져서 헤어진 걸까? 그런 것 같지도 않았다. 이리저리 생각해보니, 한번 즐기고 싶다는 본인의 심보 때문인 듯했다. 웨이보는 다칠까봐 몸을 사리는 남자였다. 팔을 다쳐 피가 나자 긴장한 나머지 기절한 적도 있었다. 오히려 그런 소심한 면에 다정다감한 성격이 더해지면서 여자들에게 제법 인기가 있던 것도 사실이었다.

장부 기록을 마치고 나니 날이 어둑해졌다. 점심때 남은 밥을 데워 먹고 부엌을 치웠다. 그때 누가 창밖에서 이쪽을 기웃거렸다.

"누구세요?"

웨이보가 목소리를 낮춰 물었다.

"골동품점 미스터 유야. 빨리 문 좀 열어봐. 지금 큰일 났다니까."

미스터 유가 허둥지둥 들어오더니 앉으라고 하기도 전에 의자를 끌어다 앉았다.

"제수씨 지금 집에 없어?"

"없는데. 무슨 일이야?"

웨이보는 가슴이 쿵쾅거렸다.

"추이란이랑 대체 무슨 관계야? 대답하기 싫으면 우선 내 얘기부터 들어봐. 추이란 그 정신 나간 여자가 온천여관의 접대부가 됐대. 추이란이랑 친한 친구가 직접 말해준 거야. 그 친구가 내 애인이거든. 추이란이 온천여관에서 잠자리 테크닉을 익히고 있다더라고."

미스터 유의 야수 같은 하얀 치아가 또 드러났다. 역겨웠다.

"아내가 이제 곧 올 거네."

웨이보가 말했다.

미스터 유가 웨이보를 노려보더니, 문 쪽으로 걸어가면서 고개를 돌려 날카롭게 소리 질렀다.

"세상이 혼돈 상태야, 카오스라고. 여자들이 이 땅에서 사라지고 있다니까. 밤에 나가도 까마귀밖에 안 보일 지경이야."

미스터 유는 그렇게 가버렸다. 집은 미스터 유가 들어온 적도 없다는 듯 매우 조용했다.

웨이보는 깊은 생각에 잠겼다. 미스터 유라는 작자는 대체 뭐 하는 인간일까? 왜 본인을 물고 늘어지는 걸까? 그러다 어쩔 수 없이 인정했다. 미스터 유가 웨이보에게 혹할 만한 정보를 알려주었다는 걸. 물론 거짓말일 수도 있었다. 하지만 한 가지 분명한 건 웨이보와 추이란의 심상치 않은 관계를 미스터 유가 알고 있다는 사실이었다. 그 때문에 웨이보를 놔주지 않는 것이었다. 그렇다면 미스터 유도 추이란의 애인인 걸까?

사실 어제도 미스터 유를 보긴 봤다. 퇴근하고 집으로 가려던 참이었다. 공장에서 나오는데 그리 멀지 않은 곳에서 건장한 중년 여성이 웬 남자를 넘어뜨리고는 발로 마구 밟고 있었다. 여자는 그러고 바로 자리를 떴다. 다가가니 미스터 유였다. 넘어져 있던 미스터 유는 알이 깨진 안경을 주워 이리저리 살펴보고는 부들부들 떨며 천천히 안경을 쓰고 몸을 일으켰다. 안경이 망가진 탓인지 웨이보를 못 알아본 것 같았다. 미스터 유는 긴장한 채 주변을 둘러보고는 더러워진 윗도리와 바지를 탁탁 털고 옆에 있던 미용실로 슬그머니 들어갔다. 웨이보는 호기심이 일어 미용실 문밖에 서서 안에서 나는 소리를 엿들었다. 미스터 유와 미용실 원장이 시시덕거리고 있었다.

어제 일이 기억나자 웨이보는 마음속 그림자가 갈수록 짙어졌다. 뭔가 심각한 일이 일어났는데 나만 모르는 걸까? 하지만 신경 쓰지 않으면 아무 일도 일어나지 않은 것과 같지 않을까? 그렇다면 웨이보는 자기만 모르게 발생한 일이라면 자신과 직접적으로 관련이 있는 일이더라도 관심을 갖지 말아야 하는 걸까? 암담해진 웨이보는 어찌할 바를 몰랐다. 밖으로 나가 바람이라도 쐬고 싶었다.

비누공장 숙소는 일렬로 길게 늘어서 있는 오래된 단층집이었다. 집집마다 입구에는 커다란 홰나무가 서 있고 밑에는 돌로 된 평상과 의자가 놓여 있었다. 웨이보는 이런 구조로 된 집이 꽤나 좋았다. 뒷짐을 진 채 홰나무 아래를 거닐기도 했고 여름이면 시원하게 부는 바람을 맞으며 감상적인 기분에 젖기도 했다. 그러면 꼭 추이란이 떠올랐다. 추이란이 일을 그만두고 정말 온천여관 접대부가 된 건 아니겠지? 그런 일을 하기에는 나이가 너무 많은 게 아닐까? 사실 추이란이 무슨 결정을 하든 본인과는 상관없다는 걸 잘 알았고, 추이란의 입장을 이해해줄 수 있을 터였다. 접대부라고 해서 나쁠 건 없었지만, 그건 다른 사람 이야기일 때고 추이란이 그런 아가씨가 된다는 건 달랐다. 그 때문에 (그게 사실이라면) 웨이보는 또 괴로워졌다. 순간 추이란이 다중인격자처럼 느껴졌다. 사실 추이란에 대해 아는 게 별로 없었다. 미스터 유보다 더 아는 게 없을지도 몰랐다.

추이란과 같이 자다가 문득 잠에서 깬 어느 날 밤, 이상한 일이 일어났다. 물을 마시러 부엌으로 간 웨이보는 물병에 있던 뜨거운 물을 컵에 따르고 자리에 앉아 물이 식길 기다리고 있었다. 어두컴컴한 한쪽 구석에서 느닷없이 웬 남자의 목소리가 들렸다. 명확하게 들리지는 않았지만 사투리 같았다. 몸을 일으켜 거실장이 있는 쪽으로 가봤다.

아니나 다를까, 웬 중년 남자가 거실장 뒤에 서 있었다. 점잖게 생긴 남자였다. 남자가 놀라지 말라는 손짓을 하며 말했다.

"추이란 친구입니다."

남자가 가만히 말했다.

"여기 몰래 들어와 숨어 있곤 한답니다. 이상하게 들리겠지만 그럴 만해서 그러는 거니까, 화내지 마시고요. 추이란은 이 더러운 도시의 다이아몬드 같은 존재라 할 만하죠."

남자는 다리를 절름거리며 과장되고 어색한 발걸음으로 문 옆으로 다가가 문을 열고 나가버렸다. 웨이보는 어안이 벙벙했다. 꿈인지 생시인지 구분이 안 될 정도였다. 그 순간 방에서 추이란의 목소리가 들렸다.

"그 사람 '불면증 환자'야."

"저 남자 여기는 어떻게 들어온 거야?"

웨이보가 얼떨떨한 목소리로 물었다.

"그야 내가 열쇠를 줬으니까 들어왔겠지."

"내가 화내면 어쩌려고?"

"'불면증 환자'가 밤새 정처 없이 떠도는데, 자비를 베풀어야 하지 않겠어?"

불꽃이 튀는 듯한 추이란의 눈 밑으로 다크서클이 보였다. 웨이보는 침묵했다.

두 사람은 그날 밤 새벽녘까지 이야기를 나누었다. 주로 어릴 때 일어난 일에 관한 것이었다. 이 도시는 당시만 해도 지금과는 완전히 다른 모습이었다. 두 사람은 기억 속에서 상징적인 지점을 같이 거닐며 약속을 하나 했다. 날이 밝으면 예전의 그곳이 어떻게 변했는지 가보기로.

그날 밤 일을 떠올려보다가 웨이보는 돌의자에 자리를 잡고 앉았다. 그때 누가 집 쪽으로 다가오고 있었다. 가까이 가보니 아내였다. 아내가 아주 늦게 집에 들어온 것이었다.

추이란은 웨이보로부터 벗어나기 위해 그동안 조금씩 쌓아둔 휴가를 한꺼번에 내고 시골로 내려갔다. 시골 동쪽에 사는 친척 오빠는 이제 나이가 들어 자식들도 모두 곁을 떠난 상태였다. 아내와 둘이 660제곱미터짜리 논을 갈고 텃밭을 가꾸고 닭과 오리를 기르며 조용히 살고 있었다.

장거리 버스에서 내린 추이란은 자갈길로 걸어갔다. 500미터를 더 가야 친척 오빠 집이 나올 터였다. 추이란이 태어난 곳이기도 한 이 마을은 전에 두 번쯤 와본 적이 있었다. 지금은 친척 오빠

밖에 남지 않았지만 그래도 고향이어서 뭔가 친근감이 들었다. 하지만 눈앞의 풍경이 낯설었다. 자갈길을 빼고는 모든 것이 예전과 달랐다. 이를테면 길가에 있던 자그마한 두 언덕이 보이지 않았다. 수양버들과 오래된 녹나무, 나무 밑에 있던 쇠락한 마을도 전부 보이지 않았다. 길 양쪽으로 보이는 거라곤 황무지와 들풀뿐이었다. 그때 갑자기 굶주린 듯한 커다란 개가 나타나더니 추이란을 향해 쏜살같이 뛰어왔다. 코앞까지 왔다가 삽시간에 등을 돌려 달아났다. 너무 놀란 나머지 식은땀이 줄줄 흘렀다. 불현듯 친척 오빠 부부가 이 세상 사람이 아닐 거란 생각이 들었다. 이상한 일이 일어날 것만 같았다.

담장이 반쯤 무너진, 흙과 벽돌로 지은, 눈에 익은 작은 집이 나타났을 때는 이미 기진맥진한 상태였다. 생각해보니 적어도 5킬로미터는 걸어온 것 같았다. 괴상하게 생긴 녹나무가 사악한 용처럼 작은 집을 뒤덮고 있었다. 추이란은 그제야 친숙한 느낌이 들었다.

"뉴이칭! 뉴이칭!"

추이란은 큰 소리로 친척 오빠를 불렀다.

삐그덕 나무 문 열리는 소리가 들렸다. 살그머니 밖으로 나온 친척 오빠 부부가 낮은 처마 밑에 서 있었다. 유난히 키가 작아 보이고 석탄처럼 까만 피부에 이목구비도 흐릿해서 친척 오빠 부부를 제대로 알아보기 힘들었다. 부부가 사악한 용처럼 생긴 녹나무 때문에 정신이 나간 거란 생각이 들었다. 고개를 드니 하늘 높이 솟은 커다란 나무의 잎이 전부 새까만 색이었다. 금속처럼 반짝거리기까지 했다.

"들어와, 들어와서 앉아."

올케언니의 목소리가 꼭 매미 울음소리 같았다. 원래 방이 다섯 칸짜리였던 기와집은 두 칸이 무너지는 바람에 지금은 세 칸만 남아 있었다. 한 칸은 밥 먹을 때 쓰는 곳이고 다른 두 칸은 침실이었다. 방들은 하나같이 작고 어두컴컴했다. 전에 생산팀에서 댐을 수리하다가 다리를 다친 올케언니는 다리를 절름거리며 방 뒤에 있는 부엌으로 들어가 분주하게 움직였다. 친척 오빠는 묵묵히 잎담배를 꺼내 들고 식탁에 앉았다. 추이란이 와 있다는 걸 잊은 것 같았다. 추이란은 익숙한 공간을 훑어봤다. 방은 그대로였지만 어딘가 바뀐 듯했다. 불현듯 예전 기억이 떠올랐다. 지난번에 왔을 때는 방 벽에 커다란 사진이 한 장 걸려 있었다. 유리 액자 사진 속 인물은 친척 오빠의 돌아가신 아버지라고 했다. 사진 속 노인과 자신의 모습이 참 닮았다고 생각한 기억이 났다. 지금은 벽이 휑했다.

"이칭 오빠, 잘 살고 있었나보네."

추이란이 먼저 입을 뗐다.

친척 오빠가 대꾸하기 전에 올케언니가 수란을 식탁에 올려놓았다. 흘낏 보니 모두 네 개였다. 따스한 지난날의 추억에 빠져들어 수란을 먹다가 갑자기 울음이 터졌다. 다 먹고 휴지를 꺼내 눈물을 훔쳤다. 그러곤 오빠를 빤히 쳐다보며 물었다.

"왜 아직도 일을 그만두지 않는 거야?"

"아직 쉴 때가 안 됐으니까. 고향에서는 내가 원하는 걸 이룰 수 있거든."

친척 오빠가 재빨리 대답했다.

올케언니가 매미 울음 같은 소리를 냈다. 추이란은 올케언니가 웃는 건지 우는 건지 구분이 되지 않았다. 그저 남편의 말에 동의

하는 뜻이라는 것만 알 수 있었다. 행복해 보였다. 올케언니는 추이란이 건네준 선물 상자를 받아 들고, 발을 절름거리며 뒷방으로 들어갔다.

"오빠, 대체 뭘 하면서 지내는 건데?"

추이란이 목소리를 낮추고 물었다.

"요즘은 토질을 분석해. 매일 흙이랑 농작물을 상대하다보니까 토질에 관심이 생겨서. 날씨도 마찬가지고. 네 올케언니는 나보다 더 열정적이다. 잠도 안 자고 의자까지 들고 나가서 밤새도록 논두렁에 앉아 있는 날도 있다니까."

올케언니가 뒷방에서 나오자 오빠는 더 이상 말이 없었다.

오빠가 올케언니를 가리키며 추이란에게 물었다.

"너희 언니 매미 같지 않냐? 허구한 날 매미 소리를 흉내 내지 뭐냐."

추이란은 헤헤 웃으면서도 속으로는 놀라움을 금치 못했다. 시골에서는 아직도 이런 묘한 생활이 가능하구나 하는 생각에. 눈앞에 있는 까만 피부의 키 작은 여자를 보면서 몇 년 전 모습이 떠올랐다. 그때 올케언니는 키가 작지 않았고 피부도 까맣지 않았다. 건강해 보이는 통통한 시골 아낙네였다. 그간의 변화는 실로 대단했다. 다리를 다쳐서 몸에 변화가 생긴 걸까? 나쁘다고만은 할 수 없었다. 올케언니에게 신기한 능력이 생긴 느낌이었다. 이 세상에 자기 목소리를 매미 울음소리처럼 가다듬을 사람이 몇이나 되겠는가? 추이란은 감탄하며 말했다.

"우리 고향에 비하면 도시는 정말 엉망진창이네."

"그래도 내 꿈은 도시로 가는 거야."

오빠가 바로 말을 이었다.

그날 저녁, 세 사람은 쑥을 태워 모기를 쫓았다. 쑥이 타버린 자리에 앉아 있는 추이란은 마치 무릉도원에 앉아 있는 모습이었다. 자주 고향에 들르지 않은 걸 후회했다. 달빛 아래 곡식 말리는 곳에 선 채로 눈길 닿는 데까지 멀리 바라봤다. 새빨간 불덩이가 굴러오고 있었다. 오락가락하는 모양새가 신비롭고도 매력적이었다. 추이란이 오빠더러 저게 뭐냐고 물었다.

"저기 저 사람이 황무지에 불을 지르고 있는 거야. 일종의 신호를 보내고 싶은 거지."

"누구한테 신호를 보내?"

"누군가를 딱 정해놓고 신호를 보내는 건 아닐 거야. 요즘 시골 사람들은 다 그래."

"귀엽네."

"근데 저 남자는 살인자야. 보통 저런 자들은 살인하고 나서 황무지에 불을 지르면서 신호를 보내지. 적적한 마음을 달래려는 거야. 낮에 마주쳤는데 날 보더니 눈을 내리깔더라고. 속으로는 겁이 나나봐."

주위가 몹시 조용하니까 오히려 잠이 잘 안 왔다. 추이란은 문득 정신이 몽롱해지다가 이내 맑은 정신으로 돌아왔다. 밖에서 이야기 소리가 들렸기 때문이다.

"우리도 불을 지를 수는 있어. 먼저 풀을 잘 벤 다음에 뜨거운 볕에 말렸다가 불을 붙이면 되는 거야. 절대 어렵지 않아. 웨이보가 쓰는 방법이랑 비슷해."

친척 오빠는 '웨이보'라는 세 음절을 말하는 순간 어조에 힘을 실었다.

추이란은 흠칫 놀랐다. 고향에 내려오고 나서 웨이보라는 이름을 처음 들었다. 정말 귀신이 곡할 노릇이었다. 오빠가 웨이보를 어떻게 아는 걸까? 나무 문을 빼꼼 열어봤다. 빽빽하게 가지를 치고 높게 뻗은 녹나무 가지에 걸터앉아 다리를 흔들고 있는 오빠 부부가 보였다. 올케언니는 계속 매미 소리를 냈고 오빠는 끊임없이 말을 했다.

"내일 오후에는 남풍이 불 거야. 바람이 불면 황무지가 전부 깔끔하게 타버리거든. 우리는 살인자가 아니니까 다른 사람 앞에서 눈을 내리깔고 다닐 필요가 없어."

그때 '툭, 툭' 소리가 들렸다. 오빠 부부가 나무에서 내려오는 소리였다. 부부는 크게 신음 소리를 냈다. 추이란이 황급히 다가갔다.

"왜 의자를 가져갔어? 의자를 왜 빼갔냐고?"

올케언니가 따지듯 물었다.

추이란은 짐짓 놀랐다. 두 사람은 땅으로 떨어지지 않으려고 얼마나 발버둥을 친 걸까. 추이란이 그렇게 높은 데서 떨어졌다면 벌써 목숨을 잃었을 터였다.

오빠 부부를 부축하고 싶었지만 겁부터 났다. 만에 하나 뼈라도 부러졌다면 마음대로 움직이게 할 수 없었다. 먼저 정확하게 물어봐야 했다.

이것저것 물어보던 찰나 오빠 부부는 땅에서 버둥대다가 연달아 일어났다. 정말 기적이었다.

올케언니는 다리를 절름거리며 집 안으로 들어갔다. 친척 오빠는 꼼짝도 않고 서 있었다. 머리만 이리저리 움직일 뿐이었다. 추이란은 주위를 한번 훑어봤지만 이상한 점을 발견하지 못했다. 오빠가 라이터를 켜서 높이 들어올렸다. 몇 초 뒤 불을 끄고 도로 라이터를 챙겼다.

"누구한테 신호를 보내는 거야?"

"아무한테도 안 보내."

오빠가 웃었다.

"이렇게 조용한 시골에 오빠 보러 오는 사람은 없어?"

추이란이 용기를 내어 물었다.

"거참, 나에 대해 알고 싶어서 그러는 거지? 미안하지만 그건 비밀이다. 여기서 살면 이런저런 금기가 많아. 우리가 왜 나무에 앉아 있었는지 물어보고 싶은 거 다 알아. 땅이 울부짖는 소리에서 멀리 떨어지고 싶었어. 침착하게 뭔가를 결정할 수 있도록 말이야."

"땅이 울부짖는 소리?"

추이란이 눈을 깜박이며 물었다.

"그래. 너도 분명히 들었을 거야. 아니면 네가 어떻게 잠에서 깼겠냐?"

"오빠랑 언니가 큰 소리로 떠들어서 깬 거야."

"아, 그건 네 생각이고. 사실 그 전부터 깨어 있었잖아."

침묵하던 추이란은 한참을 생각해보다가 입을 열었다.

"오빠, 나도 여기 와서 살까? 저기다 집 하나 짓고."

"안 돼, 그건 안 되지. 너무 늦었어. 어떻게 하고 싶은 대로 다 하고 살겠냐?"

오빠가 그 말을 할 즈음에는 날이 이미 밝아 있었다. 아직 잠자리에도 들지 않았는데 어떻게 벌써 날이 밝은 건지 의아했다. 오빠가 눈을 가늘게 뜨고 전방을 응시하고 있었다. 추이란은 또 안개 속에서 새빨간 불덩이가 굴러오는 걸 봤다. 저게 정말 웨이보일까?

집으로 들어가자마자 오빠가 느닷없이 한마디 했다.

"능력을 최대한 발휘해 각자 필요한 걸 얻는 거지."

올케언니가 죽이 담긴 대접과 장아찌가 담긴 접시 두 개를 식탁에 올려놓더니 앉은뱅이 의자에 앉아 울음을 터뜨렸다. 오빠가 말했다.

"네 올케언니가 젊을 때 생각이 나서 그런다."

오빠는 허리를 굽혀 올케언니 등을 어루만지며 계속 달랬다. 언니가 서서히 울음을 그치더니 식탁으로 가 앉아 갑자기 두 차례 매미 소리를 냈다. 소리가 어찌나 크고 우렁찬지 추이란이 화들짝 놀랄 정도였다.

아침을 오래 먹은 건 젓가락을 내려놓고 문 앞에 서서 두리번거리고 있는 오빠 부부 때문이었다. 추이란도 따라갔지만 저 멀리 불덩이 말고는 아무것도 보이지 않았다. 조금 지나니 불덩이마저 사라져버렸다.

"우리 동네는 항상 외지인이 와서 황무지에 불을 질러. 황무지를 엉망으로 만들어놓고는 감쪽같이 사라지지. 그런 성급한 놈들이 이해가 가기는 해."

오빠는 미소를 지으며 말했다. 산전수전 다 겪은 기다란 얼굴을 빤히 쳐다보며 추이란은 생각했다.

'자기 삶에 저리도 빠져 있다니.'

이런 생각이 들자 자신이 부끄러워졌다.

낮이 되자 오빠 부부는 논밭에서 정신없이 일했고, 추이란은 녹나무에 앉아 고민에 빠져들었다.

시골은 어찌나 적막하고 조용한지. 아무래도 추이란 귀에 문제가 생긴 듯했다. 추이란은 오빠가 말한 '땅이 울부짖는 소리'가 들리지 않아 부끄러웠다. 영문을 모를 일이 또 하나 있었다. 여기는 원래 마을이 있던 곳이었다. 그러니까 오빠네 동쪽에 있는, 추이란의 부모가 살았던, 어릴 때 가본 적 있는 마을 말이다. 10년 전에 오빠 집에 왔을 때는 옛날 집이 여전히 마을에 남아 있었다. 그 마을은 지금 어디로 가버린 걸까? 추이란은 오빠에게 물어보기로 했다. 순간 빽빽한 단풍나무 숲과 통로로 연결된, 작지만은 않은 기와집이 문득 떠올랐다. 동쪽을 보니 단풍나무 숲도, 기와집도 없고 온통 황무지뿐이었다.

오빠 부부처럼 여기서 웨이보와 같이 산다면 어떨까 싶은 생각이 뇌리를 스쳤다. 오빠는 안타깝지만 그러기엔 많이 늦었다고 말했다. 분명히 오빠도 나름대로 이유가 있을 터였다. 게다가 웨이보는 아무 근심 걱정 없이 이런 데서 살 수 있는 사람이 아니었다. 그렇다면 미스터 유는 어떨까? 도시에서 멀리 떨어진 시골에 있던 추이란에게 감정 변화가 일어난 것이었다. 이제는 미스터 유가 조금도 싫지 않았다. 모르긴 몰라도 기생오라비처럼 생긴 얼굴이 미스터 유의 본모습은 아닐 터였다. 사람이라면 누구나 가면을 쓰고 사는 법일 테니까. 추이란만 해도 다른 사람들에게는 방탕한 접대부처럼 보이기도 하리라. 그러니 누군가의 본모습은 섣불리 말할 수 없는 문제였다.

　이제 겨우 서른다섯이었던 추이란은 나중에 죽으면 사후 처리는 어떻게 할지 아직 구체적으로 생각해본 적이 없었다. 가끔 그런 생각이 떠오를 때면 스스로를 위로하며 말했다.

　"걱정할 필요 없어. 이웃이나 직장 동료한테 시신을 화장하고 남은 유골은 버려달라고 부탁하면 그만이니까."

　문득 어떤 갈망이 솟구쳤다. 나중에 여기 와서 죽고 싶었다. 왜 그런 생각이 드는지는 알 수 없었다. 추이란 자신도 예상하지 못한 감정이었다. 나무 그늘에 서서 주위를 둘러보니 온통 노릇노릇한 햇살로 물들어 있었다. 지구 종말의 날이 이런 모습이지 않을까 싶었다. 감격스러웠다. 시골에 내려온 날부터 감동의 연속이었다. 사실 추이란은 일상생활에서 쉽게 감격하는 사람이 아니었다.

　웨이보가 우연히 오빠를 만나게 된 건 아니라는 확신이 들었다. 그렇다면 추이란과 웨이보는 정말 보통 인연이 아닐 터였다. 해 질 무렵 자주 떠올리던, 운명적인 사랑이었다. 물론 작년에 추이란이 온천에서 우연히 웨이보를 마주친 것도 사실은 웨이보가 계획한 것이었다.

　해 질 무렵, 추이란은 저녁을 준비해놓고 오빠 부부를 기다렸다. 집 안팎에서 쑥을 태웠더니 향이 코를 찔렀다. 이제나저제나 기다려도 두 사람은 나타나지 않았다. 달빛 아래 멀리서 또 그 불덩이가 모습을 드러냈다. 이번 불덩이는 꼼짝도 하지 않고 멀찌감치서 멈춰 있었다. 색깔도 빨강에서 검정으로 바뀌었다가 도로 빨강으로 변했다. 아무리 봐도 누가 황무지를 태우고 있는 것 같지는 않았다. 만약 웨이보라면, 오늘 밤 웨이보가 나타날지도 모른다는 건가, 추이란은 생각했다.

밥이 잘 넘어가지 않아 무거운 마음으로 밖에 나갔다. 사방을 둘러보니 인적은커녕 개 한 마리 보이지 않아 불덩이 쪽으로 가볼 수밖에 없었다. 그러다 또 길을 잃을까 걱정되기도 했다. 여기 올 때도 길을 잃을 뻔하지 않았던가? 그 환한 대낮에 말이다. 그래도 추이란은 멈추지 않았다.

천천히 걸어가는데 추이란을 부르는 소리가 들렸다. 누구지? 오빠도 아니고 웨이보도 아니었다. 대답을 했더니 더 이상 그 소리가 들리지 않았다. 추이란은 겁이 나 발걸음을 돌렸다. 누군가 쫓아오는 게 느껴졌다. 차마 뒤돌아볼 수 없어 앞으로만 내달렸다. 어스름한 집으로 뛰어 들어와 문을 꼭 걸어 잠갔다.

"추이란, 추이란. 넷째 삼촌이다."

밖에서 들려오는 다급한 목소리였다.

창밖을 내다봤지만 아무도 보이지 않았다.

"할 말이 있다. 내가 요즘 매일 웨이보와 같이 잠을 잔단다."

죽은 지 벌써 몇 년이나 된 넷째 숙부의 망령이었다.

"무슨 할 말이요? 웨이보가 뭐라 그랬어요?"

추이란이 떨리는 목소리로 물었다.

"널 포기할 수 없다는 말밖에 안 했다."

넷째 숙부가 이렇게 말하더니 침묵했다. 푸르스름한 바깥 공기가 추이란의 눈에 들어왔다. 작디작은 불빛이 이리저리 돌아다니고 있었다. 불을 켤 엄두가 나지 않아 어둠 속에서 가볍게 심호흡을 했다. 불현듯 오빠 부부가 살아 있는 사람이 아니란 의심이 들었다. 살아 있다면 어떻게 그 높은 나무에서 떨어지고도 다치지 않을 수 있을까? 여기 오자마자 오빠 부부가 이 세상 사람이 아닐 거란 생각이 들지 않았던가? 혹시 어떤 근거가 있는 건 아닐까? 온몸을 연신 바들바들 떨던 추이란은 무섭기는 해도 내심 기분이 좋았다. 뭔가 전환점을 맞이하리라는 기대가 생겨서였다.

하지만 한참을 기다려도 아무 일도 일어나지 않았다. 문득 어떤 생각이 떠올랐다. 그길로 벌컥 문을 열고 나가 녹나무 밑으로 걸어갔다. 두 팔을 벌린 채 껍질이 꺼칠꺼칠한 나무줄기 위에 엎드렸더니 이내 마음이 편안해졌다.

멀리서 키가 아주 작은 이들의 형체가 나타났다. 달빛 아래서 보니 소인국에서 온 듯한 모습이었다. 오빠 부부와 어떤 남자였다. 추이란은 심장이 미친 듯이 쿵쾅거렸다. 웨이보가 온 건가?

세 사람이 천천히 다가왔다. 아쉽게도 웨이보는 아니고 남루한 옷을 입은 중늙은이였다.

"왜 이리 늦었어?"

추이란이 나무라듯 물었다.

"좀 늦었네. 이분은 우리 가족의 은인이셔. 곤란한 일이 생겨 도와드리러 갔다 오는 길이야. 이제 다 잘 해결됐어. 이분 알겠냐?"

친척 오빠가 물었다.

추이란은 남자의 얼굴을 바라봤다. 희미한 빛줄기 사이로 남자의 눈동자가 푸른빛을 뿜어내고 있었다. 고양이 눈 같았다. 추이란의 입에서 엉겁결에 말이 튀어나왔다.

"어머나, 넷째 숙부님이세요?"

"아니네. 아가씨, 난 자네 집안사람이 아니야. 솥땜장이지."

남자가 바로 대꾸했다.

다 같이 집으로 들어왔는데, 남자 혼자 도로 나가버렸다. 추이란이 저 사람 어디 가는 거냐고 물었더니 오빠는 나무 위로 올라갔다고 했다.

"저분은 안 좋은 일이 있을 때 녹나무에 올라가면 고통이 덜하다고 하더라."

시골에서 보낸 둘째 날 밤, 죽은 듯이 잠들었던 추이란은 문득 잠이 깼다. 땜장이가 어떤 여자와 나누는 대화가 무척 시끄러웠다. 사랑을 속삭이는 듯한 말투였는데 목소리가 아주 잘 들렸다. 결국 잠이 다 달아난 추이란은 일어나 앉았다. 궁금증을 참다못해 나무 문을 열고 살짝 밖을 내다봤다. 눈앞의 광경에 소스라칠 정도로 놀랐다. 남자와 여자는 눈이 부실 만큼 반짝거리는 비수를 손에 쥐고 있었다. 결투라도 하려는 것 같았다. 황급히 문을 닫고 들어와 조용히 오빠를 불렀다.

"오빠, 이칭 오빠."

이칭은 뒷방에서 한참 기침을 하다가 느릿느릿 물었다.

"추이란, 무슨 일이냐?"

오빠가 불도 켜지 않은 채 방에서 나왔다. 어둠 속에서 추이란에게 바깥을 잘 살펴본 거냐고 물으며 나무 문을 열었다.

은조각상으로 변한 남녀는 손에 비수를 쥐고 문 앞에 서 있었다. 두 사람 몸에서 눈처럼 새하얀 전깃불이 깜박거렸다.

"결국 이렇게 됐구나."

친척 오빠가 문을 닫으며 실망한 눈초리로 말했다.

"저 사람 대체 누구야?"

"솥땜장이. 전에 집이 망해서 행방불명됐던. 어떤 여자랑 산속으로 도망쳤다고 들었어. 벌써 몇 년 전 일인데, 오늘 낮에 네 올케언니랑 가다가 저 사람과 우연히 마주쳤지 뭐냐. 산속에서 뛰쳐나온 거래."

오빠가 문틈으로 바깥을 내다보더니 말했다.

"저 둘이 차례로 나무에 올라간다. 정말이지 원숭이 두 마리 같다, 야. 하하."

친척 오빠는 두 손을 비비며 신나서 어쩔 줄 몰라 했다. 그러더니 과감히 문빗장을 걸어 잠갔다.

"왜 들어오라고 하지 않는 거야?"

추이란이 고개를 갸웃거리며 물었다.

"말이야 쉽지, 저 사람들을 초대한다는 게. 저치들 체온이 몇 도인 줄이나 아니? 남자 혼자면 괜찮지만 여자까지 들어오면 뜨거운 다리미 두 개를 갖다놓는 거나 마찬가지야. 그냥 나무 위에 있으라고 하는 게 나아. 아무리 뜨거워도 나무가 타 죽을 일은 없을 테니까."

올케언니가 뒷방에서 처량한 매미 소리를 냈다. 추이란은 온몸의 털이 곤두섰다.

오빠가 뒷방으로 들어가자 매미 소리가 그쳤다.

"추이란, 얼른 쉬어라. 내일은 집에 가야지."

오빠가 큰 소리로 말했다.

"왜 날 쫓아내는 거야?"

"그런 거 아니야. 웨이보가 내일 너희 집으로 올 거라는 말이었어."

"웨이보는 어디서 만난 건데?"

"넷째 숙부님 댁에서. 그만 캐묻고 얼른 들어가서 쉬어. 설마 웨이보를 허탕 치게 할 생각은 아니겠지? 그 좋은 사람을."

사방이 조용해졌지만 아무리 애써도 오빠의 말소리가 또렷이 들리지 않았다. 녹나무가 금속처럼 웅웅대며 두 사람의 대화에 맞장구를 치고 있었기 때문이다. 비행기 한 대가 머리 위를 빙빙 돌고 있는 듯한 소리였다. 잠들기 전에 추이란은 저 두 사람은 얼마나 행복할까, 라는 생각에 다소 샘이 났다. 꿈속에서 밖에 있던 두 사람이 추이란더러 '고아'라고 말하는 걸 들었다. 두 음절을 듣자마자 뜨거운 눈물이 흘러내려 베개를 적셨다. 꿈자리는 얼얼할 정도로 뜨거웠다. 은조각상 같은 두 개의 형상이 주위를 맴돌아서 다시 보니 자운영 꽃과 꿀벌 떼였다. 오른쪽에는 사라져버린 시골집과 불에 타는 듯한 단풍이 있었다. 시골집 앞에 서 있던 오빠 부부가 난쟁이처럼 보였다.

일어나 보니 올케언니가 그새 아침밥을 차려놓았다. 오빠 부부는 기운을 차린 기색이었다. 추이란은 바깥으로 나가 한참을 둘러봤지만 어제 일어난 일은 흔적도 없었다. 밖으로 따라 나온 오빠가 말했다.

"여기는 말이야, 낮과 밤이 완전히 딴 세상이다. 너도 여기 계속 있다보면 알게 될 거야. 근데 이제 그럴 기회가 없을 테니 안타깝구나."

추이란은 아침을 먹고 바로 출발했다. 오빠 부부가 녹나무 밑에서 배웅을 해주었다.

논을 걸어 나가다가 무심결에 뒤를 돌아보니 오빠 집과 녹나무가 온데간데없었다. 발밑에는 작은 자갈길이 놓여 있었다. 자갈길이 친근하게 느껴졌다. 금속 이파리가 나 있는 껑충한 나무, 쑥향이 가득한 공기, 은조각상 같은 사람의 모습 그리고 굴러다니던 불덩이는 영원히 잊지 못할 것 같았다. 이런 고향이 있을 정도로 운 좋은 사람은 길을 잃을까 걱정할 필요도 없을 터였다.

집으로 돌아온 다음 날, 정말 웨이보가 찾아왔다.

추이란은 집 청소를 하느라 창턱에 걸터앉아 걸레로 창문을 닦고 있었다. 온몸에 생기가 도는 느낌이었고, 집에서는 청량한 냄새가 났다. 그때 웨이보가 인사도 없이 불쑥 들어오더니 바로 대걸레를 들고 바닥을 닦았다.

"혹시 우리 고향 집 와서 황무지에 불 질렀어?"

추이란이 작은 목소리로 물었다.

"응."

"전부터 우리 친척 오빠랑 아는 사이였던 거야?"

"자기 고향 정말 아름답더라."

"근데 여긴 또 왜 온 거야?"

"그냥 오고 싶어서. 이렇게 작은 도시에 갈 데가 어디 있겠어."

두 사람은 같이 소고기감자볶음을 만들어 맛있게 한 끼를 먹었다.

추이란은 웨이보에게 넷째 숙부를 만난 적이 있느냐고 물었다.

"넷째 숙부는 집도 절도 없지만 기술이 뛰어난 분이셔. 땅굴을 잘 파지. 온종일 공구를 메고 빈둥빈둥 돌아다니다가 마음에 드는 곳이 있으면, 황무지나 암석만 있는 곳이라도 두 시간 만에 뚝딱 은신처로 만들어내는 분이야."

"넷째 숙부랑 같이 동굴에서 지낸 거야?"

"웅. 서로 숨 쉬는 소리까지 다 들렸는데, 그분하고 있으면 마음이 편안해져. 자기 친척 중에 넷째 숙부 같은 분 많지?"

웨이보는 또 다른 얘기를 꺼냈다. 그러다 눈이 스르륵 감기더니 식탁에 엎드린 채 코를 골기 시작했다. 요즘 피곤했나보다라고 생각했다.

추이란은 웨이보를 부축해 겨우 침대까지 옮겼다. 누워 있는 연인을 지긋이 바라보고 있자니 감정이 격해지다가도 순간적으로 우울해졌다. 거대하고 음산한 녹나무가 떠올랐다. 친척 오빠네 녹나무가 추이란을 보호해준 걸까? 어떤 종류의 보호인 걸까?

웨이보가 잠에서 깨자 두 사람은 환상적인 잠자리를 가졌다. 처음 만나 온몸에 땀을 뒤집어쓰며 했던 것보다 더 좋았다. 좋긴 좋았지만 추이란은 넋이 나가 있었다. 문득 눈앞에 골동품점 미스터 유가 어른거렸다. 그 기생오라비처럼 생긴 남자가. 추이란은 미스터 유와 웨이보가 무슨 관계일지 생각했다. 혹시 친형제일까? 그러곤 피식 웃었다.

"자기 나 말고 마음에 두고 있는 사람 있어?"

웨이보가 추이란을 유심히 바라보며 물었다.

"아니. 날 따라다니는 놈이 있긴 한데 정말 역겹게 생겼어."

"그건 단점이라고 볼 수 없지. 누구나 다 남을 역겹게 하는 부분이 있으니까."

웨이보가 이 한밤중에 옷을 갈아입더니 집에 가봐야 한다고 했다. 추이란은 웨이보를 쳐다보며 뭔가 말을 하고 싶었지만 입 밖으로 꺼내지는 못했다. 정작 나온 말은 스스로도 생각지 못한 것이었다.

"웨이보, 그런 두메산골에서 내가 어떻게 자기를 만날 수 있었던 거지? 모기를 쫓으려고 쑥을 한 움큼 태우고 있는데 자기가 나타난 거야. 내 고향이 아닌 것 같다는 생각도 들었어. 난 그곳에 대해 아무것도 아는 게 없어서. 그때 자기가 지평선에서 흔들거리며 새빨간 바퀴를 밀고 있었잖아. 힘들었지?"

추이란은 멍한 눈초리로 말을 더 이상 잇지 못했다.

"아니, 안 힘들었어. 자기가 거기 있는데 내가 뭐가 힘들다고. 바퀴는 약간 뜨겁고 가볍지도 않아서 굴리기가 쉽지 않았어. 근데 시골 공기가 내 몸의 모공을 활짝 열어주는 느낌이더라. 동굴에서 지내다보면 자기가 모르는 좋은 점도 있다고."

웨이보는 문을 살짝 닫고 떠나버렸다.

추이란은 누군가를 부르는 소리가 제 입에서 나는 걸 들었다.

"미스터 유. 미스터 유."

문득 정신을 차린 추이란은 소스라치게 놀랐다. 웨이보와 넷째 숙부가 몸을 숨겨 거처하던 동굴을 있는 힘껏 상상해봤다. 어떤 동굴일까? 어떻게 생긴 곳인지 직접 가봐야 마음이 놓일 것 같았다. 저번에 분명히 넷째 숙부가 창문 밖에서 추이란을 부른 적이 있었다. 그런데도 왜 넷째 숙부와 한번쯤 만나게 될 거란 생각은 못 했던 걸까?

고향에서 돌아온 추이란은 쉬는 날 심심해서 또 온천여관을 찾았다.

여관은 장사가 잘 되지 않았다. 여탕 쪽에 유독 사람이 없어서 물속에는 추이란밖에 없었다. 형형색색의 가느다란 물고기가 헤엄

치고 있었다. 불현듯 이국만리에 와 있는 듯한 기이한 환상에 사로잡혔다. 졸음이 쏟아져 몽롱한 상태였는데, 수상쩍고도 끈덕지게 추이란을 부르는 소리가 들렸다.

"추이란. 추이란. 어떻게 날 잊을 수가 있어……?"

눈을 번쩍 뜨고 자리에서 일어나 주위를 살폈다. 온천탕 전체가 한을 품은 쓸쓸한 여자처럼 보였다. 심지어 희미하게 우는 소리까지 들렸다. 젊은 여자의 울음소리가 끊겼다 이어졌다 했다.

"누구야? 이게 무슨 수작이지?"

추이란은 무지막지한 아줌마처럼 소리를 질렀다.

누가 수작을 부리겠는가? 아무도 없었다. 추이란은 씩씩거리며 탈의실로 갔다.

탈의실에서 나왔을 때도 아무도 없었다. 홀에 있는 카운터까지 가자 그제야 환호성이 들렸다. 알고 보니 룽쓰샹과 룽쓰샹 동료였다. 화장을 진하게 한 두 여자의 향수 냄새가 코를 찔렀다. 업무가 힘든 방직공장은 애저녁에 그만두고 온천여관 접대부가 된 것이 분명했다. 그런 일을 하기엔 좀 나이가 들지 않았나 싶었지만 정작 당사자들의 표정은 굉장히 자신감에 차 있었다. 두 여자는 한 남자와 시시덕거리고 있었다. 남자는 추이란을 등진 채 서 있었다. 잠시 후 그 남자가 뒤를 돌아봤다. 미스터 유였다.

"룽쓰샹은 내 오랜 애인이죠."

미스터 유가 느끼한 목소리로 말했다.

"우린 한두 해 된 사이가 아니에요. 스무 살 때부터 사귀었으니까. 룽쓰샹이 이런 일을 하게 되니 옛날 감정이 되살아나네요."

미스터 유는 룽쓰샹의 어깨에 팔을 두른 채 긴 소파에 앉았다.

룽쓰샹 동료도 소외되지 않으려고 소파 반대편에서 끼어들어가 앉았다. 미스터 유가 한 손에 한 명씩 양쪽으로 여자 둘을 끌어안았다.

세 사람이 웃고 떠드는 틈을 타 추이란은 재빨리 밖으로 빠져나왔다. 미스터 유가 등 뒤에서 허둥대며 소리를 질렀다.

"왜 그냥 가요, 추이란 여사? 할 말 있다니까."

미스터 유가 문 앞까지 후다닥 쫓아나왔다. 추이란은 얼굴이 새파래진 미스터 유를 쳐다봤다. 안절부절못하는 미스터 유에게 물었다.

"참 별일이네. 대체 무슨 일인데요?"

"굉장히 중요한 일이에요."

미스터 유는 고개를 숙인 채 약간 쑥스러워하며 말했다.

추이란은 미스터 유 얼굴에서 분 냄새가 나자 저도 모르게 미간이 찌푸려졌다. 영문을 모르겠다는 표정으로 추이란이 말했다.

"이왕 이렇게 된 거 그럼 맞은편에 있는 찻집에 가서 좀 앉아 있다 가요."

"오, 고마워요."

두 사람은 작은 찻집으로 들어가 앉았다. 불안한 기색이 역력한 미스터 유가 목을 쭉 빼고 연신 두리번거리더니 한숨을 내쉬었다. 추이란이 참다못해 쏘아붙였다.

"할 말 있다면서요? 없으면 그냥 갈게요."

미스터 유는 깜짝 놀라 꿈에서 깬 듯 손을 저으며 앉으라고 했다.

"말하자면 긴데, 추이란 여사. 몇 년 전 그쪽 부모님과 약속한 게 있어요. 무슨 약속인지 아마 모르겠지만 고향 사람들은 알 거예요.

그쪽 부모님이 돌아가시니 나로서도 이 얘기를 어떻게 꺼내야 할지 모르겠더라고요. 양심 없어 보일 거 같아서 말이죠. 근데 이젠 그쪽이 혼자가 됐으니 내가 쫓아다녀도 도리에 어긋나는 일은 아니겠죠?"

"그럼 쫓아다녀요."

추이란이 아무 생각 없이 말했다.

"잠깐만. 그렇다고 막무가내로 나가겠다는 건 아니고. 내 말은, 그쪽 고향 때문에 내가 관심을 갖게 됐다는 거예요."

"우리 고향이 왜요?"

"음…… 한마디로 말하긴 어려운데…… 그런 얘기를 어떻게 하겠어요? 전에 외진 동네는 많이 가봤지만 그쪽 고향처럼 변화가 빠른 마을은 처음이었죠. 물론 아직도 평범한 농가가 있고, 집 안에는 커다란 절구와 디딜방아가, 집 밖에는 햇살이 비치는 논두렁도 있는 곳이지만. 그런 곳에 한 번이라도 가본 사람이라면 일상생활을 그대로 이어나가기에는 마음이 심란할 거예요."

추이란은 그 순간 미스터 유 특유의 기생오라비처럼 생긴 모습이 완전히 사라졌다는 걸 느꼈다. 미스터 유는 감정 기복이 심한 지식인처럼 변해 있었다. 추이란이 전에 사귀던 남자들 중에도 지식인은 있었지만 미스터 유처럼 정신이 불안정해 보이지는 않았다. 한 가지 이해 안 가는 일은 부모님이 어떻게 딸내미와 미스터 유가 잘 어울리는 한 쌍이라고 생각하게 된 건지였다. 추이란은 본인이 소박하고 착실한 사람이라고 여겨왔다. 추이란의 부모도 비슷해서, 미스터 유 같은 성격과는 딴판인 사람들이었다. 정말 알다가도 모를 일이었다. 그런데 또 하필이면 그토록 경망스러운 남자가 촌스럽고도 음습한 고향 집에 흥미를 보인다니 참 이상한 일이었다.

"우리 고향이 좋은 영향력을 발휘한 모양이군요."

추이란이 비꼬듯이 말했다.

추이란을 쳐다보던 미스터 유의 얼굴이 일순간 어두워졌다. 아무 말도 하지 않고 앉아 있다가, 다른 사람이라도 된 듯 사나운 표정을 지어 보이기도 했다.

둘은 기분이 상한 채로 헤어졌다.

추이란은 너무나 이상한 이 상황이 두려웠다. 마음을 다독이고 있는데 미스터 유가 숨어버리는 것이 보였다. 정신병자 같았다. 룽쓰샹이 미스터 유와 연인관계임이 틀림없다는 생각도 들었다. 두 사람은 어떻게 알게 된 사이일까? 추이란의 부모였어도 딸내미를 절대로 그런 정신병자에게 시집보내지는 않을 터였다. 이런 생각까지 하다니, '걱정도 팔자'란 말이 떠올랐다.

사실 온천여관에 갈 일이 걱정이었다. 괜히 갔다가 만에 하나라도 미스터 유나 룽쓰샹 같은 인간을 만난다면 성가신 일에 말려들 것만 같았다. 혼자 사는 여자가 시간을 때울 만한 방법이 딱히 없는 게 문제였다. 따분한 하루하루가 이어졌다. 추이란은 무료함을 달래려고 자수를 배우다가 자신의 손재주가 굉장히 뛰어나다는 걸 알게 되었다. 하지만 적막 속에서 그런 식으로 노년에 접어든다는 건 처량했다. 그때 밖에서 옛날 애인이 부르는 소리가 들렸다. 추이란은 앉은 자세 그대로 미동도 하지 않았다.

폭우가 쏟아지던 어느 날 밤, 빗소리를 듣다가 문득 친척 오빠가 했던 두서없는 말이 떠올랐다.

"능력을 최대한 발휘해 각자 필요한 걸 얻는 거지."

추이란은 순간 그 말의 뜻을 깨달았다. 고향에서든 도시에서든 그 말대로 살 수 있을 거라고 생각했다. 그런데 웨이보도 비슷한 생각을 하고 있을 줄은 꿈에도 몰랐다. 그 뒤로 두 사람은 다시 만나기 시작했다.

추이란이 물었다.

"언제부터 우리 친척들하고 알고 지낸 거야?"

웨이보가 눈을 흘기듯이 뜬 채 한참을 생각하더니 대답했다.

"정확히 말하기는 힘든데. 자기 사촌 오빠분과 넷째 숙부님과는 전부터 알고 지낸 사이야. 거의 만난 적이 없어서 그렇지. 추이란, 나중에 내가 감옥에 가도 나를 잊지 않을 거야?"

"당연하지. 근데 감옥살이할 일이 없잖아?"

"아니야. 실은 나 법을 어긴 거 같아."

더는 묻지 않았다. 그러면 안 될 것 같았다. 추이란은 이제 더 이상 예전의 그녀가 아니었다.

그로부터 얼마 지나지 않아 웨이보가 정말 감옥에 가게 되었다.

웨이보와 함께 공원에 앉아 있던 어느 날, 경찰 일행이 불쑥 들이닥쳤다. 웨이보는 추이란과 대화를 나누다 일어서더니 경찰들을 따라나섰다. 그러곤 양 손을 내밀어 순순히 수갑을 찼다.

"당신들 뭐야? 왜 이러는 거예요?"

추이란은 실성한 사람처럼 소리를 질렀다.

"범죄 조직에 가담한 죄로 입건합니다."

젊은 경찰이 말했다.

그렇게 웨이보는 경찰에 잡혀갔다. 웨이보는 그동안 가슴을 짓누르고 있던 돌덩이를 내려놓은 듯 홀가분한 표정이었다.

집으로 돌아간 추이란은 대성통곡을 했다. 또다시 외로워졌다. 이날 일만 없었어도 웨이보와 다시 오랫동안 만나볼 생각이었다. 물론 면회도 자주 갔고 자기 애인은 고귀한 인품을 갖춘 남자라고 여겼다. 어떤 종류의 인품인지 말할 수는 없지만, 어쩌면 쑥향과 관련이 있지 않을까?

'웨이보, 웨이보. 범죄 조직에 들어가놓고 왜 나랑 사귄 거야? 나 같은 여자는 그런 이상한 취미를 전혀 만족시켜줄 수 없는데, 그렇게 치면 나랑 만난 건 시간 낭비 아니었나?'

추이란은 마음속으로 중얼거렸다.

눈물이 앞을 가렸지만 문득 억지를 부린다는 느낌이 들어 울음을 그쳤다.

눈물이 멈추자마자 미스터 유가 떠올랐다. 기생오라비처럼 생긴 인간이 추이란의 어디가 좋다는 건지? 전에는 그런 인간이라면 얼굴을 보기만 해도 구역질이 날 정도로 딱 질색이었다. 하지만 지금 미스터 유를 떠올려보니 의외로 미미하나마 호기심이 생겼고 기분도 좋아졌다. 고향에서 올라온 뒤로 추이란은 사람이 많이 바뀌어 있었다.

이제는 미스터 유를 놀려주고 싶은 마음까지 들었다. 마음속 깊이 숨겨둔 비밀을 털어놓게 할 작정이었다. 미스터 유가 추이란 부모와 정말 알고 지낸 사이였는지 확실히 해두고 싶었다. 부모 생전에 알고 지낸 사이라면 추이란은 어떻게 전에는 미스터 유를 본 적이 없는 걸까? 몰랐던 사이라면 미스터 유는 또 어떻게 추이란 부모와 고향을 생생하게 묘사할 수 있는 걸까?

생각이 여기까지 미치자 추이란은 그 자리에서 룽쓰샹한테 전화를 걸었다.

"언니, 어디야?"

추이란이 물었다.

"어디긴 어디야, 손님하고 같이 있지. 근데 이분이 널 안다는데."

"미스터 유?"

"응, 맞아. 전화 바꿔줄게."

"추이란 여사, 너무 슬퍼하지 말아요."

미스터 유가 끈적끈적한 목소리로 말했다.

"어쨌든 살다보면 다른 선택지도 많잖아요. 이를테면 나도 그 선택지 중 하나이고. 나에 대해서는 생각 안 해봤어요?"

"지금 생각 중이에요."

"그거 잘됐네요. 우리 사이에 불꽃이 튀지 말란 법은 없으니까."

추이란은 전화를 끊고 한참이 지나도록 미스터 유의 말을 곱씹었다. 말하는 걸 들어보니 본인 아버지와 닮은 구석이 있었다. 추이란은 자신에게 어두운 과거가 있다고 생각해왔다. 그런데 미스터 유가 그 비밀스러운 과거에서 튀어나온 것이었다. 종잡을 수 없는 인간이었다.

추이란의 아버지는 과묵한 남자였다. 아버지에 대한 느낌은 늘 모호했다. 아버지가 무슨 생각을 하며 사는지 알 수 없었다. 아버지와의 관계는 좋을 때도 있고 안 좋을 때도 있었다. 물론 다정하게 지낼 때도 있었다. 하지만 아버지와 가까이 지낼 때조차 원래 모습은 꼭꼭 숨겨둔 것처럼 서로를 대했다. 상대방에게 꾸며낸 모습만 보여주려고 애썼다. 어릴 때도 추이란은 이 점을 잘 알고 있었다. 그때는 추이란과 아버지 둘 다 본인 모습에 만족하지 못해서 다른 사람이 되고 싶었던 게 아닐까 하는 생각을 했다. 하지만 나이를 먹으면서 생각이 달라졌다. 꾸며낸 모습으로 다른 사람을 대한다는 건 자신의 추악한 모습이 다른 이에게 받아들여지기 힘들기 때문이라고 말이다. 그러고 보면 추이란은 아버지와 생각이나 기질이 비슷했다. 이로써 모르긴 몰라도 자기가 다른 사람에게 주는 인상이 모호한 이미지가 아닐까 짐작했다. 이를테면 지금 다니고 있는 공장의 여주임은 꼭 추이란 옆에 서서 일하는 걸 뚫어지게 쳐다보기만 할 뿐 말 한마디 하지 않았다. 추이란의 업무에 대해 이러쿵저러쿵한 적도 없었다. 그게 바로 주임의 평가 아닐까? 추이란은 다른 사람이 자기를 어떻게 평가하든 개의치 않는 사람이었지만 이런 모호함이라니, 다소 긴장이 되었다. 어느 날 어스름한 잡목 숲에서 독사라도 한 마리 기어나온다면 그때는 어떻게 할 것인가?

새삼스레 아버지 생각이 났다. 만약에 미스터 유가 독사라면? 아버지가 미스터 유와 약속을 하지 않았던가? 미스터 유가 결코 추이란의 삶에 영향력을 행사할 수 없으리란 걸 아버지도 분명히 알고 있었을 것이다. 그래서 그 약속이란 것이 실로 가소로웠다. 추이란은 결혼할 때도 아버지의 승낙을 아예 받지 않았다. 결혼 발표를 했던 날도 아버지는 아무 말 하지 않았다. 어차피 말이 없는 사람이었다.

추이란은 룽쓰샹의 자유로운 삶도 나쁘지 않은 것 같았다. 룽쓰샹은 한번 손댄 일은 끝을 보고야 마는 여자였다. 추이란처럼 무언가를 숨기거나 감출 필요가 전혀 없었다. 룽쓰샹의 그런 성격이 미스터 유에게 매력적으로 다가왔던 건 아닐까? 그렇다면 미스터 유는 분명 그 누구보다도 한 수 위인 인간일 터였다. 설마 웨이보가 감옥에 가자마자 추이란의 마음이 변한 걸까?

2주 뒤, 추이란은 외곽에 있는 교도소로 면회를 갔다.

교도관들은 대체로 친절했다. 어떤 나이 든 교도관이 추이란더러 접견실에서 기다리라더니 한마디 했다.

"올해 몇 살이오? 서른다섯? 정말 안타깝군. 일찌감치 그 남자와 관계를 끊는 게 좋을 것 같네. 이런 일은 빨리 결심할수록 좋다고. 그런 놈은 구제불능이니까. 애는 몇이오? 없나? 근데 아직도 갈라서지 않았단 말이야?"

교도관은 화를 내며 가버렸다.

접견실은 텅 비어 있었다. 방 한가운데에 폭이 좁은 침상만 덩그러니 놓여 있었다. 책상이나 의자 같은 것도 없었다. 하얀 요가 깔려 있는 침상은 이불로 덮여 있었는데 별로 깨끗해 보이지는 않았다. 누군가 막 자고 나간 듯했다. 추이란은 그런 데 앉기 싫어서 쭈뼛쭈뼛 서 있었다. 마음이 초조했다.

잠시 뒤 웨이보가 들어왔다. 머뭇거리는 모습을 보니 온천여관에서 웨이보를 처음 봤을 때가 생각났다. 그 순간 웨이보가 추이란을 껴안더니 침상으로 엎어졌다. 그러곤 추이란의 몸을 마구 더듬었다. 추이란이 참다못해 확 밀치면서 소리를 질렀다.

"야, 이 미친놈아."

순간 멍해진 웨이보는 좋은 생각이 난 듯 이내 얼굴이 밝아졌다.

"여기서 온종일 자기 생각만 한다고. 이렇게 좋은 기회를 어떻게 놓치겠어? 아이고, 저 자식 왔네."

추이란이 고개를 돌리자 나이 든 교도관이 들어오는 게 보였고 웬 여자가 뒤따라 들어왔다. 곧이어 여자의 날선 목소리가 들렸다.

"이런 인간 말종은 보기만 해도 진절머리가 나. 얼른 나가자."

교도관과 여자는 들어오자마자 방문을 쾅 닫고 도로 나가버렸다.

"이게 얼마나 좋은 기회인데. 왜 싫은 거야?"

웨이보가 아쉬워하며 말했다.

"구역질 나."

"너무 자기 마음대로 하는 거 아니야?"

추이란은 싸가지고 온 책과 음식을 건넸다. 『대중영화』라는 잡지를 뒤적거리던 웨이보의 눈빛이 순간 쥐새끼처럼 희번덕거렸다.

'감옥에 들어오니 사람이 정말 변하는구나.'

추이란은 마음이 아팠다.

웨이보는 정말 범죄 조직의 일원 같아 보였다.

"재판은 언제쯤일 거 같아?"

추이란이 물었다.

"이런저런 궁리는 해봤자야. 이 문으로 들어온 이상 마음 비우고 편하게 지내는 게 좋아. 못 견디면 죽는 길밖에 없는 거고."

"그래도 범죄를 저지른 건 아니잖아."

"당연히 아니지. 내 운명일 뿐이니까."

웨이보는 눈을 내리깐 채 두 손을 비비고 있었다. 마음이 딴 데가 있는 듯했다.

"하기 싫으면 그냥 가. 사실 여기 서서 얘기하는 것도 불편해. 다른 사람한테 트집이라도 잡히면 무거운 처벌을 받을 수도 있거든."

말을 마친 웨이보는 추이란을 꼭 껴안더니 바로 밀어냈다.

웨이보가 빨리 가라고 재촉하자 추이란은 얼떨떨한 기분으로 나왔다.

추이란은 외곽에 있는 아스팔트 도로를 따라 걸었다. 서늘한 바람이 불자 머리가 다소 맑아졌다. 불현듯 뒤돌아서서 교도소를 바라봤다. 참 이상한 일이었다. 이층짜리 오래된 건물 뒤편에도 하늘 높이 솟은 커다란 나무가 있었다. 생김새도 친척 오빠 집 입구에 있던 나무와 비슷했고, 빽빽한 검정 이파리도 햇살을 받아 금속 빛을 띠며 반짝거리고 있었다. 이런 연상이 이어지자 돌연 두려움이 엄습했다. 순간 다리가 풀려 길가에 아무렇게나 나 있는 풀숲에 주저앉았다. 웨이보의 실망한 얼굴이 끊임없이 마음을 짓눌렀다. 괜한 고집을 부리는 걸까? 웨이보가 이제 정말 자유를 잃었다는데, 접견실에서 보인 추이란의 태도는 더 이상 웨이보를 사랑하지 않는다는 의미 아닐까?

면회를 올 때보다 더 울적해진 추이란은 온몸의 힘이 쭉 빠졌다. 버스 정류장에서 3킬로미터 정도밖에 안 되는 거리여서 아침에 걸어올 때는 전혀 힘들지 않았다. 모든 게 변해버린 탓에 집으로 돌아가는 길은 몹시 힘들었다. 몸이 쑤시고 잇몸도 퉁퉁 부어올랐다. 전갈이나 독사가 나올지도 몰라 풀숲에 오래 앉아 있을 수는 없었다. 힘겹게 버티면서 아스팔트 도로를 따라 천천히 걸었다. 얼마간 걷다보니 정신을 잃을 것만 같았다. 그때 느닷없이 등 뒤에서 삐그덕거리는 소리가 났다. 웬 노인이 바퀴가 두 개 달린 리어카를 끌고 오고 있었다.

"탈 거요? 8위안이오."

웅웅대는 목소리였다.

추이란은 연신 고맙다고 인사하며 리어카에 올라탔다.

교도소가, 커다란 나무가 계속 눈앞에 아른거렸다. 분명히 꽤 멀리까지 왔고 두 번이나 길을 꺾었는데도 그랬다. 오래된 건물 아래층에 널어놓은 이불까지 눈에 선했다. 뭔가 이상했다. 노인이 리어카를 끌고 앞으로 유유히 걸어가고 있었다. 노인의 반팔 메리야스에서 땀 냄새가 났다. 노인을 보자 아버지 생각이 났다. 아버지는 힘들 때 몇 번이고 힘이 되어주던 사람이었다. 이가 줄곧 시큰거려 리어카에 앉아 있는 것만으로도 고역이었다. 최악은 눈앞에 오래된 건물과 커다란 나무가 연신 어른거린다는 거였다. 악순환의 고리를 벗어날 수는 없는 걸까? 마음이 복잡해졌다.

길을 잘못 든 게 아닐까 하는 생각이 들었다. 아스팔트 도로가 하나밖에 없는 곳인데 왜 한 시간 반을 가도 정류장이 나오지 않는 걸까? 이제 교도소는 보이지 않았지만, 작은 민둥산들 사이로 난 길가의 풍경이 낯설기만 했다. 아까 올 때는 분명히 민둥산이 없었다. 긴장을 늦출 수 없었다.

"어르신, 이제 다 온 거죠?"

"그렇소. 여기서 좀 쉬다 가는 게 좋겠네. 오른쪽에 있는 집이 우리 조카딸네거든."

리어카에서 내린 노인이 길가 잡목 숲을 후다닥 헤치고 들어가더니 이내 시야에서 사라졌다. 리어카에 앉아 있던 추이란은 앞쪽을 살펴봤지만 도시에 있던 건물은 물론이고 정류장조차 찾을 수 없었다. 애써 멀리 보려 해도 아스팔트 도로는 엷은 안개에 덮여 있어 앞이 잘 보이지 않았다.

리어카에서 내린 추이란은 산기슭으로 내려갔다. 아무렇게나 난 풀만 있을 뿐 나무 한 그루 없는 산이었다. 풀숲에 무덤이 두 기 있었다. 또다시 교도소 생각이 나자 기분이 울적해졌다. 좋아하는 남자가 산속에서 살겠다고 하면 과연 좋은 일일까? 모르긴 몰라도 산속 남자가 되는 게 웨이보에게는 좀더 나을 터였다. 아니면 교도소 안에서 길고 긴 밤을 보내야 하니까. 추이란은 왠지 서둘러 집으로 돌아가고 싶지 않았다. 텅 빈 집은 더 이상 매력이 없었다. 어차피 내일은 출근하지 않아도 되니 여기서 등산이나 하자고 마음먹었다. 그랬더니 삽시간에 잇몸 통증이 사라지고 다시 힘이 솟아났다.

무덤이 가까운 산중턱까지 올라갔다. 그제야 봉분에 나 있는 잡초더미에 누군가 앉아 있는 게 보였다. 그 사람이 추이란을 향해 얼굴을 돌렸다. 넷째 숙부였다.

"숙부님, 늘 이렇게 정처없이 떠돌아다니시는 거예요?"

"말도 안 되는 소리. 원래 자주 오는 곳이란다."

넷째 숙부의 목소리가 꼭 마이크로 말하는 것처럼 들렸다. 숙부는 봉분에 두 다리를 올려놓았는데, 바지통이 접혀 올라가 다리까지 진행된 궤양이 보였다. 눅눅해서 곰팡이가 자주 피는 곳을 저렇게 노상 왔다갔다하니 온몸이 썩어들어가지, 추이란은 생각했다.

"숙부님도 웨이보에게 무슨 일이 있었는지 알고 계셨어요?"

"무슨 일이 있겠어? 웨이보는 만만찮은 사람인데. 가봐라, 이제 어두워진다. 모름지기 인생은 길게 보고 계획을 세워야 한다."

숙부는 봉분에서 내려와 산 뒤편으로 걸어갔다. 추이란도 따라가고 싶었지만 숙부가 돌아서서 매서운 눈초리로 쳐다보는 바람에 그러지 못했다. 어둠 속에서 숙부의 살쾡이 같은 눈이 초록빛으로 번뜩였다. 그 눈빛이 무서워서 산을 도로 내려갈 수밖에 없었다.

산에서 내려가자마자 날이 어둑해졌다. 추이란은 돌아가는 길을 얼추 찾아냈다. 그때 교도소 쪽에서 처량하게 우는 소리가 들려왔다. 누군가 가혹한 형벌을 받고 있는 듯했다. 혹시나 웨이보 목소리일까 싶어 정신을 집중하고 들어봤지만 알 수 없었다. 고통스럽게 자리에 서 있던 추이란은 몹시 혼란스러웠다. 순간 누가 어둠 속에서 말을 걸었다. 꽤나 익숙한 목소리였다.

"그런 일은 허다하니까 너무 마음 쓰지 마."

룽쓰샹이었다. 룽쓰샹은 추이란이 타고 온 리어카에 앉아 있었다.

"언니, 거기서 뭐하고 있는 거야?"

"내가 이 사람 내연녀거든. 리어카 주인 말이야. 리어카 끈다고 별 볼 일 없는 남자로 보지 마라. 내가 아는 사람 중에 별 볼 일 없는 사람은 없으니까. 이 사람만 해도 지역 유지가 아닐까 싶어. 돈을 물 쓰듯이 한다니까. 사실 나 혼자 이런 늙다리 상대하는 거 힘들어서 그러는데 너도 나랑 같이 이 일 하자."

룽쓰샹의 목소리가 점점 커졌다.

추이란은 내심 놀란 마음을 억누르며 말했다.

"아니야, 아니야. 아직 그런 생각은 안 해봤어. 한다고 해도 혼자할 일이지 다른 사람이랑 같이 하지는 않을 거야."

룽쓰샹은 흥, 하더니 한참을 아무 말도 하지 않았다.

리어카 영감이 욕지거리를 하며 다가왔다. 술 냄새가 확 풍겼다.

"이년이, 너 여기 눌러앉아서 내 재산 다 빼가려는 거지? 퉤."

리어카 영감은 발로 바닥을 쾅쾅 차며 손으로 룽쓰샹을 한 대 때렸다. 그러자 룽쓰샹이 리어카에서 잽싸게 뛰어내려와 리어카 영감을 꽉 끌어안았다. 두 사람은 그대로 길가 덤불 속으로 고꾸라졌다.

둘이 한참 동안 바닥에서 뒹구는 소리가 들렸다. 피곤하지도 않은 모양이었다. 추이란은 그냥 걸어서 정류장까지 가기로 했다. 발을 내딛자마자 룽쓰샹이 소리를 질렀다.

"가지 마. 가면 안 돼."

추이란은 의아하다는 듯 멈춰섰다.

룽쓰샹이 뛰어오더니 추이란을 붙잡고 크게 화를 냈다.

"도망가려고? 혼자만 빠져나가시겠다? 꿈 깨셔."

룽쓰샹이 리어카를 다시 타라고 명령조로 말했다.

노인은 두 여자가 탄 리어카를 끌면서 길옆에 있는 잡목 숲으로 들어갔다. 추이란은 앞에 길이 있는지 없는지조차 몰랐고 그런 일에는 관여할 기분이 아니었다. 그저 룽쓰샹의 어깨에 기댄 채 룽쓰샹 몸에서 나는 송진 냄새를 맡으며 졸기 시작했다. 룽쓰샹이 라이터를 만지작거리는 소리가 어렴풋이 들렸다. 담배를 피우고 있었다. 룽쓰샹은 굉장히 침착한 여자였다. 믿음직스러운 면도 있고 자신에 대한 파악도 뛰어났다. 추이란은 이름이 생각나지 않는 지인의 집에서 룽쓰샹을 몇 번 본 적이 있었다. 당시에는 웃으면 눈이 초승달이 되는 젊고 아름다운 여자였다. 다시 만났을 때는 나이 들어 보이는 초췌한 방직공장 여직공이 되어 있었다.

세 사람은 길게 늘어서 있는 이층 건물 앞에 도착했다.

"여기가 '원앙 보금자리'라는 곳이야. 다섯 번째 집이 라오융과 같이 빌린 집이고."

룽쓰샹은 색기 가득한 목소리로 말하며 추이란을 끌어안고 건물 안으로 들어갔다.

"근데 난 셋이서 같이 놀고 싶진 않아."

추이란이 낮은 목소리로 말했다.

"죽고 싶냐."

룽쓰샹은 추이란을 오른쪽으로 밀었다.

추이란이 엉거주춤 집 안쪽으로 밀려들어갔다. 룽쓰샹은 추이란을 본채에 가둬놓고 라오융이란 작자와 집 뒤쪽으로 가버렸다. 라오융의 저속한 노랫소리가 들렸다.

3와트짜리 작은 전등까지 있는 방은 그런대로 괜찮았다. 가구도 봐줄 만했다. 하나같이 두꺼운 나무로 만든 가구는 페인트가 아직 다 마르지 않아, 맑고 청아한 냄새를 풍겼다. 벽에는 새와 꽃이 새겨진 문고리가 달린 진열장이 몇 개 놓여 있었다. 테이블 옆에 앉은 추이란은 룽쓰샹과 라오융이 집 뒤쪽에서 위층으로 올라가는 소리에 귀를 기울였다. 둘 다 몸매가 육중해서 한 걸음 옮길 때마다 계단 전체가 흔들렸다. 까딱하면 무너질 것 같았다. 교도소 방향에서 처량한 울음소리가 또 들려왔다. 방금 길가에서 들은 것보다 더 잘 들렸다. 추이란은 순간적으로 웨이보의 울음소리라는 걸 알아차렸다. 처음에는 약간 쉰 목소리에 멈칫멈칫하는 울음이었는데 시간이 지날수록 히스테릭한 통곡으로 변했다. 추이란은 자기도 모르게 눈물범벅이 되었다.

그때 누가 밖에서 문을 세차게 두드리며 소리를 질렀다. 어쩐지 익숙한 여자 목소리였다. 추이란은 문이 밖에서 잠겼다고 말했다. 말이 끝나자마자 여자는 추이란도 화들짝 놀랄 정도로 세게 문을 걷어찼다.

룽쓰샹과 함께 온천여관 아가씨가 된 여자는 룽쓰샹의 방직공장 동료였다. 어스름한 빛줄기 속에 드러난 여자의 얼굴은 화장을 해서인지 전보다 한층 젊어 보이는 데다 예쁘고 사랑스럽기까지 했다.

"원래 내 손님인데 룽쓰샹이 뺏어갔어요."

여자가 천장을 가리키며 말했다. 추이란은 위층에서 울리는 발소리에 주의를 기울였다. 쿵쿵 걸을 때마다 바닥이 뚫릴 것 같았다.

"저 사람들 뭐하는 거예요?"

추이란이 놀라서 물었다.

"하긴 뭘 해요, 당연히 싸우는 중이겠죠. 룽쓰샹 그 인간은 손님 등골 빼먹기 전까지는 절대 그만둘 인간이 아니예요. 내 말 좀 들어봐요. 거기 멍하니 서서 뭐 해요? 여기 의자에 앉아서 나랑 얘기 좀 해요."

여자가 진열장이 드리운 그림자 속에 자리를 잡자 추이란도 걸어가 옆에 앉았다. 여자가 추이란의 손을 끌어당겨 꽉 잡았다. 여자는 온몸을 덜덜 떨고 있었다.

"이름이 뭐예요?"

"진주예요."

"추워요?"

"아니요. 살짝 긴장돼서요. 위층에서 무서운 일이 벌어지고 있잖아요. 남녀 사이의 일이란, 까딱했다간 목숨이 오가는 거니까. 이 바닥이 리스크가 엄청 크거든요."

"그렇게 겁나면 아예 관두면 되잖아요."

"정말 바보 같네요. 위험한 일일수록 재밌다는 걸 모르시네. 룽쓰상이랑 나랑 방직공장에서 어떻게 지낸 줄 알아요?"

진주는 말을 이어나가면서도 천장에서 한시도 눈을 떼지 않았다. 그림자가 드리운 왼쪽 천장에서 먼지가 후두둑 떨어졌다. 그때마다 위층에서 쿵쾅거리며 뛰는 소리가 들렸다. 무슨 일인지 짐작해보다보니 추이란의 울적했던 기분이 서서히 호기심으로 바뀌고 어느새 긴장도 풀렸다. 진주는 추이란 손을 세게 잡은 채 몸을 이리저리 흔들었다. 앉아 있던 곳이 어두컴컴한 탓에 진주의 표정은 잘 보이지 않았다.

"우리 방직공장에 와본 적 없죠? 아이고, 말도 마요. 시멘트 섞을 때 쓰는 큰 들통과 다를 게 없다니까요. 나는 거기서 피까지 토했잖아요. 그래서 룽쓰상한테도 이 일 그만두지 않으면 공장에서 죽게 될 거라고 말할 정도였어요. 결국 같이 도망쳐 나왔죠. 생각해봐요. 우리 둘 다 어린 나이도 아닌 데다 이렇다 할 기술도 없고 몸도 안 좋으니 무슨 수로 다른 일을 하겠어요? 룽쓰상도 접대부가 되고 싶어했지만, 늙었다고 우리를 써준다는 데가 없었어요. 룽쓰상이란 여자 말이에요, 엄청 끈질긴 사람이더라고요. 그래서 결국 우리 둘 다 이 바닥에서 살아남았지만요. 갈수록 이 일이 좋아지기도 했고. 그럴 줄 몰랐죠? 일을 하면 할수록 의욕이 생겨서 나름대로 손님 관리도 하고 그러다보니까 수입도 꽤 괜찮아졌어요. 그런데도 룽쓰상은 만족을 못 하더라고요. 야심이 대단한 여자죠."

룽쓰상을 아주 높이 사는 듯한 말투였다. 추이란은 진주와 룽쓰상이 대체 무슨 관계일지 궁금했다.

"나 어때 보여요?"

진주가 느닷없이 물었다.

"꽤 괜찮은데요. 전혀 여공처럼 보이지 않아요."

"그렇죠? 그 말 새겨들어야겠네. 예전 삶과 지금 삶은 완전 천지 차이예요. 천국과 지옥이라고나 할까?"

"룽쓰샹은 라오융 돈을 뜯어낼 생각이래요?"

추이란이 물었다.

"아이고, 자기도 속물이구나. 고작 몇 푼 뜯어내려고 이 고생을 한다고? 룽쓰샹이 하고 있는 게 바로 사랑이란 거예요. 우리 같은 사람들을 누가 속여먹을 수 있다고. 이런 참사랑만이 우리를 꺾을 수 있는 거죠. 라오융은 내가 먼저 좋아했는데 룽쓰샹이 뺏어간 거라고요. 그렇다고 질투하는 건 아니에요. 왜냐? 룽쓰샹이 나보다 훨씬 더 열정적이거든요. 젠장. 이런 얘기까지 하다니. 그 고된 공장 그만둔 생각만 하면 걷다가도 좋아서 저절로 폴짝폴짝 뛰게 된다고요. 이제야 나랑 룽쓰샹도 가슴 쫙 펴고 다닐 수 있게 된 거지. 우리가 수완이 있다는 건 알고 있었고, 그러다보니 사랑도 할 수 있었던 거예요."

진주의 감정이 순식간에 급변했다. 천장을 바라보고 있던 시선도 아래로 떨구었다. 진주는 추이란의 손을 놓더니 제 머리를 두 손으로 감싸쥐었다.

"왜 그래요?"

추이란이 물었다.

"저자들이 가버렸어요."

목소리에 처량함이 묻어났다.

"그렇게 후다닥 내려와서 훌쩍 가버리다니…… 사랑의 수명이 정말 그렇게 짧은 건가요?"

"무슨 말이에요?"

"아, 솜 부스러기 말이에요, 솜 부스러기. 룽쓰샹이랑 내 폐에 솜 부스러기가 얼마나 많이 들어간 줄 알아요? 20년 동안이나⋯⋯ 솜 부스러기가 폐에 엉겨붙었다고요. 지금까지 살아남은 것도 용하지 않아요? 난 우리 둘 중 하나라도 행복하게 살기를 늘 바랐어요."

"라오융이 정말 지역 유지예요?"

"룽쓰샹과 내 눈에는 그 사람 재산이 어마어마해 보여요. 전략을 잘 짜서 내 손안에 넣고 말 거예요."

추이란은 웨이보 일이 생각난 김에, 근처에 죄수들이 많은 교도소가 있는 걸 알고 있었느냐고 물었다.

"당연히 알고 있었죠. 여기가 '원앙 보금자리'잖아요. 남녀가 서로 엉겨붙어 있는데 범죄가 안 일어날 리 없죠. 그래서 교도소도 있는 거고요."

"연상 능력이 대단하네요."

"사실 지금 좀 울적해요. 남자를 죽였거든요. 자수해야겠죠? 죽일 때 그 사람이 발버둥 치던 모습이 머릿속에서 떠나질 않아요."

추이란이 진주의 등을 토닥이며 그 남자를 사랑한 거냐고 물었다.

"그럼요. 난 바보니까. 저 문 좀 열어줄래요?"

추이란이 문을 열자 끌어안고 지나가는 커플이 눈에 들어왔다. 남자의 뒷모습이 웨이보와 비슷했다. 좀더 자세히 살펴보려고 밖으로 나갔지만 순간 먼지가 크게 일어 시야가 뿌예졌다. 그때 진주가 절망에 찬 소리를 질렀다.

"폐가 아파서 숨을 못 쉬겠어. 아, 너무 아파."

안으로 들어와 의자에 앉은 추이란이 진주의 등을 가볍게 두드렸다.

정신을 차린 진주가 위층에서 아직도 발소리가 나느냐고 물었다. 추이란은 잠시 귀를 기울여보다가 아무 소리도 들리지 않는다고 했다.

"동에 번쩍 서에 번쩍 하는 두 사람이 또 위층으로 올라갔나보네요. 미래가 없는 사랑이긴 하지. 그래도 난 룽쓰샹이 행복했으면 좋겠어요."

"마음씨가 예쁘네요."

추이란이 진심으로 말했다.

"아무렇게나 말하지 마요. 난 전혀 안 착하니까. 룽쓰샹을 몇 번이나 죽일 뻔했다고요. 서로 질투도 하고 티격태격하기도 하고. 그런데도 룽쓰샹이 행복하길 바라는 건, 우리 같은 인간들은 행복할 수 없다는 걸 인정하기 싫어서죠."

위층에서는 전혀 기척이 없었다. 추이란은 진주가 환각에 시달리고 있단 생각이 들었다.

진주는 땀이 밴 손으로 추이란을 끌어당겨 앉혔다.

"사람들이 여기 오는 이유는 딱 한 가지예요. 룽쓰샹과 나도 목적이 분명하긴 하지만 나는, 난 왜 여기 온 걸까요? 잘 모르겠어요. 여기 뭐하러 온 건지 까먹었거든요. 뛰고 또 뛰어서 차를 겨우 한 대 잡아탔더니 여기로 오더라고요. 차 안에서 작은 새가 된 것 같은 자유를 느꼈고요. 시멘트가 가득 들어찬 들통 속에서 드디어 도망쳐 나온 거 아닐까? 이제야 나만의 삶이 생긴 거 아닐까? 근데 왜 또 울적해지는 거지? 하지만 이게 다 병이란 거 나도 알아요. 잊을 만하면 도지는 병. 아, 폐가 너무 아프네."

진주는 괴로워서 못 참겠다는 듯 소리를 질렀다.

"진주, 진주. 우울해하지 마요. 반드시 행복해질 거예요."

이렇게 말하고 나니 추이란은 갑자기 머리가 멍해졌다. 무슨 쓸데없는 말을 한 거지, 라는 생각이 들었다. 진주는 대꾸도 하지 않고 소리도 지르지 않았다.

둘 다 어둠 속에서 한참 동안 침묵을 지켰다. 그사이 추이란은 의자에 기댄 채 잠이 들 뻔했다. 정신이 몽롱한 상태에서 옆에 앉아 있던 진주 쪽으로 손을 뻗어봤는데, 아무것도 없어서 화들짝 잠이 깼다.

"진주, 어딨어요?"

"밖에요. 빨리 나와봐요."

추이란은 문 바깥쪽을 더듬어보고는 문 앞에 서 있던 진주 옆으로 다가갔다. 아무도 없어서인지 밖은 아주 조용했다. 달이 중천에 떠 있었다. 세숫대야만큼 큰 달은 처음이었다. 꿈인지 생시인지 구분이 되지 않아 허벅지를 세게 꼬집어봤다. 오른쪽에 길게 늘어서 있는 '원앙 보금자리'가 까만 용처럼 저 멀리까지 뻗어 있었다.

"저쪽에 있는 작은 문을 통해서 집 뒤로 가면 위층으로 올라갈 수 있어요. 우리 라오융과 룽쓰샹을 급습해볼까요?"

진주는 한껏 신이 난 눈치였지만 추이란은 멈칫거리며 그대로 서 있었다. 진주가 말을 이었다.

"라오융은 질 안 좋은 시멘트를 만들어 파는 장사꾼이에요. 그런 식으로 돈을 많이 벌었죠. 우리 마을에 새로 지어진 집 3분의 1은 라오융의 시멘트를 썼어요. 내가 그 돈 등쳐먹으려고 했는데 일이 갑자기 이렇게 될 줄은 생각도 못 했네요. 룽쓰샹이 좋은 영향을 끼쳤나보더라고요. 안 올라갈 거예요? 아니면 나 혼자 가고요.”

추이란은 유혹을 뿌리치지 못하고 따라나섰다.

진주를 따라 위층으로 올라가는데 좁디좁은 계단이 금방이라도 무너질 것 같았다. 순간 발을 헛디디는 바람에 외마디 비명이 터져 나왔다. 온몸이 땀으로 뒤범벅되었다. 다행히 뒤쪽에 있던 진주가 추이란 옷을 갈고리처럼 꽉 붙들어 끌어당겼다.

“젠장.”

진주가 화를 냈다.

위층에 있는 방은 천장이 기울어져 있었고 3와트짜리 작은 전등이 켜져 있었다. 한가운데에 놓여 있는 폭이 좁은 침상을 보니 교도소 접견실 구조가 떠올랐다. 이불은 잘 개켜져 있었다.

“아무도 없는데요.”

추이란이 말했다.

“눈에 보이는 게 다가 아니에요.”

진주는 옷장과 벽장을 확확 열어젖혀보고 손전등을 비추며 침대 밑도 샅샅이 뒤졌다.

어둠 속에서 홀린 듯이 우두커니 서 있던 추이란의 옷자락을 누가 불쑥 잡았다. 고개를 숙여 옆을 얼핏 보니 커다란 나무 궤짝에서 새하얀 팔뚝이 나와 있었다. 그 인간들이군. 몸에 쫙 달라붙는 옷만 대충 걸친 남녀 한 쌍이었다. 남자는 위에 여자는 아래에 자리해 서로 엉겨붙은 모양새였다.

진주도 다가오더니 추이란과 함께 나무 궤짝 옆에 서서 남녀를 쳐다봤다.

"나도 어쩔 수가 없었어."

룽쓰샹의 울먹이는 목소리가 방 안을 울렸다.

"진주, 넌 악마의 소굴을 벗어난 거야. 그때 만약……."

"그 얘기는 꺼내지 마, 이 멍청아. 그때로 돌아가면 내가 절대 못 그만두게 할 거야. 왜 우린 행복하게 살 수 없는 걸까?"

진주의 목소리가 한층 누그러졌다.

"룽쓰샹, 전에 우리끼리 한 약속 다 잊은 거야? 꾀부리지 말고 끝까지 버티는 게 좋을 거야. 여기 추이란도 봐봐. 얼마나 강한 여자인지. 애인이 교도소에 들어갔는데도 전혀 기죽지 않잖아. 거기에 비하면 부끄러운 줄 알아야지. 라오융이 옆에 있다고 그런 말이나 해대고 말이야. 라오융, 라오융. 내 말 듣고 있어요?"

"듣고 있네."

남자의 나지막한 목소리가 방 안을 울렸다.

"룽쓰샹은 값을 매길 수 없는 보물이에요."

진주가 이 말을 남기고는 추이란을 데리고 아래층으로 내려갔다.

추이란과 진주는 다시 커다란 달덩이 아래 서 있었다.

"근데 왜 이렇게 마음이 공허한 걸까요?"

진주가 가만히 말했다.

"라오융을 사랑하니까 그런 거겠죠."

추이란이 말했다.

"아마도. 여하튼 우린 시내로 돌아가야 해요."

추이란과 진주는 시내로 돌아갔다. 어느새 날이 훤해져 있었다.

진주가 온천여관으로 돌아가겠다며 길가에서 잘 가라고 인사했다. 진주의 얼굴은 생기가 넘쳤다. 밤을 새운 사람 같지도 않고 병에 걸린 사람처럼 보이지도 않았다. 진주가 떠나자마자 맥도널드 앞에서 두리번거리고 있는 미스터 유가 눈에 들어왔다. 추이란이 손을 흔들었더니 미스터 유가 다가왔다.

"여기서 뭐 해요?"

추이란이 웃으며 물었다.

"추이란 여사 기다리고 있었죠. 이제 이 후보 선수가 입장해도 되겠습니까?"

"왜 진주를 따라가지 않고요?"

"진주는 갈 데가 따로 있어요. 지금 한창 들떠 있는 상태라 끼어들기가 좀 그래요."

기생오라비처럼 생긴 미스터 유의 얼굴은 여전했고 손톱도 여자처럼 둥글게 다듬어져 있었다. 미스터 유가 길가 맞은편에 있는 카페로 가자고 했다.

추이란은 커피는 마시지 않았지만, 배가 몹시 고팠던 터라 달걀전병을 두 개나 연거푸 먹어치웠다. 미스터 유는 마음이 딴 데 가 있는지 눈빛이 산만해 보였다. 설마 다른 여자를 기다리고 있는 걸까?

"할 말 있는 거 아니면 난 그냥 갈게요."

추이란이 일어서면서 말했다.

"아니야, 가지 마요."

미스터 유가 당황하며 앉으라는 손짓을 했다.

"해줄 얘기가 있어서 오라고 한 거예요. 웨이보가 지금 어떤 상황인 줄 알아요?"

"아이고, 말도 말아요. 웨이보 아주 큰일 났어요. 어떻게 난 여태 그렇게 사람 가둬놓는 데가 있다는 것도 모르고 살 수 있었을까요? 더 겁나는 건 그런 데는 절대 편안한 곳이 아니라는 거예요. 허무하고 몽롱한 상태에 빠져든 느낌이겠죠. 웨이보도 절망에서 헤어나오지 못하고 있는 거 같아요."

말을 끝낸 추이란은 얼굴이 창백해졌다. 눈앞이 흐릿해지면서 물에 빠진 느낌이었다. 미스터 유의 당황한 목소리가 들렸다.

"추이란, 추이란. 왜 그래요……."

테이블에 몇 초 정도 엎드려 있었더니 차츰 앞이 보이기 시작했다.

"괜찮아요."

추이란이 힘없이 말했다.

"따뜻한 차를 좀 마셔봐요."

미스터 유가 자상하게 말했다.

차를 따르러 가는 미스터 유의 뒷모습이 온천에 있는 작은 물고기를 닮은 것 같았다. 도시에는 이 정도로 조용조용한 남자가 별로 많지 않았다.

차를 다 마시자, 미스터 유가 추이란을 데려다주겠다고 했다. 나랑 자려는 속셈이겠지, 추이란은 생각했다.

하지만 잠자리를 같이할 마음이 없던 미스터 유는 테이블에 앉아 추이란을 멀거니 바라보기만 했다.

"전부터 집에 한번 와보고 싶었는데, 워낙 도도하게 굴어서 말이지." 미스터 유는 웃을 듯 말 듯한 표정을 지었다.

"우리 골동품점에 룽취안龍泉 중국의 고급 도자기 생산지 청자 화병이 한 무더기 들어왔는데, 밤에 위층에서 쳐다보고 있으려니 무섭더라고요."

추이란이 웃음을 터뜨렸다.

"왜 웃어요?"

미스터 유는 얼굴이 빨개졌다.

"이 바닥에서는 망령과 교류하는 게 일이거든요. 나 같은 사람이 이런 일을 하면 수명이 짧아진다고 하더라고요. 그래서 마음이 좋지 않아요. 이제껏 가정도 못 꾸리고, 이러다 돌연사할까봐 걱정이에요."

"너무 비관적이다. 건강해 보이는데요, 뭘."

"겉으로만 그런 거예요. 지옥살이를 하고 있는 거죠. 이승의 삶은 유리로 가려져 있는 것처럼 아무리 봐도 이해가 잘 안 된다고요. 그렇다고 내가 그만둘 사람은 아니지. 나 같은 사람이야말로 '욕심이 한도 끝도 없는 사람'이니까. 밤이 되면 아무도 없는 고성古城을 여기저기 거닐면서 몸속 에너지를 모조리 다 써버리곤 해요. 이제 내 얘기는 그만하고 웨이보 얘기나 해보죠. 지금 상황이 안 좋다고요? 뭔가 잘못 알고 있는 거 아니에요? 옆에서 지켜본 바로는 웨이보가 그렇게 자기 상황을 엉망으로 만들 사람이 아닌데."

"그래요? 그런 말 들으니까 기분은 좋네요."

"기분 좋게 해주려고 온 거예요. 추이란은 내 청춘 시절의 우상이니까요. 웨이보가 그러고 있는 건 정상이에요. 물론 금방 풀려나진 않을 거고. 근데 왜 좋은 기회를 놓치는 거예요?"

"뭐라고요?"

추이란이 언성을 높였다.

왜 웨이보와 교도소에서 관계를 갖지 않았느냐는 말로 오해했다.

"웨이보 같은 사람은 끝까지 꼬치꼬치 캐물어야 해요. 행적도 낱낱이 파헤쳐야 주도권을 갖게 된다고요."

"아, 그런 말이었구나. 근데 왜 그렇게 여자한테 관심이 많은 거예요? 여자랑 남자는 서로 다른 종이라고 생각하지 않나요?"

"하하, 정말 그렇게 생각하고 있었는데, 맞히셨네. 여자는 신비할 정도로 예측 불가능한 종이라니까. 룽쓰샹만 봐도, 몇 년을 사귀었는데도 무슨 생각 하는지 도통 모르겠거든요. 하긴 그게 매력이긴 하죠. 눈이 따끔거린다고 해서 방직공장까지 데리러 가곤 했어요. 그때는 뭐 둘 다 조건 같은 건 따지지도 않고 같이 밥만 먹고 그랬는데도 어느 순간 보니 사귀고 있더라고요."

미스터 유는 이렇게 말하며 일어나더니 집에 갈 채비를 했다. 추이란은 미스터 유가 룽쓰샹과 있었던 일을 조금 더 얘기해줬으면 싶었다.

"룽쓰샹과 잘 안 돼서 정말 안타깝네요."

"안타깝기는요. 걸핏하면 돌연사할 거 같은 느낌이 든다고 내가 말하지 않았나요?"

미스터 유는 온천 물고기처럼 밖으로 유유히 빠져나갔다.

추이란은 그제야 집으로 돌아온 느낌이 들었다. 여긴 오롯이 추이란만의 집이었고, 정말 다시 집으로 돌아온 것이었다. 밖에 얼마나 나가 있었던 걸까? 알고 보니 꼬박 하루 밤낮이 걸린 셈이었다. 왠지 어제 느꼈던 절망감은 사라지고 없었다. 전에는 느껴보지 못

한 내면의 감정이 삶에 모습을 드러냈다. 내면의 감정이 느껴지는 세계 속으로 들어가 모험을 감행할 것인지는 아직 결정하지 못했다. 한 가지 분명한 건 아무 걱정 없는 예전 생활로 다시는 돌아갈 수 없다는 것이었다. 예전에 자신이 얼마나 무지했는지를 되돌아보다가 미스터 유가 자기를 등쳐먹으려는 줄 알았다는 걸 깨달았다. 미스터 유와 룽쓰샹, 진주는 대체 어떤 사람들인 걸까? 가장 중요한 문제는 사실 웨이보가 어떤 인간이냐는 것이었다. 방직공장에 다니는 미스 쓰와 웨이보는 또 무슨 관계일까? 여기까지 생각이 미치자 눈앞이 캄캄해졌다. 아마 그건 추이란이 영원히 알 수도, 이해할 수도 없는 하나의 세계일 터였다. 그런데 추이란은 왜 자신과 상관도 없는 일을 자꾸 떠올리는 걸까? 이제부터는 마음속에 두고 있는 일에만 신경을 쏟기로 했다.

　꿈을 꿨다. 추이란은 꿈에서 별것도 아닌 것에 감동을 받았다. 이를테면 잿빛 거리, 길 양옆으로 늘어선 잿빛 집들, 보도에 서 있는 잿빛 행인과 나무들, 하늘을 날아다니는 비둘기 무리, 도로 한복판을 지나다니는 잿빛 여행 차량, 차 안에서 상반신만 내밀고 두리번대는 잿빛 차양 모자를 쓴 젊은 여자가 감동적이었다. 하천 둑 밑으로 난 길로 접어드는데, 웨이보가 추이란을 향해 걸어왔다. 같이 비누공장에 가지 않겠느냐고 웨이보가 물었다. 내심 기분이 좋아진 추이란은 고개를 연신 끄덕거렸다. 웨이보가 하천을 가리키며 비누공장이 저 밑에 있어서 매일 잠수해서 출근한다고 했다. 추이란은 말도 안 된다며 하하 웃다가 잠이 깼다. 순간 정신이 들었다.

　"연기 한번 잘하네."

시계를 보니 벌써 한밤중이었다. 밖에서 시끄러운 소리가 들려왔다. 몇 명이서 일제히 내지르는 소리였다.

"빨간 돛단배다, 빨간 돛단배. 여기 장사 잘된다."

근처에 '빨간 돛단배'라고 불리는 러브 카페가 있었다. 추이란도 한두 번 들르곤 했는데, 문신 있는 남자들이 드나드는 곳이라 분위기가 조금 애매한 카페였다. 자리에서 일어나 창문을 내다봤다. 아무것도 보이지 않았는데 무슨 소리가 들렸다. 다시 보니 누군가 우체통 쪽에 서 있었다. 잠시 인내심 있게 기다려봤지만 떠들썩한 소리는 더 이상 들리지 않았다. 우체통 쪽에 서 있던 남자는 네모난 작은 상자를 들고 있었다. 녹음기 같았다. 방금 들렸던 시끄러운 소리가 바로 거기서 나왔던 것이다. 남자는 팔에 문신이 있고 몸집도 건장했다. 겁이 난 추이란은 재빨리 불을 끄고 침대로 올라갔다. 좀 전까지 꾸던 꿈을 이어서 꾸고 싶었지만 꿈은 이미 깬 뒤였다. 눈을 감고 있는데 창밖의 떠들썩한 소리가 끊이질 않았다. 이상한 생각이 계속 머릿속을 맴돌았다. 빨간 돛단배가 카페 벽에 가득 그려져 있던 걸 기억해내고는 날이 밝으면 곧장 가서 제대로 확인해보기로 했다.

추이란은 애써 업무에 집중해보았지만 연달아 실수가 나왔다. 며칠 동안 그러다보니 공장 여주임이 할 말이 있다고 했다.

추이란은 사무실에 앉아 안절부절못했다. '무급 휴직'으로 처리되면 온천여관 종업원이 되어볼까 하는 생각도 했다. 온천여관에서 종업원을 뽑고 있다는 건 알고 있었다.

주임은 책망하는 기색 하나 없는 얼굴로 들어오더니 이런저런 얘기만 늘어놓았다. 뭔가 이상했다. 미모의 중년 여자가 하는 말 속에 함정이 들어 있는 것 같았다.

"나도 젊을 때는 창고 관리하는 사람이었어. 자기처럼 일을 싫어 했지. 재미가 요만큼도 없잖아. 자기 고충도 다 이해해."

"이제 어떻게 하실 건가요?"

"어떻게 하다니?"

주임이 방울만 하게 커진 눈으로 되물었다.

"추이란, 오해하지 마. 자기 손 느린 거는 우리가 다 안쓰러워하고 있는데 자기를 어떻게 하다니 무슨 말이야?"

"제가 자꾸 실수를 하잖아요. 처리하고 싶은 대로 하세요."

"젊을 때 실수 안 하는 사람이 어디 있다고? 추이란, 나쁜 맘 먹은 놈들이 자기 몸 팔기만을 기다리고 있는 거 알잖아. 그런 놈들이 바라는 대로 되게 그냥 내버려두지 않을 거야. 이제 자기도 절대 마음에 부담 갖지 마. 당당하게 어깨 펴고 다니라고."

주임이 토실토실한 손으로 추이란의 어깨를 몇 번 문질렀는데 성적인 뉘앙스가 전해졌다. 추이란은 의아한 눈초리로 주임을 뚫어져라 쳐다봤다.

주임이 손을 내려놓더니 아무렇지 않은 듯 말했다.

"자기 업무평가 점수는 안 깎을게."

추이란은 공장 밖으로 나가 집으로 가는 버스를 탔다. 주임이 한 말이 무슨 뜻인지 버스 안에서 곱씹어보았다. 삶에 뜻밖의 사건이 일어난 느낌이었다. 다소 불안하면서도 설레는 마음에 여관 일이 너무 하고 싶어졌다. 어쨌든 간에 공장에서 기계 만지는 일은 지겨웠다. 반복되는 업무 패턴과 매일 보는 얼굴들에 돌연 반감이 들었다.

저녁때 주임에게서 전화가 걸려왔다. 2주 동안 쉬라며 월급은 원래대로 나올 거라는 전화였다. 잘못 들은 건 아닌지 귀를 의심했다. 연거푸 세 번이나 물어봤지만 그렇게 하겠다는 답만 되돌아왔다. 그래도 마음이 놓이지 않았다.

"추이란, 이건 비밀인데, 골동품점 남자가 내 은인이야. 자기는 관심 없어도 그 사람이 자기 좋아하는 건 못 막는다는 거 나도 알아."

주임 목소리가 이상했다.

"그 사람 나 좋아하는 거 아니에요."

추이란이 말했다.

"그 남자가 자기를 안 좋아한다고? 아이고, 웃기는 소리 하네."

주임은 화를 내며 전화를 끊었다. 추이란은 벽에 걸려 있던 여배우 사진을 멍하니 바라봤다. 마음이 복잡했다. 지금 눈앞에서 벌어진 일을 어떻게 판단해야 할지 알 수 없었다. 모든 게 엉망이 된 상황에서 느닷없이 2주나 되는 휴가까지 생겼다. 그것도 미스터 유 때문이었다. 직속 상사는 미스터 유가 추이란에게 남다른 감정이 있다고 굳게 믿고 있고, 안 그래도 미스터 유의 은혜를 입은 까닭에 보답 차원에서 추이란에게 패널티를 주지 않고 되레 휴가를 준 것이었다. 도대체 어떻게 된 일일까? 세상이 점점 미쳐 돌아가는 걸까?

시간적 여유가 생긴 추이란이 웨이보를 보러 가는 건 어떻게 보면 당연했다. 어쨌든 웨이보야말로 추이란의 가장 친한 사람이었으니까. 하지만 지난번 그 일로 난감했던 기분이 떠오르자 또 그런 데를 가야 하나 싶어 머뭇거렸다. 아무리 사랑한다 해도 웨이보의 행동은 받아들이기 힘들었다. 교도소에 들어가더니 짐승처럼 거칠게 행동하는 인간이 되어버린 듯했다. 온 마음을 다해 사랑한다면 그런 모습도 받아들여야 하는 걸까? 추이란은 방직공장 미스 쓰를 다시금 떠올렸다. 웨이보는 그 아가씨 앞에서도 그럴까? 전에 있던 일을 곱씹을수록 자신이 싫어졌다. 그때 누군가 문을 두드렸다.

전 남자친구 샤오허였다.

"괴롭히려고 온 거는 아니고 비밀을 말해주려고 왔어."

샤오허가 부드럽게 웃으며 말했다.

"그 사람들이 지금 리산梨山에 있는 교도소로 웨이보를 호송하고 있어. 길 가다 봤는데 웨이보의 감정이 흔들리는 것 같더라. 전화해서 물어봐. 번호는 228153이야."

추이란은 샤오허를 방으로 들였다. 정말인지 거짓말인지는 알 도리가 없었다.

샤오허는 초라한 행색을 한 채 테이블 옆에 앉았다. 추이란은 샤오허가 불쌍한 척하고 있다는 걸 알아서인지 그런 모습이 전혀 딱해 보이지 않았다.

"리산은 적막한 곳이야. 황야에서는 늑대가 울부짖기도 한다고."

"지난번에 보내준 돈은 잘 받았어. 2만 위안."

추이란이 대꾸했다.

"잘됐네. 근데 나 이제 가봐야 해. 전화번호 적어봐. 228153."

"그런 복잡한 숫자 같은 거 좀 제발 머리에 담고 다니지 마. 건강에 안 좋잖아. 전에 같이 갔던 리산 말하는 거야?"

"맞아, 거기야."

샤오허가 돌아가자 방금 앉았던 자리에서 황야의 흙냄새가 묻어났다.

벌써 몇 년 전 일이었다. 추이란은 샤오허와 만나면 도시를 쏘다니곤 했다. 쇼핑을 하거나 분식집이나 찻집을 찾아가거나 친구들과 어울려 조그만 식당에서 밥을 먹었다. 추이란의 청춘 시절은 괴롭다기보다 유쾌한 적이 많았다. 샤오허와는 일 년을 만났다. 가을이 끝날 무렵 같이 차를 타고 리산에 간 적이 있었다.

리산은 나무 한 그루 없이 돌무더기로만 된 석산이었다. 두 사람은 산 밑에 서서 구름에 가려진 산꼭대기를 올려다봤다. 산에 늑대가 있다는 샤오허의 말에 겁이 나 산을 오르지 않고 빙 둘러 갔다. 산이 땅속에서 불쑥 튀어나온 것처럼 주위에 마을이나 농가는 전혀 찾아볼 수 없었다. 이상했다. 서쪽에 큰 황야만 있을 뿐이었다.

두 사람은 한마디도 하지 않고 걷고 또 걸었다. 추이란은 공허한 기분이었지만 꼬불꼬불한 산길을 걷는 게 재미있었다. 누가 밟고 지나갔는지도 모르는, 단정한 오솔길을 따라갔다. 그렇게 멀지도 가깝지도 않은 거리였다.

해가 기울며 스산한 가을바람이 불어왔다. 두 사람은 손을 맞잡고 집으로 걸어가는 중이었다. 추이란은 연신 고개를 돌려 리산을 바라봤지만 산봉우리는 여전히 구름에 가려져 있었다. 궁금한 마음에 입을 열었다.

"어떻게 저런 오솔길이 생긴 걸까?"

"나도 항상 궁금했는데. 리산은 분명히 많은 사람을 끌어들였을 거야. 방금 같이 걷다보니까 세상의 중심으로 들어간 기분이 들었어. 교통경찰관이라는 내 직업이 웃긴 직업은 아니잖아? 젠장."

그 뒤로는 다시 가본 적이 없는 탓에 리산을 까맣게 잊고 있었다. 반면 샤오허는 추이란과 리산에 올랐던 일을 또렷이 기억했다.

추이란은 지금 이 순간 누군가 다가와 리산에 대한 얘기를 해주었으면 싶었다. 그 번호로 전화를 걸어볼까? 아마 샤오허가 거짓말을 한 것일 터였다. 이 교통경찰관이라는 작자는 머릿속이 교활한 생각으로 가득 차 있어 그 속내를 도저히 알 수 없는 인간이었다. 추이란도 예전에는 샤오허의 그런 점에 끌렸다. 결국 샤오허가 말한 대로 하는 게 최선의 선택이라는 결론을 내렸다.

"여보세요, 제3교도소인가요?"

"무슨 한밤중에 전화를 하시는지. 제가 오늘 당직자입니다. 무슨 일 있습니까?"

"웨이쓰창이 그쪽 교도소에 수감되어서 신문받고 있나요?"

"맞습니다. 무슨 일이십니까? 아, 이제 알겠네요. 추이란이군요."

"내 이름은 어떻게 알았어요?"

"여기 교도소 사람이라면 다 알 수밖에 없죠. 웨이쓰창이 추이란 추이란 노래를 부르거든요. 허구한 날 목청껏 불러대다가 몇 번이나 처벌을 받았죠."

당직자가 신이 나서 말했다.

추이란은 얼굴이 새빨개진 채 전화를 끊었다. 자리에서 일어났더니 머리가 아찔해 방 안을 서성거렸다. 이가 갈릴 정도로 웨이보가 미웠다. 어릴 때부터 여기저기 얼굴을 들이밀고 다니는 건 질색이었는데 공교롭게도 웨이보 때문에 이렇게 화제의 인물이 된 것이었다. 사람들은 추이란을 접대부 취급했지만 추이란은 아랑곳하지 않았다. 화제의 인물이 되었다는 사실이 적응이 안 될 뿐이었다.

다음 날은 출근할 필요가 없어서인지 잠이 잘 안 왔다. 밖에 나가서 산책이라도 하고 오기로 했다.

깊은 밤 도시는 죽어버린 듯 고요했다. 어두운 곳은 가로등 빛이 잘 가닿지 않았다. 어스름한 그림자 깊숙한 곳에서 무언가 일렁이고 있는 느낌이 들었다. '후, 후, 후' 하는 소리까지 났다. 그 소리를 들으니 우울하기도 하고 기분이 좋기도 했다. 순간 '원앙 보금자리'에 앉아 진주와 대화를 나눴을 때 느꼈던 감정이 되살아났다.

'진주는 어떤 사람일까? 삶에 대한 기대가 나와는 다른 것 같은데 대체 뭘 기대하는 걸까? 진주와 룽쓰샹은 방직공장에서 뛰쳐나와 이곳저곳을 떠돌아다니며 생계를 꾸리느라 온갖 풍파를 겪었겠지.'

추이란은 그런 두 여자가 존경스럽기는 해도 자신은 곧죽어도 그런 사람이 될 수 없다는 걸 잘 알았다. 그렇다면 추이란은 어떤 유형에 속하는 걸까?

"죽도 밥도 아니라고 표현하는 게 적당하겠지."

추이란은 크게 혼잣말을 했다.

누군가 건물 밑 어둑한 곳에서 '형수님' 하고 세 번 부르더니 걸어나왔다. 무술을 잘할 것 같은 젊은이였다.

"누구세요?"

"방금 전화 받은 사람입니다."

"리산에 있었던 거 아니에요? 당신네들끼리 짜고 날 속인 건가요?"

추이란은 화가 나서 남자를 노려봤다. 따귀라도 한 대 때려주고 싶은 심정이었다.

"오늘 휴가여서 저는 거기 없었지만 웨이보가 리산에 있는 건 확실합니다. 저는 샤오허 친구고요. 샤오허가 형수님과 웨이보 사이에 있었던 일을 얘기해주면서 형수님을 도와드리라고 하더군요."

"웃기는 소리 하고 있네. 그럴 거면 그냥 나가 뒈져라."

추이란은 씩씩거리며 집으로 향했다. 한밤중에 밖으로 나온 걸 후회했다.

"저는 위안헤이라고 합니다. 제3교도소 교도관이고요. 화내지 마세요. 거짓말하는 사람은 아니니까요. 웨이보에 대한 얘기도 다 진짜입니다."

위안헤이는 아랑곳하지 않고 추이란을 뒤따라 왔다.

숙소 이층으로 올라가는데도 졸졸 따라왔다.

"들어와요."

추이란이 현관문을 활짝 열며 말했다.

위안헤이가 쭈뼛쭈뼛 대꾸했다.

"그래도 되나요?"

추이란이 문을 닫으려고 하자 그제야 밀고 들어왔다.

위안헤이는 의자에 안 앉고 방 한가운데에 서 있는 채로 두 손을 비비 꼬고 있었다. 딱 봐도 성실한 젊은이 같았지만 여기까지 따라온 이유를 도통 알 수가 없었다.

"형수님, 제 이름은 위안헤이입니다."

"아까 말했잖아요."

"교도소에서 제공해준 밀회 장소를 형수님이 마음에 들어하지 않으셨다고 웨이보한테 들었어요. 그 건은 이미 상부에 보고되었으니 앞으로 개선될 겁니다."

"웨이보는 죽을 때까지 교도소에서 신문당하는 건가요?"

"잘 모르겠지만 장기적인 계획을 세우셔야 할 것 같습니다."

"웨이보도 거기 계속 있고 싶어하죠?"

"그건 안 물어봤습니다. 형수님이 다음에 가서 여쭤보세요."

위안헤이는 잠시 말을 멈추더니 화제를 다른 데로 돌렸다.

"형수님, 샤오허 형님은 굉장히 정직한 분입니다. 요즘은 그런 분이 많지 않죠."

"무슨 뜻이죠? 나더러 샤오허랑 다시 사귀라는 말인가? 웨이보를 돕기 위해 정보를 알려주는 거라면서 지금 무슨 말을 하는 거예요? 머리가 복잡해지네요."

"아니에요, 그런 뜻 아닙니다."

위안헤이가 다급하게 말했다. 불빛 아래서 보니 얼굴이 새빨개져 있었다.

"제 말은, 샤오허 형님이 대단한 사람이라는 뜻입니다. 저도 나중에 형님 같은 사람이 되고 싶거든요. 가능할까요?"

"모르겠어요. 지금 머리가 복잡해서."

추이란이 침울하게 말했다.

"그럼 이만 가보겠습니다. 안녕히 계세요."

불을 끄고 누운 지 한참이 지났는데도 추이란은 이날 있었던 일을 되새김질하고 있었다. 샤오허와 몇 년 전에 헤어진 건지 잘 기억이 나지 않았다. 사실 더 이상 육체적인 관계는 갖지 않았지만, 완전히 헤어진 건 아닌 듯 일 년에 한두 번은 연락하곤 했다. 보통 샤오허가 먼저 연락하는 식이었지만 추이란도 싫지만은 않았다. 호기심을 불러일으킬 정도로 재미있는 샤오허의 얘기를 듣는 게 좋았다. 어떤 때는 샤오허가 별 알맹이가 없는 '이야기'를 끝없이 토해내는 거미가 된 게 아닐까 상상해보기도 했다. 심지어 샤오허가 자리했던 땅바닥을 더듬으며 혹시 거미줄을 남기고 가진 않았나 몇 번이나 살펴보기도 했다. 처음에는 샤오허가 웨이보를 질투하는 건 줄로만 알았는데 아니었다. 오히려 샤오허가 더 이상 추이란을 사랑하지 않는다는 뜻이었다. 동시에, 정확히 무슨 생각인지는 모르겠지만, 추이란이 어떻게 사는지 일말의 관심은 있다는 증거였다.

해 뜨기 직전에 드는 생각이 가장 예리하기 마련이다. 추이란은 리산 밑으로 난 구불구불한 오솔길에 서 있는 상상을 했다. 몇 년 동안 잊고 있던 장면이 문득 떠올랐다. 리산에 갔던 날, 산속 돌무더기 사이로 살쾡이가 나타났다. 두세 마리도 더……. 밥 짓는 냄새도 났다. 산이 살아 있다는 의미였다. 산에 올라가보려는데 샤오허가 추이란을 붙잡으면서 말했다.

"20~30년 동안 아무리 봐도 이해가 안 가는 현상들도 있어."

샤오허가 급하게 집으로 돌아가려 하자 추이란은 산에 올라가볼 생각을 접었던 기억이 났다.

"샤오허, 샤오허, 이 교활한 인간."

추이란이 중얼중얼 뇌까렸다. 차츰 밝아지는 유리창이 눈에 들어왔다.

추이란은 햇살 속에서 깊은 잠에 빠져들었다.

한 젊은이가 숙소 밑에 있는 연지꽃 더미에 쭈그리고 앉아 담배를 피우고 있었다. 교도소에서 일하는 위안헤이였다. 사랑 때문에 힘들던 시기에 거의 자살 직전까지 갔던 남자였다. 방직공장 미스 쓰의 첫사랑인 위안헤이가 미스 쓰에게 버림받은 것이었다. 얼마 전에는 마흔셋인 여자 교도관에게 빠졌는데 또 차일 위기에 처했다.

샤오허가 그 일로 코치를 해주려고 전날 밤 위안헤이와 만난 것이었다. 사실 샤오허도 대체 어디서부터 알려줘야 할지 잘 몰랐다. 위안헤이는 잘 지내고 있지 않았던가? 하지만 술만 마시면 큰 소리로 떠드는 샤오허는 위안헤이에게 자기 계획을 몽땅 다 말해버렸다.

추이란은 거미줄 속에서 깊이 잠들었다.

2장

웨이보와
미스 쓰 사이에
있었던 일

웨이보와 미스 쓰의 관계는 공공연한 비밀이었다. 아내만 빼고 주변 사람들은 모두 알고 있는 듯했다. 사실 아내도 알고 있는데 귀찮아서 모른 척하는 걸 수도 있었다. 아내도 나름대로 복잡한 관계를 유지하고 있는 여자였다.

방직공장에서 일하다가 미스 쓰를 처음 본 순간 웨이보는 정신이 혼미해졌다. 그 뒤로 며칠 동안 작업장으로 따라다녔다. 미스 쓰도 웨이보가 쫓아다닌다는 걸 알고는 멀리서 눈여겨봤다. 가슴이 설레어 잠 못 이루는 나날이 이어졌다. 그러던 어느 날 웨이보에게 다짜고짜 물었다.

"돈은 얼마나 가지고 날 먹여 살릴 생각인데요?"

웨이보는 눈을 껌벅이며 잠시 생각하다가 진지하게 말했다.

"돈이 많은 건 아니지만 능력껏 도와줄게요."

그 말을 들은 미스 쓰가 웨이보의 팔짱을 꼈다. 두 사람은 다른 이들의 시선을 끌며 작업장 밖으로 걸어나왔다.

온천여관 접대부가 된 건 미스 쓰 본인의 아이디어였다. 웨이보는 처음에는 내키지 않았지만 미스 쓰가 일하는 온천여관에 몇 번 가본 뒤로는 아무 말도 하지 않았다.

오히려 투잡을 뛰어서라도 한시 빨리 접대부 일에서 벗어나게 해주고 싶었다. 하지만 미스 쓰가 새로운 일을 별로 싫어하지 않고, 방직공장에 다닐 때처럼 초조해하지도 않는 데다, 마음 편하게 살고 있다는 걸 이태가 지나면서 차츰 깨달았다. 미스 쓰는 젊고 예뻤고 이제는 돈도 많이 벌어서 주택가에 있는 아파트를 사들일 정도가 되었다.

웨이보를 매료시킨 건 미스 쓰의 생기발랄한 눈빛이었다. 이제껏 그토록 사랑스럽고 똑똑한 여자를 본 적이 없었다. 여러 의미를 담고 있는, 이 나이 든 남자의 마음을 흔든 눈빛이었다. 함께 있으면 이성이 마비될 정도였다. 반면 미스 쓰는 전혀 스스럼이 없었고, 말도 빙빙 돌리지 않고 직설적으로 하는 스타일이었다. 웨이보는 미스 쓰에게 다른 남자친구가 적어도 두 명은 더 있다는 사실을 알았다.

성적 서비스를 제공할 때는 대개 돈이 오가는 탓에 손님을 사랑하는 경우가 드물었다. 그럼에도 미스 쓰는 생각 없는 사람처럼 줄곧 손님들과 연애를 했다. 그러면 안 된다고 손가락질을 당해도 아랑곳하지 않았다.

"내가 뭘 잘못했는데? 돈거래 하는 게 뭐 어때서? 이 세상에 돈거래 아닌 게 어디 있다고. 돈거래를 할 줄 아느냐 모르느냐가 능력이 있느냐 없느냐를 보여주는 거지. 물론 난 능력 같은 건 없지만 그렇다고 다른 사람을 원망하지는 않아."

오히려 이런 식으로 웨이보에게 말했다.

순간 웨이보는 미스 쓰의 웃는 얼굴이 너무 매력적이어서 감탄이 나왔다.

"제일 후회되는 건 좀더 빨리 방직공장을 나오지 않은 거야."

미스 쓰가 말을 덧붙였다.

"지금 하는 일이 훨씬 더 좋아. 자기랑 친구들이 나 집 살 때 도와줘서 일도 더 잘할 수 있게 됐고. 사실 일 그만두라는 사람도 있고 나도 쉬고 싶을 때가 있기는 하지만 그만두면 너무 외롭잖아. 지금이 그래도 낫지. 내가 또 모험을 즐기는 사람이기도 하고."

한번은 미스 쓰가 조직폭력배에게 그야말로 눈탱이가 밤탱이가 되도록 얻어맞은 적이 있다. 머리까지 크게 찢어져서 삭발한 뒤 모자를 쓰고 다녀야 했다. 웨이보는 미스 쓰의 편안하고 자그마한 집에 앉아서 그녀를 바라보며, 처음 만났을 때 꿈같았던 순간을 계속해서 떠올렸다. 물론 미스 쓰는 여전히 아름다웠지만 그동안 너무 많은 풍파를 겪었다. 그때 미스 쓰가 대뜸 이런 말을 했다.

"나야말로 사랑을 위해 죽을 수도 있는 여자야. 근데 왜 난 여태 그 사람이 폭력적인 남자인 줄도 몰랐을까?"

"자기가 잘못 본 거 아니야. 마음이 시키는 대로 한 건데 그 인간이 변한 거지. 종종 있는 일이야."

웨이보가 침착하게 대답했다.

"역시 웨이보가 최고야. 사랑해."

미스 쓰의 팬더 눈(폭력을 당해 생긴)이 반짝반짝 빛났다.

"아쓰^{미스 쓰의 애칭}, 나도 사랑해."

그날 두 사람은 이런저런 얘기를 많이 나누다가 꼭 쌍둥이 남매처럼 공통점이 많다는 걸 알게 되었다.

웨이보는 미스 쓰 생각만 하면 심장에 찌릿찌릿한 통증이 느껴졌다. 아, 정말 황홀한 순간이야. 끝이 보이지 않는 심연에 빠진 것만 같아. 위태로운 미래, 영원하고 무한한 동요와 타락이구나. 아…… 웨이보가 미스 쓰의 인생에 대해 마음속으로 보내는 찬사였다. 웨이보는 이런 끝없는 번뇌로 기분이 늘 가라앉아 있었다. 이상한 건 미스 쓰가 도대체 웨이보 자신을 사랑하는지에 대해서는 별로 생각해보지 않았다는 거였다. 모르긴 몰라도 웨이보는 처음부터 결론을 내렸을 것이다. 어차피 그런 생각은 아무 의미가 없다는 결론을. 미스 쓰는 몹시도 아름다웠다. 몸도 열대어처럼 부드러웠다. 웨이보는 미스 쓰라는 과분한 선물을 받았다는 데는 논쟁의 여지가 없다는 입장이었다.

"아쓰, 아쓰, 사랑해……."

웨이보가 중얼중얼 되뇌었다.

"웨이보, 나도 사랑해. 자기 같은 남자가 없었다면 정말 험난한 세상이 되었을 거야."

미스 쓰가 한 박자 쉬었다가 대꾸했다.

웨이보는 미스 쓰 눈 속에서 조용히 불타오르는 까만 횃불을 연신 바라봤다. 이 여자가 품고 있는 에너지가 몰고 올 위험을 잘 알았다. 미스 쓰가 접대부 일을 한다는 걸 동네 사람들 대부분이 알고 있는 상황이었다. 그렇기에 어느 날 돌연 사라져버린 여자가 될지도 모를 일이었다.

예쁘게 생겼을 뿐만 아니라 능력까지 있는 여자였다. 열정적이고 세심한 성격에 생활력도 강했다. 웨이보는 그런 미스 쓰가 불행하게 사는 모습을 두고 볼 수만은 없었다.

전에 아쓰 동네에서 룽쓰샹과 마주친 적이 있었다. 룽쓰샹이 뛰어오더니 부러움 가득한 얼굴로 웨이보의 팔짱을 꼈다.

"웨이보, 자기 정말 매력적이다. 미스 쓰도 자기한테 빠져 있다고 하던데, 이번 기회에 꽉 잡아. 걔는 애인이랑 일 년 이상 못 간다는데, 둘은 벌써 몇 년 됐잖아."

"난 아쓰를 오늘보다 내일 더 사랑할 거고 나중이라도 아쓰의 사랑이 식으면 바로 떠날 거야."

"그럼 추이란은? 이제 잊은 거야? 추이란이랑 더 잘 어울리는 거 같은데."

"그럴지도. 하지만 추이란이 나랑 죽을 때까지 같이 있을 것 같지는 않아."

"참 나, 영원한 사랑을 바라는 거야? 말도 안 되는 소리 아닌가?"

"미안해, 쓰샹. 내가 말을 잘못했네."

룽쓰샹은 몹시 화를 내며 웨이보의 팔짱을 빼고 멀찌감치 떨어져 나왔다.

웨이보는 바보 같은 말을 했다는 생각에 얼굴이 빨개졌다. 다시는 이 아파트에 오지 않으리라 몇 번이나 마음을 먹었다. 하지만 어째서인지 미스 쓰 전화만 받으면 저도 모르게 발걸음이 향했다. 미스 쓰도 외로움을 잘 타는 여자였다. 웨이보는 그런 여자는, 그런 애인은 만나기 쉽지 않다는 핑계를 대며 한번씩 이 동네에 들렀다.

아파트는 '동백꽃 단지'라고 불렸다. 웨이보는 미스 쓰를 닮은 이름이라고 생각했다. 미스 쓰가 바로 진홍색 동백꽃이지 않은가? 웨이보와 함께 봐둔 집이었다. 이사를 들어간 날, 웨이보도 같이 있었다. 친구들과 술을 마셔서 얼굴이 붉어진 미스 쓰를 바라보던 웨이보는 동백꽃 생각밖에 나지 않았다. 하지만 이름처럼 살기 좋은 곳이 아니었다. 머잖아 웨이보는 미스 쓰가 감시당하고 있다는 걸 알게 되었기 때문이다.

"난 알고 있었어."

아쓰가 천연덕스러운 미소를 지으며 말했다.

"나 같은 사람은 온종일 스포트라이트를 받잖아. 쳇, 됐어. 그럼 또 뭐가 어때서."

"자기 정말 용감하다."

"뭐 어쩔 수 있겠어? 방직공장에서 나온 뒤로는 어떤 환경이든 다 적응할 수 있게 된 것 같아. 늑대 소굴이라 해도 상관없을 정도로."

아쓰 집은 늘 커튼이 쳐져 있었고 커튼 한쪽에는 틈새가 나 있었다. 틈새로 바깥을 몰래 훔쳐보는 게 아쓰의 낙이었다. 웨이보는 그런 아쓰를 보면 저도 모르게 연신 한숨이 나왔다. 아쓰는 번번이 웃으며 '가난한 사람의 마음을 이해 못 하는' 남자라고 말했다. 웨이보가 '가난한 사람'이 무슨 의미냐고 물었더니 아쓰는 사생활이 없는 사람이 가난한 사람이라고 했다. 그러면서 가난한 사람은 자기만족을 할 줄 아는 사람이라고도 말했다. 오묘한 이치를 아주 잘 파악하고 있는 여자였다. 이토록 어린 나이에도 자기만의 생각이 있다니. 아쓰가 정말 대단한 여자라는 생각이 들었다.

아쓰는 접대부 일을 하다 끝내는 체포되어 '교육'을 받았다. 다른 접대부에게 들어보니, 법조계 사람의 신문을 받던 아쓰가 넋이 나가기라도 한 듯 자꾸 동문서답을 해대서 여러 번 욕을 먹었다고 했다. 결국 모래를 고르는 매우 고된 노동형을 받았는데 웨이보가 친구들과 돈을 모아 아쓰를 꺼내줬다.

"다들 나더러 타락했다는데 난 절대 그렇게 생각하지 않아. 다 편견이고 틀에 박힌 관념일 뿐이야."

아쓰가 웨이보에게 이런 말을 했다.

웨이보는 쓴웃음만 지었다. 아쓰를 제보한 사람이 아래층 노인네라는 걸 둘 다 잘 알고 있었다. 하지만 아쓰는 제보자를 전혀 미워하지 않았다. 오히려 별로 나이 든 분 같지도 않은데 여자도 없이 혼자 외롭겠다며 정말 안됐다고 했다.

"물론 나도 그분이 제보하지 않았으면 싶었지. 난 체질적으로 교도소 같은 데서는 환각에 시달리거든. 영원히 나올 수 없을 것 같다거나 방직공장으로 돌아간 줄 아는 망상 말이야. 그날도 신문을 받는데 쾅쾅거리는 기계 소리만 들리는 거야. 사람들은 내가 반항하는 줄 알았겠지만 애초에 그럴 마음은 없었다고."

웨이보는 아쓰가 한 말을 되짚어볼 때마다 방직공장을 다니던 시절이 어떤 영향을 끼쳤을지 상상해보았고 그런 아쓰의 강인함에 놀라기도 했다. 아쓰를 만나지 않았더라면, 다른 사람도 똑같은 상황에서 아쓰처럼 담담했을지 상상조차 할 수 없었을 것이다. 웨이보는 이 어린 여자가 무슨 일이든 자기보다 더 심사숙고한다는 걸 느낄 수 있었다.

아쓰와 함께 방직공장에 가서 둘이 처음 이야기를 나눌 때 앉았던 긴 나무 의자를 찾아보고 싶었다. 아쓰는 마지못해 그렇게 하자고 했다.

두 사람은 방직공장이 쉬는 날을 골라 몰래 들어갔다. 이곳저곳 둘러보니 만감이 교차했다. 목련나무를 등지고 있는 긴 나무 의자에 앉았다. 웨이보는 문득 기발한 아이디어가 떠올라 작업장 안으로 들어가보자고 제안했다. 작업장 문이 열려 있는 걸 봤다고도 말했다. 아쓰는 머뭇거리며 제안에 응했다.

그날 웨이보가 죽을 때까지 후회하게 될 일이 벌어졌다. 아쓰가 기절해서 기계 사이로 넘어지는 바람에 머리를 다친 것이다. 기계에 부딪혀 심한 상처가 났다. 아쓰가 죽는 줄 알았을 정도였다.

하지만 괜한 걱정이었다. 의사는 상처가 심하게 나긴 했지만 별지장은 없을 것이고, 아쓰가 특이 체질이어서 다행이라고, 다른 사람이었으면 중태에 빠졌을지도 모른다고 말했다. 웨이보는 아무리 생각해봐도 무슨 말인지 이해가 잘 되지 않았다. 병실 밖 복도에 서서 가슴을 치며 후회했다. 정말 미친 듯이 후회가 되었다.

병원에서 이틀을 지내고 나니 의사는 퇴원해도 된다고 했다. 어떻게 된 일일까? 그토록 큰 상처를 봉합도 하지 않고 염증 치료도 하지 않은 채 느닷없이…… 퇴원이라니? 다시 물어보고 싶었지만 의사가 손짓으로 어서 가라는 시늉을 했다.

"아쓰, 괜찮겠어?"

웨이보의 목소리가 떨렸다.

"날 뭘로 보는 거야. 일부러 부딪힌 거니까 당연히 알아서 회복해야지. 걱정할 필요 없어."

아쓰는 이렇게 말하며 하얀 이불을 젖히고 침대에서 내려왔다. 머리에 뻥 뚫린 상처를 본 웨이보는 등줄기에 식은땀이 흘렀다.

아쓰는 아무렇지도 않은 듯 허리를 굽혀 신발 끈을 묶더니 가방을 들고 집에 가겠다고 했다. 웨이보가 얼른 부축했다.

차에 탄 아쓰는 다치지 않은 쪽 머리를 내보인 채 웨이보를 바라보며 바보같이 웃었다. 뭐가 그렇게 기분이 좋은지 알 수 없었다.

"다친 데는 좀 괜찮아?"

"이게 뭐라고, 열 배는 더 아파도 참을 수 있어."

동백꽃 단지 아파트로 돌아온 웨이보는 왜 일부러 상처를 냈느냐고 물었다. 아쓰는 환각에 시달려서 참으려야 참을 수 없었다고 했다.

웨이보는 아쓰 옆에서 잊을 수 없는 사흘을 보냈다. 방해하는 사람도 없고 꼭 남편이 된 느낌이었다.

아쓰는 거즈로 만든 커다란 흰 꽃을 상처 부위에 붙였다. 피를 너무 많이 흘린 탓에 녹초가 되어 웨이보의 어깨에 기댄 채 가만히 말했다. 방직공장에 갔을 때 소속감을 느꼈다고, 영원히 그곳에 속해 있을 것만 같다는 생각을 했다고. 그러다 기계에 부딪힌 것이었다. 예전에 아쓰가 당직을 서고 퇴근할 무렵이면 젊은 남자들이 작업장 앞에 있는 상록수 뒤에 숨어 있곤 했다. 아쓰는 그때가 전성기가 아니었을까 생각했다. 하지만 인간이란 아무래도 이전보다는 성숙해져야 하는 법이므로 지나간 일에는 아무런 미련이 없었다. 그렇다면 왜 자해를 한 걸까? 웨이보는 머리를 쥐어뜯어봐도 이유를 알 수 없었다. 아쓰는 몹시 기묘한 여자였다. 방직공장에 영원히 속해 있다고 생각되면 방직공장으로 돌아가면 그만이었다. 하지만 아쓰는 절대 돌아갈 수 없다고, 방직공장에 계속 있다가는 친한 친구(작업장에서 축 늘어진 채 앉아 있다 죽은 젊은 여자)처럼 죽게 될 거라고 생각했다. 아쓰는 그만둔 일을 다시 시작하는 사람이 아니었다.

웨이보와 아쓰는 저녁을 먹고 베란다에 나란히 기대 앉아 조금씩 어둑해지는 하늘을 바라봤다. 누군가 앞뜰에서 망원경으로 이들을 지켜보고 있었다. 아쓰가 말했다.

"'제보자'다. 난 저런 게 좋아. 저러고 있는 게 바로 세계 종말 아니야? 봐, 저 사람 일어났어. 아이고, 또 쭈그려 앉네. 저 사람 옆에 아카시아가 있다. 키스해줘, 아니, 여기다 해줘. 아, 진짜 좋아. 나 저 노인 사랑하는데, 믿어져?"

아쓰가 웨이보의 귀에 대고 말했다.

그러곤 뜸을 들이다 이어서 말했다.

"근데 저 노인하고 말해본 적은 없어. 계속 날 피하더라고. 부끄러워할 필요 없다고 말해주고 싶어…… 웨이보, 내일 출근하지? 자기랑 떨어져 있기 싫은데. 이제 날도 어두워졌는데 저 노인은 또 뭘 훔쳐보겠다는 건지."

집에 가는 길에 웨이보는 하염없이 눈물을 흘렸다. 머릿속이 캄캄해지면서 심연으로 빠져드는 느낌이었다.

집에 늦게 들어갔는데도 아내는 뭐라고 하지 않았다. 웨이보는 스스로에게 당분간 아쓰 집에 가지 말라고 명령했고, 자기가 명령을 따르기를 바랐다.

웨이보는 정말 한참 동안 아쓰 집에 가지 않았다. 그런 웨이보에게 조금 변화가 일어났다. 뭐라고 말해야 할까? 몸에 힘이 없어졌다. 몸속 세포가 점점 죽어가면서 일하는 기계가 되어버렸다. 원래 하는 일 외에도 병원에서 시신을 운반하는 등 여러 일을 병행한 탓이었다. 시신을 운반하는 일은 일종의 위안이었다. 웨이보는 따뜻해진 마음으로, 호흡이 끊긴 육신을 생각하며 조심스레 시신을 다루었다.

현관문이 등 뒤로 닫혔을 때 아쓰는 생각했다. 세상 물정에 꽤 밝은 남자구나. 환생 전과 후의 두 사람은 같은 사람인 걸까?

아쓰는 화장품 파우치를 꺼내 화장을 하기 시작했다. 창백한 얼굴에 파우더를 두껍게 발랐다. 머리에 거즈로 된 커다란 흰 꽃을 붙이고 있는 모습이 게이샤 같았다.

아쓰는 망령처럼 방 안을 서성거렸다. 벽에 걸린 시계가 아홉 차례 울렸다.

그때 문 두드리는 소리가 들렸다.

"누구세요?"

"나요. 옆집."

'제보자'가 들어왔다. 노인은 평소만큼 늙어 보이지 않았고, 부드러운 조명 아래서 보니 정신이 한층 맑아진 듯했다. 노인의 시선이 갈고리처럼 아쓰의 몸에 꽂혔다. 노인이 우물우물거리며 뭔가 말을 꺼내려 하자 아쓰가 가까이 다가가 무슨 말인지 들어봤다. 머리에 붙어 있는 커다란 흰 꽃을 떼어내고 상처 난 부위를 한번 보여달라는 말이었다.

아쓰가 흰 꽃을 떼어내고 머리를 들이밀었다.

순간 노인이 괴성을 지르며 뛰쳐나갔다. 아쓰는 차갑게 웃으며 현관문을 닫았다. 대체 노인이 뭘 본 건지 궁금했다. 내일 노인을 만나면 물어볼 작정이었다. 아쓰 아버지는 임종 전에 본인 친구를 찾아가보라고 일렀지만 연락처는 알려주지 않았다. 혹시 이 이상한 노인이 아쓰 아버지의 친구는 아닐까?

아쓰는 우울한 기억 속으로 빠져들었다. 하늘 가득 눈꽃이 날리던 겨울이었다. 아버지는 숨도 쉬기 힘든 상태였고 어머니는 침대에 걸터앉아 울고 있었다. 아쓰는 호스로 아버지의 가래를 연신 뽑아냈다. 두려워하던 제 음성을 지금도 들을 수 있었다.

"아버지, 좀 괜찮아지셨어요? 아버지, 괜찮으세요?"

아버지는 손가락으로 창문을 가리키며 거듭 말했다.

"쓰…… 쓰……."

아쓰는 아버지가 대체 어떻게 해달라는 건지 알 수가 없어 어머니와 머리를 감싼 채 대성통곡을 했다.

아버지는 그렇게 일 년을 더 버티다가 떠났다. 정말 지옥 같은 일 년이었다. 매일 저녁 해가 떨어지기만 하면 발작이 시작되었다. 어둑한 밤에는 아버지 안에 있던 마귀의 열정이 최고조에 달했는데도 아버지는 완강하게 버텨냈다. 아쓰는 자신의 두통이 사라졌으면 하는 마음에 아버지가 돌아가시기를 바랐지만 아버지는 절대 죽지 않았다. 아쓰에게 가장 힘든 한 해였다. 아쓰의 부드러웠던 마음이 끔찍한 발작 탓에 조금씩 딱딱해졌다.

아버지는 임종의 순간에 대견하다는 듯 아쓰를 바라보며 웃었다.

아쓰는 어머니와 같이 마당 이곳저곳에 아버지의 유골을 조금씩 묻었다. 곧이어 불도저가 밀어붙이자 마당은 평평해졌다.

아쓰는 머리에 난 상처를 만져봤다. 부풀어 있었지만 아프지는 않았다. 왜 스스로 기계에 부딪힌 걸까? 아쓰도 이유는 몰랐다. 제 몸이 어떤 물질로 만들어진 건지 시험해보고 싶었던 건 아닐까? 아버지도 생전에 이런 실험을 해본 적이 있다. 아쓰는 차디찬 물건에 부딪히는 순간 속으로 이런 말을 되뇌었던 걸 기억했다.

"반드시, 꼭……."

그 뒤로 아쓰는 웨이보에게 미안한 마음이 들었다. 스스로를 '다른 사람의 삶을 망가뜨리는 여자'라고 부를 정도였다.

아쓰는 방직공장에서 밖으로 나온 뒤로 활동 반경이 넓어졌다. 생존에 필요한 영양분을 도시 곳곳의 틈새에서 필사적으로 섭취했다. 아쓰는 어디에 영양분이 있는지 본능적으로 알았다. 모름지기 거절당하는 게 가장 좋은 가르침이었다. 거절당하는 것 외에는 그 어떤 일도 아쓰를 이보다 더 빨리 성장시킬 수 없었다. 심지어 거절당하길 간절히 원하기까지 했다. 그래서 기계에 부딪힌 것이었다. 참 나. 그런 이유라니. 그런 논리라면 아쓰는 갈수록 똑똑해지고 있는 게 아닐까?

아쓰는 시골에 있는 단층집에 드리운 어스름한 그림자를 지나쳐 갔던 기억이 떠올랐다. 아쓰 어머니는 세상에서 가장 현명한 여자였다. 아쓰가 열일곱 되던 해에 어머니는 방직공장의 정비공이 되어 떠났다. 고향에 있는 친척을 보러 간다며 오래 걸릴 거라는 말만 남기고는.

"너희 아빠에게 시집온 뒤로는 친척들도 못 보러 갔어. 둥팅호洞庭湖로 이사 갔다던데 물이 얕은 호숫가에 초가집을 짓고 오리를 키워서 먹고살고 있단다. 어떻게 살고 있는지 직접 내려가서 봐야겠어."

이런 말을 하는 어머니의 얼굴은 홍조를 띠었고, 자유로운 삶에 대한 동경이 눈빛에 묻어나왔다. 아쓰는 이번에 헤어지면 영원히 만나지 못하리라는 걸 어렴풋이 깨달았다. 울고 싶었지만 그저 실 없이 웃기만 했다. 그러자 어머니가 덩달아 웃으며 말했다.

"너도 얼른 엄마 따라와야 한다."

어머니는 그렇게 떠난 뒤로 연락이 없었다. 아쓰는 자기가 어머 니를 닮았다고 생각했다. 지금에 와서 그 일을 떠올려보니 부모에 게 감사한 마음이 들었다. 아쓰도 지나가다가 둥팅호에 들른 적이 있다. 초가집이 보였는데 다 쓰러져가고 있었고, 사람이 살고 있는 것 같지도 않았다. 빈집이 된 지 몇 년은 돼 보였다. 어느 나이 든 어부가 이런 말을 해주기도 했다.

"전에는 무대를 만들어 공연을 올릴 정도로 번화했던 곳이라 네."

잠자리에 들기 전, 앞뜰에서 사랑 노래가 들려왔다. 나이 들어 보이는 목소리였다. 아무래도 아래층 '제보자' 같았다. 계속되는 음 침한 꿈속까지 우렁차고 열정적인 노랫소리가 따라왔다. 꿈속에서 몸을 숨긴 채 노래하는 이에게 아쓰가 말했다.

"내가 사는 곳은 겨울에도 천둥이 계속 치는 곳이에요. 기울어진 탑도 한눈에 보이고요. 그 장면을 노래로 불러줄 수 있나요?"

둥팅호 옆에 서 있던 아쓰는 호수 바람이 거세서 제대로 서 있 을 수 없었다. 가만히 혼잣말을 했다.

"이토록 좋은 꿈에서 깨어나고 싶지 않아."

그러곤 이튿날 정오에 일어났다.

방직공장 다닐 때 만났던 애인인 '개척자'가 창가에 앉아 있었 다. 커튼이 젖혀져 있고 방 안 가득 금빛 햇살이 비추고 있었다.

"다쳤다면서? 이리 와봐. 문이 잠겨 있지 않아서 밀어보니 그냥 열리더라고. 무슨 일 있었어? 웬 노인네가 자물쇠를 만지작거리던데, 그 인간이 무슨 수작이라도 부린 거야?"

"나랑 친한 친구야."

아쓰가 침울하게 말했다.

"다쳤다는 얘기 듣자마자 전에 느꼈던 감정이 전부 되살아났어. 방직공장 공원에서 같이 보냈던 날들 기억나? 다친 데는 괜찮은 거야?"

아쓰는 '개척자'의 잘생긴 얼굴을 멀거니 바라봤다. 개척자에게 이전에 느꼈던 매력이 새삼스레 되살아났다. 하지만 얇은 막에 가려져 있는 매력인 듯 지금 이 순간 아쓰의 마음을 흔들지는 못했다. 이토록 생기가 넘치다니. '개척자'는 스스로를 시험하러 온 건가? 아쓰는 고개를 숙인 채 키득키득 웃기 시작했다.

'개척자'가 달려들자 아쓰는 테이블 위에 놓여 있던 가위를 손에 잡히는 대로 집어 남자의 팔뚝을 찔렀다.

"대단하네."

남자가 문밖으로 뒷걸음질 치며 말했다.

"아쓰, 예전보다 더 널 사랑해."

"참 대단한 사랑이다. 문도 안 잠겼는데 마음대로 들어오고."

남자가 떠나자 이웃집 '제보자'가 문틈으로 얼굴을 들이밀었다.

"제발 샤워캡으로 상처 난 데 좀 덮어보게나."

노인이 간청했다.

"안 돼요. 상처 난 부위도 바람이 통해야 된다고요. 대체 아까 제 머리에서 뭘 보신 거예요?"

"내가 본 건, 심연이야."

노인은 망연자실한 표정으로 문을 '쾅' 닫고 나가버렸다.

아쓰는 욕조에 누워 복도에서 나는 소리에 가만히 귀 기울였다. '개척자'가 아직 가지 않았다는 걸 직감으로 알아차렸다. 개척자는 노인과 무슨 이야기를 나눈 걸까? 꽤 오래전 질식할 정도로 답답한 삶을 바꿔주고, 난관도 극복할 수 있도록 도와줬던 남자였다. 그러고 보면 은혜를 원수로 갚는 셈이었다. 노인은 아쓰가 흥미를 느끼는 유형의 사람이었다. 상처 부위에서 심연을 보고 놀랐다고 했다. 그렇다면 노인이 아쓰 아버지의 친구인 걸까?

아쓰는 느릿느릿 옷을 갈아입었다. 햇살 가득한 방에서 이런 동작을 하고 있는 제 모습이 약간 비현실적으로 느껴졌다. 순간 헝겊을 찢는 소리가 들렸다. 고집 센 '개척자'가 아쓰의 상처 부위를 꽉 동여매려고 하는 게 틀림없었다.

웨이보는 몇 년 전에 룽쓰샹과 잠깐 사귄 적이 있었다. 그때 룽쓰샹은 남자만 보면 낯을 가리는 어린 여자였다. 어떻게 하다보니 웨이보가 애인 삼기 좋은 남자라는 걸 인정하고 사랑에 빠졌다. 웨이보는 처음에는 룽쓰샹을 사랑하지 않았지만 이내 룽쓰샹의 매력에 빠져들었다. 걸걸한 스타일의 룽쓰샹은 활력이 넘치고 체력도 믿기 힘들 만큼 좋았다. 룽쓰샹을 떠올리기만 해도 꽤 오랫동안 피가 끓어오를 정도였다. 그러다 룽쓰샹이 결혼하자 웨이보는 스스로 멀어졌다. 룽쓰샹도 그 뒤로는 찾아오지 않았기에 행복하게 잘 살고 있는 줄로만 알았다. 룽쓰샹은 웨이보에게 아름다운 기억을 남기고 간 여자였다.

몇 년 뒤, 온천에서 우연히 옛 연인을 마주쳤을 때 웨이보는 큰 충격을 받았다. 주름이 자글자글한 중년 부인이 예의 그 쾌활했던 '쓰샹 아가씨'였던 것이다. 게다가 룽쓰샹은 가정을 잃고 혼자가 된 처지였다.

"웨이보, 난 이제 자기한테 안 어울려. 그래도 행복해지고 싶기는 해."

'행복'이라는 두 음절을 발음할 때 룽쓰샹의 뻐드렁니가 드러났다. 앞니 두 개 사이가 크게 벌어져 있었다.

가슴이 뻐근해진 웨이보는 룽쓰샹의 두 손을 힘주어 잡았다. 룽쓰샹이 대뜸 웨이보를 밀어내며 웃음을 터뜨렸다.

"이거 완전 바보 아니야? 자기가 무슨 우리 오빠라도 되는 줄 알고 날 도와주겠다는 건가? 나랑 내 친구 진주는 방직공장에서 너무 늦게 나온 건 맞아. 그래도 다시 생각해보면 그렇게 늦은 건 아닌 것 같아. 그저 게을렀던 거지. 안 그래? 마음만 단단히 먹으면 뭘 하든 늦지 않은 거라고."

"그럼, 그럼. 자기 말이 백번 옳아."

웨이보는 진심이 담긴 큰 목소리로 칭찬을 했다.

그제야 웨이보는 룽쓰샹 뒤에 진주가 서 있었다는 걸 알아차렸다. 병색이 완연해 보이는, 까맣고 깡마른 중년 여자였다. 진주가 갑자기 걸어오더니 거침없이 웨이보의 팔짱을 꼈다. 두 여자가 한쪽에 한 명씩 웨이보에게 매달린 모양새가 되었다. 세 사람은 그대로 함께 손님 대기실로 들어가 소파 위로 엎어졌다.

그날, 웨이보는 두 여자가 온천에서 접대부 일을 할 수 있도록 도와주었다.

두 여자는 동시에 웨이보를 사랑했지만 육체적인 사랑은 아니었다.

　룽쓰샹은 웨이보와 아쓰의 관계를 알게 되자 질투심에 불타올라 웨이보의 기분이 상할 정도로 아쓰를 있는 대로 헐뜯었다. 웨이보가 의아했던 건 아쓰에 대한 룽쓰샹의 공격이 보통이 아니라는 것이었다. 이를테면 아쓰에게 숨겨둔 애인이 있는데 대단한 권력자여서 아쓰가 고급스러운 생활을 하게 해주겠다고 했다는 뒷담화였다. 하지만 아쓰는 접대부가 되고 싶은 마음에, 애인 말은 듣지 않고, 밑바닥에서부터 다시 시작했다는 얘기였다. 왜일까? 아쓰는 욕심이 한도 끝도 없는 여자였기 때문이다. 그래도 애인은 포기하지 않고 아쓰가 마음을 고쳐먹기를 간절히 기다렸다는 후문이었다. 또 한번은 아쓰가 말 못 할 병이 있는 여자라고도 했다. '성적 쾌락을 즐기겠다'는 결심 탓에 아이를 가질 수 없는 여자가 됐다는 말이었다. 룽쓰샹은 늘 아쓰를 은밀하게 공격했고, 그럴 때마다 들뜬 기색이 엿보였다. 웨이보는 룽쓰샹의 말에 여러 의미가 담겨 있다는 느낌이 들었다. 아쓰를 추켜세우며 웨이보를 들쑤시는 걸까? 룽쓰샹이 이런 일은 허다하다고 중얼거렸고 웨이보는 더 이상 화를 내지 않았다. 그러면서 점차 어떻게 하면 룽쓰샹의 얘기를 정중하게 들어줄 수 있는지 알게 되었다.

　잘생긴 남자가 나오는 광고가 한가득 붙어 있는 룽쓰샹의 작은 방에서 웨이보가 말했다.

　"자기, 아쓰 좋아하는 거 맞지? 그렇다면 안심해도 돼."

　룽쓰샹은 이 말을 듣자마자 눈물을 뚝뚝 흘리며 조그만 소리로 말했다.

　"쉿, 그런 말은 절대 입 밖에 내지 마."

룽쓰샹의 흑단 같은 머리를 쓰다듬던 웨이보는 만감이 교차했다. 룽쓰샹이 힘겹고 예측 불가한 아쓰의 생활과 비슷한 삶을 살고 있단 건 웨이보도 알고 있었다. 룽쓰샹이 건강하고 하는 일도 잘되길 끊임없이 기도했다.

"웨이보, 나랑 어디 좀 가자."

룽쓰샹이 귓속말하듯 속삭였다.

"어디?"

"지옥 가자면 갈 거야? 아쓰 어머니 댁에 가자는 거야. 여기서 좀 멀긴 해. 교외에 있거든. 가볼래?"

"그럼, 가봐야지. 아쓰가 어머니 얘기를 꺼낸 적은 한 번도 없는데. 그럼 아쓰도 어머니 계신 곳을 알고 있다는 거야? 정말 황당하네."

"황당하긴 하지만, 어머니가 거기 살고 계신 줄은 몰라. 내가 안다는 거지."

두 사람은 아쓰 어머니 집으로 향했다.

과연 어떤 곳일까. 흙벽돌로 된 키 작은 외딴집은 사방이 전부 돼지우리로 둘러싸여 있었다. 집에서 키우는 돼지들이었다. 집 안에 앉아 있으면 주인이 밥이라도 굶긴 것처럼 서러울 정도로 꿀꿀대는 돼지 울음소리를 들을 수 있었다. 노부인은 시골 여자처럼 꽃무늬 두건을 두르고 있었다. 농촌 여자들이 늘 묶고 다니는 두건이었다. 웨이보는 대낮에도 커튼을 치고 실내를 밀폐시켜놓은 집을 보고 소스라치게 놀랐다. 낡고 찌그러진 네모난 테이블에 놓여 있는 텔레비전에서는 포르노 장면이 나오고 있었다. 소리는 작았다. 웨이보와 룽쓰샹이 들어갔을 때 노부인이 보고 있던 영상인 것 같았다. 두 사람이 자리에 앉는 걸 보고서도 노부인은 텔레비전을 끄지 않았다. 얼핏 보니 몹시 자극적인 장면인 듯싶어 웨이보는 황급히 눈길을 돌렸다. 신음 소리가 여전히 귓전을 맴돌았다.

"어머니, 아쓰 친한 친구여서 제가 데려왔어요."

룽쓰샹이 아쓰 어머니를 껴안으며 말했다.

"누구시지?"

아쓰 어머니가 웨이보에게 물었다.

표범의 눈초리처럼 주시하는 느낌에 웨이보의 심장이 방망이질했다.

"비누공장에서 일하고 있습니다. 다른 일들도 병행하고 있고요. 저, 저는 따님의 친한 친구입니다. 저희가 만난 지는 벌써……."

"대체 누구냐니까요? 28년 전에 나 병원 데려다준 사람인가? 왜 얼굴이 낯익지?"

아쓰 어머니는 성가시다는 듯이 웨이보의 말을 잘랐다.

"제대로 대답해."

룽쓰샹이 웨이보의 귀에 대고 조용히 말했다.

"네, 아마 그럴 겁니다. 제가 그랬군요. 아쓰가 어떻게 그토록 강단 있는 여자가 됐는지 이제야 알겠네요."

웨이보가 차분하게 대답했다.

"치켜세우는 말은 하지 말게나. 다 소용없는 짓이니까. 엉망진창으로 사는 사람 같지는 않군. 근데 아쓰는 계속 그 모양으로 살아왔다네. 룽쓰샹, 아쓰 고것이 요즘은 누구랑 어울려 다니나?"

"화난華南 지역에서 제일 잘나가는 아편 판매상인데, 두 번이나 감옥에 갔다 온 아편 중독자예요."

"참 내, 그런 인간과 어울리다니, 앞으로 뭐가 되려는지, 원."

바깥에서 별안간 소름 끼치는 소리가 났다. 세 사람 다 침묵했다. 한참 동안 아무도 입을 열지 않았다. 텔레비전에서 연인(두 여자)이 내는 음탕한 소리만 흘러나올 뿐이었다. 방 안 분위기는 몹시 기괴했다.

"어머니, 돼지 치는 어르신은 나가셨나요?"

룽쓰샹이 먼저 입을 열었다.

"아, 그 사람? 시내 나갔어. 오늘 손님 돼지를 두 마리나 잡는 날이어서 아침 일찍 나갔지. 돼지한테 사료도 안 주면서 내가 돕지도 못하게 하고, 암살자가 따로 없다니까."

룽쓰샹은 웨이보에게 작은 소리로 돼지 치는 노인이 아쓰 어머니의 남자친구라는 사실을 알려주었다. 굉장히 잘생긴 할아버지라고도 했다.

"나였어도 사랑에 빠졌을 거야."

룽쓰샹의 목소리가 느닷없이 커졌다.

"돼지 치는 일이라고 안 좋게 보지 마. 어떤 직업이든 뛰어난 인물은 있게 마련이니까."

룽쓰샹이 한마디 덧붙였다.

아쓰 어머니는 룽쓰샹이 말하는 모습을 지켜보며 회상에 잠긴 듯 연신 고개를 끄덕였다.

"그해 겨울은 참 추웠지. 돼지들이 얼어 죽다시피 했으니까. 우린 돈이 없었거든. 돼지우리에 달린 문과 창문이 죄다 바람에 망가져서 사료통 안은 얼음까지 얼었어. 그 정도로 심한 눈보라는 또 처음이었지."

아쓰 어머니는 몇 마디를 하고는 더 이상 말이 없었다. 불안해하는 기색이었다.

"이 인간은 왜 아직도 밖에서 저러고 돌아다니는 거야? 빌어먹을 노인네. 죽여버릴 거야. 난 절대 만만한 여자가 아니라고……. 어이, 비누공장 직원, 봐봐, 우리 집 여자들은 절대 만만하지 않다는 걸. 그러니 일찌감치 마음 접는 게 좋을 걸세, 흥."

룽쓰샹은 상황이 이상하게 돌아가고 있는 걸 보고는 웨이보를 확 잡아끌었다.

룽쓰샹과 웨이보는 돼지우리 사이를 서성거렸다. 웨이보는 두 손으로 귀를 막아봤지만 돼지 먹따는 소리에 얼굴이 창백해졌다. 마치 도살당한 돼지가 된 것 같은 느낌이었다.

룽쓰샹은 아무 소리도 못 들었다는 듯 침착했다.

"이제 이해가 좀 되지?"

룽쓰샹이 물었다.

웨이보는 전혀 이해가 가지 않았다. 아쓰 어머니는 대체 어떤 여자일까? 룽쓰샹은 웨이보를 왜 데려온 걸까? 한 가지 분명한 건 노부인의 성격이 사납다는 것이었다.

"아니, 모르겠어."

"좋아."

룽쓰샹이 손뼉을 치며 말했다.

"자기가 모르겠다는 건 사실 알겠다는 뜻이잖아."

손뼉 치는 소리가 나자 돼지들이 소란을 피웠다. 고래고래 지르는 돼지 울음소리가 하늘을 찔렀다. 점박이 돼지 두 마리가 돌연 우리에서 뛰쳐나오더니 두 사람이 있는 곳으로 돌진해왔다. 웨이보가 재빨리 룽쓰샹을 옆으로 밀쳐내길 천만다행이었다. 먼발치에서 아쓰 어머니가 발을 쿵쾅대며 욕을 퍼붓는 소리가 들려왔다.

정신 나간 돼지 두 마리가 뛰쳐나갔다가 다시 두 사람 쪽으로 돌진해왔다. 웨이보가 룽쓰샹을 잡아당겨 둘은 토담집 벽에 바싹 붙게 되었다. 토담집 안에는 돼지가 더 많았다.

순간 점박이 돼지 두 마리가 감쪽같이 사라져버렸다. 웨이보는 식은땀을 흘리며 물었다.

"우리 살아 돌아갈 수 있겠지?"

"무슨 소리를 하는 거야? 웨이보, 정말 뻔뻔하다."

룽쓰샹은 흥분이 가시지 않은 채로 눈을 번뜩였다.

돼지우리에서 큰길가까지 걸어 나오는데 못해도 30분은 걸렸다. 진이 쏙 빠진 룽쓰샹은 웨이보를 원망했다. 요즘에는 사랑을 제대로 못 해서 사는 맛이 안 난다고 했다.

"내가 아쓰 엄마가 아닌 게 한스럽다고."

룽쓰샹이 느닷없이 소리를 질렀다.

그러고 나서 웨이보의 팔을 확 뿌리쳤다. 웨이보가 룽쓰샹을 끌고 천천히 걸어갔다. 룽쓰샹이 걸어가면서 하소연을 했다. 우물대는 소리라 잘 안 들렸지만 아쓰를 언급했다는 건 알 수 있었다. 웨이보는 왠지 불안했다.

온천여관으로 가는 버스가 오자, 웨이보는 룽쓰샹을 부축해 버스에 올라탔다. 자리에 앉혔더니 룽쓰샹은 의자에 기대자마자 잠이 들었다. 버스가 정류장에 도착하자 룽쓰샹을 들쳐 안고 내릴 수밖에 없었다. 그대로 온천여관에 있는 룽쓰샹의 작은 방까지 걸어 들어갔다. 룽쓰샹은 방문 앞에 서 있다가 문득 정신이 들었는지 메고 있던 작은 가방에서 열쇠를 꺼냈다. 그러면서 질책하듯이 물었다.

"자기가 왜 여기 있는 거야?"

"내가 데려다준 거잖아."

"아, 그랬지, 참. 까먹고 있었네. 근데 자기 여기 들어오면 안 돼. 아쓰가 바로 옆방에 있거든. 지금 새로 받은 손님 접대 중이란 말이야. 방 사이에는 판자벽 하나밖에 없어서 소리가 아주 잘 들려. 자기가 못 견딜까봐 걱정돼서 그래."

"그럼 갈게."

"가지 마. 내가 아쓰 불러다줄게. 아쓰, 아쓰."

바로 옆 작은 문에서 삐그덕 소리가 나더니 아쓰의 창백한 얼굴이 나타났다. 잠이 부족해 보였고 더 나이를 먹은 모습이었다. 머리에 꽂혀 있던, 거즈로 만든 조화가 쭈글쭈글해져 있었다.

아쓰 머리에 난 상처가 떠오르자 웨이보는 저도 모르게 몸서리가 쳐지고 말도 나오지 않았다. 머릿속을 맴도는 가장 큰 의문은 아쓰도 이제 자기 집이 있는데 왜 여태 여관에서 손님을 받는가였다. 그때 룽쓰샹이 웨이보를 한쪽으로 밀치며 말했다.

"됐어, 얼굴 봤으니 된 거지. 이제 빨리 가. 아쓰도 바쁘단 말이야."

웨이보는 마지못해 자리를 떴다. 룽쓰샹이 웨이보를 여관 입구로 끌고 가더니 아쓰를 보니까 기분이 어떠냐고 물었다. 웨이보는 아쓰가 왜 아직도 여기서 손님을 받는지 되물었다.

"누군가를 피해다니려고 그런 거겠지. 머리 좋은 애잖아. 여기 자주 와서 손님을 받아. 그리고 아쓰가 다친 거라고 생각하지 마. 아쓰 사업에는 조금도 영향을 미치지 않는 것 같으니까. 아쓰가 나를 부르는 소리가 들린다. 얼른 집에 가, 빨리."

웨이보는 두 여자에게 버림받은 듯한 느낌이 들었다. 외부인은 두 여자의 세계에 들어갈 수 없었다. 방금 아쓰가 망연한 눈초리로 웨이보를 뚫어져라 보지 않았던가? 웨이보와는 다른 길을 가고 있는 사람이란 걸 보여주는 눈빛이었다. 순간 몸과 마음이 피로해졌다. 웨이보가 여기저기 뛰어다니며 공연히 바빴던 건 무얼 찾기 위함이었을까? 방금 저들의 태도는 웨이보가 잉여인간임을 보여주는 게 아닐까? 웨이보는 머리가 텅 빈 느낌에 천천히 발걸음을 돌렸다. 집으로 돌아가야 했다.

하지만 어떻게 된 일인지 집에는 가지 않고 작은 주점에 앉아 있었다.

웨이보는 술을 잘 못 마시는 터라 쌀로 빚은 술을 주문했다. 큰 사각 테이블 맞은편에 누군가 앉아 있었는데 모자챙을 낮게 드리우고 있어서 얼굴이 잘 보이지 않았다. '다섯 가지 곡물로 빚은 술'을 마시고 있는 걸 보니 돈이 좀 있는 사람 같았다. 두 사람은 각자 술을 마시고 음식을 먹었다.

쌀로 빚은 술을 두 잔 다 마시고, 샐러리 돼지간볶음 한 그릇을 다 먹고 나서야 웨이보는 정신이 들었다. 문밖을 내다보니 그새 해 질 무렵이었다. 이제 집으로 돌아가야 하지 않나 하는 생각이 들었다.

"집은 항상 제자리에 있지만, 한번 놓치면 못 만나는 게 여자지."

맞은편에 앉아 있던 사람이 이런 말을 하며 모자를 젖혔다.

놀랍게도 골동품점 미스터 유였다.

"룽쓰샹과 함께 돼지우리에 가고 싶어한다는 거 알고 있어. 아니, 오해는 하지 마. 난 아쓰를 사랑하지 않으니까. 내가 사랑하는 사람은 룽쓰샹이라는 여장부지."

미스터 유는 말을 이어나갔다.

"오늘 돼지 치는 노인이랑 여기서 한나절 동안 술을 마셨어. 우린 상대방에게 믿음이 있었지. 잘 이해가 안 되는 건 아쓰 어머니가 돼지 치는 노인을 독점해놓고는 자꾸 한눈을 판다는 거야. 노인이 아주 노심초사하더라고. 대체 왜 그런 걸까?"

웨이보는 짐짓 놀랐다. 미스터 유가 말을 하기 시작하면 늘 웨이보를 제법 친한 친구 대하듯 했기 때문이다. 모르긴 몰라도 룽쓰샹의 영향이리라.

"나도 잘 모르겠는데."

웨이보가 말했다.

"아쓰 어머니를 관찰해보니 그런 게 바로 진짜 사랑 같더라고. 돼지 치는 노인네는 분명 아쓰 어머니에게 사랑을 느꼈겠지. 남다른 여자랑 있다보니 그 집에서 보낸 시간은 잊기 힘들 거야."

서로 말도 안 되는 말을 늘어놓는 새 휘영청 달이 떠올랐다. 환한 달을 보자 마음이 누그러진 웨이보는 드디어 집에 가야겠다는 생각이 들었다.

집에 들어갔더니 아내 혼자 밥을 먹고 있었다. 음식이 잘 되었는지 무척 맛있어하는 듯했다. 밥을 먹었느냐는 물음에 웨이보는 친구네서 먹었다고 대답했다.

샤워를 하고 나오니 아내 샤오위안은 밥을 다 먹은 상태였다.

"웨이보."

샤오위안이 입을 열었다.

"다른 여자 생긴 거 전부터 알고 있었어. 사실 나도 다른 남자가 있고. 그래도 당신이랑 가정은 버릴 수 없어."

샤오위안의 얼굴에 곤혹스러운 표정이 역력했다.

"그럼 버리지 마."

웨이보가 긴장한 어조로 대꾸했다.

"나 그 여자 봤어. 근데 이상한 건 질투가 안 나고 오히려 그 여자가 부러웠다는 거야. 왜 그런 건지 말해줄래? 아쓰가 부러워. 그렇다고 내가 그 여자처럼 살 수 있는 것도 아니지만. 물론 당신도 그렇게 못 살 테고. 근데 말이야, 당신이랑 그 여자 잘 어울리는 거 같아."

"말도 안 되는 소리, 이제 안 만나. 내 여자도 아니고."

웨이보는 자리를 잡고 앉아 아까 낮에 있었던 일을 차분히 되짚어봤다. 후회의 감정이 밀려왔다. 아쓰 어머니가 누구냐고 물었을 때 왜 제대로 말하지 못한 걸까? 바보처럼 꺼낸 대답이라곤 고작 직업이었는데 물론 그걸로는 아무것도 설명할 수 없었다. 그래서 노부인이 노발대발하며 웨이보를 무시했던 것이다. 한번 내뱉은 말은 엎질러진 물처럼 주워담을 수 없는 법이었다. 오늘이 살면서 가장 후회되는 날이었다. 제대로 처신하지 못했다는 생각에 다시는 아쓰를 볼 면목이 없었다.

한밤중에 또 잠이 깬 웨이보는 어둠 속에 누운 채 생각에 잠겼다. 아쓰와의 관계가 인생에서 가장 큰 실패인 것 같다는 생각을 했다. 정말 형편없는 남자라 해도 과언이 아니었다. 그러다 얼마 전에 사귀었던 추이란을 떠올렸다. 추이란은 웨이보보다 의지가 강하고 능력도 뛰어난 여자였다. 아쓰와의 관계가 이 지경이 되었으니 경험에서 얻은 교훈을 바탕으로 추이란 같은 여자에게 잘해줘야 할 터였다. 요즘 들어 종종 꿈에 익숙한 장소가 나왔다. 낮에 갔던 돼지우리 비슷한 곳이었다. 혼자서, 때로는 추이란과 같이 돼지우리를 이리저리 돌아다니는 꿈이었다. 웨이보는 뭘 찾고 있는지 알 수 없었지만 아무튼 찾고 있는 게 하나 있었다. 추이란은 웨이보가 뭘 찾는지 알고 있는 듯했다. 그런데도 도와주기는커녕 비웃으면서 바로 발밑에 난 길도 못 알아보냐고 했다. 설마 찾고 있는 무언가가 발밑에 있다는 걸까? 고개를 숙여봤지만 제 발조차 보이지 않았다. 추이란이 꿈속에서 한 말을 기억해낸 웨이보는 조만간 인생의 전환점이 찾아올 것이며 앞으로는 엉망진창인 삶을 살지 않게 될 거라는 예감이 들었다. 본인이 먼저 변하지 않는다면 무슨 수로 인생이 바뀔 수 있겠는가?

"내가 어떻게 바뀔 수 있겠어?"

웨이보의 목소리가 너무 컸던 탓인지 옆방에서 자던 샤오위안이 잠에서 깼다.

"사람은 꿈에서도 상상 못 한 모습으로까지 바뀔 수 있어."

샤오위안이 옆방에서 대꾸했다.

어둠 속에서 웨이보의 얼굴이 화끈 달아올랐다. 조용히 옷을 갈아입고 살금살금 밖으로 나가 길가까지 걸어나갔다. 웬 남자가 등 뒤에서 쉬지 않고 떠들어댔다.

"마을 도처에 우리 같은 밤귀신들이 깔렸네. 저기 보게나. 9층 창문에 불이 켜져 있지 않은가? 저 여자는 누구를 기다리고 있겠나? 당연히 우리 같은 사람을 기다리는 거겠지. 자네는 어디로 갈 건가? 경망스러운 인간아, 어두운 데로 가야지…… 따라오게나."

남자가 극장 옆에 있는 골목으로 웨이보를 확 밀어넣었다. 연중 내내 노름꾼들이 몰려 있는 곳이었다.

웨이보는 남자가 떠미는 대로 순순히 걸어갔다. 어차피 어둠 속에서는 앞이 잘 보이지도 않았다.

두 사람은 층이 많은 계단을 내려가 평지에 이르렀다. 남자가 하는 말이 들렸다.

"여기 앉게나."

웨이보는 남자와 함께 벤치에 앉았다. 그때 누군가 촛불을 들고 다가왔다. 초조해 보이는 모습이었다. 촛불 위로 드러난 얼굴이 큰아버지를 닮았다고 생각했다. 그 남자가 다가와 손으로 웨이보의 머리를 지그시 눌렀다. 웨이보는 순간 마음의 고통이 줄어들었다.

"고향에 자주 들르시오."

남자가 웨이보에게 말했다.

"인간은 자신의 뿌리를 잊어서는 안 되는 법이니까."

한 차례 바람이 불어오자 남자 손에 있던 촛불이 꺼졌다.

웨이보는 어둠 속에 도로 파묻혔다. 잠깐 앉아 있는데 주위가 텅 비었다는 느낌이 들었다. 옆쪽을 더듬어봤지만 같이 앉아 있던 남자가 만져지지 않았다. 두 남자는 어느새 떠나버린 듯했다. 웨이보는 돌아가는 길을 헤맬 것 같아 그냥 벤치에 누워버렸다. 멀리서 훌쩍거리는 여자 울음소리와 옆에서 위로해주는 남자의 쉰 목소리가 들렸다. 남자는 같은 말을 되풀이하고 있었다.

"아쓰, 아쓰. 우리 멀리 도망가자……."

하지만 여자는 웨이보의 여자친구 아쓰가 아니었다. 이 동네에 아쓰가 대체 몇 명이나 있는 걸까? 방금 전 그 남자가 고향에 가보라고 했을 때 웨이보는 흠칫 놀랐다. 아버지가 살아 계실 때는 매년 어린 웨이보를 고향 집에 데려가곤 했다. 그런 아버지에게는 괴벽이 하나 있었다. 기차 타기 전에 꼭 웨이보의 눈을 안대로 가려서 맹인인 척하게 한다는 거였다. 안대를 벗으면 고향에 못 갈 줄 알라고 으름장을 놓기까지 했다. 어린 웨이보는 순순히 두 눈을 가린 채 기차에 앉아 꿈쩍도 하지 않았다. 고향에 몹시 가고 싶어서였다. 큰아버지 집에 도착해서야 안대를 풀 수 있었다. 기차가 밤낮으로 달리는 동안 컴컴한 정적을 견디기 힘들어 아버지에게 고향 집이 북쪽에 있는지 남쪽에 있는지 반복해서 물었다. 아버지는 매번 남쪽이라고 답했다. 그렇다면 큰아버지댁 마당은 왜 그리 추웠던 걸까? 남쪽이라면 따뜻해야 마땅하지 않은가? 마당을 둘러싼 담은 성인 두 명의 키를 합친 높이였고 마당은 한쪽 끝에서 다른 쪽 끝까지 가려면 30분이나 걸릴 정도로 어마어마하게 큰 규모였다. 웨이보 키보다 더 큰 들풀이 오솔길을 덮어버릴 정도로 도처에 널려 있었다. 이층짜리 고향 집에는 방이 아주 많았다. 구조가 특이해서 방 개수를 제대로 셀 수 없었다. 한번은 텅 빈 방과 복도에서 길을 잃기까지 했다. 걷고 또 걸어서 계단 입구를 찾았다는 생각이 들 때마다 번번이 낯선 통로에 갇혀버렸다. 해 질 무렵이 되어서야 큰어머니가 웨이보를 찾아내 아래쪽에 있는 부엌으로 데려가 밥을 먹였다. 웨이보는 고향에 세 번 가봤는데 전부 열 살 이전의 일이었다. 고향 집의 방향이나 근처 지리에 대한 수많은 의문이 생겨났지만 아버지는 웨이보의 질문에 대꾸하는 걸 성가셔했다. 고향 집에는 큰아버지와 큰어머니 두 분뿐이어서 알려줄 사람도 없었다. 대문도 늘 잠겨 있고 열쇠는 어른들이 간수했다. 주변 조사를 해보고자 아무리 마음먹어도 단 한 번도 뜻대로 되지 않았다. 평소에도 거의 말이 없던 큰아버지와 큰어머니는 웨이보의 물음에 답해준 적이 없었다. 어른들은 저녁 늦게 이층 베란다에서 차 마시는 걸 좋아했다. 커다란 베란다는 깔끔하게 정리되어 있었고 등나무 의자가 가득 놓여 있었다. 저녁 바람이 살랑살랑 불어오면 어른들은 홍차를 마시며 조금씩 떠오르는 달을 바라봤다. 웨이보의 기억으로는 도시에 뜨는 달보다 커다란, 세숫대야만 한 달덩이였다. 그렇다면 고향 집은 시골에 있는 걸까? 아니었다. 베란다에 앉아 있으면 먼발치에서 간간이 자동차 지나다니는 소리가 들려왔기 때문이다. 건축 공사 현장의 탐조등도 보였다. 그렇다고 또 고향 집이 도시에 있다면 어떻게 대궐 같은 마당이 있는 걸까? 어른들은 차를 마시고 달을 올려다보기만 할 뿐 말은 한마디도 하지 않았다. 홍차를 주전자에 계속 채워 마시며 깊은 밤이 될 때까지 앉아 있었다. 웨이보는 그럴 때마다 꼭 도중에 잠이 들었다. 무한한 매력을 가진 고향 집이었다. 두 눈을 가리고 와서 매력적으로 느껴진 건 아닐까? 웨이보는 고향 집에 갈 때마다 빨리 가고 싶어서 한시도 참을 수 없었던 기억이 또렷했다. 웨이보가 제일 좋아하는 것도 베란다에서 저녁 늦게 마시는 차였다. 저녁 내내 베란다에서는 들뜬 기분으로 말없이 달을 올려다봤다. 가장 인상적이었던 건 가슴 설레던 기분이었다. 아버지가 웨이보를 가리키며 큰아버지에게 말했다.

"요놈 좀 봐요, 야심만만한 게 아주……."

큰어머니가 입을 가리고 웃었다. 웨이보는 아직도 그때 아버지가 한 말이 무슨 뜻인지 알지 못했다. 무슨 야심이 있다는 말인가? 비누공장 직원이 되기밖에 더 했나? 웨이보 머리면 회계사 정도는 될 수 있었겠지만 그쪽으로는 노력을 해본 적이 없었다. 지금처럼 사는 것도 꽤 괜찮았다. 하지만 아버지는 분명히 다른 생각이 있었을 것이다.

웨이보는 돌아누워 고개를 뒤로 젖히고, 별이 촘촘히 박혀 있는 하늘을 올려다봤다. 별들은 하나같이 밝지 않았고 반짝거리지도 않았다. 도시의 하늘은 먼지 층이 제법 두터웠기 때문이다. 악취를 맡은 웨이보는 앉아 있던 벤치가 돼지우리보다 더 더럽다는 생각이 들었다. 자신이 그런 곳에 누워 있는 것이다. 어쩌다보니 노름꾼들과 한 패거리가 되었다. 아니면 원래 이들과 한패였던 걸까?

누군가 웨이보의 배를 꽉 움켜쥐었다. 구시렁거리면서 벤치에 누워 있던 사람이었다.

"자네 정말 사치스럽구먼. 혼자서 긴 의자를 다 차지하다니. 겨울이라면 내 전용이었을 텐데."

남자가 비틀거리며 일어나 기지개를 켰다.

"'긴 머리長髮'가 고향 집에 좀 와보라던데 아직도 안 갔나?"

남자가 물었다.

말주변이 좋은 남자라고 웨이보는 생각했다. 술 취한 건 분명 아니었다.

"한번 가봐야겠네요. 이제야 고향 집 위치를 알게 됐거든요."

웨이보가 대꾸했다.

"흥, 당신네는 늘 이 모양이지. 내가 또 당신네 같은 인간들을 잘 알지. 공무원 맞지?"

"아닙니다. 돗자리 파는 사람입니다."

"그게 그거지, 뭐. 당신같이 거들먹거리는 것들을 내 잘 안다고. 여긴 자네가 있을 곳이 아니니 해 뜨면 바로 떠나쇼. '긴 머리' 말 대로 고향 집에나 가보게."

아쓰는 룽쓰샹이 암시하듯 한 말에서 어머니가 교외에 있는 돼지우리에서 살고 있다는 사실을 알아냈다. 인적이 드문 야심한 밤, 어머니의 모습을 상상하며 매일 뭘 하며 지내실지 짐작해봤다. 그런 생각을 하다보니 어머니의 앞날이 비관적으로 그려졌다. 하지만 아쓰의 직감으로 어머니는 결코 좌절하지 않는, 절대 타락하거나 엇나갈 리 없는 여자였다. 아쓰는 혼잣말을 했다.

'돼지우리에 살면 뭐가 또 어때서? 마음만 깨끗하면 되는 거 아닌가?'

아버지가 몇 년씩이나 병석에 누워 있는데도 어머니는 아버지를 버리지 않고 견뎌내지 않았던가? 이렇게 생각하자 금세 또 기분이 나아졌다. 어머니는 툭하면 우는 여자였지만 결코 나약해서가 아니었다. 대개는 외로워서 울었다. 몇 년 전 어머니가 떠나고 나니, 어머니 성격을 잘 아는 아쓰는 삶의 고민이 하나 해결된 것만 같았다. 마음 한켠을 짓누르던 돌덩이가 떨어져 나간 느낌이었다. 그로부터 몇 년이 지난 얼마 전 어머니의 행방을 알게 되었다. 물론 아쓰는 어머니를 보러 갈 필요가 없었다. 룽쓰샹이 넌지시 알려준 대로 어머니가 만나고 싶어하지 않았기 때문이다. 어머니도 아쓰도 상대의 소식을 직접은 아니지만 듣고 나니 그나마 서로에게 힘이 되었다.

"아쓰, 왜 웃어? 뭐 좋은 일 있어?"

아편 판매상이 침대에서 물었다.

"우리 엄마가 다른 사람한테 부탁해서 소식을 전해왔어."

아쓰가 남자 쪽으로 몸을 돌렸다.

"축하해. 어머니도 분명 대단한 분일 거야, 그렇지?"

"우리 엄마는 다른 사람에게 상처 준 적이 한 번도 없는 사람이
야."

"대단한 분이구나."

문득 초조해진 아편 판매상은 얼른 밤기차를 타러 가야 한다고
했다.

아편 판매상은 옷을 입고 가죽 가방을 든 채로 손을 뻗어 문을
열었다. 잠시 생각을 하다 멈춰서더니 되돌아와 아쓰를 유심히 바
라보며 한 마디 한 마디 또박또박 말했다.

"내가 300일 동안 떠나 있으면 견딜 수 있겠어?"

남자는 이 말을 던지고는 나가버렸다.

아쓰는 문에 대고 큰 소리로 대꾸했다.

"300일 동안 무덤으로 향해 가겠지."

그러곤 아편 판매상의 체온이 남아 있는 이불 속으로 파고 들어
가 불을 껐다.

앞으로 어머니가 자주 소식을 전해올 것 같은 예감이 들었다. 그
동안 벌써 몇 년이 흘렀던가. 몇 년 전, 산비탈 누에콩밭에서 보라
색 작은 꽃을 바라보던 아쓰와 어머니는 앞으로 어떻게 살지 머리
를 맞대고 궁리한 적이 있었다. 어머니는 심지어 아쓰더러 서커스
단에 들어가라고 부추기기도 했다. 본인도 따라 들어가 서커스 기

구를 관리하면 입에 풀칠 정도는 할 수 있다면서 말이다. 모녀가 함께 각지를 돌아다니면 서로 보살펴줄 수도 있다고 했다. 사실 아쓰가 보살핌 따위는 필요 없는 애라는 건 어머니도 처음부터 알고 있었다. 이제 와 생각해보니 어머니는 계속 아쓰를 살펴보며 성격을 정확하게 분석하곤 했던 것이다. 누에콩밭에서 나눈 긴 이야기가 자기도 모르는 사이에 아쓰의 성격에 영향을 미친 건 아닐까?

"아쓰. 아쓰."

웨이보가 살살 문을 두드렸다.

"들어와, 문 안 잠겼어."

아쓰가 큰 소리로 대꾸했다.

웨이보가 들어오더니 연신 소리를 질렀다.

"불 켜지 마, 켜지 말라고. 나 창피해서 미칠 거 같아, 아쓰."

웨이보는 진열장이 드리운 그림자 속에 서서 최대한 몸집을 작게 하려고 애썼다.

"오지 말았어야 했는데. 난 정말 구제불능인 놈이야."

아쓰는 웨이보가 힘든 상황에 처해 있음을 직감했다.

"옆에 있는 의자에 앉아서 얘기해."

아쓰가 말했다.

자리에 앉은 웨이보는 심장이 두근거려 밖으로 튀어나올 것만 같았다.

"외롭다고 또 자기를 찾아왔으니 얼마나 형편없는 놈이야. 난 늘 자기 삶을 방해하잖아. 방금도 참다 참다 못해 결국 또 여기로 왔다고."

"웨이보, 자책하지 마. 마음 내키는 대로 행동하는 게 도리어 좋을 때도 있는 법이니까. 나를 봐도 그렇고. 그리 좋은 본보기는 아니지만. 자기는 나 같은 삶은 못 견딜 거야. 자기는 정말 좋은 사람이야. 자기를 만난 일이 내 인생 최대의 행복이라고."

"나 갈게, 아쓰. 자기 덕에 내가 강해진 것 같아. 자기는 늘 나한테 힘이 되는 여자야."

웨이보는 잠깐 왔다가 다시 가버렸다. 아쓰는 머리에 난 상처를 만지작거렸다. 아무는 중인지 상처 부위가 간지러웠다.

예전에 방직공장 화단 옆에 서 있던 웨이보는 얼마나 깨끗한 이미지였던가. 동틀 무렵에 핀 장미꽃 같았다. 아쓰는 웨이보를 장미꽃으로 묘사하고 싶었다. 헤어지든 함께하든 웨이보는 언제나 아쓰의 어두운 마음속에 핀 장미꽃이었다. 날이 밝아오고 있었다. 아쓰는 '제보자'가 아직도 잠들지 않았다는 걸 알았다. 제보자가 밑에서 손전등으로 창문을 비추고 있었다. 그런 짓을 몹시도 좋아하는 사람이었다. 이불을 바짝 잡아당긴 아쓰는 떠들썩한 동네의 열정이 느껴졌다. 순간 감격에 겨워 뇌까렸다.

"동백꽃 단지, 동백꽃 단지, 아……."

아쓰는 행복감에 젖어들었다.

이튿날, 룽쓰샹이 아쓰 집을 찾아왔다. 아쓰가 침울하게 말했다.

"웨이보가 이상해졌어. 극단적인 행동을 할까봐 걱정돼."

"그럴 리가. 그런 사람 아니야. 웨이보에게 극단적인 행동이라면 사업을 벌이는 정도 아니겠어?"

룽쓰샹이 눈을 둥그렇게 뜨고 천진난만하게 대꾸했다.

"쓰샹, 쓰샹. 언니는 정말 좋은 사람이야……."

아쓰는 감격했다는 듯 룽쓰샹의 볼에 뽀뽀를 했다.

"꼭 언니를 '서쪽 건물'로 데리고 가서 술을 마실 거야."

아쓰가 한마디 덧붙였다.

30분 뒤 아쓰와 룽쓰샹은 '서쪽 건물'에 있는 술집에 나타났다.

자리에 앉자마자 미스터 유가 다가왔다.

"와, 미인이다. 난 진짜 운이 좋단 말이야. 밖에 비 오던데 우산 가져왔어요? 내가 갖다줄게요. 금지옥엽 같은 아가씨들은 보호해 줘야 마땅한 법이니까."

미스터 유는 우울한 기색이었다. 얼굴이 창백했고 아름다운 두 눈은 생기를 잃었다. 여자들의 시선을 피하는 듯했다. 룽쓰샹은 미스터 유가 또 불면에 시달리며 밤을 새운 건 아닐까 싶었다.

'서쪽 건물'은 지금까지 한 번도 불이 켜진 적이 없고 촛불만 켜져 있는 곳이었다. 잿빛 벽에 그림자가 아른거렸다. 세 사람은 술기운에 차츰 한 사람이 되어갔다. 서로가 서로를 구분하지 못하는 상태에 이른 것이다. 무슨 이유인지 조롱박 비닐하우스 앞뜰에서 같이 자랐다고 생각하고 있었다. 비닐하우스에 서서 하늘을 올려다보면 태양이 꼭 자신들이 살고 있는 기와집 지붕에 걸려 있는 것 같다고 생각했다. 그때 미스터 유가 입을 열었다.

"바람 사이로 '샤오핑, 돌아와. 돌아와, 제발'이라고 부르짖는 목소리가 들려."

쓰샹과 아쓰는 그 말을 듣자 눈물이 쏟아졌다. 테이블 위에 엎드려 엉엉 울기 시작했다. 룽쓰샹이 울면서 말했다.

"오빠, 오빠. 난 왜 오빠 같은 사람을 사랑하게 된 걸까?"

"남매처럼 같이 자라서 그런 거지, 뭐. 우리 같이 놀던 뜰에서 자란 사람끼리는 사회에 나가서도 한눈에 알아볼 수 있다고…… 너네 검은 뱀 기억나지? 우물가에 있던 거."

"당연히 기억나지."

울음을 멈춘 두 여자가 이구동성으로 말했다.

두 여자는 미스터 유를 빤히 쳐다보며 뱀 이야기를 기다렸다.

미스터 유는 입을 벌렸지만 말이 나오지 않았다. 머릿속이 새하얘져 머리를 탁탁 치며 괴로운 듯 발을 굴렀다. 물을 한 잔 따라 마시니 그제야 얼굴에 핏기가 돌았다. 순간 미스터 유가 소리를 질렀다.

"그게…… 그게 말이지…… 그게 뭔지 까먹었어."

뚱뚱한 술집 주인이 다가와 미스터 유의 어깨를 토닥이며 부드럽게 말했다.

"뭐긴 뭐겠어? 당연히 떠나가버린 여자지."

"당신이 어떻게 알아?"

미스터 유가 술집 주인의 멱살을 잡았다.

"웨이보가 알려줬지. 내가 또 당신네들 일은 빤히 꿰고 있잖아."

미스터 유는 멱살을 놓고 어스름한 유리창을 망연히 바라보며 서 있었다.

술집 주인이 웨이보에게 하는 말을 듣고 아쓰는 마음이 벅차올랐다. 기분에 못 이겨 술집 주인의 손을 꽉 잡고 뽀뽀를 했다. 눈물을 글썽이는 얼굴로 술집 주인을 쳐다보며 말했다.

"아무리 봐도 우리 아버지랑 닮은 거 같아요."

기분이 좋아진 술집 주인은 노래를 흥얼거리며 카운터 쪽으로 휘청휘청 걸어갔다.

세 사람은 서로 부축해주기도 하면서 길거리를 비틀비틀 걸어다녔다. 누가 먼저 꺼낸 건지는 모르겠지만 웨이보를 찾아가자는 말이 나왔다. 이들은 '서쪽 건물'의 술집 주인이 한 말을 기억하고 있었다.

"웨이보가 교도소에서 교정 교육을 받고 있다네."

어둠 속에서 농업용 트랙터가 나타났다. 거칠고 난폭한 젊은이가 몰고 온 트랙터였다.

"라오융이 보낸 건가? 우리가 차 좀 쓸게요."

룽쓰샹이 손을 허리에 얹고 말했다.

젊은이가 아무 말도 없자 세 사람은 트랙터 뒤에 올라탔다.

룽쓰샹이 벌벌 떨고 있는 아쓰의 귀에 대고 진지하게 말했다.

"라오융이 보낸 트랙터야. 누가 생각이나 했겠어? 라오융은 거미굴에 들어앉아서 모든 걸 귀신같이 꿰뚫어보고 있어. 전에 '원앙 보금자리'에 있을 때 몇 번이나 라오융과 나를 한 사람으로 만들어버리고 싶다는 생각을 했지. 아쓰, 나 바보 같지? 조금만 더 참아봐. 교도소까지 두 시간도 안 걸리니까…… 그래도 잘 모르겠어. 웨이보가 우리를 귀찮아 할 것 같기도 하고. 교정 교육 받고 있다던데 분명히 즐거운 일일 거야. 혼자만 즐기고 있을 거라고."

"웨이보는 항상 자기 자신에게 불만이 많았어."

아쓰가 룽쓰샹의 손을 꼭 잡으며 이어서 말했다.

"웨이보 같은 사람이 제 발로 감방에 들어간 건 하나도 안 이상해. 교도소에 쥐도 있대?"

"당연히 있지. 아쓰가 왜 웨이보의 여신인지 알겠다. 웨이보는 정말 운이 좋은 남자라니까."

미스터 유가 대꾸했다.

트랙터는 교외에 있는 교도소로 향하지 않았다. 졸다 깬 세 사람은 작은 산 주위를 맴돌고 있는 걸 알아차렸다. 황량한 데다 길이 있는지 없는지 알 수 없을 정도로 어두컴컴했다. 아무것도 보이지 않았지만 계속 맴돌고 있다는 건 느껴졌다. 젊은이는 핸들을 잡고 꼿꼿이 앉아 있었다.

"라오융, 머리 한번 정말 잘 돌아가네."

룽쓰샹이 욕인지 칭찬인지 분간되지 않는 소리를 질렀다. 투두 두두두 트랙터 소리가 별안간 커지더니 룽쓰샹의 목소리를 덮어버렸다.

바람이 세차게 불어오자 아쓰는 몸을 움츠렸다. 먼지가 얼굴을 때렸다. 경유에서 그을음이 뿜어져 나와 토할 뻔했다. 미스터 유가 옆에서 하는 말이 들렸다.

"나 지금 뛰어내릴 거니까 웨이보한테 말하지 마…… 하나, 둘, 셋. 뛰어내린다."

미스터 유가 뛰어내렸는지 아닌지 아쓰는 잘 보이지 않았다. 룽쓰샹이 옆에 없다는 것만 알았다. 제 몸 하나 간수하기도 힘들었던 아쓰는 죽음의 신이 가까이 왔음을 느꼈다. 웨이보를 찾아가다가 죽는다면 그럴듯한 이유로 세상을 떠난 것이 되리라는 게 아쓰가 마지막으로 한 생각이었다.

트랙터가 깊은 연못 속으로 곤두박질쳤다.

아쓰는 발버둥도 치지 않고 연못 밖으로 가뿐하게 헤엄쳐 나왔다. 다 젖어 몸에 붙은 옷이 바람에 휘날리자 그제야 감기에 걸려 죽을 수도 있겠다는 생각이 들었다. 그때 누군가 옷을 한 보따리 건넸다. 아쓰는 이를 다닥다닥 부딪치며 사시나무 떨듯 떨었다. 옷을 갈아입는 데 한참 걸렸다.

"라오융이에요?"

아쓰가 물었다.

"아니면 누구겠나? 이게 다 룽쓰샹이 생각해낸 아이디어야. 정말 기상천외한 여자지. 어제는 나더러 인연을 맺자더라고. 그러니까 죽음과 인연을 맺겠다는 말인 거야. 무슨 말인지 룽쓰샹이 곧 보여주러 올 거네. 참 두려울 게 없는 여자야."

"그래서 룽쓰샹을 사랑하시는 거예요?"

"쳇. 사랑하네 안 하네 그런 말 좀 하지 말게나. 룽쓰샹은 쓰레기야."

"집에는 어떻게 가야 할까요, 아저씨?"

"아, 깜빡했네. 집에 가야지, 참. 오른쪽 전방에 불빛 보이나? 그쪽으로 가면 된다네. 무서워하지 말고."

불빛 같은 건 보이지 않았지만 라오융이 있다면 있는 거였다. 아쓰는 상상 속의 오른쪽 전방을 향해 걸음을 내딛기 시작했다. 이상했다. 순조롭게 평지를 걷고 있는데 뒤에서 라오융의 목소리가 들렸다.

"옳지, 바로 그거야."

날이 밝자 아쓰는 괴상망측한 옷을 입은 채 동백꽃 단지로 돌아왔다.

옷차림이 창피해서 아무도 쳐다보지 않으면 좋겠다는 생각만 했다.

'제보자'가 아쓰네 아파트 공동 현관 앞에 서 있었다. 손에 국화꽃 바구니를 든 노인은 아쓰를 기다리고 있는 게 분명했다. 노인은 쭈글쭈글한 옷을 입고 있었다.

아쓰가 집으로 올라가자 '제보자'가 뒤쫓아오며 장황하게 말을 늘어놓았다.

"왜 불법적인 일을 하는 겐가? 자네 친구의 내연남은 감시 대상이야. 질 떨어지는 철강재를 팔아서 지금 조사를 받고 있지. 아이고, 어쩌다 그런 인간들과 한통속이 된 게야? 트랙터 타니까 바람도 쐬고 재미있을 줄만 알았지? 그 인간들이 자넬 앞세우고 함량 미달 물건을 몰래 운반한 거라고. 내가 스쿠터로 쫓아갔는데 결국 따라잡지 못했어."

"재밌네요. 한통속이라니요? 어르신은 그런 면에서 상당히 깨끗한 분이신가봐요. 그렇게 치면 저도 감시 대상 아닌가요?"

아쓰가 문을 열고 들어오라고 했지만 노인은 기어코 문 앞에 서 있었다.

"미스 쓰, 왜 날 그렇게 평가하는 겐가? 그럼 좋을 게 없어. 난 한결같이…… 솔직히 말하면 자네가 이 동네에서 가장 중요한 인물 중 하나라고 늘 생각해왔네."

"근데 제 머리에 큰 흉터가 생겼어요. 흉터가 난 자리에는 머리카락도 안 나고요. 보세요……."

아쓰가 모자를 벗고 흉터를 보여줬다.

"이래도 제가 중요한 인물이라고 생각하세요?"

아쓰는 자리에 앉자마자 눈빛이 흐리멍덩해졌다. 손에 들고 있던 더러운 밀짚모자를 바라보며 밤에 있었던 일을 떠올렸다. 룽쓰 샹과 미스터 유는 어디로 간 걸까? 그 작자들이야말로 감옥에 가야 할 인간들이었다. 집에 어떻게 왔는지 기억이 잘 나지 않았다. 오는 길에 바퀴가 하나뿐인 손수레들 때문에 자꾸 한쪽으로 밀려나다가 도랑에 빠진 것 같기도 했다. 세 사람은 웨이보를 찾으러 가던 길이 아니었던가? 어떻게 그 사실을 까맣게 잊어버릴 수가 있지?

"머리에 난 상처는 이 동네에서 자네 입지에 전혀 영향을 미치지 않을 걸세."

노인은 꽃바구니를 테이블 위에 올려놓고 가버렸다.

이 동네에서 관심을 가져주는 사람은 노인밖에 없다는 생각에 아쓰는 고마운 마음이 들었다. 노인이 제보한 것쯤은 용서해줄 수 있었다. 아쓰가 이미 다 떠벌리고 다녔으니 노인이 아니더라도 분명 누군가는 제보했을 터였다. 아쓰는 본인이 동네에서 가장 중요한 인물 중 하나라는 말을 방금 들었다. 무슨 말일까? 모름지기 중요한 인물이라고 생각하긴 했지만 사실 아파트 주민들 사이에서 중요한 사람인지는 생각해본 적이 없었다. '제보자'가 아닌 '동백꽃 단지' 사람들하고는 왕래도 없었다. 아쓰는 삶의 즐거움이 동백꽃 단지에서 생겨났기에 아파트가 천국이 아닐까 하는 상상까지 했다. 이 작은 세계가 아쓰의 즐거움을 용인해주었다는 것만으로도 꽤나 괜찮은 상상이었다. 방직공장의 밀폐된 화물차에 비하면 그야말로 '행복한 낙원'이었다.

아쓰는 베란다로 갔다. 해가 떠오르고 빡빡머리를 한 남자들이 아파트를 걸어나가고 있었다. 검은 정장을 입은 남자들은 몸매가 호리호리했는데 왠지 자신 없는 모양새였다. 아쓰는 남자들을 찬찬히 뜯어보며 연방 한숨을 내쉬었다. 어릴 적 남자애들이 생각났다. 지금 저 남자들과 비슷했다. 시간이 거꾸로 흐르는 듯한 착각이 일었다. 이제껏 얼마나 많은 일이 있었던가. 아쓰는 스스로에게 말했다.

"아쓰, 장미꽃을 절대 잊으면 안 돼."

아쓰는 국수를 말았다. 냄비 안에서 소용돌이치는 면발을 보며 신나게 동요를 부르기 시작했다. 아버지가 가르쳐준 노래였다. 아버지는 임종 전날에도 동요를 떠듬떠듬 불렀다. 갈색 곰의 외로운 삶이 가사의 전체적인 의미였다. 어릴 적 이 노래를 부를 때마다 아쓰는 눈물을 흘렸다. '갈색 곰의 털가죽'이라는 몇 글자로 된 부분이 나오면 유독 그랬다. 문득 웨이보가 감옥에 있어서 자기가 이 노래를 부르게 된 것 같은 생각이 들었다. 웨이보가 갈색 곰 아니었을까?

아쓰는 시금치 국수를 먹으며, 감사하는 마음으로 본인의 운 좋은 삶을 되짚어봤다. 공기 사이로 비치는 햇살이 몹시 아름다웠다. 웨이보는 어둠침침한 감방에 들어가 있어도 햇살을 만끽할 수 있는 사람이었다. 나 자신에게 아름다운 세계를 만들어줄 수 있는 웨이보의 특별한 능력에 대해 아쓰는 느끼는 바가 많았다. 웨이보는 지금 차가운 달빛 아래를 떠돌아다니고 있을까? 결국은 더 나은 삶을 누리기 위해 감옥에 간 건 아닐까? 모르긴 몰라도 아쓰는 웨이보를 진정으로 이해한 적이 없을 터였다. 웨이보에게 또 다른 일면이 있을지도 몰랐다. 그렇다면 웨이보가 선사한 따뜻함에 이제 어떻게 보답할 것인가? 이런저런 생각을 하다가 가장 좋은 건 웨이보를 잊는 거라는 걸, 그래야만 웨이보의 호의에 보답할 수 있다는 걸 깨달았다.

아쓰는 웨이보를 가슴 깊은 곳에 묻고 더 이상 그리워하지 않기로 했다.

긴 꿈에서 깨어났다. 체력이 좋고 동작도 날렵한 아편 판매상이 생각났다. 동에 번쩍 서에 번쩍 하더니 지금은 어디 있는 걸까? 아편 판매상은 전에 여기 있을 때 생사를 넘나드는 즐거움을 아쓰도 느끼게 해주고 싶어했다. 늘 아쓰를 국경지대로 데려가려 했지만 아쓰는 흥미가 없었다. 돈 때문에 위험을 무릅쓰는 건 아무 의미가 없다는 생각이었다. 두 사람은 그 일을 두고 종종 말다툼을 했다. 아편 판매상은 '관심의 폭이 너무 좁다'고 아쓰를 비난하며 문을 쾅 닫고 나가버리곤 했다. 그러다 얼마 가지 않아 도로 돌아오는 식이었다. 아쓰는 아편 판매상이 아이처럼 천진난만한 남자라고 생각했다. 사람이 죽으려고 작정하면 옆에서 말려봤자 소용없다는 것도 깨달았다. 조금 슬펐지만, 웨이보가 죽기 전에 즐거움의 최고 경지를 누릴 수 있길 바랐다. 웨이보가 트럭을 타고 가다가 순찰 중인 경찰관에게 총 맞는 장면을 반복해서 상상했다. 웨이보는 본인을 위한 계획을 잘 세우는 용감한 사람이었다. 그런 면모에 반해 아쓰가 웨이보에게 빠져들었던 것이다.

룽쓰샹이 아쓰에게 만나볼 사람이 있다고 했을 때 아쓰는 가슴이 쿵쾅거렸다. 벌써 몇 년이나 지난 일인데 만날 필요까지 있을까?

"아니, 너희 어머니 말고 다른 사람. 너도 아는 내 손님이야."

온천여관의 어스름한 다실에서 아쓰는 두 살 어린, 어릴 적 이웃에 살던 아이를 만났다. 아이는 잘생긴 남자가 되어 있었다. 남자는 아쓰를 한시도 잊은 적이 없다고 했다.

쓰샹이 자리를 뜨자마자 남자의 눈빛이 아련해졌다. 아쓰는 자기가 무언가에 속고 있다는 느낌이 들었다.

"너 정말 샤오치 맞아?"

아쓰가 물었다.

"어때? 닮은 거 같아?"

남자가 되물었다.

"잘 모르겠어. 닮은 것 같기도 하고 아닌 것 같기도 하고. 표정이 너무 자주 바뀌어서. 왼쪽에서 보는 거는 오른쪽에서 보는 거랑 또 달라서 완전히 다른 사람처럼 보여. 여기는 햇빛이 잘 안 들어오니 까 전등 밑으로 와봐. 아, 아악!"

아쓰가 날선 비명을 질렀다.

룽쓰샹이 나타났고 남자는 뛰쳐나갔다.

"저 사람 샤오치가 아니고 경찰이야. 무서운 사람 말이야."

아쓰가 벌벌 떨면서 말했다.

웃음을 터뜨린 룽쓰샹은 아쓰를 와락 껴안으며 가만히 말했다.

"아마 그럴 거야, 그렇겠지. 어쨌든 내 손님인데, 내가 또 손님은 안 무서워하잖아. 우리 같은 사람들이 누구를 무서워하겠니? 내가 옷이라도 벗어던지고 가서 아주 혼쭐을 내줄게. 아쓰, 대신 복수해 달라는 거지? 근데 사실 그 사람, 부드러운 남자라는 거는 말해주 고 싶어."

"그럴 수도 있겠지."

아쓰는 이내 깊은 생각에 잠겼다.

"이 바닥에 오래 있으면 저절로 알게 되는 게 있어. 사람한테는 여러 얼굴이 있다는 사실 말이야."

잠시 뒤 아쓰가 말을 이었다.

"정말 맞는 말이네."

룽쓰샹은 감탄스러운 눈길로 아쓰의 어깨를 토닥였다.

"그 남자가 너 만나고 싶대. 너한테 양심의 가책을 느낀다나. 자기가 샤오치라던데, 정말 샤오치 맞아?"

"정말 샤오치 맞아?"

아쓰가 짜증나는 질문을 메아리처럼 따라했다.

"샤오치 맞는 것 같아. 흑표범이 되었다가 원래대로 돌아왔다고 했거든. 세상에! 이렇게 폭우가 쏟아지는데 뛰쳐나가다니, 샤오치 정말 안쓰럽다. 그때 흑표범이 된 건 두려움 때문이라고 했어. 온종일 중얼거렸대. '흑표범이 되게 해주세요. 흑표범이 되게 해주세요' 하고 말이야. 결국 변신에 성공한 거지."

"그게 말이 돼?"

아쓰가 혼잣말하듯 물었다.

"왜 안 되는데? 사람 성격인 거지. 아직도 모르겠어? 어쩐지 네가 그 사람 사랑하지 않더라. 근데 그 사람은 널 계속 사랑했대."

조그만 다실에서, 폭우가 아스팔트를 때리는 소리에 귀 기울이던 두 여자는 그동안 겪었던 위험한 상황들에 생각이 머물렀다. 안전지대에 서서 위험했던 기억을 음미하는 만족스러운 순간이었다. 두 사람은 앞다투어 서로에게 기묘한 이야기를 해주었다. 그러면서 자매애 같은 따뜻한 정을 느꼈다. 룽쓰샹이 느닷없이 물었다.

"그 작자 아직 안 간 거 같은데 한번 보러 갈래?"

아쓰는 또 격렬하게 몸이 떨렸다. 멈추려 해도 멈춰지지가 않았다. 룽쓰샹이 밖으로 나갔다.

다시 들어온 경찰이 머뭇거리며 다실 한쪽 구석에 앉았다.

"그날 취조실에서 왜 손 자르는 쇼를 한 거야?"

경찰은 처음에는 고개를 숙이고 있다가, 그 말을 듣고는 고개를 들어 아쓰를 힐끔 쳐다봤다.

섬뜩한 눈초리에 아쓰는 또 몸이 심하게 떨렸다.

"당연히 두려움 때문이지. 넌 날 두렵게 하는 여자야. 몇 번이나 그랬던 건 느낌이 어떤지 알고 싶어서였어. 봐봐……."

남자가 바짓가랑이를 걷어올리자 칼자국이 여러 개 보였다. 세어보니 모두 여섯 군데였는데 하나하나 이어져 있었다. 상처가 여러 개 나는 바람에 한쪽 다리가 다른 쪽보다 훨씬 더 가늘었다.

"그때 널 보니까 그런 쇼를 하고 싶은 충동이 일었어. 너 같은 접대부들한테 자꾸 마음이 가는 탓에 경찰 일이 잘 안 맞았거든. 지금은 그만뒀고. 나에 대한 네 기억을 바꿔주고 싶었어."

"정말 샤오치라는 건가? 전에는 굉장히 말랐던 것 같은데."

"나도 그 질문을 혼자 자주 하곤 해. 네가 날 못 알아보는 거 보니 예전 모습으로 돌아가기는 힘들겠지? 어제 룽쓰상이 네 얘기를 꺼내니까 또 괴로워지더라고. 그래서 내가 직접 만나서 사과하겠다고 했지."

"요즘은 뭐 해서 먹고살아?"

"아, 그건 걱정하지 마. 먹고살 만하니까. 참깨빵 가게를 차렸거든. 선글라스 끼고 응대하는 거라 장사도 꽤 잘되고. 다른 사람을 쳐다볼 때 눈빛을 한 번에 바꿀 수는 없지만 선글라스를 끼니까 그나마 괜찮더라고."

"너무 실망하지 마. 두려울 거 하나 없어. 그럴 때는 속으로 '하나, 둘, 셋' 숫자를 세면 용기가 생길 거야. 나도 그런 적 있거든."

아쓰가 차분하게 말했다.

"아쓰, 고마워. 이제야 마음속 응어리가 풀린다. 큰길가 참깨빵 가게에 친구가 있다는 거 잊지 말고, 아무 때나 놀러 와."

　한풀 기가 꺾인 웨이보는 한동안 추이란에게 연락하지 않았다. 극장 옆 골목은 자주 들렀지만 쑥 안쪽으로 들어갈 엄두는 나지 않았다. 깊숙하고 조용한 골목 양쪽으로 늘어선 집들이 하늘을 가리고 있어 겁이 났기 때문이다. 콘크리트 도로 양쪽에 갈라진 곳이 몇 군데 보였는데 그 밑에 작은 공터가 하나 있었다. 공터에서 밤을 보내다가 환경미화원에게 위쪽 세상으로 도로 쫓겨난 어느 날 밤이었다. 처음에 공터로 내려가는 계단 개수를 세어봤는데 큰길가에서부터 모두 합쳐서 백 개가 넘었다. 계단을 내려가니 재래시장 같은 곳이 펼쳐졌고 수상쩍은 장사꾼들이 자리하고 있었다. 죄다 담배를 팔러 다니기는 했지만 정확히 뭘 파는 건지는 하늘이나 알 일이었다. 공터 주위에 있는 집 몇 채는 뒷면만 보였는데 문은 없고 창문만 있었다. 유일하게 이 골목만 집들과 연결되어 있었다.

　웨이보는 그 공간에 깊이 매료되었다. 추이란을 데려와야겠다는 생각이 들 정도였다. 어둠의 장막이 드리우자 추이란에게 아쓰와의 관계를, 그리고 자신을 혐오한다는 말을 털어놓고 싶었다. 아니면 본인의 신비로운 고향 집 이야기 또는 고향 집과 추이란 고향 집 간의 연관성에 대해 이야기하고 싶었다. 사실 두 고향 집이 대체 무슨 관계가 있는 건지는 웨이보도 알지 못했다. 하지만 골목 깊숙한 곳의 분위기에 휩싸여 있다보니 수수께끼의 답이 문득 머리를 스치고 지나갔다. 다시 말해보자면, 웨이보는 물론 추이란을 여기로 초대하지 않을 작정이었다. 추이란과 점차 거리를 두기로 하지 않았던가?

밀짚모자를 쓴 장사꾼은 산시山西 지역 억양이 섞인 말투였다. 장사꾼이 웨이보 어깨에 팔을 두르더니 싸구려 담배 연기를 웨이보 얼굴에 뿜으며 말했다.

"우리 동네에 더 재미있는 일이 있는데 가보겠나? 이 건물 지하에 있다네. '망각의 골짜기'라고 부르는 곳이지. 여자들도 전부 일류급일세. 호랑이들 말이야."

웨이보가 장사꾼을 확 밀치자 서로의 거리가 살짝 멀어졌다. 병을 앓고 있던 장사꾼이 신음을 냈다. 곧 죽겠지 싶었다. 장사꾼 본인은 정작 싸구려 담배를 피우면서도 팔러 다니는 담배는 고급 브랜드 '훙타산紅塔山'이었다.

장사꾼이 천천히 무릎을 꿇자, 담배가 툭 떨어져 여기저기 흩어졌다. 담배는 줍지 않고 무릎을 꿇은 채 중얼거리기만 했다. 웨이보가 다가가서 담배를 한데 모아 장사꾼의 포대에 담아주었다. 두려움 섞인 목소리에서 장사꾼이 간절히 바라는 게 있다는 걸 알 수 있었다. 무얼 바라는 걸까? 엉망진창인 자기 삶이 생각난 웨이보는 그런 장사꾼에게 호기심이 생겼다. 어둠침침한 귀신 소굴 같은 데서 지내다보니 마음속으로는 밝은 세상을 갈망하는 것이겠지.

"난 요즘 돈과 체력을 쌓아가는 중일세."

장사꾼이 먼저 말을 꺼냈다.

"뭘 위해서요?"

"당연히 아름다운 인생을 위해서지. 어떤 때는 아예 감옥으로 들어가버릴까 하는 생각도 한다네. 그럼 더 잘 사유할 수 있을 테니까. 내 생각 어떤가?"

"괜찮은 생각인데요? 난 왜 여태껏 그런 생각을 못 했는지. 이렇게 편협하다니까. 우리 아버지는 똑똑하신데, 난 아버지를 하나도 안 닮았답니다."

웨이보는 말을 마치고 별안간 깨달았다. 까마득한 어린 시절 오래된 아버지 집에서 지금 이 순간과 비슷한 경험을 했다는 걸. 그렇다면 웨이보는 뿌리를 잊고 살았던 놈이고, 요즘 우울한 건 그 때문이라는 말이었다. 아버지 세대가 준 가르침은 어느새 뒷전이 되고, 포부도 없이 평범한 날이 계속되면서 생각 없이 살아온 것이 었다.

"아마 내일은 여기서 날 못 볼 걸세. 내 이름은 위안헤이라네. 교도관이고, 이제 곧 그 일은 그만두고 범죄자가 될 생각이지. 어떨 것 같나?"

장사꾼이 울적한 어조로 말했다.

"재밌겠군요."

웨이보도 우울해하며 대꾸했다.

하늘이 별안간 어두워졌다. 찬바람이 거세게 불면서 맞바람이 쳤다. 웨이보가 집으로 가는 장사꾼에게 잘 가라고 인사를 했다. 계단까지 가다가 뒤돌아보니 장사꾼이 나무 등받이 의자에 누워 있었다. 바람이 부는지 비가 내리는지도 모르는 것 같았다. 참 뚝심 있는 사람이라는 생각이 들었다.

계단 백여 개를 다 올라간 웨이보는 큰길가에 난 인도에 멈춰 섰다. 바람이 쉬지 않고 부는 데다 곧 비도 쏟아질 것 같았다. 집으로 돌아가고 싶지 않았다. 마침 극장 문이 열려 있고 표도 팔고 있었다. 「라 트라비아타」를 상영 중이었다. 바로 표를 사서 극장으로 들어갔다.

이층에 난 옆문으로 들어가 어둠 속을 더듬으며 뒤쪽에 앉았다. 무대는 어두컴컴했다. 천장에 켜져 있는 조명 하나만 '동백 아가씨'를 비추고 있었다. 여자는 놀랍게도 검정 드레스를 입고 있었다. 듣고 있기 힘들 만큼 아리아를 못 불렀다. 시골 처녀가 상갓집에서 곡하는 소리 같았다. 「라 트라비아타」가 정말 맞나 하는 생각까지 들었다. 계속 혼자 노래를 불러대는데 알아듣기가 힘들고 다른 배우들은 나오지도 않았다. 마지못해 들어줄 정도였다. 앞자리에는 연인이 앉아 있었다. 남자가 여자를 끌어안고 달콤한 말을 끝도 없이 속삭였다.

동백 아가씨의 노래가 드디어 끝났다. 노래가 멈추자마자 무대가 칠흑같이 어두워졌다. 극장 전체가 어둠에 파묻혔고 문과 창문도 꽉 닫혀 있었다. 웨이보는 밖으로 나가고 싶었지만 움직일 수가 없었다. 어떤 이들이 좌석 사이를 이리저리 뛰어다니다가 웨이보를 발로 밟고는 '이 노인네는 또 뭐야'라며 욕을 했다. 사람들에게 이리 치이고 저리 치이고 있을 때 웬 덩치 큰 남자가 느닷없이 웨이보를 들어올려 통로로 내려놨다. 주위에 있던 사람들이 환호성을 질렀고 다들 이렇게 말했다.

"저 사람 빠져나왔네. 빠져나왔어. 하하……."

잠시 뒤 아주 조그만 문이 웨이보 앞에 나타났다. 관객들은 허리를 굽힌 채 문을 뚫고 들어가다시피 해 밖으로 나갔다. 뒷줄에 서 있던 웨이보도 차례가 왔을 때 그런 식으로 빠져나갔다.

웨이보는 처음 보는 길가에 서 있었다. 연방 재채기를 할 정도로 찬바람이 세게 불었다. 관객들은 이내 사방으로 흩어졌고 웨이보만 홀로 남아 어느 방향으로 가야 할지 고민하며 서 있었다. 어떤 생각도 떠오르지 않았다. 가게 하나 없고 지나가는 사람조차 없는 오피스 밀집 구역 같았다. 왼쪽으로 가보기로 마음먹었다. 바로 그때 검정 드레스를 입은 동백 아가씨가 작은 문에서 빠져나왔다. 파우더를 바른 여자의 얼굴은 정말이지 귀신 같았다. 차디찬 바람이 파고드는 게 느껴졌다.

"이봐요, 젊은이, 같이 갑시다."

동백 아가씨가 자연스럽게 말하며 웨이보의 팔짱을 꼈다.

노파의 쪼글쪼글한 손이 웨이보 눈에 들어왔다.

"내가 「라 트라비아타」를 공연한 지도 40년이 됐다오. 공연은 어땠나요?"

"저, 저는 당황스러웠습니다. 아까 극장에서……"

"맞아요, 젊은이. 괜찮은 피드백이네. 내가 한 노동을 존중해준 거니까."

노파는 팔짱을 낀 채 도로 한가운데로 웨이보를 끌고 갔다. 차도 한 대 없고 지나가는 사람도 없는 도로였다. 노파는 즐거워 보였다.

"난 이렇게 도로에서 어슬렁대는 걸 가장 좋아한다네…… 화장도 지우지 않고 다니는 거지. 귀신처럼 보이게 말이야. 이러고 돌아다니면 죽은 남편이 보이기도 한다오."

"방금 무대에서 노래하실 때 보니 분명히 아름다운 인생을 사셨을 것 같다는 생각이 들었습니다…… 솔직히 말하면 이제야 이해가 가는 부분이긴 합니다만, 아까는 별 감흥이 없었습니다. 제가 좀 생각이 복잡해서요. 노래가 머리에 안 들어올 정도로요. 그런데 이렇게 찬바람을 쐬며 걷다가 방금 봤던 훌륭한 공연을 떠올려보고는 당신을 사랑하게 되었습니다. 정말 감동적인 공연이었습니다."

웨이보의 눈에서 눈물이 떨어졌다. 웨이보는 후회된다는 듯 제 이마를 한 대 때렸다.

"젊은이, 그 남자 봤는가?"

"누구요?"

"내 죽은 남편 말일세. 지금 저기 쓰레기통 안에서 쓰레기를 뒤지고 있지 않나. 남편은 고지식해서 아무거나 다 먹는 사람이야. 남편이 날 계속 지켜주고 있는 느낌이 든다네."

노파가 소름 끼치는 미소를 지었다.

"당연히 그러시겠죠. 두 분은 굉장히 아름다운 인생을 사셨으니까요. 저와는 다른 분들이시네요. 저는 무용지물, 빈껍데기입니다. 저 같은 놈은 이 세상에서 사라지는 게 좋을 겁니다."

"그런 말 말아요. 내 관객에게 자포자기는 어울리지 않으니까."

두 사람은 텅 빈 거리를 서성이며 공연에 대한 얘기를 나눴다. 잠시 뒤에 노파가 물었다.

"혹시 우리 남편 봤나요?"

꽤나 간절한 어조여서 웨이보는 봤다고 대꾸했다. 두 사람은 웨이보의 지난 인생에 대해 잠깐 이야기를 나눴다. 웨이보는 몇 번이나 대성통곡을 할 뻔했지만 울음소리가 새어나오지 않도록 안간힘을 썼다. 그때부터 서서히 망연자실한 상태에서 빠져나올 수 있었다. 노파 덕에 또 다른 인생을 맛본 웨이보는 자기도 그렇게 살아보고 싶었다.

"어디 사세요?"

"저쪽에 있는 15층짜리 건물. 산책 정말 즐거웠어요."

여배우가 고층 건물로 걸어갔다. 검정 드레스가 바람에 휘날렸다. 마치 큰 새가 날아오르듯 여배우의 두 다리가 땅에서 떨어졌다. 여배우가 건물 현관 앞에 내려섰더니 문이 자동으로 열렸다. 여배우는 뛰어 들어가 문을 닫았다. 검은색 큰 문 위에 달린 구리로 된 링 두개가 처연한 느낌이 들었다. 잠시 뒤, 위층 창문에서 여배우의 아리아가 흘러나왔지만 웨이보는 이번에도 제대로 알아들을 수가 없었다. 그때 누군가가 말을 걸어서 뒤돌아보니 아까 만났던, 밀짚모자를 쓴 장사꾼이었다.

"저 여자 누군지 아나?"

남자가 물었다.

"모르겠는데요."

"수도에서 유명한 여자 소프라노라네. 조급증 환자여서 이제껏 요양원에 있었고. 우리 극장 주인이 불러와서 예명을 바꾸고 무대에 오르게 된 거지."

"그런 속사정까지 어떻게 알고 계신 겁니까?"

"내가 전남편이니까."

웨이보는 그제야 장사꾼을 자세히 살펴봤다. 확실히 나이가 들어 보였고 적어도 일흔은 됐을 법했다. 장사꾼의 기분을 조금은 이해할 수 있을 것 같았다.

"두 분의 사랑이 눈에 훤합니다."

웨이보가 말했다.

"그럼, 당연하지. 조급증은 미묘한 병이라네. 자신의 애정이 얼마나 깊은지 알 수 있는 병이라고. 우리 아내가 무대에서 노래하는 거 들어본 적 있는가?"

"들어봤습니다. 기묘한 공연이었죠. 막상 들을 때는 별생각 없었는데 나중에 생각해보니 평생 잊을 수 없는 공연이었습니다. 아내분이 대단한 천재십니다."

"하지만 천재는 로맨스와는 잘 어울리지 않는 법이지."

"아마도요. 정말 감동적입니다. 계속 아내분을 사랑하실 거라는 예감이 드는군요. 어떻게 그런 여자를 사랑하지 않을 수 있겠습니까? 그토록 아름다운 분을."

"그렇고말고. 난 아름다움을 숭배하는 사람이거든. 희생양이기도 하고. 난 기꺼이 희생양이 되곤 하지. 자네도 보게나. 아내는 15층에 살고, 난 어스름한 지하에서 접대부들과 같이 산다네. 매일 아침 일찍 담배를 팔러 나갔다가 한밤중이 되어서야 집에 들어오지. 우리 라인에 있는 집들이 늘 소란스러워서 툭하면 인명 사고가 난다니까. 나도 이제 늙어서 그 사람들처럼 활개는 못 친단 말이야. 그래서 되도록이면 밖에 있으려고 한다오. 저기 자네 친한 친구가 자넬 마중 나왔군."

고개를 돌려 보니 미스터 유가 서 있었다. 알아차리지 못하는 사이에 웨이보와 노인은 비누공장 숙소가 있는 거리로 걸어갔던 것이다. 다시 고개를 돌려 보니 화장실이라도 갔는지 노인이 보이지 않았다.

"저 사람 사채업자야."

미스터 유가 알려줬다.

"목숨 두 개를 빚지고 있는 몸이라니까. 여자 하나 때문에 사채를 빌렸대. 근데 감방에 들어가자마자 여자가 결혼을 무마해버린 거지. 저 노인네도 이제 많이 바뀌었어. 30년 전만 해도 위풍당당했는데."

"저 노인이 부럽나?"

웨이보가 물었다.

"그래. 이제 저런 사람도 많지 않으니까. 룽취안 청자 화병 같단 말이야. 사람이 참 진국이야. 사형당할 뻔했는데 사형장에서 돌려보냈대. 내가 어릴 때 직접 두 눈으로 봤어. 그때 나도 사람들을 따라 구경하러 갔는데, 어떤 사람이 나자빠져서 큰 트럭에 실려갔다가 길거리에서 풀려나더라고."

"거참 괴상한 일이네."

"그러게 말이야. 참 이해가 안 가. 가장 이해 안 되는 건 노인의 전처야. 노인에게서 벗어난 뒤로 정신이 나가서 수도에 있는 고급 요양원에서 지냈대. 왜인지는 모르겠지만 나이가 드니 다시 고향으로 내려와서 공연을 하나 보더라고. 극장 주인하고 그렇고 그런 사이라고 듣긴 했어."

"마음이 괴롭지 않나?"

웨이보가 유심히 미스터 유를 쳐다보며 말했다.

"아니면 내가 왜 자네를 찾아왔겠어? 왜 난 그 노인처럼 운이 좋지 않은 거지? 그 노인은 황제처럼 사는 거 같던데."

"맞는 말이야. 안목이 정말 대단하군. 극장 밑에 있는 작은 광장에서 노인을 만난 적이 있는데 차분하고 사고가 트여 있는 분이었어. 물론 제정신은 아니지만. 제정신인 사람이 어디 있겠어? 그분은 삶의 목표가 있는 사내대장부야."

"웨이보, 지금 집에 가는 거야? 집이 있어서 정말 좋겠다. 나한테는 천국이 있다는 말만큼이나 불가능한 일인데. 난 이미 늦었다는 말이야. 망령들과 약속이 있어서 매일 밤 오래된 무덤에 들어가서 자야 한다고. 근데 자네는…… 모든 기회가 다 자네 거잖아."

미스터 유를 쳐다보고 있자니 문득 30년 전 기억이 떠올랐다. 찌는 듯이 더운 날, 도시의 하늘 아래 작은 새 한 마리가 홀로 쉬지도 않고 지저귀던 장면이었다. 지금 이 남자는 대체 웨이보에게 어떤 기대를 품고 있는 걸까? 미스터 유가 예의 바르게 손을 흔들며 잘 가라는 인사를 했다. 미스터 유는 웨이보에게 고민을 털어놓으려고 여기서 계속 기다리고 있었던 것이다. 웨이보는 미스터 유의 그림자 같은 뒷모습을 응시하며 확실히 보통내기는 아니라는 생각을 했다. 미스터 유는 모르는 게 없는 사람이었다. 동백 아가씨의 삶과 감정, 내면까지도 언제나 머릿속에서 재생할 수 있을 정도였다. 웨이보도 다른 이들처럼 뜨거운 청춘을 보냈지만 어리숙하고, 삶에서 소외된 이방인으로 살던 시절이었다. 이제는 한층 더 똑똑해진 것 같지만 살다가 어려운 문제에 부딪히면 여전히 잘 대처하지 못했다. 미스터 유가 먼 친척이라던 추이란의 말이 기억났다. 미스터 유는 추이란 인생의 비밀을 알고 있었다. 추이란은 그 비밀이 뭔지 몹시 알고 싶어했지만, 그러면서도 이 여자 같은 남자와는 상종하기 싫어했다. 미스터 유가 모든 기회는 웨이보의 것이라고 했다. 이제껏 웨이보는 일상생활과는 거리가 먼 사업에만 신경을 쓰며 살아왔는데, 미스터 유가 정말 맞는 말을 한 것일까?

웨이보는 집 앞 홰나무 밑에 서서 추이란을 다시금 떠올렸다. 그 여자, 추이란의 자태와 몸매는 웨이보 마음에 꼭 들었다. 웨이보는 왜 대놓고 추이란과 같이 살 수 없는 걸까? 추이란과 같이 사는 게 위험하다고 생각해서였다. 하지만 오히려 그 생각 때문에 추이란을 완전히 잃을 수도 있다는 건 알지 못했다. 실은 추이란 때문만

이 아니라 웨이보의 성격에 결함이 있어서 같이 살 수 없는 것이었다. 웨이보에게 태어날 때부터 결함이 있다는 건 기정사실이었다. 아니면 웨이보가 추이란을 피해다닐 이유가 없었다. 마음에 걸리는 게 있는 것이 분명했다.

아내 샤오위안이 출장을 가 있어서 집이 썰렁했다. 웨이보는 상상 속에서 동네 한 바퀴를 돌고 집으로 다시 돌아왔다. 대체 웨이보는 무슨 짓을 한 걸까? 돌아가신 아버지의 사진이 벽에 걸려 있었다. 웨이보를 가만히 지켜보고 있는 아버지가 웨이보의 두 눈을 보자기로 가릴 것만 같았다. 아버지라는 사람이 어떻게 그럴 수 있을까. 아버지는 평소 집에서는 감정을 잘 드러내지 않는 사람이었다. 어머니에게는 고향 집에 대한 얘기를 한 번도 한 적이 없고 같이 가자고 한 적도 없었다. 그렇긴 해도 자상한 남편이자 아버지였다. 그런 아버지가 너무 일찍 세상을 떠난 것이었다. 아버지가 커다란 등받이 의자에 앉아 있는 모습이 떠올랐다. 석양이 아버지를 비추고 있고 입술이 몇 번 움직이기만 할 뿐 말소리는 내지 않던 장면이었다. 그러고 나면 나른한 표정으로 눈을 감았다. 본인 인생에 만족한 듯한 얼굴이었다. 젊은 시절 웨이보는 아버지 같은 대저택 출신 남자라면 본인의 생사까지 주관할 수 있으리라 여겼다. 순간 머릿속에 어떤 장면이 클로즈업되었다. 큰어머니가 방 한편에 앉아 옥으로 된 붓꽂이에 물을 따라 마시면서 웨이보에게 말하던 장면이었다.

"이게 바로 '먹물 마시기'라고 하는 거다."

아버지는 은연중에 제멋대로 사는 법을 가르쳐주었던 것 같다. 살아가면서 슬픔을 이겨내는 요령도 함께. 웨이보는 사진 속 이 남자가 어떻게 그렇게 했는지는 알지 못했다.

"저 이제 마흔여덟입니다."

웨이보는 액자 속 아버지에게 말했다.

아버지가 입을 벌리고 웃는 듯했다. 물론 환상이었다. 아버지는 잘 웃지 않는 사람이었으니까. 어릴 적 기차에서 발버둥치며 안대를 벗어버렸다면 어떻게 됐을까? 아들을 아주 잘 알기에 안대를 벗지 않으리라는 것도 아버지는 알았다. 호기심이 무엇보다 큰 아들이라는 것 또한 잘 알았다. 아버지는 아들을 고택으로 끌어들였지만 고택의 구조나 위치를 정확하게 알려준 적은 없었다. 웨이보는 바로 그 때문에 아버지에게 깊은 사랑과 존경심을 느꼈다.

그때 밖에서 누군가 큰 소리로 한탄을 했다. 미스터 유인 듯했다. 방금 잘 가란 인사를 하지 않았던가? 종잡을 수 없는 인간이었다. 문을 열자마자 미스터 유가 들어왔다.

"도망갈 데가 없어서."

미스터 유가 얼굴을 찌푸리며 말했다.

"자네와 추이란이 친척이라고 하던데?"

웨이보가 미스터 유를 뚫어져라 응시하며 되물었다.

"친척이라고까지 할 정도는 아니고. 한번 생각해봐. 자네나 나 같은 사람이 어디서 마주친들 서로를 못 알아보겠어? 난 추이란 아버지와 그 당시에…… 아니다, 이제 자네와 이런 잡담이나 나누면 안 되지. 추이란과는 요즘 어때? 잘 모르겠어? 이 친구 참, 용기 있게 밀고 나가야지."

웨이보가 웃자 미스터 유도 하하 웃음을 터뜨렸다. 다 웃고 나자 미스터 유가 예의 있게 말했다.

"이제 정말 집에 가야겠다. 방에 숨겨놓은 송나라 시대 물건들을 조직폭력배가 눈독 들였으니 난 오늘 밤에 죽을지도 몰라."

"자네처럼 함부로 기밀을 누설하는 사람은 위험하다니까."

웨이보가 대꾸했다.

"물론 난 함부로 기밀을 누설하는 사람이 아니야. 자네에게만 말했을 뿐이니까."

"자네는 날 친척으로 생각하나?"

"쳇, 친척이 뭐라고. 웨이보, 정말 모르는 거야, 아니면 모르는 척하는 거야?"

"잘 모르겠는데."

"그럼 나랑 룽쓰상, 추이란의 기대를 저버린 거야. 계속 그렇게 바보처럼 굴어보시지. 나도 뭐든 다 알려주고 싶지는 않아. 어차피 난 희망도 없는 사람이니 어떻게 해도 달라질 게 없다고."

이번에는 미스터 유가 진짜로 가버렸다. 따라 나가봤지만 이미 방향을 바꿔 도로 끝으로 사라지고 없었다.

웨이보는 미스터 유가 한 말을 곱씹어보다가 자기가 정말 추이란과 룽쓰상의 기대를 저버렸다는 생각이 들었다. 용기 있는 남자가 될 수도 있었지만 이제는 그럴 수 없을 터였다. 이를테면 동백 아가씨의 전남편이나 미스터 유 같은 용감한 남자 말이다. 그런데 웨이보는 지금 어떻게 된 일일까? 눈앞의 사소한 이익에만 연연하는, 룽쓰상의 발가락에도 못 미치는 남자에 불과했다.

갑작스레 몰려온 피로감에, 되는대로 국수를 말아 먹고 일찍 잠자리에 들었다. 30분 만에 잠에서 깼다.

미스터 유가 또 밖에서 웨이보를 불러대서였다. 밖은 이미 어두워져 있었다.

웨이보는 짜증을 내며 문을 열고 나갔다. 미스터 유가 고개를 숙이고 서 있었다. 머리에 큰 혹이 난 채로.

"이거 봐봐, 나같이 이 바닥에서 일하는 사람은 늘 목숨이 위험하다니까."

감정이 북받쳐 올랐다는 게 미스터 유의 말투에서 느껴졌다. 웨이보도 덩달아 감정이 격해졌다. 침묵을 지키던 웨이보는 무슨 일을 당한 건지 듣고 싶어졌다. 순간 눈앞의 골동품 감정사가 몹시 부러웠다.

"아이고, 말할 게 뭐가 있다고. 늘 이런 식이야. 사람들이 와서 날 밀고 때리고 밀치고 또 침까지 뱉는 거지. 그러곤 감쪽같이 사라져버리고 마는 거야. 공기 중에 숨결 하나 남기지 않은 채 말이야. 자네 고민이 많은가봐."

"내가 왜?"

웨이보가 순진하게 물었다.

"사랑 때문이겠지 뭐. 헤어질 수 없어서."

"그렇군. 원래 매일 밤 그 사람들이 오길 바라고 있지 않았었나?"

"드디어 알아맞혔네. 자네가 내막을 알고 있는 사람이라고 내가 진작에 말했잖아. 늘 다른 사람을 사랑하는, 사서 고생하는 그런 사람이지. 이마에 딱 쓰여 있어."

"들어가서 좀 쉬었다 갈 텐가?"

"됐어. 시간이 좀 이르지 않아? 이쯤 되면 늘 패거리들이 몰려와서 아래층에 있는 진열장을 몽둥이로 치고 난동을 부리거든."

미스터 유가 또다시 자리를 떴다. 밤새도록 그렇게 떠돌아다닐 것 같았다.

침대로 들어가 불을 끄자 미스터 유의 골동품점이 생각났다. 높디높은 홀에 자리한 옥그릇들이 어둠 속에서 이물스럽게 번쩍이고 있는 장면이 떠올랐다. 자동차의 전조등이 옥그릇을 휙 스쳐 지나가면 그중 한두 개는 놀란 듯 흔들거리며 댕그랑대는 소리를 냈다. 그런 환경에서 미스터 유는 어떻게 수십 년 동안 사랑을 그대로 유지할 수 있었을까? 웨이보도 그런 사랑을 조금은 이해할 수 있겠다 싶었지만 제대로 알기에는 역부족이었다. 사실 전혀 이해 못했을 가능성이 컸다. 단지 미스터 유라는 사람에게 따뜻한 감정이 생긴 것 아닐까? 감정적 위기를 겪고 있는 요즘 미스터 유가 뜻밖의 깨달음을 준 건 아닐까?

아내 샤오위안이 돌아왔다. 기차가 늘 한밤중에 도착하다니 몹시 이상한 일이었다.

"샤오위안, 내 회중시계 가져갔어?"

웨이보가 잠결에 물었다.

"응. 출장 다닐 때 시간을 정확하게 알고 있는 게 좋아서 타이머를 적어도 세 개는 가지고 다니거든. 낮에는 쉬지 않고 태양을 보기도 하고."

샤오위안이 침실 문으로 걸어와 회중시계를 보여주었다. 회중시계가 어둠 속에서 커다란 태양처럼 사방에 빛을 비추었다. 웨이보는 하마터면 침대에서 굴러떨어질 뻔했다.

"여기 수납장 안에 넣어둘게."

샤오위안은 곧장 옆방으로 갔다. 수납장 문이 꽉 닫혀 있지 않아

속에서 빛이 쏟아져 나왔다. 웨이보는 일어나 앉아 잠시 생각에 잠겼다가 다시 자려고 누웠다. 샤오위안이 새로운 취미를 개발해냈다는 사실이 놀라웠다. 세상은 어떻게 이리도 비약적으로 발전하는 걸까.

웨이보의 기억 속 회중시계라든가 안전핀이라든가 구식 돋보기 같은 것들은 모두 진귀한 물건에 속했다. 하지만 샤오위안에게는 이런 생각을 내비친 적이 없었다. 어릴 적 고택에서 큰아버지가 서재에 있는 돋보기를 보여준 적이 있었다. 큰아버지는 닥종이로 된 고서古書에 돋보기를 갖다 대며 말했다.

"이리 와서 보거라."

큰아버지가 돋보기 쪽을 쳐다봤다. 돋보기 렌즈에 큰아버지의 새까만 눈알이 보였다. 입체적인 눈알이 천천히 굴러가는 걸 본 웨이보는 놀라서 말문이 막혔다.

"겁먹지 마라. 익숙해지면 괜찮을 거다. 긴장 풀고 오른쪽을 보거라. 여길 봐봐, 그렇지."

큰아버지는 자상하게 알려주었다. 큰아버지가 5분 정도 관찰하는 동안 여기저기 살펴보고 있는 건 그 눈알이었다. 볼똑 튀어나온, 흑백이 분명한 수정체였다. 웨이보가 용기를 내어 물었다.

"이거 돋보기 아니죠?"

"당연히 돋보기지. 돋보기가 아니면 뭐겠냐?"

큰아버지가 나무라듯 말했다.

그러곤 돋보기를 책상 서랍에 넣고 자물쇠로 잠갔다. 그 뒤로는 큰아버지가 돋보기를 언급하는 걸 들어본 적이 없고, 큰아버지는 서재까지 자물쇠로 채워놓았다.

그 일이 떠올랐을 때 웨이보는 '고향 집에 자주 가보라'는 몇 음절에 담긴 의미를 문득 깨달았다. '긴 머리'라는 이름의 부랑자가 극장 옆 골목에서 해준 말이었다. 아버지의 고향 집은 웨이보의 고향 집이기도 했지만 지도상으로는 찾을 수 없는 곳이었다. 아마 그곳이 모든 것의 발단이 되었으리라. 요즘에는 주변 사람들이 갈수록 지난날에 연연한다는 느낌이 들었다. 예전 기억 속의 거대한 역량이 현재 삶에 스며들어 웨이보를 비롯한 모든 이의 판단을 갉아먹고 있었다. 언젠가 큰아버지와 큰어머니가 세상을 떠났다는 얘기를 들었다. 고택은 진작에 헐렸음이 분명했다.

다음 날 아침을 먹다가 웨이보가 샤오위안에게 물었다.

"「라 트라비아타」 보러 간 적 있어?"

"물론이지. 세 번이나 봤는데. 대단한 여자더라."

"누가 그러는데 정신 나간 여자래."

"그럼 또 뭐 어때서? 우리도 정신이 온전한 건 아니잖아."

순간 웨이보는 샤오위안이 가장 똑똑한 여자라는 걸 새삼스레 깨달았다.

"일 년 넘게 극장에 안 가다가 마침 어제 가봤거든. 많이 바뀐 것 같더라. 어디가 변한 건지 콕 짚어서 말할 순 없지만 거기 앉아 있다보니까 모든 게 놀랍더라고."

웨이보가 말했다.

샤오위안이 얼굴을 찌푸리더니 고개를 숙인 채 테이블에 놓여 있던 회중시계를 살펴봤다.

"갑자기, 태양처럼 반짝인다."

웨이보가 회중시계를 가리키며 말했다.

미스터 유가 부르는 소리가 들려 얼른 밖으로 나가봤다.

밤새 힘든 일이라도 겪은 듯 미스터 유는 마치 강시 같았다. 돌아다니다가 넘어졌는지 신발 끈도 풀려 있었다.

"웨이보, 웨이보, 왜 난 한 번도 그 사람들을 따라잡은 적이 없는 걸까?"

미스터 유는 이렇게 말하며 성큼성큼 걸어가버렸다.

웨이보가 집으로 들어오니 샤오위안이 회중시계를 뚫어져라 쳐다보고 있었다.

"당신 아버님이 젊었을 때부터 간직하고 있던 시계야. 범상치 않지? 당시 흘러가던 강물 냄새가 배어 있어. 아버님이 강이나 호수를 좋아하셨잖아."

샤오위안이 말했다.

"아버지가 강이나 호수를 좋아하신 줄은 몰랐네. 워낙 감정을 드러내지 않는 분이라서."

"내가 말했나? 나 출장 다닐 때 시계를 최소한 세 개는 가지고 다닌다는 거."

"어제 말했잖아."

"밖에 나가면 모든 게 미묘하게 변해서 가지고 다니는 거야. 공중에서 나는 듯한 자유를 느끼기도 하고, 남쪽으로 서쪽으로 날아다니고…… 난 너무 자유로운 건 싫거든."

샤오위안은 이렇게 말하며 시계를 집어올렸다가 땅에 떨어뜨리는 시늉을 했다. 그러곤 다시 조심스레 수납장에 집어넣었다.

"동백 아가씨가 수도에 있을 때 거기 가봤어."

"뭐라고?"

웨이보는 소스라치게 놀랐다.

"진짜야. 동백 아가씨가 있는 요양원…… 어떻게 생긴 요양원이 었더라? 시들시들한 고목이 마당에 한가득이고, 나무줄기에는 이 상한 혹이 나 있었어. 혹에는 이상하게 생긴 빨간 이파리가 나 있 었고. 한 번도 본 적 없는, 부리에 갈고리가 걸려 있는 새가 나무옹 이에 앉아 무언가를 힘껏 쪼아대고 있었지. 날카로운 소리가 쉬지 않고 이어졌어. 동백 아가씨가 하얀 드레스를 입고 수풀에 앉아 있 는데, 잠든 것 같더라고. 얼른 다가가 봤더니 나에게 대뜸 이렇게 말했어. '누가 날 불러서 잠이 깨버렸네. 고향에서 온 귀한 손님인 가?' 내 소개를 하니까 진지하게 잘 들어줬어. 그러더니 내 한쪽 손 을 꽉 잡았어. 수풀 속에서 '사랑하는 사람'을 기다리고 있었는데 고향에서 귀한 손님이 왔다고 했어. 눈은 날 보고 있었지만 제대로 쳐다보는 건 아니었어. 투시력이 있는지 내 얼굴을 통과해 저 먼 곳까지 닿아 있다는 게 느껴졌어. 여자가 노래를 부르겠다고 하고 는 바로 부르기 시작했어. 아무리 들어봐도 멋대로 질러대는 비명 이었지. 그렇게 한바탕 소리를 지르더니 갑자기 침묵했어. 무표정 으로. 내가 옆에 있다는 걸 잊고 있었어. 사람을 아연실색게 하는 재주가 있던데 난 그게 어떤 유의 재주인지는 잘 몰랐던 거야. 그 길로 돌아서서 요양원을 뛰쳐나왔어. 후미진 곳으로 가서 목 놓아 울었지. 10년 전에 있었던 일이야."

"그 여자 정말 동백 아가씨 맞아?"

웨이보가 물었다.

"말하기 곤란하네. 모르는 얼굴인데 아름다웠어. 그 여자 맞는 것 같아. 아니면 누구겠어? 물론 아닐 수도 있지만, 내가 그렇다면 그런 거지 뭐."

"너무 무섭다."

"그래? 내가 좀 겁이 없긴 해."

샤오위안이 나풀거렸다. 웨이보는 눈을 비비고 다시 쳐다봤다. 샤오위안의 두 다리가 땅에서 떨어져 있지는 않은지 확인해보고 싶어서였다. 잠시 뒤 부엌 개수대에서 그릇 부딪치는 소리가 났다.

3장

룽쓰샹 여사의
내적 탐구

아기의 숨이 끊어지자 룽쓰샹은 병원 마룻바닥에 얼굴을 묻은 채 정신을 잃었다.

이틀이 꼬박 지나서야 정신이 돌아온 룽쓰샹은 자기가 병원 응급실에 누워 팔뚝에 주삿바늘을 꽂은 채 링거를 맞고 있다는 걸 알게 되었다. 웬 망령 같은 남자가 룽쓰샹을 등지고 문 쪽에 서 있었다.

얼마나 시간이 지났을까. 룽쓰샹은 그제야 그 남자가 남편 샤오우라는 걸 알아차렸다.

"샤오우, 샤오우! 절대 뒤돌아보지 마. 쳐다보지 말라고."

룽쓰샹이 힘없이 말했다.

그러자 남자가 순순히 문밖으로 나갔다.

아들을 화장하고 바로 친정으로 간 룽쓰샹은 침실 옆 작은 창고에서 비좁게 지냈다. 여전히 방직공장으로 출근하면서. 죽은 아들은 악마처럼 밤낮으로 룽쓰샹을 물고 늘어졌다. 룽쓰샹은 두 뺨이 깊게 패였고 눈빛은 정신병자처럼 이상해졌다. 당시 룽쓰샹 부모는 룽쓰샹이 아이를 떠올릴 만한 물건을 전부 숨겨놓았고, 사위는 집에 들어오지도 못하게 했다. 허우대 멀쩡한 사위가 싫어서라기보다 딸아이의 마음을 몹시 잘 알았기 때문이다. 딸아이가 자기 남편을 보면 떠난 아이 생각에 미칠 것 같아 사위를 만나지 않으려한 탓이었다. 그렇게 하루 종일 온갖 상상에 빠져 있었고, 정신줄은 이미 완전히 놓아버린 상태였다.

반년 뒤, 룽쓰샹은 샤오우와 헤어지기로 마음먹었다. 그래야만 아이를 가슴 깊은 곳에 묻을 수 있을 것 같았다. 샤오우는 원치 않았지만 한동안 버티다가 어쩔 수 없이 헤어지는 데 동의했다. 한순간에 무언가를 어이없게 빼앗겼다는 느낌이 들었다. 아내와 아이가 한꺼번에 사라진 것이었다.

작업장이나 식당에서는 그 누구도 룽쓰샹과 눈을 마주치려 하지 않았다. 룽쓰샹의 눈빛에 놀라 도망간 사람이 꽤 여럿이었다. 예의 그 젊은 여자는 동료들에게 낯선 이가 되어버렸다.

하지만 어떤 상처라도 시간이 지나면 치유되기 마련이었다.

어느 날, 룽쓰샹이 식당에서 나오는데 매우 아름다운 소녀가 시멘트 바닥에서 제기를 차고 있었다. 둘러싸고 구경하던 사람 모두 넋을 잃고 바라봤다. 룽쓰샹도 개중 하나였다.

열아홉 살 소녀가 순간 동작을 멈추더니 룽쓰샹에게 다가가 손을 잡아끌고는 수줍게 말했다.

"쓰샹 언니, 나보다 제기 잘 차신다고 들었어요."

"아니야. 너보다 훨씬 못 차는데."

"정말 겸손하시다. 저녁때 언니 집에 놀러 가도 돼요?"

"안 돼. 오지 마. 집도 없고, 지금 있는 곳은 워낙에 개집 같아서 말이야."

그날 밤, 룽쓰샹이 저녁을 다 먹고 잠시 멍하니 앉아 있다가 잠자리에 들려던 참이었다. 아쓰가 홀연히 창가에 나타났다. 룽쓰샹은 제 심장이 고동치는 소리를 들었다. 아쓰가 온 걸 부모가 모르게 하고 싶어서 어두컴컴한 바깥으로 후다닥 뛰어나갔다. 아쓰가 얼음장처럼 차가운 손으로 룽쓰샹의 손을 꼭 잡았다. 숨을 몰아쉬며 목소리를 낮춰 말했다.

"아, 쓰샹 언니, 쓰샹 언니, 나 저 멀리서 걸어왔어. 드디어 언니 있는 데까지 왔다."

"아쓰, 무슨 말이야?"

"진심을 말하고 있는 거야."

"손이 너무 차갑다."

"심장이 약해서 그래. 나 오래 못 살거든."

"쉿, 바보 같은 소리 하지 마. 제기 차는 거 보니까 심장 튼튼하겠던데, 뭘."

"그건 내가 이미지 관리한 거고, 쓰샹 언니처럼."

"그 말 듣고 나니까, 괜스레 자신감이 생긴다."

"그럼, 우리 둘 다 살아남을 수 있겠네."

두 사람은 손을 맞잡고 가로등도 없는 작은 골목을 거닐었다. 둘 다 한껏 들뜬 기분이 되었다. 오랫동안 다른 사람과 왕래가 없었던 룽쓰샹은 그제야 말문이 트이기라도 한 듯 기괴한 생각들을 입에서 나오는 대로 떠들어댔다. 어째서인지 룽쓰샹은 이 여자애를 한

번 안아주고 싶었다. 아쓰에게 자기 생각을 말하고 나서, 두 사람은 서로를 꼭 끌어안았다. 담장에서는 발정 난 고양이가 애기 울음 같은 소리를 냈다. 순간 아들이 살아 돌아온 건 아닌가 하는 생각이 룽쓰샹 머릿속을 스쳐 지나갔다. 아쓰가 언니 머리에 꽂혀 있는 꽃이 재스민 꽃이라고 알려주었다.

다음 날 밤, 아쓰가 또 찾아왔다. 룽쓰샹은 아쓰가 올 것 같다는 예감에 일찌감치 밖에 나가 기다리고 있었다. 아니나 다를까 아쓰가 헐레벌떡 뛰어왔다.

"쓰샹 언니, 나 내일 낮 근무로 바뀌어서 오늘 왔어. 왜 왔냐고? 남자 세 명이 동시에 날 쫓아다니면서 식당이나 숙소로 갈 때마다 막아서고 난리잖아. 계속 귀찮게 하고. 근데 아직 마음을 못 정해서 언니한테 물어보려고 왔지."

"가서 다 죽어버리라고 해. 내가 문 뒤에다 쇠몽둥이를 놔뒀거든. 그거 너 줄게."

"쇠몽둥이로 모조리 패버리라고? 내가 살짝 좋아하는 사람도 하나 있긴 한데."

"좋아하는 놈도 다 패버려."

룽쓰샹은 아쓰에게 쇠몽둥이를 쥐여주고 아쓰가 멀리 갈 때까지 지켜보다 집으로 들어왔다. 방금 전 일이 떠오르자 룽쓰샹은 까르르 배꼽을 잡고 웃었다.

"드디어 나왔네, 나왔어."

룽쓰샹 어머니가 박수를 치며 말했다.

"우리 딸내미가 이제 완전히 나았구나. 하늘은 스스로 돕는 자를 돕는다더니. 착하게 살다보니 복을 다 받는구나."

룽쓰샹 아들이 죽은 지 일 년 반이 되어갈 무렵 샤오우가 재혼을 했다. 완전히 혼자가 된 룽쓰샹은 부모를 사랑하기는 했지만 꼭 집에서는 나가 살리라 마음먹었다. 하지만 당시에는 거의 불가능한 바람이었다. 방직공장에는 일인용 숙소가 없고 여직공이 집을 마련하기란 하늘의 별 따기였다. 늦은 나이에 아이를 낳은 데다 고된 업무에, 끔찍한 불행까지 덮치는 바람에 아름다웠던 얼굴이 차츰 생기를 잃어간다는 걸 룽쓰샹 자신도 알았다. 거울에 비친 수세미 같은 얼굴을 보고 있으면 마음이 순식간에 차가워졌다.

룽쓰샹은 나이 들었다는 걸 인정하기가 싫었다. 아직 젊다고 생각하며, 새로운 삶을 시작할 기회를 엿보기로 했다. 하지만 기회가 있을 리가? 룽쓰샹이 가진 기술은 방직이 유일했다. 집안일도 대충대충 했기에, 시집가서 가정주부가 되는 것도 어울리지 않았다. 잠자리에서만큼은 능력이 뛰어나다고 자부해온 여자로서 그저 사랑만 하며 살고 싶었다.

두 달이 지나고, 몸이 완전히 회복된 룽쓰샹은 남자를 만나고 싶어졌다.

룽쓰샹이 가진 자원에는 한계가 있었다. 방직공장 남자들과 두루 알고 지내긴 했지만, 나이가 꽤 있는데도 결혼하지 않은 사람은 몇 명밖에 없었다. 그마저 늙은 티가 심하게 나서 결혼이라면 몰라도 연애는 하고 싶지 않았다. 공장 남자들을 하나하나 살펴보다가 결국 포기하고, 밖에서 새로운 자원을 발굴하기로 했다.

친정집 이웃 중에서도 두 번이나 시도를 해봤지만 모두 실패로 돌아갔다. 다른 사람들 눈에 룽쓰샹은 예쁘지도, 젊지도 않았으며 가난하기까지 했다. 그런 여자와 만나고 싶어하는 이는 죄다 초라한 남자들뿐이었다. 집안일 해줄 여자를 구하는 남자 아니면 시간을 때우려고 대화 상대를 찾는 남자들이 다였다. 그런 남자들은 성생활에는 별로 관심이 없고, 그쪽으로는 능력도 부족한 편이었다. 반면 룽쓰상의 목표는 속궁합이 잘 맞는 남자를 찾는 것이었다.

몇 차례나 실망한 룽쓰상은 머리를 요리조리 굴려봤다. 본인이 매춘 일을 할 수 있는 여자인가도 생각해봤지만 하고 싶다고 할 수 있는 일이 아니었다. 우선 혼자 사는 집이 있어야 하고 손님을 소개해줄 사람도 필요했다. 경찰과도 좋은 관계를 유지해야 했다. 룽쓰상에게는 넘기 힘든 장벽이었다. 동료 중에 '진주'라는 이름의 이혼녀가 있는데 룽쓰상과 죽이 잘 맞았다. 진주는 몸이 안 좋고 폐병도 있었지만 남자를 유난히 좋아했다. 룽쓰상은 그런 진주의 마음을 눈치채고는 자기 남자친구를 소개해주기도 했다. 둘만 있을 때는 남자 얘기를 꺼내지 않았지만, 둘 다 남자에 목말라한다는 사실을 서로 잘 알고 있었다.

그렇게 이태가 지나자, 한 줄기 빛도 없는 암담한 날을 보내던 두 여자는 인생이 허망하다는 생각을 하기 시작했다. 그 무렵 윤락업이 이 도시에서 차츰 인기를 얻어가고 있었다. 처음에는 암암리에 이뤄지다가 갈수록 공공연하게 행해졌다. 방직공장 직원 중에 특히 젊고 예쁜 여자들이 잇따라 업계로 들어섰다. 아쓰도 접대부로 직업을 바꾼 첫 여직공들 중 하나였다.

룽쓰상은 쉬는 날이면 어김없이 진주와 윤락업소를 구경 다녔다. 두 사람은 주머니에 돈이 없던 터라 그저 일자리를 찾고 싶은 마음이었다. 업소 사장들은 경멸하는 눈초리를 한 채 위아래로 흘겨봤고, 받아주겠다는 업소도 없었다.

"진주, 우리가 늙은 걸까?"

룽쓰샹이 울상이 된 얼굴로 말했다.

"쓰샹 언니, 내 눈에는 언니가 누구보다 더 매력적으로 보여. 절대 여기서 물러설 수 없지. 이 세상에는 우리를 위한 신기한 것들이 많이 숨어 있을 테니까."

룽쓰샹은 감동받았다는 듯이 진주의 얼굴을 쳐다봤다. 폐병 환자의 얼굴에서 소녀 같은 순수함이 엿보였다. 저도 모르게 눈물이 나오려는 걸 애써 참았다. 순간 얼마 전에 들은 화류계에 대한 이런저런 소문이 떠올랐다. 성병에 걸린 여자도 있고 불치병에 걸린 여자도 있다고 했다. 은폐된 장소에서 여성의 시신이 발견되기도 했고, 증오하던 손님을 살해한 접대부도 있다는 등의 얘기였다. 윤락업이 리스크가 크다는 걸 룽쓰샹과 진주 둘 다 잘 알고 있었고, 일반인들도 '얻는 것보다 잃는 게 많다'고 여기는 업종이었다. 하지만 죽지 못해 살아온 날들을 떠올리면 잃을 게 뭐가 더 있겠나 싶었다. 방직공장에서 일만 하다보면 일찍 죽기밖에 더 하겠느냐는 말이었다. 두 여자는 방직 말고 다른 일은 전혀 할 줄 몰랐고, 다른 기술을 배우는 데도 흥미가 없었다. 다른 기술을 제대로 익히려면 죽기 전까지는 힘들 것이라고 확신할 정도였다.

두 여자는 아침마다 함께 밖으로 나가 동네를 잠시 어슬렁거리다 바로 윤락업소로 들어가곤 했다. 이것만 봐도 알 수 있었다. 둘의 마음속 생각이 똑같다는 걸, 조급한 마음까지 같다는 걸. 그런데 아무리 조급해해도 도통 진전이 없었다. 둘 다 아쓰를 찾아가 도움을 청하고 싶었지만, 아쓰는 이제 잘나가는 몸이 되어 정신없이 바빴다. 그림자조차 만나기 힘든 상황이었다.

방직공장 여직공 둘은 우울에 빠져 넉 달을 보냈다. 운명의 장난임이 분명했다. 그러던 어느 날, 웨이보가 온천여관에 나타나면서 룽쓰샹과 우연히 마주쳤다. 생각지도 못한 기회가 주어진 것이었다. 웨이보와 아쓰의 치밀한 전략 덕택에 룽쓰샹과 진주가 드디어 온천여관에서 꿈에 그리던 일을 할 수 있게 되었다. 그렇게 두 사람은 청춘을 저당 잡혔던 방직공장을 떠났다.

"웨이보, 예전보다 훨씬 더 자기를 사랑해. 착하게 살면 복을 받는 건 당연한 거야. 나중에 혹시라도 자기가 불치병에 걸려서 고통스러워하면 내가 바로 달려가서 돌봐줄게."

"어떻게 그렇게 불길한 비유를 할 수가 있어, 쓰샹?"

"난 흥분하면 생각이 뒤죽박죽 엉켜버리거든."

룽쓰샹의 고객은 죄다 돈 한 푼 없는 중늙은이였다. 룽쓰샹은 웬만하면 고객이 원하는 대로 맞춰줬지만 종종 불쾌한 일이 생겼다. 한번은 자기 주제도 모르는 웬 안경 낀 놈이 재미는 재미대로 보고, 룽쓰샹 몸이 차가운 강시 같다는 둥, 일에 대한 열정이라고는 찾아볼 수 없다는 둥 악다구니를 늘어놓았다. 급기야 여관 주인을 불러다 환불 요구까지 했다. 룽쓰샹은 더 이상 참을 수 없어서 그놈을 발차기로 문밖까지 날려버렸다. 깜짝 놀라 '악!' 외마디 비명을 지른 여관 주인은 한참 동안 입을 다물지 못했다.

"매꽃 아가씨(룽쓰샹의 예명), 무술이라도 배운 적 있는 거야?"

"네, 조금 할 줄 알아요."

그즈음 룽쓰샹과 진주는 여기저기서 사냥감을 물색해봤지만 실망만 거듭했다. 사는 게 몹시 지루했고, 좋은 남자 자체가 거의 없었다. 두 여자는 서로 눈빛만 봐도 상대가 생각하는 좋은 남자의 기준을 알았다. 인내심을 갖고 기다렸다. 반평생이나 기다려오지 않았던가? 좀더 기다린다 한들 어떠리.

그러던 어느 날, 농업인 사업가 라오융이 별안간 두 사람 삶에 끼어들었다. 쉰이 넘은 술꾼이었다. 잠자리에 굉장히 열정적인 라오융은 평범하면서도 화려하고 다양한 성관계를 즐겼다. 먼저 라오융을 받은 건 진주였다. 라오융은 폐병을 앓고 있던 이 여자를 완전히 매료시켰다. 라오융을 애인으로 삼기로 한 진주는 이 남자를 위해서라면 죽을 수도 있다고 생각했다.

"신중하게 행동해야 돼."

룽쓰샹이 충고했다.

바람기 다분한 중늙은이는 곧 마음이 변할 터였기에, 어차피 룽쓰샹의 충고는 필요 없었다. 라오융의 새로운 사냥감은 바로 룽쓰샹이었다. 라오융은 룽쓰샹이 진주보다 훨씬 더 건강하고 에너지도 넘친다며 좋아했다.

라오융에게 버림받은 진주는 기나긴 밤 이를 부득부득 갈며 음모를 꾸몄다. 두 배신자를 한꺼번에 처리하고 자살할 계획까지 세웠지만 무슨 이유인지 끝내 손을 쓰지는 않았다. 칼을 손에 제대로 쥐기가 힘들어 번번이 땅에 떨어뜨렸다. 시간이 흐르자 차츰 생각이 바뀌었다. 그토록 사랑했던 술꾼이 그저 행복하길 바랐다. 이제는 자기 친구에게서 행복을 느낀다니, 진주는 '자리를 내주어야' 마땅했다. 진주는 이런 식으로 문제를 해결하는 방법을 스스로 터득했다.

진주는 침착해졌다. 연인을 잃었지만 라오융이 남기고 간 아름다운 추억은 평생 간직하기로 했다. 오래 못 산다는 걸 알고 있다는 이유로 더욱더 자신이 가진 것에 만족해야 했다. 게다가 라오융이 다른 여자를 찾아간 것도 아니고 자신의 가장 친한 친구 룽쓰샹을 만나는 상황이었다. 라오융이 룽쓰샹을 만나러 올 때마다 진주는 라오융과 마주치곤 했다. 그럴 때마다 라오융은 진주를 여전히 친근하게 대하며 얼굴에 뽀뽀를 했다. 진주는 그런 상황에 서서히 익숙해졌다.

흥분이 최고조에 달하고 정신이 아찔해지는 순간에도 룽쓰샹은 '이 생활을 청산하고 나랑 결혼하자'는 라오융의 요구에 응한 적이 없었다. 라오융의 아내는 일찌감치 병환으로 세상을 떴고 자식들은 이미 분가해서 살고 있었다. 라오융은 아무런 걸림돌 없이 룽쓰샹을 집으로 들일 수 있었다. 하지만 룽쓰샹은 다시 누군가의 아내가 되고 싶은 마음이 없었고 아이는 더더욱 낳고 싶지 않았다. 아이를 잃는 악몽을 한 번 더 겪는다면 자기 삶은 끝이란 걸 알았다. 아이를 낳지 않을 거라면 가정을 꾸릴 필요도 없었다. 룽쓰샹은 가정이 필요 없었고, 쾌락만 추구하면 그만이었다. 가정을 꾸리고 싶었다면 중늙은이보다는 샤오우가 더 적합한 상대 아니었겠는가? 룽쓰샹은 예감했다. 라오융과 가족이 되면 삶의 재미가 반감되리라는 걸. 심지어 완전히 없어지리라는 걸. 인간은 변하기 마련이다. 라오융이 변하지 않는다 해도 룽쓰샹 본인이 변할 것이었다. 그렇기에 현재 상황이 가장 이상적이라 할 수 있었다. 라오융은 룽쓰샹이 다른 손님을 찾아갈까봐 전전긍긍하고, 룽쓰샹은 라오융이 새로운 애인을 찾아나설까봐 예의주시하고 있는 상황 말이다. 실제로 그런 일이 생겨 말다툼을 벌이기도 했지만 다시 사이가 좋아지곤 했다. 둘 다 상대방을 필요로 했기 때문이다.

룽쓰샹은 활짝 핀 가을 국화처럼 풍만하고 싱싱한 여자였다. 어느 가을날, 라오융과 룽쓰샹은 단풍 구경을 하러 산에 갔다가 단풍 숲에서 서로를 애무했다. 서로의 품에서 지금 당장 죽어도 여한이 없을 만큼 미친 듯이.

이번에는 진주가 나서서 룽쓰샹에게 충고를 할 차례였지만 그렇게 하지 않았다. 라오융과 만나는 여자는 의미 없는 충고를 들을 리가 없다는 걸 알았기 때문이다.

"룽쓰샹, 우리 집으로 같이 가자."

라오융이 말했다.

"라오융, 자기는 자기 집에 가고 난 우리 집에 가면 되는 거지."

"자기는 집이 없잖아. 자기 집이라는 것도 공용 공간이니까."

"공용이면 뭐 어때서? 내가 좋으면 그만이지."

룽쓰샹이 거절하자 라오융은 눈앞이 캄캄해졌다.

두 사람은 서로를 독점하고 있다는 망상에 사로잡혀 있었다. 또 그걸 가지고 서로를 괴롭혔다. 에너지가 넘치는 두 사람인데도 늘 스스로를 기진맥진해질 때까지 괴롭히곤 했다. 룽쓰샹은 새로운 손님이 갈수록 많아졌다. 아줌마 격의 이 접대부는 온천여관에서 대단한 인기를 끌었다. 여관 주인은 온종일 룽쓰샹만 보면 허허 웃었다. 심지어 본인도 한 다리 걸치고 한번 같이 자고 싶어할 정도였다. 물론 룽쓰샹은 여관 주인이 그런 짓을 못 하게 할 터였다. 라오융은 룽쓰샹을 독점할 수 없게 되자 집 잃은 개처럼 여기저기 떠돌아다녔다. 이제는 룽쓰샹이라면 이가 부득부득 갈렸다. 어느 날은 술에 취해 여관 주인 방에 쓰러진 채로 온 방에다 토를 해놓은 적도 있다.

"룽쓰샹은 내가 데려갈 거야. 나 돈 있어, 차에 현금이 쌓여 있다고."

라오융이 헛소리를 지껄였다.

"자네 돈은 아무 소용이 없어. 룽쓰샹한테 그런 식으로 말하면 자네를 죽일 듯이 달려들걸?"

여관 주인이 은밀한 목소리로 말했다.

"룽쓰샹 오늘 누구랑 있는 거요?"

"도둑놈이랑 있지. 자기 본분을 잊지 않는 그런 놈 말이야. 여기서 놀아날 때도 뭐 하나 슬쩍 하는 거 아닌가 모르겠어. 걱정이야."

"룽쓰샹을 죽이고 싶은 마음이 안 드는 게 참 이상하네. 내가 마음이 약해서 그런 건지, 원."

"사랑이지, 뭐."

"사랑은 무슨 얼어 죽을 놈의 사랑? 뭔 놈의 접대부랑 사랑 타령을 한다고?"

"어디 가요? 지금 새벽 두 시인데."

"죽으러 간다오."

이튿날, 라오융은 시궁창에서 누운 채 발견돼 병원으로 옮겨졌다.

헐레벌떡 병실로 뛰어온 룽쓰샹을 바라보며 라오융은 겸연쩍게 웃었다. 룽쓰샹은 라오융의 그런 표정을 처음 봤다.

"시궁창에서 뭐 했어?"

룽쓰샹이 물었다.

"어떤 놈이랑 싸웠어. 그놈이 칼을 꺼내기에 가슴을 쫙 펴고 받아들였지. 흰 칼이 들어왔다가 빨간색 칼이 되어 나가더군…….

내 평생 가장 통쾌한 일이었어."

"겁쟁이가 따로 없네. 현금 있다고 하지 않았어? 대체 어떤 여자를 찾기에 그 돈으로도 아직 못 찾고?"

"그러게. 내가 노망이 났나봐."

라오융은 퇴원한 지 얼마 안 돼 '원앙 보금자리'에 있는 작은 별장을 한 채 빌려 룽쓰샹과 같이 잠깐 살았다. 정말 이상한 동네였다. 길게 늘어서 있는 별장 주변은 낮에도 인적이 드물었다. 방 안에 앉아 있으면 다른 사람의 감시를 받는다는 느낌까지 들었다. 환한 방 안에는 음침한 기운이 맴돌았고, 창밖에서는 낯선 짐승의 울부짖는 소리가 들렸다. 룽쓰샹은 이국만리에라도 나가 있는 듯 적응이 되지 않았다. 룽쓰샹과 라오융은 몇 번이나 꿈을 꾸다가 화들짝 놀라 깼다. 그럴 때면 룽쓰샹은 이 남자랑 같이 피난 가던 길에 간이 여관에서 자다 깬 것 같은 착각이 들곤 했다. 룽쓰샹이 빨리 떠나자고 재촉하는 통에 라오융도 진절머리가 났다.

라오융은 룽쓰샹의 손을 뿌리치며 맨발로 창가로 가 커튼을 젖혔다. 방 안으로 햇살이 흩어져 들어왔고 짐승이 울부짖는 소리가 오싹하게 들려왔다. 룽쓰샹의 머리카락이 쭈뼛 섰다. 어릴 적 어머니가 저승 이야기를 해준 적이 있다. 여기가 저승인 걸까? 살의가 치밀어오른 라오융이 데려다놓은 걸까? 아니면 반대로, 룽쓰샹 본인이 라오융을 죽이고 싶은 마음에 여기 머무르고 있는 걸까?

아무도 모르게 누군가 반찬을 갖다주는 덕에 두 사람은 건물 밑으로 내려갈 일이 없었다. 룽쓰샹은 무서워서 밑으로 내려갈 수 없었다. 라오융은 술을 끊기 위해 내려가지 않았다. 라오융은 바보 같은 생각을 하고 있었다. 술을 끊어야 룽쓰샹이 자기 집으로 따라

올 거라는 생각이었다. 룽쓰샹은 그런 생각을 비웃었지만 라오융은 그래도 건물 밑으로 내려가려 하지 않았다.

결과는 불 보듯 뻔했다. 창살 없는 감옥살이를 하다보니 두 사람은 이내 원수가 되었다. 룽쓰샹은 창턱에서 뛰어내려 도망쳐 나왔다.

얼마 후 룽쓰샹과 라오융은 '원앙 보금자리'에 다시 가봤다. 그 뒤로도 한 번씩 '원앙 보금자리'를 찾았다. 룽쓰샹은 왜 그곳을 자꾸 찾게 되는지 알 수 없었다. 도시에서 멀리 떨어진 적막한 곳에 지어진 작은 집이 이상하게 매력적이었던 것이다. 그 매력은 뜻밖에도 라오융과 관련이 있었다. 라오융이 '원앙 보금자리'에 가보자고 할 때마다 룽쓰샹은 억누를 수 없는 갈망이 생겨나곤 했다. 대체 무엇에 대한 갈망이었을까? 명확하게 알고 싶었지만 아무리 해도 제대로 알 수가 없었다. 물론 룽쓰샹도 이 남자와 '원앙 보금자리'에서 오래 머무를 수는 없는 노릇이었다. 그랬다가 살의가 치밀어오르기라도 하면 이 남자에게 죽임을 당할지도, 혹은 자신이 이 남자를 죽일지도 몰랐다.

언젠가 둘 사이에 싸움이 일어난 적이 있다. 라오융이 나무 상자(룽쓰샹은 방 안에 이렇게 큰 나무 상자를 대체 왜 갖다놓는 건지 이해가 되지 않았는데, 라오융이 본인을 위해 준비해놓은 관이라고 알려주었다)에 앉아 툭 튀어나온 눈을 부릅뜬 채 한탄하듯 말했다.

"쓰샹, 나 사실 '원앙 보금자리'에서 태어났어. 그때는 여기가 자그마한 산이었지. 마을 사람들이 산기슭에 땅을 파서 움집을 만들었는데, '원앙 보금자리'처럼 길게 쭉 늘어서 있는 형태였어. 어느

날은 온 마을의 청년들이 외지로 나가 일하고 돌아왔더니 마을이
아무것도 없는 곳으로 변해 있었던 거야. 아이와 노인들은 모두 이
웃 마을로 몸을 숨겼고. 마을이 폐허가 되다니, 우린 오히려 기뻤
지. 그 뒤로 다들 천막을 치고 땅을 일구어 농사를 지었는데, 콜레
라가 발병할 줄 누가 알았겠어? 결국 다 죽고 네 명만 살아남았어.
'원앙 보금자리'의 옛날 옛적 이야기지."

침대에 앉아 이야기를 듣다가 모골이 송연해진 룽쓰샹은 침묵에
빠져들었다.

밖에는 바람이 몰아쳤다. 바람 사이로 금속 맞부딪치는 소리가
들렸다. 불빛 아래 담장이 천천히 움직이고 있었고, 담 모퉁이의
어둠 속에서 칼 두 자루가 이물스럽게 반짝거렸다.

"라오융, 왜 날 못 믿는 거야?"

룽쓰샹이 가만히 물었다.

"그게 운명이란 거지. 그러는 자기는 날 믿을 수 있나?"

"아니. 자기 말이 맞네. 이런 게 바로 운명이지. 사실 움집에서
사는 게 훨씬 더 좋은데. 자기 옆에 내가 있고 내 옆에는 자기가 있
는 데다, 지구의 중심에서 전해져오는 움직임까지 들을 수 있으니
까. 만족할 줄 모르는 게 인간이잖아. 산을 폐허로 만들어놓고 족
제비처럼 멋대로 뛰어다니는 걸 보면."

룽쓰샹이 웃으며 대꾸했다.

"전에 살던 움집이 그리워. 깊게 파서 만든 집인데, 대문으로 들
어갈 때마다 다시는 나올 수 없을 것 같은 느낌이 들곤 했지. 밤이
면 우리 가족은 누가 업어가도 모를 정도로 푹 잠을 잤고."

"여기 앉아서 자기 가족의 모습을 상상해보니까 전에 방직공장

에서 했던 생활이 문득 떠오른다. 그 큰 들통 속에서는 지구 중심에서 전해지는 우르릉 소리가 들렸거든."

룽쓰샹이 한참 이야기하고 있을 때, 밖에서 웬 짐승이 방문을 움켜쥐는 소리가 들렸다. 문이 열리지는 않았다. 어떻게 들어오는 건지 모르는 것 같았다. 짐승은 몸집이 산양만 했지만 산양은 아니었다. 어찌하다 방으로 들어오더니 미동도 하지 않고 가만히 서 있었다. 짐승은 고집이 세 보였다.

"사람을 해치지 않을까?"

룽쓰샹이 조그만 목소리로 라오융에게 물었다.

"무슨 말이야, 우리 아버지인데."

라오융이 헤헤거리며 웃었다.

웃음소리를 들은 짐승은 화들짝 놀라 허둥지둥 밖으로 도망쳤다. 순간 방문 쪽에서 정신 사나운 소리가 들렸다. 짐승의 무리가 복도에 있다가 계단으로 도망치는 듯했다.

"라오융, 사실대로 말해봐. 이 밑에 정말 마을 사람들이 묻혀 있는 거야?"

"내가 뭐하러 그런 걸 속이겠어? 이 동네 사람이라면 다 아는 걸 가지고."

침대에서 내려온 룽쓰샹은 라오융과 커다란 나무 상자에 들어가 잠을 잤다.

룽쓰샹은 라오융을 꼭 끌어안으며 귀에 대고 속삭였다.

"나중에 죽으면 여기서 잘 거야?"

라오융은 대꾸하지 않았다. 룽쓰샹은 몸을 바들바들 떨었고 라오융도 마찬가지였다. 뼈가 시릴 정도로 추웠다. 서로를 세게 끌어안을수록 상대방의 한기가 더 심하게 느껴졌다.

룽쓰샹이 끌어안고 있던 팔을 풀자 라오융도 팔을 놓았다.

"10월 13일이 우리 아기가 떠난 날이야."

룽쓰샹이 말했다.

"갑자기 마오타이주가 마시고 싶네. 죽으면 마시지도 못하니까."

라오융이 대꾸했다.

"자기 오른쪽에 한 병 있잖아. 내가 놔둔 거야."

"아까 봤어. 근데 난 마시면 안 돼. 그랬다간 죽을 수도 있거든. 정말 음흉한 여자구나. 들어봐, 산에 있는 원숭이들이 울부짖는 소리를."

대화를 나누다 지친 두 사람은 나른하게 잠이 쏟아졌다. 룽쓰샹은 얼음 동굴로 떨어지는 꿈을 꿨다. 라오융이 보이기에 도와달라고 소리쳤다. 라오융이 동굴 속으로 뛰어내려왔지만 룽쓰샹을 구해주기는커녕 붙잡는 바람에 밑으로 더 가라앉았다. 물이 너무 차가워서 룽쓰샹은 자신이 서서히 죽어가고 있다고 느꼈다……

룽쓰샹은 얼음 동굴에서 꽤 오랜 시간 잠을 잤다. 한 일주일 정도 잤으려나? 잠을 자면서도 라오융이 물속에, 룽쓰샹의 발 밑 더 깊은 곳에 있다는 게 어렴풋이 느껴졌다. 룽쓰샹 자신도 밖으로 나갈 수 없는 상황이라 라오융까지 신경 쓸 여유가 없었다. 정신이 몽롱했지만 이따금 '이러다 죽는 걸까?'라는 생각을 했다.

발버둥 쳐봤지만 동굴을 벗어나기엔 역부족이었다.

순간 큰 칼인 듯한 무언가가 세게 찌르고 들어왔다. 이마가 쿡쿡 쑤셨다.

"아야."

소리 지르며 눈을 번쩍 떴다. 알고 보니 햇빛이었다.

라오융은 보이지 않았고, 방은 쥐 죽은 듯이 조용했다. 큰 칼 두 자루는 여전히 한쪽 구석에 걸려 있었다. 희미하게 반짝이는 터라 눈에 잘 띄지는 않았다.

"거기 누구야?"

룽쓰샹이 목소리를 가다듬고 소리쳤다.

"누구긴, 아무도 아니야."

진주 목소리가 쩌렁쩌렁 울렸다.

"아, 진주구나. 나 이제 곧 죽을 건가봐."

"내가 대신 죽어주고 싶은데, 안타깝게도 라오융이 안 된대."

"미안해, 진주. 아니다, 이런 말 하면 안 되는데, 미안할 건 없 지."

진주가 어둠 속에서 걸어나와 커다란 나무 상자에서 룽쓰샹을 끌어냈다. 그러더니 룽쓰샹에게 샤워를 하고 화장도 하라고 명령하듯 말했다. 해 질 무렵이 됐으니 같이 근처로 바람이나 쐬러 가자고 했다. 진주가 부른 택시가 밑에서 기다리고 있었다.

룽쓰샹은 샤워를 하며 지난 8일 동안 있었던 일을 차분히 되짚어봤다. 무서워서 미칠 것만 같았다. 그래도 모든 게 오매불망 바라던 일 아니냐고 스스로 되물었다. 당연히 그랬다. 아니면 룽쓰샹이 어떻게 이런 곳으로 도망칠 수 있었겠는가? 여기 오고 나서 라오융의 사업이 굉장히 잘된다는 걸 알았다. 처음 만났을 때 라오융은 자신을 이렇게 소개했다.

"난 술꾼이오. 시멘트 사업 하는."

화장을 마친 룽쓰샹은 진주와 함께 아래층을 통해서 바깥으로 나갔다. 태양이 가라앉고 있었다. 동시에 마을 전체도 가라앉고 있는 것처럼 보였다. 룽쓰샹은 진주의 팔을 세게 붙잡고 있었지만, 죽음의 공포가 완전히 물러나지는 않은 터였다.

택시 기사는 말을 거칠게 하는 곱사등이였다.

택시가 쏜살같이 마을을 벗어났다. 룽쓰샹은 별장 대문에 걸려 있는 새빨간 연등을 유심히 쳐다봤다.

"내가 지냈던 이 집, 아무래도 라오융 거 같아, 빌린 게 아니라. 라오융은 왜 그런 거짓말을 한 걸까?"

룽쓰샹이 의아해했다.

"당연히 라오융 집이지. 산 위에다 집을 마련할 수는 없으니까, 사람들 모여 사는 데서 숨어 지낼 수밖에 없었던 거야."

이런 말을 하면서도 진주는 전혀 놀란 기색이 아니었다.

한참 대화를 나누다보니 어느새 산자락에 다다라 있었다. 택시 기사가 차에서 내리더니 눈 깜짝할 새 어디로 갔는지 사라져버렸다. 룽쓰샹과 진주 앞에는 평평하게 깎인 거무스름한 산비탈이 펼쳐져 있었다. 진주가 손으로 여기저기 가리키며, 이 동네는 움집 천지라는 걸 알려주었다. 그러면서 구경 가보겠느냐고 물었다.

"동굴에 사람들이 살고 있다고?"

룽쓰샹이 덜덜 떨기 시작했다.

"응. 근데 다들 동굴 뒤쪽에다 스스로를 가둬놔서 밖으로는 나올 수가 없어. 나도 우연히 알게 된 거야."

"어쩐지 라오융이 악착같더라니, 이런 데서 살아남으려면 어쩔 수 없었겠구나."

룽쓰샹이 이렇게 말하며 한숨을 지었다.

룽쓰샹은 어두컴컴한 곳에 있고 싶지 않았다. 그길로 진주를 택시 뒷좌석으로 밀어넣고는 자기도 비집고 들어가 차문을 쾅 닫았다. 당장 도시로 돌아갈 생각이었다.

한참을 기다린 끝에 곱사등이 택시 기사가 나타났다. 택시 기사는 투덜대며 출발했다.

"정말 안타깝다. 언니는 왜 호기심이라고는 눈꼽만큼도 없어? 며칠 전에 흙벽에다 귀를 대고 라오융이 라오융 아버지와 얘기하는 걸 들어봤는데, 라오융 아버지, 벌써 미라처럼 된 거 같더라고."

진주가 말했다.

"라오융이 움집에서 산다는 말이야?"

"맞아. '원앙 보금자리' 사람들은 다 저렇게 양쪽 끝에 살고 있어. 낭만적이지 않아?"

길 위의 짐승들이 차를 가로막고 서 있는데 그 수가 굉장히 많았다. 룽쓰샹은 좀 전에 위층까지 올라왔던 짐승인 것 같다는 느낌이 들었다. 택시 기사가 이를 악물고 액셀레이터를 세게 밟았다. 여기저기서 울부짖는 소리가 났다. 놀랍게도 아기 울음소리와 비슷했다. 룽쓰샹은 정신을 잃고 쓰러졌다.

눈을 떴을 때는 진주가 이마에 젖은 수건을 얹어주고 있었다. 룽쓰샹은 자기가 '원앙 보금자리' 방에 누워 있다는 걸 알아차렸다.

"내가 여기까지 업고 올라왔어. 나 힘 진짜 세지? 언니 지금 열난다. 그 사촌이라는 사람더러 차를 가지고 오라고 할게."

진주가 빙그레 웃으며 말했다.

"사촌이 누군데?"

"아까 그 곱사등이 있잖아. 그 사람이 라오융의 사촌 형이야, 비즈니스 파트너이기도 하고. 사실 요즘 내가 만나고 있는 남자야."

"그래? 축하해."

룽쓰샹이 뚱하게 대꾸했다.

"꽤 괜찮은 사람이어서 결혼할까 생각 중이야. 어쨌든 그 사람도 병이 있어서 오래 살지는 못하거든. 얼마 안 남은 생이라도 같이 보내려고. 우리 오빠, 좋은 사람이니까 겉만 보고 판단하지 마…… 이거 봐봐, 오빠가 보내준 탕국인데, 한입 먹어볼래?"

닭고기 탕국을 먹고 나니 룽쓰샹은 기분이 한결 나아졌다.

"결혼하고 여기서 살 생각이니?"

"아니, 오빠랑 움집에서 살 거야. 제일 좋은 움집을 골라서 새로 싹 꾸며놨거든. 원래 어제 저녁에 언니한테 신혼집 보여줄 생각이었는데."

"죽은 사람들이 묻혀 있는 데서 살 거라고? 무섭지도 않아?"

"처음에는 오빠도 싫다 그랬는데 내가 설득했어. 죽은 사람이 뭐 어때서, 사람은 다 언젠가는 죽는 거 아니야? 난 움막이 너무 좋아. 안은 또 얼마나 따뜻한데. 오빠랑 같이 움막에서 자면 둘 다 행복한 꿈을 꿔. 마을 사람들도 나오는, 찬란한 금빛 물결 같은 유채꽃밭 천지인 꿈 말이야. 쓰샹, 질투하지 마. 이틀 뒤에 구경시켜줄게."

룽쓰샹은 망연히 눈동자만 굴렸다. 앞날이 캄캄했다. 진주는 마지막으로 의지할 곳을 찾았지만, 룽쓰샹은 이제…… 룽쓰샹은 몸이 안 좋아서인지 우울했다. 그래도 이내 감정을 잘 추슬렀고 친구의 행운에 기분이 좋아졌다. 다음 날 신혼집에 가보기로 진주와 약속했다. 라오융의 흔적이 남아 있을 테니 룽쓰샹도 한번쯤 가보고 싶은 집이었다.

진주가 일어서자 룽쓰샹이 팔을 붙들며 신신당부했다.

"갔다가 꼭 돌아와야 해, 진주. 남편이 아무리 좋아도 우리 사이의 정만 못할걸. 연애는 위험 부담이 따르니까. 왠지 움집에 말 못할 비밀이 숨겨져 있을 것 같아. 아직 무슨 비밀인지는 모르겠지만 꼭 조심해야 돼."

룽쓰샹은 말을 끝내고 진주를 놓아주었다.

진주는 룽쓰샹이 줄곧 인상을 찌푸리고 있었다는 걸 알았다.

곱사등이 남자는 진주와 룽쓰샹을 움집까지 데려다주고 바로 차를 돌려 가버렸다.

두 여자는 서로를 꼭 껴안은 채 집으로 들어갔다. 안에서는 시큼한 냄새가 났다. 벽에서 나는 페인트 냄새인 듯했다. 희미한 불빛 속에서도 새로 꾸민 방이라는 걸 알 수 있었다. 먼저 안쪽에 있는 방으로 들어갔다가 거기서 더 안쪽에 있는 방으로 들어갔다. 좀더 안으로 들어가 세 번째 방까지 들어갔다. 열려 있는 세 번째 방 문 사이로 안쪽에 또 방이 보였다. 네 번째 방으로 들어갔다. 룽쓰샹은 겁이 나 발걸음을 멈춘 채 어두컴컴한 네 번째 방을 훑어봤다. 벽에 조금 열린 문이 달려 있었다. 다섯 번째 방으로 이어지는 문이었다.

"세상에!"

룽쓰샹이 작은 목소리로 말했다.

"너 이런 산 중턱에서 살겠다는 거야? 근데 산은 이미 평지가 됐잖아. 가만있어봐, 이게 무슨 소리야?"

"천산갑 소리야. 산도 없어졌는데 천산갑들이 아직도 왔다갔다 해. 조그만 동물들이 정신이 나간 거지. 쓰샹, 여기 소파에 앉아."

두 사람은 원래 하던 대로 서로를 꼭 껴안은 채 자리에 앉았다. 룽쓰샹은 다섯 번째 방에서 한시도 눈길을 떼지 못했다. 호리호리한 사람의 형체가 문으로 들어왔다가 다시 나갔다(들어갔다). 룽쓰샹은 이렇게 신기한 경험은 처음이었다. 그때부터 마음속 고민이 서서히 사라졌다. 잠시 뒤 불이 꺼졌다. 다섯 번째 방문 밖에 있던 여섯 번째 방에서만 희미한 불빛이 새어나왔다.

누가 맷돌질을 하고 있는지 여섯 번째 방에서 드르륵거리는 소리가 났다. 오랜만에 듣는 맷돌 가는 소리였다. 룽쓰샹은 그 소리를 들으니 까마득한 옛일이 그리워졌다. 뜬금없이 감동이 밀려왔다. 진주가 룽쓰샹을 자꾸 밀면서 여섯 번째 방으로 가서 무슨 일인지 알아보자고 했다.

여섯 번째 방문 앞으로 가자마자 불이 꺼졌다.

맷돌질 소리는 끊이지 않았다. 웬 남자의 목소리가 들렸다.

"진주, 같이 온 손님과 함께 뼛가루로 우린 차 한잔 마시겠소? 준비는 금방 되는데. 어제 비가 많이 내려서 뼈가 흠뻑 젖었거든."

룽쓰샹은 털이 북슬북슬한 무언가가 얼굴 가까이 다가오는 게 느껴져 소리를 꽥 질렀다. 그대로 진주를 붙잡고 뛰쳐나왔다. 가장 바깥쪽에 있는 방까지 되돌아나왔다.

유리문을 통해 밖을 내다보니 먼발치에 반짝이는 별과 불빛이 하나가 되어 있었다. 설레는 풍경이었다. 올 때는 한밤중이었는데 벌써 해가 지고 있었다. 누군가 근처에서 얼후^{한국의 해금과 비슷한 현악기}

로 '나비의 사랑'을 연주하는 소리가 들렸다. 순간 룽쓰샹은 주르륵 뜨거운 눈물을 흘렸다. 등 뒤에서는 여전히 드르륵 드르륵 맷돌 가는 소리가 들렸지만 눈앞에 펼쳐진 아름다운 풍경에 두려움이 말끔히 사라졌다.

"쓰샹, 나도 행복을 찾았어."

진주가 말했다.

"그런 거 같다, 진주. 아이고, 어떻게 이런 좋은 일이 우리한테 일어난 걸까? 하도 기뻐서 주체를 못 하겠다. 울고 싶을 정도야. 저기 하늘을 봐봐, 표범이야."

룽쓰샹은 진주 어깨에 얼굴을 파묻고 훌쩍거렸다.

"언니, 쓰샹 언니. 슬퍼하지 마. 비 오면 내 생각이 날 거야. 움집이 내 휴식처였던 건데 우린 너무 먼 길을 돌아온 거야. 이대로 안쪽으로 가다보면 맷돌질하는 사람도 많고, 방도 꽤 있어. 방이 전부 몇 개인지 제대로 세어본 적은 없지만. 옛 생각에 잠이 안 올 때가 있어. 맷돌질 소리를 가만히 듣고 있으면 자장가 같아서 어느새 잠이 들더라. 이거 다 우리 오빠가 혼자서 해놓은 거야. 처음에는 내 손님일 뿐이었지만 결국 서로 사랑에 빠진 거지. 그래서 모든 게 바뀌었다고. 쓰샹 언니, 저 표범을 봐봐, 지금 '원앙 보금자리'로 뛰어가고 있잖아. 날씨 정말 좋다. 우리 언제 방직공장을 나왔지? 기억나? 나 이제 아주 행복해. 두려운 마음으로 지내던 날들을 아무리 떠올려봐도 지금은 행복하다는 생각밖에 안 들어. 이런 궁전 같은 움집은 오빠가 거의 반평생에 걸쳐서 만들어낸 거야. 한 번은 날 안쪽으로, 더 안쪽으로 계속 데리고 들어가더라고. 방 하나를 지나니까 또 방이 하나 나오고 그런 식이었어. 오빠가 4분의

1 정도 왔다고 하면서 더 안으로 들어가볼 건지 물었어. 나도 언니처럼 무서워서 바로 돌아나왔지. 그때부터 여러 번 시도해보긴 했는데, 저 안쪽 방들을 둘러싼 방들만 들어가봐도 거기서 걸음이 멈춰지더라고. 방마다 바닥에 잠자리가 깔려 있어. 잠자기에 딱 좋은 부드러운 들깨풀 덮인 잠자리야. 오늘 여기서 자고 갈래?"

룽쓰샹은 진주의 말에 귀를 기울이며 움집의 구조에 대해 생각했다. 순간 마음속이 환해지나 싶더니 이내 어두워졌다. 신중하게 자신의 처지를 생각해보고는, 잠긴 목소리로 여기서 자고 싶지만 '원앙 보금자리'로 라오융을 찾으러 가야 한다고 말했다. 라오융이 분명히 망연자실해하며, 어두컴컴한 방들을 더듬으면서 서성거리고 있을 것 같은 느낌이 들었다. 라오융의 애인이 되기로 한 이상 라오융을 실망시킨다는 건 말이 되지 않았다. 그럼 평생을 후회하게 될 터였다. 오늘 저녁에 경험의 폭을 넓혀준 진주가 고마웠다. 룽쓰샹은 앞으로의 삶에 자신감이 생겼다.

움집 문 앞에서 진주에게 잘 있으라는 인사를 하고 곱사등이의 택시를 탔다.

뒷좌석에 앉아 졸고 있는데 느닷없이 곱사등이의 목소리가 들렸다.

"방직공장 여직공은 평생 작업장에서만 몇만 킬로미터를 왔다 갔다하던데, 그래서 두려움이 크지 않소? 내가 꾸민 움집은, 자네들 작업장과 구조가 비슷하네. 기능은 완전히 다르지만."

"오빠, 나도 이제 알겠어요, 진주가 정말 행복을 찾았다는 걸. 오빠 같은 사람하고 산다면 진주는 앞으로는 기죽을 일 같은 건 없을 거예요."

전방에 '원앙 보금자리'가 나타났다. 축제 분위기에 걸맞게 휘황 찬란하게 꾸며져 있었다. 룽쓰샹은 어서 집으로 돌아가고 싶었다. 곱사등이 택시 안에 달린 등을 몇 초간 켰을 때 이마에 깊이 팬 주름이 보였다. 룽쓰샹에게는 어딘가 익숙한 인상이었다.

"오빠, 라오융이 정말 사촌 동생이에요?"

"내 친동생이오."

남자가 아무렇지 않게 말했다.

"사실대로 말하면 진주가 꼬치꼬치 물어볼까봐 그런 거요. 말하기 민망한 일이 있어서."

"무슨 일인데요? 말해주면 안 돼요?"

"아주 고집이 센 여자구먼. 내가 열두 살 되던 해에 남동생이 날 우물 속으로 밀어버린 사건이지. 탐나게 생긴 커다란 칼을 독차지하고 싶어서 그랬다더군. 장작 팰 때 쓰는 칼이었는데 옆 마을에서 가장 뛰어난 대장장이가 만든 거였어. 그때 난 척추만 부러지고 우물에 빠져 죽지는 않았다네. 이상하지 않은가?"

"라오융이 싫어요?"

"아니, 싫지는 않다오. 근데 워낙 다들 라오융 때문에 힘들어해서 말이야. 라오융이 술에 못 이겨 죽어버릴까봐 우리가 몇 년이나 걱정을 했는데. 이젠 자네와 잘되어가고 있다니 우리 다 안심일세. 라오융은 운이 참 좋아."

"오빠 운도 괜찮잖아요."

"그렇긴 하지. 진주는 날 전혀 장애인이라고 생각하지 않으니까. 룽쓰샹, 다 왔소. 몸조심하고."

택시에서 내린 룽쓰샹은 '원앙 보금자리'로 걸어 들어갔다. 그러곤 뒤쪽으로 올라가 침대에 걸터앉았다. 창밖에서는 불빛이 흔들렸다. 여기저기 불이 켜져 있고 심지어 탐조등까지 몇 개나 켜져 있었다. 아무리 해도 오늘이 무슨 날인지 도통 생각이 나질 않았다. 눈앞에 있던 커다란 나무 상자가 이번에는 텅 비어 있었다. 상자 바닥에는 라오융의 낡은 속옷이 널브러져 있었다. 벌써 한밤중이었다. 룽쓰샹은 라오융이 불쑥 찾아올 거라는 직감이 들었다. 한참이 지나도 라오융은 오지 않았다. 터무니없는 직감에 코웃음을 치며 냉장고에서 우유를 꺼내와 비스킷과 같이 먹었다.

방바닥을 비추는 불빛을 바라보며 방 안을 서성거렸다. 밀림 속 코끼리, 그것도 내면이 꽉 차 있고 성격도 진중한 코끼리가 되는 상상을 했다. 하도 오락가락해서 지쳐버린 룽쓰샹은 침대에 누워 빛의 바다에서 신나게 수영하는 상상을 했다.

라오융은 다음 날도 오지 않았다. 룽쓰샹은 생각했다. 내가 라오융의 어릴 적 비밀을 알고 있다는 걸 알아챈 건 아닐까? 그 충격에 못 오고 있는 걸까?

정오 무렵, 웬 아이가 고급스러워 보이는 점심을 가져다주었다. 룽쓰샹은 슬그머니 빠져나가려는 남자애를 붙잡고 누가 보낸 건지 솔직히 말하지 않으면 풀어주지 않겠다고 했다.

"우리 할아버지 말씀하시는 거예요? 할아버지는 일 때문에 남쪽 지방에 가셨어요. 한 달 넘게 걸리는 일이 있대요. 아줌마가 계속 여기 계시면 매일 식사를 가져다주라고 하셨어요."

"친할아버지니?"

"아니요. 어쨌든 여기 손님은 모두 제가 식사를 가져다줘요. 할아버지가 아줌마는 애정 전선에 문제가 생겨서 저 양들을 방에 들어오게 할 수 없다고 하셨어요. 그래서 양은 제가 다 쫓아내기는 했는데 이유는 잘 모르겠어요."

룽쓰샹은 아이의 진지한 표정을 보며 아무래도 몹시 어른스럽다는 생각을 했다. 아이를 풀어주고 건성으로 손을 흔들며 가보라는 시늉을 했다. 아이가 고양이처럼 조용히 사라졌다.

룽쓰샹은 라오융이 원망스러웠다.

아래층으로 내려가 문 쪽으로 가봤다. 휘황찬란했던 전날 밤 모습은 온데간데없고, 굉장히 적막했다. 그 많던 오색 연등은 다 어디로 간 걸까?

오른쪽 별장에서 어떤 여자가 나오더니 사뿐사뿐 걸어왔다.

"애인 기다리는 거예요?"

여자가 커다란 눈을 깜박이며 물었다.

"이런 데서 그럼 누굴 기다리겠어요?"

룽쓰샹이 침울한 목소리로 대꾸했다.

"얼마 전에 여기서 어떤 남자가 그쪽을 기다리는 걸 봤어요. 계속 그쪽이 곧 올 거라면서, 잠시도 자리를 비울 수 없다고 하더라고요. 그때 어디 있었어요?"

여자가 심각한 표정으로 룽쓰샹을 응시했다.

룽쓰샹은 대답할 수 없었다. 그런 여자가 싫어 빨리 자리를 뜨고 싶은 마음에 다가오는 택시를 향해 손짓했다.

택시를 타는데 여자가 뒤에서 소리를 질렀다.

"그 남자는 이미 돌아와 있는데, 그쪽은 그냥 가버리면 어떡해요? 정말 황당하네."

룽쓰샹은 온천여관의 벌집방으로 돌아왔다.

얼마나 나가 있었는지 기억은 안 나지만 아무튼 무척 오래된 건 확실했다.

여관 주인이 방문을 두드렸다. 고개를 내밀고 무슨 일이냐고 물었다.

"매꽃 아가씨, 이 바닥에서 일하기로 한 거면 나무에 목매달아 죽을 필요가 없어. 라오융의 인간성은 내가 여러 말 하지 않아도 알 만하잖아. 그 인간이 못 팔 물건이 어디 있겠어? 아버지까지 팔아서 빚 갚은 놈이."

이런 말을 하는 여관 주인의 두 눈이 룽쓰샹을 훑고 지나가며 음흉하게 번뜩였다.

"사장님, 저 지금 막다른 골목에 몰린 상태예요. 어떻게 하면 좋죠?"

룽쓰샹이 눈물이 그렁그렁한 얼굴로 여관 주인을 쳐다봤다.

"그러게. 어떻게 할 거야?"

여관 주인도 걱정스러운 표정이었다.

"보통 우리 직원들이 손님하고 그런 일이 생기면 결말이 별로 좋지 않았어. 내 책임도 있지. 먼저 충고해줬어야 하는데. 근데 혹시 사람 죽일 수 있겠어?"

"그래본 적은 없지만, 어렵지는 않을 거 같아요."

"그럼 잘됐네. 기껏해야 한 번 죽이는 건데 뭐. 자주 있는 일이지."

여관 주인은 룽쓰샹 방에서 멀어져 손님 대기실 쪽으로 걸어갔다. 갈 곳 없는 부랑자처럼 뒷모습이 몹시 쓸쓸해 보였다. 룽쓰샹은 여관 주인이 한 말을 한참 동안 곱씹어봤다. 물론 라오융이 룽쓰샹을 죽이려 한다는 말은 아니었다. 그럼 룽쓰샹이 라오융을 죽여버릴지도 모른다는 암시였을까? 그건 새로울 것도 없는 사안이었다. 룽쓰샹은 '원앙 보금자리'에서 지낸 시절을 떠올리면 꼭 벼랑 끝에 서 있는 것만 같았다. 어쩌다 이 지경까지 온 걸까? 아니면 여관 주인이 별것도 아닌 일을 부풀려 말한 걸까? 라오융이 가끔 화를 내기는 하지만 진주도 라오융은 따뜻한 남자라고 여겼다. 어찌 됐든 라오융의 형이 말해준 어릴 적 일을 라오융과 연결지을 수는 없는 노릇이었다. 사람을 겉만 보고 판단하면 안 되니까. 그렇다면 룽쓰샹은 어떤 사람인 걸까?

날이 밝을 무렵, 룽쓰샹은 이상한 꿈을 꿨다. 칼을 쥔 강도가 아쓰를 쫓아다니는 꿈이었다. 아쓰를 만난 지 꽤 오래된 터라 아쓰가 어쩌다 그런 꼴로 꿈에 나타난 건지 몹시 의아했다. 아름답던 얼굴은 어디로 가버렸는지 표정에서도 품위가 사라져 있었다. 룽쓰샹 앞을 지나쳐 달아나던 순간, 아쓰는 강도에게 붙잡힐 뻔했다. 룽쓰샹이 얼른 뛰어가 강도와 아쓰 사이를 가로막자, 룽쓰샹 가슴에 칼이 꽂혔다. 룽쓰샹은 이제야 홀가분해졌다는 듯 가만히 말했다.

"내가 그런 거야. 내가 날 죽인 거야."

끈적끈적한 피가 철철 흘러나왔다. 강도가 룽쓰샹 앞에서 휘청거렸다. 룽쓰샹의 전남편 샤오우를 닮은 남자였다. 겁먹은 눈초리였다.

그때 누군가 조심스럽게 문을 두드렸다. 룽쓰샹의 손님이었다. 미장일을 하는, 수줍음을 타는 중년 남자였다.

문을 열자 남자가 들어왔다.

"매꽃 아가씨, 무슨 일 있는 줄 알았습니다. 여관 주인이 매꽃 아가씨가 고향으로 내려갔다고 해서."

"여관 주인 말은 믿을 게 못 돼요. 늘 거짓말만 하는 사람이라."

"매꽃 아가씨, 집에 아내가 있는데도 자꾸 아가씨 생각이 나서 달려왔습니다. 도저히 못 참겠어서. 말해보세요, 내가 나쁜 놈인가요?"

"이런 데 오는 사람 중에 괜찮은 사람은 없죠."

"그렇군요."

두 사람은 우울한 기분으로 몸을 섞었다. 남자의 눈빛이 꿈에서 본 강도의 눈빛과 흡사했다. 룽쓰샹의 몸은 만족감을 느꼈다. 룽쓰샹이 물었다.

"이제 자기 자신을 괴롭히지 않을 거죠?"

"내가 망령이 됐으면 좋겠습니다."

룽쓰샹은 남자가 가고 난 뒤에도 한참을 침대에 누워 있었다. 온천탕 쪽에서 나는 소리에 귀를 기울였다. 제법 많은 사람이 물놀이를 하고 있는 듯했다. 남자와 여자의 말소리가 섞여 들려왔다. 가끔 과장된 비명이 들리기도 했다. 겉으로만 활기찬 척하고 있었다.

4장

웨이보의
아내 샤오위안

몇 해 전, 샤오위안은 학교를 떠났다. 행정 업무와 그 밖의 일들을 맡아서 했던 곳이었다. 구체적으로는 외지 출장이 주요 업무였다.

샤오위안은 출장 가던 길에 닥터 류를 알게 되었다. 차오巢현에서 한의원을 운영하던 닥터 류는 약재를 구하러 경성으로 가던 기차에서 샤오위안을 알게 되었다. 두 사람은 각자 아래쪽 침대칸을 차지하고 서로를 마주봤다. 위안은 회중시계를 침대 머리맡에 걸어놓고, 아주 작은 전자시계는 탁자에 놓고, 라디오는 머리맡에 놓았는데, 라디오에서는 전자 타이머가 반짝반짝 빛났다.

말쑥하게 잘생긴 닥터 류는 무표정에 차가워 보이는 인상이었다. 샤오위안은 기차에 타자마자 당연하게도 동년배인 남자의 얼굴을 자세히 쳐다봤다.

끓인 물을 따르다 전자시계를 건드린 닥터 류는 죄송하다고 연신 사과했다. 듣기 좋은 목소리는 아니었다. 샤오위안은 인상을 찌푸렸다.

깊은 밤, 닥터 류는 얼굴을 돌려 침대칸 가림막 쪽을 바라보고 누워 있었지만 샤오위안의 타이머 때문에 안절부절못했다. 맞은편 여자의 몸에서 안 좋은 기운이 느껴졌고, 주변까지 그런 분위기가 감돌았다. 닥터 류 쪽 침대의 이삼층에 자리한 여행객이 앞서거니 뒤서거니 하며 침대를 빠져나갔다. 샤오위안 쪽 침대의 이삼층은 원래 비어 있었다. 지금 이 칸에는 닥터 류와 샤오위안 두 사람밖에 없는 셈이었다. 닥터 류는 아무래도 불편한 마음에 일어나 앉았다. 다른 자리로 바꿔서 잠을 푹 자고 싶었다. 바로 그때, 깊이 잠들어 있던 샤오위안이 몸을 뒤척였다.

"뭐 하려고요?"

샤오위안이 다소 공격적인 말투로 물었다.

"자, 자리를 바꾸려고요……."

닥터 류가 말을 더듬었다.

"벌써 새벽 2시인 거 몰라요? 죽고 싶어서 그래요? 그러다 깡패한테 당한다고요. 촌놈인가……."

샤오위안이 면박을 주며 라디오에 딸린 타이머를 탁탁 쳤다.

"그럼 안 바꾸겠습니다. 이제 누울 거니까 화내지 마세요."

"누가 화를 냈다고 그래요? 세상 물정을 몰라도 너무 모르시네."

샤오위안은 담요를 얼굴까지 끌어 덮고 히죽히죽 웃었다.

닥터 류는 어둠 속에서 샤오위안을 곁눈질로 힐끗 쳐다봤다. 샤오위안은 라디오를 만지작거리고 있었다. 라디오가 이상했다. 라디오에서 정각 알림 시보 멘트가 나왔는데 매번 같은 시간이었다. 오후 열한 시. 큰일이라고, 오늘 밤 잠을 자기는 글렀다고 닥터 류는 생각했다. 초조함을 억누르려고 차오현 인근 산에서 약초 캐는 상상을 했다. 속칭 '청목향'이라 불리는 약초가 아주 좋았다. 제법 기품 있게 생긴 식물로, 속이 꽉 찬 열매였다. 열매가 몹시 귀여웠다. 닥터 류는 그런 열매의 생김새가 좋아 환자 진통제로 자주 사용했다. 청목향은 절벽 밑에 있는 동굴에서 무척 잘 자랐다. 많이 캐기는 아까워서 매번 조금씩만 캤다. 사실 절벽에 오르는 이유는 청목향을 관찰하기 위해서였다. 그처럼 아름다운 야생 식물은 맘껏 자유로운 자태를 뽐낼 수 있도록 안전한 지역에서만 잘 자라는 게 아닐까? 닥터 류는 샤오위안에게서 시선을 거두고 자기 자리 위쪽의 어둠 속으로 시선을 돌렸다. 불안하던 마음이 차츰 평온해졌다. 닥터 류는 기차역으로 출발하기 전에 청목향을 보러 갔다. 오후 내내 절벽을 떠나지 않았다. 굉장히 만족스러운 시간이었다.

"한의사죠?"

샤오위안이 대뜸 말을 건네는 바람에 닥터 류는 화들짝 놀랐다.

"아니 그걸 어떻게 아셨습니까?"

"그쪽이 가지고 있는 도구에서 한약 냄새가 나거든요. 난 한의사가 제일 싫더라. 다 미신이지, 뭐. 한약 먹는다고 죽는 건 아니지만 병이 완전히 낫는 것도 아닌데, 무슨."

"저는 한의학만 다루는 의사가 아닙니다. 서양 의학을 접목해서 한약을 처방하니까요."

"오, 그러면 훨씬 더 약효가 있겠네요. 한약재는 참 신기해요. 섹스를 연상시키거든요."

"한의원에 자주 가십니까?"

"그럼요. 특히 전통 있는 곳들요. 한약을 사러 가는 건 아니고 카운터 쪽에 서서 이것저것 관찰하는 걸 좋아해요. 한약 책을 즐겨 읽다보니 아는 약초가 많아진 덕이죠."

"기차 타러 오기 전에 산에서 오후 내내 시간을 보냈습니다. 차오현 인근 산에 세상에서 가장 좋은 약초가 자란답니다. 아주 오래전부터 거기서 자라는 약초죠. 물론 환자들 치료를 위해 자란 건 아니고요. 그렇다고 정말 환자들을 위해서 자라는 게 아니라는 걸 또 누가 증명할 수 있겠습니까?"

"재미있으시네요. 저도 같은 생각이에요. 모든 것에는 나름대로 은밀한 목적이 있죠. 무언가 살아 있다는 것 자체가 인간에게는 용기를 북돋워주기도 하니까 말이에요."

닥터 류는 대화를 하는 동안은 라디오에서 정각 알림 시보 멘트가 나오지 않았다는 걸 알아차렸다.

"그쪽이 지금 라디오 시보 알림을 조정하고 있는 겁니까?"

닥터 류가 작은 목소리로 물었다.

"제 생각으로 조정하고 있어요."

샤오위안의 대답은 귓속말처럼 들렸다.

수도에 도착한 두 사람은 닥터 류의 여동생 집에 짐을 풀었다. 둘 다 금세 각자 볼 일을 끝냈다. 샤오위안이 차오현에 가보고 싶어해서 나란히 기차를 타고 닥터 류의 집으로 향했다. 닥터 류는 진료소 위층에 살고 있어서 두 사람이 진료소로 간다는 의미이기도 했다.

다음 날 아침, 두 사람은 닥터 류의 집에 도착했다. 벌써부터 대기하고 있는 환자가 많았다.

"그쪽 때문에 긴장되네요. 죽도록 애를 써야 정신이 흐트러지지 않을 정도로요."

닥터 류가 입을 열었다.

그다음 날은 일어나자마자 차오산으로 가 온종일 산을 돌아다녔다. 산에서 내려와 진료소로 돌아갈 즈음, 샤오위안은 두 사람이 다시 만날 수 있는 날은 머나먼 미래일 거라는, 어쩌면 최악의 경우에는 영원히 만나지 못할 거라는 생각이 들었다. 괜히 슬퍼지지 않기 위해 닥터 류와 함께 진료소로 돌아가지 않고 사거리에서 헤어졌다. 곧장 기차역으로 갔다. 무너져가는 작은 기차역으로.

꽤 오랜 시간 닥터 류를 떠올려봐도 전혀 실재감이 들지 않았다. '연애 상대를 만나게 된 사건'이 지난 사흘 동안 정말 일어난 일일까? 샤오위안은 기차표와, 닥터 류가 준 코뿔소 뿔 작은 한 덩어리를 간직하고 있었다. 하지만 그런 것들이 또 뭘 증명할 수 있단 말인가? 산비탈에 앉아 있을 때 닥터 류가 이런 말을 했다.

"이제 알겠습니다. 당신이 바로 시간이라는 걸, 그 누구도 가질 수 없는 시간이요."

샤오위안의 가방 안에 있던 라디오가 대꾸했다.

"현재 시각 오후 열한 시임을 알려드립니다."

두 사람은 서로를 쳐다보자마자 동시에 웃음을 터뜨렸다. 눈물이 날 정도로 박장대소했다. 그러곤 멋쩍은 기분에 고개를 돌려 다른 곳을 바라봤다.

차오현에서 헤어진 뒤로 샤오위안은 닥터 류를 만나지 못했다. 닥터 류는 다른 세계에 속한 사람이라는 걸 서서히 깨달았다. 샤오위안은 그 세계를 어렴풋이 느낄 수 있었다. 우러러볼 만한 세계였지만 어쨌든 샤오위안의 세계는 아니었다. 닥터 류는 차오현에 있는 자기만의 작은 왕국에서 조용히 살고 있었다. 열정을 쏟아부을 만한 일은 언제라도 찾을 수 있었기에 지금까지 그 어떤 불만을 가져본 적이 없다고 말하면서. 독신생활을 하는 것만 봐도 알 수 있었다. 얼굴도 잘생기고 성격도 활발한 편이지만 결혼은 하지 않았다.

샤오위안은 본인이 품격 있는 여자라고 여겼다. 남편 웨이보를 사랑했고 두 사람은 수준도 비슷했다. 닥터 류의 수준은 어느 정도일까? 그 생각만 하면 감정이 소용돌이치는 바람에 제대로 고민해볼 수 없었다. 닥터 류는 '동백 아가씨'와 같은 유형의 사람일지도 몰랐다. 한 명은 열정이 지나치고 다른 한 명은 과도하게 침착하다는 차이가 있을 뿐이었다.

그 뒤로 샤오위안은 출장을 한층 더 좋아하게 되었다. 출장 가는 길의 분위기만으로도 닥터 류와 만났던 장면이 쉽게 되살아났기 때문이다. 특히 비가 세차게 내려 차창을 때리는, 해 질 무렵이 좋았다. 정말 이상한 일이었다. 닥터 류와 함께 기차를 탔던 두 번 모두 맑은 날이었기 때문이다.

샤오위안은 타이머를 자동으로 조정했다. 타이머에서 두 시간마다 여자 목소리가 나와 시간을 알렸다.

"현재 시각 네 시 정각임을 알려드립니다."

샤오위안은 자기 마음의 끝없는 심연이 된 닥터 류를 다시는 만나고 싶지 않았다. 그러나 닥터 류가 잊히지 않았다. 코뿔소 뿔을 간직하고 있지 않다 해도 잊을 수는 없었을 것이다. 누가 마음속 심연을 잊을 수 있단 말인가?

그러다 샤오위안은 또 다른 두 명의 남자를 알게 되었고 그중 한 명과는 육체적인 관계를 유지했다. 그 남자가 좋았지만 함께 기차를 타본 적은 없었다. 그보다는 잠자리를 같이하고 싶었다.

"자기랑 같이 수도에 가보고 싶다. 국립 대극장에서 「라 트라비아타」 공연도 보고 싶고. 휴가가 언제야? 이 동네에만 있다가는 촌놈 되겠어."

샤오위안의 남자친구가 말을 건넸다.

"야마亞麻(남자친구의 어릴 적 애칭), 난 수도에는 못 가. 거기만 가면 우울증이 도지거든."

샤오위안은 이렇게 대꾸하며 가라앉은 기분으로 창밖을 바라봤다.

방금 침대에서는 그렇게 열정적이더니, 야마는 생각했다. 하지만 야마도 샤오위안이 만족을 못 느꼈다는 걸 알았다. 가장 만족시키기 어려운 여자가 아닐까 싶었다. 처음 같이 잘 때 샤오위안이 머리맡에 놓아둔 타이머를 보고 소스라치게 놀란 야마는 아무리 시간이 흘러도 적응이 되지 않았다. 타이머에 어렵사리 적응했을 즈음에는 샤오위안이 동시에 두 공간에서 살고 있다는 걸 알게 되었다. 샤오위안이 투명인간이라도 된 듯 예측하기 힘들 때도 있었다. 야마는 샤오위안의 공간에 들어갈 수 없다는 이유로 슬퍼할 만큼 매우 예민한 남자였다. 샤오위안과 공통점도 있긴 했다. 둘 다 세속적인 즐거움을 중요시했다. 야마의 가장 큰 바람은 국립 대극장의 어둠 속에서 샤오위안과 함께 「라 트라비아타」를 관람하는 거였다. 그런 분위기를 함께해야만 잠자리에서도 만족을 얻을 수 있을 거란 생각에서였다. 야마의 유치한 생각에 대해 샤오위안은 '과하게 솔직'하다며 이런 말을 했다.

"섹스란 건 끝을 알 수 없는 블랙홀이야. 인간은 평생 그 안에 담긴 깊은 뜻을 제대로 이해할 수 없다고."

야마는 샤오위안과 헤어질 때마다 걱정이 이만저만이 아니었다. 인연을 끊어버리면 그만이라는 생각에 몇 번이나 돌아서려 했지만 별 효과가 없었다.

"난 기차를 타면 바로 다른 사람으로 변해."

샤오위안이 정신이 몽롱한 상태로 말했다.

"야마에게도 낯선 사람이 되는 거지. 나도 모르게 그렇게 돼. 자기랑 같이 있으면 날 정확하게 파악할 수 있는 느낌이 너무 좋아."

샤오위안이 한 말이 진짜라는 걸 알았기에, 야마는 내키지는 않았지만 헤어져야겠다는 생각을 접을 수밖에 없었다. 샤오위안처럼 종잡을 수 없는 성격에 끌리는 건 아닐까라고 생각한 적도 있었다. 대체 왜 샤오위안의 본모습을 낱낱이 밝히려드는 걸까? 그건 야마의 능력 밖의 일 아닐까? 이로 인해 야마는 자신이 욕심이 몹시 많은 놈이라는 걸 알았다. 하지만 자기 영혼을 판단할 수 있는 사람이 과연 얼마나 될까?

샤오위안이 얼마 전에 이런 말을 했다.

"자기는 작은 숲 같은 느낌이야. 돌아다니다보면 여기저기 깔려 있는, 털이 수북한 잎사귀들이 내 얼굴을 스쳐 지나가. 내게 꼭 무슨 할 말이 있는 것처럼. 그러면 난 스스로에게 말하지. '이게 바로 행복이로구나' 하고."

"별로 행복해 보이지 않는데?"

야마가 대꾸했다.

정적이 흐르는 깊은 밤, 샤오위안은 코뿔소 뿔을 꺼내 봤다. 딱

보기에도 뭔가 특별할 게 없었다. 닥터 류는 왜 이런 걸 준 걸까? 샤오위안은 눈을 가늘게 뜨고 코뿔소 뿔을 불빛에 비춰봤다. 귓가에는 열대삼림의 소란스러움이, 먼발치에서는 심한 천둥소리가 들려왔다. 손에서 놓자마자 코뿔소 뿔이 침대 밑으로 굴러떨어졌다. 손전등을 켜고 허리를 굽혀 찾아봤더니 코뿔소 뿔에 개미 떼가 바글바글 붙어 있었다.

　순간 마음 깊은 곳에서 무언가가 덜컹거렸다. 두 손이 연신 덜덜 떨렸다. 다시 살펴보니 몹시 작은 생명체들은 이미 흔적을 감춘 뒤였다. 샤오위안은 코뿔소 뿔을 잘 포장했다. 목구멍에서 신음이 터져나왔다. 평소 목소리가 아닌 낯선 짐승의 신음 같았다. 환각에 시달리는 발작은 이내 지나갔다.

　샤오위안은 스스로 되물었다. 닥터 류가 날 괴롭히는 걸까? 이런 일방적이고도 절망적인 생각이 평생 따라다닐 것인가? 또 다른 행복인 셈 쳐야 하는 걸까? 생각이 여기까지 미치자 정신이 번쩍 들었다. 본인이 굉장히 행복하고 매우 강한 사람이란 걸 문득 깨달았다. 우울한 감정이 한순간에 싹 사라졌다. 닥터 류는 자신이 가진 것에 만족할 줄 아는 사람이었다. 샤오위안도 그래야 마땅했다. 모든 게 지나갔지만 모든 게 곁에 남아 있었다. 처음부터 샤오위안이 추구해온 건 알고 보니 이런 이상적인 모습이었다. 대부분의 일은 시간이 지난 뒤에야 제대로 파악할 수 있는 법이다. 짙은 안개 덩어리 같은 미래가 무엇을 감추고 있는지 정확히 알기란 불가능하다. 인간이라면 그저 침착하게 현재를 붙잡고 있는 수밖에 없다.

　한밤중이었다. 댕그랑 댕그랑, 알람 소리가 간헐적으로 들렸다. 하늘에 있는 거대한 타이머가 내는 소리였다. 샤오위안은 제때 시간 정보를 받았다. 운이 아주 좋았다. 이 도시에서 샤오위안 같은 행운아는 분명 많지 않을 터였다.

샤오위안은 밖에 있는 홰나무 아래로 걸어갔다. 주변에 아무도 보이지 않았지만 숙소에서 지내는 비누공장 직원들이 산책하고 있는 건 느껴졌다. 달도 보이지 않는 고요한 밤은 열정으로 가득 차 있었다.

남편 웨이보가 웬일로 나무 밑에 돌로 된 테이블에 앉아 있었다.

"어머, 당신이구나. 방금 전에는 왜 못 봤지?"

샤오위안이 화들짝 놀라 소리를 질렀다.

"계속 여기 앉아 있었는데. 이런 밤에는 그냥 잠들기가 아쉬워서."

"그렇긴 해."

샤오위안은 진심으로 맞장구를 쳤다.

"출장 다니다보면 오늘 같은 밤을 맞을 때가 있어. 그래도 비누공장 숙소가 가장 아름답다. 마음만 먹으면 지인의 목소리를 들을 수 있을 것 같으니까. 늘 이 주위를 거니는 사람들이잖아. 어떤 때는 그 사람들이 내는 작은 신음까지 들리기도 하고."

"조그만 탁상시계, 새로 나온 걸로 사왔어. 일력 기능도 있는 거야."

"우와, 생각 잘했네, 웨이보."

"작고 가벼운 데다 떨어져도 잘 안 망가진대."

두 사람은 탁상시계를 구경하러 집으로 들어갔다.

포장을 풀자마자 댕그랑 댕그랑 소리가 났다. 귀를 자극하지 않는 부드러운 소리였다. 방금 전 하늘에서 들려온 소리와 완전히 똑같다니, 샤오위안은 의아했다. 설마 누군가 샤오위안을 못 잊어서 시간도 샤오위안을 그리워하는 걸까?

두 사람은 탁상시계를 살펴보노라니 마음이 들썩거렸다.

"오늘은 새해 첫날이야."

"정말이네."

두 사람은 각자 방으로 돌아갔다.

창밖에서는 비누공장 직원들이 대화를 나누고 있었다. 샤오위안은 어둠 속에서 예전에 들어본 적 있는 듯한 목소리에 귀를 기울였다.

"그 여자다. 그 여자라고……."

"'동백 아가씨' 말이야. 대극장 입구에 있는 돌기둥이 됐어."

"다시 한 바퀴 돌아보자. 다른 데서도 한번 살펴보자고."

"흥분돼서 숨을 못 쉬겠어. 여기저기 사람이 너무 많아서……."

샤오위안은 얼굴을 베개에 묻고 살짝 웃었다. 꽤 많은 사람이 주위를 오락가락했다. 이런 느낌이 정말 좋았다. 아마도 그 사람들 속에 있을 터였다. 아니면 야마가 어디 있을 수 있겠는가? 잠시 눈을 붙이고 싶었지만 떠들썩한 밤에는 그러기가 쉽지 않았다. 유리창조차 들썩거리는 소리를 내고 있지 않은가?

다음 날 정오, 샤오위안은 동북 지역으로 가는 기차 안에 있었다. 이번에는 맹인이 맞은편 침대를 차지했는데, 남자는 본인을 '귀뚜라미'로 부르라고 했다.

"타이머를 몇 개씩이나 가지고 다닌다는 얘기를 들었소. 난 타이머보다 더 정확한 시간을 알려줄 수 있지. 들어보시오. 귀뚤, 귀뚤……."

맹인은 샤오위안이 박장대소할 정도로 귀뚜라미 소리를 똑같이 흉내 냈다.

"우리 집 부뚜막에 있는 늙은 귀뚜라미를 따라한 거요. 시간이 흐르면서 내가 타이머로 변신한 거지. 그 안에 즐거움이 숨어 있소."

맹인은 갸름한 손으로 줄곧 가슴께를 만졌는데 불안한 기색이 역력했다.

"도와드릴까요?"

샤오위안이 참다못해 물었다.

맹인은 대답이 없었다. 울적한 북소리가 들렸다. 작은 북소리였다.

"내 심장 뛰는 소리요. 늘 다른 사람한테도 들려주고 싶었는데 이제야 성공했구면. 그쪽이 들었다는 거 안다오. 몹시 기쁘구려."

맹인의 표정은 전혀 기뻐 보이지 않았다. 우울하게 무언가를 기다리는 것 같았다.

"지금은 2시 10분 20초일세."

맹인이 말했다.

"맞아요. 그 여자가 오네요."

샤오위안이 대꾸했다.

"누가 온다는 거요?"

"그쪽하고 약속한 물건이요."

"그렇지, 왔구면."

맹인이 웃었다.

"이 타이머 어떤 거 같소?"

"고생 많았어요. 귀뚜라미 오빠. 부뚜막에 계셨다죠? 나 같으면 잡목숲의 은둔자나 방랑자가 되고 싶었을 텐데."

하늘이 어둑해지자 기관차가 뿌우우우 소리를 냈다. 두 사람은 벌써 선양沈阳을 지나쳐갔다.

샤오위안은 잘 준비를 마쳤는데도 '귀뚜라미'는 여전히 꼼짝 않고 앉아 있었다. 침대 위칸에 있던 청년이 고개를 내밀고 내려다보더니 거드름을 피우며 목청을 가다듬었다. 샤오위안과 맹인의 대화에 관심이 있는 게 분명했다. 샤오위안은 불편한 감정이 들었다. '귀뚜라미'는 아랑곳하지 않고 당당하게 앉아 있는 걸 보니 자책감도 들었다.

가만히 자리에 누워 허공에 대고 중얼거렸다.

"여행이 좋아요. 한 군데만 고집하는 게 여행이니까. 고향에서도 한곳을 정해 머물면 오히려 떠돌이가 된 느낌이 들죠."

"샤오위안, 샤오위안, 생각이 탁 트인 사람이구먼."

'귀뚜라미'가 진심으로 감탄했다.

샤오위안은 서서히 잠에 빠져들었다. 정신이 몽롱한 가운데 쏴아아 빗소리를 따라 울리는 작은 북소리가 균일하게 들렸다. 무척 상쾌한 기분이었다. 잠시 뒤 비명이 들렸다.

'귀뚜라미'의 침대 위칸 승객이 바닥으로 떨어져 죽자 승무원이 지른 비명이었다. 꼼짝도 하지 않고 자리에 앉아 있던 맹인이 입을 열었다.

"저이가 힘들다고 도와달라고 했는데 그러질 못했어. 샤오위안, 실컷 울고 싶구려."

역무원과 의사가 오더니 시신을 둘러메고 가버렸다. 공기 중에는 부패한 시신에서 나는 달콤한 냄새가 진동했다.

샤오위안은 도로 자리에 누웠다. 작은 북소리를 쫓아가고 싶었지만 더 이상 들리지 않았다.

"우리 고향에 동백 아가씨라고 있는데, 그 여자 공연은 지금도 미스터리한 일이에요. 제가 가장 좋아하는 공연이죠. 앉아서 공연을 보고 있으면 어느샌가 정신이 나가 있을 정도라니까요. 공연이 끝나면 일주일 내내 노랫소리가 머릿속을 맴돌아요. 지나간 일이나 현대인의 감정이 아닌, 생각조차 못 했던 삶을 노래하는 여자죠."

샤오위안은 맹인에게, 또 스스로에게 말했다.

"우리가 지금 기차에서 겪고 있는 삶 같은 거를 말하는 거군, 그렇지 않은가?"

맹인이 되물었다.

기차칸이 어두워졌다. 샤오위안은 얼굴은 보이지 않지만 '귀뚜라미'가 미소 짓고 있다는 건 느낄 수 있었다. 따스한 느낌이 감돌았다. 몹시 이상한 밤이었다. 내일 아침이면 두 사람 다 각자의 길을 가게 될 터였다. 어떤 이들은, 오래 사귀지 않아도 금세 상대방 마음속에 자리하기도 한다. 낯선 이와의 만남을 좋아하는 샤오위안은 그런 상황을 이상하게 생각해본 적이 없었다.

"늘 무언가를 기다리시는 거예요?"

샤오위안이 물었다.

"아니라오. 난 모험을 즐긴다오. 나 같은 사람은 늘 다양한 색으로 둘러싸여 있지. 물론 그 색을 눈으로 본 적은 없네, 상상 속에만 존재할 뿐이니까. 손 좀 줘보겠나?"

"여기요."

손을 통해 작은 북소리가 느껴졌다.

"자네를 그냥 놔주기가 아쉽구려."

40분 뒤면 기차가 역에 도착할 터였다. 맹인은 화장실에 다녀오 겠다고 하더니 그길로 사라져버렸다.

샤오위안은 맹인에게 짐이 없었다는 걸 그제야 알았다.

도착한 도시는 비가 내려 어슴푸레한 길거리가 젖어 있었다. 물 기로 축축해진 음식점은 손님들로 붐볐다. 샤오위안은 예약해둔 여관을 금방 찾았다.

"출장 오신 게죠?"

샤오위안을 맞이한 노인이 물었다.

"사람을 찾으러 왔어요."

샤오위안이 대답했다.

"아하, 여행하기 딱 좋은 이유구먼."

샤오위안은 방으로 들어가 테이블 앞에 앉았다. 커다란 방에 창 문이 있으니 기분이 한결 밝아졌다. 웨이보가 사준 탁상시계를 테 이블 위에 올려놓았다. 시계를 쥐었던 손이 연신 바들바들 떨렸다. 손으로 귀를 막자 북소리가 들렸다. 북소리가 온 방 안에 울려 퍼 졌다. 어떻게 된 일일까? 우선 자리에서 일어나 마음을 진정시켰 다. 그때 서두르지 않고 여유 있게 문을 두드리는 소리가 났다.

"누구 찾아오셨어요?"

샤오위안이 고개를 내밀고 물었다.

"우리 형을 찾아왔습니다."

청년이 고개를 숙인 채 대답했다.

"실종된 지 닷새째인데 뭐 아시는 거라도 있습니까? 실례지만 87호 기차 타고 오신 거 알고 있습니다. 제가 쫓아왔거든요. 우리 형은 맹인이어서 밖에 돌아다니는 일이 녹록지 않습니다. 여기저기 찾아 헤매다보니 머리가 어지럽네요. 괜히 폐 끼치는 건 아닌지 모르겠습니다."

"들어오셔서 천천히 말씀하세요."

"아닙니다. 아시는 것 없으면 이만 가보겠습니다."

"형제분이 가족과 함께 사시는 건가요?"

"형은 집에서 나와 혼자 지낸 지 꽤 됐습니다. 그리 먼 데 사는 건 아니어서 자주 만나곤 했지요. 그런 형이 고향을 훌쩍 떠나버릴 줄 누가 알았겠습니까? 짐도 하나 안 가져가고. 다른 사람 집에서 지내는 걸 누가 봤다고 합니다. 외곽에 있는 작은 마을에서. 대체 어떻게 된 일일까요?"

"걱정 마세요. 사람들이 그쪽 형님을 좋아하는 거 같아요. 대단한 사람이더라고요. 나도 그분을 사랑하게 됐거든요. 그래요, 사랑이요."

"정말입니까? 아, 제 고통을 덜어주시는군요. 사랑합니다. 악수 한번 해주세요."

젊은이는 샤오위안의 손을 꽉 쥐었다. 형만큼 힘이 센 손이었지만 작은 북의 울림은 전해지지 않았다. 샤오위안은 젊은이가 떠나는 길을 배웅하고 돌아오니 마음이 아리고 저려왔다.

샤오위안은 이리저리 뛰어다니며 몇 군데를 찾아가봤다. '귀뚜라미'를 만날 수 있을까, 돌아다닐 때마다 스스로 되물었다. 이틀간은 몽유병자처럼 돌아다녔다.

돌아오는 기차에서는 결국 망연자실했다. 꼼짝도 않고 누워 있으니 사고 회로가 거대한 얼음에 둘러싸여 얼어붙은 것 같았다. 한밤중에 웬 남자 목소리가 라디오에서 흘러나왔다.

"현재 시각 2시 10분 25초임을 알려드립니다."

샤오위안이 남편 웨이보에게 말했다.

"한밤중에 집에 갈 때 그 느낌이 좋아. 택시 타고 밖을 내다보면 길가에는 안개가 자욱하게 끼어 있고, 가로등은 하염없이 깜박이고 있잖아. 그러면 스스로한테 되물어. '방금 기차에서 내린 건가? 우리 동네 길이 맞나?' 하고. 택시 기사는 대부분 외지인이어서 낯선 느낌이 들거든. 그러다 문득 익숙한 분위기에 젖어드는 거야."

웨이보는 웃으면서 고개를 끄덕였다. 샤오위안은 매우 똑똑한 여자라는 생각이 들었다. 안타까운 일이었다. 어째서 샤오위안을 더 이상 사랑하지 않는 걸까? 샤오위안조차 자기 자신을 사랑하지 않았다. 샤오위안이 말한 느낌은 웨이보도 경험한 적이 있다. 그게 바로 '집'의 의미 아닐까? 두 사람은 기질이 비슷했다. 이 세상의 장점이란 장점은 모두 가지려고 노력하는 그런 종류의 사람들이었다. 웨이보는 한숨을 내쉬며 생각했다. 자신과 샤오위안 같은 사람은 어떤 말로를 맞이하게 될지를. 이런저런 생각을 하다보니 샤오위안이 그새 짐을 다 싸고 여행 갈 준비를 마쳤다는 것도 모르고 있었다.

"가려고? 바래다줄게."

"아니야, 됐어. 바래다주는 게 제일 겁나, 영원히 헤어지는 것 같잖아. 곧 돌아올게."

이번에는 남쪽 지방으로 가는 비행기를 탔다.

흰 수염이 난 노인이 옆자리에 앉았다. 제법 아름다운 수염이었다.

흰 수염 노인은 마사지 관련 의학 서적을 읽고 있었는데 인체의 혈자리가 가득 그려져 있는 책이었다.

샤오위안도 약초에 관한 책을 꺼냈다. 두 사람은 각자 자기 책에 빠져들었다. 두 시간이 예정된 비행이었다.

이륙하고 한 시간 뒤, 노인은 몸에 지니고 있던 작은 가방에서 침을 꺼내 손가락 혈 위에 꽂았다. 침을 꽂은 채 만족스러운 표정으로 입을 열었다.

"몹시 아름답군."

"맞아요. 사람 몸은 정말 아름다워요."

샤오위안이 맞장구를 쳤다.

"나랑 같은 일을 하는 분 같네만?"

노인이 되물었다.

"아니에요. 그저 식물을 좋아할 뿐이죠. 약초는 매우 신비로워요. 지구에 인류가 존재하기 전에도 병을 치료할 수 있는 약초가 있었나요? 이를테면 공룡의 병을 낫게 한다든지요."

"나도 종종 그런 생각을 한다오. 난 마사지사여서 몸의 혈에 관심이 많소. 동물이라면 다 혈이 있기는 하지만 하나의 작은 세계라 할 만한 건 사람 혈자리밖에 없네. 젊을 때는 다소 염세적인 경향이 있었는데 이 일을 하면서부터는 내 인생을 뜨겁게 사랑하게 됐지. 여기 꽂은 침을 보시오. 내 신경과 어떤 감응을 일으킬지 짐작이나 가시오?"

노인은 침을 뽑고는 길게 한숨을 내쉬었다. 극락세계에 도달한 듯한 표정이었다. 샤오위안은 내심 부러웠다.

"우리 몸에는 에너지가 넘친다오."

이렇게 말하는 노인의 얼굴에 순간적으로 맥이 빠졌다. 마음속으로 '그런 에너지를 활성화시킬 수 있는 사람은 어디에도 없지'라고 중얼거리는 듯했다.

"차오현에 사는 닥터 류 아시죠?"

노인에게 이렇게 묻는 순간 샤오위안의 눈썹이 치켜올라갔다. 아무렇지 않은 척하려고 안간힘을 쓰는 모습이었다.

"그럼, 아다마다. 우리 민간 의학회 사람이니까. 그 사람 세계관에는 동의하지 않네. 자기밖에 모르는 사람이거든. 자네에게는 꽤나 매력적이었겠지?"

"네."

"매력적이지만 냉혹한 사람이기도 해. 아니면 어떻게 그토록 자기밖에 모를 수 있겠나?"

"옳은 말씀이에요."

"오래전에 어떤 환자가 닥터 류 때문에 죽었다는 소문이 파다했네. 젊은 여자 환자였지. 그래도 입소문 덕에 다른 동네에서도 병을 고치러 오곤 했다더군."

"닥터 류는 환자의 병을 고칠 순 있어도 여자의 고민을 해결해줄 수는 없어서였겠죠."

"그래, 어쩔 수 없었을 게야. 난 늘 그 의사 양반을 제대로 연구해보고 싶었지. 굉장히 에너지가 넘치는 사람이거든."

비행기에서 내린 샤오위안과 흰 수염 노인은 잰걸음으로 길을 걷다가 비좁은 골목에 있는 조그만 술집으로 들어갔다. 두 사람은 잔뜩 취할 때까지 술을 마셨다.

"닥터 류한테 가서 오늘 얘기하실 거죠? 제가 정말 창피할 텐데. 그럼 이 면상이 얼마나 역겨운지 알려주기나 하세요!"

샤오위안이 고래고래 소리를 질렀다.

"그런다고 달라질 게 없지. 왜 닥터 류가 그런 생각을 하게 만들려고 하나? 술은 인생에서 가장 큰 즐거움이야, 사람의 에너지를 활성화할 수 있으니까. 건배! 이토록 복잡한 감정을 선사해준 사람에게 감사하며."

"건배!"

샤오위안은 건배를 외치고 나서 울기 시작했다.

그날 술집에서 있었던 일은 기억이 잘 나지 않았다. 침이 가득 꽂혀 있던 노인의 얼굴만 머릿속에 남아 있었다. 개중 가장 긴 침이 뒤통수로 삐져나와 있어 소스라치게 놀란 장면이었다. 노인은 설교를 듣는 것 같은 모양새였다. 한 친구가 노인 면전에 대고 재차 따져 물었다.

"왜 사서 고생하세요? 왜 사서 고생을 하시냐고요, 네?"

그러다 샤오위안이 밖으로 쫓겨났다. 누군가 샤오위안에게 작은 의자를 내주었다. 샤오위안은 길가에 앉아 흐느꼈다. 계속 울다가 술이 깼다. 주위를 돌아보니 아직 그 골목이었는데 술집은 보이지 않았다. 흰 수염 노인이 비행기에서 했던 말을 떠올리고는 자신이 방금 한 행동에 흠칫 놀랐다. '이게 바로 몸속 에너지라는 걸까?'라는 생각을 했다.

얼마나 걸었을까. 어둑한 골목을 빠져나와 큰길가로 들어섰다.

이윽고 예약해둔 여관을 찾았다. 잿빛 베란다가 있는 5층짜리 작은 건물이었다.

검은 옷을 입은 종업원이 삼층에 있는 방까지 데려다주었다.

한밤중에 느닷없이 맹인의 시보 소리가 들려왔다. 유난히 맑은 목소리였다. 내면의 소란이 잦아들었다. 라디오를 귓가에 댔다. 아나운서가 하고많은 뉴스거리 중 하필이면 차오현에 관한 소식을 전했다. 차오현 지역의 양잠업에 대한 방문 취재 보도였다. 샤오위안은 양잠업에 종사하는 여자들의 부드러운 설명에 귀를 기울이다가 스르륵 잠에 빠져들었다. 깊은 잠에서 깨어나자 침대에서 나와 불을 켜고, 벽지를 발라놓은 맞은편 벽 속으로 걸어들어갔다. 거기 선 채로 또 잠이 들었다.

다음 날은 여관에서 밥을 먹고, 일자리를 알아보러 버스를 타고 중학교로 갔다. 샤오위안은 버스 안에서 생각에 집중하지 못하고 있는 자신을 발견했다. 누군가 어두운 곳에서 자신을 습격할 것 같다는 느낌이 들었다. 누굴까?

담장도 없이 빈민가에 흩어져 있는 학교는 초라했다. 샤오위안은 교구를 사러 학교에서 운영하는 공장으로 갔다. 공장은 고층 건물 지하에 있었다.

공장장 사무실에는 불이 켜져 있었다. 테이블 앞에 앉은 샤오위안은 부들부들 떨었다. 공장장은 눈과 코가 모두 말처럼 생긴 말상이었다.

"비행기 타고 오셨습니까?"

공장장은 말을 닮은 두 눈으로 멀거니 전등을 쳐다보며 물었다.

"네. 어제 도착했어요."

"'침놓는 노인'과 같은 비행기로 오셨겠군요."

공장장이 손뼉을 쳤다.

"네, 같이 앉아서 왔어요. 어떻게 아셨어요?"

순간 샤오위안의 몸에서 뜨거운 열이 나더니 떨림이 이내 멈췄다.

"어제 왔다고 하지 않았습니까? 그분은, 늘 하늘에서 왔다갔다하니까요. 땅에 발을 거의 안 딛는 분이죠. 어떤 사람 같았습니까?"

"제 생각에…… 제 생각에는 믿을 만한 사람 같았어요."

"그렇긴 하죠. 그분 아니었으면 학교에서 운영하는 이 공장도 진작에 망했을 겁니다. 폭삭 망하지 않도록 제게 가르침을 주신 분이죠."

공장장이 샘플을 보여주고 두 사람은 계약서에 서명을 했다.

공장장이 밥을 사겠다고 했다. 공장장을 따라 계단을 올라간 샤오위안은 바깥으로 나오자마자 바닥에 쓰러졌다. 다행히 가방에 돈이 없네, 쓰러지면서 생각했다.

정신이 들었을 때는 이미 정오였다. 이상하게도 가방이 옆에 그대로 있었고 사라진 물건도 없었다. 머리만 터질 듯이 아팠다. 겨우 몸을 일으켜 절뚝거리며 밥집으로 걸어갔다. 머리 위로는 햇볕이 내리쬐고 큰길가에는 먼지가 날리고 있었다.

"오셨네요, 오셨어."

종업원이 샤오위안을 안으로 안내하며 말했다.

밥집 안은 어두웠다. 말상을 한 공장장이 어둠 속에 앉아 있었다.

"화장실 다녀오신다더니 꽤 오래 걸렸군요. 여긴 각양각색의 사회단체가 있는 곳이라 걱정돼서 그러는 겁니다. '침놓는 노인'과 함께 살면 괜찮을 텐데. 그분과는 왜 헤어진 겁니까?"

공장장이 물었다.

"사, 사실은…… 헤어지기 싫었어요. 근데 제, 제가 술에 취해서 그만."

"이제 알겠네요. 그쪽은 의지력이 좀 부족한 것 같습니다."

공장장은 테이블 가득 요리를 시키더니 정신없이 먹기 시작했다.

다행히 샤오위안도 요리가 입에 잘 맞고 맛있게 먹었다. 하지만 마음속 걱정은 사라지질 않았다. 공장장을 뚫어져라 쳐다보며 자신에게 무언가 털어놔주길 바랐다. 공장장은 술과 고기에만 정신이 팔려 있었다. 앞에 앉아 있는 샤오위안은 모르는 사람이라는 듯 공장장의 눈빛은 산만했다.

"샤오위안, 샤오위안, 저를 사랑하게 된 건 아니겠죠?"

공장장이 느닷없이 물었다.

"그럴 리가요, 아니에요. 샤오 공장장님은 농담도 참 잘하시네요."

뜻밖에도 샤오위안의 얼굴이 빨개졌다.

기분이 언짢아진 샤오위안은 생각했다.

'대체 어찌 된 일일까?'

"그럼 됐습니다, 됐어요. 언짢아하지 마십시오. 단체 내에서는 자주 있는 일이어서 여쭤봤습니다. '침놓는 노인'이라든가 닥터 류라든가, 모두 같은 단체 회원이거든요. 회원이 전 세계에 널리 퍼져 있는 단체이지요. 우리 회원들은 전부 묘한 매력이 있다고들 하던데 대체 어떻게 된 일인지는 저도 잘 모르겠어요. 사실 저 같은 사람이야말로 미안해할 일이 가장 많이 일어납니다. 그쪽이 저를 사랑한다 해도 저는 그 사실을 전혀 모를 테니까요. 그러다 나중에라도 알게 되면 괴로워지는 거죠."

"닥터 류와도 잘 아는 사이인가요?"

"아, 몇십 년 된 친한 친구입니다. 그쪽이 닥터 류와 바람이 났다고 하던데."

이렇게 말하는 순간 공장장의 말상 얼굴이 부드러워졌다. 기다란 눈은 눈물이 그렁거리는 것처럼 보였다. 샤오위안은 끝내 공장장의 시선을 붙잡지 못했다. 공장장은 샤오위안에게 전혀 관심이 없었다. 이 사람은 도대체 나를 어떻게 생각하는 걸까, 샤오위안은 궁금했다.

"예전에 '침놓는 노인'과 닥터 류와 함께 산에 약초를 캐러 간 적이 있습니다. 산꼭대기에 눈이 쌓여 있을 정도로 웅장한 산이었지요. 그날 닥터 류 혼자 훌쩍 날아서 절벽을 건너갔습니다. 저랑 '침놓는 노인'은 주눅이 든 채 돌아올 수밖에 없었고요. 정말 체면이 말이 아니었습니다."

"날아서 절벽을 건너갔다고요?"

"아, 비유일 뿐입니다. 그 뒤로는 닥터 류를 만나지 못했습니다. 하지만 같은 단체 회원이고 닥터 류가 또 워낙 재주가 뛰어난 터라 소식은 자주 들을 수 있었어요. 닥터 류가 어떤 여자랑 가깝게 지낸다는 얘기를 듣기도 했는데 결국은 혼자라더군요."

공장장이 말을 하는 와중에 어떤 사람이 정문 옆에서 샤오위안에게 손짓을 했다. 급한 용건이 있는 듯했다. 샤오위안은 죄송하다고 말하고는 곧장 정문 쪽으로 뛰어갔다.

차양 모자를 쓰고 샤오위안을 찾아온 남자는 알고 보니 샤오위안이 일했던 학교 교장이었다.

"샤오위안, 여기 뭐하러 왔는지 잊었나?"

교장이 짐짓 엄한 말투로 물었다.

"사인하러 왔죠. 저분이 바로……."

"쉿, 저쪽 쳐다보지 말게나. 위험 인물이거든. 자네 한번 쓰러진 적 있지 않나? 여기 비행기 티켓이네, 15시 20분 비행기. 얼른 가서 비행기를 타게나."

교장이 다짜고짜 샤오위안을 길가로 밀어냈다.

정신이 몽롱한 상태로 여관에 돌아온 샤오위안은 짐을 챙겨 비행기를 타러 갔다. 어째서인지 억울한 느낌에 울고 싶어졌다.

잠시 뒤, 샤오위안은 가라앉고 있는 흰 구름을 바라보며 비행기 창가 자리에 쓸쓸하게 앉아 있었다. 지난 며칠 동안 있었던 일을 떠올려보다가 문득 깨달았다. 단체 회원들과 함께 있다가 마주한 것들이 바로 자기가 진심으로 일어났으면 하고 바라던 일이라는 걸. 타이머가 가방 속에서 시보를 울렸을 때 샤오위안은 몇천 미터 상공에 있었다. 아, 그 남자였구나. 라디오로 시보 멘트를 한 남자였어. 그런데 어떻게 그럴 수가 있을까? 샤오위안은 삶의 의미를 되찾았다. 자리에 앉아 눈을 감은 채 비행기에서 내리는 장면을 미리 그려봤다.

비행기 착륙 시간은 오후 4시 반이 틀림없는데 왜 사방이 벌써 캄캄한 걸까? 공항 불빛에 손목시계를 비춰보니 어느새 밤 12시 30분이었다. 엉망진창인 하루였다. 택시 기사는 낯익은 얼굴이었다.

택시가 고속도로를 달렸다.

"제 차만 벌써 몇 번째시네요."

택시 기사가 말했다.

"아마 그럴 거예요. 밤에 차 타고 다니는 게 재미있어서요. 온 세상이 잠들어 있을 텐데 우리만 길 위를 쌩쌩 달리고 있잖아요. 사자가 불쑥 머리를 들이밀어서 깜짝 놀라기도 하고 말이에요."

말을 마친 샤오위안은 한숨을 내쉬더니 고개를 숙인 채 히죽히죽 웃었다.

"저는 말이죠. 사모님 같은 분이 행복한 사람이라고 생각합니다. 인맥도 넓으시고. 아프리카나 남아메리카까지 활용해서 아이디어를 떠올리시기도 하고요. 제 말 맞죠?"

"정말 그렇긴 해요. 근데 저, 저는 행복한지 잘 모르겠어요."

"분명히 아실 겁니다. '행복'이라는 단어를 쓰지 않을 뿐이지. 어떻게 모를 수가 있겠습니까? 보세요. 밤이 깊었는데도 큰길가를 쌩쌩 달리면서 사자를 찾고 계시잖아요. 1분 1초도 허투루 쓰지 않고 인생을 즐기시고 있는 거라고요."

택시 기사가 고개를 뒤로 젖히고 하하 크게 웃었다. 샤오위안은 괜스레 멋쩍어졌다.

"'동백 아가씨'가 기사님 차를 탄 적이 있나요?"

샤오위안은 화제를 바꾸고 싶어서 물었다.

"물론이죠. 제가 여러 번 모셔다드렸습니다. 그분도 한밤중에 자주 놀러 나가시더라고요. 사모님은 그분에 비하면 새 발의 피예요. 그분은 여기서 노래까지 목청껏 부르셨다니까요. 다행히 이 차가 사자를 치지는 않았습니다. 야생 오리들만 차에 깔렸지요. 한밤중에 어쩜 그렇게 많은 오리가 고속도로에 있었던 건지는 잘 모르겠습니다만."

"동백 아가씨의 노랫소리는 참 아름다워요."

"저는 들어도 잘 모르겠던데요. 그래도 동백 아가씨가 노래를 계속 하면 좋겠습니다."

"맞아요, 그럼 좋겠네요. 근데 잠시만요, 지금 어디로 가는 거죠?"

"잘 모르겠습니다. 직접 판단해보시고 어디로 가야 하는지 말씀해주세요."

"미치겠네, 제가 길눈이 어두워서요……. 저기요, 기사님. 여기지금 우리 동네인가요? 언제 고속도로를 빠져나온 거죠?"

샤오위안의 이마 위로 땀이 맺혔다. 샤오위안은 눈을 둥그렇게 뜨고 뒷좌석 창문 쪽으로 시선을 돌렸다. 육차선 도로여서 앞뒤로 차들이 적지 않았다. 다들 빠른 속도로 달리고 있었다. 샤오위안이 갑자기 까르르 웃었다. 차 뒤쪽을 올려다보니 순간 긴장이 풀린 것이었다.

"이제 알겠네. 당신은 인생을 즐기고 있는 거군요."

샤오위안이 뇌까렸다.

가방 안에 있던 타이머에서 또 시보가 울렸다. 몹시 아름다웠다. 샤오위안은 한밤중의 상쾌한 공기를 한껏 들이마셨다. 시보 소리를 한 번 더 듣고 싶었지만 타이머는 침묵을 지켰다.

"사모님, 왜 사모님 동네가 아니라고 의심하시는 거죠? 저는 전혀 헷갈리지 않는데요. 방금 전방에 있던 오리 떼를 흐트러뜨렸습니다. 이런 밤에는 별일이 다 일어나죠. 보세요. 벌써 집에 도착했습니다."

집에 들어온 샤오위안은 거실에 잠깐 앉아 있다가 문득 정신이 들어 웨이보에게 물었다.

"지금 몇 시야?"

"6시 20분. 난 방금 밥 먹었어. 무슨 일 있어? 당신 타이머는?"

"아, 가방에 있어. 그냥 습관적으로 물어본 거야. 밤중에 돌아다니는 게 좋긴 한데 그럼 당신한테 방해가 되잖아."

"아니야, 전혀. 그 정도로까지 예의를 갖출 필요는 없어. 한밤중 꿈속에서 가까운 사람의 발걸음 소리를 듣는 건 아름다운 일이니까."

"웨이보, 사랑해."

"나도, 샤오위안."

샤오위안은 가방에서 타이머 라디오를 꺼내 테이블에 올려놓았다. 인생은 왜 이토록 긴장의 연속인 걸까 싶은 생각이 들었다. 행복의 기준이 인생의 밀도라면, 샤오위안은 행복한 사람일 거라는 택시 기사의 말이 맞았다. 샤오위안에게는 웨이보와 두 아들까지 있었다. 닥터 류에게는 약초가 자라는 커다란 산이 있고 알아서 찾아오는 환자들도 있었다. 닥터 류와 샤오위안은 우연히 부딪쳤다가 일순간에 떨어져나간, 두 차선을 각자 달리고 있던 자동차나 마찬가지였다. 하지만 이 역시 행복이었다. 샤오위안은 주파수를 조정하다가 라디오에서 흘러나오는 노래를 들었다. 어떤 노가수가 부르는 산타령이었다. 노랫소리는 멀리서 들리는 듯했고 호탕한 느낌이 전해졌다. 라디오를 뺨에 댔더니 피로가 말끔히 사라졌다.

그날 밤, 샤오위안은 늦게 잠자리에 들었다. 여행 도중에 있었던 일로 흥분이 가시질 않아서였다. 불을 끄자 머리맡에 서 있는 희미한 사람의 형체가 보였다. 그림자가 샤오위안을 향해 몸을 구부렸다. 목소리는 들리지 않았지만 어째서인지 그 사람이 암시하는 듯한 말이 샤오위안의 머릿속에서 되풀이되었다.

"없는 게 없구먼, 없는 게 없어……."

"웨이보, 웨이보!"

샤오위안이 소리를 지르듯 웨이보를 불렀다.

"샤오위안, 무슨 일이야?"

옆에 있던 웨이보가 잠도 덜 깬 상태로 비몽사몽 간에 물었다.

"요즘 묏자리 알아보러 간 적 있어?"

"아니. 그러기에는 아직 이르지 않아? 우린 젊은데, 뭘."

이불을 어깨까지 끌어올린 샤오위안은 자신이 행복한 사람이라는 걸 다시금 깨달았다. 어둠 속에서 불현듯 「라 트라비아타」 공연을 떠올렸다. 동백 아가씨와 무언가 통했다는 느낌이 들었다. 사랑의 텔레파시와도 같았다. 동성을 사랑하게 된 건 아닐까? 아무리 생각해봐도 확실한 결론은 나지 않았다.

창밖은 또 달이 뜨지 않은, 열정으로 가득 찬 밤이 되어 있었다. 비누 공장 사람들이 참다못해 잡목숲을 밀어젖히고 소곤거리는 소리가 여기저기서 들렸다.

5장

골동품점의
감정사

골동품점의 미스터 유는 올해 쉰넷이었다. 지인이나 친구들 눈에는 여전히 청년처럼 보였다. 윤기 나는 피부에 주름 하나 없는 얼굴, 우수에 찬 눈빛 덕이었다.

한때는 여자들에게 꽤나 인기 있는 미소년이었다. 학교 다닐 때는 선생의 총애를 받기도 했다. 개인적인 삶이 순탄한 건 아니었지만 그렇다고 생사를 넘나드는 고비를 겪은 적도 없었다. 미스터 유의 성격은 사람들의 관심과는 별개로 조용히 자리를 잡아갔다. 마을의 거의 모든 골동품이 미스터 유의 감정을 거쳤다. 이제는 믿을 만한 골동품 감정사로 인정받고 있었다.

처음 보는 사람이라면 미스터 유 얼굴에서 세월의 흔적을 전혀 찾아볼 수 없었다. 실제로 삼십대 초반으로 보이는 얼굴이었다. 가까운 사이여야 원래 나이를 겨우 읽어낼 수 있었다. 이를테면 추이란이 얼마 전에 미스터 유의 실제 나이를 직접 목도한 것처럼 말이다.

추이란은 어느 날 미스터 유와 우연히 마주쳤다. 웨이보의 일로 마음이 뒤숭숭해 정처없이 길을 거닐다 골동품점으로 발길이 닿은 날이었다. 골동품점은 계혈석鷄血石과 명인의 서화, 도자기 같은 것들로 가득했다. 골동품점 사장은 가게로 들어선 추이란을 위아래로 훑어봤다. 추이란은 멋쩍으면서도 살짝 화가 났다. 이윽고 사장이 입을 열었다.

"사모님, 드디어 오셨군요. 그분이 위에서 기다리고 계십니다."

"미스터 유 말씀하시는 거죠? 날 뭐하러 기다린대요?"

추이란이 말했다.

"올라가보면 아실 겁니다."

골동품점 사장은 계단을 가리켰다.

위층 복도는 한 줄기 불빛조차 없었다. 추이란은 발을 선뜻 내딛지 못했다. 미스터 유는 대체 어느 방에 있는 걸까? 조그만 동물이 바짓가랑이를 잡아당겼다. 고양이 같았다.

"들어오세요."

미스터 유의 쉰 목소리가 오른쪽에서 들렸다.

추이란은 문을 밀고 들어갔다. 미스터 유는 침대 가장자리에 멍하니 앉아 있었던 듯했다. 천장에 달린 밝은 백열등이 미스터 유를 비추고 있었다. 미스터 유는 얼굴 살이 축 처져 있고 아래 눈꺼풀에는 큰 물집이 두 개나 나 있었다. 영락없는 노인의 모습이었다. 평소에는 어떻게 얼굴이 그리 팽팽한 걸까? 추이란은 어리둥절했다. 기이할 정도로 누추한 방이었다. 집기라고는 나무로 된 침대 하나, 의자 하나가 다였다. 옷가지가 벽장에 널브러져 있고 벽장 문은 반쯤 열려 있었다. 평소에는 품위 있게 하고 다니던 미스터 유가 이런 곳에 살고 있다니 믿을 수 없었다.

미스터 유는 감기에 걸렸는지 기침을 몇 번 하고는 힘겹게 말을 건넸다.

"추이란 여사, 건널 수 없는 강은 없어요. 이치를 잘 알고 계시겠죠."

미스터 유가 입을 열자 추이란이 전에 봤던 섬뜩한 웃음이 또 새어나왔다. 추이란은 다소 긴장이 되었다.

"난 지하자원의 파수꾼이에요. 하지만 보물들은 전혀 내 보호를 필요로 하지 않고, 질서정연하고 어두운 곳에 버티고 앉아 가만히 날 비웃고 있죠. 추이란, 당신은 전문가잖아요. 지금 내 상황이 어떤 거 같아요?"

"전문가는 무슨. 계량기 공장 직원일 뿐이죠."

이렇게 말하면서도 추이란의 사고 회로는 힘겹게 돌아가고 있었다. 백열등이 추이란을 자극했다.

"미스터 유는 비관주의자 같아요. 얼굴이 잘생겨서 밖에 돌아다니면 여자들이 다 좋아할 텐데. 그러면 건널 수 없는 강이 생기지 않을 거예요. 나랑은 다르다고요. 난 요즘 되는 일이 하나도 없어요. 실의에 빠져 있죠."

"서로 힘들다고 하소연이네요. 지금 바깥 날씨는 어때요?"

"딱 좋아요. 옷 입고 내려가봐요, 난 갈게요."

"잠깐만요, 벽장 속을 좀 들여다보고 싶은데 도와줄래요? 겁이 나서요."

추이란은 거대한 벽장 옆으로 걸어가 벽장 문을 활짝 열었다. 눈앞에 펼쳐진 광경에 흠칫 놀라 뒷걸음질 쳤다. 예쁘게 생긴 여자가 옷가지 밑에 누워 있었다. 여자가 몸을 일으키자 기형적으로 가느다란, 상처가 나 있는 목덜미가 보였다.

"저는 방랑녀 아랑이요. 불치병에 걸렸답니다."

여자가 먼저 자기소개를 했다.

"안녕하세요, 아랑. 낯익은 분 같은데요."

추이란이 여자를 쳐다봤다.

"그쪽 친척 오빠 뉴이칭 이웃이에요. 있을 곳이 없었는데 마침 여기를 찾아냈어요. 안전한 곳 같아요. 미스터 유도 좋은 사람이고 요."

"그건 내가 널 사랑하니까 그렇지."

미스터 유가 저쪽에서 대꾸했다.

"추이란 언니, 저는 고향을 잃었어요."

아랑은 빛이 닿는 쪽으로 들어올린 한쪽 손바닥을 쳐다보며 중얼거렸다.

"우리 이제, 고향 집이 땅 위에 있지 않다는 거 알잖아요. 매일 땅속을 오락가락하며 냄새를 맡다가 미스터 유 가게 위층으로 오게 됐어요. 여기가 우리 집인 거는 저도 알아요. 하지만 제가 있으면 미스터 유가 해를 입을 거예요."

"말도 안 돼, 무슨 말도 안 되는 소리야."

미스터 유가 자리에서 일어나더니 세차게 고개를 저었다.

추이란이 돌아서서 미스터 유에게 물었다.

"내가 도와줄 수 있을까요?"

"추이란 여사는 이미 우리를 도와준 겁니다."

미스터 유가 말했다.

"무슨 말인지 모르겠네요."

"우리에게 딱 필요한, 신선한 바깥 공기를 가지고 왔잖아요. 골동품점에 사는 사람은 망령에게 끊임없이 괴롭힘을 당하거든요. 숨을 못 쉴 정도로요."

흠칫 놀란 추이란은 살이 심하게 늘어진 미스터 유의 얼굴을 빤히 쳐다봤다. 딱 봐도 흘러내릴 것 같은 얼굴 살이 뼈가 드러날 정도로 간신히 붙어 있었다. 시선을 다른 데로 돌렸지만 미스터 유의 얼굴은 추이란을 놓아주기는커녕 점점 옥죄어왔다. 급기야 머리가 어지러워진 추이란은 비명을 지르며 바닥으로 주저앉았다.

한참 뒤, 미스터 유가 아량과 소곤대는 소리가 들렸다.

"강을 건널지 말지는 네가 결정해."

미스터 유가 말했다.

"인원수가 너무 많아요. 오빠가 건넌다고만 하면 나도 건널 거예요. 오빠를 떠나지 않을 거니까."

"그쪽으로 건너갔다가 한 번만 보고 오는 거야. 어때?"

"아버지는 벌써 만났어요. 빗자루로 여기저기 쓸고 다니면서 온갖 곳을 탐색해보고 계시더라고요."

"가족 안 만날 거면 강은 건너지 말자."

"네, 건너지 말아요. 밖에서 누가 추이란 언니를 부르는데요."

골동품점 사장이었다. 추이란이 그 소리를 듣고 밖으로 나갔다. 사장이 추이란의 손을 확 낚아채더니 아래층으로 끌고 내려갔다.

추이란이 자리를 뜨자 미스터 유의 얼굴이 변하기 시작했다. 누에가 허물을 벗듯 관자놀이 쪽에서부터 조금씩 윤기가 돌았다. 밖에서 다른 사람들이 보던 모습으로 돌아온 것이었다. 미스터 유는 그렇게 청춘을 되찾았다.

"여기 방 공기 중에 독이 퍼져 있어. 나 지금 어때 보여?"

미스터 유가 아량에게 물었다.

"얼굴은 안 보이고 빛덩어리만 보여요."

두 사람은 손을 맞잡고 밥을 먹으러 아래층으로 내려갔다. 그길로 골동품점을 빠져나가 맞은편 길가 밥집으로 향했다. 사장이 골동품점 입구에 서서 두 사람의 뒷모습을 빤히 쳐다보다가 미스터 유 몸에서 전깃불이 번쩍거리는 순간을 포착했다.

미스터 유는 담백한 요리 몇 가지를 시켰다. 두 사람은 자리에 앉아 밥을 먹었다.

"시골에 있을 때 사람들이 저더러 아무 가치도 없는 목숨이라고 했어요. 귀신 소굴로 떨어질 거라면서."

아량이 입을 열었다.

"맞는 말이네. 겁은 안 나니?"

"설레어요. 저는 그런 삶이 좋거든요."

아량의 새하얀 두 뺨이 붉게 물들었다.

"그럼 됐네, 그게 좋은 거지. 나는 왜 이렇게 살아야 하는지 이해가 안 간다. 사실 내 나이도 정확히 모르겠고."

미스터 유가 생각에 잠긴 듯이 말했다.

"저는 두렵지 않아요. 왜 밤만 되면 두려워하시는 거예요?"

"내 심장 뛰는 소리가 너무 커서 그래. 북소리보다 더 쿵쾅대서 귀가 먹을 정도거든. 특히 그 사람들을 기다릴 때는. 넌 못 들었니?"

"못 들었어요, 아무것도요. 밤에는 아주 조용했거든요. 걱정돼서 도와드리고 싶어도, 아무것도 안 들리고 보이지도 않으니까……."

"나를 도와주는 사람이 아무도 없구나……."

미스터 유는 얼떨떨한 표정으로 젓가락을 내려놓았다. 맞은편 하얀 벽을 가리키며 무슨 말인가 하려고 했지만 입이 떨어지지 않았다.

골동품점 여사장이 다가오더니 아무렇지 않게 아량한테 말했다.

"미스터 유가 그 강을 또 봤다고 해서 우리도 따라가려고 한단다. 미스터 유는 평생 힘든 일만 겪었거든."

골동품점 여사장은 벽에 매달려 있던 백합꽃 한 송이를 아무렇게나 따서 미스터 유에게 건네주었다. 마술이라도 부리듯이. 아량은 '아' 소리를 내더니 한참 동안 정신을 못 차렸다.

미스터 유는 백합을 정장 주머니에 꽂고 카운터로 계산을 하러 갔다.

"저도 꽃 주세요."

아량이 흰 벽을 가리키며 부탁했다.

"몇 송이?"

"두 송이요."

골동품점 여사장이 벽에서 무언가를 따는 시늉을 두 차례나 했지만 손은 텅 비어 있었다.

"감사해요."

아량이 겸손하게 인사했다.

"골동품점은 음기가 강하단다. 미스터 유는 골동품점을 몇 년 동안이나 지키고 있다보니 운명이 다한 거고. 절대 미스터 유를 떠나지 마라. 미스터 유는 어둠으로 이어지는 길에 속하는 사람이야. 우리가 길거리에서 미스터 유를 관찰한 지 그새 20년이나 됐단다. 미스터 유는 지금 네가 오기를 기다리고 있잖니.”

아량이 미스터 유를 끌어당겼다. 두 사람은 천천히 길가를 걸었다. 아량의 신경은 온통 미스터 유 주머니에 있는 백합꽃에 쏠려 있었다. 신선한 꽃이었다. 저런 꽃과 어울리는 사람은 미스터 유밖에 없다고 생각하자 아량의 마음속이 환하게 밝아졌다.

한참을 걸은 끝에 두 사람은 교외에 난 길로 접어들었다. 아량은 자기 체력이 이토록 튼튼하다는 게 이해가 가지 않았다. 그때 아량의 친삼촌이 두 사람을 보더니 깜짝 놀라 그 자리에 멈춰섰다. 두 사람이 멀어질 때까지 한 발짝도 움직이지 않았다. 아량의 본가에 있는 삼촌이었다. 삼촌은 아량이 미쳐버린 지 몇 년이나 되었다는 사실이 기억났다. 하지만 방금 본 아량은 마치 이슬을 머금은 한 떨기 연꽃 같았다. 사람을 잘못 본 게 아닌지 의심스러울 정도였다.

“들어보세요. 생산팀이 종을 쳐요.”

아량이 말했다.

두 사람은 길가 벤치에 앉았다. 아량이 미스터 유 어깨에 머리를 기댔다.

“이제 알겠어요, 오빠. 백합꽃은 오빠를 위해 핀 거라는 걸요. 우리 시골 사람들은 마음속에 비밀스러운 길이 있어요. 어느 날, 매화거리 쪽에 있는 골목을 돌아다녔어요. 그런 곳에 있는 골목은 전부 똑같이 생겼더라고요. 불현듯 제 마음속 등불이 켜져서 걷고 또 걷다보니 오빠네 가게로 들어서게 된 거예요. 돋보기로 화병을 보고 있던 오빠가 돌아서서 저를 보더니 위층으로 데려다줬잖아요. 그러곤 도로 아래층으로 내려가 하던 일을 계속하더라고요."

미스터 유는 아무 말도 하지 않았다. 이게 바로 사랑이란 걸 깨달았다. 내가 이리도 멍청했다니, 미스터 유는 생각했다. 미스터 유가 세운 원칙이란 굉장히 허무맹랑한 것이었다. 설마 아량이 언제라도 죽어버릴 수 있는 사람은 아니겠지?

미스터 유는 용기를 낸 듯 열네 음절을 힘주어 말했다.

"난 그럴 만한 가치가 없는 사람이야."

아량은 미스터 유의 등을 토닥이며 하던 얘기를 계속했다.

"마을에 있는 도랑에도 비밀스러운 길이 나 있어요. 오다가다 보니까 익숙해져서 마음속 깊이 새겨둔 길이죠. 방금 그분은 우리 친삼촌이에요. 도랑이나 저수지 같은 데를 왔다갔다하는 걸 가장 좋아하는 분이고요. 어느 날 몰래 뒤따라가봤다가 알게 된 비밀이죠. 전에 한 번 도시에 가봤는데 시골하고 별 차이가 없더라고요. 단지 도시가 시골보다 조금 더 적막하다는 정도? 날이 어둑해지고 나서 골동품을 떠올리면 온몸에 감각이 없어져요. 오빠를 불러내지 않은 건 오빠가 아주 멀리 있다는 걸 알게 되어서예요."

미스터 유가 드디어 말을 꺼냈다.

"넌 내 여자야. 아름다운 널 위해서, 그리고 나 자신을 위해서 저항할 거야. 다음번에는 큰 소리로 날 불러줘. 그럼 내가 큰 소리로 대답할 테니까."

두 사람은 나란히 일어나 골동품점으로 돌아갔다.

그때 제비 한 마리가 날아왔다. 아량은 문득 어머니 생각이 났다. 어머니가 아직 살아 계시다면 마을로 돌아가셨을까? 늘 마음에 걸리던 문제였다.

골동품점에 들어서니 날이 이미 어두워져 있었다. 미스터 유가 열쇠로 문을 열었다. 가게 안도 캄캄했다. 전기가 나가는 건 골동품점에서는 흔히 있는 일이었다.

"저 사람들이 벌써 왔네. 어서 숨어라."

미스터 유가 이렇게 말하곤 아량을 확 밀치더니 진열장들 사이로 사라졌다.

아량은 오한이 밀려왔다. 마음속에서는 깜빡깜빡 반딧불이가 반짝이고 있었다. 벽을 만져보고 더듬으며 앞으로 나아갔다. 순간 계단 입구가 만져졌다. 누군가 계단 입구에 쪼그리고 앉아 있었다. 골동품점 사장이었다.

"퇴근하는 길에 들렀다. 전기 수리공 셋이 전기회로를 고치고 있어."

"주 사장님, 괜히 가게만 엉망으로 만들어놓는 건 아닌지 모르겠네요."

아량이 작은 목소리로 말했다.

"아니야, 아무것도 아니다. 그래도 상관없어. 저 세 사람은 지금 당황하고 있을 거야. 전기 수리공들 말이야. 수리 난도가 점점 높아지고 있거든. 저런 경우는 고장 난 흔적도 안 남아 있어서 말이야. 곧 무너질 것 같은 가게를 늘 미스터 유 혼자 감당하고 있지. 위층으로 올라갈 거니? 방에 가 있거라. 미스터 유는 실패할 리 없는 사람이니까 믿어야 해."

아량은 방문이 만져졌지만 열 수는 없어 그냥 복도에 주저앉아 버렸다. 예전처럼 이상한 정적이 느껴졌다. 무슨 일이 있을 때마다 미스터 유는 숨이 찰 정도로 피곤하다며 아예 쓰러져서 영원히 깨어나지 않으면 좋겠다고 하소연하곤 했다. 하지만 아무리 그래도 아랑은 아무것도 들리지 않았다. 아랑이 이유를 물으면 미스터 유는 이렇게 대답했다.

"네가 그 난리통 속에 있어서 그런 거야."

갑자기 벽 위로 축축한 식물이 만져졌다. 꽤 많았는데 꽃인 듯했다. 아, 벽 전체가 장미꽃으로 가득 차 있구나.

"오빠, 버텨요. 버티라고."

아랑이 말했다.

"나 여기 있어…… 네 근처에…….."

미스터 유가 희미한 목소리로 말했다.

아랑은 장미꽃에 얼굴을 갖다 댔다. 가시에 뺨을 찔렸다.

'이렇게 좋을 수가, 날 위해 피는 꽃도 있다니. 죽는 게 두렵지 않구나, 죽는 느낌도 분명히 좋을 거야.'

아랑은 이런 생각을 했다.

초조해하던 전기 수리공들이 불현듯 떠올랐다. 그자들이 가게 안에서 원숭이처럼 기어오르는 모습을 상상했다. 위쪽에서 사람인지 야생동물인지 모를 무언가가 쏟아져내렸다. 동시에 장미꽃이 아랑의 얼굴로 굴러떨어졌다. 몸을 일으킨 아랑은 행복했다.

"누구세요?"

아랑이 중얼거리듯 말했다.

"사촌 언니다. 이 동네 온 지는 꽤 됐어. 그동안 꽃을 팔면서 지냈고."

놀랍게도 여자였다.

"샤오메이 언니구나. 꽃집은 어디 있어?"

"비밀이야. 너도 비밀 같은 거 있잖아? 여기 공기 너무 좋다."

샤오메이의 목소리가 위쪽에서 점차 멀어져갔다. 오른쪽에 방문이 있었다. 살짝 밀었더니 문이 열렸다. 미스터 유가 침대에 앉아 있었다.

"장미꽃이네요."

아랑이 말했다.

"맞아. 장미꽃에다 악마까지. 난 최후의 순간까지 저항할 거야. 그럼 이만 내려가볼게."

문이 살짝 닫혔다. 방은 달빛이 비추고 있어 그리 어둡지 않았다. 아랑은 이 동네에 고리대금업을 하는 꽃집들도 있다고 누군가 말해준 기억이 났다. 샤오메이도 고리대금업자일 터였다. 위험한 직업이었다.

문득 밝아진 백열등에 눈이 부셨다. 아랑은 말할 수 없는 두려움을 느꼈다. 문은 단단히 잠겨 있고 창문도 꽉 닫혀 있었다. 무엇이 두려운 걸까? 아랑은 벽장으로 숨었다.

날이 밝자 미스터 유가 구리로 된, 망가진 향로를 들고 돌아왔다. 미스터 유는 향로를 바닥에 던져놓고 침대에 벌렁 드러누워 잠을 잤다.

아랑이 허리를 굽혀 향로를 주우려고 보니 사라지고 없었다. 바닥에는 아무것도 없었다. 흥미로운 상황이라는 생각이 들어 살짝 웃음이 나왔다. 문을 열고 고개를 내밀어 밖을 내다봤지만 복도는 평소와 똑같았다. 장미꽃이 그리워졌다.

미스터 유는 해변가 도로에 간 꿈을 꿨다. 핏빛 석양이 지는 중이었고 사람들은 분주하게 뛰어다니고 있었다. 미스터 유도 낯선 이의 이름을 부르면서 뛰기 시작했다. 순간 본인이 생사의 기로에서 있다는 걸 다시금 깨달았다. 눈앞에 바다가 펼쳐져 있었다. 바다 속으로 뛰어들어야 할까? 생각할 겨를이 없었다. 사람들이 미스터 유를 양쪽에서 들어올렸기 때문이다. 두 발이 땅에서 들리자 감정이 격해져 참다못해 소리를 질렀다.

"우다웨이, 우다웨이……."

바닷물이 밀려왔다. 눈앞에서 흔들거리는 오리알 노른자는 태양일 터였다.

몇 년 동안 젊은 미스터 유는 자기 자신이 점점 더 강해지고 있다는 걸 느낄 수 있었다. 미스터 유의 성격에 변화가 생겼다는 걸 아는 이는 아무도 없었다. 주위 사람 모두 미스터 유를 점잖지만 지나치게 섬세하고 예민한, 여자 같은 남자라고 여겼다. 손바닥에 자주 열이 나고 손가락이 떨리곤 했던 미스터 유는 무언가에 집중하기가 힘들었다. 전문직에는 어울리지 않는 체질이었다. 그럼에도 전문직을 유지할 수 있었던 비결은 치아였다. 굉장히 날카로운 늑대 이빨이 입안 가득했다. 추이란이 무의식중에 발견하고는 소스라치게 놀란 이빨, 미스터 유의 욕망을 가장 잘 보여주는 이빨이었다.

그해 방직공장 여직공 룽쓰샹과 맺었던 육체적인 관계는 꽤 괜찮았지만 끝내는 서로에게 싫증이 났다. 끝나지 않는 잔치는 없기 마련이었다. 미스터 유는 가정을 꾸리는 건 체질에 맞지 않음을 내심 확신했다. 물론 지금도 여자를 쫓아다니고 있지만 말이다. 여자에게 신경 쓰고 남은 기력은 전문적인 업무에 쏟아부었다. 미스터 유에게 일이란 끝없는 터널로 이루어진 것이었다. 미스터 유는 자신이 평생 이 일을 하게 되리라 생각했다. 어두운 역사 속으로 들어가 탐험을 하고 역사를 고치거나 바꾸는 일은 여자의 매력과 비교해봐도 결코 뒤지지 않았다. 그렇게 미스터 유는 무기력을 거듭 이겨내고 암흑천지 세상에서 천하를 호령했다. 낮에 하는 일은 형식적일 뿐이었고 밤에 돌아다니는 일이 실질적인 업무였다. 골동품점 사장은 무슨 일이 일어나고 있는지 잘 알고 있는 사람이었다. 사장은 미스터 유가 하는 일에 만족했다. 이 도시에서 비밀을 알고 있는 사람은 드물었다. 골동품은 음모에 의해 만들어지고 남겨진, 살아 있는 기묘한 물건이라는 비밀을. 이상한 점은 농촌 아가씨 아량이 태어날 때부터 그 사실을 알고 있다는 거였다.

골동품과 연을 맺은 뒤로 미스터 유의 개인적인 삶은 여자와 일, 두 부분으로 나뉘었다. 본인의 문제를 해결하는 데 능한 미스터 유는 막다른 골목에는 다다른 적이 없었다. 오히려 '하늘이 무너져도 솟아날 구멍이 있다'는 말이 들어맞는 사람이었다. 쉰이 넘어가면서는 여자 문제에 있어서만큼은 실패한 남자란 걸 인정했다. 다행인 건 전문적인 업무 측면에서는 끊임없이 발전해왔다는 것이다.

한 손님이 미스터 유에게 옛 성곽 안에 있는 갑옷에 대한 전설을 이야기해주었다. 반짝이는 녹색 우비를 걸친 채 폭우를 뚫고 뛰어들어와 가게를 온통 물바다로 만든 남자 손님이었다. 남자는 진열장 앞에 서서 자기 말이 끝날 때까지 미스터 유를 붙잡아두었다. 작고 쉰 목소리였다. 창백한 불빛이 흐릿한 윤곽의 얼굴을 비추었다. 그 모습을 본 미스터 유는 불안해졌다. 이 남자는 대체 어디로 들어온 걸까, 곰곰이 생각해봤다.

"우리 아버지는 당신과 같은 업계에 있었습니다."

남자가 뜬금없이 말했다.

"네?"

"도굴꾼이었거든요. 일흔셋이 될 때까지 계속 일하다가 그만두셨어요. 워커홀릭이라고 해야겠죠? 아버지는 얼마 전에 돌아가셨습니다. 제게 남긴 유언이 바로 옛 성곽에 대한 전설이고요."

가게 안에서 서성거리고 있는 사장의 모습이 미스터 유의 눈에 들어왔다. 의심으로 가득 찬 얼굴이었다. 내심 초조해진 미스터 유는 남자가 얼른 떠나길 바랐다.

"뭐 찾는 거라도 있으십니까?"

미스터 유가 불청객에게 다가가 물었다.

"제가 찾는 건 아마 여기 없을 겁니다. 황금 갑옷이거든요."

남자는 천연덕스러운 눈빛으로, 심지어 다소 거만한 태도로 미스터 유를 내려다봤다.

"그쪽과 협력하고 싶은데, 어디서 만날까요?"

미스터 유가 물었다.

"샤오위에강 입구에 있는 세 번째 버드나무에서 봅시다. 새벽 1시에."

남자는 후다닥 돌아서서 걸어나갔다. 남자가 서 있던 자리에 물웅덩이가 고여 있었다.

"만나기로 한 건가?"

사장이 초조하게 물었다.

"네, 약속했어요."

"약속은 꼭 지켜야지. 자네가 걱정되는군."

"괜찮을 거예요. 큰일이 난다 해도 죽기밖에 더 하겠어요?"

남자와 약속 장소에서 만났던 날 밤에 대해 미스터 유가 기억나는 건 마구 날아다니던 꿩이 전부였다. 애초에 옛 성곽 같은 건 있지도 않았다. 미스터 유는 남자를 따라 배수로로 들어갔다 나왔다. 그러곤 큰 다리 밑에 앉아서 쉬었다. 새까맣게 모인 꿩들이 날아다니는 걸 보고 처음에는 매떼인 줄 알았다. 남자는 "안 좋군"이 한마디를 남기고는 사라졌다. 꿩의 공격은 전혀 무섭지 않았지만 미스터 유는 온몸이 더러워졌다. 꿩들이 미스터 유를 공격할 수 있는 유일한 방법은 희롱하듯 똥을 투척하는 것이었다. 얼마 지나지 않아 미스터 유는 '똥덩어리'가 되어 눈도 떠지지 않았다.

"사람 살려."

이렇게 외치던 미스터 유는 자기 꼴이 우습다는 생각이 들어 더이상 소리를 지르지 않았다.

주머니에서 손수건을 꺼내 얼굴을 가린 채 큰 다리에 올라가서야 악마들에게서 벗어났다. 다리 위로 바람이 세게 불어 새똥이 얼굴과 목에 튀겨졌고 손에는 딱지가 졌다. 순간 추위가 느껴졌고 급기야 감기에 걸렸다. 새똥 갑칠이 바로 황금 갑옷이었구나, 미스터 유는 문득 깨달았다. 어떤 의미에서 해결책은 이미 나온 셈이었다.

미스터 유는 샤워를 하고 사장 집무실로 갔다. 골동품점 사장은 전날 밤 일을 최대한 기억해보라고 했다. 아무리 사소한 일도 소중한 '역사적 진리'라는 말이었다.

"그게 다인데요."

미스터 유가 기운 없는 표정으로 대꾸했다.

"꿩이 중요한 역할을 했어요. 모두 몇 마리였는지는 잘 못 봤는데 개들 똥에서 신맛이 났고요. 그 남자는 사장님 친척인가요?"

"친척은 무슨. 땅속을 뚫고 나온 깡패 두목이야. 왼쪽 목에 칼자국까지 있는데 내 친척이냐니."

사장은 기분이 언짢아 보였다.

"죄송해요. 깡패는 아닌 거 같던데. 친절한 사람이었거든요. 어젯밤에는 그 남자 얼굴을 제대로 못 봤어요. 배수로 안에 있다가 제가 기절하는 건 아닌지 걱정되더라고요."

"그게 바로 연막작전이란 게지. 우선 자네 경계심을 누그러뜨린 상태에서 불현듯 공격을 감행하는 식이라고."

"사실 그 정도는 공격이라고 할 수 없어요. 제가 몹시 긴장한 탓이겠죠. 세상살이를 제대로 하려면 넓게 보고 깊게 생각해야 하잖아요."

"이제야 뭘 좀 아는구먼. 약속은 지키는 게 가장 중요하다고. 미스터 유, 내가 자네 아버지뻘이지? 요 몇 년 동안 자네가 날 실망시킨 적은 없으니 이번에도 잘해내겠지."

미스터 유는 약간 멋쩍어하는 사장을 뚫어져라 쳐다봤지만 무슨 말인지 하나도 알아들을 수가 없었다. 정신이 몽롱해지고 잠만 쏟아질 뿐이었다. 사장은 대체 사람일까, 원숭이일까 하는 풀리지 않는 문제가 내내 머릿속을 맴돌았다. 사장 등 뒤에 있던 캐비닛에서 '철커덕' 소리가 났는데도, 사장이 테이블을 세게 치면서 침을 사방팔방으로 튀기는데도, 미스터 유는 고개를 푹 숙인 채 잠이 들어 있었다. 그렇게 잠든 건 또 처음이었다.

미스터 유는 그 일이 있고 나서 사장에게 사과를 했다. 사장은 아무 일도 없었다는 듯한 표정이었다. 미스터 유를 이해한다고도 말했다. 밤중에 여기저기 돌아다니면 기력이 소진된다는 걸 사장은 알았다. 전에 골동품점에 있던 직원 몇 명도 그 일로 목숨을 잃었던 것이다. 미스터 유가 살아 돌아온 것만으로도 사장은 자부심을 느꼈다. 미스터 유가 사장이 주인 역할을 잘할 수 있도록 성공적으로 이끌어준 셈이었다.

"주인 역할은 어떤 거예요?"

미스터 유가 물었다.

"자네는 그새 이 도시의 강력한 경호원이 되었는데 아직도 모르겠나?"

"잘 모르겠고 관심도 없어요."

"알겠네, 알겠어. 관심이 있든 없든 자네는 강력한 경호원일세. 이를테면 저 가로등이며 굴뚝이며 관리하는 사람이 없을 수 있겠나? 자네가 무의식중에 관리한 거라고."

사장이 당장 나가라는 손짓을 했다. 미스터 유가 그 사실을 잘 모른다는 게 안 믿긴다는 눈치였다.

하지만 미스터 유는 일부러 모르는 척한 게 아니었다. 이제껏 경험상 그건 '전문적인 업무'와 관련 있는 일이겠지만, 한밤중에 일어난 이상한 일은 무슨 관계가 있는지 도무지 알 수가 없었다. 미스터 유는 이렇게 생각할 때도 있었다. 제대로 알고 있었다면 오히려 재미없지 않았을까? 옛 성곽, 황금 갑옷, 춘추시대……. 굉장히 매력적인 단어들이었다.

이제 사장이 미스터 유를 부르는 호칭이 하나 더 생겼다. '강한 경호원'이었다. 이상하게 들리긴 했지만 촌스럽지는 않았다. 어느 분야의 강력한 경호원인 걸까? 미스터 유는 한번 헷갈리면 본인 동네도 헤매는 사람이었다. 특히 술을 마셨을 때 그랬다. 물론 사장의 말은 일리가 있었다. 미스터 유가 가로등에 신경 쓰지 않는다고 해서 가로등도 미스터 유를 상관하지 않는다는 의미는 아니었다. 미스터 유는 몇 번이나 가로등에 부딪히지 않았던가? 굴뚝에서 나오는 짙은 연기에 눈을 제대로 못 뜬 적도 있지 않았던가? 그 순간 잠깐 실명이 되었는데 누군가 미스터 유의 손을 잡고 데려가 북쪽행 기차를 태워줬다. 미스터 유는 갑자기 여행을 떠나게 된 것이었다. 사장이 굉장히 똑똑한 사람이란 건 일찌감치 알고 있었지만 그 현명함에 사람들은 두려움을 느꼈다. 미스터 유가 처음부터 밤의 여행자가 되고 싶어한 건 아니었다. 미스터 유는 다른 사람들과 어울리는 걸 좋아했고 사람들 속에 섞여 있을 때 일종의 안도감을 느꼈다. 그러다 저도 모르게 이렇게 돼버렸다. 골동품 감정사의 숙명인 듯했다.

밤 시간은 정다운 고향처럼 느껴졌지만 어두운 밤에는 사실 적도 많았다. 이미 몸부림에 익숙해진 미스터 유는 기진맥진해질 때까지 저항했다. 그러다 미스터 유의 아름답고 까만 뒷모습까지 마을 사람들이 알아볼 수 있을 정도가 되었다. 동틀 무렵 즈음, 미스터 유가 길거리에 나타나면 출근하던 사람들이 쳐다봤다. 이들은 순간적으로 멈춰서서 미스터 유의 뒷모습을 가만히 지켜보며 탄성을 질렀다.

"미스터 유다."

사람들은 그렇게 다섯 음절을 발음하고 나면 무언가 긴장이 풀렸다. 미스터 유도 이들의 시선에는 익숙해져 있었다. 친구의 고향 사람들처럼 딱 봐도 친절한 이들인데, 그들이 밤중에 싸움을 벌이던 자신의 적은 아니었을까 하는 생각이 든 적도 있다.

미스터 유가 나타나지 않는 곳은 없었다. 극장 밑 암시장 광장에 가면 늘 미스터 유를 볼 수 있었다. 동백 아가씨가 고향으로 돌아와 공연을 하면 미스터 유는 일주일에 두 번은 공연을 보러 가기도 했다. 빈민굴에 숨어 외환을 거래하는 곳도 자주 찾아가 거기서 장사를 하기도 했다. 부둣가에 있는 찻집은 각양각색의 영웅들이 모여드는 곳이었다. 미스터 유는 적어도 한 달에 한 번은 찻집을 찾았다. 하지만 이런 대낮의 활동은 특별할 게 없었다. 한낮은 기다림의 시간일 뿐이었다. 미스터 유를 뚫어져라 쳐다보는 사람을 우연히 마주칠지도 몰랐다. 폭우가 내리던 날 골동품점에 뛰어 들어왔던 남자처럼 말이다. 그러다 그 남자와 '밤에 돌아다니겠다'는 약속을 하게 되었듯이.

갈수록 낮 시간이 짧아지는 바람에 미스터 유는 점점 더 초조해졌다. 굴뚝이 철거된다고 했던가? 날이 완전히 밝아오지도 않았는데 금세 어두워지는 것이 몇 번이나 의아했다. 미스터 유와 만나기로 한 사람은 아무도 없었다. 골동품점 입구 계단에 앉아 목을 길게 빼고 거리를 바라보는 수밖에 없었다.

미스터 유는 약속이 없는 지루한 나날 동안 정신적으로 몹시 힘들었다. 전문직을 버리고 귀신 씌인 도시를 떠나 외숙부가 있는 동쪽의 부유한 동네로 가서 가게라도 차리는 게 좋을지 스스로 되물었다. 외숙부는 전화로 자기 동네의 풍경이 얼마나 아름다운지 여러 번 얘기했다. 이제 나이가 들어 기력이 쇠한 데다 홀로 살고 있는 터라 미스터 유가 사업을 물려받길 바랐다. 하지만 미스터 유는 그럴 수 없었다. 사명이 무엇보다 중요하다는 내면의 목소리가 들려왔다. 이른바 사명이란 사장이 언급한 굴뚝이나 가로등을 지키는 일 같은 것이었다.

가라앉아 있던 기분이 이내 나아졌다. 미스터 유는 계획을 수정하는 데 능했고 대안도 잘 찾아냈다. 스스로도 자기 자신을 잘 파악할 줄 아는 사람이라고 생각했다. 방랑녀 아랑은 짧은 시간 안에 미스터 유에게 새로운 세상을 보여주었다. 몸과 마음이 아랑의 빛으로 씻기는 느낌이었다. 아랑은 미스터 유의 전문직에 대한 시야를 넓혀주었다. 아랑 덕에 우중충한 도시는 여러 빛으로 가득 차게 되었다.

밤 시간은 전보다 풍부해졌다. 미스터 유와 아랑은 각자 모험을 해나갔지만 서로를 그리워했다. 미스터 유는 그리움 덕에 위험한 상황을 잘 모면할 수 있는 거라고 믿었다. 언젠가 추이란이 미스터 유에게 이런 말을 한 적이 있다.

"오빠, 요즘 매력이 넘치네. 나도 빠져들 정도라고요. 우리 고향은 미인이 많이 나오는 곳이에요. 아랑이 미인 중의 미인이지. 오빠는 참 운도 좋다."

"추이란, 아랑이 죽을 것 같아요?"

"그건 말하기 곤란해요. 누구나 다 죽는 거 아닌가? 뭘 그리 호들갑이실까?"

"그래요, 맞는 말이네요. 내가 너무 촌스럽다."

"그런 미인과 만날 기회가 누구에게나 주어지는 건 아니에요."

미스터 유는 1분 1초라도 아껴 쓰기로 마음먹었다. 한번은 강가에서 맞은편을 응시하다가 그쪽 윤곽이 툭 튀어나와 있는 것처럼 보인 적이 있었다. 금으로 만든 방패였다. 만들어진 시기는 알 수 없지만 방패에 새겨진 무늬가 이상하면서도 간결했다.

"아량. 아량."

미스터 유가 가만히 아량을 불렀다. 검은 강물이 점점 위로 치솟더니 산으로 변해 하늘을 덮어버렸다. 아량이 옆에 없어도 미스터 유는 아량이 마을 어디에 있는지 알았다. 계속해서 거대한 소리가 들렸다. 폭포가 떨어지는 소리였다. 등 뒤에서 누군가 저 다리를 보라고 말했다. 초조하고 신경이 곤두선 듯한 말투였다. 다리는 제자리에 잘 서 있었다. 노란 전등이 한 줄기 빛으로 이어지고 있었다. 예전과 다른 점은 전혀 없었다. 미스터 유는 뒤돌아서서 왜소한 노인을 쳐다봤다.

"난 자네 가게에 골동품을 사러 다니는 사람일세."

노인이 말했다.

"이 바닥 사람들은 성급하게 일을 처리할 수 없다는 이치를 몇 년 전에야 깨달았소. 보시오, 이제야 새벽 2시가 되지 않았소. 아직 이른 시간이지."

"다리는 굳건히 잘 서 있네요."

미스터 유가 말했다.

"당연하지. 우리가 있으면 다리도 잘 있는 거지. 그새 30년이 되지 않았나?"

"제가 계산해볼게요."

미스터 유의 입에서 엉겁결에 말이 튀어나왔다.

하지만 다시 침묵했다. 대체 뭘 계산한다고 말한 걸까? 어떻게?

"서두르지 말게나. 아직 시간이 이르지 않은가. 잊고 있던 일들이 전부 생각날 게요. 오늘 밤이 지나가면 내일 밤이 올 거고. 방금 내가 30년이라고 했는데 사실은 920여 년이 되었다네. 그러니 서두르지 말게나. 난 해변가 도로 132번지에 살고 있으니 놀러 오게나. 언제든지 환영이오."

노인이 위로하듯 말했다.

노인은 건물들 사이로 사라졌다. 미스터 유는 다시 얼굴을 돌려 다리를 쳐다봤다. 다리는 아무렇지도 않게 잘 서 있었다. 그때 트럭 한 대가 다리 위를 지나갔다. 미스터 유의 신분이 어떤 이들의 허가를 받은 듯했다. 업계 내 주요 인사들이 계속 미스터 유 주변을 어슬렁거렸다. 미스터 유는 자신의 전문 영역이 이미 무한대로 확장되었다는 걸 깨달았다. 업무는 미스터 유의 시간을 통째로 차지했을 뿐만 아니라 삶 전체를 바꾸어놓았다.

미스터 유는 해변가 도로 132번지를 찾아갔다. 아파트도 아니고 일반 주택도 아니었다. 파친코 가게였다. 들어가보니 파친코 기계 앞은 사람들로 북적였고 가게 안은 시끌벅적했다. 세 번째 기계 앞에 앉아 있던 노인은 파친코에 열중하고 있었다. 노인은 미스터 유를 보자마자 미스터 유의 가슴이 서늘해질 정도로 박장대소했다. 미스터 유는 눈치챘다. 사람들이 전부 기계를 끄고 자리에서 일어나 자기를 쳐다보고 있다는 걸. 그중 꽤 많은 이가 노려보고 있다는 걸.

"한밤중에 와주다니 고맙네. 자, 다들 일하느라 바빠서 여기서는 얘기하기 곤란하니 위층으로 올라가세."

두 사람은 비좁은 계단을 오르고 복도를 지나 방으로 들어갔다.

움직이기 힘들 정도로 좁은 방이었다. 천장은 손을 뻗으면 만져질 만큼 낮았다. 불은 꺼져 있고 맞은편 건물의 불빛만 비스듬히 스며들어와 몽롱한 분위기를 자아냈다. 방음이 잘 되지 않는 탓에 아래층의 떠들썩한 소리가 고스란히 올라왔다. 미스터 유는 노인이 건네준 의자에 앉았다. 무릎을 살짝만 움직여도 상대방 무릎을 누르게 될 정도로 좁은 방이었다. 노인이 숨을 내쉴 때마다 위장에서 올라오는 냄새가 맡아졌다. 옆에는 작은 침상이 하나 놓여 있었다. 노인이 자는 침상일까? 문득 노인이 골동품점에서 비싼 명화를 구입한 사실이 떠올랐다. 돈이 상당히 많은 것이 분명했다. 왜 이런 새장 같은 방에서 사는 걸까?

노인은 미스터 유 어깨에 손을 얹은 채 조용히 말했다.

"난 보통 불을 안 켠다네. 이런 은밀한 분위기를 좋아해서 말이야. 여기 앉아 있으면 자네 생각이 온 동네를 자유롭게 돌아다닐 수 있을 걸세. 지금은 느낌이 어떤가?"

미스터 유는 몹시 작은 창문을 뚫어져라 쳐다봤다. 유일하게 빛이 들어오는 곳이었다.

"약간 추운데요."

미스터 유는 제 목소리가 원망조 같다는 생각을 했다.

"정상적인 반응일세. 자네가 왜 본인 가게 전기회로를 망가뜨렸는지 물어보고 싶네만."

미스터 유는 노인이 은근히 비웃고 있다는 걸, 그것도 온몸이 떨릴 정도로 웃고 있다는 걸 알아차렸다.

"언제 말씀하시는 거죠?"

"3월 27일. 폭우가 내렸던 날 말일세."

"기억력이 좋으시네요. 그때는 뭔가 얘깃거리가 있는 일을 벌이고 싶었어요. 정적을 견디기 힘들었던 것 같아요. 그 전부터 오랫동안 계획한 일이었고요."

미스터 유는 기계적으로 설명하면서도 왜 자백을 해야 하는지 의아했다.

"자네 참 솔직하구먼. 이제 그런 불편한 얘기는 그만하지. 같은 업계 사람들에게 거부감이 들지 않는다면 자주 놀러 오게나. 한밤중에도 우리가 있어서 늘 시끌벅적한 곳이거든. 해변가 도로 132번지가 이 도시의 랜드마크지. 내가 이 길 끝에서 우리 파친코 가게를 바라보고 서 있으면 자네한테 굉장한 용기가 생길 걸세. 활력이 넘치는 곳이니까."

"다 같은 단체입니까?"

미스터 유는 이렇게 물어보면서도 입이 바짝바짝 마르는 것 같았다.

"아닐세. 여기는 오가는 사람이 많은 자유항일세. 어디로 갈 텐가? 물 좀 마시겠나? 그냥 가만히 서 있게나, 밖은 위험하니까."

미스터 유는 한사코 방을 나섰다. 여기저기 더듬어보다가 겨우 계단 입구를 찾아내 비좁은 계단을 걸어 내려갔다. 아무도 미스터 유를 신경 쓰지 않았다. 사람들은 파친코 화면만 뚫어져라 쳐다볼 뿐이었다.

미스터 유는 길거리로 나왔다. 노인이 숨을 헐떡이며 나타나더니 소매를 움켜잡았다. 노인과 함께 온 한 남자는 미스터 유의 다른 쪽 소매를 붙잡은 채 크게 소리를 질렀다.

"사장님, 이놈 손 좀 볼까요?"

"안 돼, 그러지 말게나. 놔주라고."

남자는 언짢아하며 미스터 유의 소매를 힘껏 뿌리치더니 뭐라고 중얼거리고는 가게 안으로 들어갔다. 미스터 유는 돌아서서 132번지를 훑어봤다. 정말 이상했다. 파친코 가게가 있던 자리는 새까만 공터로 변해 있었다.

"이런 가게는 말이야, 안에 들어가야만 존재하는 곳일세."

노인이 말했다. 웃고 있는 것 같기도 했다.

미스터 유는 시큰둥해하며 곧장 132번지에 있는 공터로 걸어갔다. 노인은 이번에는 따라오지 않고 자리에 그대로 서 있었다.

미스터 유는 두 건물 사이에 난 공터에 서 있었다. 위쪽에서 대화 소리가 났다.

"네가 원하는 게 거기 있을 거야. 그게 너랑 놀고 싶어할 테니까."

여자가 말했다.

"내가 왔으니 망정이지 안 왔으면 그것마저 없어졌을 거야."

남자가 말했다.

잠시 생각에 잠겼던 미스터 유 마음속에 한 줄기 빛이 스며들었다. 미스터 유는 눈길로 노인을 찾았지만 사라지고 없었다. 모든 곳이 쥐 죽은 듯이 조용했다. 고개를 들어 위쪽을 쳐다봤다. 순간 창문의 불이 꺼졌다. 방금 대화 소리가 난 창문 같았다. 노인이 근처에 있다는 걸 알 수 있었다. 눈에 보이는 사물들이 모두 그 사실을 암시했기 때문이다. 노인은 자기 가게가 '자유항'이라고 표현했는데 매우 구체적인 비유였다. 방금 자유항에 들어갔다 나왔으니 이는 미스터 유가 오늘 밤부터 자유인이 되었다는 뜻이었다.

자유인이란 무슨 의미일까? 미스터 유의 입에서 이 질문이 튀어 나왔다.

"내가 바로 자유인이오. 따라오시오."

등 뒤에서 누군가의 목소리가 들렸다.

고개를 돌리자 골동품점 전기 수리공이 눈에 들어왔다. 전기 수리공이 미스터 유의 소매를 붙잡고 공터 쪽으로 끌어당겼다. 취객이 행인을 괴롭히는 것 같은 거친 행동이었다. 공터를 지나가는데 밤꾀꼬리의 울음소리가 들렸다.

"이 앞이 공원인가요?"

미스터 유가 물었다.

"아니, 교수대라오. 내가 죽고 싶어서 그러니 그쪽으로 가봅시다."

"그런데 저는 전혀 죽고 싶은 마음이 없는데요."

"그럼 '자유항'에는 뭐하러 왔소? 별일이군."

전기 수리공이 미스터 유를 홱 뿌리치더니 눈앞에 있던 잡목숲 쪽으로 돌진했다. 전기 수리공의 여위고 작은 몸이 숲속으로 사라져 보이지 않았다. 부스럭거리는 소리만 났다. 전기 수리공은 미스터 유에게 뭔가 불만이 있는 듯했다. 미스터 유는 전기 수리공이 가게에 있을 때는 소심하면서도 겸손했던 기억이 났다. 이토록 격한 행동을 하리라곤 전혀 생각지 못했다.

그 순간 황야의 흙냄새가 맡아졌다. 이 동네에 어떻게 황야가 있을 수 있지? 주변에는 황야가 없었다. 그리 멀지 않은 앞쪽도 해변가 도로(바다와는 관계없는 차도 명칭)였다. 가로등 불빛 아래 자리한 잡목숲이 마치 임시로 옮겨놓은 무대 세트장 같았다. 미스터 유가 잡목숲으로 가까이 다가가 살짝 외쳤다.

"샤오우, 샤오우!"

전기 수리공이 보이지는 않았지만 목소리를 억누르며 대꾸하는 소리가 들렸다.

"소리 지르지 마, 소리 지르지 말라고. 이 진절머리 나는 놈아, 얼른 떠나버려, 빨리! 안 가면 내가 실패한 게 된다고. 난 정말 운이 없는 놈이야……."

미스터 유의 얼굴에 열이 났다. 부끄러운 마음에 잡목숲을 벗어나 해안가 도로에 난 인도로 걸어갔다. 왜 부끄러운 마음이 든 걸까? 이유를 알지 못했지만 아마 착각이었을 터다. 전에도 이런 일이 여러 번 있었던 것처럼 말이다. 미스터 유는 난감한 기분을 떨쳐버리려고 애썼다. 집에 가서 쉬고 싶었다. 길모퉁이를 돌아가려는데 파친코 가게 사장이 다시 나타났다.

"이 일대는 다 내 영역이네. 느낌이 어떤가? 왜 내 영역이라고 하는 줄 알겠나? 내가 그렇다면 그런 거야. 내가 무슨 조직폭력배 두목은 아닐세. 나랑 자네 같은 사람들이 매일 밤 여기 나타나는 거지. 시간이 지나면 우리 발밑에 있는 땅이 반응할 걸세. 들어보게나, 타, 타, 타. 자네도 자네 근거지가 따로 있을 게야. 내 말이 맞지? 모든 도시를 다 자네 거라고 생각하는 건 알고 있네만 실은 나도 그렇다네."

노인은 구두에 트렌치코트를 걸치고 있었다. 걸어오는 모습이 굉장히 분위기 있어 보였다. 정계 인사처럼 자신감 있으면서도 오만하고 야심만만한 모습이었다.

"우리 가게에 또 오세요."

미스터 유가 말했다.

"당연히 가야지. 나중에 또 우연히 만날 걸세."

노인이 단호하게 대꾸했다.

가로등이 꺼지자 날이 밝아왔다. 노인이 손짓을 하더니 택시에 올라탔다. 미스터 유는 멍하니 그 자리에 서 있었다. 한참을 아무 말도 하지 못한 채.

"미스터 유, 자네 왜 그런 건달이랑 어울리는 겐가?"

골동품점 사장이 물었다.

미스터 유는 이 사람은 또 어디서 나타난 건지 의아했다. 근처에 숨어 있었던 듯했다.

"누구랑 어울리든 그건 내 자유예요."

미스터 유가 딱딱한 어조로 맞받아쳤다.

"아, 알겠네. 물론이지, 물론이야. 자네 의견에 반대하는 건 절대 아닐세⋯⋯."

미스터 유는 사장이 뭘 알았다는 건지 종잡을 수 없었다. 그렇다고 곰곰이 생각하는 것도 귀찮았다. 몹시 졸렸다. 왜 사장과 얘기만 하면 잠이 쏟아지는 걸까?

알고 보니 익숙한 길을 걷고 있었다. 이미 날도 밝았는데 어째서 졸린 건지는 알 수 없었다. 인도를 막고 있는 잡목숲이 보였다. 도로 중간에도 잡목숲이 있었다. 사장이 옆에서 시끄럽게 떠들어댔다.

"왜 비밀스러운 숲이 있는 거냐고? 죽는 게 두렵지 않은 사람이 많아서지."

미스터 유는 몽롱한 정신으로 허리를 수그린 채 숲을 향해 나아갔다. 어떤 목소리가 들렸다.

"난 외로움이 두렵지 않네. 날 그리워할 필요 없다고."

또 그 전기 수리공이었다. 허리를 편 미스터 유는 숲을 빙 돌아 비틀거리며 서둘러 집으로 향했다.

"빨리 가도 괜찮아, 빨리 가도 괜찮은 걸세. 어쨌든 착실하게 사는 게 좋은 거니까."

사장이 말했다.

미스터 유는 잠이 덜 깨 비몽사몽한 채로 다리를 절룩거리며 골동품점으로 돌아갔다.

가게에 들어서자마자 푹 자고 일어난 것처럼 머리가 맑아졌다. 사장은 뒤쫓아오지 않았다. 어디로 갔는지 알 수 없었다. 사장 집무실 문을 열어보니 검정 제복을 입은 남자 둘이 앉아 있었다. 그중 한 명이 미스터 유를 가리키며 말했다.

"봐봐, 돌아왔잖아."

그러고 보니 두 사람이 입고 있는 옷은 경찰복이었다. 두 사람은 꿈쩍도 않고 말없이 미스터 유를 쳐다보고 있었다. 근엄한 표정이었다.

"무슨 일 있나요?"

미스터 유가 참다못해 입을 열었다.

"당연히 있죠. 다 알고 계시지 않습니까? 전기 수리공 실종 사건 말입니다."

입을 연 사람은 뚱보 경찰관이었다. 참을성 없고 악의로 가득 차 보이는 인상이었다.

"알고 있어요. 근데 스스로 행방불명된 거여서 막을 수 있는 사람은 없었어요."

"그 일을 조사하고 싶은 마음은 없습니다. 우리 관할이 아니니까요. 방랑녀에 대해 물어보러 온 참입니다. 방랑녀가 학대당한다는 소문이 돌고 있어서요."

뚱보가 미스터 유를 노려봤다.

"말도 안 되는 소문이네요. 우리는 연인 사이예요."

"연인끼리도 학대하는 사건이 발생하곤 합니다. 방랑녀를 이용하고 있는 건 아니겠죠?"

뚱보가 몇 번 눈을 흘겼다. 미스터 유는 더 이상 말할 생각이 없었다.

"반성 좀 하셔야겠습니다. 정말 아름다운 여자던데, 당신 같은 몰골로 방랑녀를……?"

뚱보는 비아냥거리면서 미스터 유를 쳐다봤다. 그러곤 발로 바닥을 쾅쾅 치더니 더는 못 참겠다는 듯 동료를 밀치고 나가버렸다. 밖에서 경찰차 사이렌이 길게 우는 소리가 들렸다. 미스터 유는 저도 모르게 소름이 돋았다.

위층에 있는 방으로 올라가보니 아량이 벌써 와 있었다. 아량은 벽장 안에 누워서 뭔가를 먹고 있었다.

"뭐 먹니?"

"감자요. 우리 마을 사람이 준 거예요. 우리 동네에 한번 다녀오고 싶어요."

"이 동네 사람들 중에도 너한테 관심 있는 사람이 적지 않은데."

"저 남자들 둘 다 좋은 사람이에요. 저 중에 말라깽이 경찰관을 사랑할 뻔했어요. 오빠만큼 좋은 건 아니지만요. 그 사람들 하는 일이 참 고상하더라고요. 오빠도 알 거예요, 그 사람들의 관심은 진심이란 걸."

"그래, 알지. 나한테 관심을 보여준 건 확실하지. 나 같은 사람에게 필요한 건 아마 그런 관심일 거야. 근데 왜 이렇게 불안한 걸까? 난 추위에 약해서 먼저 자야겠다."

미스터 유는 이불을 덮고 침대에 누웠다. 뚱보의 악의 섞인 얼굴이 눈앞에 아른거려서 잠을 잘 수 없었다.

"아량, 내일 한번 갔다 와."

"아니에요. 그냥 돌아가고 싶다는 생각만 해본 거예요. 여기 있을 거예요."

"뭐 때문에 그러는 거야?"

"당연히 사랑 때문이죠. 오빠, 저는 밤마다 마을 사람들과 같이 모여요. 작은 클럽에서요. 온통 코스모스로 뒤덮인 곳이어서 쥐들이 왔다갔다하는 곳이에요. 여덟 명이 모여서 같이 노래도 불러요. 옛날 노래들이요. 사실 고향에 있을 때는 사이가 별로 안 좋았어요. 날 우물 안으로 밀어버리고 싶었다고 어젯밤에 털어놓은 여자애도 있을 정도로요. 상세하게 자기 계략을 설명해주더라고요. 어째서인지 모두 아름다운 음모라고 생각했어요. 오빠, 자요?"

"응."

"왜 그 여자애가 짠 계략이 좋은 걸까요? 나 때문에 생각해낸 음모여서 그런 거겠죠? 예전에는 아무도 나 같은 사람 일에는 신경 쓰지 않았는데 불현듯 깨달았어요. 그 여자애가 나를 눈여겨보고 있었다는 걸. 그때는 몰랐어요. 일의 자초지종을 생각해보니까 기분이 나아지더라고요. 전에 그 마을에 있을 때 나는 별로 낙관적인 아이가 아니었어요. 무슨 이유인지 거기서 죽을까봐 무서웠죠. 그래서 도시로 와야겠다고 마음먹은 거예요. 시골에 있을 때는 겁이 많았어요. 시골을 막 떠날 무렵, 우리 마을은 이미 땅 위에 있지 않았어요. 온종일 여기저기 냄새를 맡고 다녀봐도 마을 입구를 찾을 수 없더라고요. 마을 사람들도 거의 마주칠 수 없었고요. 하지만 지금 보세요. 갑자기 이렇게 많은 마을 사람들을 만난 거예요. 도시에서 오히려 고향 사람들을 자주 마주치게 된 거죠. 마을 사람들이 일찌감치 도시로 이사 온 걸까요? 지하의 비밀 통로가 거리를 단축시켜준다고 누가 그러던데, 무슨 말이죠? 아무리 생각해봐도 모르겠어요. 오빠, 자요?"

미스터 유는 정말 잠이 들었다. 한꺼번에 이토록 말을 많이 하다니 아량은 자기가 생각해도 놀라웠다. 예전 같으면 기절했을지도 몰랐다. 지금은 머리도 안 아프고 정신도 맑았다. 아량의 병은 다 나은 걸까? 손은 여전히 얼음장처럼 차가웠고 심장에도 줄곧 희미한 통증이 느껴졌다.

아량은 벽장에서 옷을 꺼내 입고 살금살금 복도로 걸어갔다. 전기 수리공이 서 있었다. 백지장처럼 하얀 얼굴의 전기 수리공은 몹시 허약해 보였다.

"아량, 사랑해."

"알고 있어요. 어떻게 아직도 여기 있는 거예요? 고향으로 돌아간 거 아니었어요?"

"거짓말이었어. 고향이 아니라 자살하러 간 거였지. 막상 죽으려 했더니 아쉬운 마음이 들어 그냥 돌아온 거야."

"다행이네요. 죽으면 안 되죠."

아량이 심각한 표정으로 말했다.

"그럼 이만 가볼게. 내일 또 출근해야 해서."

"네."

전기 수리공이 떠난 지 한참 지났는데도 아량은 여전히 복도에서 있었다. 고개를 들어보니 또 장미꽃이 보였다. 장미 향이 코끝을 찔렀다. 머릿속에는 전날 밤 미친 듯이 기뻐했던 장면밖에 떠오르지 않았다. 그때 미스터 유가 하는 말이 들렸다.

"저 남자 참 대단한 사람이야. 그에 비하면 난 한참 부족하지."

어느 날 밤, 미스터 유와 아량은 밖으로 나가지 않고 방에서 깊은 잠을 잤다. 며칠 동안 밤마다 여기저기 돌아다닌 탓에 기력이 소진된 듯했다.

어슴푸레 날이 밝아오자 아량이 먼저 일어났다. 동네 사람이 귀에 익은 산타령을 부르는 소리가 들렸다. 그 사람이 문밖에 서 있었다. 아량이 흔들어 깨우자 미스터 유가 졸음 가득한 목소리로 말했다.

"가봐. 저 여자를 따라가보라고. 지하에 비밀 통로가 있으니까. 막다른 복도 끝에서 비밀 통로를 본 적이 있어. 사람들이 항상 거기로 올라오거든……."

아량이 문을 열자 샤오란이 보였다. 샤오란은 아량을 우물에 밀어뜨리려고 했던 바로 그 여자애였다. 지금은 친밀감이 생겨 샤오란을 '동생'이라고 불렀다. 샤오란이 감미로운 목소리로 부르는 노래를 듣다가 아량은 눈물을 흘렸다. 노래가 끝나자 샤오란은 아량을 아무 말 없이 바라봤다.

"동생아, 나 돌아갈 수 있을 것 같니?"

"아니. 마을 입구는 이미 봉쇄됐어. 이제 마을에서 있었던 일 같은 건 그리워하지 마. 마음을 접으라고. 언니가 생각해도 여기서 행복하게 잘 지내고 있는 거 맞잖아."

아량은 샤오란을 꽉 붙든 채 복도 끝까지 걸어갔다. 보고 또 봐도 바닥이나 벽 그 어디에도 비밀 통로는 보이지 않았다. 샤오란에게 여기 어떻게 들어온 건지 물었더니 이런 답이 돌아왔다.

"당연히 창문으로 들어왔지. 스파이더맨이 도와줬어."

"스파이더맨이 누군데?"

"언니네 가게 전기 수리공 말이야. 언니랑 관련 있는 일은 다 자기가 도와줄 거라던데? 언니 추종자라면서."

"그럼 너도 날 도와주려고 온 거야?"

"물론이지. 언니 향수병 있다고 하지 않았어?"

"난 안 도와줘도 돼. 향수병도 내가 걸리고 싶어서 걸린 거야. 방금 네 노랫소리를 들으며 생각했지. 이게 진정한 즐거움이라고. 내가 즐기기 위해서 걸린 병이라고. 그러니까 도움은 필요 없어. 그래도 고맙긴 하다. 넌 나한테 정말 잘해주는 것 같아."

방 안에 있던 미스터 유에게 두 여자애의 대화 소리가 들렸다. 미스터 유는 가슴이 벅차올랐다. 몸을 일으켜 문밖으로 나가 인사를 하려 했지만 두 여자애는 벌써 아래층으로 내려간 뒤였다. 미스터 유는 샤오란의 실루엣을 힐긋 내려다봤다. 아름다우면서도 소박하게 생겨 전혀 악의를 품은 여자 같지 않았다. 샤오란은 아침 일찍 달려와 아량에게 산타령을 불러주었다. 결코 평범한 우정은 아니었다. 둘은 무슨 사이인 걸까? 미스터 유는 자신도 그 안에 계속 있으면 두 여자애의 그런 예술적 경지에 들어설 수 있을 것만 같았다. 이로 인해 미스터 유와 아량이 함께하게 된 것이었다. 미스터 유는 생각이 여기까지 미치자 샤오란의 음모를 약간 이해할 수 있을 것 같았다. 아주 오래전에 어머니도 미스터 유를 시골길에 버리지 않았던가?

계단으로 올라온 골동품점 사장이 얼굴 가득 웃음을 머금고 말했다.

"미스터 유, 여기는 정말 지상낙원일세. 미인들만 오지 않는가. 내가 자네였으면 하늘에 감사했을 거야. 물론 자네가 매력적이어서 그런 거겠지만."

"누가 아량 뒤에서 음모를 꾸미려고 해요."

"그런가? 아량은 시골의 역사일세. 누가 그 역사를 말살해버리려 한단 말인가? 아니면 음흉한 계략을 짜서 아량을 어둠 속에서 환한 낮으로 꺼내주려는 건가? 심오한 문제구먼. 내가 생각 좀 해보겠네. 아량의 이익을 위주로 잘 생각해봐야겠지. 그 여자애는 창문으로 내려간 거지?"

"누구요?"

"샤오란 말이네. 원숭이처럼 기어 올라갔다 내려갔다 하잖나."

"샤오란은 아량과 함께 계단으로 내려갔어요."

"정말 간도 크구먼. 나랑 마주치기라도 했으면 경찰서에 보내버렸을 텐데. 내가 못 들어오게 하는 건 샤오란도 알고 있을 텐데 당당하게 돌아다니기까지 하다니. 미스터 유, 난 그런 샤오란이 참 마음에 들어."

미스터 유는 사장이 여기 뭐하러 온 건지 궁금했다. 그냥 서서 얘기하는 걸 보니 시끌벅적한 광경을 보러 온 듯했다. 눈앞에서 벌어진 일을 전체적으로 정리해보는 듯싶었다. 미스터 유가 아량과 샤오란, 그리고 전기 수리공 사이의 일에 깊숙이 개입되어 있는 것이 분명했다. 아량은 미스터 유를 찾아온 지 얼마 안 돼 골동품점의 유명 인사가 되었다. 미스터 유와 아량 본인도 예상치 못한 일이었다. 이런 상황에 짜증이 치밀어오른 미스터 유는 다른 사람들의 관심에서 벗어나고 싶었다. 하지만 벗어나려 하면 할수록 사람들은 미스터 유에게 몰려들었다. 전기 수리공마저 아량을 사랑하게 되었노라고 공개적으로 밝혔다. 사장은 놀랍게도 일찌감치 샤오란의 상황을 훤히 다 알고 있었다. 아마 샤오란과 쥐잡기 놀이를 하고 있었을 것이다. 생각이 여기까지 미치자 미스터 유는 복도 끝을 훑어봤다. 비밀 통로 입구가 보였다. 회백색 비밀 통로 입구는 뿌옇게 움직이는 안개 같았다. 그 안이 어떻게 생겼는지는 알 수 없었다. 등 뒤에서 사장의 웃음소리가 들렸다.

"미스터 유, 잘못 본 거란 걸 인정할 수 있겠나?"

무례한 말투였다.

미스터 유는 비밀 통로를 향해 걸어갔다. 복도 끝에서도 굉장히 먼 거리였다. 안개 덩어리가 작아지더니 벽 안으로 쑥 빨려들어갔다. 벽을 쓰다듬어보니 가시 달린 식물이 만져졌다.

"시골로 이사 가고 싶었는데 시골 마을이 우리 가게 벽으로 옮겨왔나보구먼."

비아냥거리는 듯한 사장의 말투에 미스터 유는 얼굴이 살짝 빨개졌다. 사장이 다가와 미스터 유 얼굴에 숨을 내뱉더니 몹시 화를 내며 말했다.

"비밀 통로는 우리 마음을 갈기갈기 찢어놓는다고. 비밀 통로를 서성이다보니 날이 아주 짧아졌어……."

미스터 유는 황급히 뒤돌아서서 아래층으로 내려갔다.

골동품점 사람들에 대한 아량의 태도를 곱씹어봤다. 침착하고 차분한 데다 조급함도 없는 아이였다. 골동품점이 마치 아량의 집 같다는 생각이 들었다. 정말 기적이었다. 아량은 도시에는 가본 적도 없는 시골 처녀였다. 얼핏 봐도 여기서도 인기가 많았다. 아량에게 경계심을 품는 골동품점 사람은 없었다. 다들 아량을 골동품점 사람이라고 생각해서였다. 그런 생각을 하는 이유는 절대 미스터 유 때문이 아니었다. 미스터 유는 일찌감치 그 점을 알고 있었고 또 그 때문에 화가 났다.

복도에 서서 생각에 잠겨 있을 때 계단 입구에서 아량과 샤오란이 속삭이듯 열띤 논쟁을 벌이는 소리가 들렸다. 미스터 유가 룽취안 청자 화병을 들고 있는 아량을 쳐다보자 아량의 얼굴이 새빨개졌다.

"이게 바로 정통 룽취안 청자야."

아량이 샤오란에게 말했다.

"정통은 무슨. 요즘은 정통이 위조품이란 뜻이던데."

샤오란이 화병을 흘겨보며 대꾸했다.

"그게 무슨 말이야? 골동품점에서 위조품을 판다고?"

아량의 두 눈이 반짝였다.

"응. 진품이 바로 위조품이란 얘기니까 좋은 일 아니야? 우리 동네 사람들도 다 아는 사실인데. 언니네 가게에서 위조품 한두 점 정도 갖다달라고 부탁한 사람도 있는걸."

"네 말도 일리가 있네. 생각 좀 해볼게. 오빠다, 오빠! 화병은 어떻게 감정하는 건지 알려주시겠어요?"

신이 난 미스터 유는 두 사람을 쳐다보며 말했다.

"아침부터 대단한 문제를 논하고 있었구나. 샤오란 말도 맞아. 요즘은 진품이 바로 위조품이니까. 용기 있는 사람만 인정할 수 있는 사실이지. 나도 그런 얘기 들은 지 꽤 오래되긴 했는데, 그건 진리야. 그러고 보니 시골 사람들이 유독 머리가 좋은 것 같구나. 화병을 가져가서 감상하려고?"

"사장님이 갖고 놀라던데요. 사장님은 아까 샤오란과 화해했어요, 샤오란이 가게에 좋은 영향을 미쳤다면서. 샤오란이 내 든든한 버팀목이라니, 생각만 해도 정말 기분이 좋아요."

아량과 샤오란은 화병을 복도 끝 창턱에 올려놓고 수다를 떨었다.

문득 아침을 안 먹은 걸 깨달은 미스터 유는 가보겠다는 인사를 하고 아래층으로 내려갔다.

미스터 유의 마음속에서 분노가 일었다. 샤오란의 눈동자에서 사악한 빛이 느껴져 바짝 긴장되었다. 한 번 마주친 것뿐인데 샤오란의 위력을 알아버린 것이었다. 미스터 유는 샤오란이 자신과 아량의 관계를 방해하러 온 거라고 여겼다. 얼굴이 뾰족하게 생긴 미인은 대개 교활했다. 사장이 무슨 꿍꿍이로 샤오란에게 그런 말을 한 건지 당최 알 수가 없었다. 사장은 미스터 유를 장난치듯 놀리면서 그런 식으로 통제했다.

미스터 유는 아침으로 식당에서 전병을 하나 사먹고 급하게 집으로 갔다.

방문을 열자 아랑과 샤오란이 벽장 안에서 마주보고 앉아 수다를 떨고 있었다. 미스터 유가 들어오는 걸 본 샤오란이 젓가락으로 화병을 톡톡 치며 말했다.

"오빠, 오빠. 오빠 직업은 정말 고상한 거 같아요."

목소리가 날카로워서인지 비꼬는 말처럼 들렸다. 미스터 유는 허리를 수그리고 다가가서 샤오란의 얼굴을 뚫어져라 보며 물었다.

"너한테는 이런 꽃병이 고상하니?"

"그야 물론이죠. 속이 어두컴컴하잖아요. 이 소리 좀 들어보세요. 비둘기가 꽃병 안에서 날개를 퍼덕거리고 있어요."

샤오란이 화병 주둥이에 귀를 갖다 대자 아랑도 가까이 왔다.

"우리 시골에도 비슷한 화병이 있는데 액막이용으로 부뚜막에 올려놨어요. 이렇게 오래된 물건은 처음 봐요. 수백 년은 된 거겠죠?"

샤오란이 말을 이었다.

"우리 시골에 있는 화병은 비둘기도 집어넣을 수 있어요. 화병이 작아 보이기는 해도 안쪽은 굉장히 넓거든요. 우리가 상상할 수 없을 만큼. 오빠 같은 감정사나 돼야 크기를 가늠할 수 있을걸요. 옛날 도공들은 이런 화병을 어떻게 만들어낸 걸까요? 그러고 보면 오빠 직업은 정말 고상해요."

이 말을 듣자 미스터 유는 샤오란에게 가졌던 경계심이 누그러졌다. 비밀 통로가 자기 삶에 어떤 영향을 미치는지도 깨달았다. 샤오란이 바로 비밀 통로를 오가는 사람이었다. 샤오란은 재빠르게 미스터 유의 직업을 파악한 것이었다.

샤오란이 옷장에서 나오며 미스터 유에게 말했다.

"오늘은 일하러 가야 해요. 고깃집에서 향신료 바르는 일을 하거든요."

샤오란이 자리를 뜨자 아량이 물었다.

"제가 새로 사귄 친구 어떤 거 같아요?"

"개성이 강한 거 같네."

미스터 유가 대답했다.

"맞아요. 얼굴도 예쁘고, 믿을 만한 친구죠."

아량이 화병을 미스터 유 귀에 갖다 댔다. 새떼 울음소리가 들리자 미스터 유의 두 눈이 반짝거렸다.

"오빠, 화병 도로 갖다놓을게요."

아량의 목소리가 멀찌감치에서 들리는 듯했다.

문이 조용히 닫혔다. 미스터 유는 눈앞이 흐릿해졌다.

미스터 유가 골동품점에 처음 일하러 왔을 때 사장은 막 마흔이 되었던 터라 혈기가 왕성한 시절이었다. 첫날 두 사람은 룽취안 청자 화병이 놓여 있는, 아래층 사무실 테이블에 앉아 있었다. 그때만 해도 젊었던 미스터 유는 자리에 앉아 사장의 새로운 사업 내용을 경청했다. 그러다 점차 사장 주위에 있는 거대한 자기장을 감지하게 되었다. 그때부터 사장의 영향력에서 벗어나려고 여러 번 시도했다. 두 달 동안 가게에서 나가 돌아오지 않는 '실종 놀이'를 하기도 했다. 결국엔 사장의 그물망을 벗어날 수 없다는 걸 깨달았다. 미스터 유는 사장의 의뭉스러운 열정에 끌렸다. 골동품점에 들어온 거의 첫날부터 사장의 사업은 미스터 유 자신의 사업이 돼버렸다.

딱 봐도 골동품점은 썰렁했다. 간혹가다 손님 한두 명이 들를 뿐이었다. 가게 안은 다소 기묘한 기운이 돌았지만 알 수 없는 열정이 솟구치는 곳이란 걸 미스터 유는 알았다. 사장, 직원, 전기 수리공 할 것 없이, 심지어 가게 소장품들까지 전부 비밀스러운 무언가를 품고 있었다. 한밤중이면 가게 안에서 종종 윙윙대는 소리가 들렸다. 소리는 하늘 끝까지 치솟아 이 도시 특유의 상징이 되었다. 미스터 유는 골동품점에 들어온 지 얼마 안 돼 불면에 시달리기 시작했다. 사장은 무심결에 본인도 불면증이란 말을 꺼냈다. 불면증 때문에 두통이 너무 심해 차를 미친 듯이 몰며 거리를 달릴 때도 있다고 했다. 미스터 유는 운전을 할 줄 몰랐다. 도시 곳곳을 걸어다니며 구경했다. 밤이 되면 그런 식으로 쏘다니다보니 도시를 속속들이 파악하게 되었다. 도시에 대한 이해도가 깊어질수록 흥미가 커졌고 그럴수록 사장의 사고방식도 놀랍게 느껴졌다. 몇십 년을 놀라워하며 보냈다. 의외로 미스터 유는 한밤중에 하는 도시 구경이 한 번도 싫증난 적이 없었다. 미스터 유 본인도 그 이유는 알 수 없었다. 사람들이 망령 속에서 살고 있다는 걸 본인들만 모르는 걸까? 대개는 태어날 때부터 알고 있었을 것이다. 이를테면 아량이나 샤오란 같은 매우 영리한 여자애들은 골동품점의 사업을 단번에 파악했다. 골동품점에 발을 들이자마자 자연스럽게 스며들기까지 했다.

"미스터 유, 길가에 있는 멀구슬나무에 꽃이 피었네."

사장이 문 앞에 나타났다.

"꽃은 원래 봄에 피는 거 아닌가요? 지금은 늦가을인데."

미스터 유가 어리둥절한 눈으로 쳐다보자 사장이 웃으며 말했다.

"10여 년 전에 심은 이 나무들도 다 자기만의 시간표를 갖고 있다네. 저 여자애들은 정말 반짝반짝 빛나더군. 이렇게 우울한 분위기도 걔들의 생기를 억누를 순 없지. 방금도 바람처럼 맞은편 길가로 뛰어가는 걸 봤다고. 아량은 대체 아픈 건가 안 아픈 건가?"

사장이 미스터 유를 유심히 쳐다보며 물었다. 하지만 물음에 대한 답에는 관심 없다는 듯 손을 흔들더니 도로 아래층으로 내려갔다.

방 정리를 하던 미스터 유는 벽장 안에 있던 담요를 선반 위에 꺼내놓았다. 담요에서는 멀구슬나무 향이 났다. 여자애들 머리카락 냄새였다. 미스터 유는 한 소녀를 좋아했던 10년 전 소년의 모습으로 돌아가 있었다. 허리를 굽혀 분홍색 쿠션을 주우려는데 쿠션 안에서 조그만 화병이 굴러떨어졌다. 전의 그 화병과 완전히 똑같은 모양이었지만 크기는 4분의 1밖에 되지 않았다. 이토록 조그만 화병은 이제껏 본 적이 없었다. 샤오란이 시골에서 가지고 온 걸까? 화병을 코밑에 갖다 댔더니 역시나 장작 냄새가 났다. 화병에 그려진 도안이 눈앞에서 살아 움직이는 것만 같았다. 손이 떨렸다. 몹시 아름다웠다.

방 정리를 다 하고 창턱에 느긋하게 앉아 있었는데도 마음이 진정되지 않았다. 길 건너편 건물에서 기공사가 또 기를 내뿜기 시작했다. 기공사가 뿜은 기폭풍으로 인해 커다란 유리창이 쉭쉭 소리를 내며 뒤흔들렸다. 인도를 지나가던 행인 둘이 깜짝 놀라 걸음을 멈추고 위를 올려다봤다.

"뛸 거야? 도망갈 거냐고?"

"도망을 왜 가? 사람한테 나는 소리가 아니라 땅에서 나는 소리인데."

두 사람의 대화 소리가 또렷이 들렸다. 대낮에 골동품점에 있다 보면 손님들의 이런 대화 소리가 들리곤 했는데 미스터 유에게는 익숙한 내용이었다. 살다가 맞닥뜨리는 문제는 누구나 똑같을 터였다. 땅이 흔들리면 도망갈 것인가 하는 문제 말이다. 유리창 너머 기공사의 모습이 점차 흐릿해지더니 너울거리기 시작했다. 끝내는 기에 빨려들어가버렸다. 어느 정도 떨어진 거리였지만 미스터 유도 맞은편의 충격을 느꼈다. 창틀에서 내려와 커튼을 쳤다.

아래층으로 내려왔더니 사장이 손님과 낮은 목소리로 대화를 나누고 있었다. 폭우가 내릴 때 가게로 뛰어 들어왔던, 옛 성곽 안에 황금 갑옷이 있다고 했던 그 남자였다. 사장이 미스터 유에게 손짓했다.

"미스터 유. 이분과 약속한 적이 있지 않았나?"

미스터 유는 두 사람과 약간 떨어진 자리에 묵묵히 서 있었다. 눈동자를 굴려봤지만 무슨 약속인지 기억나지 않았다. 다리를 떨고 있는데 익숙한 새똥 냄새가 났다. 손님 옆에 놓여 있던 포댓자루 안에서 조그만 동물이 움직이고 있었다.

"무슨 약속이요?"

미스터 유가 물었다.

그 순간 소파에 앉아 있던 두 사람이 명령이라도 받은 듯 동시에 일어났다. 손님은 밖으로 뛰쳐나가고 사장은 집무실로 돌아갔다. 유리문 너머로 손님이 택시를 타고 쏜살같이 떠나는 모습이 보였다. 미스터 유는 울적한 기분으로 사장 집무실로 들어갔다.

"저 사람 사업은 민첩함이 필요한 법인데 자네는 너무 굼떠."

사장이 말했다.

"그렇긴 해요. 저 같은 사람은 골동품점이나 지키고 앉아 있을 수밖에 없죠. 그 사람은 무사의 후손인가요? 스타일도 무사 같던데 정작 본인은 자칭 도굴꾼 아들이라더군요."

"도굴꾼이 무사지, 뭐. 신분이 뭐가 중요한가? 도굴은 자유롭고 호방한 맛이 있어서 어떤 신분으로든 할 수 있는 일일세. 나도 젊을 때 해봤는데 결국 실패했지. 죽은 사람 머리통을 손에 들고 밤길을 걸어야 하는 일이더라고. 휴식과는 영원히 연이 없을 게고, 잠도 천장이 없는 곳에서 자야겠지. 도망칠 땐 똥통 속까지 뛰어들어야 할 거야."

사장이 이렇게 말하자 미스터 유는 부끄러워졌다. 꿩을 봤던 그날 밤이 떠올랐고 온몸을 새똥으로 뒤집어서서 새똥 냄새가 진동했던 기억이 났다. 왜 아직도 적응이 안 되는 건지 스스로 되물었다.

"사람에게는 다 제 위치가 있기 마련이지."

사장이 한숨을 내쉬며 말했다.

"미스터 유, 거액의 자산을 모으지는 못했으니 우리 계획은 일단 뒤로 미뤄두세. 여기 앉아 있으니 머릿속에 그 일들이 떠오르는 게 꼭 지금 그 상황에 처해 있는 것 같단 말이지."

사장이 일어나 뒷짐을 지자 뚱뚱한 몸이 기우뚱거렸다. 힘겹게 균형을 잡고 있는 듯했다. 미스터 유는 사장 몸에 무슨 일이 생긴 건 아닐까 걱정되었다.

사장이 돌연 쿵 하고 둔탁한 소리를 내며 바닥으로 넘어졌다. 사장의 입술이 실룩거렸다.

미스터 유가 쭈그리고 앉아 사장 코에 손을 대봤다.

"제발…… 우리가 일을 분담해서 행동해야……."

미스터 유의 목소리가 개미 목소리처럼 기어들어갔다.

집무실에서 나온 미스터 유는 문을 살살 닫았다. 전기 수리공이 위층에 있는 걸 발견하고는 곧장 위층으로 올라갔다.

"사장님이 큰일 나셨어요."

미스터 유가 말했다.

"네?"

전기 수리공이 짙은 눈썹을 찡그렸다.

"그분은 좋은 아버지잖아요?"

"두렵지 않아요?"

"두렵긴 뭐가 두렵다고. 모든 게 프로그래밍돼 있던 겁니다. 정말 아름다운 일이죠. 특히 어제야 나타난 징조들이 이미 20여 년 전에 다 계획되어 있던 거라고요."

전기 수리공은 걸음을 멈추고 심술 난 표정으로 계단을 막고 섰다. 미스터 유는 위층으로 못 올라가고 계단에 주저앉을 수밖에 없었다. 전기 수리공도 덩달아 계단에 눌러앉았다.

"경찰에 신고해야 되지 않나요?"

미스터 유가 슬쩍 물어봤다.

"당연히 신고해야죠."

전기 수리공이 미스터 유 어깨에 손을 얹으며 말을 이었다.

"근데 사장님이 신고하는 건 별로 안 좋아하셔서. 그럼 이렇게 합시다. 사장님을 차에 싣게 도와주시죠."

밖으로 나간 전기 수리공이 차를 몰고 와 문 앞에 세웠다. 두 사람은 꽤나 무게가 나가는 사장을 들어 차에 실었다. 미스터 유는 사장을 들어올리다가 숨이 막힐 것 같았다. 어떻게 된 게 소 한 마리 드는 것보다 더 무거울 수 있을까?

"어디로 싣고 가려고요?"

"극장 밑에 있는 작은 광장으로 가서 바람 좀 쐬게 해야죠."

전기 수리공이 대답했다.

미스터 유는 방으로 돌아와 자리에 누웠다. 사장이 말한 시간표의 의미를 생각해봤다. 골동품은 고유의 시간표가 있다는 말을 실마리 삼아 상황 파악을 해볼 수밖에 없었다. 사장이 쓰러진 건 어떤 상황일까? 시선을 창틀로 옮겨 조그만 화병을 지그시 바라봤다. 순간 미스터 유 눈빛에서 이상한 소통의 기류가 흘렀다. 미스터 유는 혼잣말을 했다.

"이게 바로 진정한 시골이란 거지. 아랑의 출생지."

"미스터 유, 저 왔습니다."

전기 수리공이 문 앞에서 말했다.

"광장에는 안 갔었나요?"

"네. 사장님이 깨어나셨습니다."

"상황이 급변하는군요."

전기 수리공은 창가로 가 화병을 들어올리더니 땅딸막한 손가락으로 톡톡 쳤다. 화병 주둥이를 귀에 갖다 대더니 연신 인상을 찌푸렸다.

"시골에 풍문이 파다하다고 합니다."

전기 수리공이 말했다.

"무슨 풍문이요?"

미스터 유가 물었다.

"자세한 건 모르겠습니다. 아랑과 샤오란이 아무 이유도 없이 여기 숨어 있었겠습니까? 시골은 미개한 곳입니다."

"고마워요."

"김칫국부터 마시는 경향이 있군요."

"그게 제 단점이긴 해요. 사장님은 괜찮을까요?"

"물론이죠. 벌써 방으로 가셨습니다. 지금 샤오란과 밀회 중일 겁니다."

전기 수리공이 창틀에 걸터앉더니 손에 들고 있던 화병으로 맞은편 건물에 신호를 보냈다. 미스터 유도 그쪽을 바라봤다. 기공사가 유리창 앞에 있고 옆에는 아담한 여자 두 명이 서 있었다. 미스터 유는 아연실색했다. 아량과 샤오란이었던 것이다.

"저 인간 죽여버릴 거야."

전기 수리공이 소리 질렀다.

그러곤 아래층으로 뛰어내려갔다.

두 여자애가 뱀처럼 기공사의 몸을 휘감고 있는 모습이 미스터 유 눈에 들어왔다. 시선을 다른 데로 돌리고 싶었지만 잘 되지 않았다. 숨이 가빠지고 눈빛이 흔들렸다.

전기 수리공이 집으로 뛰어 들어가서인지 잠시 뒤 기공사와 두 여자애가 넘어졌다.

미스터 유는 다시 드러누웠다. 시선은 여전히 조그만 화병에 가 있었다. 밖은 차츰 어두워졌다. 화병은 몹시 작은 그림자를 드리웠고, 기공사 집 창문은 어두컴컴해졌다. 어떤 비밀 통로로 빠져드는 느낌이었다. 전방의 출구는 극도로 좁았다. 몸이 생선만큼 납작해진다면 지나갈 수 있을 것도 같았다. 미스터 유가 자살할 사람이 아니라는 건 분명했다. 자살을 마음먹기에는 지나치게 우유부단한 성격이었다. 미스터 유는 전기 수리공이 내심 부러웠다. 어느 날 밤, 전기 수리공이 길가 숲에서 미스터 유에게 자기 신념을 얘기해 준 적이 있다. 아량이 미스터 유를 간파한 걸까?

저 아래 큰 도로에서 아이 둘이 뛰어다니며 이렇게 소리를 질렀다.

"미스터 유. 미스터 유."

사장이 또 아무런 인기척 없이 불쑥 들어왔다.

"미스터 유, 내 심장이 되살아났네."

"사장님, 우리가 졌어요, 사장님."

"그래, 우린 늘 졌지. 그런 게 운명일세."

두 사람은 병원에 있는 환자들처럼 침상에 나란히 앉았다. 미스터 유는 안절부절못했다.

"어디서 오신 거예요?"

미스터 유는 이렇게 묻자마자 등골이 서늘해졌다.

"어느 날 도박판을 벌이다가 자네 아버지가 지는 바람에 자네를 판 돈이 나에게 들어왔지. 하지만 그걸로는 어떤 문제도 설명할 수 없다네. 그렇지 않은가?"

"네. 지나간 일은 이제 아무런 의미가 없죠."

사장은 오래 앉아 있으려니 살짝 짜증이 났다. 자리에서 일어나 불안에 떨며 밖으로 나갔다.

아량은 한밤중에 돌아와 침대에 누웠다. 온몸이 불덩이 같았다.

"아량, 아프니?"

미스터 유가 몸을 웅크리면서 고통스러운 신음을 내는 아량에게 물었다.

"오빠, 나 이 동네 남쪽에 있는 오래된 대저택에서 샤오란이랑 같이 살 거예요. 그 대저택은…… 오빠, 거기 안 가봤어요? 겉만 멀쩡한 집이 있어요. 손으로 살짝만 건드려도 흰 개미떼가 몰려나오는."

"아량, 병원 가보자."

"안 돼요, 못 가요. 여기 있을 시간이 다돼간단 말이에요. 이런 게 바로 행복이잖아요. 샤오란이 거기서 기다리고 있어요, 기공사도요. 이번 일은 참 쉬웠어요. 세상에 그런 집이 또 어디 있겠어요? 오빠가 그 집을 남쪽으로 밀면 어떤 구조가 나타날 거예요. 북쪽으로 밀면 또 다른 구조가 나타날 거고요. 흰개미는 정말 대단해요. 기공사하고는 비교가 안 될 정도라고요. 샤오란이랑 저랑 각자 자기 대저택으로 들어가면 영원히 깨어나지 못할 거예요……."

"내가 오해했구나, 아량."

"정말이에요? 오빠! 오빠 때문에 마음이 놓이질 않아요. 내일 해질 무렵에 출발할 거예요. 날이 어두워져야 대저택에 도착할 거고요."

미스터 유가 망령을 껴안듯 뒤에서 아량을 가볍게 껴안았다. 손에 딱딱한 물건이 만져졌다. 또 다른 조그만 화병이었다. 창틀에 있던 것과 한 쌍이었다. 아량이 자기 심장 옆에 갖다놓은 화병이었다.

"방에 화병이 아주 많네."

미스터 유가 중얼거리듯 말했다.

"다 내가 부른 것들이에요. 이제 내가 떠나고 나면 화병은 오빠랑 같이 지내게 될 테니 외롭지는 않을 거예요. 우리 동네 부뚜막에도 이런 화병이 하나 있었어요."

잠시 침묵을 지키던 아량은 고통이 사라진 듯 호흡이 균일해졌다.

기차 기적이 먼발치에서 간간이 들려왔다. 미스터 유는 서리가 끼던 아침과 시골길에 불던 차가운 바람이 문득 떠올랐다.

6장

의사의
세계관

닥터 류는 젊은 시절 이성을 잃을 정도까지는 아니어도 방탕하게 산 적이 있다. 언제나 현재 상황에 만족하지 못하는 사람이었다. 곧 그런 삶도 지겨워져 다르게 살아보기로 했다. 겉으로는 의학 전공과 관련된 삶이지만 실제로는 그보다 한층 더 전망 좋은 삶으로 방향을 바꾸었다. 진중하면서도 자기만족을 할 줄 아는 고독한 남자가 된 것이다. '무릎에 여자가 앉아 있어도 아무렇지 않은 남자'가 되었다는 말은 아니다. 샤오위안과 있었던 일만 봐도 속세에서 벗어날 수는 없었던 듯했다. 하지만 닥터 류만의 독특한 생활방식이 만들어진 건 사실이었다. 차오현에 있는 소박한 진료소는 하나의 자그마한 풍경이 되었다. 사람들은 몸과 마음이 아프면 진료소를 찾았다. 십 몇 년 전만 해도 닥터 류는 무척 힘들어서 몇 번이나 죽고 싶은 마음이 들었다. 이제는 삶이 완전히 바뀐 것이다.

닥터 류는 거의 매일 저녁때까지 진료를 보고 흰 가운을 입은 채

산으로 약초를 캐러 다녔다. 그러다 종종 나뭇가지에 걸려 넘어졌다. 이토록 직업정신이 투철한 닥터 류를 차오현 사람들은 존경하고 신뢰했다. 닥터 류는 환자와의 연락은 물론이고 차오현의 바깥 세상과도 비밀스러운 연락을 했다. 일 년에 적어도 두 번은 낯선이 몇 명이 닥터 류를 찾아왔다. 진료소 근처 여관에 짐을 풀고 닥터 류와 함께 산에 올랐다가 이틀간 묵은 뒤 떠나는 여정이었다. 닥터 류는 누가 물으면 동종 업계 사람들이라며 의학 자료를 주러 온 거라고 대답했다. 그자들을 뒤쫓아가본 호사가도 있었는데, 정말 재미없는 사람들이었다고, 아무 말도 하지 않고 묵묵히 산에만 올랐다고 했다. 산 정상에 올라서는 큰 바위에 멀거니 앉아 있었다고도 했다. 매를 관찰하는 것이었을까? 그러더니 그냥 산에서 내려왔다고 했다. 그자 말에 따르면 그토록 재미없는 사람들은 웬만해선 보기 드물 정도였다. 반면 닥터 류는 위트가 넘쳐 보이는 사람이었다.

닥터 류의 의술은 평범한 수준이지만 통증을 완화시키는 데는 뛰어났다. 닥터 류는 환자가 뭘 해도 되냐고 물으면 대부분 무조건 안 된다고 했다. 오히려 그 때문에 차오현 사람들은 큰 병원에 갈 바에는 닥터 류를 찾아가는 게 낫다고 여겼다.

"큰 병원이 다 무슨 소용이야? 어차피 우리 병은 낫는 것도 아닌데. 몸만 안 아프면 되는 거지."

다들 이렇게 말했다. 닥터 류 진료소가 진료비도 저렴하고 실속 있다는 것이었다. 닥터 류는 양의사였지만 한약재를 연구한 지 꽤 오래되었다. 한약 속에 아직 개발되지 않은 세계가 담겨 있다고 믿었다. 그 세계는 인체와 함께 성장하기 때문에 서로 보이지 않게 연결되어 있다는 입장이었다. 닥터 류가 지어주는 한약은 제법 인기가 많았다.

닥터 류에게 한약재란 무엇일까? 단순히 약재의 의미보다는 분명히 훨씬 더 심오한 의미가 있을 터였다. 닥터 류는 밤이면 손을 뻗어 허공을 휘젓곤 했다. 그럴 때마다 털이 보송보송하게 나 있는 식물들이 만져졌다. 벽 전체를 차지할 정도로 자라난 식물들 탓에 벽에 움푹 들어간 구멍이 많았다. 닥터 류는 약초의 특징을 파악하려고 산에서 밤을 지새우기도 했다. 귀를 땅에 바짝 붙이고 풀더미에서 잠을 잤다. 자금우가 부들부들 떠는 소리가 들릴 때도 있었다. 그러면 자금우가 염증을 없애는 물질을 분비 중이라는 생각이 들어 기분이 들뜨기까지 했다.

"의사 선생, 독한 약으로 좀 지어주게나. 뼛속까지 쑤실 정도로 아파서 그러네."

나이 든 환자가 말했다.

"인내심을 가지셔야 합니다. 한약을 먹는 건 체내에 식물을 이식하는 것과 비슷하다고 보시면 돼요. 약재가 몸속에 잘 자리 잡을 수 있도록 해야 하는 거지요. 통증이 오는 순간도 있을 겁니다. 하지만 새로운 통증으로 기존 통증을 없앨 수 있습니다."

"아이고, 의사 양반. 약을 먹은 것도 아닌데 말씀만으로도 마음이 편해지는구려."

노인은 이제 막 자라난 신기한 약초를 발견하기라도 한 듯 허공을 뚫어져라 봤다. 노인은 생각했다.

'의사 양반이 말한 약초가 날 위해 자라고 있다니, 그 약초가 내 병을 토양으로 삼아 자라나는 거군.'

노인은 닥터 류 가운에 붙어 있는 각종 식물의 씨앗을 발견했다. 씨앗들이 고개를 내밀고 두리번거리고 있었다.

닥터 류의 암흑세계에서는 인간과 식물이 서로 뒤엉킨 채 함께 자란다. 촘촘하게 자란 식물은 종종 사람을 질식시킨다. 특히 뿌리 부분과 씨앗 부분이. 그렇게 질식하는 순간 반드시 날아올라야 한다. 하지만 사람은 결코 날 수 없다. 지상에서 가까운 공중에 걸려 있는 사람은 온몸에 씨앗이 잔뜩 묻어 있다. 그 순간 사람은 득의양양하기도 하고 고통스럽기도 하다. 더 높이 날고 싶으면서도 땅바닥으로 떨어지고 싶어하기도 한다.

오래전, 닥터 류는 세계 대연결에 대해 어렴풋이나마 들은 적이 있다. 그해 이른 봄, 첫 번째 사람들이 차오현에 왔다. 총 세 명이었다. 셋 다 입고 있던 검은 두루마기에는 온통 기이한 풀의 씨앗이 묻어 있었다. 이들은 하루만 머물고 떠났다. 닥터 류는 검정 옷 행색의 세 사람을 배웅하며 가슴이 설레었다. 연락은 그때부터 시작되었다. 사람과 사람 간의 연락, 그리고 식물끼리의 연락이. 그런 연결이 매 순간 일어나고 있다고, 꼭 바람이 하는 일 같다고, 닥터 류는 생각했다. 당시에 닥터 류는 진료소 입구에 서서 세 사람을 맞이했다. 세 사람은 고개를 숙인 채 묵묵히 진료소로 들어왔다. 밖에서는 꽤 많은 아이가 바람을 맞으며 소리를 질렀다. 닥터 류의 마음속에서도 많은 아이가 소리를 질렀다. 세 사람은 다시 돌아갔다. 이들이 닥터 류가 있는 차오현을 바깥세상과 연결해주었다.

"쑤저우 정원에 약초를 심기 시작했습니다. 하지만 그 행위의 의미는 알아낼 수가 없군요."

"약용식물은 야생에서 상태가 훨씬 더 좋습니다. 무엇을 길러내야 하는지 땅이 잘 알고 있는 거죠."

"희귀 품종은 대개 발견되기도 전에 사라지고 맙니다."

"세상이 어떻게 발전해나가든 상관없이 연결은 꼭 필요합니다."

"분명히 인류가 생기기 전부터 약초들이 있었을 겁니다. 인류의 출현을 위해 약초가 준비된 거라고 볼 수 있죠."

검은 옷을 입은 세 사람이 내놓은 견해였다. 이들의 말을 듣고 내면이 밝아지고 확장된 닥터 류는 그날부터 먼 곳에서 오는 정보를 굳게 믿기 시작했다. 세 사람과 차오산에 올랐던 날, 먼 곳을 바라보다 시야에 들어온 건 산과 산이 잇닿아 하늘까지 뻗어 있는 모습이었다. 집으로 돌아온 뒤 며칠 밤에 걸쳐 약재 서적을 탐독했다. 낯선 식물 몇 가지가 머릿속에 떠오르면 순간적으로 분석을 했다. 식물의 특징과 분포 지역을 생각해냈다. 잎이 얇은 허브 식물은 '그루터기'라고 불렀다. 밤새도록 상상해낸 식물 때문에 흥분을 감추지 못했다.

닥터 류는 약초뿐만 아니라 침술에도 관심이 많았다. 위씨 노인이 진료소에 오면 닥터 류가 머리에 가득 침을 놓아주었다. 끔찍한 모양새였다. 위씨 노인은 그 채로 고개를 들고 성큼성큼 걸어다녔고 젊은이 둘이 그 뒤를 따라다녔다.

이들은 진료소에 앉아 밤이 깊도록 진솔한 대화를 나누었다. 위씨 노인은 침을 연구하다가 닥터 류를 알게 되었다고 했다. 아니면 대도시에 사는 자신이 어떻게 이런 외진 시골에 있는 닥터 류와 교감할 수 있었겠는가? 위씨 노인은 사람 몸에 침을 놓는다는 건 우주로 들어가는 것이라고 여겼다. 멀고 험한 여정을 건너뛰고 거리가 순식간에 사라지는 식이었다. 여러 해 동안 실험해본 결과 정말 그렇다는 걸 점점 더 확신했다. 노인의 조수가 닥터 류에게 몹시 긴 침을 보여준 적이 있다. 사람 키만 한 길이였다. 순간 닥터 류는 가슴이 벅차올랐다. 눈물이 그렁그렁 맺히면서 마음속 응어리가 풀렸다.

위씨 노인과 두 젊은이는 밤이 되면 여관으로 돌아가 쉬었다. 닥터 류는 흥분을 가라앉히지 못한 채 위층으로 올라가 잠을 청했다. 금세 잠이 들었지만 얼마 못 가 깨어났다. 아래층 진료실에서 닥터 류를 부르는 소리가 들렸다. 계단에는 전깃불이 없었다. 닥터 류는 어둠 속을 더듬으며 아래로 내려갔다. 이상했다. 발이 땅에 닿을 때 밟힌 건 마룻바닥이 아니라 잡초 더미였다. 공기 중에 들풀 냄새가 번졌다.

"의사 양반, 돌아다니지 말고 여기 앉아서 왼쪽 신발을 벗어보시오. 용천혈을 눌러드릴 테니."

위씨 노인의 목소리가 들렸다.

닥터 류가 신발을 벗자 발을 붙잡는 거칠고 큰 손의 감촉이 느껴졌다. 잠시 뒤 전기가 흐르듯 찌릿찌릿한 느낌이 발바닥에서 곧장 머리로 전해졌다. 하마터면 기절할 뻔했다.

"침을 자네 몸에 남겨놓았네. 그래도 별 지장 없으니 평소대로 활동할 수 있을 걸세."

닥터 류는 말이 나오지 않았다. 산속에 앉아 있는 자신의 뺨을 풀잎이 찌르고 있는 느낌이 들었다. 주위는 온통 풀밭이었다. 눈 앞에 있는 검은 형체는 위씨 노인이었다. 위씨 노인은 고개를 숙인 채 무언가를 분주하게 하고 있었다.

"위씨 어르신, 어떻게 찾았는지 말씀해줄 수 있습니까?"

닥터 류의 목소리를 타고 진동이 몸속으로 전해져 마비되는 듯한 통증을 불러일으켰다. 참기 힘든 고통이었다. 결국 닥터 류는 몸을 가누지 못하고 바닥으로 고꾸라졌다. 위씨 노인의 목소리가 웅웅거리며 들려왔다.

"'족삼리' 혈 근처에서 자네를 찾았지. 듣고 있나? 족삼리라고. 성_省 전체만 한 넓은 지역 말이야."

노인이 무언가를 계속 말했지만 목소리는 점점 멀어졌다.

닥터 류가 손을 흔들자 문득 형광등이 켜졌다. 자리에서 일어나 어리둥절한 표정으로 진료실을 바라봤다. 왼쪽 다리가 여전히 저렸지만 걸을 수는 있었다. 탁상용 스탠드를 들어서 발바닥을 비춰보니 용천혈 쪽에 검붉은 피딱지가 보였다. 살짝 만져봤는데 아프지는 않았다.

새벽 2시 반이었다. 2시쯤 위씨 노인의 '침의 세계'로 들어갔던 것이다. 정말 불가사의한 일이었다.

"내 왼쪽 발에 침을 놓았다는 건 노인이 내 오른쪽에 있었다는 거지."

닥터 류는 혼자 엉뚱한 말을 했다. 방금 일어난 일을 되짚어보려고 안간힘을 썼다. 위씨 노인이 족삼리 혈에 관해 한 말이 겨우 생각났다. 종아리의 혈자리가 성 크기만 하다는 말이었다. 분명 일리가 있었다. 닥터 류는 용천혈에 침을 맞는 순간 북극에 있는 듯한 착각에 빠지지 않았던가? 위씨 노인은 대도시에서 온 사람이 아니라는 생각이 들었다. 분명히 '내면'에서 온 사람일 터였다. 검은 두

루마기를 입은 그 세 사람처럼. 노인은 남쪽 대도시에서 왔다고 했지만 '내면'에서 온 사실을 감추기 위한 것에 불과했다. '내면'은 어떤 곳일까? 닥터 류는 알 수 없었다. 청목향 같은 약초와 관계가 있는 듯했다.

한약재 서랍장에서 바스락거리는 소리가 났다. 벌레 수백 마리가 기어다니고 있는 것 같았다. 잘 말려서 정리해놓은 약초는 햇빛의 싱그러운 향기를 머금고 있었다. 벌레들이 얼마나 열정적인지 알 수 있었다. 온갖 수단을 써서 식물에 기생하는 것이었다. 닥터 류는 당귀 속에 서식하는 작은 벌레들의 안정된, '내면'에서 왔다는 듯한 표정이 떠올랐다. 당귀 벌레를 볼 때마다 내막을 알고 있는 벌레들의 낮은 목소리가 들리는 것만 같았다.

"내가 바로 당귀야. 당귀가 바로 나라고."

닥터 류가 위층으로 올라가자 계단 사이에 있던 작은 등이 켜졌다. 날아다니는 벌레들이 불빛 주위를 맴돌며 아름다운 무늬를 자아냈다. 순간 다리가 풀려 계단에 주저앉았다.

"류 선생님, 류 선생님. 아파서 죽을 거 같아요."

누군가 밖에서 문이 부숴져라 쾅쾅 두드렸다.

문을 열자 청소부가 서 있었다. 청소부는 몸을 움츠리더니 바닥으로 고꾸라졌다.

한약을 먹이자 청소부가 차츰 되살아났다. 닥터 류는 내막을 다 알고 있는 이의 표정이라는 생각이 들었다. 그런 청소부를 안락의자에 눕혔다.

"옛 성곽 안에 들어가봐야 합니다. 안 그러면 나는 죽어서도 눈을 제대로 감지 못할 겁니다."

청소부가 입을 열었다.

"맞는 말씀입니다."

청소부의 두 손이 경련을 일으켰다. 닥터 류가 한쪽 손을 세게 꽉 쥐었다. 당귀 벌레가 당귀에게 느끼는 감정처럼 닥터 류는 청소부와 혼연일체가 된 듯한 느낌이 들었다.

"당분간은 죽지 않을 겁니다."

닥터 류가 말했다.

"그래요? 사는 게 지겨운데."

"사위분이 댁으로 오셔서 생신을 챙겨드릴 겁니다."

닥터 류는 태연하게 청소부를 쳐다봤다. 청소부의 딱딱한 손이 부드러워졌고 얼굴에는 다시 화색이 돌았다. 하지만 이내 극심한 고통이 또 한 번 몰려왔다.

"곧 괜찮아질 겁니다."

닥터 류가 말했다.

잠시 뒤 닥터 류가 손을 놓자 청소부가 자리에서 일어났다.

"늘 이렇게 정확하게 진료해주시다니, 정말 존경합니다."

천천히 진료실을 빠져나가는 청소부의 뒷모습이 새벽녘 엷은 안개 속으로 사라졌다.

닥터 류는 길게 한숨을 내쉬었다. 20년 전 청소부와 작은 술집에서 술을 마신 적이 있다. 그때 청소부가 못을 삼키는 묘기를 보여주면서 말했다.

"내 위 속에는 철광석이 한 무더기 있답니다."

그 뒤로 닥터 류는 줄곧 청소부의 특이 체질을 연구했다. 몸이 쇠약해지는 속도에 짐짓 놀랐다. 광물로부터 영양소를 흡수하는 특이한 몸이 돌연 장애물을 만나 하루하루 눈에 띄게 쇠약해진 것이었다. 생각이 여기까지 미치자 발에 꽂혀 있는 침이 생각났다. 발바닥에 약간 열이 났지만 개운한 느낌이었다. 아무래도 침이, 청소부의 몸을 보호하고 있는 철광석과 비슷한 역할을 하는 듯했다. 닥터 류는 즐거운 마음으로 진료실을 청소하고 가스레인지에 열탕소독 냄비를 올렸다. 늘 그랬듯이 밤에 잠을 잘 못 자도 온몸에 생기가 넘쳤다.

닥터 류 인생에서 여자는 중요한 비중을 차지했다. 하지만 몇 년 전부터 변화가 생겼다. 여자를 사귈 능력이 없어진 게 아니라 남녀 관계에 대한 열정이 많이 식은 탓이었다. 운명은 하늘에 맡길 뿐이었다. 이제는 처음 시작할 때부터 상대 여자와의 관계에 끝이 보였다. 이는 연애 중인 남자에게 꽤나 불리하게 작용했다. 독사 같은 냉담함이 닥터 류의 내면을 파고들었다. 닥터 류는 본인의 삶이 불 보듯 뻔하다고 느꼈다. 눈을 뜨자마자 세상이 입체적으로 보이고, 앞뒷면이 한눈에 들어오는 남자는 어떤 여자를 만나더라도 좋은 결과를 얻을 수 없을 것이었다. 평생 독신으로 살 생각은 없었지만 자기 성격을 잘 아는 터라 고심 끝에 가정을 이루지 않았다.

언젠가 류머티즘성 통증을 앓고 있던 예쁘게 생긴 환자를 약초로 고쳐준 적이 있다. 그 뒤로 환자는 닥터 류를 깊이 사랑했다. 단낭丹嬢이라는 아름다운 이름을 가진, 눈이 초승달을 닮은 여자였다.

"나랑 아이도 낳고 평범하게 살아봐요. 가정도 같이 돌보면 되잖아요."

단낭이 진료실 위층에서 말했다.

맞는 말이긴 했지만 어쩐지 등골이 오싹했다. 어떤 남편, 어떤 아빠가 될 것인가? 단낭이 아름다운 여자이긴 했지만 과하게 몰아붙이는 바람에 당장 확답을 줄 수는 없었다. 늦은 밤이면 가정을 일군 삶의 수많은 장면을 상상해봤다. 본인을 그 그림 속에 끼워넣어보기도 했다. 하지만 수치스러울 정도로 자기 혼자만 그 장면에서 튕겨져 나왔다. 결국엔 단낭이 자기 삶을 엉망진창으로 만들어놨다는 것으로 귀결되었다.

인근 도시에 사는 단낭은 아침 일찍 기차를 타고 왔다가 이튿날 오후 다시 기차를 타고 돌아가곤 했다. 어느 날 오전, 단낭은 여느 때처럼 진료소를 찾았다. 문이 굳게 닫혀 있고 휴진 공고가 붙어 있었다. 닥터 류가 일주일 동안 자리를 비운다는 내용이었다. 청천벽력 같은 소식에 들고 있던 짐을 바닥에 떨어뜨렸다. 그날 아침만 해도 닥터 류와 통화를 했던 것이다.

"아가씨, 기차 탈 거요?"

흰 수염 노인이 단낭의 옷소매를 끌어당기며 물었다.

"네, 막차 타고 갈 거예요."

기분이 울적해진 단낭은 그날 밤 닥터 류에게 전화를 걸었다.

닥터 류의 목소리는 가늘고 희미했다. 바깥에서 바람을 맞고 서 있는지 전화도 자꾸 끊겼다.

"고향에 내려와 있습니다. 여긴 너무 어둡네요, 비도 내리고…… 오늘은 배가 안 뜰 거랍니다. 강물을 따라 헤엄쳐 가려고요…… 기다리지 않는 건 알지만 괜찮습니다. 나 자신에 대해 어떻게 생각하냐고 물어봤죠? 난 겁쟁이예요. 정말 미안해요."

단낭은 어둠 속에서 전화를 끊으며 영원한 이별이라는 걸 깨달았다. 통로가 이미 막혀버렸기 때문에 이제는 다른 방향을 통해 애인에게 접근해야 할 터였다. 하지만 그런 식의 접근은 닥터 류로부터 영원히 격리되는 것과도 같았다. 대체 어디서부터 잘못된 건지, 자기 자신을 거듭 되돌아봤다. 시간이 지나서야 차츰 깨달았다. 한평생 닥터 류가 간 길로만 따라가려 했던 거였고 닥터 류와의 연애가 바로 인생의 출발점이었다는 걸. 닥터 류는 다시는 단냥을 만나주지 않았지만, 되돌아올 수 없는 길로 이끌었다. 단냥의 인생을 통째로 바꿔버린 것이다. 단냥은 도리어 바뀐 삶이 자신에게 더 잘 어울린다고 생각했다. 불현듯 어릴 때 등골나물로 점을 치던 기억이 떠올랐다. 단냥은 그 당시 자기 자신에게 얼마나 많은 기대를 품었던가. 왜 이제는 그런 기대를 품을 수 없는 걸까?

닥터 류는 사실 고향에 내려간 게 아니라 진료소 위층 방에 있었다. 단냥이 떠나는 뒷모습을 멀리서 지켜보기까지 했다. 제 심장이 서서히 화석으로 변해가는 듯했다. 단냥을 닥터 류 본인의 세계로 끌어들였기에 약초로 단냥의 병을 고칠 수 있었던 거라고 생각했다. 단냥에게 좋은 건지 나쁜 건지는 닥터 류도 알지 못했다. 어쨌건 일이 그렇게 되어버렸다. 동굴에 있던 청목향이 머릿속에 떠올랐다. 조용하면서도 아름답고 작은 풀이 어떻게 오늘날 그런 형태로 진화한 걸까? 신기한 약효는 도대체 환경의 어떤 요소와 관련이 있는 걸까? 한밤중에 단냥의 전화를 받았을 때는 환각에 시달리고 있었다. 들판 속에 앉아 있다가 강물에 떠밀려 내려가는 망상이었다. 그런 절망적인 상태는 심연이나 다름없었다. 그러나 심연에 처해 있었기에 오히려 침착할 수 있었다. 성격 중의 어떤 한 부분이 영향력을 발휘하기 시작한 것이었다.

진료실 위층에서 (일주일이 아닌) 나흘 동안 누워 있다가 진료를 재개했다. 유머 감각도 되살아나서 환자의 고통을 완화시켜줄 수 있는 사람으로 거듭났다. 단골 환자 집으로 왕진도 다니면서 환자들에게 위안이 돼주었다. 그리고 나면 마음 한켠이 꽉 차오르는 느낌이 들었다.

"자네나 우리 같은 사람들은 비밀 단체 회원이나 다름없지."

종양이 발견된 노인이 닥터 류의 손을 세게 꼬집으면서 말했다.

"차오산에 있는 약초들도 포함시켜야죠."

닥터 류가 한마디 덧붙였다.

"자네 말이 맞네그려. 약초도 우리와 같은 단체니까. 한밤중에 통증으로 잠이 깼을 때 우리 동지들이 약용식물 안에 숨어 있는 걸 봤지. 사람 수가 꽤 많았는데 여기 한 명 저기 한 명 하는 식으로 아득히 먼 곳까지 흩어져 있었어. 의사 양반, 자네를 알게 돼서 이제 죽어도 여한이 없구먼. 내 병을 정확히 다루는 법을 자네에게 배운 게야. 지난 5년 동안 아주 꽉 찬 삶을 살았다네, 정말 고맙구려."

새 한 마리가 어둠 속에서 날아와 닥터 류 어깨에 앉았다. 깃털은 노란색과 흰색이 섞여 있고 부리는 갈색이었다. 눈이 단낭과 비슷하게 생긴 새였다.

"의사 양반, 산에서 날아온 새일세. 내가 사는 곳이 자기 집인 줄 알고 있지. 굉장히 자유롭게 왔다갔다하지 않나? 참 이상한 일이야."

"저는 하나도 이상하지 않습니다. 새와 대화를 나눠본 적도 있으세요?"

"늘 이야기를 나눈다오. 외로운 밤에 특히 위안이 되지. 가정도 있는 새라네. 눈을 보면 알 수 있지."

"벌써 새의 친척이 되신 거군요."

둘이 대화를 나누는 사이 새는 날아가버렸다. 공기 중에 새 냄새가 남아 있었다. 향긋한 냄새였다.

"의사 양반, 난 없는 게 없는 사람이야. 지금 여기 누워 있어서 멀리는 못 가지만 뭐든 다 꿰뚫어볼 수 있다네. 꽤 오랫동안 비가 안 와서 비단풀들이 걱정됐는데, 어젯밤에 비가 내리니까 비단풀들이 그렇게 좋아하더군."

노인의 눈에 눈물이 비쳤다. 산이 드리운 그림자가 노인의 얼굴을 스쳐 지나갔다.

문을 나서는 닥터 류는 기분이 유독 홀가분해졌다. 노인이 단냥과 만난 적 있는 게 아닐까? 닥터 류는 이제 자기 인생에 무언가 부족하다는 생각을 하지 않았다. 닥터 류나 위씨 노인처럼 언제나 새로운 깨달음으로 삶을 채워나가는 사람은 드물었다.

단냥은 어디든지 불쑥불쑥 나타났다. 며칠 후 닥터 류가 어떤 여자애 얼굴에서 단냥처럼 아름다운 눈을 발견한 것처럼.

닥터 류는 여자애의 회충을 없애주었다. 여자애는 엄마를 따라 또 진료를 받으러 왔다.

"의사 선생님."

아이가 문득 입을 열었다.

"회충은 죽이지 말고 제 배 속에 있게 해주세요. 회충이 있다고 아픈 것도 아니잖아요."

"아이고, 따님 마음씨가 정말 예쁘네요. 어쩜 이렇게 예쁜 딸을 낳으셨습니까?"

닥터 류가 칭찬을 했다.

아이는 자리를 나서며 이상한 동요를 불렀다. 도마뱀의 신나는 삶에 관한 노래 같았다. 노래를 되풀이해 불렀다.

"도마뱀의 눈, 도마뱀의 눈⋯⋯."

도마뱀과 시선을 마주치고 있기라도 한 듯 진지한 표정이었다. 닥터 류는 불현듯 도마뱀 눈이 자연계에서 가장 아름답다는 생각이 들었다. 단냥의 눈보다 더 아름다웠다.

폴짝폴짝 뛰어나가는 아이를 보며 닥터 류는 본인 인생이 하나의 전설이 된 기분이 들었다. 모든 것이 꽤나 만족스러웠다. 닥터 류는 마음을 잘 알아주는 환자들과 함께 사업을 하기로 했다. 인생에서 이보다 더 큰 행복이 있을 수 있을까? 특히 단냥이 바로 하느님이 내려준 기쁨이라고 확신했다. 아픔인 동시에 기쁨이었다.

해 질 무렵 닥터 류는 진료소 앞 길가에 서 있었다. 이 작은 마을의 맥박을 느껴보고 싶었다. 남동풍 속에는 많은 정보가 뒤섞여 있는 듯했다. 뒤죽박죽인 정보였지만 오락가락하며 어떤 형상을 만들어내고 있었다. 그때 삼륜차가 앞에 와서 섰다.

"의사 선생님, 저를 기다리고 계신 겁니까? 그 새는 왔나요?"

청소부가 밀짚모자를 벗고 인사를 하며 물었다.

"그럼요. 다섯 마리가 처마 밑에 둥지를 틀었습니다. 나도 다리가 많이 좋아졌고요. 성벽이 나와 있는 지도는 벌써 찾았습니다."

"축하드립니다."

닥터 류는 진료실로 들어와 문을 닫았다. 머리가 갑자기 기민하게 돌아갔다. 오전에는 대도시에 있는 친구가 『의학 동향』이라는 잡지를 보내왔다. 잡지에 나온 정보를 읽어보고 은근히 감격했다.

물론 실제로 일어난 일에 관한 정보가 아니라 일종의 예측이었다. 심도 있는 관찰과 분석에 불과했다. 잡지를 전등 아래로 들어올려 몇 줄을 읽어봤다. 눈을 감자 머릿속에 이해할 수 없는 지도가 나타났다. 이해는 되지 않았지만 사고의 흐름을 따라 지도에서 어떤 장소를 찾아봤다. 그 놀이에 폭 빠져버렸다. 사자 울음소리가 들렸다. "아, 아!" 닥터 류는 가벼운 탄성을 질렀다. 얼굴에는 묘한 미소가 떠올랐다.

겨울이 다가오자 닥터 류는 중부 지방에 있는 현縣으로 갔다. 업무차 간 것이 아니라 호기심의 발로였다. 민간 의학회가 그 현에서 기공 관련 잡지를 발간하고 있었다. 한 번 투고한 적이 있는 유명한 잡지였다. 모 재단이 지원해주는 듯했고 편집부도 방대한 규모였다.

작은 여관을 찾아 짐을 풀었다. 점심을 먹고 잡지사로 갔다. 왠지 잡지사 사람 중에 오랜 친구가 있을 것 같은 예감이 들었다.

잡지사는 외진 골목에 있었다. 페인트 칠이 벗겨진 나무 문에 '기공의 비밀을 파헤치는 잡지사'라고 쓰여 있는 작은 팻말이 붙어 있었다. 문은 굳게 닫혀 있었다. 가만히 지켜봤지만 전혀 기척이 없었다. 문을 세게 두드리다가 있는 힘껏 밀었는데도 아무 반응이 없었다. 잡지사가 문을 여는 날인 건 확실했다. 실망한 닥터 류는 우선 여관으로 돌아갈 수밖에 없었다.

"후과黐瓜'오이'라는 뜻, 오이!"

누군가 뒤에서 소리를 질렀다.

뒤를 돌아보니, 키 작은 남자가 골목 끝에서 걸어나오고 있는 사람을 향해 손을 흔들고 있었다. '오이'라고 불린 중늙은이는 남루한 차림에 얼굴이 시커멨다.

"후과 찾아온 거죠? 잡지사 사장님입니다. 저기 오고 계시네요."

키 작은 남자가 말했다.

닥터 류는 그제야 사장의 성이 후씨였던 게 기억났다.

잡지사 사장이 닥터 류에게 고개를 끄덕이더니 열쇠를 꺼내 문을 열었다. 따라오라는 손짓을 했다. 두 사람은 조그만 마당을 지나갔다. 화초가 우거져 있었다. 손질이 잘 안 돼 있어 야생풀 느낌이 났다. 겨울이 코앞인데도 아직 파릇파릇한 모양새가 귀여웠다.

푸른 벽돌로 된 이층짜리 편집부 건물에는 방이 많았다. 아래층 방문은 모두 열려 있었고 방에는 아무도 없었다. 복도 끝에 있는 사장 집무실도 문이 열려 있었다. 두 사람은 넓은 집무실로 들어갔다.

"앉으시죠."

후 사장이 말했다.

의자가 불편했다.

커다란 책상이 방 한가운데 놓여 있고, 책상 위에는 신문, 우편물, 편지, 원고 따위가 어지럽게 널려 있었다. 책상 한가운데 놓여 있는 스탠드 옆에 새끼 원숭이 한 마리가 심각한 표정으로 앉아 있었다. 새끼 원숭이가 닥터 류를 빤히 쳐다봤다. 부담스러울 정도였다.

"그놈은 신경 쓰지 마십시오. 오냐오냐하니까 아주 버릇이 없어져서요."

후 사장이 웃으며 말을 이었다.

"기고하신 글, 꽤 괜찮던데요. 이론상 진취적인 면으로 가득 차 있더군요."

"감사합니다. 직접 읽어보셨다니 영광입니다."

"하하하. 내가 안 읽으면 누가 읽겠습니까?"

"죄송합니다. 그 생각은 미처 못 했습니다. 편집자더러 읽으라고 하실 줄 알았습니다."

"제 밑에는 편집자가 없거든요."

후 사장이 표정 변화 하나 없이 대꾸했다.

"무슨 말씀인지 이해가 잘 안 되는데요."

"여긴 원래 편집자가 없습니다. 나 혼자 꾸린 잡지사니까요."

"아이고, 죄송하게 됐습니다. 혹시 기분이 상하신 건 아니죠, 사장님?"

"아닙니다. 여기까지 찾아와주셔서 무척 기쁩니다. 혼자 잡지를 만든다는 게 안 믿겨지신다는 건 잘 압니다만, 사실입니다. 디자이너를 겸하고 있을 뿐입니다. 교정이나 편집, 인쇄소에 원고를 보내는 일 같은 것도 전부 혼자 하고 있죠. 약간 실망하신 표정이네요. 직원이 많은 곳인 줄 아셨나봅니다. 진짜 나 혼자 하고 있습니다. 하늘이 정해준 거죠. 우리 단체 회원이시니 잘 아실 겁니다. 고독이 우리 운명이란 걸."

"상상조차 하기 힘든 일을 하시는군요."

닥터 류는 감격한 나머지 자리에서 일어나 악수를 청했다.

그때 새끼 원숭이가 뛰어올라 닥터 류의 흰 가운을 한 줌 물어뜯었다.

"아, 요놈이 질투를 하는군요. 얼른 손을 놓아라."

자리에 앉은 닥터 류는 울컥했다.

사장이 이어서 말했다.

"전혀 외롭지 않습니다. 세계 어디에나 우리 회원들이 있지 않습니까? 해외에도 적지 않고요. 나 혼자 잡지를 꾸린다고 생각하지 않습니다. 잡지는 한 권밖에 없어도 나는 무리에 속해 있으니까요. 세계 각지에 있는 구독자 덕에 나 혼자여도 거대한 무리가 되는 겁니다. 하하하."

사장이 책상 위에 있던 우편물 더미를 헤집어 큰 편지봉투를 하나 꺼냈다.

"아하, 여기 있었구먼. 광시廣西에 있는 단체입니다. 정기적으로 우리 잡지에 대해 토론하고, 더 나은 의견이나 방안을 끊임없이 내놓는 곳이죠. 정곡을 찌르는 의견이 더러 있어서 늘 감동합니다. 인원수가 꽤 많은 단체인 줄 알았어요. 그런데 어느 날 그 단체도 나를 찾아왔더라고요. 알고 보니 광시에는 구독자가 딱 한 명밖에 없었던 겁니다. 기초생활수급금을 받는 독거 노인이더군요. 밥값을 아껴서 본인이 '마음의 양식'이라고 부르는 잡지를 구독하고 있었던 겁니다. 의사 선생님도 이제 아시겠죠? 우리 사업은 사람 수와는 관계가 없다는 걸요. 맞습니다. 영혼의 문제는 몇 명인지와는 관련이 없습니다. 광시에서 온 구독자와 밤새도록 이야기를 나눴습니다. 그날 밤 지구가 우리 둘 사이에서 움직이더니 대서양의 바람이 얼굴에까지 불어왔습니다."

후 사장이 내려놓은 편지를 새끼 원숭이가 홱 낚아챘다. 그러곤 아무렇게나 구겨서 찢어버리더니 종이쪼가리를 발에 끼고 책상 밑을 쓸었다.

"요놈 좀 보세요."

후 사장이 웃으며 계속해서 말했다.

"요 녀석이 이렇게 질투를 한다니까요. 광시 구독자는 편지도 참 잘 쓰더군요. 일필휘지로 써내려간 데다 논리적이기까지 합니다. 못 읽어보셔서 안타깝네요."

후 사장은 편집부 건물의 공기가 칙칙한 것 같다며 건물 뒤에 있는 우물가에 앉아서 얘기를 나누자고 했다. 닥터 류는 밖으로 나가다가 책상에 남겨진 새끼 원숭이를 유심히 쳐다봤다.

"후 사장님은 여기 지인도 많으시죠?"

닥터 류가 참다못해 물었다.

"맞습니다. 지인이 많은 편이죠."

후 사장이 선선히 인정했다.

"이 동네와 주변 지역을 합해서 구독자 수만 2000명입니다. 물론 광시 구독자처럼 나랑 같이 잡지에 대해 토론하는 건 아닙니다만, 그분들이 개인적으로 호감이 있어서 나를 지지해주는 거겠죠. 잡지사를 하기 전에는 내가 구두 수선공으로 유명했거든요. 신발 수선하러 오는 사람이 제법 많았습니다. 예전 직업을 기억하는 사람들은 감탄을 금치 못했어요. 평범한 사람이 어떻게 글재주를 부리는지 흔쾌히 지켜보고 싶어했죠. 그렇습니다. '글재주를 부린다'라고들 표현하더군요. 이 동네 사람들은 정말 호기심이 넘치지 않습니까? 하하하."

대화를 나누는 사이 우물가에 다다랐다. 제법 깊은 우물이었다. 닥터 류는 우물을 보자마자 머리가 어지러웠다. 허둥지둥 뒷걸음질을 쳤다. 불길한 기운이 우물 밑에서 올라오는 느낌이었다.

두 사람은 직사각형 우물 둔덕에 나란히 앉았다. 후 사장은 공기가 많이 좋아졌다면서, 늘 두통에 시달리는 탓에 공기에 민감하다고 했다. 닥터 류한테 본인이 현 정부 소재지에 낸 광고를 아느냐고 물었다. 울퉁불퉁한 윗도리 주머니에서 담뱃갑만 한 크기의 광고 전단지를 건네주며 가지라고도 했다. 컬러로 된 종이쪼가리에는 검은 화살표만 달랑 그려져 있었다. 후 사장은 디자이너가 만든 광고라는 말을 덧붙였다.

"나는 매일 전단지를 붙이러 다닙니다. 잡지가 사람들에게 잊힐까봐 걱정돼서요. 현 정부 소재지에서 시골 마을까지 여기저기 죄다 붙이는 겁니다. 한번은 몽골 초원으로 출장을 갔는데 전봇대에 똑같은 광고가 붙어 있었어요. 가까이 다가가 보니 내가 낸 광고더군요. 친구가 붙여준 걸 거예요. 이런 걸 보고 '세상 모든 곳에 날 알아주는 친구가 있다'고 하는 거죠. 20년이 넘도록 안정적인 구독자 수를 유지하고 있어서 참 자랑스럽습니다."

"외람된 질문입니다만 구독자 수가 합쳐서 몇 명 정도 됩니까? 굉장히 많을 것 같은데."

"아, 적지는 않습니다. 2025명 정도 돼요. 다시 말해, 우리 현의 인구수가 2000명이니까 그 외의 지역에 25명이 있다는 얘기죠. 닥터 류 선생님도 포함해서요."

후 사장이 두 자리 숫자를 말하며 얼굴 가득 미소를 머금었다. 몹시 만족스러운 표정이었다. 몽골에도 구독자가 두 명 있는데 둘 다 화교라는 말도 했다. 닥터 류는 존경스러운 마음에 옷깃을 여미며 구독자 이야기가 나오길 기다렸다. 그 순간 편집부에 돌연 문제가 생겼다. 창문 유리가 깨져서 바닥에 떨어지는 소리가 들린 것이다. 건물 안에서도 소란스러운 소리가 났다.

후 사장이 건물 안으로 뛰어 들어갔다. 닥터 류가 뒤를 쫓았다. 문 앞에서 후 사장이 돌아서더니 단호하게 손짓을 했다.

"얼른 여관으로 돌아가세요. 절대 이 근처에서 어슬렁대면 안 됩니다. 내일 다시 오세요. 오늘은 더 이상 얘기 못 할 것 같습니다. 죄송합니다."

후 사장은 편집부로 들어가더니 안에서 문을 잠궜다. 잠시 후 사장의 비명이 세 차례 들렸다. 몹시 고통스러운 듯한 소리였다. 일순간 모든 게 조용해졌다.

닥터 류는 걱정스러운 얼굴로 편집부를 빠져나왔다.

얼마 후 아까 그 키 작은 남자가 쫓아왔다.

남자는 산전수전을 다 겪은 듯 얼굴이 까맸다. 교활해 보이는 작은 눈을 연신 깜박거렸다. 닥터 류는 남자의 유난히 큰 손에 눈이 갔다. 막노동을 하는 사람인 것 같았다. 남자가 숨을 헐떡이며 말했다.

"후과가 뭐라 그러던가요? 교활한 노인네 같으니라고. 조수가 하고 싶어서 내가 그렇게 편집 일을 찾아서 하는데도 그러라는 말을 안 한다니까요. 이기적인 놈, 좋은 일은 혼자 다 차지하고."

닥터 류가 남자를 힐긋 쳐다보며 물었다.

"후 사장을 증오하십니까?"

"증오?"

순간 멍해진 남자가 말을 이었다.

"아닙니다, 아니에요. 오해입니다, 의사 선생님. 누가 후과를 증오하겠어요? 우리 동네의 자랑인데. 아니면 누가 여기를 오겠어요? 의사 선생님도 그 멀리서 오셨잖아요. 매년 두세 명씩 후과를 찾아온답니다. 후과가 우리 이웃집 사람이라는 걸 우선 알아두셔야 합니다. 후과에게 신발 수리 기술을 가르쳐준 사람이 우리 아버지인데 내가 배은망덕한 짓을 하면 안 되겠죠."

남자는 난감한 문제에 봉착한 듯 작은 눈을 더 심하게 깜박였다.

"내일도 후과를 찾아갈 겁니까? 나를 조수로 쓸 생각이 없는지 대신 물어봐주세요, 의사 선생님! 부탁드립니다. 돌아가신 우리 아버지도 같이 부탁드리는 겁니다."

남자가 간절하게 애원했다.

"후 사장이 만드는 잡지를 좋아합니까?"

"하이고, 지금 무슨 얘기를 하시는 겁니까? 나는 그런 심오한 이론은 몰라요. 그저 정신적으로 의지하는 것뿐이지요. 일하고 밥해 먹느라 여유가 없는 우리 같은 서민들은 정신적으로 기댈 곳이 필요하니까요. 좀 도와주세요. 나 같은 사람이 확실히 믿을 만할 겁니다. 후과의 사업을 완벽하게 이해할 수 있는 사람 말입니다. 전에 후과가 우리 아버지한테 기술을 배울 때만 해도 나랑 친형제나 다름없었으니까요."

닥터 류는 가슴 깊이 열정이 차올랐다. 남자의 소박한 말을 들으니 마치 청춘으로 돌아간 것 같았다. 여관에 다다라 걸음을 멈추고는 키 작은 남자의 손을 잡은 채 말했다.

"죄송하지만 도와드리지는 못할 것 같습니다. 아름다운 기억을 남겨주셔서 감사합니다."

"아이고, 의사 선생님과 이렇게 얘기 나눌 수 있다니 저야말로 기분이 좋습니다. 조심히 가세요."

닥터 류는 지금 머무르고 있는 작은 여관에서 저녁을 먹고 밖으로 나왔다. 남모를 고민을 품은 채 인도를 따라 산책했다. 이전에 가봤던 여느 현 정부 소재지와 다를 바 없는 동네였다. 고풍스러운 면도 없고 새로운 분위기도 없는 곳이었다. 건축물도 어수선하게 지어져 있고 건축 자재도 싸구려였다. 상점, 개인 주택, 오락실, 사회 기관이 전부 한데 섞여 질서라고는 찾아볼 수 없었다. 길거리를 지나다니는 차가 꽤 있었고 행인이나 한량도 많았다. 아무리 봐도 흥미로운 광경은 아니었다.

웬 아이가 인도에서 굴렁쇠를 굴리다 돌진해오는 바람에 닥터 류는 옆으로 황급히 비켜섰다. 또 다른 아이가 굴렁쇠를 굴리며 다가왔다. 닥터 류는 건물 입구까지 뛰어가서 움직이지도 못한 채 서 있었다. 그 순간 창문이 열리더니 누군가가 고개를 내밀고 큰 소리로 물었다.

"누구 찾아오셨소?"

닥터 류는 문득 깨달았다. 이 마을은 낯선 한량을 반기지 않는다는 걸.

"지나가다가 '기공의 비밀을 파헤치는 잡지사'를 찾아보려고 왔습니다."

닥터 류가 큰 소리로 대답했다.

"거긴 저녁에는 사람을 받지 않는다오."

그 사람은 정보를 알려준 뒤 창문을 닫았다.

닥터 류는 인도에 아무도 없는 걸 확인한 후 잰걸음으로 여관으로 향했다. 피난이라도 가는 것처럼 발걸음을 서둘렀다.

"누가 방에서 기다리고 있습니다."

여관 주인이 빙그레 웃으며 맞이했다.

"누구요?"

"친구분입니다. 우리도 아는 분이어서 들어가 계시라고 했어요."

방에는 키 작은 남자가 와 있었다.

"할 말이 있어서 왔습니다. 사장님이 크게 다쳐서 의사 선생님을 뵐 수 없는 상태입니다. 대신 사과 말씀을 전해달라고 하셨어요. 의사 선생님은 얼른 돌아가시는 게 좋겠다고도 하셨고요."

"아, 이를 어쩐다. 많이 다치셨습니까? 어디를 다쳤는데요?"

"왼쪽 눈을 다쳐서 안구를 적출할 수도 있다고 합니다."

"세상에! 내가 병원에 가봐야 되겠네요."

"가서 방해하면 안 됩니다. 오시지 말라고 후 사장님이 당부했어요. 사장님은 낙천적인 성격이니까 걱정하지 않으셔도 돼요. 오히려 기분이 좋아 보였고요. 몸이 다치면 마음속 응어리가 풀린다는 말씀을 하시더라고요. 고민 없는 사람은 없을 테니 나도 그게 무슨 뜻인지 정도는 알고 있습니다. 그렇죠?"

"네."

"의사 선생님, 우리 마을을 어떻게 생각하세요?"

"분위기가 자유로운 것 같습니다."

닥터 류의 입에서 무심결에 튀어나온 말이었다.

"정확히 보셨네요."

남자가 손뼉을 치며 감격에 겨워했다.

"방금 뭐라 그러셨죠? 맞다, 자유. 우리 마을은 자유롭습니다. 볼 것도 없는 마을에 전국에서 유명한 잡지사가 있다니, 꽤나 보기

드문 일 아닙니까? 우리 아버지와도 관련이 있습니다. 살아 계실 때 사람을 정확히 보셨던 거죠. 나와는 비교가 안 될 정도로 통찰력 있는 분이셨어요."

남자가 일어서더니 이만 가보겠다고 인사를 했다. 닥터 류의 흰 가운에 난 구멍을 발견하고는 말을 덧붙였다.

"아, 손오공이 선생님 옷을 찢었나보네요? 이제야 알겠습니다. 매우 운이 좋은 분이라는 걸."

"원숭이가 후 사장 편집부에 있은 지 얼마나 됐죠?"

"잡지사가 생길 때부터 있었습니다. 사장님이 목숨처럼 아끼는 원숭이예요. 사장님이 사내대장부가 될 수 있었던 것도 손오공 덕이죠. 술을 조금만 마시면 본인이 대체 후 사장인지 손오공인지 분간이 가지 않는다는 말씀을 하시곤 합니다."

"원숭이가 공격한 적도 있나요?"

"없습니다. 나한테는 관심이 없는 놈이더라고요. 사실 나 같은 사람은 그럴 만한 품격을 갖추지 못해서겠죠."

닥터 류는 순간 거대한 기공 미스터리에 가까이 다가선 듯한 느낌이 들었지만 곧장 뒤로 밀려났다. 머릿속이 몽롱해졌다.

"나는 성이 주씨예요. 아까 말씀드린다는 걸 깜박했네요. 그럼 이만 가보겠습니다. 안녕히 계십시오."

주씨는 미스터리만 남겨놓고 떠나버렸다.

닥터 류는 샤워를 하고 잠자리에 들었다. 불현듯 방이 좀 이상하다는 걸 깨달았다. 커다란 방에 작고 높다란 창문 하나가 열려 있는 게 다였다. 불을 끄니 방 안이 칠흑같이 어두웠다. 유난히 고요한 밤이었다. 허무함이 느껴질 정도였다. 잠만 들면 아무것도 느끼지 못하는 줄로 알고 있었지만 아니었다. 피로가 극에 달해도 도통 잠이 오질 않았다. 허무함이 눈에 보이는 심연으로 변해버렸다. 침대에서 조금만 움직여도 바닥으로 떨어질 것 같아 간담이 서늘했다.

"악!"

닥터 류는 이윽고 비명을 질렀다.

방 안의 불이 전부 자동으로 켜졌는데도 아무런 기척이 없었다.

복도를 향해 열려 있는 문 쪽으로 걸어가봤다. 밖에는 아무것도 보이지 않았다. 무언가가 다리 사이로 숨어 들어오는 게 느껴졌다. 손오공이었다. 잔뜩 겁먹은 눈초리였다. 손오공은 침대 위로 뛰어 올라가더니 이불 속으로 파고 들어갔다. 닥터 류는 연민의 감정이 느껴졌다. 뭔가 큰일이 날 것 같은 예감이 들었다. 망설이다가 한 번 시작한 일이니 끝을 보기로 마음먹고 침대에 누워 잠을 청했다.

이불 속으로 들어가자마자 오들오들 떨고 있던 손오공이 닥터 류의 품에 안겼다. 손오공은 어둠 속에서 괴기한 울음소리를 냈다. 닥터 류의 눈에 뜨거운 눈물이 차올랐다. 감정이 북받쳐 오르는 와중에도 졸음이 쏟아지고 잠들 무렵에는 행복한 감정마저 들었다. 몹시 이상한 느낌이었다.

잠에서 깨어나자 날이 훤히 밝아 있었다. 손오공은 침대에 없었다. 화장실은 물론 방 구석구석까지 뒤져봤는데도 보이지 않았다. 닥터 류는 그 자리에 선 채로 절망감에 빠졌다. 잡지사에 있는지 찾아보고 싶었지만 후 사장이 오면 안 된다고 한 경고가 생각나 마음을 접었다. 뒤로 돌아섰더니 키 작은 주씨가 눈앞에 서 있었다. 비굴하지도 거만하지도 않은 표정이었다.

"찾으실까봐 아침 일찍 왔습니다."

주씨가 입을 열었다.

"안 그래도 물어볼 게 있습니다. 손오공은 어디로 간 겁니까?"

"손오공이요? 아이고, 그놈 벌써 사장님과 화해했습니다. 언제나 그런 식이죠. 허구한 날 싸워대는 원수지간이면서. 실은 후 사장님이 부탁하셨어요. 의사 선생님이 기차 타는 걸 보고 오라고요. 의사 선생님이 여기 머무는 게 싫어서 그러시는 겁니다."

"후 사장 눈은 괜찮습니까?"

"염증이 나서 들어내야 한다네요."

"이제 기차역으로 가려는데 같이 가실 건가요?"

"물론이죠. 그게 내 일인데."

닥터 류가 기차간에 자리를 잡자 키 작은 주씨가 닥터 류의 손을 꼭 잡았다.

"의사 선생님, 후 사장님과 나한테 소중한 기억을 남겨주셔서 감사드립니다. 앞으로 살면서 류 선생님이 그리울 겁니다. 아, 얼마나 좋은 일인가요. 가령 내가 사장님께 이렇게 말하겠지요. '손오공이 흰 가운을 찢어버렸던 의사 선생님 있잖아요. 그분이 왔던 그해에……' 그러면 외눈박이 영웅 후 사장님도 깨닫는 바가 있겠지요."

주씨의 목소리가 커지자 주위에 있던 승객들이 귀를 쫑긋 세웠다. 닥터 류에게는 굉장히 감동적인 말이었다.

"또 봅시다, 주 선생. 필요하면 후 사장에게 약초를 보내겠습니다."

"그러지 마세요, 안 됩니다. 사장님이 화내실 거예요. 아직도 후 사장님을 잘 모르시나본데 아마 알아서 하실 겁니다. 후 사장님에게는 숨겨둔 재산이 있거든요."

주씨가 기차에서 내렸다. 닥터 류는 주씨의 작은 뒷모습이 플랫폼으로 사라질 때까지 지켜봤다. 문득 주씨를 어디선가 본 적이 있다는 걸 깨달았다. 아, 생각났다. 예전에 차오산에서 절벽을 미친 듯이 건너다녔던, 점프 능력이 놀라울 만큼 뛰어났던 이가 바로 주씨였다. 변장을 참 잘하는 사람이었다. 몇 해 전 잡지사와 간접적으로 연락할 때도 닥터 류 혼자만 몰랐던 것이다. 닥터 류는 마음속으로 되뇌었다.

'후 사장님, 후 사장님, 오늘 밤은 바람이 어느 쪽에서 불어올까요?'

기차 침대 위층에 있던 사람이 고개를 내밀고 진지하게 물었다.

"의사 선생님, 혁명 성지에서 돌아오시는 길입니까?"

"네. 어떻게 아셨죠?"

"아까 그분과 하는 얘기를 들었습니다. 혁명 성지가 요즘은 적막해졌지만 아름답고 수준도 높은 곳입니다. 나도 지금 들렀다 오는 길인데 2년마다 한 번씩은 꼭 찾아갑니다. 들어가지는 않고 멀리서 바라만 보다 오는 식이에요. 그래도 만족스럽습니다. 실은 의사 선생님과 같은 여관에 있었는데 모르셨죠? 석양이 무릉도원보다 더 아름답네요."

기차가 출발했다. 닥터 류는 높낮이가 삐뚤빼뚤하고 여기저기 흩어져 있는 집들을 창밖으로 응시했다. 머릿속 생각이 멈춰버렸다. 현 정부 소재지가 안개 속으로 사라지고 있었다.

닥터 류는 새벽녘이 돼서야 집으로 돌아왔다. 종양에 걸린 린씨 노인이 멀리서도 보였다. 노인은 진료소 앞에서 두리번거리고 있었다. 안색이 좋아 보였고 눈에서는 빛이 났다. 설마 죽기 직전에 잠깐 정신이 맑아지는 그런 현상인 걸까? 닥터 류가 문을 열고 노인과 함께 진료소로 들어가 짐을 풀고 청소를 하기 시작했다.

"의사 양반, 그 새가 정말 가족을 데리고 왔소. 아들 하나 딸 하나까지 같이 왔다오. 우리는 밤새도록 이야기를 나눴지. 몹시 유쾌했다오. 근데 기분이 좋아지니까 몸이 아프더구려. 이제 내 인생이 머잖아 끝날 것 같소. 그래도 마음이 놓이질 않아서 말이야. 내가 죽으면 다른 사람이 창문을 꼭 닫아놓을 텐데 그럼 새들이 못 들어오지 않겠소? 이런저런 생각 끝에 의사 양반한테 신세를 질 수밖에 없게 되었소. 믿을 만한 사람이 없어서. 내 부탁 좀 들어줄 수 있겠나? 난 자식이 없어서 죽고 나면 새들에게 집을 물려줄 생각이거든. 해줄 수 있겠소?"

닥터 류가 고심 끝에 정중하게 대답했다.

"가능할 것 같습니다."

"잘됐소. 여행 다녀오더니 아주 생기가 도는구면. 그 사람을 만났나보군."

"네? 누구요? 지금 누구 말씀하시는 겁니까?"

닥터 류가 깜짝 놀라 물었다.

"'그 남자' 말일세. 당연히 그 사람 집에 갔겠지. 나도 젊을 때 다녀왔소. 꿈에서나 그리던 이상적인 인물이지. 이제 자네에게 한층 더 믿음이 생기는군."

노인은 진통제를 들고 자리를 떴다. 닥터 류는 소독을 하면서 노인이 말한 기적을 떠올렸다. 전날 있었던 뜻밖의 만남과 연관지어 생각해봤다. 흐릿한 장면이 또다시 머릿속에 떠올랐다. 터덜터덜 걸어가던 사람들이 큰 나무에 앞길이 가로막힌 장면이었다.

이튿날 퇴근 시간 무렵, 닥터 류는 종양에 걸린 린씨 노인이 걱정되었다. 약상자를 둘러메고 노인이 사는 골목으로 갔다. 노인의 집이 가까워질수록 왠지 모르게 긴장이 되었다.

이층짜리 목조 건물이 있던 자리는 텅 빈 채 아무것도 남아 있지 않았다. 순간 다리가 풀려 바닥에 주저앉았다. 마음이 무겁고 슬펐다. 어떻게 이런 일이 있을 수 있지? 뭔가 음모가 있는 걸까? 택시 한 대가 빵빵 경적을 울리며 다가왔다. 택시 기사 라오구가 차에서 내리며 말했다.

"의사 선생님, 왜 바닥에 앉아 계십니까? 슬퍼하실 필요 없어요. 린씨 노인은 산속에서 죽었으니까. 내가 임종을 지켰고요. 임종 전에 나더러 사람을 불러다 집을 철거해달라고 하셨어요. 먼 친척이어서 거절도 못 하고 시키는 대로 했습니다. 노망난 노인네였죠. 이 세상에 흔적을 남기지 않고 떠나고 싶어했습니다. 한이 많은 사람이었어요. 오히려 그 덕에 우리 같은 사람들이 린씨 노인을 확실하게 기억할 수 있게 됐습니다. 린씨 노인은 소리 소문 없이 산속에서 죽었어요. 새들이 먼발치에서 지저귀기만 할 뿐 가까이 다가오지는 않았습니다. 린씨 노인이 굉장히 주도면밀하게 준비해둔 것 같았어요. 내가 시신을 단번에 화장터로 옮겨 작은 항아리에 유골을 담았습니다. 여기 비어 있는 공간이 바로 린씨 노인의 집터였죠. 곧 새집을 지을 예정이어서 주택관리소 사람들이 왔다 갔고요. 다들 린씨 노인을 칭찬하더군요. 의사 선생님, 차에 타시죠. 모셔다드리겠습니다."

닥터 류는 라오구가 늘어놓는 말을 들으며 뒷좌석에 앉았다. 수다스러운 사람답게 끊임없이 말을 늘어놓았다.

"린씨 노인은 그만하면 이번 생은 잘 살고 가는 거지요. 의미 있게 죽었으니까. 일전에 왜 산에 가냐고 물은 적이 있어요. 본인이 한 마리 새처럼 느껴져서라고 대답하시더라고요. 반드시 산에서 죽어야 한다면서. 산에만 가면 유독 마음이 안정된다고 하셨습니다. 물안개가 낀 밤에는 얼굴과 머리가 다 젖은 채로 이렇게 말하기도 했죠. '날아라, 날아라.'"

진료소 앞에 꽤 많은 사람이 서성이고 있었다. 다들 린씨 노인 이야기를 했다. 하나같이 부러워하는 말투였다. 닥터 류가 택시에서 내리자 사람들이 몰려들었다.

"린씨 노인에게 어떤 약초를 준 거요? 나도 그렇게 존엄하게 죽고 싶은데."

"모든 사람을 차별 없이 똑같이 대해야 합니다, 의사 선생님."

"의사 선생님만 보면 우리 마음이 놓여요……."

닥터 류는 사람들의 호위를 받으며 진료소로 들어갔다.

7장

감옥에 있는
웨이보

웨이보는 3개월 형을 선고받았다. 형이 선고되자 아내 샤오위안이 보러 왔다.

웨이보는 면회실 유리창 건너편으로 샤오위안을 바라봤다. 샤오위안은 얼굴이 환했고 평소보다 젊어 보였다. 멋진 감상에 빠져 있는 듯한 모습을 보니 기분이 좋았다.

"웨이보, 석 달이면 눈 깜짝할 새지, 뭐."

샤오위안이 입을 열었다.

옆에 교도관이 있어서 샤오위안은 웨이보를 향해 눈짓을 했다.

웨이보는 고개를 끄덕였다. 샤오위안이 무슨 말을 하는지 잘 알았다. 둘은 늘 서로를 북돋워주는 사이였다.

샤오위안은 감상에 젖기 싫었다. 웨이보가 감옥생활을 선택한 건 본인 마음에 드는 삶을 살고 싶었기 때문이라고 여겼다.

웨이보는 모래 고르는 노동을 했다. 매일 아침을 먹고 다른 죄수들과 강가로 갔다. 모래 운반선이 싣고 온 모래를 고른 뒤 트럭에 싣는 일이었다. 처음 며칠은 지옥을 헤매는 듯한 느낌이었다. 육체노동은 실로 오랜만이었고 나이도 쉰이 다 돼가기 때문이었다.

사흘째 되던 날, 웨이보는 가혹한 형벌 같은 한낮의 노역을 이를 악물고 견뎌냈다. 그날 밤 감방 침상에 누워 있는데 문득 알 수 없는 행복감이 차올랐다. 이불을 머리 꼭대기까지 덮고 심장 박동 소리에 귀를 기울였다. 머릿속으로 애인 추이란의 모습을 그려봤다. 저 멀리서 공작새처럼 아름다운 추이란이 큰 나무들 사이를 헤매다가 이따금 멈춰서서 예쁜 얼굴을 나무줄기에 갖다 댔다. 웨이보는 무엇을 의미하는 동작인지 알 수 없었다. 추이란이 그런 행동을 하는 걸 전에는 본 적이 없어서였다. 졸음이 몰려왔지만 어깨에 타는 듯한 통증이 느껴져 잠을 이루지 못했다. 내심 고마운 마음이 들었다. 통증 덕에 머리 회전이 빨라져서 아름다운 생각을 많이 할 수 있었다.

추이란을 만나게 된 건 오로지 우연 때문만은 아니었다. 웨이보는 감옥에 들어오고 나서야 확실히 깨달았다. 추이란이 운명의 여자라는 걸. 웨이보는 스스로에게 말했다.

"웨이보, 정말 운 좋은 놈이네."

웨이보는 추이란의 고향에 가본 뒤로 그 황량한 마을과 자기 고향이 어떤 식으로든 연결되어 있다고 생각했다. 물론 두 지역은 거리가 있고 경치도 달랐지만 둘 다 '고향'이란 느낌을 주는 곳이었다. 웨이보가 마음속으로 그리는 고향과 일치했다. 추이란의 고향을 찾아간 것도 미스터 유의 말 한마디 때문이었다.

"추이란 집안이 보통은 아니야. 추이란 가족은 녹나무 마을에 살고 있다고."

웨이보로서는 선뜻 이해가 가지 않는 말이었다.

"녹나무 마을이 어떤 곳인데?"

미스터 유는 곤란하다는 듯 대꾸했다.

"한마디로 설명하긴 힘들어. 한마디로 표현하기 힘들다고."

웨이보는 직접 녹나무 마을에 가봤다.

녹나무 마을에 대한 느낌은 미스터 유가 말한 대로였다. 역시나 한마디로 표현하기는 어려웠다. 녹나무 마을에 가본 뒤로 추이란에 대한 태도에 변화가 생겼다. 이상한 일이었지만 웨이보 자신도 그 이유는 몰랐다. 가장 큰 변화는 웨이보가 감옥에 들어가기로 마음을 먹은 것이었다. 다시 말해 추이란에 대한 생각이 바뀌어서 감옥에 갔다는 뜻이다.

웨이보는 행복감에 젖었다. 이런저런 생각을 하다 한밤중이 돼서야 편하게 잠들 수 있었다. 처음 엿새 동안은 같은 방 죄수들에게 전혀 신경 쓰지 않았다. 몸이 힘드니 정신이 유독 맑아지는 것 같았다. 사흘째부터 밤만 되면 추이란과 있었던 일이 영화처럼 눈앞에 그려졌다. 더 이상 살을 맞대는 사이는 아니었다. 자유롭게 이것저것 상상하다보니 전에 없던 정신적인 만족이 느껴졌다. 침상에 누워 잠들기 전 두세 시간이 매일 기다려졌다. 감옥에 온 건 정말 현명한 선택이라는 생각이 들었다.

이레째 밤이었다. 훈시를 다 듣고 나서 샤워하고 잘 준비를 하고 있었다. 등 뒤에서 누가 시비를 걸었다. 입구 쪽에서 자는, 눈이 사시인 죄수였다.

"웨이보, 이 몹쓸 놈아, 얼어죽을 놈의 폭력배야, 같은 업계 사람은 안중에도 없냐? 며칠 동안 지켜봤더니 이거 아주 형편없는 놈이네."

"아, 죄송합니다. 그런 생각은 못 했습니다. 이름까지 알고 계실 줄은 몰랐는데. 뭐 때문에 여기 들어온 겁니까? 들어오신 지 얼마나 된 거예요?"

웨이보가 겸손한 미소를 지었다.

"자네는 부끄러움을 모르는구먼. 그런 형식적인 질문은 스스로에게나 해보게. 자네가 여기 들어온 이유가 바로 내가 여기 들어온 이유일 테니까. 감방은 사람 교육시키기에는 더할 나위 없이 좋은 곳이지. 시기가 너무 늦었다는 건 나도 알아. 하지만 여기가 아니었으면 지금의 내가 없었을 거야. 앞으로는 날 라오장이라고 부르게나."

웨이보는 큰일 났다는 생각이 들었다. 밤마다 느꼈던 즐거움이 이 인간 탓에 사라질 노릇이었다.

"웨이보, 어쩌다 들어오게 된 건지 들어보고 싶네. 이의 없겠지?"

"관심 가져주셔서 감사합니다만 별로 이야기하고 싶지 않습니다. 불면증이 있어서 밤에는 대화를 나누기가 곤란하거든요."

"정말인가?"

라오장이 다가와 이상한 눈초리로 웨이보를 쳐다봤다.

라오장이 난데없이 웨이보를 밀쳤다. 그 순간 라오장 손에 들려 있던 날카로운 면도칼이 보였다.

"아닙니다, 라오장. 거짓말하고 싶지 않다는 뜻이었습니다. 교도소 분위기가 별로 안 좋아서요."

"감방 분위기가 안 좋다고? 누가 그런 말을 하고 다니지?"

라오장의 말투가 험악해졌다.

"그런 뜻이 아니고, 감방 창문이 작아서 공기가 탁하다는 말이었습니다."

"이런 빌어먹을 거짓말쟁이 같으니라고."

라오장이 웃으며 면도칼을 주머니에 도로 집어넣었다. 웨이보의 어깨를 토닥이며 침상에 앉으라는 시늉을 하고는 단호하게 말했다.

"여기 들어온 이상 감방 규칙에 따라 자네도 마음을 여는 게 좋을 거야. 밖에서 저지른 일도 다 공개해야 할 거고."

웨이보는 다른 죄수 두 명이 목을 길게 빼고 자기를 한참 동안 쳐다보고 있었다는 걸 그제야 알아차렸다. 다소 난감하기도 했지만 신선한 충격으로 다가왔다.

"저는 애인 추이란을 사랑해서 들어왔습니다. 거리를 두고 지내야 온전히 사랑할 수 있다는 걸 깨달은 거죠. 아니면 늘 골치 아픈 문제들이 생겨서요. 일부러 범죄를 저질렀습니다."

"대단하군."

세 사람이 입을 모아 칭찬했다.

"이게 다입니다. 라오장은 무슨 죄를 지은 겁니까?"

"난 아무 죄도 짓지 않았네. 권총을 들고 감옥으로 돌진하도록 내 인생에 조롱당한 것뿐이지. 난 총을 쏘지 않았어. 머리가 둔해서 아내를 먹여 살릴 방도가 없었다네. 감옥에 갈 수밖에 없겠다는 생각이었지. 그런대로 괜찮은 상황이었어. 교도소에서 총을 압수하고 받아들여줬거든. 무슨 일이든 하면 된다는 걸 알게 됐지."

이런 말을 하는 사이 라오장의 눈빛이 사뭇 부드러워졌다. 심지어 흐릿해지기까지 했다. 완전히 딴사람이 되기라도 한 듯 지식인처럼 보였다. 라오장이 계속해서 말을 했다.

"난 머리가 잘 안 돌아가는 놈이야. 아내한테 신경을 별로 못 썼더니, 글쎄 애인이 생겼더군. 그 자식이 아내랑 같이 있는 걸 볼 때마다 죽여버리고 싶었어. 그런 마음이 들면 겁이 나 온몸이 떨렸지. 살인하느니 자살하는 게 낫겠다 싶었어. 칼을 휘두를 때마다 번번이 기절해버리는 바람에 난 자살도 할 수 없는 사람이란 걸 깨달았어. 감옥밖에 갈 데가 없었지. 그래서 감옥으로 돌진한 거야. 교도소에서는 순순히 날 들여보내주더군. 어느 날 아내가 면회를 왔어. 내가 아직도 아내를 사랑하는지 스스로에게 되물었지. 대답은 '사랑하지 않는다'였어. 아내는 나를 사랑하니까 기다리겠다고 하더라고. 사랑한다는 말을 들으니 동정심이 생기는 거야. 그때까지만 해도 다른 사람을 동정해본 적은 거의 없었거든. 아내를 기다리게 할 수는 없었어. 난 악마고 살인을 저지를 수도 있었으니까. 겁이 날수록 살인을 하고 싶었지. 그래서 계속 여기 있기로 마음을 먹었다네. 형기가 끝날 때마다 법을 어기고 형을 연장시켰어. 벌써 9년이 흘렀고 앞으로도 여기서 지낼 생각이야. 이게 다 우리 아내 덕이지."

라오장이 목소리를 끌며 '아' 하고 소리를 내더니 이어서 말했다.

"웨이보, 이야기를 들어보니 자네가 존경스럽구먼. 애인을 죽이고 싶었던 적이 있나?"

주위로 몰려든 세 사람은 긴장된 표정으로 웨이보의 눈을 뚫어져라 쳐다봤다.

"아니요. 저는 살인도 못 하고 자살도 못 합니다. 피만 보면 기절하거든요."

"그렇군."

이구동성으로 대꾸한 세 사람은 서로를 마주보며 웃었다.

"난 라오루요. 웨이보, 라오장이 여기 들어온 이유에 대해 어떻게 생각하시오?"

삭발한 남자가 물었다.

"아직은 별 의견이 없습니다. 열정적인 분 같다는 생각은 듭니다. 그 정도로 머리가 잘 돌아가다니, 존경스럽기도 하고요. 총을 들고 감옥으로 돌진하는 건 아무나 할 수 있는 일이 아니니까요. 저 같은 겁쟁이는 3개월 형밖에 못 받았는데 말입니다. 라오장이 저지른 일도 제가 저지른 일처럼 당사자만이 제대로 아는 법입겠죠."

"그렇지."

세 사람이 환호성을 지르며 박수를 쳤다.

그 소리를 듣고 놀란 교도관이 어두운 표정으로 들어와 웨이보에게 수갑을 채웠다. 밖으로 나가라는 눈짓을 하며 웨이보 엉덩이를 발로 한 대 찼다. 등 뒤에서 세 사람이 비웃는 소리가 들렸다.

웨이보를 계단으로 데리고 간 교도관은 웨이보의 두 손을 난간에 대고 수갑을 채웠다.

그러곤 욕을 퍼붓고 가버렸다. 웨이보는 몸을 제대로 가누기 힘들어 추이란을 그리워할 여유가 없었다. 시간이 지나자 손이 저리다 못해 뼛속까지 쑤셨다. 모래 고르는 노역보다 더 고통스러웠다.

두 시간 정도 지나자 차라리 기절해버리고 싶은 마음이었다. 하지만 감방 안에서 작은 목소리로 대화 나누는 소리가 들릴 정도로 정신은 말짱했다. 세 사람은 잠도 안 자고 웨이보 얘기를 하는 듯했다. 어째서일까? 왜 사람들은 웨이보에게 망신을 주거나 육체적인 고통을 주는 걸까? 웨이보가 '마음을 열지' 않아서일까? 웨이보는 그날 밤 있었던 일이 잘 기억나지 않았다. 머릿속이 뒤죽박죽이었다. 죄수복이 땀에 젖어 등에 딱 달라붙었다. 한기가 돌았다.

웨이보는 점점 미쳐갔다. '이놈의 수갑으로 손을 잘라버리자. 손도 필요 없고, 이런 수치스러운 자세로 계단에서 죽는 것도 싫다'는 생각이 옥죄어들었다. 비몽사몽인 채로 숨을 깊게 들이마시고는 두 손을 세게 잡아당겼다.

손은 잃었지만 자유를 얻었다고 생각했다. 위층으로 올라가 희미한 불빛이 새어나오고 있는 감방으로 뛰어 들어갈 생각이었다. 죄수 세 사람이 본인의 피범벅된 모습을 보고 놀라겠지 싶었다.

웨이보의 시선이 두 손으로 향했다. 수갑이 아직도 채워져 있고 손도 멀쩡했다. 알고 보니 가짜 수갑이었던 것이다. 교도관이 괜히 겁을 주려는 수작이었다.

"그렇지."

세 사람은 또 소리를 질렀다.

제자리에 앉아 있던 세 사람은 긴장한 표정으로 웨이보를 쳐다봤다.

"뭘 하고 싶은 거요?"

삭발한 라오루가 떨리는 목소리로 물었다.

"사람을 죽이고 싶습니다."

"얼른 잠이나 자두게. 두 시간 남았으니까."

문 쪽에서 라오장의 목소리가 울렸다.

라오장은 바로 문을 닫고 불을 껐다.

웨이보도 침상에 누웠다. 손에는 여전히 수갑이 채워져 있었다. 눈을 감자마자 깊은 잠에 빠져들었다.

이튿날 교도관이 경찰봉으로 웨이보를 쿡쿡 찔러가며 깨웠다. 세 사람이 일부러 깨우지 않고 가버린 탓이었다.

교도관이 수갑을 풀어주더니 소리를 질렀다.

"빨리 강가로 가."

"아직 아침도 안 먹었는데요."

웨이보가 대답했다.

"어디서 말대꾸를 해? 죽고 싶어?"

교도관이 경찰봉을 들이대며 겁을 줬다. 웨이보는 머리를 감싸 쥔 채 밖으로 나왔다.

강가로 뛰어가 모래 고르는 팀에 합류했다.

처음에는 그래도 할 만했다. 어느 순간 라오장이 홀연히 나타나더니 말했다.

"자네 애인을 봤네. 면회를 왔는데 자네가 안 일어났지. 절세미인이더구먼."

"과찬의 말씀입니다. 그 사람이 뭐라 그러던가요?"

"관리자한테 감옥에 대해 얘기하는 걸 들었네. 본인도 여기 들어오고 싶다더군."

웨이보는 라오장이 해준 이야기를 곱씹어봤다. 그러다가 자신의 마음이 추이란과 매우 가까이 있다는 걸 문득 깨달았다. 추이란은 좋은 여자였다. 처음부터 자기 감정을 잘 다스릴 줄 아는 여자였다. 웨이보 자신은 왜 그리 어리석은 걸까? 잠만 자다가 추이란을 허탕 치게 만든 거라는 생각도 들었다. 정말 형편없는 인간이었다. 이런 남자를 추이란은 뭐가 좋다는 건지, 웨이보는 이해가 가지 않았다.

모래를 일고여덟 번 고르다보니 허기가 졌다. 그대로 쓰러졌다. 웨이보는 몸을 웅크린 채 눈을 감고 있었다. 누가 음료수 빨대를 입안으로 밀어넣었다. 옆에 있던 사람이 하는 말이 들렸다.

"콜레라지?"

웨이보가 음료수를 빨아 마셨다. 눈을 떠보니 한 명만 빼고 다들 저 멀리 가 있었다. 남은 이는 웨이보와 같은 감방에 있던 삭발 머리 라오루였다. 라오루 손에는 총이 들려 있었다.

"지금 임무 수행 중이오. 콜레라에 걸린 거니 나돌아다니지 말게나. 자리에서 꼼짝하지 말고."

라오루가 말했다.

"네, 알겠습니다. 근데 제가 콜레라에 걸렸다고요? 그럼 왜 설사를 안 하는 겁니까?"

"곧 할 걸세. 뭐가 그리 급하다고. 살다보면 그런 일도 있는 거지."

주변에 아무도 없었지만 라오루는 크게 소리를 질렀다.

"라오루, 제가 마음이 안 좋아서 그러는데, 여기 어떻게 들어오게 됐는지 얘기 좀 해주십시오."

웨이보가 애원하듯이 말했다.

"가까이 오지 말게나. 콜레라 옮기면 어쩌려고. 다가오면 총으로 쏴버릴 거야."

웨이보는 그저 모래 위에 앉아 있기로 했다. 아까 마시다 만 오렌지 주스 병이 바닥에 떨어져 있고, 옆에는 소시지가 널브러져 있었다. 파리가 소시지 주변을 날아다녔다. 순간 대담해진 웨이보는 소시지를 움켜쥐고 연거푸 입속으로 쑤셔넣었다. 한입 두 입 몽땅 먹어치우고, 남은 음료수도 죄다 마셔버렸다. 더 이상 손이 떨리지 않고 머리도 한층 맑아졌다.

"몹시 탐욕스러운 인간이구먼."

라오루의 목소리가 들렸다.

"콜레라에 걸려봤자 죽기밖에 더 하겠습니까? 무서울 거 하나 없죠."

"어쨌든 그냥 앉아 있기 심심하니 감방에 들어온 이유를 말해주겠네."

라오루는 웨이보가 방금 한 행동에 감격한 듯 바투 다가와 앉았다. 대화 중에는 총을 한쪽에 던져놓고 웨이보의 옷소매를 끌어당기기까지 했다.

"웨이보, 내 말 잘 들어보게나. 나는…… 사는 게 짜증나서 이렇게 된 거라네. 요즘 종종 스스로에게 되묻곤 하지. '다들 힘든 건 마찬가지인데 왜 나만 이리도 짜증이 날까?' 하고 말이네. 조금만 더 견뎠다면 다른 사람들처럼 매일같이 출근해서 가족들을 먹여 살렸을 텐데 말이야. 감옥살이가 꼭 나쁘다는 건 아닐세. 여기서 몇 년씩 지내도 그다지 안 좋은 건 없었거든. 지낼 만했다는 거지. 근데 왜 그때는 하루도 못 참았나 하는 생각이 든다네. 요즘 들어서는 출소하면 잘 살 수 있을지 자꾸 걱정이 돼. 어떻게 살지 생각은 해놨지만 감방도 괜찮은 것 같아서. 라오장 같은 똑똑한 사람과도 같이 지낼 수 있지 않은가? 웨이보, 자네 생각은 어떤가?"

"여기는 어떻게 들어오신 건지 아직 말씀해주지 않으셨습니다."

"아까 얘기해주지 않았나. 제대로 안 들었구먼."

라오루는 살짝 언짢아하면서 다시 말해줬다.

"그때는 사는 게 참 짜증났어. 삶을 어떻게 바꿔야 할지도 모르겠더라고. 미칠 듯이 초조했지. 그 김에 감옥에 들어온 거지. 아무래도 잘 들어온 것 같네. 그렇지 않은가? 라오장같이 똑똑한 사람하고 같이 있다보니 시야도 넓어지고. 솔직히 말하면 떠나기가 아쉬워. 상부에서 나한테 중요한 직책을 맡겼거든. 이게 상부에서 준 총이지, 진짜 총이라고. 이 정도면 날 보통 신뢰하는 게 아니지 않겠나?"

라오루가 대뜸 총을 들더니 하늘을 향해 두 발을 쐈다.

웨이보의 얼굴이 백지장처럼 하얘졌다. 온몸의 피가 얼어붙는 것 같았다.

"그만, 그만하세요. 뭐든 시키는 대로 하겠습니다."

웨이보가 말을 더듬었다.

"이 사람 또 겁먹었구먼. 세상이 아무리 변해도 사람은 안 바뀌는 법이지. 내가 총을 쏠 테니 일어나 뒤돌아 서 있게나. 죽은 죄수의 얼굴은 정말 보기가 싫거든."

웨이보는 하늘을 힐긋 쳐다봤다. 파란 하늘에 독수리 한 마리가 날고 있었다. 제자리에 멈춰 있는 것처럼 보여서 어디로 날아가려는지는 알 수 없었다. 천천히 일어나 뒤돌아선 웨이보는 질주하듯 빠른 속도로 뛰쳐나갔다. 멈추려 해도 멈춰지지 않을 정도로, 질식할 정도로, 죽도록 뛰었다. 그 와중에 누군가의 얼굴이 보였다. 검은 물체도 보였다. 이윽고 수치스러워하며 바닥에 쓰러졌다.

라오루의 얼굴이었고, 검은 물체는 라오루의 롱코트였다. 라오루가 웨이보에게 코트를 덮어주었다. 웨이보는 부끄럽게도 이제야 기억이 났다. 라오루가 경찰들이 겨울에 입는 검은 롱코트를 입고 있었다는 걸.

"여기가 어딘가요?"

웨이보가 바보처럼 물었다.

"그렇게 여기저기 쏘다니다니, 체력이 좋구먼. 얼른 일어나게나. 요 앞 음식점에서 다들 기다리고 있으니."

"제가 콜레라에 걸린 겁니까?"

"개보다 더 빨리 뛰던데 콜레라는 무슨. 빨리 안 가면 또 총을 쏠 걸세."

웨이보는 열흘쯤 모래를 골랐다. 교도소 생활에 서서히 적응하다가 이제는 모든 일에 자신만만해졌다. 본인은 그래도 능력 있는 남자라고 생각하게 되었다. 요즘 들어 라오장, 라오루와는 많이 친해졌다. 반면 표정이 기묘한 샤오옌과는 제대로 얘기해본 적이 없었다. 샤오옌은 누구하고도 말을 섞고 싶지 않은 듯했다. 샤오옌과 눈이 마주친 순간, 웨이보는 샤오옌에게 할 말이 많다는 걸 느낄 수 있었다. 웨이보가 먼저 말을 걸려고 하자 샤오옌은 아무렇지도 않은 표정으로 자리를 떴다. 샤오옌이 셋 중 가장 사귀기 어려운 사람이란 생각이 들었다.

어느 날 강둑이 무너져내려 라오장과 라오루가 수습 인력으로 차출되었다. 왜인지 두 사람은 웨이보와 샤오옌더러 감방에서 하루 쉬라고 했다. 그 틈을 타 도망가는 건 아닐까 하는 생각에 웨이보는 두 사람을 믿을 수 없었다. 자기는 도망칠 수 없다는 사실이 억울하기도 했다. 더 골치 아픈 건 석 달 뒤 감옥에서 나갈 수 있느냐 하는 문제였다. 그 생각만 하면 머리가 지끈거렸다. 모래를 고르다보니 운동도 되고 밤에 잠도 잘 왔다. 자꾸 불면에 시달려서 감옥에 들어온 거란 사실이 문득 떠올랐다. 웨이보는 의지가 약한 사람이었다.

샤오옌은 오전 내내 한마디도 하지 않고 누워 있기만 했다. 웨이보도 모처럼 쉬는 김에 침상에 누워 추이란과 함께했던 순간을 떠올렸다. 기분도 좋아지고 스트레스도 풀렸다. 왜 감옥 밖에서는 이토록 기분 좋은 상상을 하지 않았을까? 웨이보는 맞은편 침상에 누워 있는 샤오옌을 흘끔흘끔 쳐다봤다. 머리 뒤로 깍지를 끼고 있는 모습이 편안해 보였다. 평소에 불만 가득했던 얼굴은 온데간데없었다. 웨이보는 샤오옌이 서른둘도 되지 않았을 거라고, 한창때일 거라고 생각했다. 하지만 몸이 별로 안 좋은 것 같았고 다소 수척해 보였다.

점심을 먹고 왔더니 샤오옌이 안 보였다. 교도관에게 이 사실을 바로 보고해야 했다. 규정이 그랬다. 감방 문을 열자 교도관실이 보였고 전에 웨이보에게 수갑을 채웠던 양 교도관이 당직을 서고 있었다. 사실대로 보고했더니 짐짓 놀란 눈치였다.

"샤오옌 기분이 어떤 것 같았나?"

양 교도관이 물었다.

"평소와 비슷했습니다."

"아이고, 이 답답한 양반아. 샤오옌이 도망갈 마음을 먹었어도 당연히 평소처럼 행동했겠지. 감방에 들어가 반성이나 하고 있어!"

양 교도관은 주머니에서 녹색 호각을 꺼내 고막이 터질 듯이 불었다. 웨이보는 귀를 막은 채 감방으로 돌아왔다.

잠시 뒤 밖에서 소란스러운 소리가 들렸다. 대규모 군부대가 순간적으로 창문 밑을 스쳐 지나갔다. 하늘을 향해 총 쏘는 소리가 들리기도 했다. 웬 여자의 처량한 울음소리도 들렸다. 대체 무슨 일이 생긴 걸까? 웨이보는 안절부절못했다. 열흘쯤 한방에서 지낸 터라 샤오옌이 걱정되었다.

웨이보는 과감히 문을 열고 복도로 나갔다. 옆방과 맞은편 방에 있던 남자들도 밖으로 나와 있었다. 뭔가 상의하고 있는 듯했는데 웨이보를 보자 일제히 입을 다물었다.

"무슨 일입니까?"

웨이보가 물었다.

"탈주범을 잡고 있다네. 100년에 한 번 올까 말까 한 기회지. 나가서 구경이나 해보게."

한 남자가 이렇게 말하며 다른 사람들과 밖으로 뛰어나갔다.

웨이보도 호기심을 억누르지 못하고 따라 나가봤다.

밖에는 기묘한 분위기가 감돌았다. 방금 같이 있던 남자들은 어디론가 사라졌는지 보이지 않았고 건물 앞 운동장엔 아무도 없었다. 사방이 고요해서 아무 일도 없었던 것처럼 보였다. 웨이보는 방금 전 상황을 떠올려보고는 짐짓 놀랐다. 양 교도관은 어째서 문도 안 잠그고 탈주범이 멋대로 돌아다니게 한 걸까? 심각한 직무 태만 아닌가? 방금 그 사람들도 혼란스러운 틈을 타 탈옥한 거라면 앞으로 어떻게 되는 걸까? 웨이보는 본인이라도 화를 면하려면 감방으로 돌아가 있는 게 낫겠다고 판단했다.

웨이보는 감방에 들어가자마자 어둠 속에서 튀어나온 사람과 세게 부딪쳤다. 눈에 별이 보일 정도였다. 양 교도관이었다. 웨이보는 괜히 나갔다 왔다 싶었다.

"난 이제 끝이야."

기진맥진한 양 교도관은 바닥에 주저앉았다.

"도망갔나요?"

웨이보가 물었다.

"도망을 어떻게 가겠나? 당연히 못 가지. 우리가 못 찾은 것뿐이지…… 더 이상 물어보지 말게나. 나도 생각을 좀 해봐야겠어."

양 교도관의 목소리가 귓속말처럼 작아졌다.

그러다 별안간 언성을 높이더니 추궁하듯 물었다.

"솔직히 말해. 다이아몬드 반지 봤지?"

"다이아몬드 반지요? 무슨 말씀인지."

"그놈이 비싼 다이아몬드 반지를 항상 갖고 다녔어. 여기 왜 들어왔냐고 물어보니까 여자친구 줄 거라더군. 순정도 그런 순정이 없었지. 그놈 비밀은 나밖에 몰라서 내가 남몰래 뒤를 좀 봐준 거라고. 아, 난 정말 죽어도 싼 놈이야. 자네 같은 범죄자에게 이런 비밀을 털어놓다니. 그놈이 땅속으로 수백 미터를 파고 들어갔다 해도 내가 반드시 잡고 말 거야. 두고 보라고."

양 교도관은 순간적으로 기력을 회복한 듯 자리에서 일어나 씩씩대며 교도관실로 돌아갔다.

감방 문은 모두 열려 있었고 안은 텅 비어 있었다. 웨이보는 자기만 얌전히 감방에 앉아 있을 필요가 없다는 생각이 들었다. 하지만 괜히 자리를 떴다가 일을 크게 만들고 싶지는 않았다. 복도를 서성이며 이따금 정문 쪽을 관찰했다. 저녁때가 되자 밖이 조용해졌다. 양 교도관은 교도관실에서 생각에 잠겨 있다가 간혹 심각한 표정을 짓기도 했다. 웨이보는 복도 대각선 방향에서 양 교도관의 모습을 지켜봤다. 샤오옌에게 미안해하는 걸까, 웨이보는 궁금했다. 여자친구에 대한 샤오옌의 감정이 범죄 행위를 넘어섰다고 생각하는 걸까? 참으로 불가사의한 교도관이었다.

감시하는 사람이 아무도 없자 웨이보는 괜히 목에 힘을 주고 식당으로 가 밥을 먹었다.

양 교도관이 창백해진 얼굴을 하고 정문 앞에 서 있었다.

"같이 가겠소?"

양 교도관이 물었다.

"샤오옌을 잡으러 가는 겁니까?"

웨이보의 입에서 무심결에 말이 튀어나왔다.

"그렇소."

두 사람은 앞서거니 뒤서거니 하며 잰걸음으로 운동장을 지나 잿빛 사무동 건물 지하로 내려갔다.

"그놈들은 지금 지하 이층 가장 안쪽 창고에 있네."

양 교도관이 어둠 속에서 말했다.

두 사람은 창고로 들어갔다. 아무도 없이 불만 켜져 있었다. 양 교도관이 허리를 숙인 채 무언가를 한참 찾더니 다이아몬드 반지를 발견했다. 반지를 가운뎃손가락에 끼고는 멋쩍은 듯 말했다.

"난 교도소에서 지내는 게 너무 우울해서 결혼할 마음은 없다네."

웨이보가 샤오옌은 어디 있냐고 물었다.

"어디 있기는 어디 있겠나. 당연히 감방에 가 있지. 우리가 한발 늦었네. 그놈 벌써 여자친구랑 여기 왔다 간 게 분명해."

웨이보는 자신감에 차 있는 양 교도관의 모습에 짐짓 놀랐다. 샤오옌을 어떻게 그리 잘 아는 걸까?

"샤오옌 여자친구도 그럼 감방으로 간 겁니까?"

"물론 아니지. 내가 반지 줍는 거 못 봤나? 여자가 육체적인 욕망을 만족시켜주고 난 뒤 난리를 치고는 도망쳐버린 거야. 13번(샤오옌을 가리킴)은 감옥에 있을 때만 여자와 애정을 유지할 수 있다고. 반지를 빨리 갖다줘야 그놈도 삶에 대한 믿음을 잃지 않을 텐데."

"교도관이란 직업이 싫증 나신 것 같은데요?"

"말도 안 되는 소리. 전과자 주제에 날 판단해? 나도 나름대로 즐거움이 있다고."

두 사람은 지하에서 올라와 밖으로 나왔다. 운동장을 가로지르는데 사방이 여전히 조용했다. 양 교도관이 본인은 교도소장에게 보고하러 가야 한다고 했다. 웨이보더러 감방으로 돌아가라고 말하고는 자리를 떴다.

감방에 들어가니 세 사람 다 돌아와 있었다. 샤오옌의 표정은 여전히 기묘했다.

"샤오옌, 양 교도관이랑 방금 자네를 찾으러 갔다가 반지를 주웠어."

웨이보가 말했다.

"배신자. 둘 다 배신자야."

샤오옌은 두 손으로 얼굴을 가린 채 울음을 터뜨렸다.

라오장과 라오루가 웨이보를 한쪽으로 잡아끌었다. 라오장이 목소리를 낮추고 따졌다.

"지금 뭐 하는 수작이야? 샤오옌을 저 지경으로 만들어놓다니, 죽으라는 거야 뭐야? 이제 갈 데도 없는 사람을 사지로 몰아? 그 정도로 독한 인간인 줄 몰랐네. 자네나 나가서 죽을 것이지. 누가 자네더러 여기 와서 난장판을 만들어놓으라 그랬어? 어?"

라오장은 어떻게 본인이 뭘 잘못한 줄도 모를까 하는 생각에 웨이보는 머리가 어지러웠다. 양 교도관이 반지를 줍지 말았어야 했는데. 샤오옌에게는 영원히 잊고 싶은 반지가 아니었던가? 양 교도관의 행동을 보니 샤오옌이 무시무시한 사랑을 하고 있다는 느낌이 들었다. 대체 어떤 사랑이길래?

웨이보는 또 불면에 시달렸다. 샤오옌 일로 충격이 컸는지 본인 인생이 암담해졌다고 생각했다. 감옥에만 들어오면 평온하게 살 줄 알았는데 오산이었던 것이다. 출구가 보이지 않는 상황이었다. 샤오옌은 정말 죽으러 간 걸까? 한참을 뒤척거렸더니 불현듯 초조해지면서 잠이 더 안 왔다. 겨우 잠이 들었는데 호각 소리에 잠에서 깼다.

이튿날, 양 교도관이 웨이보더러 라오장, 라오루와 같이 가서 응급 처치를 하라고 시켰다. 샤오옌은 침상에 앉아 덜덜 떨고 있었다.

세 사람은 모래 푸대 옮기는 작업을 했다. 밤새 잠을 못 잔 웨이보는 다리가 후들거리고 몸에서는 식은땀이 흘렀다. 곧 쓰러질 것만 같았다.

정신을 차리고 보니 다리 밑에 누워 있었다. 라오장의 목소리가 들렸다.

"무슨 일이야, 툭하면 좌절이나 하고. 패기도 없이 말야."

"여기서 얼마나 잔 거죠?"

"하루 종일 자던데. 내가 안 숨겨줬으면 그자들이 '고문용 의자'에 앉혔을 거야."

"저는 정말 죽어도 싼 놈입니다. 샤오옌은 어떻게 됐습니까? 저보다 더 좌절하고 있을 텐데요?"

"그렇지 않다네. 그게 바로 샤오옌의 고육지책이지. 내가 오전에 내부 보고를 들었는데 여기서 샤오옌을 고용할 거라더군. 형기가 끝나면 교도관이 되어서 계속 일할 거라는 얘기지. 말 그대로 날로 먹는 것 아니겠나? 뭐 때문에 샤오옌만 그렇게 운이 좋은 건지, 원. 자네도 샤오옌 때문에 큰일 날 뻔하지 않았나? 나같이 극단적이지도 않고 성실한 사람은 여기 남아서 일할 생각 따위는 하지도 않는다고. 마음을 비우고 스스로 형을 늘리거나 하겠지. 뭐가 이리 불공평한지. 웨이보, 내 생각이 어떤가?"

"존경스럽습니다, 라오장."

"존경이 다 무슨 소용인가? 내가 세운 목표도 달성 못 했는데. 자네도 보지 않았나? 내가 허공에 매달려 있는 거. 그 여자가 또 와서 최후통첩을 했네. 올해 말까지 출소하지 않으면 자해해버릴 거라더군. 위협까지 당해서 그런지 내가 지금 제정신이 아니네."

라오장의 시선은 저 멀리 굴뚝에 가 있었다. 새들이 굴뚝 주위를 맴돌고 있었다. 웨이보는 라오장의 생각도 훨훨 날고 있구나 하는 느낌이 들었다.

"고향에 가고 싶었던 적 있으십니까?"

웨이보는 머릿속에 맴돌던 생각을 입 밖으로 꺼냈다.

라오장이 씩 웃더니 웨이보의 어깨를 툭 치며 말했다.

"이 사람 이거 완전히 조직폭력배나 다를 게 없구먼. 내 오장육부를 꺼내서 햇빛에 말릴 기세네. 솔직히 말하면 열다섯 살 때부터 고향 집을 찾고 있었어. 어디 있는지 아무도 알려주지 않아서 모호한 실마리에 의존할 수밖에 없었지. 몇 년이 흘렀는데도 알아낸 게 별로 없어. 여기 들어오고 나서야…… 그제야 일이 서서히 풀리지 뭔가. 그동안 있었던 안 좋았던 일, 끔찍했던 일들은 다시는 떠올리고 싶지 않아. 어쨌든 잘 버텨내긴 했지. 어느 날 작업장에서 다른 죄수하고 머리에 피가 날 정도로 치고받고 싸움질을 했어. 그러곤 혼자 비틀비틀 강가로 가서 몸을 씻었다네. 내가 중상을 입은 건 아닌지 걱정하면서 말이야. 그 순간 맑은 강물 속에 고향 집의 윤곽이 보이더군. 우리가 갇혀 있는 감옥의 형상이더라고. 소박한 맛이 있고, 우리 감옥처럼 남루하지도 않았어. 고향 집인 걸 어떻게 알았을 것 같은가? 우리 부모님과 할아버지가 문 앞에 앉아서 잎담배를 피우고 있는 거야. 그런데 고향 집의 모습이 10초 정도 지속되더니 차츰 사라졌다네. 우리 부모님은 몸과 마음의 병으로 일찍 돌아가셨어. 내가 고향 집을 찾으려는 이유였지. 여기저기 그렇게 찾으러 돌아다녔는데 결국 고향 집이 감옥이었던 거야. 그 정도면 내가 왜 총을 들고 돌진했는지 알 수 있겠지?"

라오장은 자세히 말하고 싶어하는 듯했다. 생각이 다른 데 가 있는 것 같기도 했다. 경외심이 드는 분위기가 있는 곳에. 웨이보는 줄곧 불안했지만 기력이 다소 회복되었다. 감방으로 돌아가 잠시라도 쉬고 싶었다. 하지만 라오장이 손으로 어깨를 누르며 못 움직이게 했다. 웨이보는 라오장이 털어놓을 말이 있는 것 같다고 판단했다.

"감옥 전체에서 내막을 아는 사람은 단 한 명뿐이야. 바로 교도소장이지. 저자들이 여든다섯이나 된 교도소장을 은퇴도 못 하게 한다는 걸 난 알고 있네. 교도소장 집에 옛날 사진들이 있는데 빛바랜 사진 속에서 우리 부모님을 본 적이 있어. 놀란 표정으로 집 앞에 서 계신 사진이었지. 지금은 공용 화장실이 된, 운동장 쪽에 있는 푸른 벽돌로 된 기와집 앞에. 우리 아버지가 감옥에 어떤 물건을 묻어놓았다고 교도소장이 그러더라고. 어디다 묻었는지 알려주지는 않고. 그래서 요 몇 년 동안 구석구석 찾아보고 땅도 깊이 파본 거였네. 그 일로 내 형기가 3년씩이나 늘어났지만 말이야."

"교도소장 집에 좀 데려다주시겠습니까?"

웨이보가 물었다.

"그건 안 되네. 교도소장은 마음에 거리낌이 없는 사람만 상대해주거든. 옛날 사고방식을 가진 사람이어서. 나도 여기 들어온 지 5년이 지나서야 상대해주더라고. 왜 날 상대해줬냐고? 교도소장은 천식이 있어서 발작이 나면 몸이 약해지거든. 저번에도 발작이 나서 내가 집으로 찾아가 간호해주는데 이런 말을 하는 거야. 내가 감옥으로 돌진할 때 갖고 있던 총이 사실은 본인이 준 거였다고. 당시 상황을 곰곰이 되짚어봤지. 어떤 빡빡머리 청년이 감옥으로 돌진하라고 부추긴 기억이 나긴 했네. 그것만 봐도 내가 지난 9년 동안 올곧은 길만 걸어왔다는 걸 알 수 있지. 내 말이 맞지 않은가, 웨이보? 아, 이렇게 죄다 털어놓으니 마음이 한결 편해지는군. 밥 먹으러 갈 텐가? 내가 부축해주었으면 싶은가? 이제 다 회복된 거 같으니 먼저 돌아가게나."

라오장은 다리 위로 뛰어 올라가더니 종적을 감췄다. 웨이보는 감옥으로 돌아왔다.

저녁을 먹고 감방에 들어가니 샤오옌 혼자 있었다.

"자네, 운이 아주 좋다고 그러던데."

웨이보가 말을 걸었다.

"유효 기간이 지난 정보예요. 다른 사람이 대신 고용될 거고요. 상부에서 저더러 의지박약하다면서 훈련을 강화해야 한다더라고요. 반지 사건 때문에 그러는 거죠. 여자친구를 계속 견뎌내야 할 것 같아요."

이렇게 말하는 샤오옌의 표정이 기묘했다. 극도로 고통스러운 표정이란 걸 웨이보는 그제야 알아차렸다. 웨이보가 물었다.

"여자친구는 요즘에도 면회를 오나?"

"네. 여기 오면 교도관들이 마음대로 돌아다니게 내버려두니까 그 무서운 여자가 자꾸만 찾아오는 거예요. 저번에는 마음을 접고 반지도 버렸는데 사람들이 저를 그냥 놔주지 않더라고요. 물론 제 탓이긴 하지만 여자친구의 유혹을 뿌리치기가 힘드네요."

"굉장한 미인이겠군?"

"마녀, 흡혈귀죠. 몹시 힘든 상황이에요."

두 사람이 대화하는 사이 양 교도관이 문 앞에 나타났다. 샤오옌이 고개를 떨구고는 바들바들 떨었다. 샤오옌은 서 있을 수조차 없어 침상에 앉아버렸다. 떨리는 손으로 베개를 쥐어뜯었다. 그 순간 웨이보 눈에 반지가 들어왔다. 양 교도관이 미소를 지으며 웨이보에게 이쪽으로 와보라는 손짓을 했다.

웨이보와 양 교도관은 교도관실로 갔다. 양 교도관은 침묵을 지켰다. 담배를 연달아 두 대 피웠다.

"뭐 도와드려야 할 일이 있어서 부르신 겁니까?"

웨이보가 물었다.

"밤에 잠을 깊게 자지 말게나. 내가 자네에게 내리는 지시 사항이네. 감방에서 살인 사건이 일어났었어. 내 직무 태만이었던 거지. 체면이 말이 아니었다네."

"샤오옌은 안 그럴 거라고 생각합니다."

"어떻게 그렇게 자신할 수 있지? 샤오옌보다 나이가 많다고 해서 잘 안다고 착각하지 말게나."

양 교도관은 여기까지 말하고는 생각이 저 위를 떠다니는 것처럼 천장을 바라봤다.

"눈앞에서 사람이 죽는 건 정말 무서운 일이라네. 그 일이 있은 뒤로 잠을 통 못 잤으니까…… 실수가 절대 용납이 안 되는 직업이지. 자네는 어떤가? 추이란이 처지를 잘 이해해주나?"

"분명히 이해해주리라 생각합니다. 잠재력이 굉장히 많은 여자여서…… 아무래도 제가 잘못 생각한 것 같습니다. 지난번에는 기다리지도 않고 그냥 갔더라고요. 아직도 추이란을 잘 모르겠습니다."

"잘 알면 그게 더 이상한 거지."

갑자기 기분이 들떴는지 양 교도관의 목소리가 커졌다.

"그랬으면 자네가 지금 감옥에 들어와서 모래나 고르고 있었겠나. 세상은 철저히 규칙대로 돌아가는 걸세."

양 교도관은 뭔가를 결심했다는 듯 담배꽁초를 툭 떨어뜨리고는 발로 밟아 껐다.

"웨이보, 감방에서는 깊이 잠을 자지 말게나. '사랑하는 연인은 반드시 부부가 된다'는 속담이 있지 않은가? 나도 자신감을 가져야겠지."

웨이보는 복도로 나왔다. 방금 양 교도관이 자신을 '85번'이 아닌 '웨이보'라고 부른 사실을 떠올렸다. 참 이상한 일이었다. 웨이보의 여자친구까지 친구 사이에나 부를 법한 호칭인 '추이란'으로 지칭했다.

감방에 들어가니 세 사람이 벌써 불을 끄고 누워 있었다. 웨이보는 살금살금 조용히 침상으로 올라갔다. 다들 잠은 자지 않고 무슨 일이 일어나길 기다리는 듯한 느낌이었다. 이제는 그런 분위기가 익숙했다. 웨이보조차 무슨 일이 일어났으면 하고 바랐다. 호기심 반 기대 반으로 기다리던 중 잠이 들었다. 그것도 아주 깊이. 양 교도관이 내린 지시 사항은 아무 소용이 없었다.

이튿날 아침 네 사람은 호각 소리에 동시에 잠이 깼다.

강물 수위가 아직 낮아지지 않은 터라 넷은 계속해서 모래 자루를 옮겨야 했다. 다른 세 사람은 대단히 열성적으로 보였다. 웨이보만 기운이 나지 않았다. 추이란은 왜 면회까지 와서 기다리지도 않고 돌아갔을까? 누가 추이란한테 내 욕을 한 걸까? 이런 생각만 들었다.

정오가 되자 일하고 있는 곳으로 도시락이 배달되었다. 네 사람은 그 자리에 서서 밥을 먹었다. 샤오옌이 다가왔다. 신바람이 났는지 얼굴이 달아올라 있었다. 예의 그 의기소침한 모습은 사라지고 없었다. 샤오옌이 말했다.

"웨이보, 중노동을 계속하다보니 중독되네요. 열심히 해서 다음 교도관 자리를 꼭 차지해야겠어요."

웨이보는 눈으로 라오장을 찾아 잠시 지켜봤다. 라오장이 뚱뚱한 여자 죄수를 껴안은 채 다리 쪽으로 걸어가는 모습이 보였다. 라오루가 도시락을 들고 활짝 웃으며 다가왔다. 라오루도 웨이보의 시선이 닿아 있는 쪽을 쳐다봤다.

"하하, 저 사람들 사고 치느라 정신없구먼. 그래도 괜찮네. 저런 일도 여기서는 찻잔 속의 태풍일 뿐이지. 라오장은 내가 만나본 이들 중에서 자기 자신에 대해 가장 잘 아는 사람일세. 교도소장과 친분도 있고. 웨이보, 이제 응급 처치가 무슨 뜻인지 알겠나? 응급 처치는 연애라는 의미지."

"왜 라오장만 연애를 합니까?"

웨이보가 물었다.

"그거야 물론…… 라오장에게 기회가 주어졌으니까 그런 거지. 라오장이 연애 복은 있는 것 같지 않은가? 자네 정말 둔한 사람이구먼."

라오루가 말끝을 흐렸다.

라오루가 웨이보를 옆으로 살짝 밀었다. 주머니 위로 살짝 삐져나온 총자루를 보여주었다. 그러고는 웨이보에게 다가가 나지막이 말했다.

"샤오옌이 밤에 소란을 피우면 총으로 쏴버릴 걸세."

웨이보가 겁먹은 표정으로 샤오옌을 쳐다봤다. 불현듯 양 교도관이 전날 밤 내린 지시 사항이 기억났다. 샤오옌이 곁눈질로 라오루를 힐긋 보더니 총으로 시선을 옮겼다. 별로 개의치 않는 눈치였다. 샤오옌은 손에 있던 도시락을 내려놓았다. 라오루를 와락 껴안고 크게 소리를 질렀다.

"아무리 기다려도 왜 우리한테는 행운이 오지 않는 건가요? 말좀 해보세요. 행운이 왔다가 도로 가버리는데도 바보처럼 기다리기만 하고. 저 다리처럼 곧 홍수에 잠겨버릴 거면서 말이에요."

라오루가 혐오스럽다는 듯이 샤오옌의 팔을 뿌리치고 뛰어가더니 총을 꺼내 한 발 쐈다.

샤오옌이 막 환호성을 지르고 박수를 치며 웨이보에게 말했다.

"저 남자다운 모습 좀 보세요. 저렇게 성질 급한 사람은 감옥에 있으면 안 된다니까요."

"그럼 어떤 사람이 감옥에 있어야 되나?"

웨이보가 물었다.

"우리처럼 생기 없는 사람들은 영원히 우물쭈물대기만 할 거예요. 그럼 여기 있어야 되는 거고요. 라오루가 여기 있는 건 본인을 위해서가 아니라 우리를 위해서일 거예요."

웨이보가 인상을 쓴 채 잠시 생각에 잠겼다가 대꾸했다.

"자네 말도 일리가 있군. 근데 라오루가 무섭지 않은가?"

"라오루가 저를 풀어줬으면 좋겠는데 싫다네요. 감옥에 들어온 이상 석방은 기대하지 말라면서. 라오장이 환경에 얼마나 잘 적응하는지 보세요."

웨이보는 놀라서 입을 못 다물었다. 말은 한마디도 꺼내지 못했다.

뚱뚱한 류 교도관이 다가왔다. 웨이보더러 접견실로 가보라며, 특별히 면회를 잡아준 건 인도주의 차원에서라고 했다.

"얼른 가서 옷이나 갈아입게. 뉴추이란이 기다리고 있으니까."

"그럴 필요까지는 없습니다. 다른 옷이 없기도 하고요."

웨이보는 교도소 사람들이 모두 추이란을 알고 있단 생각이 들었다. 대체 어떻게 아는 걸까?

접견실은 텅 비어 있었다. 류 교도관이 기다리라고 하고는 그냥 나가버렸다.

웨이보는 무료한 표정으로 작은 접견실을 둘러봤다. 접견실은 나무로 된 침상 하나에 창문도 없었다. 문 맞은편 벽에는 분위기와 안 어울리게 유화가 한 폭 걸려 있었다. 사람을 그린 그림이지만 짐승처럼 보이기도 했다. 그림을 쳐다보고 있자니 왠지 모르게 불안해져 황급히 시선을 돌렸다. 접견실 문이 열려 있고, 키 큰 교도관이 복도를 왔다갔다하고 있었다. 교도관을 쳐다보기 싫어 오른쪽에 있는 하얀 벽을 향해 섰다. 오래 서 있으니 다리가 저렸다. 의자를 가져와 문을 등지고 앉았다. 등 뒤로 시선이 느껴지고 압박감이 밀려왔다. 누군가 대화를 나누고 있었다. 복도에 있던 교도관이었다. 문 앞에 서서 다른 사람과 이야기를 하는 중이었다.

"올해 수확은 어땠나?"

"완전 망했어. 그래도 콩은 제법 거둬들였지. 수확은 마음대로 되는 게 아니야."

웨이보가 의자를 반대쪽으로 돌리자 두 사람이 화들짝 놀란 표정을 지었다.

추이란의 넷째 숙부였다.

"아, 자네 여기 있었구먼."

넷째 숙부가 웃음을 터뜨리자 누런 이가 드러났다.

"추이란이 날 대신 보냈네. 자네 소식을 알려달라더군. 살이 빠
졌는지 쪘는지, 또 기분은 어때 보이는지 말이야."

"추이란은 어디 있습니까?"

웨이보는 심장이 두근거렸다.

"어딜 가나 있고, 또 어딜 가도 없다네. 요즘은 나도 운이 좋아야
추이란을 만날 수 있어. 오페라 하우스 입구에서 우연히 마주친 적
은 있지. 노부인과 같이 나오고 있더라고. 다리가 후들거릴 정도로
깜짝 놀랐네. 꼭 여자 귀신들 같았다니까."

"동백 아가씨였습니까?"

"맞네, 동백 아가씨였어. 그때 추이란이 자기 대신 면회를 가달
라고 했지. 웨이보, 자네 어쩌다 이렇게 됐나? 추이란의 짐작과는
너무 다른 거 아닌가?"

"추이란은 제가 어떻게 될 거라고 하던가요?"

"그건 말할 수 없지만 어쨌든 다르다네. 그래도 듣기 좋은 말이
긴 했지. 근데 자네 표정도 기죽어 보이고, 수염도 안 깎은 지 한참
됐구먼. 어쩌다 그 지경이 됐는가?"

"그 정도로 안 좋은 상황은 아닙니다."

옆에 있던 교도관이 말참견을 했다.

"기대가 너무 크신 거 아닙니까. 감옥에서 가장 하지 말아야 할
일이 바로 사람에 대한 기대입니다."

넷째 숙부가 고개를 끄덕이며 말했다.

"자네 살이 빠진 것 같진 않은데, 얼굴에 돌던 활기가 없어졌구먼. 눈빛도 약간 이상하고. 어떻게 된 건가? 여기 오기 전에 샤오허를 우연히 만났다네. 추이란의 전 남자친구 말이야. 얼마 전부터 추이란하고 가까이 지낸다더군. 물론 연인 사이는 아니고, 추이란이 그 친구에게 뭘 좀 물어보려고 만난다더구먼. 자네가 감옥살이를 한다니 추이란이 꽤 고민이 됐나봐. 그 친구처럼 조언해주는 사람이 없었다면 버티기 힘들었을 게야. 그렇지 않은가?"

"누구에게나 고민은 있는 거라고 생각합니다. 추이란은 어떻게 지내고 있습니까?"

웨이보는 이렇게 물어보며 고개를 떨구었다.

"아주 신나게 잘 살고 있네. 성격도 전보다 더 밝아지고, 동네도 잘 돌아다니더군. 우리 같은 친척들은 추이란을 보면서 '늦게 피는 꽃이 아름답다'고 한다오. 웨이보 자네가 추이란에게 매우 좋은 영향을 끼친 걸세."

"숙부님, 지금도 시골에 계십니까?"

"아니, 도시로 이사 왔네. 조카딸한테 내가 필요해서. 지금도 보게나, 내가 대신 면회를 왔지 않은가? 추이란은 요즘 일이 많아졌다네. 여기저기서 자원봉사를 하느라고."

"자원봉사요?"

웨이보는 깜짝 놀랐다.

"다른 사람에게 들은 얘기네. 지인들 사이에서는 애정 전선에 문제가 생기면 추이란을 찾아간다더군. 그래서 추이란은 하던 일도 그만뒀고, 요즘은 눈코 뜰 새 없이 바쁘다던데. 웨이보 자네는 참 복도 많지, 그렇게 괜찮은 여자친구를 뒀으니 말이야."

웨이보는 넷째 숙부가 전해준 소식을 듣고 충격이 컸다.

밤에는 잠이 안 와 계속 뒤척일 정도였다. 웨이보가 뒤척대는 소리에 라오루는 짜증이 났다.

라오루는 총을 꺼내 웨이보를 쐈다. 웨이보는 종아리가 화끈거렸고 이내 절망에 빠졌다.

"아, 아악……"

"찍 소리라도 내면 바로 죽여버릴 거야. 조용히 죽으라고. 우리가 묻어줄 테니까."

웨이보는 총 맞은 종아리에 담요를 덮은 채 아무 말도 하지 않고 누워 있었다. 대체 어떻게 된 일일까? 정신이 아직도 말짱했고 종아리 외에 다른 곳도 괜찮은 듯했다. 어둠 속에서 용기를 내 종아리를 만져봤다. 괜찮았다. 피도 안 나고 별로 아프지도 않았다. 화끈거리기만 했다.

샤오옌이 손전등을 들고 조용히 다가왔다. 상처 부위를 비추자 살 속을 파고 들어간 총알이 보였다. 작은 구멍 외에 주변 피부는 몹시 깨끗했다. 그걸 본 웨이보는 기묘한 느낌이 들었다. 동시에 역겹기도 했다.

"별 지장 없을 거예요. 적응되면 괜찮을 거고요."

샤오옌이 조그만 목소리로 말했다.

웨이보는 격렬한 총소리가 또렷이 기억났다. 아무리 생각해도 도저히 이해가 안 가는 상황이었다.

세 사람 다 코를 골기 시작했다. 웨이보만 흥분 상태에서 헤어나오지 못했다. 총알 속에 흥분제가 들어 있었나? 대체 어떤 감옥에 들어온 걸까? 점점 이곳 분위기에 적응이 되긴 했지만 자신은 여전히 외부인이라는 생각이 들었다. 주변 사람들을 하나하나 떠올려봤다. 샤오옌, 라오루, 라오장, 양 교도관, 그리고 접견실 문 앞에서 있는 교도관 등등. 다들 분위기를 잘 파악하고 있다는 데는 의심의 여지가 없었다. 세 사람 모두 이상한 생각만 하고 기괴한 일들만 겪었는데, 그건 웨이보도 마찬가지였다. 그런데 어째서 웨이보만 분위기 파악이 잘 안 되는 걸까? 자신이 둔한 건 아닐까 하는 생각이 들자 불안했다. 전에 고향 집 방들을 둘러볼 때 있었던 일이 떠올랐다. 진열장에서 폭죽 상자를 발견하고는 밥 먹고 다시 가지러 갈 생각이었다. 하지만 돌아갔을 때는 아무리 해도 그 방을 다시 찾지 못했다. 지금도 그때처럼 기분이 이상했다.

웨이보는 잠을 자려고 애썼다. 숫자를 세다보니 어느새 잠이 들었다.

시끄러운 호각 소리가 고막을 찌를 듯 울려 퍼졌다. 머리가 붕 뜨는 느낌이었다. 다른 사람들을 따라 웨이보도 일어날 수밖에 없었다. 또다시 하루가 시작되었다.

8장

경찰관 샤오허의
짝사랑

샤오허는 서른여섯 살의 경찰관이었다. 가정을 이루고 아들까지 두었지만 아무리 해도 첫사랑을 잊을 수 없었다. 계량기 공장 여직공 추이란이 첫사랑이었다.

뉴추이란은 샤오허가 만나본 여자 중에서 가장 아름다웠다. 얼굴도 마음도 다 예쁜 여자였다. 잠깐 사귀었을 때 추이란에게는 이런 말을 하지 않았다. 샤오허는 수줍음이 많은 청년이었고, 두루뭉술하게 넘어가는 성격이었기 때문이다. 두 사람에게 그 시절 연애는 한바탕 꿈만 같았다. 다만 추이란은 꿈에서 빨리 깨어났고, 샤오허는 아직도 꿈에 시달리고 있는 상황이 다를 뿐이었다. 물론 샤오허는 추이란을 귀찮게 할 생각이 없었다. 앞으로도 추이란이 싫어하는 짓을 할 생각은 없었다. 사실 추이란을 즐겁게 해주기 위해 애를 쓴 죄밖에 없었다. 이를테면 추이란에게 생일 축하금으로 5위안을 부쳐준 적이 있었다. 추이란은 얼마 안 되는 돈이지만 매우 기분이 좋았다. 그러면서도 샤오허에게는 잔인한 욕설로 가득 찬 답장을 보낸 것이었다. 2만 위안을 계좌로 부치라는 내용이었다. '청춘 손해 배상금' 명목이었다. 조직폭력배를 불러다 가만 두지 않겠다고 협박까지 했다. 편지는 둘 다 친하게 지내는 친구가 전해 줬다. 샤오허는 추이란의 편지를 웨이보에게 보여주었다. 웨이보 와 추이란의 관계가 지속되기를 바라면서도, 두 사람의 관계가 끝 났으면 하는 마음에서였다. 모순된 감정에서 나온 행동이었다. 샤 오허는 편지를 웨이보에게 보여준 자신의 진짜 의도가 무엇인지 지금도 알 수 없었다.

지난 몇 년간, 샤오허는 틈만 나면 추이란의 행방에 관심을 가졌 다. 추이란과 간접적으로라도 연락을 유지하고 싶어서였다. 추이 란과 같은 도시에 산다는 건 굉장한 행운이라고 늘 생각했다. 사실 피해다니고 싶은 마음도 있었고, 헤어진 뒤로는 만난 적도 거의 없 었다. 봄비가 내리던 어느 날, 문득 이상한 느낌이 들어 계량기 공 장이 있는 길가로 가봤다. 꿈속에서의 연인과 재회하길 바라면서. 물론 그런 일은 실제로 단 한 번도 일어나지 않았다.

샤오허는 추이란과 비누 공장 직원 웨이보가 사귄다는 소식을 어쩌다 접하고는 가슴이 몹시 설레었다. 수단과 방법을 가리지 않 고 웨이보에게 접근했다. 마음속으로만 품고 있던 사랑이 일종의 이상한 의무감으로 바뀌었다. 의무감이란 것이 밀려와 머릿속을 장악해버렸다. 그 때문에 샤오허는 웨이보에게 그런 이해할 수 없 는 짓을 했던 것이다. 웨이보를 만나고 온 샤오허는 정신을 차릴 수 없었다. 일주일 내내 침대에 누워 해괴한 꿈만 꿨다. 친구 집으 로 모임을 갔을 때 있었던 일들이 하나하나 머릿속에서 되풀이되었다. 일주일이 지나서야 그 행동이 무엇을 의미하는지 깨달았다. 품위 있는 행동이었다. 추이란의 편지를 연적에게 보여준 일이 어째서 품위가 있는 건지는 샤오허 자신밖에 몰랐다. 그래도 샤오허는 개의치 않았다.

마음 깊은 곳에 자리한 첫사랑의 상징은 리산이었다. 몇 년이 지나도록 샤오허는 꿈속에서 말고는 리산에 다시 가보지 못했다. 높이 솟은, 돌무더기로만 된 석산은 샤오허와 추이란 둘 다 올라가본 적이 없었다. 산 밑에서만 둘러본 게 다였다. 리산을 추이란과의 이별을 기리는 곳으로 삼아 가보려 했던 건, 두려운 마음이 들게 하는 황폐한 산이 자신의 마음과 몹시 닮아 있어서였다는 걸 몇 년에 걸쳐 차츰 깨달았다. 누군가를 뜨겁게 사랑할 때만 마음속 심연에 가까이 다가갈 수 있는 걸까? 하지만 정작 황폐한 산에 대해서는 아는 게 별로 없었다. 집착이 강한 성격 탓에 리산을 한시도 잊을 수 없었다. 근처밖에 못 가봤던 리산을.

샤오허는 안정된 가정생활이 마음속 무언가를 서서히 갉아먹는다고 생각해왔다. 가정을 이루고 처음 몇 년 동안은 성격이 정말 그런 쪽으로 변해갔다. 그러나 최근 몇 년간은 '무언가'가 여전히 예전과 같은 모습이란 걸 알게 되었다. 마치 어머니가 '제 버릇 개 못 준다'고 했던 거친 예언 같았다.

웨이보와 추이란의 사이를 방해해야 할까, 지지해야 할까? 문제의 정답은 샤오허에게 리산만큼이나 심오했다. 샤오허가 한 일은 전부 무심결에 하겠다고 한 것이었다. 게다가 솔직함과 사악함 사이 어디쯤에 있는 열정 탓에 추이란과 웨이보 주위를 맴돌게 된 것이었다. 경찰이라는 직업 때문에 샤오허는 사악한 감정에 비교적

민감했다.

웨이보가 갑작스레 감옥에 간 건 샤오허의 당초 예상을 빗나간 일이었다. 하지만 직업적 촉 덕분에 웨이보가 왜 그런 행동을 했는지는 잘 알았다. (물론 웨이보가 스스로 원해서 감옥에 들어갔다는 사실도 알고 있었다.) 그 사건으로 인해 마음을 짓누르고 있던 열정이 더욱 폭발적으로 터져나왔다. 웨이보가 무얼 하려는지는 정확히 알 수 없지만, 매 순간 샤오허 자신이 무엇을 하려는지는 잘 알았다. 이제껏 다른 사람에게 속 얘기를 털어놓은 적이 단 한 번도 없었다. 친한 친구라던 위안헤이마저 가만히 지켜보다가 샤오허의 생각을 짐작하는 정도였다. 고독한 열정 탓에 샤오허의 생각은 상식으로는 도저히 이해할 수 없는 지경에까지 이르렀다. 요즘은 자기 자신 때문에 겁이 날 때도 많았다.

웨이보가 감옥에 가고 나서 샤오허는 추이란과 여러 번 만났다. 추이란이 점차 안정을 되찾고 있다는 걸 알 수 있었다. 추이란은 이미 마음을 정한 듯했다. 샤오허는 간파했다. 추이란이 진심으로 웨이보를 사랑한다는 사실을, 샤오허를 그 정도로 사랑한 적은 없다는 사실을. 샤오허는 혼잣말을 했다.

"추이란이 웨이보를 사랑하는 만큼 나도 추이란을 사랑하는데, 뭐."

샤오허는 자부심을 느꼈다.

"경찰이 들이닥쳤을 때 웨이보와 동백 아가씨에 대해 얘기하고 있었어. 공원에 있던 커다란 계화나무에는 꽃내음이 가득했고, 잔디밭에는 하얀 버섯이 많이 나 있었지. 웨이보가 몸을 일으키고는 옷에 묻은 풀씨를 털어내더라고. 그러더니 계화나무를 쳐다보며

'이제 갈게, 건강 잘 챙겨'라고 말했어."

샤오허는 그 네 문장을 몽땅 다 외우고 있었다. 추이란이 샤오허를 만날 때마다 꼭 한 번씩 그대로 말해줬기 때문이다. 그럴 때면 샤오허는 선망의 눈빛으로 추이란을 바라보며 귀를 기울이고 있었다. 다 듣고 난 뒤에는 리산과 산 위에 쌓인 황량한 돌무더기를 떠올렸다. 샤오허는 리산에는 계화나무가 자라지 않는다는 걸 알았다. 하지만 당시 추이란은 그 사실에 전혀 신경 쓰지 않았다.

"내 생각에……"

샤오허가 추이란에게 말했다.

"바깥 소식을 계속 웨이보에게 전해주는 게 좋을 거 같은데. 감옥에 가면 사람이 바뀌거든."

"샤오허, 우리 사이 같은 우정이 없었다면 난 인생을 망쳤을지도 몰라."

"망쳐버려. 그게 웨이보가 바라는 바니까."

"확실해?"

"확실해."

샤오허는 집으로 가는 길에 몽롱한 정신으로 추이란이 해준 말을 곱씹어봤다. 이제 추이란은 샤오허의 판단을 무척 신뢰하고 있었다. 아니면 샤오허를 더 자주 오게 하려고 신뢰하는 척하는 걸까? 샤오허는 자신이 없었다. 추이란에게 확실하다고 말한 건 흐릿한 예감에서였다. 순간 본인이 한 말이 떠올랐다.

"감옥에 가면 사람이 바뀌거든."

추이란도 무슨 뜻인지 바로 알아들을 것 같은 말이었다. 추이란도 자기 자신을 바꾸려고 노력하고 있기 때문 아닐까?

추이란이 넷째 숙부더러 대신 면회를 가라고 한 건 샤오허와 같이 짜낸 아이디어였다. 샤오허는 처음에는 웨이보에게 앙심을 품고 음모를 꾸밀 생각이었다. 추이란과 찻집에 앉아서 어떻게 할지 의논하던 중 사랑에 푹 빠진 추이란의 표정을 보면서 마음이 흔들렸다. 머릿속이 복잡해지고 논리적인 사고도 힘들어졌다. 그렇게 상황이 급변했다. 함께 면회를 가기로 했던 음모는 추이란 혼자 가는 것으로 바뀌었다. 불현듯 영감이 떠올랐는지 추이란은 웨이보를 놀려줄 좋은 방법이 생각났다고 했다.

"이거 다 사랑 때문인 거지? 진짜 그런 거야?"

추이란이 물었다.

"너무 부끄럽다, 추이란."

"부끄러워할 필요 없어. 어떻게 살아야 하는 건지 배워나가는 중 아니겠어?"

"맞아. 나도 많이 배우고 있어."

두 사람은 몇 초 동안 서로를 응시하다가 무언가 깨달았다는 듯 웃음을 터뜨렸다. 샤오허는 '인생이 이토록 아름다운 거였다니'라며 저도 모르게 감탄했다. 샤오허는 대체 뭘 잘 했기에 이런 과분한 보답을 받은 걸까?

"네 생각은 늘 큰 깨달음을 줘. 넌 모르는 게 없는 거 같아. 무슨 일이 생겨도 잘 대처하잖아."

추이란이 진심으로 말했다.

"사실 모르는 게 없는 사람은 너, 추이란이야."

샤오허는 추이란의 눈동자 속에서 자기 자신을 봤다. 또 다른 자신의 모습이었다. 몇 년 전에도 똑같이 느낀 적이 있었다. 그때 샤오허는 얼마나 젊었던가. 샤오허는 본인이 뿌리부터 썩어들어간 병든 고목이라고 생각하던 시절이 있었다. 추이란을 만나고부터는 썩은 부분이 전혀 걸리적거리지 않았다. 오히려 행운을 가져다췄다. 이를테면 샤오허가 낸 잔꾀가 순간 품위 있는 행위가 되지 않았던가? 그러고 보면 넷째 숙부는 추이란 고향 무덤에서 나온 망령이었던 터라, 추이란 대신 사랑을 전해주기에 제격이었다.

찻집에 들어간 샤오허는 추이란 덕에 뭔지 모를 부담감에서 벗어날 수 있었다. 진상이 뚜렷이 밝혀진 것이다. 다소 울적하긴 했지만 홀가분한 마음이 더 컸다. 모든 게 이토록 간단했다.

"샤오허 형님, 어디서 오셨습니까?"

위안헤이가 잔뜩 찌푸린 얼굴로 물었다.

"찻집에서 친구를 만나고 오는 길이야."

"저는 친구도 하나 없고, 사는 게 참 고달픕니다."

"내가 친구잖나? 바보 같긴."

"맞는 말이네요. 한잔하러 가시죠."

샤오허는 위안헤이와 술을 마시자 또 괴로운 생각이 밀려들었다.

술집은 어두컴컴했다. 맞은편에는 남녀 한 쌍이 두 사람을 등지고 앉아 있었다. 울고 있는 듯했다. 샤오허와 위안헤이에게 남녀의 고통이 고스란히 전해졌다.

"우리도 울어야 되는 거 아닙니까?"

얼굴이 어두워진 위안헤이가 가만히 물었다.

"난 눈물이 안 나는데."

마침 술이 나왔다. 두 사람은 소리 없이 건배하고, 각자 두 잔씩

마셨다.

샤오허는 긴장이 서서히 풀려 맞은편을 바라봤다. 연인끼리 정
신없이 키스를 하고 있었다.

"위안헤이, 물어보고 싶은 게 있어. 교도소 뒤에 있던 커다란 홰
나무, 지금도 그 자리에 있나? 사실대로 말해줘."

"있죠. 어제도 봤는걸요. 정말입니다."

"그럼 됐어. 해가 바뀌어도 매년 제자리에 있다니. 내가 너무 지
나친 걱정을 하고 있는 걸까, 위안헤이? 아침에 집에서 나오는데
검문소 지휘 차량이 다가오는 거야. 머릿속에 자꾸 이상한 장면이
떠올랐어. 길 끝에서 웬 사내아이가 차 사이를 기어가고 있는 장면
같은."

"그런 일이야 비일비재하죠. 어제 오후 2시쯤에는 홰나무가 정
말 그 자리에 있었습니다."

"고마워, 위안헤이. 우리 악수나 하자. 사실 나 자신한테 확신이
잘 안 가서 말야."

위안헤이는 샤오허의 손이 얼음처럼 차갑다고 느꼈다.

"그러고 보니 내 얘기만 했네. 추이란은 좀 어때?"

샤오허가 어두운 눈빛으로 물었다.

"저 앞으로 점점 멀어지고 있습니다. 제가 장거리 달리기 선수라
도 돼야 할까봐요."

"자네는 분명히 할 수 있을 거야. 의심의 여지가 없어. 추이란은
완벽한 여자니까. 건배!"

"정말입니까? 정말입니까?"

위안헤이는 이렇게 되물으며 샤오허의 팔을 붙들었다.

"그럼, 당연하지. 자네 지난번에 고가도로에서 추이란과 헤어졌을 때, 내가 멀리서 다리 위에 서 있는 추이란을 봤어. 추이란이 하염없이 자네 뒷모습을 바라보던데. 추이란 입장에서, 자네와 이별했다면 그것도 사랑 때문일 거야."

"샤오허 형님, 매우 예리한 지적입니다. 저는 왜 그런 생각을 못 할까요?"

"내 문제는 다른 데 있어. 이를테면 주방에서 야채를 씻다가도 난데없이 허둥대곤 한다는 거. 그러면서 혼잣말을 하지. '새벽 3시쯤 집 앞에 있던 가로등과 건너편에 있던 녹색 우체통이 아직도 제자리에 잘 있는 걸까? 모든 게 다 수상쩍어'라고."

샤오허가 큰 소리로 떠들어대자 맞은편에 앉아 있던 연인이 다가와 샤오허를 빤히 쳐다봤다.

"경찰관님, 우리 궁금증을 풀어주시고 있는 겁니까? 저희 마음의 병을 언급하시다니. 그런 상황을 짚어주셔서 마음이 안정됐습니다. 정말 감사합니다."

청년이 말을 걸었다.

귀여운 여자애와 함께 다가온 청년이 샤오허에게 악수를 청했다. 두 사람은 샤오허의 눈을 바라봤다. 눈 속에서 무언가를 찾고 있다는 듯이. 그러곤 자리를 떴다.

"샤오허 형님, 거봐요. 형님이 이 정도로 인기가 많으시다니까."

위안헤이가 말했다.

"실의에 빠져 있던 젊은이들이죠."

술집 사장 아들이 끼어들었다.

마흔이 넘은 술집 사장 아들은 다른 성省에서 일했다. 지금은 휴가를 온 참이었다. 창문에 붙어 있는 테이블 옆에 앉아 있다가 감탄하는 눈빛으로 샤오허를 쳐다봤다.

위안헤이는 활기를 되찾았다. 눈에서는 두 개의 별빛이 반짝거렸다. 위안헤이가 감격스러운 표정으로 말했다.

"샤오허 형님, 드디어 입 밖으로 꺼내셨군요. 아주 좋은 일입니다. 존경합니다. 그런 생각을 하고 계셨다니. 자, 건배!"

"두 분 이따 밤이 되면 강가에 가보시겠습니까?"

술집 사장 아들이 물었다.

"좋은 생각이군요."

두 사람이 일제히 대답했다.

그 순간 바깥이 어두워졌다. 거센 바람이 가게로 불어닥치자 샤오허와 위안헤이는 불안한 마음이 들었다.

술집 사장 아들이 문 앞에 서 있다가 택시를 잡았다. 세 사람 다 택시에 올라탔다.

"믿을 만한 어선이니까 걱정하지 마십시오. 공원 같은 데서 재미로 타는 배가 아니라 실질적인 생계 도모형 어선이죠. 강가를 지나던 어선이 뒤집혔다는 얘기를 들어본 사람은 한 명도 없습니다. 제가 배를 조종할 테니 두 분은 앞에서 노를 저으세요. 경찰관님은 그 다리 때문에 걱정하시는 건 아니죠? 이번에 제대로 다리를 볼 수 있을 겁니다. 이 정도 바람은 아무것도 아니에요. 확고한 의지만 있다면요……."

택시 안에서 술집 사장 아들이 쉴 새 없이 말을 했다. 나머지 두 사람은 어리둥절했지만 그만큼 기대감이 들기도 했다.

택시는 나는 듯이 달리다가 돌연 강가에 멈춰섰다. 제대로 서 있을 수 없을 정도로 바람이 세게 불었다. 샤오허는 흐릿한 불빛 속에서 두 손으로 귀를 막고 있는 위안헤이를 봤다. 몹시 놀란 표정이었다. 순간 검은 형체가 세 사람을 향해 다가왔다. 웬 남자가 술집 사장 아들에게 가까이 오더니 물었다.

"세 사람입니까?"

"네, 세 명입니다."

"결정은 하신 거죠?"

"네."

어부가 걸어가 닻을 올려주자 세 사람은 선실로 뛰어 올라갔다.

어찌 된 일인지 어선은 순식간에 강 한복판으로 이동했다. 샤오허와 위안헤이 둘 다 노를 젓는 건 처음이었다. 술집 사장 아들이 조타수를 잡고 배 고물에서 진두지휘했다. 아무렇거나 노를 젓다 보니 샤오허와 위안헤이는 갈수록 두려운 마음이 들었다.

"위안헤이…… 위안헤이……"

술집 사장 아들의 목소리는 저 멀리 황야에서 들려오는 것만 같았다.

"샤오허 형님, 우리 이제 끝장난 거 아닙니까?"

위안헤이가 크게 소리를 질렀다.

샤오허는 대꾸하지 않았다. 물살이 세차게 흘러 배가 심하게 출렁거리는 바람에 여러 차례 강한 충격을 받았기 때문이다. 숨이 막힐 정도로 긴장되었다. 술집에서 생겨난 마음의 환영도 자취를 감췄다.

물살이 거세지면서 배 안으로 물이 들어왔다. 신발이 젖자 '설마 이렇게 끝나버리는 건가?' 하는 생각이 위안헤이를 스쳐 지나갔다.

위안헤이는 아직 완벽하게 준비가 되지 않은 상태였다.

배는 강 한복판을 맴돌고 있었다. 물이 갈수록 심하게 들이쳤다. 샤오허와 위안헤이에게는 보이지 않아도 술집 사장 아들은 여전히 조타수를 잡고 있을 터였다. 밤이라 아무것도 보이지 않았다. 정신이 혼미해진 위안헤이가 목이 터져라 소리를 질렀다.

"샤오허 형님, 하나, 둘, 셋. 하나, 둘, 셋."

위안헤이는 쉴 새 없이 소리를 질렀다. 시간이 얼마나 흘렀을까. 어선이 돌연 균형을 되찾았다. 두 사람이 노 젓는 법을 스스로 터득한 것이었다. 발이 물에 잠긴 두 사람은 추워서 오돌오돌 떨고 있었다. 이상했다. 그렇게 힘을 썼는데도 어째서 몸에 열이 나지 않는 걸까? 다리의 거대한 검은 그림자가 샤오허의 눈에 들어왔다. 손을 뻗어 더듬어보니 거친 시멘트에서 따뜻한 느낌이 전해졌다. 순간 고향에서 겨울이 되면 방에 피우던 화로가 생각났다.

"이렇게 죽을 수는 없습니다. 추이란과 계속 데이트할 거라고요. 샤오허 형님, 듣고 계세요?"

위안헤이의 울음 섞인 목소리가 선실 안을 울렸다.

"듣고 있어, 위안헤이. 무슨 죽는다는 얘기를 그렇게 해? 방금 다리를 지나쳐갔어. 내가 만져보니 다리가 정말 거기 있던데. 이런 한밤중에 제자리에 있으리라고는 누가 생각이나 했겠어?"

바람이 잦아들었다. 두 사람이 리듬감 있게 노를 잘 저은 덕인지 어선이 점차 똑바로 나아갔다. 하지만 강기슭도, 다른 지표도 보이지 않았다. 각자 손에 쥐고 있는 노와 고물에서 진두지휘를 하고 있는 조타수를 믿는 수밖에 없었다.

'날이 곧 밝아올 테니 어서 노를 젓자.'

샤오허는 생각했다.

"샤오허 형님, 기범선에 부딪히면 우리 모두 강에 빠질 거라고
요."

"쉿, 집중력 흩뜨리지 마. 이럴 때일수록 로봇처럼 본분에 충실
해야 해. 돌아가서 이 말을 꼭 새겨둘 작정이야. '한밤중에도 강 한
복판의 모든 사물은 여전히 제자리에 있다'는 말을. 위안헤이, 우
리 이 정도면 그럴듯하게 잘 살고 있는 것 같지 않아?"

"네, 맞습니다."

위안헤이가 낮은 목소리로 답했다.

"배가 강가에 닿으면 술집으로 가서 한잔하자."

두 사람은 졸음을 쫓으려고 노를 저으면서도 계속해서 말을 했
다. 위안헤이는 자신의 성숙한 애인인 여자 교도관에 대해, 샤오허
는 리산과 예전 도시 풍습에 대해 얘기했다. 팔은 끊어질 것처럼
아팠지만 샤오허의 머리는 비정상적일 정도로 기민해졌다. 불현듯
옛날 생각이 났다. 도시 아스팔트에 놓여 있는 횡단보도가 도자기
조각으로 되어 있던 시절이었다. 당시 추이란이 일하던 공장 뒤에
매운 땅콩을 파는 가게가 있었다. 샤오허는 데이트를 할 때마다 추
이란에게 땅콩을 한 봉지씩 사주곤 했다.

"샤오허 형님, 저기 좀 보세요. 저거 산 아닙니까? 이렇게 보니
까……"

위안헤이의 말이 끝나기도 전에 어선이 무언가에 부딪혀 굉음을
냈다.

강기슭이었다. 새벽에 잠긴 도시가 눈앞에 모습을 드러냈다. 굉

장히 낯선 도시였고, 전에 본 적 없던 풍경이었다.

두 사람은 동시에 이번 일을 제안한 술집 사장 아들을 떠올렸다. 고물 쪽을 보니 텅 비어 있었다. 술집 사장 아들이 온데간데없었다. 위안헤이가 뒤쪽 선실로 뛰어가봤지만 거기에도 없었다.

"우리를 속인 겁니다. 그 자식 수영은 잘하니까 벌써 집에 도착했을 거예요. 몹쓸 자식. 뒤쪽 선실에 물이 많이 들어와서 어선 주인이 뭐라고 할 거 같아요. 빨리 여기서 나가야 돼요."

위안헤이가 몹시 분개하며 말했다.

두 사람은 닻을 강기슭에 아무렇게나 부려놓고 잰걸음으로 빠져나왔다.

위안헤이는 기분이 무척 좋다면서 술집에서 꼭 한잔하자고 했다.

"샤오허 형님, 저도 나중에 반드시 형님 같은 사람이 될 겁니다."

위안헤이가 맹세라도 하듯 말했다.

두 사람은 다시 익숙한 분위기로 돌아왔다. 지나가는 자동차들, 아침 교대조인지 분주하게 걸어가는 사람들, 만두가게에서 쏟아져 나오는 중고등학생들, 길거리에서 두유를 파는 행상인들을 보니 삶의 활력이 되살아나는 느낌이었다. 몸은 강물에 흠뻑 젖었어도 마음만은 뜨겁게 타올랐다.

자리에 앉아 있던 술집 사장 아들이 배시시 웃으며 아버지에게 큰 소리로 말했다.

"황주黃酒 두 근이요. 돼지 염통이랑 땅콩도."

위안헤이가 차갑게 웃으며 술잔을 들고 건배했다.

샤오허는 위안헤이와는 건배만 했다. 술집 사장 아들에게 가서 잔을 든 채로 말을 건넸다.

"미스터 황, 술 한 잔 받아요."

위안혜이도 이내 싱글벙글한 표정을 지었다.

"건배, 건배! 두 분은 현대사회의 용사이십니다. 정말 놀라운 선택을 하셨어요. 두 분을 보니 전에 야생동물 보호구역에서 일했을 때가 생각나네요. 산에서 멧돼지와 함께 아름다운 밤을 보낸 적이 있거든요. 얼마나 즐거운 밤이었는지 모릅니다. 이런 삶을 선택하신 두 분을 보고 굉장히 놀랐습니다."

위안혜이는 샤오허와 자신이 한 선택을 술집 사장 아들이 어떻게 알고 있는 건지 의아했다.

샤오허와 추이란이 비밀스럽게 만난 곳은 지하에 있는 카페였다. 둥근 테이블이 다섯 개 자리하고 있었다. 테이블 사이에는 검은 벨벳으로 된 병풍이 칸막이 역할을 했다.

"샤오허, 이제 어떡하지? 큰일 났어."

추이란이 자리에 앉으며 말했다.

커피잔을 바라보는 두 눈은 멍했고, 입술은 떨리고 있었다.

"걱정하지 말고 무슨 일인지 말해봐."

"그 사람이 넷째 숙부에게 '어르신이 오셨는데 제가 뭘 그리 망설이겠습니까'라고 했대. 일이 그렇게 되리라곤 생각도 못 했어."

"무슨 말이야? 지금 다 정상인데, 뭘. 웨이보는 자기 자신에게 용기를 북돋워주고 있는 거야."

"웨이보 마음이 그새 변한 것 같아."

"그런 생각이 드는 건 좋은 거지. 두 사람 사랑은 영원히 변치 않을 거야."

추이란이 고개를 들자 검은 벨벳 위로 흉악한 얼굴이 나타났다.

"어머나."

추이란이 화들짝 놀라 소리를 질렀다.

알고 보니 종업원이 디저트를 가져온 것이었다. 유니폼과 병풍둘 다 검은 벨벳으로 되어 있었다. 종업원이 미소를 짓자 송곳니두 개가 드러났다.

"오늘처럼 가랑비 내리는 날에 밖에 있는 건 위험합니다. 뭐 더 주문하실 건 없습니까?"

추이란은 눈앞이 흐릿해졌지만 종업원의 목소리는 들을 수 있었다.

"송곳니 하나 주세요. 독하게 마음먹고 하나 빼서 줄 수 있겠어요?"

샤오허의 목소리였다.

털이 숭숭 나 있는 손이 손등에 와닿는 게 느껴졌다.

"이거 놔, 손 놓으라고."

추이란이 있는 힘껏 소리를 질렀다. 추이란에게는 젊은 종업원이 제대로 보이지 않았다.

"소리를 질렀으니 괜찮을 거야."

샤오허가 침착하게 말을 이었다.

"나 요새 땅콩밭 옆에서 살고 있는데 산토끼가 제법 많아. 침대에서 자고 있을 때도 산토끼 뛰어다니는 소리가 들리고, 달빛도 참아름다워. 웨이보는 감옥에 들어가 있으니 마음이 편한가봐, 꽤나똑똑한 친구야. 웨이보에게 바깥소식을 전해주는 사람이 많더라.

방금 그 젊은이가 바로······."

눈을 힘겹게 뜬 추이란이 힘없이 대꾸했다.

"병풍 뒤에 누가 숨어 있어. 저 사람들 왜 저기 숨어 있는 거야?"

"타고난 성격 때문이지, 뭐. 숨바꼭질을 좋아하는 사람도 있으니까."

"아, 너무 무서워."

"추이란, 내가 데려다줄게. 다른 사람이 무슨 생각을 하든 신경쓰지 마. 아니면 우리 극장 갈까?"

"아니야. 혼자 갈게. 넌 더 있다가 가, 나 먼저 갈 테니까."

추이란이 자리를 떴다.

종업원이 병풍 뒤에서 걸어나와 괴로운 얼굴로 말했다.

"여자분은 가셨군요. 밖은 안전하지 않습니다. 호각 소리를 들어보세요······."

"저 여자 걱정은 하지 않아도 돼요. 겉보기와는 달리 독립심이 강한 여자니까. 그나저나 카페가 정말 좋네요, 인테리어도 기발하고. 사장이 누구죠?"

"사장님을 모셔오겠습니다."

잠시 뒤 사장이 나타났다. 몸매가 풍만한 중년 여성이었다.

"여자친구가 몹시 아름답네요. 우리 샤오정이 그분에게 반했잖아요."

여사장이 진심으로 말했다.

"남자친구가 감옥에 있는 여자입니다."

샤오허가 대꾸했다.

"지난번에 여기들 오셨을 때부터 짐작하고 있었어요. 그 남자친구는 있어야 할 곳에 잘 있는 거예요. 그쪽은 감옥에 안 가서 내가 다 기쁘네요. 근데 무척 공허해 보여요. 왜 그런 거죠?"

"저 여자의 남자친구가 감옥에 가 있어서 그렇죠, 뭐. 감옥에서는 손으로 자기 머리도 못 만질 테고⋯⋯ 그 사람이 있어야 할 곳에 잘 있는 거라고 생각하세요?"

샤오허가 제 귀를 잡아당기며 되물었다.

"굉장히 놀랍고도 만족스러운 얘기예요. 샤오정에게는 기회가 안 돌아오겠네요. 샤오정!"

"제 기회는 사라졌으니 이제 은둔해야겠는걸요?"

샤오정이 이렇게 말하며 익살맞은 표정을 지었다.

여사장이 샤오허더러 안방으로 따라 들어오라고, 보여줄 물건이 있다고 했다.

어두컴컴한 방에 켜져 있는 빨간 등이 공포감을 조성했다.

여사장이 샤오허의 눈을 뚫어져라 보며 한마디 한마디 또박또박 물었다.

"그 사람을 돕고 싶은 거예요, 죽이고 싶은 거예요?"

"둘 다입니다."

샤오허가 얼굴을 돌리며 답했다.

"참 솔직하시네요, 샤오허. 아주 훌륭한 남자군요. 「라 트라비아타」 공연을 보러 가세요. 그럼 바로 결정을 내릴 수 있을 거예요."

샤오허는 극장 대신 강가를 거닐었다. 동백 아가씨의 노랫소리가 귓가를 맴돌았다. 저 사장은 사람 마음을 아주 잘 아는 여자야, 그 덕에 나도 아름다운 상상에 빠졌으니까, 샤오허는 생각했다. 이 도시 사람들은 완벽히 고독한 존재였다. 동백 아가씨의 노랫소리는 샤오허와 여사장 사이에 교감을 만들어주었다. 딱 보기에도 차갑고 냉정한 이 도시에 어떻게 그토록 뜨거운 열정을 가진 동백 아가씨가 있을 수 있을까? 샤오허는 돌의자에 앉았다. 강바람이 얼굴을 스쳐 지나갔다.

"당신네들이 선실을 완전히 망가뜨려놨소."

아까 그 어선 주인이 샤오허에게 다가와 말했다.

"죄송해요. 어떻게 배상해드릴까요?"

샤오허는 양심에 가책이 들어 고개를 푹 숙였다.

"배상할 필요는 없소. 난 사람 목숨을 구하는 게 좋으니까."

"감사합니다."

배에서 생활하는 어선 주인은 강가로 내려갔다. 어선이 믿음직스럽게 정박해 있었다. 마치 온순한 한 마리의 고래 같았다.

9장

감정 교육

샤오허가 앉아 있던 돌의자에 이번에는 아쓰와 위안헤이가 앉아 있었다. 두 사람은 잘 어울리는 한 쌍처럼 보이지만 몇 해 전에 이미 헤어진 사이였다.

"아쓰, 참 이상하다. 같은 도시에 있으면서 어떻게 한 번도 못 만났지? 난 네가 인어처럼 강 밑에 잠복해 있는 줄 알았다."

"내가 밤에 활동해서 그럴 거야. 낮에 나가는 경우는 드물거든."

"활력 있게 잘 살고 있는 거 같구나. 요즘 만나는 남자는 누구야? 말해줄 수 있어?"

"물론이지. 아편 판매상이어서 생활이 안정적이지는 않아. 날 정말 사랑하는지도 모르겠어. 밀수범의 삶을 더 좋아하는 거 같기도 하고."

"아쓰, 이렇게 예쁜 너를 그 남자가 안 좋아할 리가 있겠니?"

"응. 안 좋아할 수도 있지. 그게 그 사람 매력이거든."

"그렇구나."

"넌 예전보다 더 똑똑해졌다. 여자 덕에 이렇게 됐구나. 어떤 여자야? 분명히 매력적인 여자겠지? 위안헤이가 운이 좋긴 정말 좋네."

"매력 있는 여자이긴 한데 날 못 버려서 안달이야. 그래서 나 요즘 신경쇠약 걸렸어."

"독립적인 여자가 가장 아름다운 법이지. 남자들도 그렇게 생각하잖아."

"아쓰는 인생이 뭔지 잘 아는구나."

위안헤이와 샤오허가 저녁에 만났던 어민이 다가왔다. 위안헤이가 아쓰에게 말했다.

"우리 목숨을 구해줄 판사가 왔다."

어선 주인은 두 사람을 힐긋 쳐다보고는 돌아서서 강가로 가더니 자기 배를 탔다.

"저거 진짜 어선이 아니고, 해적선을 개조한 거야."

아쓰가 말했다.

"어떻게 알았어?"

"내가 아는 노인이거든. 강가를 지킨 지 벌써 10년이 넘은 노인이야. 제법 용감하고 경험도 풍부한 사람이지. 전에는 외항선을 몰았대. 위안헤이, 나 먼저 갈게. 내 단골손님이 저기 길모퉁이에서 기다리고 있다. 나한테 세 번이나 손을 흔들었어."

"아이고, 아쓰. 만나자마자 이별이네. 다음에는 어딜 가야 만날 수 있는 거야?"

"네가 오고 싶을 때 와. 보통 '동백꽃 단지' 아니면 온천여관에 있으니까."

강바람이 불어왔다. 바람을 맞으며 서 있는 아쓰의 모습이 한 마리 나비 같았다.

위안헤이가 풀죽은 표정으로 어선 쪽으로 걸어갔다. 발판을 딛고 올라가 배 안으로 들어섰다. 어선 주인인 선장 노인이 어두컴컴한 선실에 앉아 노끈을 꼬고 있었다.

"여자친구는 갔나? 믿음직스러워 보이던데 왜 그냥 보낸 겐가?"

"잘못 아셨습니다. 10년 전에 헤어진 사이입니다."

"자네 참 바보 같은 구석이 있구면."

"맞는 말씀입니다. 제가 또 어리석은 일에 휘말렸네요."

"이제야 똑똑해졌구면."

"어르신, 여자들은 대체 왜 그러는 건지 말씀 좀 해주십시오."

"그런 건 물어보지 말게나. 여기 이불 있으니 피곤하면 누워서 쉬고."

위안헤이는 자리에 누웠다. 눕자마자 눈이 떠지지 않았다. 배가 흔들리는 게 느껴졌다.

얼마나 시간이 흘렀을까. 계속 잠이 들지 않았다. 선장 노인이 램프를 켠 것 같았다. 선실 밖에서 노인과 어떤 여자가 대화를 나누는 소리가 들렸다. 노인의 목소리가 유난히 듣기 좋았다. 베이스 톤의 남자 가수처럼 한마디 한마디에 높낮이가 있었다. 위안헤이는 여자 목소리를 들어보려 애썼다. 불완전한 단어 몇 개만 빼고는 아무것도 들리지 않았다. 마침내 졸음을 이겨내고 벌떡 일어나 앉았다. 노인이 저녁밥을 작은 테이블에 올려놓고 있었다. 얼른 가서 거들었다.

"어르신, 방금 여자 목소리가 들렸습니다."

"아쓰 목소리일세. 무슨 문제가 생겼다더구먼. 잘 이겨낼 것 같긴 하네."

"아쓰가 어르신 애인인가요?"

"내 딸 같은 아이지."

석유램프가 네모난 작은 테이블 위에 있는 생선, 고추, 야채를 비췄다. 위안헤이는 어선 주인인 구씨 노인과 술을 마셨다. 선실 안에 있던 두 사람의 그림자가 흔들거렸다. 그림자는 흔들리는 물살에 따라 이리 휘청 저리 휘청댔다. 구씨 노인은 입담이 좋긴 하나 허황된 이야기만 해대서 살짝 짜증을 돋우었다.

구씨 노인과 아쓰는 이 근처에서 우연히 만나 알게 된 사이였다. 아쓰가 둑에서 굴러떨어져 손과 얼굴이 다 긁힌 채 피를 흘리고 있을 때였다. 구씨 노인이 병원은 가기 싫다는 아쓰에게 자기가 선실로 데리고 가면 어떻겠냐고 물었다. 바로 좋다는 대답이 돌아왔다. 아쓰는 선실에서 이틀 동안 누워 있었다. 열이 떨어질 생각을 하지 않았다. 자기를 버리고 가는 아편 판매상을 쫓아가다가 넘어져 다친 것이었다. 아편 판매상은 증기선을 타고 뒤도 돌아보지 않고 떠나버렸다.

"어르신, 사랑해요."

아쓰가 이렇게 말하며 거즈를 감아주고 있는 노인의 손을 잡았다.

"아쓰, 자신감이 대단하구먼."

"저는 제 자신을 믿어요. 어르신이랑 같이 살고 싶어요."

두 사람은 어선에서 한 달 동안 동거를 했다.

두 사람이 함께 잡은 생선을 다 팔고 선실로 돌아온 어느 날이었
다. 구씨 노인은 갑판 위에서 흔들거리는 석양을 물끄러미 바라보
았다. 빛줄기 속에서 익숙한 무언가를 찾아냈다. 그러곤 아쓰에게
말했다.

"아쓰, 그 남자가 돌아왔다."

"말도 안 되는 소리 하지 마세요."

"아쓰는 여길 떠나야 할 게야. 내 조카더러 선실에서 며칠 지내
라고 해놨거든. 여기 와서 휴가를 보내는 젊은 친구지."

아쓰가 그 말을 듣더니 울음을 터뜨렸다. 한바탕 울고 나더니 구
씨 노인은 쳐다보지도 않고 강기슭으로 뛰어갔다.

구씨 노인의 주름진 얼굴에 미소가 떠올랐다. 구씨 노인은 술잔
에 술을 따랐다.

"위안헤이, 자네가 나였다면 이런 삶에서 벗어날 수 있었을 것
같은가?"

구씨 노인이 탄식하듯 말했다.

"물론 아닙니다."

위안헤이는 몸이 좌우로 흔들릴 정도로 안절부절못했다.

"어르신의 삶은 신선의 삶과 닮아 있습니다. 여기 정박해 있는
어르신 배를 볼 때마다 심장이 두근거립니다. 왜 저는 어르신처럼
깊이 있게 사고하지 못할까요? 어르신 말씀이 맞습니다. 저는 바보
같은 놈입니다."

"그건 자네한테 자신감이 없기 때문이야. 이젠 자신감이 생기지
않았나?"

"네, 생겼습니다. 건배!"

"건배! 내일 둥팅 호수에 가서 닷새 있다가 돌아올 거네."

"원래 잘 안 쉬세요?"

"많이 쉬어봤자 하루 이틀이지, 뭐. 난 내 일이 좋다네."

위안헤이는 어둠을 뚫고 둑으로 올라갔다. 어선을 자세히 살펴보고 싶었지만 잘 보이지 않았다. 강물 위에 안개가 끼어 있어 어선들의 흐릿한 윤곽만 보였다. 마치 짐승의 무리가 강기슭을 기어 올라가고 있는 것처럼 보였다. 불빛은 짐승의 눈 같았다.

둑에서 내려온 위안헤이는 가로등이 켜져 있지 않다는 걸 알아차렸다. 그 순간 난데없이 정면에서 다가온 사람과 부딪쳤다. 그 남자가 위안헤이의 팔을 잡고 말했다.

"해변가 도로 132번지에 파친코 가게가 있소. 가서 당신의 운을 시험해보시오."

급하게 말을 마친 남자는 위안헤이를 놓아주고 가버렸다.

파친코 가게 안은 이상할 정도로 떠들썩했다. 위안헤이는 파친코 기계 앞에 앉았다. 화면에 나타난 괴수가 피가 흥건한 입을 쩍 벌리고 위안헤이를 향해 웃었다. 10분이 지나도 괴수는 사라지지 않았다. 파친코 기계는 아무리 조종해도 말을 듣지 않았다.

위안헤이는 자리에서 일어나 안쪽으로 들어갔다. 비좁은 통로를 따라가보니 양쪽이 파친코 기계로 가득했다. 기계마다 온정신을 집중하고 있는 도박꾼들이 자리하고 있었다. 위안헤이는 걷고 또 걸었다. 파친코 가게는 놀랍게도 끝이 없었고 어디로 통하는지도 알 수 없었다. 방금 길가에서 말을 걸었던 노인이 앞쪽에서 다가왔다.

"이 낡은 가게에 대한 느낌이 어떻소?"

노인이 위안헤이의 어깨를 토닥이며 물었다.

"세상에서 가장 큰 파친코 가게인 거죠?"

"그렇소. 이렇게 비바람이 몰아치는 밤에는…… 계속 돌아볼 거요? 여기는 '자유항'이라 누가 오든 마음껏 구경할 수 있는 곳이라네. 저기 자네 친구가 왔군."

노인이 몸을 옆으로 기울여 위안헤이 쪽으로 서자 다가오고 있는 아쓰가 보였다.

"위안헤이, 나 이제야 운이 좀 트이나보다. 위안헤이를 다 만나고. '자유항'에서 만나니까 너무 신기하다."

"아쓰, 난 이 도시에서 그렇게 오래 살았는데도 파친코 가게가 있는 줄 몰랐어."

"그동안은 관심이 없어서 그랬겠지. 때가 되니까 파친코 가게가 나타난 거야."

"꼭 배다리를 밟고 지나가는 느낌이야."

"여기 분위기에 적응이 안 되나보네. 나가서 커피나 한잔 하자."

아쓰의 말이 끝나자마자 위안헤이가 문 쪽을 쳐다봤다.

아쓰와 함께 유리문으로 걸어나오는데 '피융' 하는 소리가 또렷하게 들렸다. 거대한 기포가 터지는 소리 같았다. 무슨 소리냐고 물으니 아쓰는 공기 안에 있는 자유 물질이라고 답했다.

"여기 사장 눈 봤어? 왼쪽 눈 그거 가짜야. 소형 카메라라고. 아, 정말 친절한 노인이더라. 파친코 가게 운영하려면 엄청 힘들 거야. 동쪽으로 서쪽으로 숨어다니면서 가게를 이리저리 옮겨다니다니. 지구상에는 존재하지 않는 가게 같다니까. 누가 그런 걸 할 수 있겠어? 여기 들어오자마자 다친 데가 다 나았더라고. 너무 부끄러웠어.”

아쓰가 하는 말을 들으니 위안헤이도 우울했던 기분이 나아졌다.

“자유가 어울리는 사람은 대체 누구야?”

아쓰가 어둠 속에서 목소리를 낮추고 추궁하듯 물었다.

“나 오늘 많은 걸 배웠어.”

위안헤이가 진심으로 말했다.

두 사람은 카페를 찾아다녔지만 밤이 늦어 문을 연 데가 없었다.

“아쓰, ‘자유항’으로 돌아가자. 나 이제 용기가 생겼어.”

“확실해?”

“확실해.”

“진짜 귀엽다, 위안헤이. 근데 ‘자유항’은 가고 싶다고 다 갈 수 있는 데가 아니야. 한 번 ‘자유항’에서 나오고 나면 존재하지 않는 곳이 된다고. 머리를 참 잘 쓴 것 같지 않아? 전에 방직공장에 있을 때는 이런 파친코 가게가 있는 줄은 전혀 몰랐어. 구씨 어르신 배에서 얼마 동안 생활해보고 나서 알게 된 거야. 너도 ‘자유항’에 들어갔다가 바로 나올 생각 아니었으면 무슨 일이 생겼을지 아무도 모르는 거야. 아까 안으로 계속 들어가다가 뭐 본 거 있어? 위안헤이, 뭐 본 거 있냐고?”

“아쓰를 봤어.”

위안헤이가 멍한 표정으로 대꾸했다.

아쓰가 하하거리며 크게 웃었다.

“그럼 내가 내일 저녁에 다시 와도 파친코 가게는 찾을 수 없다는 거야? 근데 분명히 그 자리에 있었잖아. 판자촌 옆에 말이야.”

"못 믿겠으면 직접 가봐. 위험한 일이긴 해. 잘 가, 위안헤이. 조만간 또 만나게 될 거야. 우린 똑같은 걸 찾고 있으니까."

아쓰는 옆에 있는 작은 골목으로 들어갔다. 위안헤이는 호기심에 따라가보려 했다. 그때 희미한 불빛 사이로 철탑같이 생긴 남자가 홀연히 나타났다. 남자가 위안헤이를 번개 치듯 한 대 때리더니 넘어뜨렸다. 머리가 땅에 부딪히는 순간 태평소 소리가 들렸다.

위안헤이는 기절했다가 정신이 되돌아왔다. 일어나 앉았는데 아까 그 남자가 아직 눈앞에 있었다.

"파친코 가게에 또 가고 싶소?"

남자가 물었다.

"네."

"방금 때린 건 자네 망상을 깨주기 위한 거였네."

남자가 언성을 높였다.

"제가 규칙을 위반했나요?"

"일부러 죽으려고 하는 시도는 성공할 수 없다오."

남자가 오싹한 웃음을 짓더니 골목 깊숙이 걸어 들어갔다.

위안헤이는 피로가 몰려왔다. 집에 가서 한숨 자고 싶었다.

집에 들어서자마자 전화벨이 울렸다. 애인 페이샤였다. 딸이 둘 있는 과부, 여교도관이었다.

"위안헤이, 자기가 요즘 우리 집에 안 와서 기분이 별로야. 다른 출구를 한번 찾아봐."

"페이샤, 전화해줘서 고마워. 근데 나…… 다른 출구는 없어."

"그러니까 찾아보라고. 옛 성곽 같은 데 있잖아."

"알겠어."

위안헤이는 아무것도 아는 게 없지만 알았다며 수화기를 내려놓았다. 자신이 굼뜬 게 고민이었다. 옛 성곽? 이 도시에 옛 성곽이 있다는 말은 들었지만 지인 중에 실제로 봤다는 이는 한 명도 없었다. 페이샤가 어려운 문제를 낸 것 같다는 생각이 들었다. 가서 위안헤이 본인의 영혼을 찾아오라는 뜻일까?

위안헤이는 풀죽은 표정으로 침대에 누웠다. 전혀 잠이 오질 않았다. 창밖으로 날이 밝는 광경이 보였다.

하루하루가 갈수록 고문처럼 느껴졌다. 페이샤는 위안헤이에게 불만이 많았다. 위안헤이는 줏대도 없고, 자기랑 어울리는 남자도 아니라고 생각했다. 위안헤이도 자신이 줏대 없는 남자라는 건 알고 있었다. 이를테면 어젯밤 파친코 가게에서도 아쓰가 위안헤이보다 침착하게 대처했던 것이다. 물론 위안헤이가 처음 가보는 곳이기는 했지만. 페이샤의 말은 옛 성곽이나 파친코 가게 같은 데 가서 자신감을 찾아보라는 뜻 같았다. 하지만 위안헤이는 이 도시에서 30여 년을 살았어도 그런 곳의 상황을 알지 못했다. 가본 적도 없었다. 대체 어떻게 된 일일까?

위안헤이는 천천히 생각을 정리했다. 아쓰가 내막을 잘 아는 사람일 거라고 생각했다. 그날 아쓰를 두 번이나 만난 것도 우연이 아니고, 아쓰가 계속 위안헤이 주위를 맴돌았을 거라는 느낌도 들었다. 아쓰는 위안헤이와 똑같은 문제를 해결하려 한다고 말하지 않았던가? 그렇다면 반드시 아쓰를 찾으러 가야만 했다. 아쓰를 찾아가는 게 바로 '출구'를 찾는 것이었다. 위안헤이는 '동백꽃 단지'(얼마나 아름다운 이름인가)에 가보기로 마음먹었다. 그러려면 밤이 될 때까지 기다려야 할 터였다. 아쓰가 자기는 올빼미형 인간이라는 말을 한 적이 있어서였다.

위안헤이는 '동백꽃 단지' 안까지는 들어가지 못했다. 동네 입구에 도착하자마자 아쓰의 이런 전화를 받았기 때문이다.

"위안헤이, 오지 마. 지금 막 내 애인이 돌아왔거든. 너한테는 신경을 못 써줄 것 같아."

참 이상했다. 동네 입구에 왔다는 걸 어떻게 알았을까? 보아하니 아쓰의 문제는 이미 해결된 것 같았다. 위안헤이는 불현듯 자신감이 생겼다. 본인 문제도 해결할 수 있으리라는 생각에서였다. 길가의 번쩍이는 불빛을 응시했다. 불빛 속에서 출구가 희미하게 모습을 드러낸 것 같았다. 심장이 발걸음에 맞춰 뛰는 소리가 들렸다. 한 걸음 한 걸음 내딛을수록 힘이 생겼다. 위안헤이는 스스로에게 말했다.

"위안헤이는 포기하지 않을 거야. 잠재력 있는 놈이니까."

순간 아쓰에 대한 감동이 밀려왔다. 위안헤이를 진작에 갔어야 할 곳으로 이끈 사람은 아쓰일까 아니면 샤오허일까. 미지의 세계에 대한 갈망이 몹시 커졌다. 육체적인 의미가 있는 갈망이었다. 페이샤에 대한 갈망과 같았다. 눈 깜짝할 사이에 지나가버린 청춘이 되돌아온 느낌이었다.

위안헤이는 마음을 단단히 먹고 강가를 향해 걸어갔다. 얼마 가지도 않았는데 파친코 가게 사장이 나타났다. 비상등을 든 채 눈부신 하얀 불빛을 이리저리 흔들고 있었다.

"생각해보게나. 이런 어두운 밤에 몇 명이나 시내를 돌아다니겠나?"

사장이 말했다.

"분명히 많겠죠."

은근히 감동을 받은 위안헤이가 말을 이었다.

"어떤 사람들은 이미 성공했습니다."

"그게 무슨 성공인가? '자유항'을 집으로 옮긴 거?"

사장의 말투 속에 비웃음이 섞여 있었다.

"확신할 수는 없습니다. 길 잃은 고양이를 마중 나오신 겁니까?"

"그렇네. 오늘 밤 자네는 왼쪽으로 꺾으면 나오는 오페라 하우스 지하로 반드시 가야 한다네."

사장이 불을 끄자 위안헤이는 어둠 속에 묻혔다.

위안헤이는 길을 건너 원래 방향으로 돌아갔다. 적막한 횡단보도에서 검은 형체에 가슴 쪽을 부딪혔다.

"위안헤이, 위안헤이."

여자가 숨을 헐떡였다.

놀랍게도 페이샤였다. 페이샤의 단단한 몸이 뜨끈거렸다. 페이샤를 꼭 껴안고, 이제껏 했던 것 중 가장 긴 키스를 나눴다. 위안헤이는 몸이 폭발할 것만 같았다.

"위안헤이, 지금 이건 내가 아니고 나를 연기하는 대역이야."

페이샤가 돌연 위안헤이의 품을 벗어나 뛰어가버렸다. 페이샤의 모습이 보이지 않고 발걸음 소리도 들리지 않았다. 어느 방향으로 뛰어갔는지 알 수 없었다.

오페라 하우스에 도착했을 때 파친코 가게 사장이 비상등을 높이 든 채 기다리고 있었다.

오페라 하우스 옆문이 열려 있었다. 위안헤이는 사장을 따라 문으로 들어갔다. 사장이 지하 계단으로 가더니 신신당부하듯 말했다.

"여기 있는 이들은 모두 내 고객이어서 자네가 아는 사람은 없을 거야. 그러니 긴장 풀게나. 저자들이 있어서 이곳 분위기가 떠들썩해진 거지."

사장이 지하에 있던 방문을 열고 위안헤이를 밀어넣었다. 커다란 방은 불이 꺼져 있었다.

누군가 위안헤이의 허리를 꼭 껴안더니 나무 의자에 앉혔다. 목소리를 들어보니 분명 젊은 여자였다. 사장이 비상등을 끄자 아무 것도 보이지 않았다.

"방금 사장님이랑 같이 들어오는 거 보고 알았어요. 위안헤이라는 사람이 예쁘게 생긴 젊은 남자구나 하고요. 마흔 넘은 중년 남자인 줄 알았거든요."

여자 목소리가 노래하는 것처럼 들렸다.

"서른두 살인데, 사장님이 내 얘기를 했나요?"

"아니요. 아쓰가 말해준 거예요. 우린 서로에게 동병상련을 느끼거든요. 내 손 잡아봐요. 꽉이요, 좀더 세게. 난 아파도 괜찮으니까."

여자 손바닥에 박혀 있는 굳은살이 느껴졌다. 험한 일을 해온 손 같았다.

"난 금형을 만드는 기술자예요. 좀더 힘을 줘봐요. 아니면 내가 내 존재를 느낄 수 없단 말이에요. 그렇죠, 그렇게. 고마워요. 내 애인이 평삭기 안으로 들어가버렸어요. 동료들이 모두 그 사람이 평삭기 안에서 놀고 있다고 말했거든요. 평삭기 속에서 평평해지는 걸 두 눈으로 봤어요. 내 이름은 찬娟이에요. 단명할 이름이죠."

"여기 있는 사람들은 다 감정 조절에 문제가 있어서 온 건가
요?"

"여기 있는 사람들이요? 이 방에는 당신하고 저밖에 없는데요.
지금 들리는 소리는 밖에서 나는 거고요. 아니면 환청이거나. 나도
전에는 자주 환청이 들렸어요."

"내 애인은 잘 지내고 있습니다. 방금 만나고 왔거든요."

위안헤이가 언짢은 듯 말했다.

"아, 미안해요. 당신 애인이 불행하길 바란 건 아니었어요. 여기
앉아서 사랑에 대해 얘기해봐요."

"알겠습니다."

위안헤이가 마지못해 대답했다.

"별로 내키지 않으시나봐요. 이런 기회 흔치 않은데."

"아니, 좋아요. 어쨌든 지금은 괜찮으니까. 마음만 공허할 뿐이
지."

찬이 위안헤이의 손을 놓고 일어섰다. 찬이 우는 소리가 들렸다.

찬이 울음을 그치지 않자 위안헤이가 참다못해 입을 열었다.

"그쪽도 출구를 찾아서 온 건가요? 난 파친코 가게 사장이 데려
왔는데 날 속인 건 아닌지 의심스럽군요."

"아니에요. 그런 거 아니라고요."

찬이 돌연 울음을 그치더니 바닥을 발로 쾅쾅 찼다.

"그쪽이 우니까 저도 마음이 심란하네요."

위안헤이가 웃으며 말했다.

그때 누군가 소리 없이 방으로 들어와 오른쪽 구석에 웅크리고
앉았다. 잠시 뒤 성냥을 그어 올리더니 그째로 던져버렸다.

위안헤이는 그제야 그 사람이 남자라는 걸 알았다.

찬이 위안헤이에게 다가와 가만히 말했다.

"저치가 내 애인이에요."

남자는 한쪽 구석에 웅크리고 앉아 있다가 몸을 일으켜 나가버렸다.

"헤어진 건가요?"

위안헤이가 물었다.

"헤어졌냐고요? 저 사람과는 헤어질 수가 없어요. 방금 말했잖아요. 한 번 죽었던 남자라고요. 세상에서 가장 희망이 없는 부류지요. 죽은 자인지 산 자인지 확신할 수 없는 사람들이요. 그래서 내가 눈물을 흘린 거예요. 저치가 계속 주위를 맴도는 것도 여기가 자유로운 지하 요새이기 때문이에요. 파친코 가게 사장이 이런 얘기 해준 직 있죠? 사장을 잘 살펴보기만 해도 원하는 일이 이루어질 거예요. 근데 내가 또 오른쪽 다리에 감각이 없네요. 손을 꽉 잡아줘요. 그렇죠, 고마워요."

"방금 왜 저 남자에게 가지 않았나요?"

위안헤이가 또 물었다.

"나도 잘 모르겠어요. 저 사람이 갑자기 죽어버린 건지도 잘 모르겠고요."

"자유로운 요새란 것도 안 믿습니까?"

"그건 물론 믿어요. 아니면 왜 여기서 지내고 있겠어요?"

찬이 느닷없이 언성을 높였다.

무언가가 위안헤이의 손을 찌르는 느낌이 들었다. 콕콕 찔리는 아픔에 '아' 소리를 냈다. 위안헤이는 찬의 손을 뿌리치고 화들짝 놀라 일어섰다. 손바닥에서 피가 흘렀다.

"상처를 싸매야겠네."

위안헤이가 문 쪽으로 걸어가면서 힘없이 말했다.

"거기 서요. 괜찮을 거라고 장담할게요."

"왜 면도날을 손에 숨기고 있는 건가요?"

"다른 뜻이 있었던 건 아니에요. 그냥 내 성격이 그래요. 그거 모르죠? 자유항에 온 사람들은 모두 이런 성격이란 거. 당신도 죽지는 않을 거예요. 내가 헝겊으로 싸매줄게요."

위안헤이는 헝겊이 어디서 난 건지 몰랐다. 찬이 가지고 있었을 것이다. 두 사람은 잠시 분주하게 움직였다. 문 앞에 어른거리는 남자의 실루엣이 보였다.

"저 사람 있는 곳으로 가봅시다."

위안헤이가 가만히 말했다.

찬이 위안헤이의 다친 손을 꼼짝달싹 못하게 꽉 쥐었다. 이상하게도 그러고 있으니 상처 부위가 별로 아프지 않았다. 저 남자가 지금 찬과 나를 못 가게 붙들고 있어서 내가 두 사람 사이에 끼어 있는 꼴이 됐네, 위안헤이는 생각했다. 이곳을 떠나야 했다.

"이만 가보겠습니다."

위안헤이가 찬의 귀에다 대고 말했다.

위안헤이는 손을 빼낼 수 없었다. 찬은 정말 힘이 대단히 센 여자였다.

"지금 이게 무슨 일이오?"

등 뒤에서 파친코 가게 사장의 목소리가 울렸다.

그 순간 문 앞에 있던 남자가 보이지 않았다. 찬이 그제야 위안헤이의 손을 풀어줬다.

갑자기 켜진 하얀 불빛에 눈이 부셨다. 사장이 들고 온 비상등이었다. 불빛 속에서 찬의 단정하고도 놀란 얼굴이 보였다. 찬은 발소리가 들리지 않을 정도로 잽싸게 뛰어나갔다.

"저 두 사람은 자유항의 단골 고객이오. 생각해보니 8년 정도 되었군. 우리 가게에서 각자 올빼미 생활을 했지. 그러다가 여기서 마주치기도 했지만 그러면 또 바로 각자 숨어버리더군. 다른 고객도 응대하러 가봐야 하니 여기 좀 있으시오."

사장이 비상등을 끄고 급하게 나갔다.

위안헤이만 텅 빈 방에 홀로 남겨졌다. 사장이 여기 있으라고 한 것도 이유가 있을 터였다. 어쨌든 지금 돌아간다고 해도 심적으로 괴로울 것 같았다. 여기서 일이 어떻게 돼가는지 지켜보는 것만 못했다. 찬과 찬의 애인을 다시 만나보고 싶어졌다. 평삭기 안에서 죽었다 살아난 남자가 하는 사랑이란 어떤 걸까? 위안헤이는 텅 빈 방을 울적하게 거닐었다. 어디서 새어들어온 건지는 몰라도 흐릿한 불빛이 감돌았다. 손으로 벽을 만져보니 약간 축축했다. 심호흡을 한 번 했다. 공기 중에서 쓸쓸한 냄새가 났다. 방금 그 커플이 남기고 간 냄새일까?

누군가 방을 향해 걸어오는 소리가 들렸다. 위안헤이는 저도 모르게 문 쪽으로 다가갔다.

"그 여자 갔습니까? 그 여자가 나가는 걸 보고 온 건데. 너무 피곤해서 의자에서 좀 자야겠습니다. 저쪽에 의자가 있으니 당신도 앉아서 쉬시죠."

찬의 애인이었다. 정신이 맑아 보였다.

"그 여자와 '숨바꼭질'을 하고 있었던 겁니까?"

위안헤이가 물었다.

"나랑 그 여자는 언제나 이렇습니다. 내 출신이 미천해서 받아줄 수 없답니다. 고구마 창고에 버려진 아이였거든요. 내 출생의 오점을 잊지 못하더군요. 하긴 그 여자를 탓할 수도 없는 노릇이죠. 태어난 지 얼마 안 돼서 고구마 창고에 버려진 놈을 누가 좋아하겠어요."

"두 분이 부럽습니다. 보시다시피 난 혼자 외롭게 지내고 있어요. 애인이 한밤중에 찾으러 온 적도 없고요, 단 한 번도."

"그건 불가능하죠. 당신 애인이 여기 온 적은 없어도 당신이 여기 있는 건 분명히 알고 있을 겁니다. 그분이 당신을 이런 데로 오게 한 거죠?"

"어떻게 아셨습니까?"

위안헤이가 흠칫 놀랐다.

"여기는 '자유항'이니까요. 여기 오는 사람은 모두, 모두 다…… 아, 갑자기 그 단어가 생각이 안 나는군요. 여긴 정말 조용한 곳입니다……."

남자가 코를 골기 시작했다. 깊이 잠든 걸 보니 몹시 피곤한 게 분명했다.

위안헤이는 불현듯 의욕이 불타올라 복도로 나가보았다.

더듬더듬 복도를 지나 계단 입구에 이르렀다. 화면이 켜져 있는 파친코 기계가 위쪽에 한 대 놓여 있었다. 피가 흥건한 입을 쩍 벌린 괴물이 화면 속에서 위안헤이를 보며 섬뜩하게 웃었다. 웃음소리가 지하 전체를 뒤흔들었다. 위안헤이는 순간 다리가 풀려 계단에 엎어질 뻔했다.

그래도 계속 위로 올라갔다. 파친코 기계 앞에 서자 괴물이 화면 한쪽으로 물러나더니 아무 소리도 내지 않았다. 기계 뒤에서 걸어나온 파친코 가게 사장이 물었다.

"파친코 한 판 하는 거 어떤가?"

"저는 도박은 하지 않습니다. 대신 다른 방법이 있지요."

위안헤이가 대꾸했다.

사장이 기계를 끄고 다가와 가만히 말했다.

"귀를 잘 기울여보게나."

처음에는 아무것도 들리지 않았다. 잠시 뒤 익숙한 동백 아가씨의 아리아가 위쪽에서 희미하게 들려왔다. 노랫소리가 점점 또렷해졌다. 대체 무슨 노래를 부르는 걸까? 동백 아가씨의 노랫소리가 이토록 오싹한 적은 처음이었다. 무대가 아닌, 사람 하나 없는 웅장한 건물에서 노래를 부르는 것처럼 들렸다. 처음 들어보는 아리아였지만 노래를 굉장히 잘한다는 건 위안헤이도 인정했다. 어둠 속에 서 있던 위안헤이는 눈물이 찔끔찔끔 나왔다. 울면서 계획을 하나 세웠다.

동백 아가씨가 노래를 마치자 지하 전체가 적막해졌다. 사장도 보이지 않았다.

위안헤이는 문을 더듬어보며 바깥에 있는 작은 광장으로 나왔다. 순간적으로 질식할 것 같은 느낌이 들었다. 제대로 숨이 쉬어지지 않았다. 물 밖으로 나온 물고기처럼 입을 쫙 벌리고 숨을 헐떡거렸다. 대체 어떻게 된 일일까? 칼라를 풀고, 있는 힘껏 숨을 들이켰다. 개밥바라기별이 몇 개 떠 있는 좁은 하늘이 언뜻 보였다.

낮게 드리워진 두꺼운 구름층도 눈에 들어왔다. 위안헤이에게 무언가 말을 하려는 듯했다. 문득 당장 '자유항'으로 돌아가고 싶다는 갈망이 솟구쳤다. 천식 환자처럼 한 걸음 한 걸음 힘겹게 문 앞으로 되돌아갔다. 문은 안에서 굳게 잠겨 있었다. 문을 걷어찰수록 힘이 부쳤다. 두 손을 가슴 앞에 모은 채 이제 끝장났다는 생각을 했다.

그 자리에서 30분을 버텼다. 눈이 조금씩 까매지다가 끝내는 완전히 까맣게 변해버렸다.

위안헤이가 정신을 차리고 보니 자신이 침대에 누워 있었다. 페이샤가 불도 켜지 않고 책상 옆에 앉아 있었다. 달빛이 방 안으로 새어들어왔다. 창백한 페이샤의 얼굴이 게이샤 같았다.

"'자유항'의 위력은 정말 대단해. 자유항에서 나온 사람들이 순간적으로 호흡 기능을 상실하다니 말이야. 이제 기억났는데 난 저 안에서 행복을 경험했어. 페이샤, 나 어떻게 집에 온 거지? 자기가 업고 왔어? 나 때문에 고생이네."

"내가 업고 왔지. 어이구, 말라비틀어져서는. 잘 들어. 난 페이샤가 아니라 페이샤의 대역이라고. 그럼 이만 가볼게, 잘 있어."

페이샤가 문을 살짝 닫았다.

기다시피 해서 겨우 몸을 일으킨 위안헤이는 국수를 삶아 먹었다. 다음 날 아침 일찍 또 출근을 해야 할 터였다.

국수를 다 먹은 위안헤이는 부엌부터 정리하고 샤워를 끝낸 뒤 방으로 들어갔다.

테이블 위에 놓여 있는 페이샤의 안경집이 보였다. 왜 자꾸 페이샤의 대역이라고 하는 걸까? 정말 대역이라면, 대역을 하는 느낌은 어떤 걸까? 안경집을 열어봤더니 안경은 없고 웬 털이 수북한 동물 꼬리가 들어 있었다. 제법 깔끔하게 난 상처에 핏자국이 보였다. 꼬리 밑에 페이샤가 쓴 쪽지가 한 장 눌려 있었다.

"그 여자는 도망간 거야. 어두운 밤에는 기회가 도처에 깔려 있거든."

옛 성곽 안에 이름 모를 조그만 동물이 있는데 그 수가 꽤 된다고, 페이샤가 해준 이야기가 기억났다. 거대한 이중 벽 안에 살게 된 지 이미 몇 대가 흘렀다고 했다. 꼬리를 코 밑에 갔다 대니 맑고 청아한 향이 풍겼다. 참외 냄새 비스름했다.

꼬리를 창가에 있는 수선화 화분에 넣으며 생각했다. 꼬리가 자생적으로 자라겠지? '자유항'이 바로 페이샤가 말한 옛 성곽이겠지?

10장

차오현에서

웨이보가 감옥에 들어가고 얼마 후 아내 샤오위안이 사라졌다.

실은 사전에 계획된 일이었다. 샤오위안이 그토록 큰 결심을 한 건 난생처음이었다. 주변 환경을 바꿔 다른 사람이 되고 싶어서였다. 샤오위안은 쥐도 새도 모르게 차오현 공립중학교 지리 교사가 되었다. 그길로 짐을 꾸려 차오현으로 떠났다. 웨이보와 두 아들은 더 이상 샤오위안이 필요 없었기에 상관하지 않았다.

샤오위안이 앞으로의 일에 자신감이 있었던 건 아니다. 어차피 그때그때 임기응변으로 살아가는 사람이었다. 이 작은 배산임수의 마을이 좋았다. 소박한 풍습도 몹시 매력적이었다. 학생들도 아름다운 선생님을 보자마자 호감을 드러냈다. 매일 수업이 끝나면 샤오위안을 끌어안고 사택까지 데려다주는 학생도 있었다. 전에 하던 일보다 훨씬 더 재미있었다. 학생들 수준이 이 정도로 높을 줄은 생각도 못 했다. 가장 중요한 건 아이들이 동식물 방면에 풍부

한 지식을 지녔다는 것이었다. 다른 지역의 특색이나 풍습에도 큰 호기심을 보였다.

샤오위안은 학생들이 수업 준비를 철저히 해올 때마다 다소 의아했다. 샤오위안의 지리 수업은 대개 토론으로 이어졌다. 다들 본인이 흥미를 느끼는 분야를 수업 시간에 친구들과 공유했다. 다소 어수선한 면도 없잖아 있었지만 아이들 모두 어느 정도 만족하는 수업이었다.

처음에는 학생들이 세계 여행을 몹시 하고 싶을 거라고 생각했다. 지리 수업을 좋아하는 학생들이 항상 있었기 때문이다. 어느 날 여학생 두 명이 사택에 놀러 온 뒤로는 그런 생각이 바뀌었다. 식물에 유독 관심이 많던 두 아이였다. 샤오위안은 이 아이들 집에 가본 적이 있었다. 두 집 다 뒷마당이 딸린 단층집이었다. 기이한 화초가 마당에 가득했다. 주둥이가 큰 유리병이 나무 선반에 층층이 쌓여 있었다. 병마다 모래가 들어 있고 허브 식물이 무성하게 들어차 있었다. 샤오웨이라는 여자애가 식물을 유리병에 심으면 뿌리가 자라는 과정을 관찰할 수 있다고 알려주었다. 여행을 어떻게 생각하느냐는 물음에 샤오웨이는 이렇게 대답했다.

"선생님, 저는 매일 우리 집 뒷마당으로 여행을 가요. 뒷마당은 결코 작은 세계가 아니거든요. 밤에 불이 꺼지면 이런저런 소리에 귀를 기울이죠. 제 침대는 큰 유리병에 바싹 붙어 있는데 병 속에 있는 모래가 굉장히 보드라워요. 봉미초의 뿌리털은 아래로 자란다고 들었어요. '우지직' 소리를 내면서요. 식물은 다리가 없어서 움직일 수가 없으니 유리병이 결국 식물들의 세계 전체인 거죠. 식물들은 그런 식으로 여행을 하는 거예요."

"무슨 말인지 알겠다. 샤오웨이, 그러고 보니 네가 내 선생님이었구나. 그럼 치자나무는 어떻게 여행하니?"

"치자나무요?"

샤오칭이 끼어들었다.

"치자나무는 자기 향기를 타고 세계 각지를 여행해요. 한번은 제가 성 정부 소재지에 간 적이 있어요. 밀폐된 고층 건물에 머물렀는데 밤마다 치자나무 냄새가 나더라고요. 치자나무를 기르는 사람이라면 냄새 때문에 평생 성가실 것 같았어요. 자금우는 소염 작용을 해서, 어디서든 염증이 나면 생각나는 약초죠. 자금우에 의식을 집중하면 염증이 싹 가라앉거든요. 우리 집 마당에 많이 심어놓았는데 선생님도 보셨을 거예요."

두 여자애의 설명에 샤오위안은 감격이 가시질 않았다. 전에 여행 갈 때마다 가지고 다녔던 타이머가 떠오르자 그건 좀 유치한 행동이었다는 생각이 들었다. 오히려 이 아이들이 기르는 식물이 진정한 타이머구나 싶었다. 차오현에 오지 않았다면 영원히 그 비밀을 알지 못했을 터였다. 개방적이면서도 폐쇄적인 이 마을은 대체 어떤 곳일까? 차오현을 천천히 이해해나갈 수 있는 시간이 반평생이나 남아 있다고 생각하니 왠지 모르게 안심도 되고 기쁘기도 했다. 앞으로 샤오위안은 자신이 가지고 있는 타이머를 하나씩 발견하게 될 터였다. 샤오위안은 거울 속 제 모습을 보며 미소 지었다. 차오현으로 이사 오길 잘했다는 사실이 증명된 셈이었다. 차오현은 커다란 산으로 둘러싸여 있어서 샤오위안은 밤에 잠도 푹 잘 수 있었다. 이 동네가, 오랫동안 가져보지 못한, 제대로 된 '집' 같은 느낌이 들었다.

"선생님, 제가 키우는 쥐를 온두라스로 데려가달라고 다른 사람에게 부탁하면 쥐가 거기서 살아남을 수 있을까요?"

수줍음 많고 몸집이 왜소한, 성이 뤼씨인 남학생이 물었다. 함께 식당에서 나오던 참이었다.

"선생님도 잘 모르겠는데."

샤오위안이 생각 끝에 말을 덧붙였다.

"쥐한테 물어보면 알려줄 거야."

"선생님, 감사합니다."

샤오위안은 남학생이 뛰어가는 모습이 꼭 귀여운 쥐를 닮았다는 생각을 했다. 남학생은 길 끝자락에 있는 허름한 단층집에 살고 있었다. 샤오위안은 그 집이 조그만 동물들의 낙원이라는 걸 알았다. 한번은 그 집의 커다란 나무 의자에 앉아 있는데 반지르르한 바퀴벌레 한 마리가 당당히 바짓가랑이를 기어올라온 적도 있다.

샤오위안은 이토록 운이 좋은 것에 기뻐하며 아이들의 세계에 푹 빠져버렸다. 샤오웨이의 방에서 자고 온 날도 있었다. 샤오웨이는 간이침대를 놓고 잤다. 그날 밤, 샤오웨이가 침대에서 벌떡 일어났다.

"샤오웨이, 어디 가니?"

샤오위안이 깜짝 놀라 물었다.

샤오웨이는 대꾸도 하지 않고 뭐라고 중얼거리며 마당으로 향해 있는 문을 열었다. 샤오위안이 신발을 신고 쫓아나갔다. 몽유병에 걸렸나 싶어 걱정돼서였다. 달도 뜨지 않은 밤이었지만 샤오웨이는 매의 눈처럼 길을 잘도 찾아냈다. 오두막에서 꺼낸 작은 써레로 나무 선반 위에 있던 유리병을 에코백에 옮겨 담은 샤오웨이는 에

코백을 메고 걸어갔다.

"선생님, 따라오지 마세요. 저 차오산 가요. 봉미초가 여기 있기 싫어해서요."

"너 혼자 보내기 걱정돼서 그러지. 어쨌든 내일 쉬는 날이니까 선생님도 같이 가보고 싶구나."

"걔가 안 좋아할 텐데요."

"누구?"

"봉미초요, 제 약초요."

샤오위안은 어쩔 수 없이 집으로 돌아왔지만 자꾸 걱정이 되었다. 왜 따라가다 말았는지 후회했다. 눈을 감은 채 어둠 속을 바라봤다. 샤오웨이 부모가 깰까봐 움직일 수 없었다. 샤오웨이에게 정말 무슨 일이라도 생기면 나도 같이 죽는 거지, 샤오위안은 생각했다. 샤오위안은 나이를 먹고도 이토록 경솔했다. 빙금은 샤오웨이가 애기풀의 소원에 관한 얘기를 해서 샤오위안이 바로 양보한 것이었다. 샤오위안의 삶에는 이런 이상한 원칙들이 있었다.

걱정은 이른 아침까지 계속되었다. 날이 밝아올 무렵 샤오웨이가 돌아왔다. 샤오웨이는 얼굴만 약간 지저분해졌을 뿐, 생기 있는 모습이 불빛 아래서 환하게 빛났다.

"이번 여행은요……"

샤오웨이가 감격에 겨워 말을 끝까지 잇지 못했다.

샤오위안은 샤오웨이의 가녀린 몸을 꽉 껴안았다. 하마터면 울음을 터뜨릴 뻔했다.

"샤오웨이, 선생님 가볼게. 이제 너희 집에서 자고 가는 일은 없을 거야. 자고 가라고 설득할 생각은 하지 마."

샤오위안이 차오현에서 새로운 일을 시작한 건 물론 닥터 류 때문이었다. 그 일이 인생의 전환점이 되어 샤오위안은 전에 세웠던 계획을 바꿨다. 닥터 류와는 영원히 헤어진 줄 알았는데 시간이 흐르면서 그렇지 않다는 생각이 들었다. 샤오위안은 스스로 되물었다.

"왜 예전의 사고방식으로 돌아가지 않는 거지? 내가 나아갈 길은 예전 생각으로 돌아가는 걸 텐데."

샤오위안은 예전의 사고방식으로 돌아가 전보다 더 잘해낼 것이었다. 건너 건너 아는 사람을 통해 차오현 제2중학교에 연락해놓고 조용히 차오현에 터전을 잡았다. 닥터 류를 찾는 데 급급해하지 않았다. 닥터 류가 샤오위안을 찾도록 할 계획이었다. 닥터 류에게 만나는 사람이 있는지도 확실하지 않았다. 조심스럽게 접근하는 것이 좋을 터였다.

샤오위안이 이 작은 도시에서 받은 자극은 상상을 초월했다. 모든 것이 새로웠다. 거의 매일 감동을 받고 예상치 못한 일을 접했다. 수업이 끝나면 학생 집을 방문했다. 쉬는 날에는 일찍 일어나 길가 천막에 앉아 아침으로 두유를 마셨다. 이 모든 일을 하는 순간순간, 샤오위안은 자기 자신이 완전히 다른 사람, 과거도 없고 심적 부담도 없는 젊은 사람이라고 생각했다. 실제로는 마흔이 넘은 나이였지만. 닥터 류와 사귈 기회가 영원히 없다 해도 차오현에 온 건 잘한 일이라고 생각했다. 언뜻 보면 허름하고 시설도 낙후된 도시지만 잘 들여다보면 굉장히 생기 넘치는 곳이었다. 차오현에 오지 않았다면 영원히 그런 비밀을 알 수 없었을 것이다. 차오현은 고요함으로 가득했다. 고인물처럼 활력 없는 고요함이 아니라 리듬감 있는 평온함이 스며 있는 도시였다.

차오현 제2중학교의 중년 남교사들은 나름 매력이 있었다. 성격도 진중하고, 샤오위안이 좋아하는 스타일의 남자들이었다. 농부들이나 입을 법한 옷을 입고 다니는 것처럼 보였지만(돈이 없기 때문에 그렇게 느껴진 것이리라) 확고한 의지만큼은 샤오위안이 살던 도시의 남자들에 비할 바가 아니었다. 시간이 지나면서 남교사몇 명이 독신이라는 사실을 알게 되었다. 이들 중 한 명과 특별한관계를 맺게 될 거란 예감이 들었다. 나중에 왜 그런 일이 일어나지 않았는지는 모르겠지만 말이다. 굳이 원인을 따져보자면 샤오위안이 닥터 류를 마음에 두고 있기 때문일 터였다. 샤오위안은 이번 달만 해도 닥터 류 진료소가 있는 거리로 몇 번이나 염탐을 나갔다. 하얗게 칠해진 진료소 대문을 멀찌감치 서서 지켜봤지만 아무런 수확도 없었다. 샤오위안에게 보여주기 위해서 일부러 그러는 것처럼 문으로 들어가는 사람도, 나오는 사람도 없었다. 하지만그게 바로 샤오위안이 바라던 바였다.

차오현의 황혼녘은 몹시 우울했다. 집 앞 푸르스름한 돌계단에서서 저 멀리 침묵하고 있는 차오산을 바라보고 있노라면 괜스레울고 싶어졌다. 감정을 추슬르느라 학생들처럼 집 뒷마당에 땅을파고 알록달록한 씨앗을 뿌렸다. 샤오칭이 준 씨앗이었다. 샤오위안이 무슨 씨앗이냐고 물었을 때 샤오칭이 고개를 들고 말했다.

"모르겠어요. 선생님, 여기 뭔가를 심어도 기대는 하지 마세요. 아무 소용 없으니까요. 흙을 파내고 나서 씨앗만 던져놓고 그냥 잊고 계시면 돼요. 저희도 다 그렇게 해요. 저도 씨앗이 원래 식물로 자라날 줄 알았는데 아니더라고요. 뭐가 나는지 기다려보세요."

씨앗을 뿌리고 두 달 남짓 지났는데도 아무런 변화가 없었다.

샤오칭이 고개를 저으며 어쩔 수 없다는 듯 말했다.

"토양이 잘 안 맞아서 죽었나봐요."

반면 학생들 마당은 초목이 무성했다. 화초와 나무가 집 안까지 밀려들 정도였다. 담장을 따라 주렁주렁 핀 등나무 꽃이 지붕까지 뒤덮여 있었다. 여기에는 틀림없이 무언가 하늘의 뜻이 있으리라 짐작했다. 샤오위안이 차오현에 아직 녹아들지 않았다는 걸 보여주는 것이리라.

차오현 사람들은 자기 삶을 있는 그대로 받아들이고 또 거기서 만족감을 느꼈다. 그래서인지 외출을 거의 하지 않았다. 샤오위안은 그런 마을 사람들에게 부끄러움을 느꼈지만 시간이 지나면 괜찮아질 거라고 생각했다. 엄마에게도 전화로 이런 말을 했다.

"엄마, 여긴 내 영혼을 어루만져주는 곳이야. 전에는 이 정도로 삶에 열정을 느껴본 적이 없어…… 아니야, 오지 마. 볼 건 없는 동네라서 실망할 거야. 이 동네는 모든 게 굉장히 함축적이야. 겉으로는 잘 드러나지 않는다고. 정말 단조롭기는 한데…… 겉으로만 그렇다는 얘기야. 아, 여느 현과 달리 외국에 나와 있는 느낌이야. 여기 오니까 행복해. 엄마, 정말이야. 끊을게."

전화를 내려놓으니 어떤 익숙한 감정이 차올랐다. 차오현에 온 뒤로 그런 감정에 푹 빠진 채 살았다. 어릴 적 다친 참새를 주워와 집에서 키우며 느꼈던 기분과 비슷했다. 무언가에 영향력을 끼치는 기분이었다.

엄마와 통화한 뒤로 줄곧 마음이 벅차올랐다. 어느 날은 같은 학교 수학 선생 집을 찾아가보기로 마음먹었다. 수학 선생에게 물어보니 와도 된다고 했다. 수학 선생은 그렇게 답하면서도 얼굴은 무표정이었다. 독신에다 성이 중씨인 수학 선생은 학교 안에 있는 사택이 아닌 교외에 있는 본인 집에서 살고 있었다. 집이 어느 쪽에 있는지 알려주며 토담집이라고도 했다.

"오래된 복숭아나무 세 그루가 있는 곳까지 걸어오면 보일 겁니다."

중 선생이 설명했다.

"왜 학교에서 안 살고 나와 사세요?"

"꿀벌을 키워야 해서요."

차오현은 그리 크지 않은 곳이어서 오래된 복숭아나무 세 그루가 있는 곳은 금방 찾을 수 있었다.

토담집은 천장이 낮았다. 중 선생은 키가 커서 집에 들어갈 때마다 머리를 조심해야겠다고 샤오위안은 생각했다.

중 선생은 문 앞에서 한쪽 손에 사전을 든 채로 차를 마시고 있었다. 샤오위안을 보더니 사전을 나무 의자에 내려놓고 다가왔다. 집이 몹시 누추하다며 밖에서 이야기하는 게 나을 거라고 했다.

목을 빼고 안쪽을 몇 번 둘러봤지만 방 안이 무척 어두워서 아무것도 보이지 않았다. 샤오위안은 중 선생이 내어준 작은 등받이 의자에 앉았다. 중 선생이 차를 가지러 갈 때 보니 예상대로 고개를 숙인 채 집으로 들어갔다.

"중 선생님, 벌통은 어디에 있어요?"

"아, 벌통이요? 그건 있어도 되고 없어도 됩니다."

중 선생이 애매모호하게 대꾸했다.

샤오위안은 환하게 빛나는 중 선생의 눈을 유심히 쳐다봤다. 이 도시에 그런 눈을 가진 사람은 드물었다. 오랫동안 공기가 맑은 곳에 살아서일까?

중 선생이 샤오위안을 데리고 토담집을 크게 한 바퀴 돌았다. 야생 나무와 허리춤 높이의 쑥더미가 끝없이 나타났다. 들꽃도 많고 나비도 날아다녔지만 꿀벌과 벌통은 보이지 않았다. 양봉장도 없는 듯했다. 나비들이 종류도 다양하고 색깔도 참 고왔다.

두 사람은 처마 밑으로 돌아와 자리에 앉았다. 샤오위안이 궁금했던 걸 물어봤다.

"마을도 없고 회사도 없는 곳에 어떻게 이런 집이 있는 거죠?"

"아, 그걸 알고 싶으시군요. 우리 부모님 집입니다."

중 선생이 차를 우리려고 집으로 들어가자 샤오위안도 따라 들어갔다.

잠시 뒤 집 안의 어둠에 적응이 되었다. 매우 정갈한 집이었다. 방이 두 개였는데 몇 안 되는 가구가 가지런히 놓여 있었다. 커다란 목재 침상 위에는 모기장이 걸려 있고 책상에는 반도체 라디오가 놓여 있었다. 샤오위안은 이런 게 바로 진정한 토담집이란 생각이 들었다. 서늘한 기운이 뿜어져 나오는 토담집. 뒤쪽 곁채에 딸린 부엌에는 가스레인지가 한 대 놓여 있었다. 중 선생이 '꽃차', 즉 여러 작은 꽃으로 만든 차를 우리고 있었다.

'꽃차'가 이내 우려졌다. 샤오위안이 찻잔에 쟁반을 받치고 내와 밖에 있는 찻상에 올려놓았다.

"중 선생님, 정말 행복하시겠어요."

샤오위안이 입을 열었다.

"어떻게 그렇게 빨리 눈치채셨나요?"

중 선생은 맑은 눈으로 멍하니 먼 곳을 응시하며 물었다.

"제가 마음에 두고 있는 사람만 없었어도 중 선생님과 결혼했을 거예요."

"하하. 제게 용기를 주시는군요."

중 선생이 웃음을 터뜨렸다.

"그런데 양봉은 대체 어떻게 된 일이죠?"

"솔직히 말하면, 왜인지는 모르겠지만 여기는 꿀벌이 없습니다. 대신 꽃이 많죠. 봄날이면 지금 보시는 것보다 몇 배는 더 많은 꽃이 핍니다. 다른 곳에 있는 꿀벌을 끌어올 생각은 없습니다. 부도덕한 짓이니까요. 대신 여기 이미 와 있어야 하는데 지체하고 있는 꿀벌을, 미래에 올 꿀벌을 집에 앉아 상상하곤 합니다. 그러면서 일기를 쓰기도 하죠. 참 웃기지 않습니까? 꿀벌 이야기로 일기를 쓰다보니 두꺼운 일기장이 어느새 가득 찼더라고요. 이제 샤오위안 선생님 얘기를 듣고 싶습니다. 지금껏 살면서 부족했던 것들에 대해서요. 선생님도 일기 쓰듯 기록을 하시나요?"

"저요?"

샤오위안이 불안해하며 시선을 중 선생의 얼굴로 옮겼다.

"일기는 안 써요. 하지만 타이머는 많아요. 출장 다닐 때…… 아니다, 타이머 안 쓴 지 꽤 되긴 했네요. 여기서는 작동을 안 하더라고요. 아, 그러고 보면 차오현이 정말 이상한 동네예요. 이곳 사람들은 본인이 보통 사람이라고 생각하나요? 그런 것 같은데. 이를테면 꿀벌 일기도 쓰고 말이에요."

"맞습니다. 저 또한 보통 사람 중의 보통 사람이죠."

"이 집에서 자라신 건가요?"

"그렇습니다. 부모님 살아 계실 때 우리 가족은 손님 접대를 즐겨했습니다. 뭐 딱히 손님이 많은 건 아니었지만 손님들과 사이가 굉장히 좋았죠. 이 집은 손님들 중 한 명이었던 농민한테 산 겁니다. 인적이 드문 곳을 택한 이유는 손님들이 가끔은 외로움을 필요로 해서입니다. 보시다시피 저도 부모님의 그런 기질을 이어받았고요. 오늘 샤오위안 선생님이 와주셔서 무척 기쁩니다."

"쉴 때는 보통 뭘 하세요?"

샤오위안이 물었다.

"저요? 한밤중에 꿀벌이 윙윙대는 소리를 들으며 라디오 듣는 게 취미입니다. 그럴 때면 온 세상과 하나로 연결되어 있는 느낌이 들죠. 제 라디오는 성능이 유독 좋아서 전 세계 채널을 다 들을 수 있습니다. 듣고 또 듣다보면 날이 밝을 때도 있고요."

"세계적으로 유명한 수학 문제를 풀고 계시다고 들었는데요."

"그냥 재미로 하는 겁니다. 꽤나 즐거운 일이죠."

대추나무 이파리 너머로 조금씩 아래쪽으로 이동하고 있는 태양이 보였다. 나비 한 마리 날아다니지 않을 정도로 주위는 한없이 고요했다. 샤오위안은 고즈넉한 분위기의 매력을 한껏 느끼며 침묵을 지켰다. 중 선생도 입을 열지 않았다. 중 선생은 지금 그 어려운 수학 문제를 풀고 있나보다라고 샤오위안은 생각했다. 중 선생의 맑은 눈빛이 흐릿해지는 걸 보니 차마 방해할 수가 없었다.

꽃향기가 훅 끼쳤다. 샤오위안은 등받이 의자에 앉아 있다가 아주 오래전 일이 생각났다. 순간 어떤 그림자가 샤오위안의 사고 회로 속을 왔다갔다했다. 마음속 깊은 곳에서 기쁨이 솟구쳤다. 시간이 얼마나 흘렀을까 하는 순간 문득 중 선생의 목소리가 울렸다.

"우정은 정말 아름답군요."

중 선생이 환하게 웃는 얼굴로 샤오위안을 쳐다봤다.

"사랑해요, 중 선생님. 전 이만 가봐야겠어요."

"저도 사랑합니다. 제가 배웅해드릴게요."

중 선생이 오래된 복숭아나무가 있는 데까지 바래다주었다. 샤오위안은 혼자 정류장으로 향했다. 열 몇 걸음쯤 걸어가다가 불현듯 호기심이 일어 뒤를 돌아봤다. 중 선생이 보이지 않았다. 참으로 이상한 일이었다. 집이 있던 자리도 텅 비어 있었다. 설마 땅속으로 파고들어간 건 아니겠지? 샤오위안은 깊게 생각하고 싶지 않았다. 기분만 상할 것 같았기 때문이다. 순간적으로 만감이 교차했다.

학교로 돌아와 식당에 가려고 나와보니 날이 벌써 어둑해져 있었다. 그때 또 남학생 뤼를 마주쳤다.

"허둥지둥 어디 가니?"

샤오위안이 물었다.

"식당에 있는 친구 찾으려요. 이제 쥐잡기 운동이 시작되거든요. 집에 있는 쥐 여덟 마리를 다른 사람한테 데려가달라고 부탁해야 돼요. 다섯 마리는 아직도 보내야 할 곳을 못 찾았고요."

"친구는 찾았니?"

"아니요. 걔네는 여기서 밥 안 먹어요."

남학생의 귀여운 그림자가 마치 커다란 쥐새끼처럼 벽을 따라 슬그머니 사라졌다.

샤오위안은 집으로 돌아와 수업 준비를 마치고 나서도 마음이 진정되지 않았다. 오늘 있었던 모든 일이 몹시 감격스러웠기 때문일 것이다. 집 밖으로 천천히 걸어나가 연한 보라색 구름이 뭉게뭉게 피어난 하늘을 올려다봤다. 닥터 류와 함께했던 순간들이 떠올랐다. 눈코 뜰 새 없이 바빴던 탓에 여기 온 뒤로는 처음 하는 회상이었다. 닥터 류를 만나 차오현에 왔을 때 같이 여기저기 돌아다니고 차오산에도 올랐지만 사실 주변에 있는 것들은 별로 눈여겨보지 않았다. 여느 평범한 현처럼 촌스럽고 허름하구나 하는 기억밖에 없었다. 그렇다면 왜 집으로 돌아간 뒤에도 계속 이 동네가 생각났던 걸까? 모름지기 겉으로만 봐서는 잘 알 수 없는 법이다. 당시에 무엇인가가 샤오위안의 머릿속으로 들어왔음이 분명했다. 다만 샤오위안이 제대로 인식하지 못했을 뿐이다. 물론 그 무언가는 닥터 류와 관련이 있을 터였다. 그렇다고 전부 닥터 류와 관련이 있는 것도 아닐 것이었다. 샤오위안은 거의 순간적으로 차오현으로 가야겠다는 마음을 먹고 바로 행동에 옮긴 셈이었다.

"뤼, 아직도 친구 찾고 있니?"

샤오위안이 큰 목소리로 물었다.

"아니요, 아니에요…… 아니라고요."

남학생은 이렇게 대답하며 도망가버렸다. 샤오위안이 파초나무 그늘에 몸을 숨기고 있을 줄은 몰랐던 듯했다.

"잠깐만, 거기 서봐. 선생님이 뭐 물어볼 게 있어서 그래."

"뭐요?"

뤼가 걸어왔다.

"선생님이 씨앗을 뿌렸거든. 근데 왜 싹이 트지 않는 거지?"

"원래 그런 거니까 잊어버리고 계시면 돼요. 그게 바로 식물들이 하는 일이거든요. 알아서 하게 내버려두는 수밖에 없어요. 우리

일은 우리가 결정하고, 식물들도 자기 일은 자기가 결정하는 거죠. 어떤 의미에서는 사람과 동식물이 또 하나의 대가족이기도 해요. 정확하게 말씀은 못 드리지만 선생님도 여기 계시다보면 알게 되실 거예요. 외지인들은 꼭 선생님 같은 질문을 하더라고요."

뤼가 빨리 쥐를 처리해야 한다며 급하게 자리를 떴다.

샤오위안은 뤼가 한 말과 중 선생이 꿀벌에 대해 한 말을 곰곰이 생각해봤다. 머릿속에 어렴풋이 뭔가가 떠올랐지만 그게 뭔지 아직은 정확하게 알 수 없었다. 집으로 돌아와 흙을 파놓은 땅 옆에 앉아 생각에 잠겼다. 남학생 샤오뤼의 말이 맞는다는 생각이 들었다. 씨앗에 무언가를 기대한다는 건 말도 안 되는 논리였다. 그런 것에 기대한다는 건 독단적인 생각이기도 했다. 순간 달빛이 흙을 비추자 무슨 모양인지 말로 표현하기는 힘든 오래된 무언가가 밭고랑 안에 숨겨져 있는 것처럼 보였다. 쭈그려 앉아 살펴봤지만 흙밖에 보이지 않았다. 샤오위안은 이런 이름 없는 식물, 아직 태어나지도 않은 식물에 관한 일기를 써야 하는 걸까?

그날 밤, 샤오위안은 잠이 깬 김에 밖으로 다시 나가봤다.

야행성 동물처럼 뤼가 또 나타났다.

"샤오뤼, 왜 여태 안 자고?"

"쥐를 한 마리 더 보냈는데도 아직 네 마리나 남았어요."

"누구를 기다리는 거니?"

"친구가 여기로 지나갈 거 같아요. 누군가 이쪽으로 오는 소리가 났거든요."

뤼의 목덜미에서 땀 냄새가 났다. 샤오위안은 뤼가 온종일 얼마나 힘들었을지 생각해봤다. 뤼의 동글동글한 머리를 쓰다듬어주었다. 정작 뤼의 마음은 딴 데 가 있는 듯했다. 갑자기 무슨 신호를 들은 뤼가 황급히 뛰어나가더니 저 멀리 사라졌다.

차오현에 온 뒤로, 샤오위안은 예전 삶이 완전히 고립되어 있었 구나 싶었다. 차오현의 풍습은 확실히 달랐다. 어떤 분야든 다른 동네와 비슷한 면이 없었다. 국내에서도 적지 않은 곳에 가본 샤오 위안이었기에 아무리 색다른 곳이어도 그리 놀라는 편은 아니었 다. 차오현에서는 흠칫 놀라는 일이 많았다. 전에도 학생을 가르쳐 본 적은 있지만 요즘처럼 학생들이 거대한 에너지를 품고 있다는 느낌을 받아본 적은 없었다. 샤오위안과 학생들의 관계가 뒤바뀌 어, 샤오위안 자신이 진정한 의미의 학생이 된 것 같았다.

어느 날 샤오위안은 수업 시간에 고비사막의 지형을 설명하고 있었다. 제대로 수업을 듣지 않는 학생도 몇 명 있었고 대체로 다 들 멍한 상태였다. 귓속말을 하는 학생도 있었다. 대체 어떻게 된 일일까? 신장 고비사막이 중국에서 가장 아름다운 곳이 아니었나? 아니면 학생들이 다른 일에 정신이 팔려 있는 것일까? 몹시 화가 난 샤오위안은 수업을 멈추고 교탁 앞에 앉아버렸다.

"선생님, 드릴 말씀이 있어요. 사실 지금 상황이 좀 그래요. 우리 반 친구들이 선생님 과목 예습을 꽤 오랫동안 했어요. 그래서 대부 분이 필기를 길게 해놨을 거예요."

샤오칭이 일어나서 설명했다.

"필기? 무슨 필기를 해놨는데?"

"당연히 고비사막에 관한 거죠. 거의 매일 고비사막에 대해 토 론도 하고 계속 자료를 찾아가면서 공부했어요. 서로 보충도 해주고요. 그러다보니 다들 지쳐서 그래요. 이제 고비사막은 가까운 데 있는 놀이동산 같은 느낌이 들거든요."

"아, 그랬구나. 그럼 필기 발표해볼 사람?"

아무도 반응이 없었다. 교실에 정적이 흐르고 다들 난감해했다. 그때 샤오칭이 자리에서 일어났다.

"선생님, 발표하겠단 사람은 아마 없을 거예요. 다들 혼자 보려고 해놓은 거라 발표하면 안 되거든요. 발표한다 해도 알아들을 사람도 없고요. 가족들도 모르게 한 거여서요."

"맞아요. 그럴 수 없어요. 발표해봤자 오해만 살 거예요."

뤼가 일어나더니 소심하게 말했다.

"그럼 뭐에 대해서 토론한 거니?"

샤오위안이 물었다.

"모든 토론은 에둘러 말하는 방식으로 이루어졌어요."

샤오칭이 진지하게 말을 이었다.

"날씨라든가 장기 두는 것에 관해, 아니면 국가 현안에 대해 얘기했고요. 사실 토론 주제는 고비사막이었어요. 선생님, 이해되세요?"

샤오위안은 머리가 혼란스러워 고개를 내저었다. 몸이 휘청거리는 느낌이었다.

그날은 풀이 죽은 채로 사택에 돌아왔다. 차오현 제2중학교에서는 샤오위안의 교육 방식이 완전히 실패한 듯했다. 다만 전에는 눈치채지 못한 것뿐이라고 생각하며 지난 시간을 되짚어봤다. 그래도 정말 대단한 아이들이구나 싶어 감탄이 나왔다. 어떻게 해야 학생들 마음속에 있는 세계로 들어갈 수 있을까? 샤오위안은 저녁도 먹으러 가지 않았다. 밥이 안 들어갈 것 같았다.

누군가 샤오위안의 사택 창문을 지나갔다. 중 선생이었다.

"중 선생님."

샤오위안이 소리쳤다.

샤오위안은 중 선생이 집으로 돌아가고 있다는 걸 알았다. 중 선생은 늘 이렇게 늦게 학교를 나섰다.

"아, 샤오위안 선생님. 식사하러 안 가셨습니까? 무슨 걱정거리라도 있으세요?"

중 선생의 맑은 눈빛이 샤오위안의 얼굴에 머물렀다.

"우리 학생들이, 애들이…… 저에게 불만이 있나봐요."

샤오위안이 말끝을 흐렸다.

중 선생이 웃음을 터뜨리며 말했다.

"별일 없을 겁니다. 애들이 선생님을 얼마나 좋아하는데요. 그거 하나는 제가 장담합니다. 저도 선생님 수업 들어봤잖아요. 잠깐 어디 좀 같이 가실래요? 별로 멀지는 않습니다."

샤오위안은 중 선생을 따라 나섰다. 모퉁이를 몇 번 돌아 교외로 이어지는 곳으로 갔다. 단층집이 쭉 늘어서 있고 저수지도 하나 있었다. 저수지를 돌아 늙은 소나무 세 그루가 있는 곳으로 갔다. 나무 밑에는 돌로 된 테이블과 나무 의자가 놓여 있었다. 샤오위안의 반 학생 두 명이 아무 말도 하지 않고 나무 의자에 누워 있었다. 학생 뤼와 린이었다. 두 아이는 어두워지고 있는, 빛이 걸린 하늘을 응시하고 있었다. 선생들이 지켜보고 있는 줄 모르는 눈치였다. 중 선생이 샤오위안에게 손짓으로 자리를 뜨자는 시늉을 했다.

"집에 바래다드리겠습니다."

중 선생은 샤오위안 집에 도착하자 이렇게 말했다.

"선생님은 수업 시간에 굉장히 집중하시잖아요. 아이들이 정신을 놓고 있어도 봐주시는 것 같습니다. 그럼 이 방법을 한번 써보세요. 집단으로 넋이 나간 상태에 선생님도 가담하는 겁니다. 생각해보세요. 아이들과 교감을 한다면 얼마나 아름답겠습니까. 전 선생님 걱정은 안 합니다. 아이들이 선생님을 사랑하니까요. 저도 선생님 수업을 들어보지 않았습니까? 이제 푹 주무세요. 모든 게 다 정상입니다. 선생님 마당에 핀 꽃들을 보세요. 좋은 징조입니다. 그럼 이만, 내일 뵙겠습니다."

중 선생이 돌아갔다. 샤오위안은 흠칫 놀라 그대로 서 있었다. 샤오위안의 마당에 꽃이 피었다는 걸 중 선생이 어떻게 알았는지 의아했다.

샤오위안은 뒷마당으로 가봤다. 제법 많은 튤립이 싹 트는 단계를 건너뛴 채 금세 자라 있었다. 마지막 석양의 빛내림을 받은 꽃은 가슴이 시릴 정도로 아름다웠다. 마술을 부려놓은 듯한 풍경이었다. 열흘쯤 뒷마당에 신경 못 쓴 걸 감안하면, 튤립이 그동안 이렇게 자라나 꽃을 피웠다는 사실이 믿기지 않았다. 차오현은 시간 개념이 남다르기 때문일 터였다. 마음의 시간은 굳이 눈으로 확인할 필요가 없는 법이었다. 어쩐지 중 선생이 꽃이 피었다고 하더라니.

샤오위안은 감격하며 튤립 옆에 쭈그리고 앉았다. 이게 바로 학생들의 보답이라고 생각했다. 샤오위안이 학생들의 사고력을 키워준 건 아니지만 무엇보다 학생들을 무척 사랑했다. 학생들과 같이 있을 때면 늘 새로운 걸 발견했다. 튤립이 저녁 바람에 나부끼고 있었다. 꽃을 통해 몽롱한 세계가 보였다. 샤오위안은 더 이상 욕심부리지 않았다. 학생들의 세계로 당장 들어가려 했던 지나친 욕심을. 이제는 기다릴 수 있었다. 조금이라도 집착을 하면……. 중 선생 말이 맞았다. 조급하게 생각할 필요가 없었다. 모든 것이 좋아질 터였다. 이제 시작이었다.

몸을 일으킨 샤오위안은 문득 배가 고파져 만둣국을 먹으러 갔다.

"샤오위안 선생님, 누가 선생님에 대해 물어보던데요."

음식점 여주인이 생글생글 웃으며 말을 건넸다.

"누가요?"

"우리 아이의 은인인 닥터 류라는 의사 선생님이요."

"아, 제가 여기 온 거를 알고 계신대요?"

"의사 선생님이 샤오위안 선생님 전근에 큰 역할을 하셨더라고요. 우리 가게에서 교장 선생님과 그 일을 의논하시는 걸 들었어요. 샤오위안 선생님은 여기서 능력을 발휘해야 한다고 그러시더라고요. 모르셨어요?"

"전혀 몰랐어요."

"굉장히 훌륭한 의사 선생님이시네요. 근데 얼마나 외로우실까."

여주인이 한쪽 눈을 찡긋해 보였다.

샤오위안은 평소와 달리 얼굴이 빨개졌다. 입을 벌렸지만 말이 나오지 않았다.

음식점을 나와 조용한 뒷골목을 걸으며 닥터 류와 만날 날이 가까워졌다고 생각했다. 어쩐 일인지 크게 기대가 되지는 않았다. 다만 그 의미를 가만히 음미해봤다. 샤오위안은 자신의 침착함이 놀라웠다. 불과 석 달 만에 차오현 사람이 되어버린 걸까? 하지만 알고 보면 모든 것이 이토록 정상적일 수도 없었다. 샤오위안이 차오현으로 오지 않으면 어디를 가겠는가? 40여 년 동안 차오현을 향해 걸어오다 이제야 도착한 것일 뿐이었다. 닥터 류가 없었다면 다른 사람이 샤오위안을 차오현에 연결해주었으리라. 샤오위안은 닥터 류와의 만남을 다시금 떠올려봤지만 모든 장면이 흐릿했다. 배경은 온통 한밤중으로 바뀌어 있었고 얼굴도 얼룩덜룩해 보였다. 작은 건물에서 보냈던 열정적인 밤에 대한 그 어떤 기억도 거의 남아 있지 않았다. 진하게 나던 마른 약초 냄새 말고는. 주인공이 중선생으로 바뀌었다면 감각은 분명 훨씬 더 생생했겠지 하고 샤오위안은 상상했다. 닥터 류와 만나야 할지 망설여졌다. 이 작은 동네에서는 안 만나기가 더 어렵겠다고 스스로를 다독이며 말했다.

"샤오위안 선생님."

어둠 속에서 샤오위안을 부르는 소리가 들렸다.

뒤쫓아온 식당 여주인이었다.

"의사 선생님은 우리 아이 은인이에요."

식당 여주인이 숨을 가쁘게 몰아쉬며 말했다.

"알려주셔서 감사해요. 닥터 류는 그럴 만한 사람이에요."

"제가 감사하죠."

식당 여주인이 어둠 속으로 사라졌다.

샤오위안은 집으로 돌아왔다. 불을 켜자 창가에 놓여 있던 수선화가 한눈에 들어왔다. 꽃 세 송이가 마치 세 명의 아가씨 같았다. 샤오칭이 준 수선화였다. 정말 생각이 깊은 아이였다.

마침내 불을 끄고 자리에 누웠다. 어둠 속에서 수업을 준비하고 있는 샤오위안 자신의 모습이 보였다. 순간 머리 회전이 굉장히 빨라졌다. 전에 없던 학생들과의 교감이 상상 속의 수업 시간에 드디어 이루어진 것이었다……. 그러다 스르르 잠이 들었다. 아주 깊은 잠이었다. 큰 강으로 들어가 강바닥을 디디며 걷고 또 걸었다. 그때 누군가가 무언가를 물어봤다.

"오른쪽입니까, 왼쪽입니까? 결정은 하셨습니까?"

샤오위안은 이미 마음을 먹은 상태였다. 학생들의 세계로 들어가고 있다는 게 느껴졌다. 물살이 몹시 세서 똑바로 서 있기가 힘들었다. 절대 넘어지지 않으리라 다짐했다.

닥터 류는 마지막 환자의 왕진을 마치고 '끊어진 교량'이란 이름의 단골 음식점으로 들어갔다.

자리에 앉아 맞은편 벽에 걸려 있는 그림을 편안한 마음으로 바라봤다. 유리 액자 속에는 노란색 고양이가 한 마리 그려져 있었는데 눈빛이 울적해 보였다. 너무 자주 본 탓인지 고양이가 머릿속을 떠나지 않았다. 지난번에 만둣국 집에 갔을 때 여주인과 대화를 나눈 뒤로 닥터 류는 계속 기회를 엿보고 있었다. 무턱대고 샤오위안을 찾아가지는 않을 생각이었지만 기회가 가까이 있다는 건 알았다. 샤오위안이 차오현 제2중학교에 부임하고 나서야 닥터 류는 확실히 깨달았다. 자신이 사랑하는 사람은 단냥이 아닌 바로 샤오위안이라는 것을. 어쩌다 그렇게 돼버린 건지는 알 수 없었다. 샤오위안과 같이 있을 때만 가정을 꾸리는 상상을 할 수 있었다. 닥터 류는 샤오위안과 닮은 구석이 많지만 그만큼 다른 점도 많았다. 꺼져가던 욕정이 다시 불타올랐다. 샤오위안과 한시라도 같이 있고 싶었고, 새로운 형태의 가정을 꾸리는 상상까지 했다. 반은 독립적인 형태의 가정을.

닥터 류의 눈에서 빛이 났다. 마음 깊은 곳에서는 열정이 솟아올랐다. 액자 속 고양이가 난데없이 울음소리를 냈다. 어떻게 이런 일이 있을 수 있을까? 자리에서 일어나 고양이에게 다가갔다.

"의사 선생님, 고생하셨어요. 오늘은 날씨가 아주 좋네요."

음식점 여주인이 등 뒤에서 이렇게 말했다.

그러곤 테이블에 땅콩과 녹차, 샐러리 무침을 서둘러 올려놓았다.

"가게에서 고양이를 몇 마리 키우십니까?"

닥터 류가 물었다.

"세 마리요. 검은 고양이가 곧 새끼를 낳을 거고요."

"매우 쾌적한 곳이군요."

닥터 류가 싱긋 웃었다. 긴장이 풀리는 기분이었다.

밥도 기분 좋게 잘 넘어갔다. 밥을 먹는 동안 임신한 고양이가 줄곧 닥터 류의 구두 위에 엎드려 있었다. 조그만 동물 특유의 온기가 따스하게 전해져왔다. 닥터 류는 이에 감동하기도 하고 끝없이 상상의 나래를 펼치기도 했다. 고양이와 있다보니 샤오위안에 대한 생각이 한층 더 강렬해졌다. 어두운 밤 골목길에서 상대방과 마주보며 걸어가는 기분이었다. 발걸음 소리에만 전적으로 의지해 상대방이 어디쯤 있는지를 짐작하는 그런 밤에…….

음식점을 나서는데 라오구가 택시 옆에 서서 닥터 류를 향해 손을 흔들었다.

"의사 선생님, 요즘 고민 있으십니까? 어려운 일 있으시면, 조금이나마 도움이 되고 싶습니다."

라오구가 큰 목소리로 말했다.

"하하, 라오구 기사님, 어떻게 아셨습니까?"

"얼굴에 쓰여 있습니다. 해결책이 제 차 안에 있으니 차부터 타시죠."

닥터 류는 조수석에 앉았다. 뒷좌석에는, 얼굴이 수척하고 까무잡잡한 남자애가 앉아 있었다. 아이는 쥐를 한 마리 든 채로 눈물을 뚝뚝 흘렸다.

"라오구 기사님, 기다리는 사람이 있어서 진료소로 들어가봐야 합니다. 약상자도 갖다놓아야 하고요."

"괜찮습니다. 멀리 안 갈 거니까요. 저 아이 누군지 아시겠습니까?"

"제2중학교 학생 같은데요."

닥터 류는 고개를 돌려 남자애를 향해 웃어 보였다.

기차역에서 그리 멀지 않은 길가에서 키가 큰 위구르족 소년 둘이 기다리고 있었다. 그중 한 명은 나무 상자를 들고 있었다. 차 안에 있던 남자애가 뛰어나가 위구르족 소년에게 쥐를 건넸다. 소년은 조심스럽게 나무 상자를 닫았다. 세 아이는 함께 기차역으로 들어갔다.

"방금 차에 있던 아이는 선생님 여자친구의 학생입니다."

라오구가 알려줬다.

"요즘 차오현에서 쥐잡기 운동을 하고 있거든요. 그래서 저 아이는 애완동물로 기르던 쥐에게 허겁지겁 살길을 찾아주고 있는 겁니다."

"제 여자친구는 어떻게 아십니까?"

"모를 리가 없죠. 지난번에 차오현에 오셨을 때 같이 제 택시를 타지 않으셨습니까? 정말 미인이더군요. 여자친구분도 차오현을 분명히 좋아하실 겁니다. 저 아이는 애완동물과 헤어지기 싫은지 울고 있네요."

남자애가 두 손으로 얼굴을 가린 채 길가에 쭈그리고 앉아 있었다.

닥터 류는 마음의 충격이 몹시 컸다. 라오구가 "다 왔습니다"라고 말했을 때 비몽사몽간에 택시에서 내릴 정도였다. 진료소 문을 향해 가다가 열쇠를 땅에 떨어뜨리기까지 했다. 지나간 일이 갑자기 눈앞에 펼쳐졌다. 기억이 되살아난 것이다.

진료 대기실에는 예의 그 '침놓는 노인'이 앉아 있었다. 여기는 어떻게 들어온 걸까?

"하하, 의사 양반. 어제부터 들어와 있었는데 못 보셨나보네."

침놓는 노인이 당당하게 말을 꺼냈다.

"왜 그 미인은 데려오지 않았나?"

"어르신, 누구 말씀하시는 겁니까?"

"샤오위안 선생 말일세. 나랑 같이 하늘에서 모험을 했던."

"아, 그러셨군요. 그런데 조금…… 조금 무섭군요."

"무섭기는 뭐가 무섭다고 그러나? 샤오위안이 '내면에서 온 사람'이 아니란 말인가?"

위씨 노인이 작은 흰색 보따리를 들고 일어나며 근처 다른 현에 다녀오겠다고 했다. 닥터 류가 날이 벌써 어두워졌다고 했더니 노인은 그거 잘됐다면서 밤길을 걸으면 기분이 좋아진다고 대꾸했다.

노인은 휘파람을 불며 밖으로 나갔다. 닥터 류는 노인의 뒷모습을 보니 꿈을 꾸는 듯한 느낌이 들었다.

닥터 류는 침놓는 노인이 방금 왔다 간 진료 대기실로 들어갔다. 불안한 마음에 노인이 한 말을 곱씹어봤다. 그때 갑자기 뻐꾸기 울음소리가 들렸다. 창턱에 뻐꾸기 타이머가 놓여 있었다. 노인이 일부러 놓고 간 게 분명했다. 샤오위안이 노인에게 준 걸까? 닥터 류, 위씨 노인, 샤오위안 이렇게 셋은 서로 다른 지역에서 온 사람들인데 어째서 보이지 않는 선으로 연결된 걸까? 아마 노인이 말한 대로 샤오위안이 '내면에서 온 사람'이어서인 듯했다. 샤오위안은 전에는 그 사실을 알지 못했다. 일찌감치 그 문제를 연구하기 시작한 닥터 류와 달리 대개는 인생 후반부에 가서야 자신이 '내면에서 온 사람'이란 걸 차츰 깨닫는 경우가 많았다.

닥터 류는 타이머를 조심스레 서류함에 넣었다. 순간 온몸이 덜덜 떨렸다.

불을 끄고 어두운 진료실에 앉아 있는데도 몸이 계속 떨렸다.

얼마나 시간이 지났을까. 서류함에서 뻐꾸기 울음소리가 났다. 닥터 류는 몸을 한층 더 심하게 떨었다. 감기에 걸린 걸까? 어둠 속을 더듬어 약병을 꺼내고 아스피린을 한 알 먹었다. 시간이 좀더 지나자 마음이 서서히 안정되었다. 문득 쥐를 옮기던 남자애가 떠올랐다. 아이의 고통도 함께. 더욱 중요한 건 그 아이가 샤오위안의 학생이라는 것이었다.

"샤오위안, 샤오위안."

닥터 류는 침통하게 되뇌었다.

그때 누군가가 조심스레 문을 두드렸다.

문은 잠겨 있지 않았다. 문을 밀고 들어온 사람은 택시 기사 라오구였다.

닥터 류가 불을 켜며 말했다.

"라오구 기사님, 마침 잘 오셨습니다. 여쭤볼 게 있는데요. 왜 저는 가정을 일구지 못하는 걸까요?"

라오구가 웃음을 터뜨리더니 천천히 담배에 불을 붙이고 한 모금 빨아들였다.

"사랑 때문이지요. 그런데 이제는 가정을 꾸릴 기회가 곧 올 겁니다. 그 또한 사랑 때문일 테고요."

이런 말을 하는 라오구는 당황한 표정이었다.

"장담하실 수 있습니까?"

"그럼요. 지난번에도 샤오위안이 우리 차오현 여자라는 걸 알 수 있었거든요."

"기사님에 비하면 저는 맹인이나 마찬가지네요."

"애인이란 그런 것이지요. 저도 젊었을 때는…… 어서 샤오위안에게 가보세요. 학생들이 소나무 세 그루가 있는 곳에 모여 있습니다. 샤오위안도 그쪽으로 갈 것 같습니다."

닥터 류는 가로등이 고장 난 골목길을 황급히 걸어갔다. 밤길은 매우 고요했다. 제 발소리가 또렷하게 들릴 정도로. 다른 사람 발소리는 전혀 들리지 않았다. 샤오위안이 이쪽으로 오지 않고 있다는 것이 확실해졌다. 긴 골목길을 걸어가다보니 쭉 늘어선 단층집이 보였다. 저수지가 있던 자리였다. 그곳을 돌아 나가는데 누군가 닥터 류를 스쳐 지나갔다. 택시 안에 있던 남자애 같았다.

닥터 류는 호흡이 가빠지고 땀이 났다.

소나무 세 그루에는 초롱이 두 개 걸려 있고 나무 밑에는 아이 일곱 명이 서 있었다. 닥터 류는 발걸음을 멈추고 어둠 속으로 몸을 숨겼다. 여자애의 낭랑한 목소리가 울렸다.

"샤오위안 선생님이 오늘 밤에 고비사막 구경시켜주기로 하셨어. 내가 선생님 꽃밭 가꾸는 데 많은 도움이 됐다고 하시면서."

파초나무 이파리 너머로 보이던 아이 일곱 명이 온데간데없이 사라졌다. 초롱이 걸려 있던 자리는 칠흑같이 어두워져 있었다. 옆에 있던 저수지에서만 빛이 반사되어 올라왔다.

닥터 류는 자리를 떠야 할지 망설였다. 그 순간 무슨 소리가 났다. 연한 색 옷을 입은 여자애가 저수지를 따라 걸어오는 소리였다. 회충을 없애러 진료소에 오던 여자애라는 걸 단층집에서 새어 나오는 빛에 비춰 알 수 있었다. 늦은 시간에 아이 혼자 이런 데 있으면 위험하지 않을까? 근처에 사는 걸까? 닥터 류는 여자애에게 걸어가 다정하게 말을 건넸다.

"귀염둥이, 어디 가니?"

"집에 가요. 데려다주시게요? 그럼 따라오세요."

여자애가 우렁찬 목소리로 말했다.

귀염둥이는 걸음이 빨랐다. 눈은 꼭 고양이 눈 같았다. 어둠을 전혀 무서워하지 않는 아이였다. 닥터 류는 아이를 어기적어기적 따라갔다. 정신을 집중해야 겨우 따라잡을 수 있었다.

파초나무를 통과해 한층 더 **빽빽한** 작은 전나무 숲으로 들어갔다. 이제는 거의 길이 나 있지 않았다. 닥터 류는 교외 지리를 잘 몰랐다. 저 아이는 정말 집으로 돌아가고 있는 걸까? 미심쩍은 생각이 들어 물었다.

"집이 숲 안에 있니?"

"아니요. 여기 바로 앞에 있어요."

"요즘에도 회충 때문에 힘드니?"

"아니요. 회충은 말을 잘 듣거든요. 오히려 엄마 때문에 힘들어서 자꾸 도망치고 싶어져요."

전나무 숲을 빠져나오기가 쉽지 않았다. 닥터 류는 얼굴이 전나무 이파리에 찔려 피가 났다. 귀염둥이가 걸음을 멈췄다. 두 사람은 광활한 황무지, 잡초밖에 없는 곳에 서 있었다. 주변에는 집 한 채 보이지 않았다.

"귀염둥이야, 어쩌다 이런 데 와서 놀게 된 거니?"

닥터 류가 물었다.

"여기가 좋아서요. 여우도 있고요. 우리 엄마도 이 근처에 계셔서 손뼉만 치면 엄마가 이쪽으로 오시거든요. 집에 있으면 안 될 때마다 여기 와 있곤 해요."

"선생님이 집까지 바래다줄게."

닥터 류가 걱정스러운 눈초리로 말했다.

"안 돼요. 안 된다고요."

귀염둥이는 발을 동동 구르며 소리쳤다.

갑자기 귀염둥이가 쏜살같이 달려가더니 쑥더미 안으로 사라졌다.

닥터 류가 뒤를 쫓았다. 여자애 혼자 황무지에 내버려둘 수는 없는 노릇이었다. 아이의 목소리가 더 이상 들리지 않았다. 분명히 쑥더미 안에 있을 터였다.

땅바닥에 쭈그려 앉자 땅속에서 별의별 소리가 한꺼번에 터져나왔다. 굉장히 어수선한 소리였다. 지렁이가 땅을 파고 들어가는 소리까지 들렸다. 그렇다고 비가 내리는 것도 아니었다. 닥터 류는 줄곧 자신에게 행운을 가져다주는 곳은 차오산이라고 여겨왔다. 그런데 이제 보니 땅속이 산속보다 훨씬 더 분주했던 것이다. 왜일까? 진흙이나 조그만 동식물이 사람과 너무 가까이 있어서일까? 그런 것들이 사람과 조화로운 관계를 이루려고 무척 고생을 하고 있었다. 산 위에 있는 은밀한 동굴을 찾아가 엿보지 않았다면 청목향이 오랫동안 대를 이어왔을까? 무언가가 땅속에서 뚫고 나와 닥터 류가 서 있는 잡목숲 옆에 자리를 잡았다.

몸집이 고양이만 한 쥐가 진흙을 파고 나온 것이었다. 순간 닥터 류는 주변이 밝아지는 걸 느꼈다. 달빛 때문이었다. 진회색 털로 덮인 쥐는 닥터 류를 전혀 무서워하지 않았다. 쥐의 눈빛이 반짝거리기까지 했다. 확실히 보통 눈빛은 아니었다. 주변이 굉장히 소란스러워졌다. 급변을 예고하는 징조가 나타난 듯했다. 그래서 쥐가 뛰쳐나온 걸까?

"귀염둥이야, 귀염둥이!"

닥터 류가 다급한 어조로 귀염둥이를 불렀다.

닥터 류는 제 목소리가 주변의 소란스러움에 묻힌 것이 좀 이상했다. 다른 세계에서 들려온, 불협화음 같은 소음이었다. 부끄러운 마음이 들어 침묵했다.

쥐가 닥터 류를 쳐다보고 있었다. 분명히 닥터 류를 탐색하고 있는 것일 터였다. 닥터 류는 귀염둥이가 쥐와 같이 있다는 걸 단번에 깨달았다. 여자애에게는 여기가 가장 안전한 곳이었다. 침입자는 닥터 류밖에 없었다. 귀염둥이의 목소리가 울리기 시작했다. 전에 들어본 목소리였다.

"우리 선생님은 잠을 잘 못 주무셔서 들판을 서성거리고 있는 거예요. 선생님이 혼자 외롭지 않게 제가 여기 있는 거고요. 선생님은 아직 여기 생활에 적응을 못 하신 것 같아요."

귀염둥이가 입을 열자 시끄러운 소리가 가라앉았다. 귀염둥이의 모습은 보이지 않고 목소리만 들렸다. 목소리로만 판단해보면 오른쪽 민망초 뒤에 있을 것이 분명했다.

"넌 이름이 뭐니?"

닥터 류가 두 손으로 손나팔을 만들며 소리쳤다.

"샤오칭이에요. 저는 의사 선생님 알아요. 다른 사람들한테는 말하지 않을게요. 우리 열다섯 명이 지금 여기 들판에 있어요. 샤오위안 선생님까지 합하면 열여섯 명이고요. '고비사막의 지형에 대하여'라는 주제를 놓고 토론하고 있었어요. 저도 이제 발표하러 가야 돼서 더 이상 다른 얘기는 못 해요…… 샤오위안 선생님, 샤오위안 선생님……."

샤오칭의 목소리가 점점 멀어졌다. 있는 힘껏 쫓아갔지만 따라잡을 수 없었다. 닥터 류는 이러다 정신이 나갈 것 같아 끝내 발걸음을 멈췄다. 주변이 또 한바탕 소란스러워졌다. 땅속으로부터 각종 동물 소리가 들렸지만 사람은 보이지 않았다. 닥터 류는 혼잣말을 했다.

"샤오위안 선생이 지리 수업 시간에 토론을 하고 있나보군."

순간 샤오위안에게 깊은 존경심이 우러났다. 이런 곳에서 토론을 하다니 얼마다 대단한 에너지를 가진 사람인가. 학생들도 샤오위안을 몹시 좋아했다. 닥터 류는 눈앞에 미지의 세계가 열린 느낌이 들었다. 샤오위안의 세계였기에 닥터 류는 아는 게 별로 없었다. 닥터 류 눈에는 아무것도 보이지 않는 것 아닐까? 하지만 샤오위안과 학생들에게는 분명히 닥터 류가 보였으리라.

"샤오위안."

닥터 류가 참다못해 소리를 질렀다. 순간적으로 머리털이 쭈뼛섰다.

"쉿, 조용히 하세요."

남자애의 목소리였다. 아이는 왼쪽 잡목숲 안에 있었다.

"여기 오셨으니까 침묵하셔야 해요. 누구신지 모르겠지만 여기서는 누구든 막 소리를 질러선 안 돼요. 땅 위에서 수업하는 거라 우리 선생님이 지형에 대해 설명해주고 계세요. 지형 구조에 대해서요. 이해되세요?"

닥터 류는 도통 이해가 되질 않았다. 하지만 조그만 동물이 땅속에서 힘껏 땅을 파는 소리는 또렷이 들을 수 있었다. 조그만 동물들이 내는 소리는 각기 달랐다. 어떤 동물은 어느새 땅 표면까지 파고 올라왔는지 잡초가 달빛 아래서 연신 흔들거렸다. 분위기가 음산했다.

"여기를 떠나시는 게 좋을 거예요. 훈련을 안 받은 사람은 우리 수업을 들어도 이해하기 힘들 테니까요."

남자애가 말을 이었다.

닥터 류는 가슴이 서늘해졌다. 본인이 귀염둥이에게조차 도움이 되지 않는다는 사실을 깨달았다. 이해할 수 없는 일들이 벌어지고 있었다. 원래 샤오위안을 찾으러 온 거였는데 뭘 찾아낸 걸까?

닥터 류는 샤오위안이 있는 곳을 떠나고 싶지 않았다. 주변 땅이 한층 더 심하게 들썩거렸다. 무슨 소리지? 끝내는 도망치고 싶은 마음이 들어 반대 방향으로 뛰어갔다. 왜 이리 귀염둥이처럼 날렵하지 못한 걸까? 어서 도망치고 싶었지만 뛰기는커녕 걷는 것조차 힘들었다. 자꾸 무언가에 걸려 넘어졌다. 돌덩어리 아니면 조그만 동물이었다. 닥터 류는 얼굴이 땀투성이가 된 채로 제자리만 맴돌고 있었다. 아까 그 소리가 갈수록 바싹 다가왔다. 도통 정체를 알 수 없는 소리였지만 동시에 적나라한 신호 같기도 했다. 무슨 소리인지 알아들은 것 같기도 하고 아무것도 못 알아들은 것 같기도 했다. 하지만 소리가 땅속에서 난다는 것만은 확실했다. 결국 도망치는 걸 포기하고 바닥에 철퍼덕 주저앉았다. 그런데 앉은 곳이 하필이면 누군가의 머리 위였다. 순간 그 사람이 아프다고 소리를 질렀다.

"의사 선생, 환자 라오린이오."

닥터 류의 마음속에 따뜻한 기운이 번졌다. 드디어 아는 사람을 만난 것이었다. 하지만 아무리 더듬어봐도 돌덩이만 만져졌다. 돌덩이를 다리 쪽으로 옮겨왔다. 신기하게도 별로 당황스럽지는 않았다. 될대로 되라지, 라는 마음으로 조금 편하게 자리를 잡았다. 문득 오래전 일이 기억났다. 샤오위안과 재회하는 장면을 끊임없이 상상했다. 얼마 전 닥터 류 자신이 나서서 샤오위안이 차오현에 올 수 있도록 도와주었다. 차오현 제2중학교 교장을 찾아가서 부탁했기에 가능한 일이었다. 교장은 닥터 류의 환자였다. 닥터 류는 샤오위안이 차오현에 온다는 이야기를 우연히 듣고는 교장을 찾아갔던 것이다. 하지만 닥터 류가 '우연히 들은' 것이 아니라 샤오위안이 이 모든 일을 조종한 것이었다는 사실을 누가 알았겠는가. 샤오위안이 온다는 말을 전한 이는 닥터 류가 모르는 사람이었다. 학교 선생이라는 사실만 알았다. 침놓는 노인조차 샤오위안이 '내면에서 온 사람'이라고 했다. 닥터 류는 샤오위안이 어떤 사람인지 모르겠다는 생각이 들었다. 세상에는 평생을 노력해도 이해할 수 없는 사람들이 있다는 걸 일찌감치 알았다. 이를테면 침놓는 노인이 그런데 이제는 샤오위안도 그런 유에 속했다. 하지만 이는 샤오위안의 매력을 흔들어놓지 못했다. 닥터 류는 샤오위안을 파악하기 힘들수록 샤오위안에게 더 빠져들었다. 이런 밤에, 떠들썩한 황무지에서, 샤오위안의 지리 수업 토론이 열리다니, 대체 어떻게 된 일일까? 닥터 류는 머릿속에 '첨예하게 대립하다'라는 뜻의 사자성어가 떠올랐다. 여기서는 동식물이 땅 위에 사는 동네 사람들과 첨예하게 대립했다. 땅속에서 우르르 쾅쾅대던 특이한 소리에 담긴 의미를 드디어 깨달았다. 눈물이 왈칵 쏟아졌다. 닥터 류는 지금껏 샤오위안과 같이 있었던 거란 걸 알아차렸다. 수도로 가는 기차에서 마주친 사건은 하나의 서막에 불과했다. 그 순간부터 거대한 미궁 속으로 빠진 것이었다. 닥터 류는 수수께끼 같은 본질의 답은 이처럼 곡선으로 서서히 드러난다고 여겼다.

"눈이요, 의사 선생님 눈이요!"

귀염둥이가 귀가 찢어져라 소리를 질렀다.

근처에 있는 귀염둥이가 닥터 류 눈에는 보이지 않았다. 귀염둥이가 왜 닥터 류의 눈에 신경을 쓴 건지 궁금했다. 이 아이가 도마뱀의 눈에 관한 노래를 부른 적이 있다는 걸 닥터 류는 아직 기억하고 있었다. 눈을 깜박이며 하늘을 바라봤다. 시야가 흐릿했다. 안구에 막이 한 겹 드리운 듯한 느낌이었다. 어차피 밤이어서 잘 보이지 않는 걸 거라고 생각했다.

학생들과 샤오위안 모두 같은 공간에 있었지만 닥터 류와 같은 차원에 있는 건 아니었다. 이들은 땅속 동식물이 시끄러운 소리를 내는 와중에 고비사막의 지형에 관해 토론하고 있었다. 얼마나 기묘한 일인가. 지난번 수도에 갈 때 탔던 기차도 지구 중심에 있는 터널을 지나간 걸까? 어쩐지 샤오위안이 그토록 많은 타이머를 가지고 다니더라니. 그런데 지금 이들은 차오현에서……. 닥터 류는 한 여자를 이처럼 쫓아다녀본 적이 없었다. 얼마 전까지만 해도 닥터 류는 풀이 죽어 있지 않았던가? 대체 어떻게 된 일일까?

눈을 비비니, 여전히 격렬하게 흔들리고 있는 잡목숲이 보였다. 뿌리 부분에서 움직이고 있는 동물도 있었다. 우르르 쾅쾅대는 특이한 소리도 계속되었다. 닥터 류는 자신이 그 소리를 마주할 수 있을 거라고 여겼다. 오른손으로 땅을 어루만져보니 온기가 느껴졌다. 그동안 얼마나 샤오위안의 목소리를 듣고 싶었던가. 샤오위안의 목소리가 바뀐 것이 틀림없었다. 같이 있는데도 서로의 목소리를 들을 수 없었다.

닥터 류는 잠이 안 왔는데도 눕자마자 잠들어버렸다.

잠이 깼을 때는 이른 아침이었다. 라오구가 택시를 몰고 왔다.

"그렇죠. 잘하셨습니다, 잘하셨어요. 얼른 타세요."

라오구가 말했다.

차에 오른 닥터 류는 깊은 수심에 잠겼다.

"연애 공부는 새롭게 시작하셨습니까?"

라오구가 물었다.

"네. 제가 좀더 용기를 내면 좋을 것 같습니다. 지금 어디로 가시는 거죠? 오늘 일이 많아서 서둘러 가봐야 하거든요."

택시는 아랑곳하지 않고 쉴 새 없이 황무지를 달렸다.

서쪽에서 걸어오는 사람들이 보였다. 서서히 윤곽이 뚜렷해졌다. 방금 그 남자애는 애완용 쥐를 주고 간, 샤오위안의 학생 아니었던가? 아이는 걱정이 이만저만이 아닌 듯했다. 그때 샤오위안이 보였다. 닥터 류는 심장이 쿵쾅거렸다. 창밖으로 머리를 내밀고 샤오위안을 향해 손을 흔들었다. 택시를 세우라고 했지만 라오구는 못 들었는지 멈추지 않았다. 샤오위안도 닥터 류를 봤다. 샤오위안은 왜 넋이 나간 표정을 짓고 있는 걸까? 지친 기색이 역력하고 얼굴의 주름도 도드라져 보였다. 샤오위안이 한쪽 손을 드는가 싶더니 도로 내려버렸다. 택시가 순간적으로 샤오위안 쪽으로 향했다. 닥터 류가 뒷좌석 창문으로 쳐다봤지만 학생들만 보일 뿐 샤오위안은 이미 사라지고 없었다.

"라오구 기사님, 여기서 내리겠습니다."

"이미 늦었어요. 샤오위안은 이제 여기 없습니다."

라오구의 얼굴에 웃음기가 가득했다.

"어떻게 된 거죠?"

"일이란 게 늘 그렇습니다. 점차 적응하고 계시지 않았나요?"

닥터 류는 침묵했다. 사실 택시에서 내려야 할지도 결정 못 한 상태였다. 샤오위안이 다른 세계 사람이 된 듯 저 멀리 떠나버렸다는 걸 느낄 수 있었다. 닥터 류가 아는 그 샤오위안이 아닌 걸까? 닥터 류는 샤오위안을 얼마나 잘 알고 있는 걸까? 눈앞에 타이머가 어른거렸다. 울음이 터져나오려 했지만 이내 마음을 다잡았다.

"얼마나 아름다운 일입니까? 댁에 다 왔습니다."

라오구가 말했다.

닥터 류는 본인이 좋아하는 일상적이고도 바쁜 생활로 다시 돌아왔다.

어느 날, 또 한 번 귀염둥이의 회충을 없애주었다. 귀염둥이의 어머니가 말했다.

"의사 선생님, 우리 귀염둥이와 선생님이 전생에 어떤 인연이었는지 궁금하네요. 여기만 오면 집에 온 느낌이라고 하더라고요."

"쉿, 그런 말 하지 마십시오. 댁의 따님은 야심이 보통이 아니니 앞으로 잘 지켜보시길 바랍니다."

귀염둥이는 까맣고 반짝거리는 눈으로 닥터 류를 빤히 쳐다봤다. 닥터 류는 문득 귀염둥이와 자신만의 비밀이 기억났다. 귀염둥이가 질책하는 표정을 지었다. 당황한 닥터 류는 시선을 떨구었다. 이 아이가 날 안내해주는 사람이구나, 어쩌면 연락책일지도 모르겠다고 생각했다. 귀염둥이는 그날 밤 있었던 일을 다른 사람에게 털어놓지 않았을 터였다. 닥터 류는 다시 황무지로 돌아가고 싶었지만 그런 일은 우연히 일어날 수는 있어도, 일어나기를 바란다고 되는 게 아님을 어렴풋이 깨달았다. 귀염둥이가 앞으로도 진료를 받으러 온다면 그쪽과 연락이 끊기지 않을 것이라고 스스로를 위안했다.

닥터 류는 귀염둥이 모녀를 배웅하다가 오래전 있었던 일이 불쑥 떠올랐다.

"의사 선생, 인생의 마지막 날을 어떻게 보낼지 미리 계획해두고 싶네. 혹시 좋은 의견 있나?"

이 말을 꺼낸 사람은 세무서 건물 수위인 허씨 노인이었다. 노인이 의미심장하게 닥터 류를 쳐다봤다. 의견을 묻는 게 아니라 시험해보는 것 같았다.

"모든 일을 이번 생의 마지막이라 생각하시면 될 것 같은데요. 그럼 분명히 하는 일마다 잘될 거라고 생각합니다. 무슨 계획을 세우셔야 하는지는 잘 모르겠습니다."

"참으로 값진 의견이구먼. 역시 의사 선생답단 말이야. 하하."

허씨 노인이 자리를 뜨며 악수를 청했다. 닥터 류는 방금 한 말을 되풀이했다.

"잘 모르겠습니다."

닥터 류의 생각이 다시 현재 시점으로 돌아왔다. 당시 경거망동한 자신이 싫었다.

청소부가 청소를 하고 있고 환자들은 모두 가버렸다. 어느새 해질녘이 되었지만 밖은 아직 환했다. 닥터 류가 하루 중 가장 좋아하는 시간대였다. 뭔가 감동적인 일이 일어날 것 같다고 주변 분위기가 암시하는 듯하기 때문이다. 물론 대개는 아무 일도 일어나지 않았다. 하지만 지금 눈앞에 있는 지붕 밑 처마에는 얼마나 다정한 표정이 깃들어 있는가. 그리 오래되지 않은 집이고 벽돌담도 보통 수준이었지만 처마만큼은 닥터 류에게 굉장히 특이한 표정으로 다가왔다. 그게 바로 차오현 사람들이 그리는 진정한 의미의 집 아닐까? 닥터 류는 허씨 노인의 말이 다시 한번 떠올라 저도 모르게 이런 말이 튀어나왔다.

"아마 나도 어느 정도는 알고 있을 거야."

샤오위안에게 황무지의 밤은 차마 떠올리기 힘든 기억이 되었다. 황무지에 갓 도착한 처음에는 모든 게 더없이 좋았다. 전에는 상상도 못 했던 지리 수업이 돌연 진행된 것이었다. 별이 총총한 밤, 샤오위안은 학생들과 함께 지층의 깊은 곳까지 뚫고 들어갔다. 어둠 속을 한 바퀴 둘러보고 다시 땅 위로 올라왔다. 한낱 비유에 불과했지만 토론은 정말 그런 식으로 이뤄졌다. 발밑에 있는 땅과 교감한 것에 모두가 감격했다. 샤오위안은 고비사막의 뜨거운 햇빛이 등 뒤에서 천천히 이동하는 것도 느낄 수 있었다. 들판에서 소란스러운 소리가 나는데도 소년들은 개의치 않고 발표를 했다. 목소리는 파도처럼 출렁거렸지만 샤오위안은 아이들 각자의 목소리를 알아들을 수 있었다.

샤오위안은 학생들이 보이지는 않았지만 주위에 있다는 걸 알았다. 이 토론이 계속 진행되었으면 싶었다. 숨 막힐 정도로 긴장된 상태에서 이상한 주제에 대해 강의를 했다. 하지만 해당 수업 범위에 들어가는 내용도 아니었고, 즉흥적로 생각해낸 상상 속 이야기에 불과했다. 샤오위안이 입을 열어 이야기를 꺼내자마자 사방이 불현듯 조용해졌다. 발치에 있던 늙은 귀뚜라미도 울음소리를 내지 않았다. 얼마나 시간이 지났을까. 샤오위안의 목소리만 남아 있었다. 샤오위안은 살짝 놀랐지만 짐짓 침착한 척하며 이야기를 끝까지 마쳤다. 그 순간 학생 세 명이 잡목숲 뒤에서 뛰어나와 샤오위안을 껴안았다. 시큼한 땀냄새가 났다. '쾅' 소리와 함께 조그만 동물들이 할퀴고 긁고 파느라 주변이 또 소란스러워졌다. 한마음 한뜻으로 땅 위로 올라와 무슨 일이 있나 알아보려는 모양이었다.

날이 밝아올 무렵 샤오위안은 닥터 류를 봤다. 택시 창문으로 고개를 내민 사람은 닥터 류가 틀림없었다. 약간 나이가 들어 보였다. 닥터 류는 왜 그리 침착한 걸까? 손을 반쯤 들었다가 도로 내려놓은 닥터 류는 샤오위안에게 인사를 해야 할지 망설이는 듯했다. 닥터 류의 차가운 눈초리에 샤오위안은 소름이 돋았다. 택시가 조금도 머뭇거리지 않고 휑하니 지나가버렸다. 샤오위안은 배가 칼에 찔린 듯 허리를 수그렸다.

시간이 얼마나 흘렀을까. 겨우 정신이 든 샤오위안은 홀로 황무지에 남겨진 게 이상했다. 하지만 이내 오솔길이 눈에 들어왔다. 중 선생과 함께 걸었던 길 아니던가? 이 근처에 중 선생 집이 있었다. 길가 꽃들이 지난번보다 더 활짝 피어 있었다. 대부분 국화였다.

"아, 오셨습니까. 오늘은 이렇게 아름다운 하루를 시작하는군요."

중 선생이 말했다.

"중 선생님, 얼굴이 온통 먼지투성이인 것 같네요?"

"아닙니다, 전혀요. 왜 그렇게 생각하셨어요? 샤오위안 선생님은 아주 좋아 보입니다. 기운도 넘쳐 보이고요. 갖고 싶은 걸 손에 넣으셨나보군요. 차오현에서는 뭐든 원하는 대로 할 수 있지요."

"그렇게 말씀하시니까 힘이 나네요. 중 선생님은 늘 다른 사람에게 힘을 북돋워주시잖아요. 그래서 저도 중 선생님 같은 분을 사랑하게 된 거겠지만요."

"제 말을 믿어보십시오. 샤오위안 선생님은 지금이 가장 좋은 시기입니다."

중 선생이 앉으라며 의자를 꺼내주고 꽃차를 내왔다.

"밤에 아이들이 전부 왔나요?"

중 선생이 샤오위안의 눈을 쳐다보며 물었다.

"네. 중 선생님 말이 맞았어요. 아이들은 다 자기 선생님을 사랑하더군요. 정말 말로는 표현하기 힘든 교감이었어요. 저는 그런 행복을 누릴 자격이 없다는 생각까지 했어요."

"당연히 그럴 자격 있으신 분입니다."

중 선생이 웃으며 말을 이었다.

"그런데 무슨 걱정이 있으신 것 같군요. 방금 제가 차오현에서는 뭐든 원하는 대로 할 수 있다고 말씀드렸죠. 확실하게 체득만 한다면 가능하다는 얘기였습니다."

"그럼 제가 원하는 걸 이미 얻었단 말씀인가요?"

"거의 그렇다고 볼 수 있습니다."

샤오위안은 머릿속이 문득 환해지면서 중 선생은 마음이 참 수정 같은 사람이라고 생각했다. 꽃차를 마시니 고향 생각이 나 울적했다. 하늘은 몹시도 파랬다. 웨이보와 아들 둘, 그리고 같이 일하던 동료 생각이 났다. 아주 멀리 떨어져 있는 사람들이었다. 동백꽃 아가씨는 요즘도 무대에 올라 공연을 할까?

"중 선생님, 선생님이 타주신 꽃차가 마술을 부리나봐요."

"네. 마음을 다해 우린 차여서 그런가봅니다."

"중 선생님은 제가 포기하면 안 된다고 생각하시나요?"

"그럼요. 샤오위안 선생님은 포기하지 않으실 겁니다. 어떻게 그럴 수 있겠습니까?"

중 선생이 미소를 지으며 짙푸른 하늘로 시선을 옮겼다.

"감사해요, 중 선생님."

"바래다드리겠습니다. 무척 평온한 아침이군요."

샤오위안은 중 선생을 감상하듯 바라보며 대화를 했다. 산이 무너지고 땅이 갈라지는 상황을 겪고 난 뒤 어느덧 아름다운 작은 만에 와 있었던 것이다. 방금 중 선생이 샤오위안은 에너지가 가득 차 있다고 했다. 아니나 다를까, 자신도 그런 느낌이 들었다. 길가에 있던 야생식물도 모두 성장의 고통과 환희를 감동적으로 표현하지 않았던가?

"양봉 일은 곧 시작하실 건가요?"

샤오위안이 물었다.

"네, 이제 바빠질 것 같습니다. 양봉하는 친구가 이쪽으로 이사 오는 중입니다. 일주일 정도 있으면 도착할 겁니다."

"그런 우연이 다 있다니요?"

샤오위안이 깜짝 놀라 물었다.

"물론 우연은 아닙니다. 차오현에서는 샤오위안 선생님께서 간절히 바라시는 일을 이룰 수 있습니다. 저도 마찬가지고요."

샤오위안은 무성하게 자란 다양한 품종의 야생꽃들을 눈여겨봤다. 서로 앞다투어 꽃을 피워낸 것만 같았다. 지금껏 이토록 많은 야생꽃을 본 적은 없었다. 두꺼운 꽃잎이 오솔길을 모두 덮어버릴 정도였다. 샤오위안은 어쩔 수 없이 꽃잎을 발로 밟고 지나갔다.

큰길가에 들어서서 뒤를 돌아봤다. 중 선생이 어쩔 줄 몰라 하며 꽃나무 아래 서 있었다. 그때 산비둘기 무리가 중 선생 위쪽으로 날아올랐다.

샤오위안의 발걸음이 한결 가벼워졌다. 이른 아침이라 길가에 다른 사람은 한 명도 없었다. 이런 아침을 중 선생 같은 사람과 함께 있다고 생각하니 감사한 마음이 들었다.

집에 돌아와보니 뤄가 집 앞 돌계단에 앉아 있었다. 뤄는 시름에 젖어 고개를 수그리고 있느라 샤오위안이 돌아온 걸 몰랐다.

"샤오뤄, 무슨 생각 하고 있니?"

"선생님을 돕고 싶어요. 그 남자분과 같은 차를 탔는데, 마음속에 검은 구멍이 생겼다면서 불안해하셨어요. 어젯밤에 황무지에서도 그분을 봤고요."

"어떻게 도울 생각인데?"

"아마 돕지는 못할 거예요. 그분이 샤오위안 선생님을 계속 찾고 계시는 거 같아서 말씀드리는 것뿐이에요."

"고맙다. 아주 감동적이구나."

뤄가 돌아가자 샤오위안은 현관문을 닫았다. 샤워를 하고 잠을 푹 잘 생각이었다.

자기 전에 커튼을 치고 휴대폰도 껐다.

불현듯 잠에서 깼다. 어둠 속에 누가 서 있었다. 이 남자는 여길 어떻게 들어온 걸까?

그 답을 찾기도 전에 남자가 침대 안으로 들어왔다.

아, 너무 좋다. 원래 상상했던 것보다 더 좋구나.

"여긴 어떻게 들어온 거죠?"

"그게 뭐 어렵겠습니까? 황무지는 도처가 다 통로인데."

"우리 집에서 같이 살래요? 지금은 아니어도 언젠가는?"

"모르겠습니다. 늘 무언가가 두렵습니다. 어젯밤만 해도 당신의 세계로부터 차단당했습니다. 제가 계속 노력을 해야겠죠. 아직 준비가 제대로 되지 않았으니까."

"노력해보세요. 제가 가르치는 학생이 새로운 품종의 화초를 몇 개 줘서 창문 밑에 심었어요. 꽃들이 글쎄, 안 볼 때만 피지 뭐예요. 차오현에 온 뒤로 꽃에 관심을 갖게 되었거든요. 선생님 환자 중에 화훼 농업을 하는 사람이 있나요?"

"제 환자들은 대부분 화훼 농업을 하고 있습니다."

닥터 류가 옷을 입으며 뿌듯하게 대답했다. 이어서 한마디 덧붙였다.

"샤오위안, 여길 떠나기 싫은가보군요. 그래도 괜찮습니다. 어차 피 우리 둘이 같은 동네에 있는 거니까요. 요즘 매일 아침 하늘이 반짝반짝 빛난다는 생각이 들곤 합니다. 샤오위안 집이 남쪽에 있 어서 길을 두 번만 건너면 올 수 있지 않습니까."

닥터 류는 기척도 없이 자취를 감춰버렸다. 방금 들어올 때처럼.

샤오위안은 현관문을 바라보며 히죽히죽 웃다가 다시 잠이 들었 다.

저녁때가 되어서야 잠이 깼다.

샤오위안의 학생이 문밖에서 가만히 샤오위안을 불렀다.

"샤오위안 선생님, 샤오위안 선생님!"

샤오위안이 사는 단층집이 어느새 꽃으로 에워싸여 있었다. 창 문 밑에 심어놓은 건 담쟁이넝쿨의 일종이었는데 학생들이 준 품 종이었다. 세찬 비가 몇 차례 내린 뒤로 담쟁이덩굴은 빠른 속도로 지붕까지 타고 올라갔다. 지붕 위에는 거대한 금빛 나팔꽃이 피어 있었다. 한 송이 한 송이가 비현실적으로 컸다. 국그릇만 했다. 꽃 에서 나는 은은한 향기를 맡으니 소녀 시절이 생각났다.

"샤오칭, 너희가 갖다준 꽃은 무슨 꽃이니?"

샤오위안이 물었다.

"모르겠어요. 꽃들은 정말 재미있어요. 선생님, 외출하시면 꽃들이 그리우세요?"

"아, 그런 생각은 해본 적이 없는데."

"꽃들이 이렇게 활짝 폈잖아요. 꽃들이 두리번거리는 걸 제가 멀찌감치서 지켜봤어요. 분명히 무슨 일이 일어날 거예요. 좋은 일이요. 미리 축하해드릴게요."

"무슨 일인데 그러니?"

"저도 잘 모르겠어요."

샤오위안은 샤오칭이 떠나고 한참이 지나도록 옥상에 새로 생긴 식구를 응시하고 있었다. 어디선가 본 적이 있는 꽃들 같았다. 아, 생각났다. 동백 아가씨를 보러 수도에 있는 요양원에 갔을 때였다. 나팔꽃과, 병든 나무에 얽혀 있는 다른 꽃이 있었다. 이 두 종류의 식물이 한데 얽혀 있는 건 별로 잘 이울리지 않는다고 생각했다. 이 꽃들과 차오현에서 재회하리라고는 생각도 못 했다. 정신이 혼미해졌다. 순간 자신이 그 시절에 얼마나 불안했는지, 자신에 대해 얼마나 아는 게 없었는지가 기억났다. 동백 아가씨의 노랫소리가 몸 안에 있던 어떤 의지를 불러일으켰다고 할 만했다. 그때는 노랫소리가 왜 그렇게 이상하게 들리고 귀에 거슬렸던 걸까? 양로원은 정말이지 이해하기 힘든 곳이었다. 풍경은 이상할 정도로 차가웠고 사람 얼굴조차 잿빛이었다. 뜰도 적막하고 쓸쓸해 보였다. 양로원에서는 어떤 물체가 쉴 틈도 주지 않고 사람의 집중력을 빨아들인다는 느낌이 들었다. 양로원에 있는 이들에게는 굴복 외에 다른 출구가 없을 터였다.

샤오위안은 문득 기억 속에서 같은 종류의 화초를 찾아냈다. 고

무적인 일이었다. 이게 바로 샤오칭이 말한 좋은 일 같았다. 그 꽃을 발견해내고는 뛸 듯이 기뻤다. 처음부터 동백 아가씨는 노래를 부르며 샤오위안에게 힘을 북돋워주었다. 하지만 샤오위안은 덜 성숙했던 터라 영혼까지 파고드는 노래를 제대로 알아듣지 못했다. 모든 것이 때가 되어 이제는 샤오위안도 이해할 수 있게 된 것 아닐까? 방에서 전화벨이 울렸다.

"샤오위안, 꽃이 다 피었습니까?"

닥터 류였다.

"어떻게, 어떻게 아셨어요?"

샤오위안이 목멘 소리로 되물었다.

"제가 심은 꽃이거든요."

"그러셨구나. 정말 감쪽같이 심으셨네요. 그럼 무슨 꽃인지도 아시나요? 저기요, 듣고 있어요?"

"모르겠습니다. 여기서는 그 일을 사전에는 알 수 없는 법이죠. 잘 지내세요, 샤오위안."

"네, 잘 가요."

창문 너머로 차오산이 보였다. 꼭 샤오위안을 위해 지어진 집 같았다. 닥터 류가 산으로 데리고 가 외로운 약초인 청목향, 자금우, 삿갓나물을 구경시켜준 적이 있었다. 은폐된 동굴에서 자라난 약초들은 무척 오랜 세월을 지나온 듯했다. 동굴에 도착하자마자 닥터 류는 약초들이 놀랐다는 말을 했었다. 지금도 산은 그대로였다. 샤오위안은 산과 교감하고 싶었지만 머릿속이 텅 빈 느낌이었다. 닥터 류가 한밤중에 흰 가운을 걸친 채 잡목숲에 누워 있는 모습을 동경하는 눈빛으로 상상했다.

샤오위안은 구름이 걷힌 듯 기분이 좋아져 거리로 나섰다.

차오현은 수줍음이라도 타는 것처럼 늘 차분해 보였다. 아무렇게나 지어진 이삼층짜리 건물에는 적지 않은 집들이 들어가 있었다. 엉망으로 한데 뒤엉킨 모양새였다. 샤오위안은 그 집들 뒷마당에 볼거리가 있다는 걸 알았다. 불면에 시달리던 밤에 나왔다가 세 차례나 길을 잃은 적이 있었다. 그때마다 자신이 다른 사람 집 뒷마당에 서 있는 걸 발견했다. 어떻게 들어갔는지 알 수 없는 노릇이었다. 뒷마당은 하나같이 매력적이었다. 면적도 넓은 데다 꽃나무가 유달리 무성했다. 푸른 등나무는 옥상으로 기어 올라가 잔뜩 널브러진 채 잎을 늘어뜨리고 있었다. 나무 아래 서 있으면 각양각색의 소곤거리는 소리가 들렸다. 특별한 무언가가 없는 집이 있었다. 문은 줄곧 열려 있었고 어떤 때는 그 문으로 사람이 걸어나오기도 했다. 샤오위안은 동네 사람들 얼굴이 모두 어딘가 낯익다는 느낌이 들었다. 이름이 생각나지 않을 뿐이었다. 동네 사람들은 샤오위안을 샤오위안 선생님이라고 불렀다. 집에 샤오위안의 학생이 있는 모양이었다.

"샤오위안 선생, 들어와서 앉았다 가시지요."

흰 수염 노인이 부드럽게 말했다.

샤오위안은 노인의 간절한 눈초리에 마음이 흔들려 따라 들어갔다.

앞뒤로 방이 두 개 있는 단층집이었다. 홀아비가 사는 집인데도 방은 깔끔하게 정리되어 있었다. 샤오위안이 성씨를 묻자 노인은 손사래치며 대꾸했다.

"됐소. 그런 것까지 선생이 기억할 필요는 없지. 나 같은 노인네는 전혀 중요하지 않다오."

노인이 샤오위안더러 아름다운 뒷마당에 가서 앉아 있으라고 했다. 그러곤 맛이 독특한 박하차를 내왔다. 작고 하얀 고양이 세 마리가 집에서 뛰어나오더니 찻상 주위를 맴돌며 서로의 꽁무니를 쫓았다.

샤오위안이 자줏빛 포도 한 알을 따서 입속에 털어넣으며 물었다.

"어르신도 은퇴한 화훼농이시죠?"

"그야 물론이지. 여기는 대개가 화훼농이니까. 의사 양반에게 들었소? 대답 안 해도 된다오. 얼마 전에 그 양반이 내 인생 마지막 날 계획을 세워줬다오. 살날이 두 달 정도밖에 안 남았는지라."

"무슨 계획인지 알려주실 수 있어요?"

"물론이지. 그 얘기가 제일 좋다오. 난 밖에서 죽을 거요. 지금 선생이 앉아 있는 곳에서. 포도나무 이파리 너머로 차오현이 보이는 곳이지. 비가 올 수도 있으니, 사람을 불러다가 플라스틱으로 된 비들이침 방지 차양을 아주 높이 설치할 거요. 비가 와도 괜찮을 수 있도록 말이오."

"우와, 아주 멋진 계획이네요."

샤오위안이 맞장구를 쳤다.

"의사 양반이 매일 와서 내가 꺼낼 수 있는 곳에 약을 놔둔다오."

"당연히 그렇게 하겠죠."

"샤오위안 선생, 그쪽 학생들이 종종 우리 집 꽃밭에 와서 일을 도와준다오. 내가 이렇게나 잘 살고 있소. 다른 동네는 어떤지 잘 모르겠지만 차오현은 참 좋은 곳이라오.

"그럼요. 바보 같은 사람들이나 이런 데를 떠나겠죠."

샤오위안이 진심으로 말했다.

자줏빛 무궁화 옆으로 예쁘게 생긴 고양이가 나타났다. 고양이 세 마리가 예쁜 어미 고양이에게 뛰어갔다.

"내가 죽으면 저 고양이들은 샤오뤼 집으로 갈 거요."

노인이 엷은 미소를 띤 얼굴로 말했다.

"뤼 학생 집은 완전히 동물의 낙원이던데요."

샤오위안이 흥분한 어조로 대꾸했다.

"그 학생이 키우던 새끼 쥐를 전부 보내버렸더라고요. 그러니 어미 고양이가 가도 그 집 새끼 쥐와 부딪칠 일은 없을 거예요."

"떠나기가 아쉽구먼. 그래도 별수 있나, 언젠가는 떠나야 하니까. 이건 의사 양반이 준 휴대폰이오. 밤에 적적할 때 전화하라더구먼. 혹시 산에 있을 때 전화를 받으면 차오산의 밤 풍경을 자세히 설명해주겠다면서 말이야. 그래서 정말 휴대폰을 머리맡에 두고 잤소. 의사 양반에게 한 번도 전화를 걸지는 않았지만, 휴대폰을 쓰다듬기만 해도 차오산에서 나는 소리를 들을 수 있다오. 알아둬야 할 건 저 커다란 산이 한밤중에 소리를 낸다는 거지. 샤오위안 선생은 매우 행복한 사람 같소."

"저도 그런 것 같아요."

두 사람은 다른 얘기도 했다. 노인이 특히 차오현의 지리에 관해 많은 말을 했다. 그사이 이웃집 사람이 대추빵을 대접으로 하나 가져와 찻상에 올려놓고 갔다. 대추빵을 먹었더니 약간 취기가 오르는 것 같았다. 샤오위안은 혼잣말을 했다.

"술을 마신 것도 아닌데."

노인의 집을 나와 어두컴컴한 통로를 지나가는데 날개인 듯한 물체가 얼굴을 스쳐 지나갔다. 샤오위안은 화들짝 놀라 허둥댔다. 그때 노인이 등 뒤에서 말했다.

"괜찮소, 샤오위안 선생. 우리 고모가 선생에게 안부를 전하는 것이오."

샤오위안은 집으로 돌아와 수업 준비를 했다.

마음이 굉장히 맑은 샤오위안은 그 어떤 것도 꿰뚫어볼 수 있는 사람이었다. 그 덕에 전혀 힘들지 않고 수업 준비를 마쳤다. 한밤중이 아닌데도 차오산에서 무슨 소리가 들렸다. 흐릿하고 나지막한, 다소 겁먹은 듯한, 그러면서도 매력적인 소리였다. 대추빵이 환각 작용을 일으킨 걸까? 차오현 사람들은 실로 삶을 즐길 줄 아는구나. 차오산이 샤오위안을 향해 내는 소리에 귀를 기울였다. 전에 40여 년을 살았던 도시가 다시금 떠올랐다. 아들들과 함께 보낸 시간도 생각났다. 하지만 모든 기억이 흐릿했다. 동백 아가씨의 노랫소리만 또렷이 기억났다. 샤오위안은 어째서 차오현으로 오게 된 걸까? 왜 갈수록 더 넓어지는 길이 있을 것만 같은 느낌이 드는 걸까?

샤오위안은 무심결에 붉은 반점이 난 제 얼굴을 거울로 봤다. 거울로 다가가 보고 또 봤다. 조금 당황스러웠다. 그 순간 흰 수염 노인 집에서 있었던 일과 그 노인이 했던 말이 생각났다. 그럼 어떤 죽은 자가 샤오위안의 얼굴에 자욱을 남긴 걸까? 샤오위안의 얼굴을 스쳐 지나간 건 깃털처럼 가벼운 손이었을까? 노인의 고모가 분명히 샤오위안에게 행운을 가져다주는 사람일 터였다. 순간적으로 지혜가 차오르는 느낌을 받았기 때문이다. 이렇게 생각하자 다소 마음이 놓였다. 노인의 집 뒷마당은 생기가 넘치는 곳이었다. 그런 분위기에서 죽는다는 건 기쁜 일일까, 슬픈 일까? 샤오위안은 차오현에 있는 이웃들을 잘 이해할 수 없었다. 전에 닥터 류에게 끌렸던 것처럼 그 사람들에게 깊은 매력을 느꼈을 뿐이었다. 여러 해동안 샤오위안은 줄곧 이 방향을 향해 걸어왔을 것이다. 그러다 결국 여기까지 걸어온 것이리라. 자신의 본질은 차오현 사람이라는 걸 전에는 몰랐다.

뛰어오던 샤오뤼가 샤오위안의 집 앞을 스쳐 지나갔다. 샤오뤼는 늘 그렇게 바빴다. 1분 1초도 허비하지 않을 정도로 밀도 있는 삶을 사는 아이였다. 굉장히 밀도 있는 삶이었다. 샤오위안은 샤오뤼가 부러웠지만 자신은 그런 삶을 못 견딜 거라고 생각했다. 계속해서 기절할지도 몰랐다. 샤오뤼는 흰 수염 노인의 집으로 되돌아갔다. 포도나무 받침대 밑에서 세상에서 가장 아름다운 일이 일어나고 있었다.

"제일 좋은 건 투명한 비들이침 방지 차양을 쳐놓는 거야."

샤오위안이 입을 열었다.

"끝이 뾰족해야 해. 비가 옆으로 또로록 흘러내릴 수 있도록. 산 속에서 나는 소리도 또렷하게 들릴 거야."

"샤오위안 선생님, 걱정 안 하셔도 돼요. 계획은 저희가 다 세워놨어요."

샤오칭이었다. 샤오칭이 샤오위안 등 뒤에 서서 한 말이었다.

"어머, 혼잣말한 건데 어떻게 알았니?"

"그게 여기 풍습이에요. 다들 죽을 때 존엄을 지키고 싶어하잖아요. 우린 그걸 가장 중요하게 생각해요. 사람마다 요구치가 달라서 서로 최대한 도와주는 거죠."

샤오위안은 샤오칭과 손을 맞잡고 자기 집 앞에 서 있었다. 밥공기만 한 금색 나팔꽃은 옥상에 여전히 만개해 있었다. 파란 하늘을 향해 앞다투어 나팔을 부는 것처럼 보였다.

"샤오위안 선생님, 씨앗은 우리가 드린 건가요? 혹시 의사 선생님이 심은 건가요? 그분이 선생님 집 앞에서 분주하게 오락가락하는 걸 봤거든요."

"아마 둘 다겠지. 네 생각은?"

"아, 일리가 있는 말씀이네요. 샤오위안 선생님, 저는 내일모레 멀리 떠나요. 그래서 인사드리러 온 거예요. 서쪽 변두리 현으로 남편이랑 같이 가요."

"아, 남편이 생겼구나. 축하해."

샤오위안은 흠칫 놀랐다.

"아직 결혼은 안 했어요. 남편이 살고 있는 현 정부 소재지가 좋아요. 그 동네를 걷다보면 진짜 늑대를 볼 수도 있거든요. 용맹스러운 데다 사람과 같이 사는 늑대들이요."

"씨앗을 가지고 갈 거니?"

"아니요. 식물 종류가 아주 많은 동네거든요. 식물이 정말 저를 따라올 마음이 있다면 나름대로 방법이 있을 거고요."

샤오위안은 아끼는 아이를 떠나보내기 아쉬운 마음에 샤오칭을 꽉 껴안았다.

샤오칭의 떠나는 뒷모습을 바라보고 있자니 더없이 큰 슬픔이 밀려왔다. 슬픔 가운데에는 기쁨도 깃들어 있었다. 자기 학생이 자신감 있고 당당하게 새로운 삶을 향해 나아가는 걸 바라보는 기쁨이었다. 창가에 올려져 있던 수선화 일곱 송이가 홀연히 꽃을 피우더니 작은 원을 이루었다. 그러곤 강강술래를 했다. 순간 마음속이 환해지며, 오늘 밤에 닥터 류가 틀림없이 올 거라는 직감이 들었다. 닥터 류는 먼저 흰 수염 노인의 집에 들렀다가 올 것이었다. 거울 속 얼굴이 아름다워져 있었다. 세상의 모든 사람과 사물이 샤오위안과 닥터 류를 이어주려 하고 있었다. 그게 바로 차오현의 풍습인 걸까? 샤오위안은 줄곧 세속에 구애받지 않고 신념대로 행동했기에 지금껏 이런 유의 사랑을 경험해본 적이 없었다. 마음속에서 샤오위안은 절대 실패하지 않을 거라는 목소리가 들렸다. 이런 곳에서 실패는 용납되지 않을 터였다. 이제껏 관찰한 결과 차오현 주민은 모두 성공한 사람들이었다. 보잘것없는 도시에 어떻게 이리도 생기가 넘치는지.

옆집 샤오주 선생이 밖에 나갔다가 들어왔다. 이 여자 선생도 샤오칭을 봤다.

"난 샤오칭이 전혀 걱정되지 않아요."

샤오주 선생이 말했다.

"2년 전에 샤오칭이 차오산 동굴에서 아모이 호랑이와 같이 지내고 있는 걸 봤어요. 또래에 비해 성숙한 아이죠. 아직 어린데도 굉장히 똑똑하고요. 우린 다들 샤오칭이 교사가 되어 학교에 남을 거라 생각했는데, 자기 나름의 포부가 있었던 거지요. 목표가 원대하더라고요."

샤오위안은 상실감에 젖은 얼굴로 샤오칭의 다정한 성격을 떠올렸다.

샤오주 선생이 위로의 말을 건넸다.

"샤오칭은 떠났어도 소식은 자주 들을 수 있을 거예요."

"정말요?"

샤오위안이 반색을 했다.

"당연하죠. 여기가 샤오위안 고향이니까요."

"하긴, 그럴 수도 있겠네요."

닥터 류가 오늘 밤에 올 것 같았다. 샤오위안은 집으로 돌아와 청소를 했다.

가구를 전부 깨끗이 닦고 창문도 윤이 나게 닦았다. 한참 청소를 하고 있는데 머릿속에 문득 어떤 장면이 스쳐 지나갔다. 닥터 류와 처음 만났을 때였다. 기차 침대칸에서 눈을 떠보니 이른 아침이었다. 맞은편에 있던 닥터 류는 깊이 잠들어 있었다. 샤오위안이 고개를 숙이자 자신의 여행 신발 옆에 놓여 있는 닥터 류의 검정 구두가 눈에 들어왔다. 이제껏 잊고 지낸 장면이었다. 닥터 류와 뜨겁게 사랑하게 되었기 때문이다. 지금은 그동안 있었던 일이 전혀 생각나지 않고 예의 그 순간만 또렷하게 기억났다. 단 한 번의 만남이 평생을 결정한 것이다. 그걸 그때는 왜 몰랐을까? 샤오칭만큼 큰 용기가 없다는 걸 샤오위안 자신도 잘 알았다. 그래도 샤오위안은 차오현으로 오지 않았던가. 샤오위안은 진정한 집으로 돌아온 것이었다. 차오현도 샤오위안의 고향인 셈이었다. 한참을 걷고 걸어서 겨우 오게 되었다는 사실이, 두 번의 방문 끝에 겨우 고향의 진면목을 알게 되었다는 사실이 참으로 불가사의했다. 샤오위안 인생의 암흑기에 무슨 일이 있었던 걸까?

닥터 류는 주씨 노인에게 약을 지어주고 얼마 전 있었던 일에 관해 잠깐 이야기했다. 이를테면 쥐잡기 운동 같은 얘기였다. 그러곤 자리에서 일어나 이제 그만 가보겠다고 했다. 시계를 보니 새벽 1시 20분이었다.

쓰레기차가 바로 앞 도로를 지나갔다. 전방에 있는 우체통 옆으로 누군가의 하얀 형체가 보였다. 샤오위안이었다. 샤오위안과의 약속이 기억나는 것 같기도 했다. 대체 약속을 한 걸까, 안 한 걸까?

"47년 동안 기다렸다던데. 너무 오래 기다린 건 아니죠?"

샤오위안의 놀리는 듯한 목소리가 울렸다.

"제 입장에서는 49년입니다. 이 우체통을 보세요. 제가 초등학교 다닐 때도 여기 있었죠. 차오현에는 이런 말이 있습니다. '모든 물건은 최후의 순간까지 머물러야 한다'는 말이요."

"제가 어릴 때 살던 동네를 구경시켜드릴 생각이었어요. 동백 아가씨의 오페라를 보러 갈 건데, 동백 아가씨가 살날이 얼마 안 남았다네요. 같이 가볼래요?"

"몹시 가보고 싶습니다. 동백 아가씨가 샤오위안을 만들어낸 거니까요. 동백 아가씨에게 매우 감사한 마음이 듭니다. 당신이 자란 도시에서는 불면증 환자가 한밤중에 큰길가를 어슬렁거릴 것 같습니다. 그치들은 분명 아주 오래전에 당신과 나 사이의 일에 대해 대화를 나눈 적이 있을 겁니다."

"틀림없이 그랬을 거예요. 이제 다 왔네요. 보세요, 당신이 심은 꽃들을요. 이 시간쯤이면 꽃들은 침묵을 지킨답니다. 얘기할 게 무척 많아서겠죠."

"씨를 뿌릴 때는 이토록 큰 꽃을 틔울 거란 생각을 못 했습니다.

손톱만 한 크기의 별모양 꽃이 필 줄 알았죠."

"커튼을 칠까요?"

"창문은 열어둡시다. 차오산은 밤이 활동기여서 절대 침묵하지
않을 테니까."

"맞아요. 아무리 멀리 떨어져 있어도 동백 아가씨의 노랫소리는
창문으로 날아들 가능성이 있으니까요. 고향이 그리워요."

11장

용감한 아쓰

구씨 노인은 둥팅 호수에서 돌아온 날, 고기잡이배를 향해 뛰어가는 아쓰를 봤다. 서둘러 옷을 널어놓은 뒤 아쓰를 마중 나갔다. 마음이 기쁨으로 차올랐다. 아쓰가 바로 자신의 기쁨이었다. 아쓰는 호숫가에서 지내는 동안 한순간도 놓치지 않고 구씨 노인을 따라다녔다. 그래서인지 구씨 노인은 아쓰와 헤어지리라는 생각은 단 한 번도 한 적이 없었다.

"아쓰, 연근과 쏘가리를 가지고 왔네. 배에서 한잔하지 않겠나?"

"그래요."

아쓰가 짧게 대꾸했다.

구씨 노인은 아쓰의 얼굴을 보고 고민이 있다는 걸 눈치챘다.

두 사람은 선실에서 분주하게 움직였다. 집보다 더 집 같은 느낌이야, 어르신은 정말 잘 살고 있구나, 아쓰는 생각했다. 천천히 구씨 노인의 세계로 들어간 아쓰는 고민거리를 머리 뒤로 던져버렸다. 술이 한잔 들어가자 자신이 고기잡이배에 속해 있는 게 분명하다는 환각에 시달렸다.

"내가 작은 배를 몰고 호수에 이르렀을 때, 수초 사이에 있던 큰 물고기가 미동도 하지 않은 채 자리를 지키고 있었지. 제 영역이라는 뜻이었을 게야. 고놈이 어찌나 기품 있던지, 순간 망설여지더라고. 고놈에게는 내가 제 삶을 망가뜨리러 온 인간, 어부였던 게야. 우선 손에 있던 작살로 고놈을 찌르고, 신경을 곤두세운 다음에 작은 배를 몰면서 고놈을 잠시 따라다니는 식이었지. 고놈이 기진맥진해질 때까지. 이 일을 하다보면 약간 혐오감이 들 때도 있어. 그래도 전체적으로 보면 제법 괜찮은 일이긴 하네. 특히 이른 아침에는."

"고놈을 죽이지 않았다면 어르신의 손 기술이 갈수록 서툴러지지 않았을까요? 그리고 영혼도 나날이 건조해지지 않았을까요?"

아쓰가 꿈을 꾸듯 조그만 목소리로 되물었다.

"난 잘 모르겠는데 아쓰는 그 답을 알아냈구나. 건배! 지금 먹고 있는 건 그 물고기가 아니야. 고놈은 내가 돌아오는 길에 먹어치웠거든. 난 평생 이렇게 살육을 즐기며 살아왔단다. 정말 구제불능이지."

"살육이 아니더라도 우정이나 사랑, 노동에서 느끼는 기쁨도 있잖아요. 어르신, 제가 전에 제안드린 거는 이제 고려 안 하시는 건가요?"

"응, 안 해. 아쓰가 허무맹랑한 소리를 늘어놓는구나. 나처럼 살육을 일삼는 늙다리는 어두운 길로 빠질 수밖에 없어. 생선국 좀 더 들어라."

"이번에 제가 사고를 쳤거든요. 이 도시가 저를 용서할 수 없다네요."

"어떻게 그럴 수가 있겠나? 아쓰가 이 도시의 동백꽃 여왕인데. 아쓰가 피곤해서 그런 것뿐이지."

두 사람은 함께 둑에 올라 바람을 쐬었다. 구씨 노인의 허리를 꽉 붙들었는데도 아쓰는 허공에 떠 있는 느낌에서 벗어날 수가 없었다.

해변가 도로에는 차도 사람도 없었다. 적막하고 기괴한 분위기가 대로를 감싸고 있었다. 전날 밤 아쓰와 아편 판매상은 '자유항'에서 밤새도록 빈둥거렸다. 인파 속을 돌아다니며 아무것도 하지 않았다. 무언가 결정을 내리지 못해서였다. 그러다 아편 판매상이 더 이상 못 참겠는지 볼 일이 있다며 대문 앞에서 아쓰와 헤어졌다. 아편 판매상이 차를 타고 가버리자 아쓰는 어떤 공간에 홀로 남겨졌다. 자신에 대한 적의가 커지고 있다는 느낌이 드는 공간이었다. 조금 놀란 아쓰는 그곳을 떠나기로 마음먹었다.

"저 사람 친구분이세요? 저 사람이 지명 수배자를 닮아서요."

그때 누군가 아쓰에게 물었다.

다른 사람들이 너도나도 발을 걸어대는 통에 아쓰는 두 번이나 넘어져 기계에 이마를 찧었다. 뒤에 있던 누군가가 또 아쓰를 길거리로 밀어버렸다. 아쓰는 그제야 긴장이 풀리면서, 아편 판매상과 함께했던 악몽 같은 보름 동안이 떠올랐다. 문득 안전하다는 느낌이 들었다. 하지만 절망적인 공허함은 죽음과도 같았다. 걷다보니 구씨 노인의 고기잡이배에 다다랐다.

"구씨 어르신, 제가 어르신에게 속한다면 어떨 거 같아요?"

"그럼 이 도시에서는 꽃의 여왕이 없어져버리고, 아쓰는 말린 레몬이 돼버리는 거지."

두 사람은 서로를 꼭 끌어안았다. 아쓰는 그제야 땅에 발을 딛고 있다는 느낌이 서서히 들었다. 그 순간 흰색 관짝 모양의 화물차가 큰길가에 다가와 섰다.

"아쓰, 저 남자가 널 기다리는구나."

"그럼 가볼게요, 어르신."

아쓰가 관짝처럼 생긴 화물차에 올라타 아편 판매상의 뒤쪽 좌석에 앉았다.

"저 사람은 누구야?"

아편 판매상이 물었다.

"우리 아버지야."

"아닌 거 같은데? 미남이잖아."

아쓰가 키득키득 웃자 아편 판매상의 표정이 부드러워졌다.

화물차가 좁은 골목 어귀에 정차했다. 아쓰가 큰 소리로 따졌다.

"'동백꽃 단지'로 간다면서? 왜 거기로 안 가는 거야?"

아편 판매상이 문을 열고 먼저 내렸다. 아쓰는 골목으로 향하는 아편 판매상을 뒤따라갔다.

폐허가 된 골목처럼 양쪽이 담으로 둘러싸여 있었다. 얼마쯤 가다가 아편 판매상이 갑자기 멈춰서더니 돌아섰다. 그러곤 아쓰를 오른쪽으로 밀었고, 두 사람은 한꺼번에 다른 사람 집으로 들어가게 되었다. 창문이 없는 집이어서 아무것도 보이지 않았다. 하지만 아편 판매상이 무서워하는 친구들 중 한 명의 집이라는 건 알 수 있었다. 아쓰는 후회가 밀려왔다.

"왔나? 왔으면 됐네."

나이 들어 보이는 남자가 무미건조한 투로 말했다.

"이 여자는 하수도에 못 들어가. 동굴 입구에 지키고 서서 가벼운 거나 좀 옮길 수 있을 거야."

아편 판매상이 대꾸했다.

아편 판매상 목소리에서 아부하는 뉘앙스가 묻어났다. 아쓰는 저도 모르게 닭살이 돋았다.

"정말 연약한 처자구먼."

남자가 귀에 거슬리는 웃음소리를 내며 말했다.

아편 판매상이 아쓰의 오른손을 힘주어 잡았다. 그렇게 세 사람은 뒷문으로 나갔다.

놀랍게도 밖은 별도 몇 개 보일 정도로 어둑한 밤이 되어 있었다.

아편 판매상과 남자가 너무 빨리 걷는 바람에 아쓰는 거의 끌려가다시피 했다. 황야에 서 있는 것 같기도 하고 집들이 밀집한 곳을 거니는 것 같기도 했다. 아쓰의 작은 머리로는 주변 환경을 판단할 수가 없었다. 긴장도 되고 답답하기도 했다. 애인이 원망스러웠다. 왜 좀더 재미있는 일을 생각해내지 못하는 걸까? 좀도둑이나 쓰는 이런 술수가 대체 뭐라고. 아쓰는 숨이 가빠졌다. 그 순간 목적지에 다다랐다.

거대한 하수도에서 찬바람이 불어나왔다. 옷을 얇게 입은 탓에 온몸이 오들오들 떨렸다. 눈 깜짝할 새 두 사람이 보이지 않았다. 아쓰만 홀로 그 자리에 서 있었다. 날이 슬며시 밝아왔다. 주위를 둘러봤다. 매우 높다란 둑이 보였고 강물 흐르는 소리가 들렸다. 하수도에서 한 여자와 남자가 다투는 소리가 났다. 두 사람은 치고 받고 싸우기 시작했다. 여자가 다쳤는지, 공포 섞인 날선 비명을 질렀다. 아쓰는 자리를 뜨고 싶었지만 그럴 방법이 없었다. 눈앞에 난 길은 무척 가팔라서 반원을 이룰 정도의 경사가 져 있었다. 시멘트로 된 매끄러운 비탈이었다. 그 외에 다른 길은 없었다. 어쩌다 이런 함정에 빠진 걸까? 하수도에서 밖으로 나온 걸까? 남녀의 목소리가 점차 가까워지는 듯했다. 여자의 고통스러운 신음이 또렷이 들렸다. 남녀가 지상으로 올라왔다.

"저기 봐봐, 아편 판매상의 여자가 집 지키는 개처럼 버티고 있어."

남자가 입을 열었다.

"저게 바로 사랑이야. 아무것도 바라는 것 없이, 이것저것 재지 않고 다 내어주는 것."

"저 여자는 쓰레기야. 조만간 맞아 죽을 거야."

여자가 상기된 어조로 반박했다.

"그러는 넌? 너는 쓰레기 아니야? 아, 넌 독이 든 박쥐지."

남자가 하수관 위로 풀썩 쓰러졌다. 아쓰는 순간 번뜩이는 칼날을 봤다. 여자가 한 짓이었다.

"저기요, 잠깐만요."

여자가 말을 걸었다.

"이 사람이 잠깐 못 일어날 것 같은데 여기서 좀 봐주고 있을래요? 볼 일이 있어서 가봐야 되거든요."

"나도 같이 갈래요."

아쓰가 대꾸했다.

"말도 안 되는 소리 하지 말아요."

여자가 나무라듯 말했다.

"통행증도 없는데 어떻게 간다는 거예요? 개념이 없는 건가? 황당한 여자네."

여자는 몹시 화를 내며 하수도 속으로 사라졌다. 처음에는 발자국 소리가 들리더니 이제는 아무 소리도 들리지 않았다. 아쓰는 굉장히 무서웠다. 그때 남자가 깨어났다.

"아쓰, 우리 한 판 합시다. 아름다운 밤 아닙니까."

남자가 말했다.

"다치지 않으셨어요? 팔에 피 나요. 그러다 죽을지도 모른다고요."

아쓰는 시큰둥하게 옷을 벗었다. 이상한 건 옷을 벗자마자 몸에서 열이 났다는 것이다. 아편 판매상을 기다리고 있던 거였는데 이 남자를 기다린 꼴이 되어버렸네. 아쓰는 생각했다. 남자와 몸이 한데 엉키자 여기 올 때보다 기분이 한결 좋아졌다. 하수도에서 불어오는 음산한 바람조차 여름날 부는 시원한 맞바람으로 변했다. 잠시 뒤 두 사람은 몸을 일으키고 옷을 입었다.

"난 그쪽 전혀 안 좋아해요. 이게 다라고요. 날 데리고 나가줄 수 있어요? 여기 있으니까 미칠 거 같아서."

아쓰가 부탁했다.

"물론이지. 그게 내 의무요. 당신을 궁지에서 벗어나게 해주는 게. 참 대책 없는 여자구먼. 통행증도 없으면서 이런 데를 다 오고, 살고 싶은 마음이 없나보네. 아편 판매상이 당신이 죽길 바라고 있는 거 아니오?"

남자는 아편 판매상처럼 아쓰의 오른손을 꽉 쥐더니 악취가 진동하는 하수도로 들어갔다.

고약한 냄새가 코를 찌르는 어둠 속에서도 남자 몸에서는 향기가 났다. 머리를 맑게 해주는 인동꽃 향이었다. 남자의 무례함과는 전혀 어울리지 않았다.

"아편 판매상은 왜 당신이 죽기를 바라는 거요?"

남자가 물었다.

"그럴 리가요."

아쓰는 이렇게 대꾸하면서도 약간 주저했다.

"방금 있던 곳에서는 늘 사람들이 죽어나가고 1년 뒤에는 미라가 됩니다. 아편 판매상에게 미라 표본을 수집하는 취미가 있는 거 아니오?"

"그럴지도 모르죠. 물어보고 싶은 게 있어요. 통행증이 없는 채로 발각되면 어떡하죠?"

"별 도리 있겠나, 죽자사자 도망쳐야지. 본인 운에 달려 있는 거요. 우리 작은 단체에서 자살하고 싶은 사람은 여기로 온 다음 체포된다오."

"어떤 단체인가요?"

"아편 판매상이 속해 있는 단체 말이오. 아편 판매상은 얼마 전에 통행증을 발급받았다오."

아쓰는 종아리가 구정물에 자꾸 빠지는 바람에 걷기가 힘들었다. 큰 재난이 닥쳐온 느낌이었다. 수치스러운 일이 벌어질 것 같은 예감에 숨을 쉴 수가 없었다. 순간 남자가 아쓰의 손을 놓았다. 공중에서 몇 번 헛발질을 했는데 남자 몸에 부딪히지는 않았다. 남자가 철벅철벅 물살을 가르며 멀어지는 소리가 들렸다. 남자를 따라잡으려고 애썼지만 역부족이었다. 앞쪽으로 쫓아갔던 건지 옆쪽으로 쫓아갔던 건지도 분간되지 않았다. 어느 방향이었든 하수도 벽에 부딪히지는 않은 것 같았다. 어딜 가든 오물과 구정물이 철벅거렸다.

아쓰는 걸음을 늦췄다. 어쨌든 끝까지 가보기로 마음먹었다. 남자가 통행증은 알아서 발급받아야 한다고 했다. 통행증이 있으면 순조롭게 집으로 돌아갈 수 있을 터였다. 여기까지 생각이 미쳤을 때 왼쪽 복사뼈가 무언가에 물린 것 같았다. 손으로 문질러보니 발이 이미 부어 있었다. 아쓰는 가만히 중얼거렸다.

"난 통행증을 발급받을 수 없어."

독사에게 물린 거라면 하수도를 빠져나갈 수 없을 터였다. 아쓰는 악취가 진동하는 곳에서는 죽고 싶지 않았지만 걸음이 갈수록 느려졌다. 오전에 있었던 일을 곱씹어보고 있었다. 구씨 노인과 함께 보낸 아름다운 순간을. 구씨 노인은 아쓰가 이 도시의 동백꽃 여왕이라고 했다. 아쓰가 구씨 노인 눈에는 정말 그 정도로 아름다운 걸까? 아편 판매상도 구씨 노인이 미남이라고 말한 적이 있는데……. 특별한 아름다움이 구씨 노인에게 있다고. 아쓰는 팔자가 센 여자였다. 어부의 아내도 되지 못했고, 불면증에 걸린 사람처럼 도시의 밤을 배회하는 여자가 되었다. 순간 오한이 들었다. 죽으려고 이러는 걸까? 아니다. 아쓰는 비틀거리면서도 걸음을 내딛었다. 그동안 몇 년씩이나 무언가를 찾아다녔다. 이제 찾은 걸까, 아니면 아직도 찾지 못한 걸까? 아쓰에게 제 웃음소리가 들렸다. 웃음이 나올 법한 상황이 아니었다. 참으로 이상했다. 웃음이 멈추질 않았다. 웃음소리가 계속 들려왔다. 그때 방직공장 작업장이 보였다. 작업장을 지나가자 밝은 콘크리트 길이 나왔다. 길 양쪽에는 크고 아름다운 홰나무가 있었다. 어떻게 여기까지 걸어온 건지 애써 생각해봤다. 배에서 열이 나기 시작했다. 죽을 정도는 아닌 듯했다. 왜 아무도 통행증을 발급해주지 않는 걸까? 자격이 되지 않아서일까? 아쓰는 정말 몸에 열이 났다. 다리에 난 상처는 다행히 치명적이지 않았다. 이를 악물고 여기서 벗어나야 했다. 걸어나간 사람들이 있으니 아쓰도 빠져나갈 수 있을 터였다. 아편 판매상이 한 말이 떠올랐다.

"동굴 입구에 지키고 서서 가벼운 거나 좀 옮길 수 있을 거야."

아편 판매상이 자극 요법을 쓴 것 같았다.

아쓰는 어쩌다가 기절한 건지 기억이 나지 않았다. 정신을 차리고 보니 아편 판매상 아위안이 아쓰가 누워 있는 들것 옆에서 누군가를 추궁하고 있었다.

"왜 통행증을 주지 않는 거요?"

"왜냐하면……"

앞서 걸어가던 사람이 대답하는 듯했다.

그 남자가 뭐라고 하는지 들어보려는 순간 아쓰는 또 기절했다.

깨어보니 이미 집이었다. 베란다에 앉아 있는 아위안의 뒷모습이 몹시 고독해 보였다. 아위안이 신음을 냈다.

"아위안."

아쓰가 아위안을 불렀다.

"정신이 들었구나, 정말 잘됐다. 이 세상에 누가 아쓰보다 날 더 사랑해줄 수 있을까, 라는 생각을 하고 있었어. 난 대체 어떻게 생겨먹은 놈일까? 아쓰가 구정물에 빠지고 목까지 오물에 빠졌는데.

그래도 내가 건네준 귀중품 보따리는 아쓰가 손으로 꼭 쥐고 있었
어…… 그리고 전갈도. 하마터면 아쓰가 목숨을 잃을 뻔했지. 아
쓰, 나처럼 쓸모없는 인간은 하루빨리 번개나 맞아버리는 게 나을
거야."

"아위안, 자포자기하지 마. 방금 말한 '귀중품 보따리'라는 게 뭐
야? 왜 하나도 기억이 안 나지? 하수도 말하는 거야?"

"아, 그 생각은 하지 마, 아쓰. 최고급 통행증을 발급받았으니까.
이제 가고 싶은 곳은 어디든 갈 수 있을 거야. 모든 비밀 장소가 다
아쓰에게 열려 있게 된 거라고."

다리에는 여전히 붕대가 감겨 있었다. 아쓰는 침대를 혼자 내려
올 수 있었다. 아위안이 베란다까지 부축해주었다. 두 사람은 등나
무 의자에 나란히 앉았다. 아위안이 웬 향수병을 아쓰 앞에 놓았다.

"이게 뭐야?"

"까치살모사야. 아쓰를 찾아냈을 때 까치살모사가 아쓰를 떠나
려 하지 않아서 같이 데려왔어. 아쓰에게 기념으로 주려고. 예쁘지
않아?"

"아주 예뻐. 내 목숨은 어떻게 구한 거야?"

"우리 같은 사람들은 항상 약을 가지고 다녀. 까치살모사는 '칠
보사물리면 일곱 걸음을 옮기기 전에 죽는다는 강렬한 독을 가진 뱀'라고도 불려. 아
쓰는 목숨을 잃을 리가 없지. 까치살모사가 아쓰를 사랑하게 됐거
든."

아쓰는 조그만 동물을 뚫어져라 처다봤다. 친근한 감정이 솟아
올랐다.

"까치살모사가 내 통행증이라고?"

"맞아. 통행증 같아 보이지 않아?"

"아위안, 떠날 때 까치살모사를 하수도에 놓고 가."

'동백꽃 단지'에는 늘 괴이한 정적이 감돌았다. 진홍빛 석양이 어둑어둑한 하늘을 물들이고 있었다. 시간은 아직도 정오였다. 아쓰가 몇 시냐고 물으니 아위안이 12시라고 답했다. 이 상황을 전혀 이상해하지 않는 눈치였다.

"지금 왜 해가 지는 거지……."

아쓰가 중얼거리 듯 말했다.

"동백꽃 단지에서는 몇 번이나 있었던 일이야. 아쓰가 늘 낮잠을 자고 있어서 몰랐던 것뿐이지. 내가 볼 때 여기서 아쓰는 정말 운이 좋은 거야. 꽃밭에 있는 저 사람 좀 봐봐. 좋아서 어쩔 줄 모른다. 네 친구지?"

"이웃에 사는 '제보자'야. 내가 밖에 나갔다가 돌아오면 제보자가 좋아해. 안으로 들어가자. 자기까지 제보할까봐 걱정되니까."

아쓰는 침대로 들어갔다. 아위안이 급한 일이 있다면서 까치살모사를 들고 가버렸다.

그제야 아쓰는 다친 데가 어떤지 봐야겠다는 생각이 들었다. 복사뼈의 부기가 어느새 가라앉아 있었다. 상처는 보이지 않았다. 자세히 들여다봐야만 담홍색 부분이 눈에 들어왔다. 애초에 살모사에게 물리지 않은 건 아닐까? 아쓰는 하수도에서 제 다리가 부었던 걸 똑똑히 기억했다. 다른 이유로 다리가 부은 걸 수도 있었다. 하지만 아위안은 정말 그런 일이 있었다는 듯이 까치살모사를 아쓰에게 보여주었다……. 그 조그만 동물은 실로 대자연의 훌륭한 작품이었다. 까치살모사는 대체 어디서 난 걸까? 아위안은 늘 가장 아름다운 무언가를 발견하곤 했다. 아쓰는 아위안의 안목에 감탄했다.

침대에서 내려와 샤워를 하고 머리를 감고 편한 옷으로 갈아입었다. 냉장고에서 먹을 것도 꺼내 먹었다. 아위안이 준비해둔 음식이었다. 꽤나 자상한 남자였다.

아쓰는 음식을 다 먹고 나서 아위안과 거리를 두기로 마음먹었다. 다시는 그런 일을 겪고 싶지 않았다. 아쓰는 스스로에게 말했다.

"아쓰도 이제는 어린 나이가 아니잖아. 몇 년 동안만이라도 편안하게 쉬고 싶다. 아쓰는……."

'제보자'가 침통한 표정으로 문 앞에 서 있었다.

"미스 쓰, 이제 쉬고 싶다고 하는 말을 들었는데? 자네가 한 말 같지 않소. 자네는 우리 단지의 대단한 인물이니 책임감 있게 행동해야 해. 제멋대로 하면 안 된다고."

제보자는 손짓까지 해가며 점점 더 언성을 높였다. 아쓰는 수상쩍게 느껴져서 의심의 눈초리로 제보자를 쳐다봤다. 잠시 머뭇거리다가 천천히 입을 열었다.

"저기요, 그때 왜 경찰에 제보하신 거예요?"

"모르고 있었나보군."

제보자가 이내 표정을 바꾸더니 흥미를 보였다.

"미스 쓰, 미스 쓰, 자네 정말 바보인가? 아니면 그런 척하는 겐가? 그때 경찰서에 제보해서 교육받게 한 건 우리 동네에서 자네 입지를 높여주기 위해서였어. 날 보게나. 왜 그렇게 오랫동안 자네가 이 집을 지킬 수 있게 열심히 도와줬겠나? 이기심 때문인 줄 알았다면 잘못 생각한 거라네. 내가 진작에 말하지 않았나. 동백꽃 마을에서 자네 입지는 절대 어떤 영향도 받지 않을 거라고."

제보자는 시든 노란 국화 한 단을 창가에 내려놓았다. 제보자의 쭈글쭈글한 정장과 싸구려 넥타이는 일종의 위장이라고, 보통 노인네가 아니라고 아쓰는 생각했다. 아마 아주 오래전 아쓰가 소녀였을 때 제보자가 아쓰에게 연락을 취한 적이 있을 것이었다. 노인의 눈초리가 그런 관계를 암시하는 듯했다. 노인이 뒤돌아서서 말을 이었다.

"세상 사람들은 저마다 각자의 의무가 있다오. 미스 쓰도 자기 관리를 철저히 해야 한다네."

아쓰는 노인의 말이 웃겼지만 실제로는 전혀 웃음이 나오지 않았다. 도리어 우울했던 지난 일이 떠올랐다. 제보자가 방에서 나갔다. 아쓰는 저도 모르게 지난 일을 기억해내려고 애썼다. 호수, 서풍, 야생 오리, 그리고 사라져버린 작은 배가 생각났다. 누구와 함께 있었는지는 생각나지 않았다. 아편 판매상도 아니고, 구씨 노인도 아니었다. 어릴 적 일이어서 잘 기억나지 않았다. 그때 '제보자'와 같이 있었던 걸까? 아쓰가 무슨 의무를 다해야 한다는 걸까?"

겨울이 되자 아쓰는 방직공장에 다시 가봤다. 진작에 폐업을 한 터라 공장 안에는 아무도 없었다. 작업장들도 모두 잠겨 있었다. 창문 옆에 있는 상록수를 타고 올라가 나무 창문을 천천히 열었다. 발을 내딛어 넓은 창턱에 앉았다. 작업장 안에 있던 기계들도 철거된 상태고 시멘트 바닥은 울퉁불퉁 비틀어져 있었다. 두꺼운 새끼줄로 감겨 있는 쇠말뚝이 옆에 놓여 있었다. 바닥에 드리워져 있는 새끼줄을 따라가봤다.

아쓰는 익숙한, 낡아빠진 작업장 안에 서 있었다. 뒤쪽을 흘깃 쳐다보니 저 끝에 제법 높은 다락방이 있었다. 조심스레 다락방을 향해 걸어갔다.

방직공장은 구식이라 천장이 상당히 높은 편이었다. 다락방도 무척 높은 곳에 있었다. 계단도 낡아서 위험해 보였다. 누가 이런 데서 사는 걸까? 그 순간 위에서 말소리가 들렸다.

"난 나이 든 수위 홍성이라네. 미스 쓰, 올라올 텐가?"

아쓰는 밑으로 떨어지지 않으려고 조심조심하며 아슬아슬한 계단을 올랐다. 거의 다 올라갔을 때 수위가 아쓰를 잡아당겨 끝까지 올려줬다.

"감사합니다. 좀 쑥스럽네요."

아쓰가 얼굴을 붉히며 말했다.

다락방에는 폭이 좁은 철제 침상과 작은 책상, 의자 두 개만 덩그러니 놓여 있었다. 책상 위에는 누렇게 바랜 사진이 끼워진 액자가 걸려 있었다. 아쓰는 액자를 집어들어 가까이 들여다봤다. 사진 속 사람들 가운데 젊었을 적 자신의 모습이 있었다.

"홍씨 수위 아저씨, 여기서 무슨 일 하시는 거예요?"

"난 일자리를 잃었네. 다락방도 내가 직접 만들어서 살고 있는 거고. 방직공장의 역사를 기록할 거야. 공장의 역사가 150년이나 됐다는 건 알고 있었나?"

아쓰가 고개를 내저으며 나이 든 수위의 나무껍질 같은 얼굴을 쳐다봤다.

"곧 자네 또래에 관한 글도 쓸 거라네. 자네, 룽쓰샹, 진주, 그리고 샤오옌⋯⋯ 이제부터 자네를 '사랑새'라고 부르겠네. 자네가 바로 지옥에서 날아온 사랑새이지 않은가. 내가 이렇게 늙었어도 미스 쓰 자네 소식을 들을 때마다 감격한다네. 자네는 방직공장의 자랑이야."

수위는 서랍에서 큰 노트를 꺼내 몇 초 동안 뒤적거리더니 '팍' 소리를 내며 도로 덮었다. 사고 회로의 흐름이 끊겼다가 다른 곳에서 다시 작동하기 시작한 듯했다.

"온천여관 사장도 원래는 방직공장 출신이야. 미스 쓰는 아마 몰랐겠지? 위장도 참 잘하는 사장이야. 생각해보게나. 자네 같은 여자들이 앞서거니 뒤서거니 하며 온천여관에 자리를 잡은 게 우연이겠나? 역사적으로 길이 남을 만한 미담이지."

어느샌가 박쥐 몇 마리가 날아와 작업장 안을 맴돌고 있었다. 벽에 끊임없이 부딪히며 귀가 찢어질 듯한 소리를 냈다. 아쓰는 너무 무서워서 긴장한 나머지 주먹을 부르쥐었다.

"미스 쓰는 말이야, 제일 먼저 온천여관으로 직장을 바꾼 여자지. 자네가 해온 일들도 내가 일찌감치 다 기록해놨어. 방직공장은 이 땅에서 곧 사라질 거야. 하지만 역사란 사라지지 않는 법이지. 지옥 같은 작업장에서 자네같이 뛰어난 여자가 나왔다니 정말 기적이야. 자네는 사랑새니까 높이높이 날아올라도 쉽게 추락하지 않을 거야. 그렇지 않은가?"

책상 가장자리에 앉아 있던 수위의 얼굴이 갈수록 쪼글쪼글해졌다. 누에가 허물을 벗듯이 이목구비가 천천히 쪼그라들었다. 쭈글쭈글해진 부분은 가면이 흘러내린 것처럼 보였다. 수위는 계속 말을 했지만 입이 보이지 않았다. 순간 박쥐 한 마리가 돌진해오더니 수위의 벗겨진 머리에 쾅 부딪히고는 모습을 감췄다. 수위가 책상에 고개를 숙인 채 코를 골기 시작했다. 아쓰는 수위 얼굴에 있던 피부 조각이 떨어져나가지 않았는지 한번 보고 싶었다. 하지만 수위가 얼굴을 단단히 가리고 있어서 좀체 볼 수가 없었다. 그때 또 박쥐가 날아와 이번에는 아쓰 얼굴에 부딪혔다. 한쪽 얼굴이 마비된 아쓰는 한참을 생각하다가 다락방에서 빠져나가기로 했다.

계단을 중간쯤 내려가고 있을 때 위쪽에서 수위가 소리를 질렀다.

"미스 쓰, 절대 해이해지면 안 된다네."

아쓰는 새끼줄을 타고 창문으로 기어올라갈 생각이었다. 순간 작업장 대문이 활짝 열렸다.

안전모에 선글라스를 끼고 방호복을 입은 네 명의 남자가 문 앞에 나타났다. 그중 한 명이 아쓰를 가리키며 큰 소리로 놀라 외쳤다.

"독이 든 박쥐다. 저 여자 봐봐, 어떻게 된 거지? 설마 저 여자도 홍씨 수위 그 늙은 요괴처럼 면역력이 있는 건가?"

손에 쇠몽둥이를 쥐고 있던 남자는 아쓰를 더 이상 상관하지 않았다. 남자들은 계단으로 튀어올라가 쇠몽둥이로 다락방을 모조리 부숴버렸다. 다락방이 '쿵' 소리를 내며 무너져내렸다.

땅바닥에 아무렇게나 널려 있는 널빤지들이 보였지만 수위는 보이지 않았다. 어디 밑에 깔려 있기라도 한 걸까?

남자들은 눈앞의 상황이 이해가 안 간다는 듯 가만히 서 있었다. 아쓰가 아직 문 앞에 서 있는 걸 보고 키 작은 남자가 추궁했다.

"저 노인네와 같이 역사를 뒤집어놓을 셈이오?"

아쓰는 무슨 말인지 도통 모르겠어서 대답하지 않았다.

그러자 다른 남자가 몹시 화를 내며 말했다.

"흥, 저 노인네가 지옥으로 도망친다 해도 내가 꼭 잡아내고 말 거야. 감히 역사적인 사건을 만들어내려 하다니. 이 썩은 나무를 보라고."

남자들은 쇠몽둥이로 널빤지를 뒤적였지만 아무것도 발견하지 못했다. 아쓰는 웃음이 나와 재빨리 손으로 입을 막고 밖으로 뛰쳐 나갔다.

밖은 햇빛이 눈부시도록 찬란했다. 회백색 콘크리트 도로는 다소 낡았지만 길가의 높고 커다란 홰나무는 여전히 아름다웠다. 아쓰는 청춘을 바친 작업장을 몇 번 돌아보다가 화들짝 놀랐다. 작업장 지붕이 벗겨져 있었기 때문이다. 방금 전까지만 해도 괜찮지 않았던가. 몹시 위험한 것 같아 얼른 이곳을 벗어나기로 마음먹고 마구 내달렸다.

공장 대문 앞에 다다라 잠깐 쉬었다 가야지 생각하던 찰나 누군가에게 붙잡혔다. 아위안이었다. 아위안 몸에서 악취가 풍겼다. 방금 막 하수도에서 나왔다고 했다.

"새벽 1시 반에 '자유항'에서 보자."

아위안이 아쓰를 세게 밀치고 혼자 차에 타더니 차를 몰고 가버 렸다.

아쓰는 방직공장을 마지막으로 한 번 더 바라봤다. 마음이 공허 했다. 그 순간 홍씨 수위 아저씨가 한 말이 생각났다. 이제야 그 말에 들어 있던 '역사'라는 두 글자의 의미를 알 수 있었다. 역사는 자나깨나 잊을 수 없는 일을 의미하는 것 아니겠는가? 방호복을 입은 남자들은 누군가에게 눈치를 주는 듯했다. 대체 누구에게 눈치를 주는 걸까? 등골이 서늘했다. 누군가에게 본때를 보여주려고 한다는 느낌이 들었다. 아쓰는 혼란스러운, 차마 돌이켜볼 수 없는 그 역사 탓에 한밤중에도 불안에 떨었다. 지나간 삶을 새롭게 살아 보고 싶었다. 다락방이 헐린 것처럼 아쓰의 역사도 사라져버리면 좋을 것 같았다.

멍하니 길을 걷다보니 한없이 외로워졌다. 문득 '세차게 몰아치는 폭풍우를 맞으며 떠 있는 작은 배 한 척'이라는 비유가 떠올랐다. 아쓰가 제 인생을 바라보는 시선이 담긴 표현이었다. 아위안은 아쓰의 외로움을 달래주기는커녕 왜 더 외롭게 만드는 걸까?

아쓰는 흙먼지를 뒤집어썼는데도 집으로 돌아가고 싶지 않았다. 아는 사람에게는 원래 모습을 보여주면 될 터였다. 변장할 필요도 없고 변장한다 해도 어차피 소용없었다. 구씨 노인은 물론 다른 사람들도 다 알아볼 터였다.

아쓰는 카페로 들어가 라지 사이즈 커피를 주문했다. 다 쓰러져가는 카페였다. 1960년대식 전축에서는 시끄러운 혁명가가 흘러나오고 있었다. 카페는 불도 켜져 있지 않아 어두컴컴했다. 천장에서 새어나오는 불빛이 유일했다. 천장에는 기와 몇 장이 빠져 있었다. 커다란 쥐가 대들보 사이를 뛰어다녔다.

손님들은 극도로 흥분한 듯 보였다. 다들 목소리를 낮춰 대화를 나눴지만 이따금 비명을 질러댔다. 아쓰는 그런 젊은이들에게 도저히 적응이 안 되었다. 몹시 피곤한 나머지 그저 자리에 앉아 시끄러움을 참아낼 수밖에 없었다. 어떤 테이블에 있던 세 사람이 싸우는 것 같았는데 이내 자제를 했는지 도로 자리에 앉는 모습이 보였다. 아쓰는 오늘이 무슨 날이었는지 생각해내려 애썼다.

그때 누군가 바람같이 돌진해오더니 아쓰의 어깨를 힘껏 흔들었다.

"정말 아쓰 맞구나."

룽쓰샹이 감격한 표정으로 말했다.

"너 실종되는 바람에 우리가 한참을 찾았잖아. 나 곧 라오융이랑 결혼해. 알고 있었어?"

"축하해. 언제 하는데?"

아쓰가 이렇게 묻자 룽쓰샹은 침울해하는 기색이었다.

"얼마 안 남았어. 이제 곧 할 건데 날은 아직 안 잡았어. 아쓰, 나 결혼할까 말까? 이렇게 질질 끄는 게 더 낫지 않을까?"

"나도 잘 모르겠어. 그런 걸 누가 확실하게 말해줄 수 있겠어?"

"역시 아쓰답다. 너 오늘 밤에 '자유항' 가야 되지? 나도 갈 거야. 아까 이 동네 사람이 그러는데 '자유항'이 오늘 밤에 사라질 거래. 사라지는 장면을 너랑 같이 볼 수 있겠다."

"쓰샹, 요즘도 온천여관에서 일해?"

아쓰가 참다못해 물었다.

"응, 아쓰. 난 평생 온천여관을 못 벗어날 것 같아."

룽쓰샹이 커피를 테이블에 내려놓더니 얼굴을 가리고 울기 시작했다.

아쓰는 룽쓰샹이 울음을 그치길 참을성 있게 기다렸다. 막상 그리 오래 울지는 않았다.

"나 사실 자상한 남자도 만나본 적 있어. 좋은 결혼 상대였지."

룽쓰샹은 예의 그 행운이 문득 떠올랐는지 두 눈을 반짝였다.

"거의 매주 날 보러 왔던 남자야. 한번은 내가 정신이 나간건지 하마터면 청혼을 받아들일 뻔했지 뭐야. 순간 정신이 들면서 스스로 되물었지. '내가 왜 결혼을 해야 하지?' 이유를 도통 모르겠는 거야. 그래서 거절했어. 물론 그 사람은 라오융한테는 비교가 안 되지. 라오융보다 결혼 상대로서만 좀더 적합할 뿐이야. 아쓰, 나 이제 갈래. 여기 분위기 더 이상 못 참겠다. 이상한 시체 냄새가 나."

룽쓰샹이 쏜살같이 밖으로 뛰쳐나갔다.

아쓰가 중얼거리듯 말했다.

"룽쓰샹 언니는 정말 아름다운 여자야."

문득 룽쓰샹에게 역사란 무엇일지 궁금했다.

키 큰 여자 종업원이 다가오더니 아쓰 귀에 대고 가만히 말했다.

"미스 쓰, '자유항'에 갈 거죠?"

"어떻게 알았어요?"

아쓰가 흠칫 놀랐다.

"여기 손님들은 전부 '자유항'으로 가거든요."

종업원이 차분하게 말을 이었다.

"밖을 보세요. 어둑하다 싶더니 바로 캄캄해지네요. 사실 사장님이 불을 못 켜게 해서요. 이쪽으로 따라오세요."

종업원이 아쓰를 잡아끌었다. 어둠 속에서 테이블 사이를 비껴갔다. 두 사람 발소리만 울리는 터라 카페 안에 다른 사람은 없다는 걸 알 수 있었다.

"여기서 사람 죽었어요?"

아쓰는 룽쓰샹이 한 말이 생각나 물었다.

"많죠."

종업원이 애매하게 대꾸했다.

순간 아쓰를 잡고 있던 종업원의 손이 집게처럼 변했다. 아쓰가 몹시 아파서 소리를 지르자 종업원은 그제야 손을 풀어주었다. 아쓰를 뇌주면서 종업원의 형체가 옆쪽으로 휑하니 이동하는가 싶더니 그대로 사라졌다.

아쓰는 어둠 속에 혼자 서 있으려니 지금 여기가 어딘지 정확히 알 수 없었다. 잠시 뒤 강기슭과 고기잡이배가 보였다. 선실에는 등불이 하나 켜져 있었다. 뱃머리에 있는 구씨 노인의 실루엣도 보였다.

하지만 아쓰는 강기슭을 따라 걸어갈 수 없었다. 가까이 다가가려고 애쓸수록 고기잡이배에서 멀어졌다.

폭우가 쏟아지는 바람에 종이 창고 앞에서 비를 피했다. 창고 안에는 신문 용지가 두루마리 형태로 천장까지 켜켜이 쌓아올려져 있었다. 그 사이사이 아주 좁은 통로가 있었고 통로에는 작은 등불이 켜져 있었다. 통로에 모여 있는 사람들이 보였다. 온몸이 비에 흠뻑 젖어 있어서 보는 이를 흠칫 놀라게 만드는 자들이었다.

"그 남자 풀려났소? 몹시 두렵군."

누군가가 말했다.

아쓰는 어차피 풀려날 필요가 없었기에, 차라리 새끼줄로 제 몸을 칭칭 동여매서 멀리 못 가게 만들면 좋겠다고 생각했다. 그럼 이제 아쓰도 풀려난 걸까? 사람들이 뭔가를 간절히 원하는 듯한 눈빛으로 아쓰를 쳐다보고 있었다. 사람들은 물에 빠진 생쥐처럼 풀려나지 못한 것이 분명했다. 그중에는 아위안을 닮은 사람도 있었다. 까치발을 한 채로 정말 아위안이 맞는지 확인하고 싶었지만 사람들이 몰려 있어서 잘 보이지 않았다. 그때 누군가 아쓰의 어깨를 토닥이며 말했다.

"높은 데 서서 내려다보고 싶으면 종이통 위에 올라가보게나."

순간 고개를 수그렸더니 아위안이 보였다. 이건 또 무슨 의미일까? 아쓰는 거기 있던 사람들이 아니었기에 영원히 모를 수밖에 없었다.

밖에서 천둥소리가 들렸다. 창고 문 앞에 있던 폐지 더미에 번개가 쳐서 불이 붙었다. 불이 크게 번진 탓에 문이 막히고 짙은 연기가 창고 안으로 굽이쳐 들어왔다. 사람들은 기침을 하기 시작했고 아쓰도 마찬가지였다. 질식할 것 같아 밖으로 뛰쳐나가려는데 사람들이 못 나가게 막았다. 사람들이 콜록대며 말했다.

"조금만 참으면 괜찮아질 거예요. 비가 많이 오니까 불길도 금방 잡힐 거고. 여기 뭐하러 온 건지 잊어버렸나요? 잘 생각해보세요."

불길은 잦아들지 않았고 그렇다고 더 번지지도 않았다. 다들 기다리고 있었다. 뭘 기다리는 걸까? 어떤 두 사람이 아쓰의 옷자락을 붙들고 못 나가게 했다. 불현듯 머릿속이 환해진 아쓰는 소리를 질렀다.

"여기가 바로 '자유항'이었어."

그때 눈부신 불덩이가 선실 안에 있던 두루마리 신문 용지 위로 떨어졌다. 몇 분 만에 창고 전체가 타오르기 시작했다. 이것저것 생각할 겨를도 없이 밖으로 뛰쳐나갔다. 거리 한복판에 있는 화단에 앉아 있다가 비를 흠뻑 맞았다. 아쓰는 방금 몇 사람이나 불에 타 죽는 걸 목격했다. 그중에 아위안도 있었던가?

창고는 검은 연기로 뒤덮였는데도 무너지지는 않았다. 불도 저절로 꺼졌다. 참으로 이상한 일이었다. 누군가 옆에서 하는 말이 들렸다. 아쓰가 소리를 지르지 말았어야 했다며, 그래서 사람들 마음이 혼란스러워진 거라는 원망의 말이었다.

"여기가 '자유항'이란 걸 누가 모른다고? 그런 식으로 다른 사람들에게 알릴 필요가 있었냐고!"

남자가 씩씩대며 말했다.

"시체다, 시체야……."

누군가 창고 문 앞에서 소리쳤다.

아쓰는 심장이 쿵쾅거렸다. 죽을힘을 다해 창고 밖으로 뛰어나갔다.

창고가 온통 종이 재로 뒤덮여 사람들은 숨을 못 쉬겠다는 듯 기침을 해댔다. 두루마리 신문 용지가 아직 다 타지 않았는데도 불은 이미 꺼진 상태였다. 일고여덟 사람이 코크스처럼 타버린 시신을 에워쌌다. 그중 한 명이 잔인하게도 쇠몽둥이로 시신을 뒤집었다. 얼굴을 보니 방직공장 다락방을 때려부순 남자였다. 시신이 뒤집히는 찰나 작은 유리병이 땡그랑 소리를 내며 아쓰의 발밑으로 굴러왔다. 주워보니 까치살모사가 유리병 안에서 다리를 휘젓고 있었다. 몹시 불안해하는 모양새였다.

아쓰는 그 순간 이상하리만큼 침착해졌다. 그런 자신의 모습에 스스로도 놀랄 정도였다. 머릿속에 폭설이 내리는 것만 같았다. 극도로 침울한 기분이었다. 휴대폰을 꺼내 룽쓰샹과 미스터 유에게 전화를 한 통씩 걸었다. 두 사람에게 큰일 났다고, 지금 바로 종이 창고로 와달라고 했다.

바닥에 엎드려 숯처럼 변한 시신의 입술에 힘 주어 키스를 했다. 아쓰는 그 입술이 제 입술에 달라붙는 느낌이 들었다. 시신의 입술을 다시 보니 검은 구멍이 되어 있었다. 유리병을 들고 몸을 일으켜 뒤도 안 돌아보고 창고를 나왔다. 폭우가 거세게 몰아쳐 살갗을 때리듯 했지만 아쓰는 아픈 줄도 몰랐다. 사람들이 우산을 들고 쫓아오며 소리쳤다.

"아쓰, 아쓰……."

아쓰는 직감대로 움직여 하수도를 찾아냈다. 순조롭게 이동하다 보니 통행증이 생각났다. 계속 안으로 걸어들어갔다. 안은 그리 어둡지 않았다. 희미한 불빛이 구석구석 흩어져 있었다. 모든 곳이 전에 기절했던 장소처럼 느껴졌다.

멈춰서서 몸을 굽힌 아쓰는 까치살모사가 기어나오도록 유리병 뚜껑을 열어주었다. 조그만 동물은 깊은 생각에라도 빠진 듯 미동도 하지 않았다. 아쓰는 천천히, 가만히, 손톱으로 유리병을 두드리며 정답게 까치살모사를 불렀다. 그러다 유리병을 깨진 벽돌 위에 올려놓았다. 구정물 속에서 신장 지역 춤을 추며 위구르족 언어로 노래를 흥얼거렸다. 한 곡조에 맞춰 춤을 추고 뒤돌아봤더니 아름다운 까치살모사가 보이지 않았다. 아쓰는 한숨 돌리고 유리병을 호주머니에 집어넣었다.

큰길가로 들어서자 동쪽에서 조금씩 차오르는 붉은 해가 눈에 들어왔다. 또 새날이 밝은 걸까? 어떻게 된 일이지?

"시신은 이미 화장했어."

룽쓰샹이 알려줬다.

"그 남자가 죽기 전에 나랑 미스터 유에게 부탁했거든. 한순간도 여기 머무르고 싶지 않다고 말이야. 아쓰, 봐봐. 이렇게 남은 게 바로 그 남자야."

룽쓰샹이 청자로 만든 자그마한 유골함을 건넸다.

"쓰샹 언니, 고마워. 근데 그 남자가 어떻게 이렇게 조그마해진 거야?"

"그러게, 안 그래도 이상해서 여기서 일하는 사람들한테 물어봤어. 이렇게 조그마해진 건 기력을 다 소진해서일 거래. 정말 미남이었는데."

아쓰가 유골함을 받아들고 자꾸 들여다봤다. 그러면서 이상한 신음을 냈다.

"아쓰, 괜찮지?"

룽쓰샹이 걱정하며 물었다.

"정말 잘생겼다……."

아쓰가 말했다.

"잘생겼지? 화장로 안에서 일어서 있었던 게 분명해…… 아니면 어떻게 그렇게 재로 변할 수 있겠어? 여기서 일하는 사람이 그러는데, 몇 년 동안 이런 적은 처음이래."

룽쓰샹은 몽상에 빠졌다.

"사람들이 정말 그런 말을 했어?"

"응, 진짜야."

룽쓰샹은 아무래도 아쓰가 걱정돼 '동백꽃 단지'에 있는 집까지 바래다주었다. 가는 길에 일부러 진주한테 전화까지 했다. 집에 도착한 지 얼마 되지 않아 진주가 차를 타고 도착했다.

아쓰는 친한 친구가 자기 때문에 슬픔에 잠기는 건 싫었다. 간신히 기운을 차리고 방직공장에서 있었던 이상한 일을 이야기해주었다.

"홍씨 수위 아저씨가 방직공장의 역사에 관한 글을 쓰고 있다는 얘기는 들었어. 난 여태 역사는 보잘것없는 건 줄로만 알았지. 이를테면 제품 생산이라든가 판촉 업무라든가 판로 확대 같은 것 말이야. 홍씨 수위 아저씨가 우리한테 일어난 일까지 글로 쓸 줄은 생각도 못 했어. 부끄러워 죽겠다. 아쓰, 그 역사책이 정말 산산조각 난 거야? 홍씨 아저씨가 희생된 거 맞아? 도망간 거 아니었어?"

룽쓰샹이 되물었다.

"작업장이 꽤 커서 내가 똑똑히 봤는데 아저씨가 도망갈 곳은 없었어. 아저씨도, 아저씨 노트도 끝장난 게 분명해. 아저씨는 셋이나 되는 불한당을 당해내지 못했어."

다들 침묵을 지키다 돌연 이구동성으로 외쳤다.

"알고 보니 그것도 역사였던 거야. 이미 끝장났다니 다행이다."

진주가 한마디 덧붙였다.

"망가진 건 노트밖에 없어. 나 방금 홍씨 아저씨 봤거든. 굉장히 차분해 보였는데, 다시는 역사를 기록하지 않을 거라고, 이제는 역사를 만들어낼 거라고 했어. 그 순간에는 무슨 말인지 도통 모르겠더니 이런 뜻이었구나."

"우리도 역사를 만들어야 해. 내가 쏘가리로 맛있는 거 해줄게."

아쓰가 들떠서 말했다.

세 사람은 쏜살같이 부엌으로 달려가 분주하게 식사 준비를 하기 시작했다.

아쓰는 이따금 멍하니 있었다. 룽쓰샹이 진주에게 눈짓하며 큰 소리로 말했다.

"나도 잘 모르겠어. 각자 운명인데 어떻게 강요할 수 있겠니?"

아쓰가 피식 웃더니 말했다.

"둘이 연기 좀 하지 마. 나도 슬슬 알게 될 테니까."

세 사람은 밥을 먹으며 술을 꽤 많이 마셨다. 유골함을 식탁에 올려놓고는 그쪽으로 연신 술을 올렸다.

"진주, 얼마 전에 결혼했다며?"

아쓰가 혼미한 정신으로 물었다.

"응. 나 드디어 행복을 찾아어. 그러고 보니 우리 셋 다 이제 행복해졌다. 그렇지?"

"우리 셋의 행복을 위해 건배!"

룽쓰샹이 말했다.

"건배!"

세 사람은 일제히 큰 소리로 외쳤다.

손이 심하게 떨리는 바람에 술이 엎질러졌다. 순간 세 사람 마음속에 환한 불빛이 켜졌다.

'제보자'가 노크도 하지 않고 불쑥 들어왔다. 심각한 표정으로 식탁까지 걸어오더니 유골함을 본인 쪽으로 놓고 세 차례 허리를 깊이 숙였다.

"아쓰 친구분이시죠? 모습이 많이 변하신 것 같아요."

룽쓰샹이 말했다.

"유골함 안에 계신 분은 사람들에게 존경받는 분일세."

제보자가 말했다.

장군 같은 영웅의 모습으로 변한 제보자는 황급히 뒤돌아 나갔다.

"아쓰는 앞으로 제보자를 생각하면서 살면 되겠네."

룽쓰샹이 말했다.

"지금 내게는 제보자가 수수께끼야. 다른 사람들도 제보자 생각을 해도 되겠지."

"아쓰는 새로운 행복을 찾아야만 해."

진주가 말했다.

"여기 봐봐, 내 행복이 여기 있었어."

아쓰가 젓가락으로 큰 대접 안에 있는 쏘가리 뼈대를 가리키며 말했다. 살점을 다 발라먹고 남은 뼈대가 탕 속에서 오락가락하고 있었다. 뼈대는 세 바퀴를 뱅뱅 돌고 가라앉았다. 그러곤 꼼짝도 하지 않았다. 세 사람은 어리둥절해서 서로 쳐다만 봤다.

"이게 바로 확실히 느낄 수 있는 행복이야. 아위안은 이런 행복과는 거리가 먼 사람이지. 아위안과 같이 있으면 행복을 느끼기는 커녕 고통만 느껴져. 그런데도 아위안에게 죽도록 매달리다니 난 대체 왜 그런 걸까?"

아쓰는 불현듯 어머니가 떠올랐다. 시선은 허공의 한곳을 응시하고 있었다.

"그건 우리 안에 약간 제정신이 아닌 면이 있어서 그런 거야."

룽쓰샹이 감탄하며 말했다.

그러곤 갑자기 일어나더니 몸이 안 좋아 가서 쉬어야겠다고 했다.

룽쓰샹이 자리를 뜨자마자 진주가 아쓰에게 라오융이 또 젊은 애인을 새로 만나고 있다는 얘기를 해주었다. 라오융은 아직도 룽쓰샹과의 결혼을 밀어붙이고 있지만 룽쓰샹이 절대 결혼을 하지 않기로 마음먹은 뒤였다. 룽쓰샹의 삶에 조만간 어떤 전환점이 다가오리라는 것이 어렴풋이 느껴졌기에 진주는 걱정됐다. 십중팔구 좋지 않은 일일 터였다.

"전에 밀폐된 화물차 안에서 나랑 룽쓰샹은 각자 행복을 추구하기로 맹세했어."

아쓰가 말했다.

진주는 자기가 세 사람 중 가장 좋은 운명을 타고났다고 생각했다. 이 때문에 나머지 두 사람에게 관심을 가져야 한다는 책임감이 느껴졌다. 세 사람에게 오늘 같은 자유는 쉽게 주어지는 게 아니었다.

"진주, 너무 비관적으로 생각하지 마. 내가 지켜보니까 룽쓰상 언니는 자신에 대해 잘 아는 사람이야. 생각해봐. 그 언니 한번 죽다 살아났잖아. 그런 사람이 위험한 상황에서 죽기만을 기다리고 있겠어?"

아쓰가 말했다.

"아쓰, 정말 통찰력이 뛰어나구나. 내가 쓸데없는 걱정을 했나봐."

진주가 근심 어린 표정으로 아편 판매상의 유골을 향해 술 한 잔을 올리고 마지막 인사를 했다. 아쓰가 진주를 대문까지 배웅했다.

진주가 택시를 탔다. 아쓰가 뒷좌석을 보니 '제보자'가 타고 있었다.

"애인을 만나고 싶으면 만날 수 있다오."

제보자가 말했다.

"어떻게요?"

아쓰가 떨리는 목소리로 물었다.

"해변가 도로 132번지, '자유항' 가장 안쪽에 있는 파친코 기계 옆에서. 새벽 2시에."

"고맙습니다."

아쓰는 집으로 들어와 자그마한 유골함을 바라봤다. 저도 모르게 슬픔이 북받쳐 올랐다. 이유는 모르겠지만 그렇다고 울고 싶지는 않았다. 방직공장 앞에서 아위안을 만났던 장면을 기억해내려고 애썼다. 그 순간 아위안 얼굴에 비치던 잔인한 표정이 떠올랐다. 무슨 의미였을까? 아위안의 목숨이 걱정되던 장면이었다. 잔인한 표정은 아위안 자신을 겨냥한 것이었다. 종이 창고에 뜬금없이 불이 났던 일도 무언가에 가려진 것처럼 희미하게만 기억났다. 하지만 등골 오싹해지는 일 또 하나가 바싹 다가와 있었다. 사람들 속에 서 있던 아쓰는 전혀 두렵지 않았다. 아쓰는 늘 그랬다. 위험에 빠지면 오히려 두려움이 사라졌다.

아위안이 죽을 계획만 짜고 있다는 걸 미리 알았더라면 아쓰는 흔쾌히 '자유항'으로 갔을까? 어차피 그때는 '자유항'이 어디 있는지 몰랐다. 그 일이 있기 전에 룽쓰샹을 우연히 마주쳤던 장면이 이제야 떠올랐다. 룽쓰샹이 '자유항'에 간다고 말한 순간이었다. 까맣게 잊고 있던 일이었다. 그 말대로라면 룽쓰샹도 종이 창고에 있었던 것이 분명했다. 룽쓰샹이 거기서 아위안과 함께 서 있었을 것이다. 아위안이 불 속에서 목숨을 잃는 장면을 목격하고도 룽쓰샹은 가만있었던 게 아닐까? 왜 룽쓰샹은 불이 났을 때 어디 있었는지는 전혀 언급하지 않을까? 아무리 생각해봐도 룽쓰샹이 너무 침착하다는 느낌이 들었다. 룽쓰샹은 아위안의 계획을 정확히 꿰뚫고 있었던 것 같다. 사람 마음은 그처럼 알 수 없는 것이었다. 누구나 다 아위안의 계획을 알고 있었다. 아쓰만 빼고. 아위안이 아쓰에게 비밀로 한 건 아쓰가 나중에 혼자서도 잘 살 수 있도록 하기 위해서였을까? 아쓰는 그렇게 생각할 수밖에 없었다. 사실 실제 상황과도 딱 맞아떨어졌다. 진주도 아쓰에게 새로운 행복을 찾아

나서야 한다고 말하지 않았던가?

아쓰는 집에 있을 수가 없어서 다시 길가로 나섰다. 벌써 오후가 되어 있었다. 도시는 아무 일도 일어난 적 없는 것처럼 나른해 보였다. 발길 닿는 대로 걷다보니 무심코 또 그 카페 앞에 다다라 있었다.

키 큰 여자 종업원을 다시 보게 되었다. 종업원은 아쓰를 전혀 기억하지 못하는 듯 무표정한 얼굴이었다.

커피를 내온 사람은 땅딸막하고 표정이 우울한 여자애였다.

고장이라도 난 듯 전축에서는 1930년대 노래가 나오다가 말았다가 했다. 그러고 보니 카페에 손님이라고는 아쓰밖에 없었다.

"아쓰 언니, 드셔보세요. 올해 새로 나온 딸기예요."

여자애가 작은 목소리로 말했다.

"내 이름은 어떻게 알았니?"

"다들 창고에서 불났던 얘기를 하거든요. 그렇다고 제가 악의가 있어서 그런 건 아니에요. 믿어주세요."

여자애 얼굴은 슬픈 기색이 역력했다. 울 것 같은 표정이었다. 연기하는 걸로 보이진 않았다. 이런 생각을 하고 있는데 또 여자애 목소리가 들렸다.

"나쁜 사람이지만 저도 아위안을 사랑해요. 따뜻한 고향 분위기가 난다면서 우리 카페에 자주 오는 남자였죠. 생각해보세요. 그런 남자를 어떻게 사랑하지 않을 수 있겠어요? 그렇다고 아쓰 언니와 아위안 사이를 질투하는 건 아니에요. 저는 아쓰 언니를 돕고 싶은 마음밖에 없어요. 아쓰 언니를 어디다 소개해줄 분이 우리 카페에 있거든요. 늘 양쪽을 오가며 아주 자유롭게 다니는 언니예요."

"누구 말하는 거니?"

아쓰가 물었다.

"오른쪽에 있는 저분이에요. 키 크신 분."

부숴진 천장 위로 보이는 하늘이 한밤중처럼 돌연 새까매졌다. 카페 안에 있던 전축이 탁 멈추더니 더 이상 소리가 나지 않았다. 땅딸막한 여자애가 작은 초를 들고 있었다. 몹시 작은 촛불이 하늘거렸다. 전통극에 나오는 여자 귀신처럼 머리가 산발이 되어 마구 흩날리고 있었다.

카페 끝 저 깊숙한 곳에서 자그마한 불빛이 나타났다. 키 큰 여자 종업원이 초를 들고 두 사람이 있는 쪽으로 천천히 다가왔다.

"인즈, 너무 실망하지 말아요."

땅딸막한 여자애가 종업원에게 느닷없이 말했다.

일순간 멍해졌던 종업원은 뒤돌아 가려는가 싶더니 두 사람에게 다시 걸어왔다. 아직 어린애라고, 고등학교 졸업도 안 한 것 같다고 아쓰는 생각했다.

"제가 바로 그 역사예요."

종업원이 쓴웃음을 머금고 말했다.

"무슨 역사?"

아쓰가 물었다.

"방직공장 역사요. 얼굴만 보면 안 믿기겠지만 사실 저 올해 서른다섯 살이에요. 저도 원래는 방직공장에 있었는데 어느 날 문득 깨달은 게 있어서 제가 역사가 된 거죠. 역사는 깨달음이잖아요? 제 말 맞죠?"

종업원이 초를 테이블에 눌러 붙였다. 아무도 대꾸를 하지 않왔다.

아쓰는 키 작은 여자애가 안 보인다는 걸 알아차렸다. 카페 안은 음침할 정도로 몹시 어두웠다.

"인즈, 드디어 고통에서 벗어났구나. 정말 잘됐다."

아쓰가 말했다.

"아쓰 언니, 제 팔 좀 만져봐요."

인즈가 조용히 말했다.

아쓰 손에 만져진 건 인즈가 아니라 가시가 달린 식물이었다.

인즈가 훅 하고 단숨에 촛불을 껐다. 그러곤 아쓰를 껴안고 어두운 곳으로 깊숙이 데려갔다.

눈앞에 보이는 곳이 꽤 널따란 듯했다. 적어도 세 사람이 초를 든 채 서로 거리를 두고 서 있었다.

"저 사람들 뭐 하는 거야?"

아쓰가 물었다.

"보초병이에요. 언니도 분명히 잘 아는 사람들일 텐데."

"근데 왜 못 알아보겠지?"

"언니가 기억 안 나서 그런 거예요. 같이 가서 물어봐요."

두 사람은 키 작은 보초병에게 다가갔다. 인즈가 먼저 인사를 건넸다.

"오늘 들어온 것 좀 있나요?"

"없지. 우리는 정말 아무것도 없어. 인즈, 이 사람은 누군가?"

"전의 그 미인이에요. 보초나 잘 서세요, 한눈팔지 말고."

인즈는 아쓰의 손을 잡고 보초병 앞을 지나쳐갔다.

"인즈, 왜 나를 '전의 그 미인'이라고 한 거야?"

"언니가 역사니까요. 그렇지 않나요?"

아쓰는 한참을 생각해봐도 무슨 말인지 도저히 알 수가 없었다. 고개를 돌려봤지만 보초병들 손에 들려 있던 촛불은 이미 꺼져 있어서 아무것도 보이지 않았다.

"저 보초병들도 역사예요."

인즈가 말했다.

"발밑 조심해요, 아쓰 언니. 제가 사랑하는 사람이니까 언니가 넘어지지 않았으면 좋겠어요. 우리는 '자유항'으로 가야 해요."

"자유항 가는 길이 매번 다르던데?"

아쓰가 들떠서 말했다.

"맞아요. 제 약혼자를 찾으러 가는 거예요. 10년 전에 헤어진 약혼자요. 제가 이런 일 하는 걸 탐탁지 않게 생각하는 보수적인 사람이죠."

"카페 일 말이니?"

"아니요. 언니랑 같은 일이요. 저는 제 맘대로 하는 게 좋거든요."

"어머나. 내가 인즈의 그림자가 된 거 같은 느낌이다. 그럼 너도 방직공장에서 나온 지 꽤 된 거야? 그리고 온천여관 아가씨가 된 거고? 손 좀 잡아줘. 앞이 하나도 안 보여."

이번에는 아쓰가 인즈의 손을 잡았다. 발밑에서 물 흐르는 소리가 들렸다. 연인들이 물속에서 무언가에 대해 열정적으로 논의하고 있는 듯했다.

"우리 지금 다리를 건너가고 있는 거니?"

아쓰가 물었다.

"맞아요. 왼쪽에 밝은 불빛 보이죠? 저기가 바로 '자유항'이에요."

왼쪽으로 눈을 돌려봤지만 어둠밖에 보이지 않았다.

"저 사람들은 왜 강가에 서 있는 거야? 힘들어 보이는데."

"우리랑 달리 운이 좋지 않아서죠. 아직 역사가 되지 못해서 고생스레 기다리는 중이에요."

그중 한 쌍의 연인이 울음을 터뜨렸다. 울음소리에 아쓰는 살짝 긴장되었다.

다리를 다 건넜는지 시멘트 바닥이 밟혔다. 인즈가 돌연 아쓰를 뿌리치더니 소리쳤다.

"왼쪽으로 뛰어요!"

인즈가 뛰어갔다.

아쓰는 두려운 마음에 두 팔을 뻗어 더듬어보며 몽유병자처럼 걸어갔다. 얼마간 걷다보니 아니나 다를까 희미한 불빛이 보였다. 반딧불이처럼 일부러 쳐다보지 않으면 알아차리지 못할 만큼 작은 초록 불빛이었다. 아쓰는 들뜬 기분에 발걸음을 빨리했다.

그때 누군가의 몸에 부딪혔다. 그 사람의 목소리가 들렸다.

"난 여기 보초병이어서 그쪽을 다시 돌려보낼 수도 있소. 그런데 갑자기 호기심이 발동해서 생각이 바뀌었네. 그냥 풀어주겠소."

"풀어주셔서 감사합니다."

얼마 후 아쓰는 문 앞에 서 있었다. 문 위쪽에서는 예의 그 작은 초록 불빛이 반짝이고 있었다. 건물 주인이 함박웃음을 지으며 아쓰에게 손을 흔들고 있었다.

"너무 오랜만에 오네요."

아쓰가 멋쩍은 듯이 말했다.

"괜찮소. 이런 데는 위기의 순간에만 생각나는 법이지."

남자는 아쓰를 마중 나와 있었던 듯했다. 남자를 따라 집으로 들어간 아쓰는 불안한 마음에 눈을 크게 뜨고 주위를 둘러봤다.

눈에 익은 파친코 가게였다. 아주 좁은 통로 양쪽에 파친코 기계들이 쭉 늘어서 있었다. 분위기를 살리려는 듯 불은 켜져 있지 않았다. 파친코 기계 화면에 알록달록한 그림이 나타나 있었다. 파친코 가게 사장이 잰걸음으로 걸어가다가 우뚝 멈춰서더니 오른쪽에 있던 사람의 어깨를 두드렸다. 그 사람이 돌연 쥐라도 난 듯 게임을 멈췄다. 사장이 고개를 돌려 아쓰에게 말했다.

"이 파친코 기계가 바로 아위안이 쓰던 거요. 이 안에 물건을 많이 넣어놨지."

사장은 방금 그 청년에게 부탁조로 말했다.

"티에주, 이쪽은 아위안 여자친구야. 잘 대접해야 하네."

사장은 이 말만 남기고 안으로 들어가버렸다. 청년은 제 키만 한 의자를 끌어다 제 옆에 있는 기계 앞에 아쓰를 앉혔다.

"아쓰 누나, 파친코 기계 다룰 줄 모르시죠? 제가 도와드릴게요. 여기 화면에 아위안이 있어요. 심하게 다쳐도 도움을 받고 싶어하지 않는, 아주 이상한 사람이죠……."

청년은 아쓰에게 파친코 기계 화면을 보며 열정적으로 설명해주었다. 본인이 그 상황에 처해 있다는 듯이. 하지만 화면은 청년이 말한 것과 달랐다. 누런 모래만 보일 뿐이었다. 누런 모래 가운데 누추한 목조 가옥이 자리하고 있었다. 지붕 위에는 까치 한 마리가 앉아 있었다. 화면은 전혀 바뀌지 않았다. 계속 보고 있으려니 지겨웠다. 반면 티에주는 의욕에 넘쳐 이야기를 계속했다. 흥분되는 지점에서는 팔꿈치로 아쓰를 툭툭 치기까지 했다.

"아위안은 피를 흘리지 않았어요. 한 방울도요. 이 큰 전갈 좀 보세요. 아위안의 애완동물이에요. 뜨거운 뜸을 못 견디겠는지 죽자 사자 유리병에서 기어나오더라고요. 아위안은 임종하는 순간까지도 전갈을 위로했다니까요. 사하라, 사하라."

"아위안이 사하라 사막에서 죽었다는 말이니?"

"어떻게 아쓰 누나에게 거짓말을 하겠어요? 제가 직접 임종 이후의 일까지 처리했는데요. 유골은 사막에 두고 저 전갈만 가지고 왔어요. 아위안이 전갈을 꼭 누나에게 갖다드리라고 신신당부했거든요."

"전갈이라니. 정말 말도 안 되는 소리다, 얘."

"우리 지금 전갈 가지러 가는 거예요? 아위안 영상 안 볼 거예요?"

"어차피 아무것도 안 보였잖아."

"그건 누나가 보고 싶어하지 않아서죠. 조금만 신경 쓰면 보일 거예요. 오른쪽 귀퉁이를 보세요. 아위안이 거기 숨어서 말을 하고 있어요. '여자, 여자……' 이러면서 누나 얘기를 하고 있다고요. 이거 봤어요? 아위안이 가슴 앞에 들고 있는 게 전갈이에요."

화면에서 아위안을 찾아보려고 애썼지만 누런 모래와 통나무집, 그리고 꼼짝 않고 앉아 있는 까치밖에 보이지 않았다. 아쓰는 애타는 마음에 주먹을 부르쥐고 연신 한숨을 내쉬었다. 바로 그때 사장이 뛰어왔다.

"아쓰, 아쓰."

사장이 소리를 지르자 사람들이 일제히 사장을 향해 허리를 숙였다.

"빨리 따라오게. 아위안의 유품이 왔다네."

불이 켜졌다. 아쓰는 사장을 따라 몹시 좁은 통로를 통해 파친코 가게 깊숙한 곳으로 뛰어들어갔다.

아주 오래 뛴 것 같았다. 두 사람은 빛이 강렬하게 반사되고 있는 하얀 철문까지 뛰어갔다. 사장이 문을 밀자 금속이 긁히는 소름 돋는 소리가 났다. 두 손으로 귀를 막은 아쓰는 얼굴이 새하얘졌다. 문이 스르륵 열렸다. 아쓰 옆으로 하얀 중형 버스가 나타났다. 앞부분이 불에 탄 채로 차창이 찌그러져 있었다.

"사막에서부터 몰고 왔는데 어찌 된 게 아직도 엔진이 잘 돌아가네."

아쓰는 차고를 둘러보다가 차고 앞에 흐르고 있는 강을 발견했다. 어느새 날이 환하게 밝았다. 강가에는 빨래하고 있는 사람들이 꽤 있었다.

"이 차 내가 간직하고 싶다. 며칠씩이나 잠을 제대로 못 잤네. 눈만 감으면 아위안이 했던 일이 머릿속에 떠올라서 말이야. 난 평범한 장사꾼이어서 감히 위험에 맞서지 못하는데 아위안은 용감한 길을 걸어온 사람이지. 근데 이 도시도 나 같은 사람을 필요로 하겠지?"

사장의 목소리가 몹시 슬프게 들렸다.

"그야 물론이죠."

아쓰가 부드럽게 말했다.

"사장님의 '자유항'이 아위안에게 용기를 북돋워준 거예요."

"아쓰, 아쓰. 정말 그렇게 생각하나? 그런 말을 들으니 너무 기쁘네."

"당연하죠. 아위안이랑 정처 없이 떠돌 때 사장님 가게가 우리 집이었잖아요."

"아, 이제야 마음이 놓이는군. 다행이야. 아쓰, 저기 통나무 다리 위에서 누가 아쓰에게 손을 흔들고 있어."

그때 갑자기 하얀 중형 버스의 차체를 한 번 쓰다듬고는 문을 열어 버스 안도 살펴봤다. 마음속으로는 연신 잘 가라는 인사말을 중얼거렸다.

"저 이제 가봐야 해요. 조만간 또 올게요."

"꼭 오게나, 아쓰. '자유항'에 오는 것만큼 쉬운 일도 없으니까. 마음속으로 '자유항'을 떠올리면서 다리를 들기만 하면 바로 '자유항'에 도착해 있을 걸세."

차고를 나서자 강바람이 불어왔다. 익숙한 물비린내가 풍겼다.

얼마 가지도 않았는데 통나무 다리가 보였다. 다리 위는 텅 비어 있었다. 그 자리에 우뚝 멈춘 아쓰는 다리를 건널지 집으로 돌아갈지 마음을 정할 수가 없었다.

인즈가 가로등 옆에서 완전히 변해버린 모습으로 나타났다. 고등학생처럼 보이지 않고, 본인이 말한 대로 족히 서른다섯은 돼 보였다. 인즈가 굳은 표정으로 천천히 걸어왔다.

"아쓰, 이제 언니라고 안 부를게. 내가 더 나이 많으니까. 아쓰보다 힘든 일도 많이 겪었고. 방금 다리 위에서 생각해보니까 '자유항' 사장님이 아주 고마운 분이었어. 사장님이 많은 힘이 됐지. 저 다리까지 걸어가봤는데 발밑에 있는 물이 깊더라. 연인 한 쌍이 물

속에서 속닥거리고 있었어. 그때 문득 내 남자친구 목소리가 들리는 거야. 그 사람이 이 세상을 떠돌아다닌다는 걸 알게 됐지. 나처럼 말이야. 그래서 물속에 들어가보지는 못했어. 그 사람이 오늘 밤에는 '자유항'에 안 갔거든. 사실 그 사람과는 마주칠 수 없다는 걸 일찌감치 알고 있었는데도 그쪽으로 뛰어간 거야. 난 항상 이 모양이야. 내 말은 내 마음속 하늘이 늘 칠흑같이 어둡다는 뜻이야. 근데 진작 적응은 했어. 껌껌한 내 마음속 하늘에서 펼쳐지고 있는 각종 게임이 내 삶에 활력을 가져다주거든. 아쓰, 아쓰. 지금 내 말 듣고 있어?"

"지금 네 역사 얘기하고 있잖아, 인즈. 듣고 있어."

아쓰가 부드럽게 말했다.

"거기서 나오는데 머릿속이 온통 그 사람의 웃는 얼굴로 가득했어. 흰 비둘기도 봤고. 오른쪽으로 들어가면 그 사람을 찾을 수 있을 것 같았어. 우리가 헤어진 이유가 바로 내가 그 사건이 일어났던 사실을 잊어버려서였거든. 오른쪽으로 들어가면 그 일을 기억할 수 있을 것 같았어. 뛰어들어갔는데 아무도 날 신경 쓰지 않는 거야. 그렇게 파친코 가게를 전부 뒤지고 있는데 거기 있던 남자들이 내 쪽으로 얼굴을 비틀었어. 난 그 남자들에게 욕을 실컷 먹고 창피해서 죽을 뻔했지. 사장님이 미친 나를 데리고 가면서 나더러 밖에 있는 통나무 다리로 가서 찾아보라고 했어. 그래서 다리 위로 뛰어올라갔다가 도로 내려온 거야. 나 진짜 미쳤지?"

"너 정말 행복한 사람이구나, 인즈."

아쓰가 진심으로 말했다.

"내가 남자친구와 마주친 적이 있다는 말이야?"

"그래, 그 뜻이야."

인즈가 말없이 아쓰의 손을 꼭 잡고 감사의 뜻을 표했다. 두 사람은 어느새 온천여관 앞에 다다라 있었다. 인즈는 본인이 살아가는 이야기를 제법 많이 했다. 두 사람은 서로 같은 기분에 빠져 있었다. 슬픈 와중에도 묵묵히 무언가를 기대하는 기분. 인즈는 온천여관에서 본인의 자유로운 삶이 시작되었다고 했다. 인즈는 온천여관에 가장 먼저 온 무리 중 한 명이었다.

아무도 없어서인지 온천여관 앞은 조용했다. 아쓰는 인즈를 데리고 들어가서 예전에 일하던 곳을 보여주고 룽쓰샹도 소개해주고 싶었다.

"됐어, 아쓰. 우리 극장으로 가자, 지금 당장."

인즈가 단호하게 말했다.

"동백 아가씨 공연 보러 가려고? 요즘 아프다던데."

인즈가 아쓰를 끌고 길가로 나섰다. 두 사람은 버스에 올라탔다. 버스에는 운전기사밖에 없었다. 선글라스를 낀 기사는 촌스러워 보였다.

"저희는 극장으로 가요."

문 옆에 꼿꼿하게 서 있던 인즈가 말했다.

"자네들 지하로 내려가는 거 나도 알고 있네. 그런 곳에 있으면 아무래도 의지가 강해지지."

버스 기사가 차를 출발시키더니 우뚝 멈춰세웠다. 그 바람에 아쓰와 인즈가 고꾸라질 뻔했다. 버스 기사는 또 아무렇지 않게 다시 버스를 몰았다. 얼마간 버스를 몰던 기사는 고개도 돌리지 않고 큰 목소리로 말했다.

"나도 사창가에 가는 길이라네. 내가 마음에 두고 있는 사람이 지하 3호실에 살고 있어서."

참 재미있는 버스 기사라고 생각하며 아쓰가 물었다.

"우리 마음에 드세요?"

"아니, 마음에 두고 있는 사람이 따로 있다니까. 난 동백 아가씨 노래를 들으며 자란 사람이야."

"죄송해요. 저희도 지금 동백 아가씨 보러 가는 길이에요."

"흥."

세 사람은 버스에서 내릴 때까지 아무도 입을 열지 않았다.

아쓰는 인즈를 따라 고가 사다리를 타고 다락방까지 올라가 옆으로 난 작은 문을 통해 옥상으로 나갔다. 옥상이 텅 비어 있는 걸 보고 아쓰가 조그만 소리로 말했다.

"옥상에 난간이 없다."

"그래야 편하지. 여기서 뛰어내리는 사람이 많거든."

인즈가 큰 소리로 대꾸했다.

인즈가 아쓰를 옥상 끝으로 데려가 앉히고는 두 발을 허공으로 뻗게 했다. 아쓰는 너무 무서워서 몸을 최대한 뒤쪽으로 젖혔다. 인즈는 전혀 무서운 기색도 없이 몸을 흔들며 노래를 흥얼거렸다. 귀를 기울여보니 동백 아가씨 노랫소리에 맞춰 흥얼대는 거였다. 인즈의 몸이 리듬에 맞춰 흔들리고 있었다. 아쓰는 온몸에 소름이 돋았다. 노래가 멈추면 인즈가 저 아래로 떨어질 것만 같아서, 노래가 끝나지 않기를 빌었다.

아쓰는 이내 알아차렸다. 노랫소리가 건물 안에서 나는 게 아니라 저 높이 하늘에서 들려오고 있다는 걸. 동백 아가씨가 열기구에 앉아 노래를 부르고 있는 걸까? 그때 등 뒤에서 누군가의 목소리가 들렸다.

"저 여자 정말 아름답다. 어디에 있든 무척 아름다워."

"그야 당연하지. 우리 도시의 동백꽃 여왕인데."

아쓰는 그 말을 한 사람이 구씨 노인이란 걸 알았다. 황급히 몸을 돌려 일어났다. 몇 걸음 뛰어가다가 불현듯 멈춰서서 뒤돌아봤더니 인즈가 안 보였다.

"인즈!"

아쓰가 애절하게 울부짖었다.

구씨 노인이 아쓰의 어깨를 토닥이며 연거푸 말했다.

"괜찮네, 괜찮아. 인즈가 걸어 내려가는 걸 내가 봤다네."

"정말이에요?"

"맹세할 수 있지."

"방금 전에는 누구랑 얘기한 거예요?"

"난 아무 말 안 했는데."

"그렇다면 어르신 마음이 한 말이겠죠. 사랑해요, 어르신."

"나도 사랑한다, 아쓰. 우리 어서 내려가지. 배에 타면 내 조카가 올 거야. 아주 예쁘게 생긴 녀석이지."

"예쁘게 생긴 남자는 싫어요. 저는 나이 든 어부를 사랑한다고요."

"그럼 날 따라오게나."

두 사람이 고기잡이배에 탔을 때는 이미 해 질 무렵이었다. 근처 단층집에서 구슬픈 가락을 연주하는 얼후 소리가 들렸다. 아쓰는 눈물을 흘리며 귀를 기울였다.

구씨 노인 조카가 배 안을 분주하게 왔다갔다하며 저녁 준비를 하고 있었다. 그러다가 아쓰와 마주보고 앉았다. 펜싱 선수 같은 몸매였다.

"얘 이름은 시거우細狗날씬한 개라는 뜻라네. 참 귀여운 이름이지."

구씨 노인이 말했다.

세 사람은 서로 잔을 맞부딪쳤다. 구씨 노인 조카는 조금도 어색해하지 않고 거리낌없이 아쓰를 껴안으며 음식을 집었다. 아쓰의 애인인 것처럼 굴었다.

"아쓰가 시거우의 첫사랑이야. 진작에 아쓰를 알고 있었다는군."

"알아요, 어르신. 어르신 집에서부터 알고 있었어요."

밥을 반 정도 먹어갈 때 아쓰는 강바람을 쐬고 싶었다. 구씨 노인 조카가 아쓰와 함께 선실을 나섰다. 두 사람은 뱃머리에 서서 서로를 끌어안았다. 물속에서 나누는 연인의 대화 소리가 또 들렸다. 고개를 들어 하늘을 바라보았다. 아쓰는 동백 아가씨 노랫소리가 생각났다. 강물 속에서 솟아나는 열정이 느껴졌다. 구씨 노인 조카에게 같이 강에 들어가지 않겠냐고 물었다. '들어가고 싶다'는 대답을 듣고 아쓰가 먼저 들어갔고 구씨 노인 조카도 잇따라 들어갔다. 선실에서 나온 구씨 노인은 그 자리에 서서 생각에 잠겼다.

수영을 할 줄 모르는 아쓰는 입을 벌린 채 물에 휩쓸려다녔다. 고개를 물 밖에 내놓을 수 있도록 구씨 노인 조카가 옆에서 받쳐줬다. 동백 아가씨 노랫소리가 하늘에서부터 들려왔다.

"대체 누구세요?"

아쓰가 중얼거리듯 물었다.

"아위안이야. 저녁 먹을 때부터 계속 기다리고 있었어. 날 못 알아보던데."

"모습이 너무 많이 변했다. 나 버리고 저세상으로 간 거 아니었어? 그런데 구씨 노인 조카로 변해 있네. 또 뭘로 변신할 수 있는 거야?"

"내가 어떻게 아쓰를 버릴 수 있겠어? 아쓰가 내 이상형인데. 나 원래 구씨 어르신 조카 맞아. 구씨 어르신은 나를 키워주신 분이기도 하고. 이 아리아를 들어봐, 너무나 절망적이다. 사실 말이야, 절망은 절망일 뿐이야, 하늘이 무너져도 솟아날 구멍은 있는 법이니까……."

아위안이 아쓰를 갑판 위로 밀어올려줬다.

"어르신, 대체 사람은 평생 몇 번이나 죽을 수 있는 거죠?"

아쓰가 구씨 노인에게 물었다.

"그건 그 사람의 잠재력을 봐야지. 잠재력이 크면 무한대로 죽을 수 있는 거야. 아쓰, 이거 아쓰 옷이니 안에 들어가서 갈아입어."

"아위안은 갔나요?"

"갔어. 그래도 다시 만날 수 있을 걸세."

"그 남자 대체 어르신 조카예요, 아니면 아위안이에요?"

"둘 다지. 잘된 일 아닌가?"

아쓰는 젖은 옷을 갈아입고 선실을 나와 구씨 노인을 꽉 껴안았다.

"어르신, 난 어르신만 사랑해요."

"말도 안 되는 소리네, 정말 말도 안 되는 소리야. 아쓰는 자랑스러운 동백꽃 여왕인데 왜 그리 기가 꺾인 게야? 저 나이 든 여자는 미쳐가고 있어. 그런데 얼마나 귀엽게 미치는지 들어보라고. 우린 젊었을 때 모두 저 여자 때문에 미친 적이 있지. 아쓰, 저 여자를 만나볼 텐가? 여기서부터 일곱 번째 고기잡이배에 있다네."

그 배에 올라 선실로 들어가니 화장을 진하게 한 노부인이 보였다. 노부인은 혼자 네모난 작은 테이블에 앉아 있었다. 테이블에는 등잔불이 켜져 있었다. 노부인은 가면을 쓴 것처럼 눈동자 하나 움직이지 않았다. 손짓으로 아쓰와 구씨 노인에게 앉으라는 시늉을 했다.

"당신의 노랫소리가 우리 같은 사람 몇 세대를 키워냈다오."

구씨 노인이 점잖게 말했다.

아쓰는 느닷없이 감정이 북받쳐 올랐다. 참다못해 입을 열었다.

"그럼 계속 죽었다 살아나셨나보네요…… 맞다, 방금 내가 그런 느낌이었는데. 물속에 누워 있다가 검은 물체들을 향해 끊임없이 가라앉았어요. 그때 갑자기 저를 부르는 소리가 들리더라고요. 그 순간 감전된 것처럼 온몸에 경련이 일어났고요. 아니다, 감전이 아니야. 잘못 표현했네요. 할머니 노랫소리가 저에게 생명을 주었다고 말하고 싶었던 거예요. 감사합니다."

"이게 내 마지막 발악이야."

동백 아가씨가 엉성한 틀니를 드러내며 웃었다.

"전에 수도에 있는 양로원에서 뵌 적이 있다오. 선녀처럼 아름다워서 걸어가는 곳마다 꽃잎이 우수수 떨어졌는데. 오래전 일 같지가 않구먼."

구씨 노인의 눈빛이 몽롱해졌다.

"두 분 다 고맙네요. 근데 다른 분 말씀하시는 것 같아요. 그분은 이전 동백 아가씨이고요. 십 몇 년 전에 동백 아가씨는 완전히 몰락했죠. 아직까지 발버둥치고 있나보네요."

"할머니에게는 놀랄 만한 에너지가 있어요. 우린 할머니를 사랑해요."

아쓰가 말했다.

"아름다움 그 자체라고 우린 마음속으로 확신하고 있어요."

아쓰는 고개를 돌려 구씨 노인에게도 말했다.

"어르신, 제가 지금 얼마나 에너지가 차오르는지 모르실 거예요. 제가 원수까지 이겼다니까요."

노부인과 헤어질 때 아쓰가 감정에 북받쳐 두 손으로 노부인의 손을 꼭 잡았다. 그러곤 떨리는 목소리로 말했다.

"할머니야말로 기적이네요. 영원히 살겠다고 약속해주세요."

"그렇게 하지, 아쓰 아가씨."

아쓰와 구씨 노인은 어두컴컴한 둑으로 걸어나왔다. 아쓰가 뒤돌아보니 동백 아가씨는 선실 등잔불을 이미 꺼버린 뒤였다.

"아쓰, 자네도 약속 하나 해주게나."

"무슨 약속이요?"

"방금 동백 아가씨가 자네에게 한 약속 말이네."

"알겠어요, 약속할게요, 어르신. 영원히 어르신을 사랑할게요."

어두운 선실에서 노랫소리가 흘러나왔다. 처음에는 등골이 약간 오싹했지만 점차 생기가 돌았다. 중천에 떠오른 달은 대지를 은빛 물결로 만들고 있었다.

"아쓰, 자네 말이 맞네. 노부인은 기적 그 자체야. 근데 저기 저 노인은 누구일 것 같나?"

아쓰는 웬 곱사등이 노인이 고기잡이배 쪽으로 걸어가는 걸 봤다. 곱사등이 노인은 라이터를 켜더니 저 높이 한 바퀴 원을 그렸다. 신호를 보내는 중이었다.

"누구긴 누구겠어요? 당연히 동백 아가씨 애인이죠."

곱사등이 노인은 아무런 반응도 없이 마냥 서 있기만 했다.

"두 사람 사이에는 태평양 하나만큼의 간극이 있지."

구씨 노인이 말했다.

"정말 아름다운 일이네요."

아쓰가 말했다.

"아쓰, 우리 여기서 헤어지지. 누가 자네 집에서 자네를 기다리고 있네. 잘 가게나."

"조심히 가세요."

아쓰가 둑에서 막 내려왔을 때 '자유항'의 사장이 보였다. 사장은 차창을 내리고 손을 흔들며 소리쳤다.

"아위안 차가 오늘 밤 '자유항'으로 간다오."

순간 하얀 차체가 흔들리는가 싶더니 사라져버렸다.

그때 누가 아쓰의 어깨를 껴안았다. 공기 중으로 장미 향이 퍼졌다. 인즈였다.

"인즈, 정말 걱정 많이 했어."

"난 오랜 세월 시합을 하며 살아온 투사야. 아쓰를 초대하려고 왔어. 앞으로 카페에 자주 놀러 와. 우리 가게에 오는 건 '자유항'에 오는 거랑 똑같아. 물론 다른 입구도 있지만 우리 가게보다 더 '자유항'으로 직접 들어갈 수 있는 입구는 없어."

인즈는 아쓰의 어깨를 토닥이더니 몸을 돌려 옆에 있던 가게로 들어갔다. 인즈의 늘씬한 그림자가 눈 깜짝할 새에 문 안으로 사라져버렸다. 밀수 담배를 파는 가게였다.

아쓰는 아무래도 이상해서 가게 부엌 창문으로 다가가 안을 들여다봤다. 전에 '자유항'에서 봤던 파친코 기계가 또 보였다. 큰 화면에 누런 모래가 가득했고 누런 모래 사이로 예의 그 통나무집이 보였다. 통나무집 위에는 까치가 앉아 있었다. 그 순간 통나무집 문이 스르륵 열렸다. 아쓰는 입을 벌린 채 무엇이 나올지 기다리고 있었다. 온몸이 연신 부들부들 떨렸다. 하지만 아무것도 나오지 않았다.

"인즈, 인즈!"

아쓰가 소리를 질렀다.

통나무집 문 쪽에서 소녀가 고개를 내밀고 부드럽게 말했다.

"소리 지르지 마세요. 조용히 하는 게 좋을 거예요. 들어와서 앉았다 가실래요?"

통나무 집에 들어서자 소녀가 아쓰를 방 안으로 끌고 들어갔다.

아쓰는 여기가 원래 각종 신발과 모자를 늘어놓고 팔던 가게였던 기억이 났다. 지금은 텅 비어 있었다. 어둠 속에선 큰 컴퓨터 화면만 번쩍거리고 있었다. 소녀가 말했다.

"친구분도 지금 여기 계세요."

그때 소파에 꼼짝도 않고 앉아 있는 여자가 보였다.

"안녕하세요, 난 웨이보 여자친구예요. 이름은 추이란이고요. 이쪽으로 앉으세요."

소녀가 아쓰를 긴 소파에 눌러앉히고는 가버렸다.

"아쓰죠? 웨이보 전 여자친구. 한번 만나뵙고 싶었어요."

"웨이보는 좋은 남자이기는 하지만 저랑은 잘 안 어울리는 사람이에요. 얼굴이 자세히 보이지는 않지만 언뜻 봐도 미인이시네요. 이렇게 직접 뵈니까 괴로움이 훨씬 덜한데요?"

아쓰가 추이란의 손을 맞잡으며 말했다. 추이란의 침착한 태도가 아쓰에게는 굉장히 큰 힘이 되었다.

"웨이보는 그런 남자예요. 다른 사람을 안심시키기도 하고 자기를 못 잊게 만들기도 하는. 근데 그쪽을 매몰차게 거절한 거죠. 그렇죠?"

"맞아요, 바로 그거예요."

아쓰가 대답했다.

"웨이보가 그쪽을 사랑해서일 거예요. 나랑 웨이보 사이에는 남매간의 정밖에 안 남아 있어서 날 거절하지 않은 거고요."

"이제 그쪽 애인 얘기 해봐요, 아쓰."

"제 애인은, 죽어서도 저를 괴롭히기로 작정한 사람이에요. 물론 이 세상에서 가장 좋은 애인이기는 해요. 남김없이 사랑을 퍼붓는 그런 남자였으니까요. 지금은 사하라 사막에 있어요."

"방금 전 그분에 대한 짧은 영상을 봤어요. 굉장히 멋지던데요. 이제 돌아오지 않을 거라면, 그런 식으로 아쓰를 사랑하기로 마음먹은 거라면 아쓰는 용기를 가지고 새 삶을 시작해야만 해요. 이게 바로 그 용사가 바라는 바이기도 하고요. 그렇지 않나요?"

"맞아요. 안 그래도 새 삶의 입구를 찾고 있었거든요. 추이란, 추이란. 웨이보는 참 복도 많아요. 지금도 감옥에 있죠?"

"감옥에서 행복하게 잘 살고 있어요. 자기 자신을 막 대할 사람은 아니니까. 본인은 감옥에서 나올 생각이 없으니 기다리지 말라네요. 내가 그쪽한테 해주고 싶은 말은 우리 둘이 각자 새 삶을 시작하자는 거예요. 우리 같은 사람한테 어떻게 자기만의 삶이 없을수 있겠어요? 웨이보라든가 아위안이라든가 알아서들 살라고 하고요. 다 지나간 일이니 빨리 잊을수록 좋아요. 그렇죠?"

"추이란 언니, 정말 맞는 말씀이에요. 몹시 존경스러워요. 보세요, 제가 이렇게 우러러보고 있잖아요. 지금 제 몸에 에너지가 넘쳐요. 이제 우리 어르신네 가서 이 기쁜 소식을 알려줘야겠어요. 같이 가실래요?"

"여기서 새 애인을 기다려야 해요. 지금 수도에서 오고 있거든요. 아쓰는 어서 가봐요, 가서 운을 시험해보는 거예요."

아쓰는 아침 일찍 강가로 갔다. 어젯밤 잠을 잘 잔 덕인지 에너지가 채워진 느낌이었다. 동틀 무렵, 사막에 있는 우물이 아쓰 꿈에 나왔다. 몹시 작은 우물이었는데 무척 깊어서 바닥이 보이지 않았다. 손으로 물을 떠 마시려 했지만 잘 되지 않았다. 손을 입가에댈 때마다 번번이 물이 흘러내렸다. 결국엔 아주 뜨거운 바닥에 엎드려 목을 쭉 빼고 강아지처럼 핥아 먹었다. 한참을 핥아 먹고 나서야 갈증이 해소되었다. 물을 핥아 먹고 있을 때 아위안이 귀에대고 이렇게 말했다.

"아쓰, 아쓰. 이게 뭐 하는 짓이야?"

고기잡이배가 다소 이상해 보였다. 평소와 달리 금빛 삼각 깃발이 뱃머리에 꽂힌 채 바람에 나부끼고 있었다. 아쓰는 들뜬 기분으로 배에 올랐다. 그때 선실에서 낯선 남자가 걸어나왔다.

"그 남자 찾으러 온 거죠? 고기잡이배는 이미 나한테 넘겼는데. 여기 앉으시오. 난 그 남자의 친한 친구요. 20여 년 동안 함께한 친구."

남자의 머리카락 한 움큼이 닭벼슬처럼 꼿꼿이 서 있었다. 사나운 눈을 하고 있었지만 흉악하다기보다는 살짝 익살맞아 보였다. 나이는 마흔 남짓 되는 듯했다.

"우리 구씨 어르신은 정말 기상천외한 인물이에요. 어디로 가셨는지 혹시 아세요?"

아쓰가 감탄하며 물었다.

"가긴 어딜 갔겠소? 당연히 바다로 나갔겠지. 내 이름은 류사요. 자네가 아쓰인 것도 알고 있고. 우리 악수 한번 합시다. 구씨 친구면 내 친구이기도 하니까. 자네는 역시 이 도시의 꽃의 여왕답구먼."

줄칼처럼 거친 남자의 손은 의외로 따뜻했다.

"와인 좀 마시겠소?"

"좋죠."

"우리의 만남을 위해 건배!"

"건배! 제가 오빠를 사랑하게 된 거 같아요."

아쓰는 얼굴이 빨개질 정도로 가슴이 설레었다.

"우린 지금 처음 본 사이가 아니에요. 사실 '자유항' 안에서 여러 번 본 적 있잖아요. 몇 년 전에 봤을 때도 오빠랑 대화하고 싶었고 오빠도 나와 이야기 나누고 싶어하는 표정이었는데 우리는 왜 그때 입을 열지 못한 걸까요? 류사 오빠, 왜 그랬던 거 같아요?"

"그때는 아쓰에게 아위안이 있었고 아쓰가 사랑하는 사람도 아위안이었으니까 그랬겠지."

"류사 오빠에게 군자의 풍모가 있어서였을 거예요. 그래서 그때는 아위안을 배신하지 못한 거고요."

"하지만 아위안이 세상을 떠난 지 이틀밖에 안 됐는데."

"그러고 보니 저는 정말 구제불능일 정도로 타락한 여자네요."

"구씨 말이 틀린 거 하나 없네. 자네는 정말 꽃의 여왕이 되기에 손색없는 여자야."

"당신과 같이 강둑을 거닐고 싶어요."

아쓰는 구씨 노인을 껴안았던 것처럼 류사의 허리를 꼭 껴안았다. 옅은 안개 속에 증기선 한 척이 출항하고 있었다. 기적 소리가 나자 아쓰는 눈물범벅이 되었다. 류사는 생각에 잠긴 듯 아쓰를 바라보며 어깨를 어루만졌다. 그러곤 가만히 말했다.

"울어, 울어도 돼. 우리 용사가 분명히 흡족해할 거네."

"아니에요. 구씨 어르신 때문에 우는 거예요. 내가 얼마나 구씨 어르신을 사랑하는지 모르죠? 모든 이 중에서 내가 가장 사랑하는 사람은 구씨 어르신이라고요…… 이제 구씨 어르신도 떠나고 나와의 사랑은 지나간 일이 돼버렸죠. 다들 하나하나 떠나고 나니 류사 오빠가 온 거예요. 사랑해요, 오빠는 절대 놓치지 않을 거예요."

류사는 아무 말이 없었다. 모든 말이 쓸데없이 느껴져서였다. 지나간 일들이 눈에 아른거렸다. 몇 년이나 지난 걸까? 8년? 10년? 류사는 바다에 나갔다 오기만 하면 '자유항'으로 향했다. 자유항 한쪽 구석에서 아쓰가 나타나기만을 기다렸던 것이다. 아쓰는 류사의 마음속 태양이었다. 감히 아쓰를 똑바로 쳐다볼 수 없을 정도로 류사의 마음은 아쓰를 중심으로 돌아가고 있었다. 연무가 피어

오르는 '자유항' 안에서 사람들의 흐릿한 형체가 떠돌아다니고 있었다. 실재감이 없었다. 그 와중에 아쓰만 달랐다. 아쓰는 사방으로 빛을 뿜어냈다……. 류사는 세상에 어떻게 이런 기적이 있을 수 있지, 라며 단 한 번도 놀란 적이 없었다. 기적이 일어났는데도 류사는 왜 마음이 불안한 걸까, 행복하지 않아서? 몹시 긴장한 탓일까?

"류사 오빠, '동백꽃 단지' 가보고 싶어요?"

"빨리 가보고 싶다. 아파트 뜰에서 몰래 지키고 있었던 적도 있지. 외로운 겨울날, 무료한 휴가 날이었어."

두 사람이 아파트 앞에 도착했을 무렵 아쓰가 예상했던 대로 '제보자'가 손에 장미꽃 한 다발을 들고 철문 앞에 서 있었다.

"미스 쓰, 축하하네. 대단히 훌륭한 젊은이랑 같이 있었군."

제보자가 말했다.

"쉰 살 먹은 젊은이입니다."

류사가 바로잡았다.

'제보자'가 두 사람을 따라 위로 올라와 집 안으로 들어왔다. 그러곤 아쓰의 화병에 장미를 꽂았다. 제보자의 눈빛에 처음으로 슬픔이 배어나왔다. 이마에는 희끗희끗 헝클어진 머리카락이 한 가닥 걸쳐져 있었다.

"미스 쓰, 난 이제 아파트 단지에서 사라질 거요. 앞으로는 훨씬 더 훌륭한 경호원이 자네를 보호해줄 거라네."

"좋은 소식만 전해주시네요, 어르신."

두 사람은 서로를 힘껏 껴안았다. 제보자는 뒤도 돌아보지 않고 밖으로 나갔다.

베란다에는 여전히 등나무 의자가 두 개 놓여 있었다. 류사는 그곳에서 일어난 일을 한눈에 파악할 수 있었다.

"내가 밥을 해주지, 아쓰. 여기 가장 좋은 샴페인도 가져왔네."

아쓰는 이런 말을 하며 부엌으로 들어가는 류사를 뒤따라갔다. 콸콸 흐르는 물소리를 들으며 아쓰의 마음은 작은 새처럼 노래를 부르기 시작했다.

그때 거실에서 전화벨이 울렸다.

"쓰샹 언니야? 뭐라고? 아이슬란드로 갔다고? 라오융도 같이? 아주 잘됐다. 라오융에게 안부 전해줘…… 돌아올지 안 돌아올지 모르겠다고? 근데 왜 우울해하는데? 내 말 잘 들어. 그럴 필요 전혀 없어. 알겠지? 약속해……."

아쓰가 넋 잃은 표정으로 전화를 끊으며 말을 이었다.

"두 사람이 죽을 때까지 엉겨붙어 있겠다고 마음먹었나봐요."

"아쓰, 그런 일은 내가 많이 봤는데, 그럴 리는 없을 걸세. 결국 '버드나무가 우거지고 온갖 꽃이 만발하는 마을은 여기만 있는 것이 아니다'라는 옛말이 맞을 거야. 내 말을 믿어보게나."

류사의 사나운 눈에 웃음기가 번졌다.

"알겠어요. 믿어볼게요."

아쓰는 이렇게 말하며 절뚝거리면서 걸어가 류사에게 키스를 했다.

2012년 8월 베이징 진방위안金榜園에서

신세기 사랑 이야기

초판인쇄 2023년 11월 27일
초판발행 2023년 12월 8일

지은이 찬쉐
옮긴이 심지연
펴낸이 강성민
편집장 이은혜
마케팅 정민호 박치우 한민아 이민경 박진희 정경주 정유선 김수인
브랜딩 함유지 함근아 박민재 김희숙 고보미 정승민 배진성
제작 강신은 김동욱 이순호

펴낸곳 (주)글항아리 | 출판등록 2009년 1월 19일 제406-2009-000002호

주소 10881 경기도 파주시 심학산로 10 3층
전자우편 bookpot@hanmail.net
전화번호 031-955-8869(마케팅) 031-941-5161(편집부)
팩스 031-941-5163

ISBN 979-11-6909-179-4 03820

www.geulhangari.com